D1688954

DRAMATISCHE LIEBESNOVELLEN

DER BITTERSÜSSE PFEIL

DRAMATISCHE LIEBESNOVELLEN

*Auswahl und Nachwort
Emil Wezel*

Zeichnungen Jochen Bartsch

MAGNUS-VERLAG

© Magnus-Verlag mit Genehmigung der Rechteinhaber
Gestaltung Aab-Graphic-Design, Stuttgart
Herstellung SVS Stuttgart
Druck und Bindung Franz Spiegel Buch GmbH

Dramatische Liebesnovellen

Musaios · Hero und Leander	7
Masuccio Salernitano · Mariotto und Ganozza	18
Konrad von Würzburg · Die Mär vom Herzen	27
Kin ku ki kwan · Die goldenen Haarpfeile	35
Germaine de Staël · Mirza	62
Michail Ljermontow · Bjela	76
Ibara Saikaku · Die Geschichte vom Krauthändlermädchen, das Liebesgräser bindet	119
Margarete von Navarra · Die Herzogin von Burgund	135
Washington Irving · Die Frau	162
Giovanni Giraldi-Cintio · Der Mohr und Disdemona	171
Heinrich von Kleist · Die Verlobung in St. Domingo	186
Joseph Conrad · Gaspar Ruiz	224
Knut Hamsun · Auf der Blaamandsinsel	286
Robert Louis Stevenson · Das Landhaus auf den Dünen	305
Charles Ferdinand Ramuz · Der Mann	340
Henry Beyle-Stendhal · Der Liebestrank	354
Nikolaij Lesskow · Lady Macbeth aus Mzensk	373
August Strindberg · Ein Puppenheim	430
Edgar Allan Poe · Das ovale Porträt	452
Juan Valera · Der grüne Vogel	457
Nachwort des Herausgebers	487
Werk und Dichter	490

Musaios

Hero und Leander

Abydos und Sestos waren benachbarte Städte; zwischen ihnen rauschten die Wogen der Meerenge Hellespontos (die wir Heutigen Bosporus nennen). Da spannte Eros den Bogen und traf mit einem einzigen seiner Liebe entzündenden Pfeile beide Städte, in Sestos eine Jungfrau, die Hero hieß, und in Abydos einen Jüngling namens Leander. Beide glichen einander an Schönheit: ein Gestirn, das alles andere hell überstrahlte. Wer je in jener Gegend wandert, der möge den trauernden Turm nach ihnen fragen, wo Hero stand und die Fackel hielt, die dem schwimmenden Leander den Weg wies; der möge das rauschende Meer und den Strand von Abydos nach ihnen fragen, der noch immer Leanders Tod und seine Liebe beweint.

Wie aber schlich sich die Liebe in das Herz des zu Abydos wohnenden Jünglings ein, und wie gewann er die Gegenliebe der Jungfrau, die in Sestos daheim war?

Hero entstammte einem Geschlecht, über das der Göttervater Zeus schützend die Hand hielt. Zwar war sie Priesterin der Liebesgöttin Aphrodite, doch selber der Liebe unkundig. Sie wohnte am Meeresufer im hochragenden Turm ihrer Ahnen, und um ihrer Schönheit willen hätte man sie eine zweite Aphrodite heißen können. Zugleich aber war sie schamhaft, auch weise wie Pallas Athene. Niemals gesellte sie sich den älteren Frauen bei deren Zusammenkünften zu, und auch nicht den Reigentänzen blühender junger Mädchen. Sie mied die Schlangenzungen der Weiber, die stets voll unversöhnlichen Neides auf die Verfolgung jüngerer und schönerer erpicht sind. Sie betreute den Altar der Aphrodite; aber sie flehte auch zu Pallas Athene, um die Göttin gnädig zu stimmen. Überdies war sie bemüht, durch häufige duftende Opfer Eros, den Sohn der Aphrodite, zu besänftigen; doch ihre Flucht vor seinen feuerhauchenden Pfeilen war vergeblich.

In Sestos kehrte der Tag der Begehung des weit und breit berühmten Festes wieder, das der Trauer Aphrodites um den getöteten Adonis, ihren Geliebten, galt. Um diesen heiligen Tag zu feiern, eilten von überall her große Scharen von Menschen herbei, aus Thessalien und von der Insel Kypros, und in den Ortschaften auf der Insel Kythera blieb keine der Frauen zurück; denn die Tänze auf den Höhen des Libanon boten ihnen jetzt keinerlei Verlokkung. Doch auch in den Nachbargebieten hielt keiner sich dem Fest der Göttin fern; sie kamen aus Phrygien, aus dem nahegelegenen Abydos, vor allem die mädchenliebenden Jünglinge, die stets nach dort zu eilen pflegen, wo ein Fest begangen wird. Sie sind weniger begierig, den ewigen Göttern Opfer darzubringen, als die Scharen blühender Jungfrauen anzuschauen.

Hero, die Priesterin, wandelte im Tempel der Göttin umher. Der holde Glanz der Schönheit entstrahlte ihrem Antlitz, das lieblich und sanft war wie Mondschein in Sommernächten. Die Mitte ihrer zarten Wangen schimmerte rötlich wie sich erschließende Rosenknospen. Wie rote und weiße Rosen, die in Gärten bunt durcheinander blühen: so blühte auch sie. Auf allen ihren Gliedern schwebte Anmut. Sie trug ein weißes Gewand, das bis zur Ferse niederwallte. Wenn die Alten vermeinten, es gebe nur drei Charitinnen, die als Gottheiten der Anmut Aphrodite begleiteten, so glaubten alle, die die lächelnde Hero sahen, aus jedem ihrer Augen blickten unzählige Charitinnen. In ihr hatte Aphrodite sich wahrlich eine würdige Dienerin erkoren. Die Priesterin prangte als die Schönste unter allen Frauen, und wer sie gewahrte, vermeinte nicht anders, als daß er Aphrodite selber erschaue. Die Herzen der Jünglinge schlugen ungestüm, und unter den Männern war keiner, der sie sich nicht als Genossin seiner Nächte gewünscht hätte. Wo sie auch im Tempel gehen mochte – Begehren, Herz und Augen der Männer folgten ihr überall hin, und die staunenden Jünglinge sagten untereinander:

»Ich bin in Sparta gewesen, wo im Spiel und Wettstreit die Schönheit gefeiert wird; aber nicht einmal dort habe ich eine gesehen, die so zart und züchtig gewesen wäre wie diese. Ist es nicht, als sei die jüngste der Charitinnen herabgestiegen, um an diesem festlichen Tage den Tempeldienst zu versehen? Mir ermüden die Augen, und dennoch werde ich es nie satt, sie anzuschauen. Ihr als Liebender nahe zu sein, würde ich mit augenblicklichem Tod erkaufen. Ja, ich begehrte nicht einmal, einer der hohen olympischen Götter zu sein, wenn sie als mein Weib bei mir in meinem Hause lebte. Ich darf, Aphrodite, deine Priesterin Hero nicht anrühren; aber ich flehe dich an: gib mir ein Mädchen zur Gattin, das ihr gleicht!«

So sprachen die Jünglinge, und viele, die von Heros Schönheit entbrannt waren, verbargen die Wunden, die die Liebe ihnen geschlagen hatte. Doch Leanders Schicksal war härter. Sobald er sie erblickt hatte, wies er es von sich, sein Herz von heimlichen Gluten verzehrt werden zu lassen; als er von dem flammenden Pfeil jäh und unerwartet getroffen worden war, stand für ihn fest, daß er sterben wolle, wenn Hero nicht die seine werde.

Das Strahlen ihrer Augen nährte die Fackel der Liebe; sein Herz loderte in Flammen, die nichts zu löschen vermocht hätte. Die Schönheit einer unberührten Jungfrau verwundet einen Jüngling tiefer als schnelle Pfeile: das Geschoß entfliegt ihrem Auge und dringt in das seine, und dann sinkt die Wunde tiefer; sie blutet im Herzen des Jünglings.

Leander wurde von Staunen ergriffen; es überkamen ihn Kühnheit und zugleich Scham und Erbeben; sein Herz schlug zitternd, Scham hielt ihn im Bann. Aber seine Bewunderung der Schönheit Heros wurde so mächtig, daß die Liebe die Scham zurückscheuchte, daß Kühnheit seine Brust durchschwoll. Leisen Schrittes trat er vor und stellte sich ihr gegenüber; zwar wandte er sich von ihr weg, aber dennoch sah er sie mit den listigen Blicken der Liebe an, und so verführte er Hero. Sie wurde der Liebe des reizenden Jünglings gewahr und freute sich seiner Schönheit; auch sie wandte die strahlenden Augen mit vorgetäuschtem Gleichmut oftmals ab, doch immer wieder kehrte ihr Blick zu ihm zurück und brachte ihm heimlich beseligende Botschaft. Dabei errötete sie und schaute schüchtern zu Boden. Aber als Heros Augen ihm ihre Liebe gestanden, blühte im Herzen des Jünglings Freude auf, und er begann, sich seufzend nach einer verschwiegenen Liebesstunde zu sehnen.

Schon war des Helios' Sonnenwagen in der Meeresflut untergetaucht, und am Himmelssaum erfunkelte der Abendstern. Als die Erde völlig vom dunklen Mantel der Nacht verhüllt war, erkühnte sich Leander und ging zu der Jungfrau. Behutsam trat er zu ihr hin und drückte ihr die rosigen Finger, und dabei seufzte er aus tiefstem Herzensgrund. Sie tat, als zürne sie und entzog schweigend ihre weiche Hand der seinen; er aber sah in ihren Blicken Rührung und Liebe. Da ergriff er verwegen das gestickte Gewand des Mädchens und zog sie nach den innersten Hallen des Tempels hin, und sie folgte ihm langsam und zögernd; dem Anschein nach sträubte sie sich, drohte und schalt auf frauenhafte Weise:

»Bist du rasend, Fremdling? Wohin zerrst du mich Jungfrau, du Unseliger? Laß mein Gewand unberührt, geh deiner Wege und fürchte die Rache meiner angesehenen Eltern! Es ziemt dir nicht, deine Hand an Aphrodites Priesterin zu legen! Der Pfad zum Bett der Unberührten ist unzugänglich.«

So zürnte Hero mit Worten, wie sie einer Jungfrau geziemen. Doch für Leander waren diese weiblichen Drohungen ein Zeichen, daß er den Willen des Mädchens biegen und beugen werde; denn wenn Frauen Jünglingen drohen, ist ebenjene Drohung oftmals der Bote naher Versöhnung. Der Stachel heißen Verlangens trieb Leander an; er küßte ihren weißen, duftenden Nacken und sagte:

»Du bist schön wie Aphrodite, o Aphrodite! Schön wie Pallas bist du, o Pallas! Nicht irdischen Frauen ähnelst du, sondern den Töchtern des Vaters Zeus. Selig der Mann, der dich zeugte, selig auch deine Mutter, selig der Leib, der dich gebar! Wenn du doch meine Bitten erhörtest! Habe Erbarmen mit meiner Liebe und meinem Verlangen! Du bist Aphrodites Priesterin, also treib auch Aphrodites Werke; komm, laß uns die heiligen Hochzeitsbräuche der Göttin begehen. Keine Jungfrau darf Aphrodite dienen, denn die Göttin hat an Jungfrauen keine Freude. Willst du wissen, welches die süßen Gesetze, die wahren Feste der Göttin sind? Küsse sind es, Verschmelzung und Ehe! Wenn du Aphrodite wahrhaft liebst, dann folge dem milden Gesetz der Liebe, die das Herz betört. Nimm mich als deinen Diener an, und, wenn du willst, als deinen Gatten. Ich gehöre dir als Beute, mich hat der Pfeil des Gottes getroffen. Wie der listige Hermes den tapferen Herakles zu der schönen Lydierkönigin Omphale sandte, auf daß er ihr diene und am Rocken Wolle spinne, also senden Aphrodite und der Götterbote mich zu dir. Bedenk das Schicksal der Atalante von Arkadien, die spröde die Küsse des liebenden Jünglings floh und ewige Jungfräulichkeit gelobte: da geriet Aphrodite in Zorn wider sie und erfüllte ihr Herz mit heißer Liebe zu dem, den sie zuvor verschmäht hatte. Meide den Zorn der Göttin, Hero, und erhöre mein Flehen!«

So sprach er, so verstand er das Herz des widerstrebenden Mädchens zu lenken und sie durch Liebe entzündende Worte zu betören. Hero stand stumm und mit niedergeschlagenen Augen da; sie versuchte, ihr Erröten zu verbergen; ihr war, als berühre ihr zitternder Fuß kaum die Erde, und voller Scham faßte sie mehrmals ihr Gewand und verhüllte sich die Schultern – doch das alles waren nur Boten seines Sieges. Denn das Schweigen der Jungfrau ist stets ein sicheres Versprechen der erflehten Umarmung. Auch sie empfand bereits den bittersüßen Stachel der Liebe, und in ihrem Herzen brannte schon das süße Feuer. Leidenschaft und Schönheit Leanders hatten sie verwundet. Und als die Jungfrau schamhaft die schüchternen Augen senkte, schaute Leander mit glühenden Blicken auf ihren blendenden Hals nieder. Sein Leid wandelte sich in Freude. Endlich sagte sie ihm Worte der Liebe; sanfte Röte floß ihr vom Antlitz, und sie sprach:

»Fremdling, deine Worte könnten Felsen erweichen! Wer hat dich solcherlei verführerische Reden gelehrt? Wer hat dich hierher in meine Vaterstadt geführt? Doch dein Flehen ist umsonst. Vielleicht bist du ein Flüchtling, ein Treuloser – wie könntest du da meiner jungfräulichen Liebe genießen? Das keusche Band der Ehe kann uns nie vereinen; das würden meine Eltern nicht zulassen; und wenn du als wandernder Gast in Sestos bliebest, so könnten wir die heimliche Liebe schwerlich verbergen. Die Zunge der Menschen ist schmähsüchtig; was einer schweigend tat, davon hört er später am Kreuzweg laut reden. Sag mir deinen Namen und deine Herkunft! Du sollst wissen: ich heiße Hero, und meine Wohnung ist ein von den Winden umtobter Turm, der einsam vor der Stadt steht. Nur eine Dienerin habe ich bei mir; an den Fuß des Turmes branden laut die Wellen – daß ich dort wohne, gebieten meine Eltern. Ich komme nie mit jungen Genossinnen zusammen, und die Jünglinge tanzen für mich ihre Reigen vergebens; Tag und Nacht höre ich nichts als das wilde Brausen der Brandung.«

Als sie das gesagt hatte, bedeckte sie die errötenden Wangen abermals mit dem Gewand, denn es überkam sie wieder Scham, und sie bereute ihre Worte. Aber Leander wurde vom Stachel des heißen Verlangens angetrieben, und er mühte sich, im Kampf der Liebe zu siegen. Zwar reißen die listigen Pfeile des Liebesgottes den Menschen blutige Wunden, doch er, der Beherrscher der Götter und Menschen, heilt auch die Wunden und läßt in der Stunde der Not Weisheit und Rettung zuteil werden. So erbarmte er sich auch des liebenden Leander. Der Jüngling stand da, seufzte und sagte etwas, das viel vermochte:

»Mädchen, um deine Liebe zu gewinnen, durchschwämme ich die wütende Meeresflut, auch wenn kein Schiff sie zu durchqueren wagte, auch wenn sie aus Feuerflammen bestände. Wenn ich herschwimme, um dich liebend zu umarmen, fürchte ich die Tiefe des Meeres nicht und auch nicht den rollenden Ansturm der Wellen. In jeder Nacht sollen die Fluten des Hellespontos mich, deinen Gatten, naß und triefend zu dir tragen; denn ich wohne drüben am anderen Ufer in Abydos. Du aber mußt mir die dunkle Nacht erhellen, du mußt von deinem Turme aus eine brennende Fackel hochheben, auf daß sie mir als ein Leitstern diene, nach dem ich den Nachen der Liebe zu steuern vermag. Oh, dann sehe ich den Stern des Arkturus nicht hinabsinken, und auch nicht das Bild des Wagens, der nie abwärts gleitet, und auch nicht den Orion; und am Morgen schwimme ich zum Hafen von Abydos zurück. Du aber, Geliebte, gib acht auf den Wind, daß er die Fackel nicht auslösche; denn mit der rettenden Leuchte zugleich würde mein Leben erlöschen. Nach meinem Namen fragtest du? Die andern heißen mich Leander; ich aber nenne mich selber: Heros Gatte.«

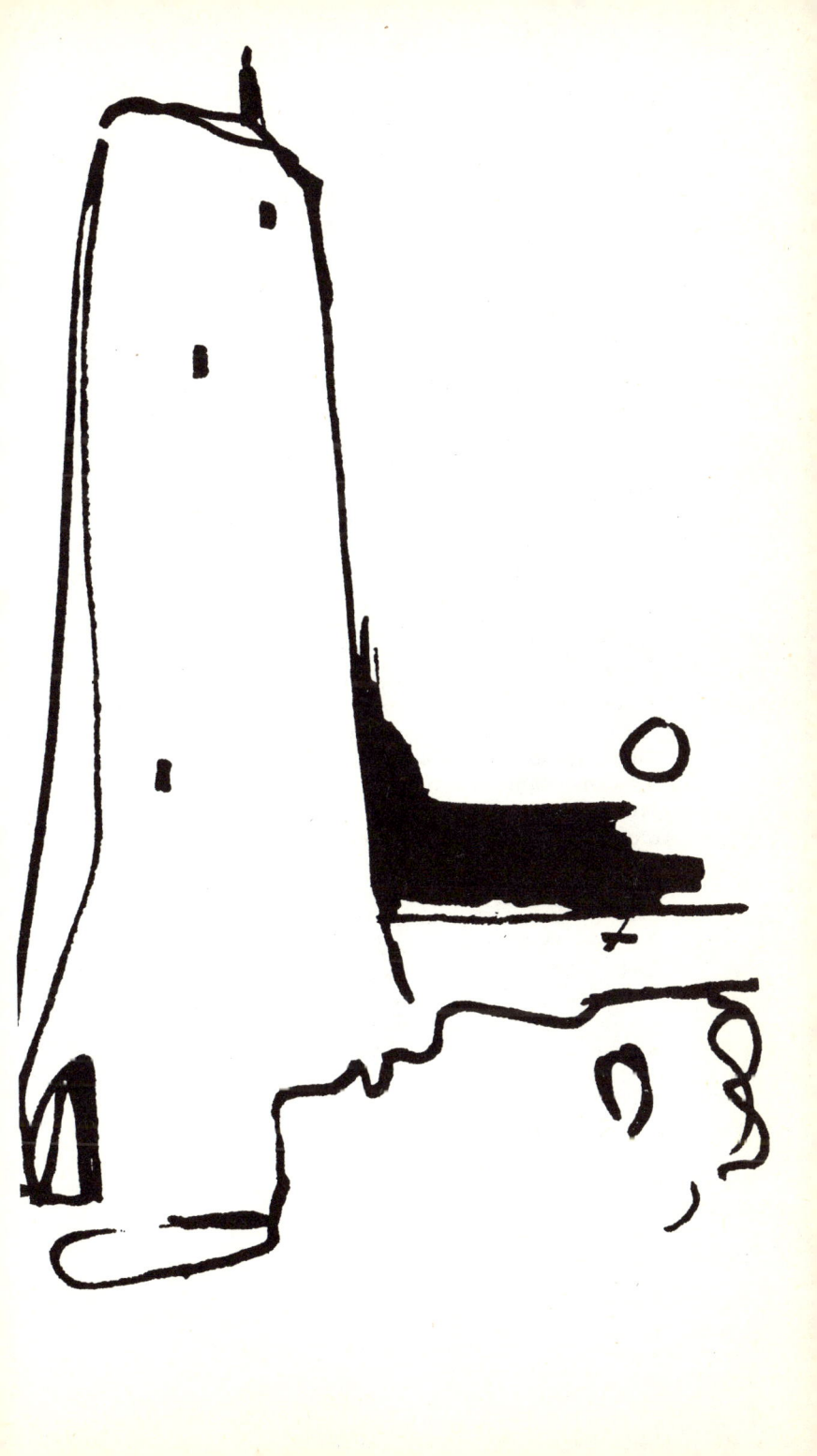

Da gab Hero nach; sie feierten die heimliche Hochzeit, und die Nacht verging ihnen in schlummerloser Liebe. Unter Küssen gelobten sie einander, der flammenden Botschaft als der Zeugin des nächtlichen Ehebunds stets eingedenk zu bleiben: sie schwor, sie wolle die Fackel erheben, und er schwor, durch die dunkle Flut zu ihr zu schwimmen. Doch dann nahte die bittere Abschiedsstunde. Widerwillig ging Hero zu ihrem Turm zurück; Leander jedoch besah sich Küste und Lage des Turms genau, damit er in der Nacht sein Ziel nicht verfehle. Danach segelte er heim nach Abydos. Den ganzen Tag über dachten beide an nichts als das süße Geplauder, die Lust und die Schmerzen der Liebe und flehten, die Nacht möge niedersinken, die Vertraute ihrer Zärtlichkeit.

Endlich breiteten sich die schwarzen Schleier der Schatten und bescherten den Sterblichen Schlaf – nicht jedoch dem von Sehnsucht verzehrten Jüngling. Er stand wartend am Meer, das tief aufrauschte, und erharrte voller Ungestüm das freudige Auflohen der Fackel, die ihm als des Hochzeitsgottes Hymen Leuchte galt, und als die Botschaft seiner heimlichen Ehe, doch auch als die Zeugin von Tränen und stummem Schmerz. Und auch Hero sehnte die Nacht herbei. Als endlich die Dunkelheit immer tiefer wurde, steckte sie die Fackel an, wie Eros in Leanders Herzen den lodernden Brand entfacht hatte. Beide flammten. Jetzt eilte der Jüngling mit ausgreifenden Schritten am Meeresufer entlang und lauschte dem brausenden Anrauschen der Wellen. Es durchschauerte ihn; doch er faßte sich, er sprach sich Mut zu und sagte voller Inbrunst:

»Eros ist furchtbar und das Meer erbarmungslos! Aber der Weg zu ihr ist kurz, und in meinem Herzen brennt die Liebe. Darum lodere, mein Herz, und fürchte dich nicht vor den wogenden Wassern. Zu ihr! Du scheust die Wellen? Weißt du nicht, daß aus ihnen Aphrodite geboren worden ist, die Beherrscherin des Meeres und der Liebesqualen?«

Darauf zog er sich die Kleider von den blühenden Gliedern, band sich mit beiden Händen den Mantel ums Haupt, sprang vom Ufer ab und stürzte sich in die Wogen. Kraftvoll strebte er der am jenseitigen Gestade strahlenden Fackel entgegen: er war zugleich Nachen, Steuer, Ruder und Schiffer.

Indessen stand Hero auf der hohen Zinne; jeder Windstoß erschreckte sie, so daß sie das flackernde Licht mit ihrem Gewande schützte, bis Leander endlich ermattet ans Ufer stieg. Sie ging ihm entgegen, sie geleitete ihn zum Turm, und in der Pforte sank sie stumm in Leanders Arme. Ihm pochte das Herz ob der Anstrengung und vor Verlangen; seinem Haar enttroff das Meerwasser. Sie führte ihn in die innerste Kammer des Turms, ihr Brautgemach, trocknete und säuberte ihm den Leib, vertilgte die Meergerüche und salbte ihn mit Rosenöl. Dann umarmte sie ihn auf dem schwellenden bräutlichen Lager; er keuchte noch immer. Zärtlich sprach sie zu ihm:

»Mein Bräutigam, du hast erlitten, was keiner sonst erduldet, vieles hast du in der stürmischen Salzflut ertragen müssen. Komm jetzt an meine Brust und vergiß deine Leiden!«

Noch als sie redete, löste sie den Gürtel, und beide begingen Aphrodites heilige Bräuche. Doch ihre Hochzeit vollzog sich ohne Reigentänze, und das Brautbett umklangen keine Lieder; die Feier der Ehe wurde ohne die Segenssprüche der Sänger begangen, und keine Fackel erhellte das Brautgemach. Auch keine jauchzenden Tänzer schwangen, und weder Vater noch Mutter sangen das Brautlied. Die Stille bereitete ihnen in der Stunde der Verschmelzung das Lager, und Dunkel schmückte die Neuvermählten. Hymen war fern, und fern waren des Gottes Gesang und Fackel. Brautbettführerin war die Nacht. Doch Eos, die Göttin der Morgenröte, suchte den Liebestrunkenen vergebens in den Armen der Braut. Noch ehe der Morgen aufdämmerte, schwamm er zu den Seinen zurück, ungesättigt, und voller Verlangen nach neuer Lust. Nun kam eine Zeit, da die schöngekleidete Hero ihre Eltern täuschte: bei Tag war sie Jungfrau, bei Nacht liebendes Weib. Abend für Abend sahen die Liebenden mit Blicken flehender Sehnsucht zur Sonne hin, daß sie endlich sinken möge.

Auf diese Weise verbargen sie klug das allumfassende Walten von Aphrodites Macht und genossen die Freuden heimlicher Liebe. Doch ihre Gemeinschaft war nicht von langer Dauer; nicht für immer sollten sie sich ihres Bundes freuen. Schon nahte der Winter, und ihn begleiteten schreckliche Stürme und der Wirbeltanz der Windsbraut; die wankende Tiefe wogte empört bis in die untersten Schlünde des Meeres; Ungewitter peitschten die Flut, und kein Schiffer wagte jetzt mehr den Gefahren der unglücksschwangeren Flut zu trotzen; alle Schiffe ruhten entmastet im Schutz der Häfen.

Doch Leander ließ sich von den Schrecken der tobenden See nicht abhalten. Die Flammenbotschaft des Turms, die ihm mit verlockendem Glanz das Glück der Liebe verhieß, trieb ihn an. Sie rief – und dieser Ruf war stärker als die rasenden Wogen. Sollte, nun der Winter nahte, die unglückselige Hero ihren Leander entbehren, nicht das Gestirn der Liebe aufleuchten lassen, dem bald sich zu neigen bestimmt war? Sie tat es, weil Schicksal und Liebe es ihr geboten. Doch die in Täuschung Befangene hob nicht mehr die Fackel der Liebe, sondern, ohne es zu wissen, die des Todes.

Es war Nacht. Die Winde sausten und wehten mit wilden, tobenden Stößen gegeneinander. Die steilen Küsten erbebten unter dem Anprall der Wogen und den Fittichschlägen des Sturmwinds. Leander ließ sich von der Hoffnung verleiten, bald die Braut in den Armen zu halten; er sprang und schwamm, und das dumpf aufrauschende Meer trug, hob und senkte ihn; Welle auf Welle wälzte sich heran, eine stürzte über die andere; die Flut wallte zum Himmel empor, und die Erde ächzte unter dem Kampf der Winde, die mit mächtigem Drohen widereinander bliesen: West gegen Ost, Nordwind gegen den Südwind. Aus dem Schlund der Wogen scholl es wie Todesverkündigung. Leander rang mit den unversöhnlichen Strudeln. Er flehte zu Aphrodite, der meergeborenen; er flehte zu dem erdumgürtenden Poseidon, und er rief Boreas, den vergöttlichten Nordwind, um Hilfe an im Namen der Oreithyia, der attischen Nymphe, die jener geliebt und geraubt hatte. Doch keiner erhörte sein Flehen; seine Liebe vermochte das Schicksal nicht zu hemmen. Immer wütender tobte das Meer; die Fluten rasten und rissen und schleuderten ihn hin und her. Die Kraft seiner Füße erlahmte, seine rudernden Hände wurden starr; in seine keuchende Kehle ergoß sich Wasser, und so trank er den todbringenden Trank des gewaltigen Meeres. Die grausame, treulose Fackel erlosch in den Sturmstößen des Unwetters, und mit ihr erloschen Liebe und Leben des unseligen Jünglings.

Unterdessen stand Hero auf dem Turm umd spähte nach ihm aus; schreckliche Qualen folterten sie. Eos kam, die frühgeborene Göttin der Morgenröte, und noch immer wartete Hero, und noch immer vergebens. Auf jeder der anwellenden Wogen suchte sie unter Tränen Leander. Endlich erblickte sie am Fuß des Turms seinen von den Klippen zerschlagenen Leichnam. Da riß sie sich mit beiden Händen das gestickte Gewand von den Brüsten und stürzte sich vom Turm herab, und so wurden die Liebenden im Tode vereinigt.

Masuccio Salernitano

Mariotto und Ganozza

Dieser Tage wurde von einem gewissen Sienesen von nicht geringer Glaubwürdigkeit in einer Gesellschaft schöner Frauen erzählt, es sei noch nicht sehr lange her, daß in Siena ein gutgekleideter und hübscher junger Mann aus angesehener Familie über die Maßen in ein schönes Mädchen mit Namen Ganozza verliebt war, die Tochter eines wohlbekannten und hochgeschätzten Bürgers, wahrscheinlich aus dem Hause Saraceni; und im Laufe der Zeit gelang es ihm, auch von ihr aufs glühendste geliebt zu werden. Nachdem die beiden eine Zeitlang die Augen an den zarten Blüten der Liebe geweidet hatten, verlangte es sie danach, von deren süßesten Früchten zu kosten. Sie versuchten es auf mannigfache Weise, da sie jedoch keine sichere zu finden vermochten, beschloß das Mädchen, das nicht minder klug denn schön war, ihn sich ihr heimlich als Gatten zu vermählen, so daß sie, falls ein widriges Schicksal ihnen die Liebesfreuden versagen sollte, einen Schild gehabt hätten, um den begangenen Fehltritt zu decken. Um vollendete Tatsachen zu schaffen, bestachen sie einen Augustinerbruder durch Geld, damit er sie in aller Heimlichkeit traue. Als danach ein gewisser Schein von Sicherheit zu bestehen schien, ging zu ihrer nicht geringen Lust ihr sehnlicher Wunsch in Erfüllung. Nachdem sie jedoch eine solche verstohlene und nur teilweise erlaubte Liebe voller Glückseligkeit genossen hatten, geschah es, daß ein boshaftes und feindliches Geschick sich wider all ihr gegenwärtiges und erwartetes Wünschen empörte, und zwar dadurch, daß Mariotto eines Tages mit einem anderen ehrenwerten Bürger in einen Wortwechsel geriet. Aus den Worten wurden Handgreiflichkeiten, die schließlich dazu führten, daß Mariotto jenem durch einen Stockschlag eine Verletzung am Kopf beibrachte, die innerhalb weniger Tage zu dessen Tode führte. Mariotto mußte sich deswegen versteckt halten und wurde, da er vom Gericht mit Fleiß gesucht und nicht gefunden wurde, vom Rat und Stadtoberhaupt nicht nur zu ewiger Verbannung verurteilt, sondern überdies als Aufrührer erklärt. Wie groß und wie beschaffen der tiefe Schmerz der unglücklichen Liebenden und heimlich Jungvermählten war, und wie bitter ihre Tränen ob einer so langen und, wie sie glaubten, ewigen Trennung, darüber kann nur gewisses Zeugnis ablegen, wer selber von solcherlei Qualen heimgesucht worden ist: Der Kummer der beiden war so wild und herb, daß beim letzten Abschied mehrmals der eine in des andern Armen geraume Zeit hindurch leblos schien. Doch als jeder seinem Schmerz freien Lauf gelassen hatte, trösteten sie sich mit der Hoffnung, mit der Zeit werde sich schon ein Umstand ergeben, der ihm die Rückkehr in die Heimat verstatte. Sie kamen auch überein, daß er sich nicht nur aus der Toskana, sondern sogar aus Italien entfernen und nach Alexandria gehen solle, wo einer seiner Oheime, Ser Nicolò Mignanelli, ein großer Handelsherr und weit und breit bekannter Kaufmann lebte; und unter der sehr bescheidenen Annahme, sie möchten einander trotz der großen Entfernung durch Briefe nahebleiben, trennte das liebende Paar sich unter unendlichen Tränen.

Der unselige Mariotto hatte vor der Abreise einen seiner Brüder zum Mitwisser aller seiner Geheimnisse gemacht und vor allem inständig gebeten, ihn auf das genaueste und ständig über alles auf dem laufenden zu halten, was seiner Ganozza widerfahre; als er diese Anordnungen getroffen hatte, machte er sich auf die Reise nach Alexandria. Nach einer angemessenen Frist dort angelangt, suchte er den Oheim auf, wurde von diesem liebevoll empfangen und tat ihm alles kund, was er erlebt hatte; der Oheim, ein sehr kluger Mensch, hörte zu und bedauerte nicht so sehr den begangenen Totschlag, als daß der Neffe so viele Verwandte beleidigt habe; er wußte, daß das Aufwärmen vergangener Dinge wenig empfehlenswert sei. Er bemühte sich nach Kräften, seinem Neffen seelischen Frieden zu verschaffen und ihn mit der Zeit von seinem Kummer zu heilen; er legte einen Teil seiner Handelsgeschäfte in dessen Hand, nahm sich seiner immer hingebungsvoller an und suchte ihn unter Tränen

zu stützen. Es ging indessen kein Monat hin, ohne daß
Mariotto Briefe von seiner Ganozza und seinem Bruder
erhielt; das war ein wundersamer Trost bei einem so herz-
zerreißenden Unglück und bei einer so grausamen Trennung. Als die Dinge so standen, geschah es, daß Ganozzas
Vater von vielen wiederholt ersucht und gedrängt wurde,
die Maid zu verheiraten; da sie jedoch unter mannigfach
gefärbten Vorwänden keinen annahm, wurde sie schließlich von dem Vater auf eine Weise gezwungen, einen Gatten zu nehmen, daß eine weitere Abweisung nicht mehr
statthaft war; durch die harten Kämpfe war ihr ohnehin
betrübtes Gemüt ständig gequält worden, so daß sie den
Tod einem Leben unter solchen Umständen bei weitem
vorgezogen hätte.

Es kam noch hinzu, daß sie jede Hoffnung auf die Heim-
kehr ihres geliebten heimlichen Gatten als eitel erkannt
hatte. Ein Eingeständnis der Wahrheit hätte bei ihrem
Vater auch nichts vermocht, sondern hätte ihr nur noch
größere Mißhelligkeiten bereitet. Deshalb nahm sie sich
vor, auf eine nicht nur absonderliche, sondern auch gefährliche und herzlose Weise, von der man sicherlich nie
zuvor hat erzählen hören, Ehre und Leben zu gefährden,
um dem Unheil Widerpart zu bieten. Und da sie großen
Mut besaß, sagte sie dem Vater, sie wolle sich in alles
schicken, was ihm wohlgefalle, und sandte sogleich zu jenem Mönch, der als erster die Sache ins Werk gesetzt
hatte, weihte ihn unter großer Vorsicht in ihre Pläne ein,
und verlangte, er solle ihr Vorhaben begünstigen. Wie
es Brauch bei dergleichen Leuten ist, bezeigte der Mönch
sich anfangs verwundert, furchtsam und zögernd; aber sie
machte ihn durch die Macht und Zauberkraft des Heiligen
Joanni Boccadoro (des Goldes) kühn und bereit, das
Unterfangen mit männlichem Mut durchzuführen. Eile war
geboten, deswegen handelte der Mönch rasch und stellte
selber mit kundiger Hand einen Trank aus einer gewissen Mischung verschiedenartiger Pulver her, der nicht nur
für drei Tage in Schlaf versetzte, sondern in jedermann
den Glauben erweckte, man habe einen Toten vor sich.
Der Trank wurde der Dame überbracht, die zunächst
durch einen Boten ihren Mariotto von ihrem Vorhaben
eingehend unterrichtete. Nachdem sie sich darauf von dem

Mönch hatte unterweisen lassen, was sie tun müsse, trank sie die Flüssigkeit voller Freude. Binnen kurzem verfiel sie in eine so große Betäubung, daß sie wie tot zu Boden stürzte; darob erhoben ihre Mägde lautes Klagegeschrei, so daß der alte Vater auf den Lärm hin mit vielen seiner Bekannten herbeigelaufen kam, und seine einzige und von ihm so geliebte Tochter bereits tot vorfand; in heftigem, noch nie gekanntem Schmerz ließ er eilends Ärzte kommen, die sie mit jedem erdenklichen Mittel ins Leben zurückrufen sollten; als die Versuche erfolglos blieben, nahm man allgemein als erwiesen an, daß sie einem jähen Schlagfluß erlegen sei. Deswegen wurde sie den Tag und die ganze folgende Nacht über im Hause behalten und mit Fleiß bewacht, aber es bekundeten sich keine Anzeichen als die des Todes. Sie wurde daher zur maßlosen Trauer ihres tiefbetrübten Vaters und unter dem Weinen und Klagen von Verwandten und Bekannten sowie aller Einwohner Sienas nach einem pomphaften Leichenbegängnis in einer löblichen Gruft in Santo Augustino beigesetzt. Um Mitternacht wurde sie von dem ehrwürdigen Bruder unter Beihilfe eines seiner Gefährten gemäß der zuvor getroffenen Vereinbarung aus der Gruft geholt und in seine Klause getragen; und da die Stunde nahe war, in der das genau dosierte Getränk seine Wirkkraft aufgezehrt hatte, wurde sie mit Feuer und anderen dienlichen Mitteln unter den größten Schwierigkeiten ins Leben zurückgeholt.

Nachdem sie wieder in ihr früheres Bewußtsein zurückgekehrt war, begab sie sich wenige Tage später in der Verkleidung eines Mönchs zusammen mit dem guten Frater nach Porto Pisano, wo die Galeeren aus Aiguesmortes auf der Reise nach Alexandria anlegen mußten; dort fanden sie eine, die den verabredeten Bestimmungsort anlaufen sollte, und schifften sich ein. Inzwischen hatte Gargano, Mariottos Bruder, in mehreren durch Kaufleute beförderten Briefen dem vom Unglück verfolgten Mariotto unter dem allergrößten Bedauern den unvorhergesehenen Tod seiner Ganozza in allen Einzelheiten geschildert, wie man sie beweint und bestattet habe, und wie nach kurzer Frist der alte, liebenswerte Vater vor Kummer aus diesem Leben geschieden sei; diesen Nachrichten war das widrige, verderbliche Schicksal weit günstiger gesonnen als dem

Boten der schmerzerfüllten Ganozza. Vermutlich um den armen Liebenden den bitteren, blutigen Tod zu bereiten, der ihnen schon verhängt war, wurde Ganozzas Bote auf einer Karavelle, die mit einer Kornladung nach Alexandria in See ging, von Korsaren ergriffen und getötet. Auf diese Weise erhielt Mariotto keine anderen Nachrichten als die seines Bruders, die er als unumstößliche Wahrheit hinnahm. Wie sehr er mit Fug ob dieser über die Maßen schmerzlichen Kunde erschüttert und zu Boden geschmettert sein mußte, versuche zu ermessen, Leser, so irgend Mitleid in dir wohnt. Sein Schmerz war von solcher Heftigkeit, daß er beschloß, nicht mehr am Leben zu bleiben; weder die Überredungsversuche noch die Trostesworte seines lieben Oheims konnten ihn beruhigen, und nach langen, bitteren Klagen entschloß er sich schließlich zur Rückkehr nach Siena. Wenn ihm das Schicksal wenigstens vergönnen würde, daß seine Rückkehr unbekannt blieb, wollte er sich verkleidet zu Füßen des Grabmals niederwerfen, in dem, wie er vermeinte, seine Ganozza beigesetzt war, und dort weinen bis an das Ende seiner Tage. Sollte es das Unglück aber wollen, daß er erkannt wurde, so wollte er freudig die Strafe für seinen Totschlag auf sich nehmen, weil ja die Maid, die er mehr geliebt als sich selber, und von der er ebenso geliebt worden war, auch schon tot war.

Nachdem sein Beschluß also feststand, erwartete er die Abfahrt der venezianischen Galeeren nach dem Westen, ging, ohne seinem Oheim ein Wort davon zu sagen, in aller Freudigkeit an Bord und dem vorbestimmten Tod entgegen. Er langte in kürzester Zeit in Neapel an und reiste so schnell er konnte von dort auf dem Landwege nach der Toskana, kam als Pilger verkleidet nach Siena und betrat, von niemandem erkannt, die Stadt. Er stieg auch in einer nicht sehr besuchten Unterkunftsstätte ab, und begab sich, ohne die Seinen irgendwie zu benachrichtigen, zur angemessenen Stunde in die Kirche, in der seine Ganozza beigesetzt worden war. An ihrem Grabe zerfloß er in bitterlichen Tränen und wäre, wenn er es gekonnt hätte, nur zu gern in die Gruft hineingegangen, um sich dem zarten Leib, den lebend zu genießen ihm nicht mehr vergönnt war. als Sterbender für alle Ewigkeit zuzugesellen; auf

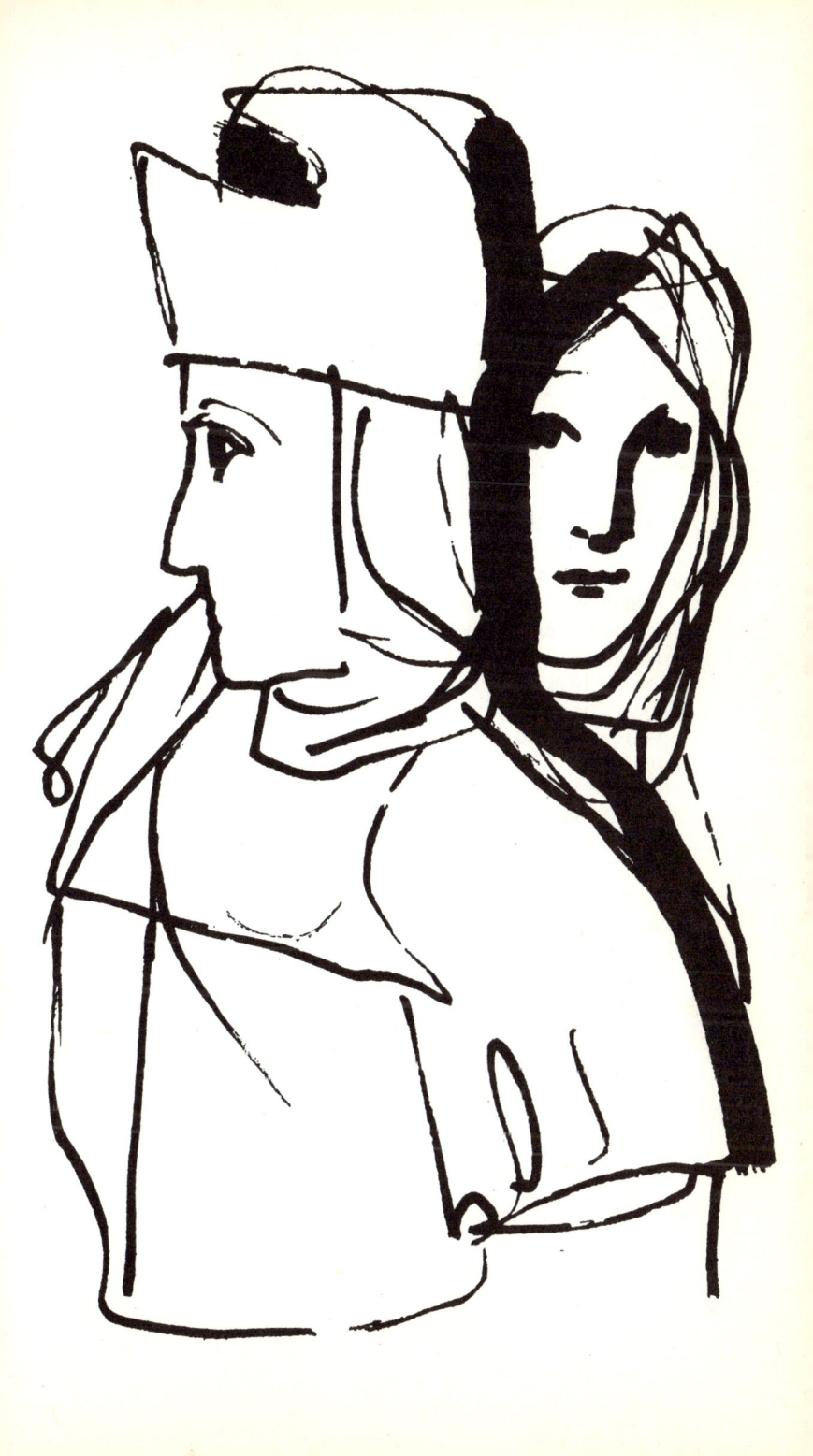

die Erfüllung dieses Verlangens waren alle seine Gedanken gerichtet. Und um nicht im Zustand des beständigen Wehklagens und Weinens zu verharren, besorgte er sich mit großer Vorsicht bestimmte Eisenwerkzeuge und verbarg sich eines Abends bis zur Vesper in der Kirche. In der darauffolgenden Nacht schob er mit beträchtlicher Mühsal die Grabplatte beiseite und war schon dabei, hineinzusteigen, als der Sakristan, der zum Läuten der Frühmesse kam, ein Geräusch hörte. Als er herbeieilte, um die Ursache des Geräusches zu entdecken, fand er den Jüngling bei der Ausführung seines Vorhabens; in dem Glauben, er sei ein Dieb, der die Leichen berauben wolle, schrie er laut: »Haltet den Dieb! Haltet den Dieb!« worauf sämtliche Mönche herbeieilten. Diese packten ihn und öffneten zugleich die Türen, so daß viel Volk von der Straße hereinströmte. Obwohl der unselige Liebhaber noch in die elendesten Lumpen gehüllt war, wurde er sogleich als Mariotto Mignanelli erkannt; und noch ehe es tagte, wußte ganz Siena, daß er dort festgehalten wurde. Als die Nachricht an den Rat der Stadt gelangte, verlangte man von seinem Oberhaupt, daß er zu ihm gehe und schleunigst die Anordnungen der Gesetze und der Verfassung vollstrecke. So wurde Mariotto denn ergriffen, gefesselt und nach dem Gerichtsgebäude gebracht; dort wurde er der Folter unterworfen. Da er sich aber nicht vielen Qualen aussetzen wollte, bekannte er eingehend die Gründe seiner verzweifelten Wiederkehr. Und wenn ihm auch von allen Seiten das größte Mitgefühl gespendet wurde, die Frauen untereinander bitterlich weinten, ihn als den einzigen vollkommenen Liebhaber auf dieser Erde priesen, und jeder ihn gern mit dem eigenen Blut freigekauft hätte, wurde er dennoch vom Gericht dazu verurteilt, in der Frühe des nächsten Morgens enthauptet zu werden; und das Urteil wurde, ohne daß Freunde und Verwandte sich für ihn verwenden konnten, zur festgesetzten Zeit vollstreckt.

Die unselige Ganozza gelangte unter dem Geleit des besagten Mönchs nach einigen Monaten und unter mancherlei Mühsal nach Alexandria und ließ sich zum Haus des Ser Nicolò bringen; sie gab sich ihm zu erkennen und sagte ihm, wer sie sei und was sie hergeführt habe; auch erzählte sie ihm, was sie alles erlebt hatte.

Er war zugleich erfüllt von Verwunderung und tiefem Bedauern; auch ließ er sie, nachdem er sie ehrenvoll aufgenommen, wieder als Dame kleiden. Als er den Mönch verabschiedet hatte, sagte er der unseligen jungen Frau, wie und in welcher Verzweiflung auf die erhaltene Nachricht hin ihr Mariotto, ohne ihm gegenüber ein Wort laut werden zu lassen, abgereist sei, und wie er ihn als einen Toten beweint habe, da sein Fortgang nur den Zweck gehabt haben könne, daß er sterben wollte. Daß Ganozzas neuer großer Schmerz mit Grund alles übertraf, was ihr und ihrem Geliebten bisher an Schmerzlichem widerfahren war, kann sich ein jeder denken, der denken kann; meines Dafürhaltens wäre alles Reden darüber müßig. Als sie also wieder zu sich gekommen war und sich mit ihrem neuen Vater beriet, stürzten beiden bei ihren Überlegungen die heißen Tränen aus den Augen. Es ward beschlossen, daß Ser Nicolò und sie auf dem kürzesten Wege nach Siena zurückkehren wollten; denn ob sie Mariotto nun lebend oder tot anträfen, so wollten sie wenigstens mit den Mitteln, die die äußerste Not ihnen gewährte, die Ehre der Dame retten. Die Geschäfte wurden mit möglichst wenig Verlust in andere Hände gelegt, die Dame abermals in einen Mann verkleidet und eine gute Möglichkeit zur Überfahrt ausfindig gemacht. Bei günstigem Winde gelangten sie binnen kurzer Zeit an die Küsten der Toskana, stiegen in Piombino an Land und begaben sich heimlich nach einem Landgut, das Ser Nicolò in der Umgebung von Siena besaß. Als sie nach Neuigkeiten fragten, erfuhren sie, daß Mariotto drei Tage zuvor enthauptet worden sei. Auf diese grausige Nachricht hin verblieben sie, obwohl sie es schon längst für gewiß gehalten hatten, alle beide und jeder für sich in einem dem Tode ähnlichen Zustand tiefster Niedergeschlagenheit, woran sich die Schrecklichkeit des Geschehenen ermessen läßt. Ganozzas Weinen und Klagen war von solcher Inständigkeit, daß auch ein Herz aus Marmor von Mitleid ergriffen worden wäre; sie wurde von Ser Nicolò unablässig getröstet und mit klugen, von Barmherzigkeit erfüllten Ratschlägen bedacht. Endlich gelangten sie zu dem Entschluß, nach einem so großen Verlust nur noch an die Ehre der ausgedehnten, hochangesehenen Verwandtschaft zu denken und durchzusetzen, daß die arme junge Frau sich heimlich in ein sehr frommes Kloster einschlösse, um dort zugleich ihr Unglück, den Tod ihres Liebsten und ihr eigenes Elend bitterlich zu beweinen, solange das Leben es ihr gewährte. So wurde es mit größtmöglicher Behutsamkeit und bestem Erfolg auch durchgeführt; bis auf die Äbtissin gab sie dort niemandem Auskunft über sich und beendete unter innerem Schmerz und blutigen Tränen, bei wenig Nahrung und keinerlei Schlaf, unablässig ihren Mariotto anrufend, innerhalb kürzester Frist ihre elenden Tage.

Konrad von Würzburg

Die Mär vom Herzen

Ein Ritter und eine edle Dame hatten ihr Leben und ihre Seelen so ineinander verwoben, daß daraus ein einzig Ding geworden war. Was die Dame schmerzte, das schmerzte auch den Ritter; und leider nahmen beide ein bitteres Ende. Die Liebe war für sie so übergroß geworden, daß ihnen daraus mannigfaches Leid erwuchs. Ihren Herzen wurde durch die süße Liebe herber Schmerz zuteil. Bis in ihr Innerstes hinab brannte das Feuer und erfüllte sie von Grund auf mit so verzehrender Liebe, daß deren Gewalt nicht in Worten ausgedrückt zu werden vermag. Wie sie mit lauteren Gedanken einander zugetan waren, entzieht sich der Schilderung. Weder von einem Manne noch von einer Frau ist je vollkommenere Treue bezeigt worden, als sie sie einander bekundeten.

Doch sie konnten nicht mit Schicklichkeit zusammenkommen, wenn der Dienst der Liebe es gebot. Denn die liebliche Frau hatte einen hochgestellten Mann zum Gemahl, und deswegen blutete ihr das Herz. Ihre Schönheit wurde sorgsam gehütet, so daß der edle Ritter nie die Sehnsucht seines liebeswunden Herzens an ihr stillen durfte. Das schuf ihm harten Kummer; er begann sich so qualvoll nach ihrem liebreizenden Körper zu sehnen, daß seine Liebesqual ihrem Gemahl nicht verborgen bleiben konnte.

Wann immer es möglich war, ritt er zu der schönen Dame und gab ihr wehklagend Kunde von seines Herzens Not. Dadurch brachen zu guter Letzt Leid und Unheil über ihn herein.

Der Gemahl der Geliebten beobachtete sie und stellte ihnen solange heimlich nach, bis er aus ihren Gesten erkannte, daß sie der süßen Liebe ins Garn gegangen waren und dürstend nach einander verlangten. Das schuf jenem vornehmen Herrn großes Leid.

Er dachte bei sich: »Hüte ich mein Weib nicht, so gewahrt

vielleicht mein Auge etwas, das mich schmerzt, weil sie mir mit dem Ritter Böses antut. Ich will versuchen, sie seiner Macht zu entziehen. Ich fahre mit ihr über das wild wogende Meer; dadurch kann ich sie vor ihm bewahren, bis er die Begierde seines Herzens von ihr abwendet und sie ihm alle Hoffnung genommen hat. Irgendwann habe ich sagen hören, wenn jemand von seiner Dame getrennt sei, werde er der Liebe überdrüssig. Darum will ich mit ihr zum heiligen Gottesgrab reisen, bis sie die große Liebe, die sie dem wackeren Ritter entgegenbringt, vergessen hat.«

Also beschloß er, den Liebenden ihre Liebe zu verleiden. Aber dennoch wich sie nicht von ihnen. Er befahl sich dem Gedanken an, daß er zusammen mit seiner Frau die heilige Stadt Jerusalem erschauen wolle.

Als der nach ihrer Liebe gierende Ritter das erfuhr, ging er betrübt mit sich zu Rate und gelangte zu dem Entschluß, er wolle bald nach ihr gleichfalls übers Meer fahren. Es bedrückte ihn, kampflos und wie tot daheim zu liegen, sofern er es auf sich nahm, nicht abtrünnig zu werden. Die unerbittliche Liebe lastete so sehr auf ihm, daß er um der schönen Frau willen sogar in den grimmen Tod gefahren wäre. Darum wollte er seinen Aufbruch nicht lange hinauszögern und ihr nachreisen.

Das kam der süßen Tugendreichen zu Ohren, und die schöne Frau entbot ihn heimlich zu sich und sprach zu ihm: »Mein Freund und Gebieter, geliebtes Leben, wie du vernommen hast, hat mein Gemahl es sich in den Kopf gesetzt, mich durch Flucht von dir zu entfernen. Um deiner hohen, wohlgearteten Güte willen gehorche mir jetzt, liebster Freund, und wende jene Fahrt über das weite, wild wogende Meer von mir ab, zu der er mich zwingen will. Fahr du allein hinüber, damit ich hierbleiben kann. Hat er vernommen, daß du früher als er aufgebrochen bist, so wird er hierbleiben und von seinem Argwohn wider mich ablassen und meinen: ›Wenn an dem, was mein Herz an meinem guten, schönen Weib wahrzunehmen glaubt, etwas wahr wäre, dann hätte der stolze, edle Ritter schwerlich dies Land verlassen.‹ Auf diese Weise wird er seiner Zweifel ledig, die er gegen mich hegt. Und es darf dich nicht gereuen, eine Zeitlang dort zu verweilen, bis das Gerede über uns, das gegenwärtig hier von Mund zu Mund geht. verstummt ist. Hat Christus, unser milder, reiner Herr. dich dann wieder zu mir zurückgeleitet, so hast du, gleich mir, Muße genug, deinen Willen besser als jetzt durchzusetzen, da es dann mit allen Gerüchten zu Ende ist, die über uns im Umlauf sind. Dem lieben Gott sei es geklagt, daß du nicht, wie du möchtest, immer bei mir sein kannst, und ich nicht zu meiner Lust bei dir. Nun geh. mein viellieber Herr und Gebieter, und nimm von mir diesen Ring entgegen: schaust du ihn an, so gedenke des Kummers, in den ich hineingezwungen werde, wenn mein Auge dich nicht mehr sieht. Was auch immer mir geschehen möge: meine Gedanken werden bei dir sein. Daß du fortreist, schafft mir im Herzensgrunde tiefen Jammer. Gib mir noch einen süßen Freundeskuß auf den Mund, und dann tu um meinetwillen, wie ich dich geheißen habe.«

»Gern, Geliebte«, sagte er schweren Herzens. »Welche Mühsal ich auch auf mich nehmen müßte: ich tue aus freien Stücken, was Ihr wünscht. Ich habe Herz, Seele und Geist so sehr an Euch verloren, daß ich Euch gänzlich untertan bin. Nun gebt mir Urlaub, auserkorene, beste Freundin, und seid gewiß, daß meine sehnsüchtigen, Euch geltenden Gedanken mich großes Ungemach erdulden lassen werden. Ich hänge mit Leib und Seele so schmerzvoll an Euch, liebste aller Frauen, daß ich große Angst verspüre, man werde mich tot zu Grabe tragen, ehe mir das Glück widerfährt, Euch je wiederzusehen.«

Damit ging ihrer beider Gespräch über ihrer Herzen Weh zu Ende. Unter Qualen schieden die Liebenden voneinander, und die Abschiedsstunde machte ihnen noch schwerer zu schaffen, als es sich erzählen läßt. Nicht länger genossen ihre Herzen irdische Wonnen; ihre rosenroten Münder gaben einander sanfte Küsse, und dann sagten sie sich von allen Freuden los.

Leidvollen Herzens fuhr der Ritter übers Meer; er nahm das erstbeste Schiff, das er fand. Er dachte, daß er hier auf Erden nie wieder Freuden genießen noch frohgestimmt sein wolle, es sei denn, Gott füge es, daß er an Land komme und von neuem von der Geliebten höre. Die Not seines Herzens war hart und bitter. Der werte Ritter begann um sie zu trauern, und im Herzensinnern nagte ihm leidende Betrübnis. Sein Verlangen nach ihrer Liebe lebte wieder auf. Er mutete an wie ein Turteltauber, der, nachdem er geliebt, den grünen, frischen Zweig der Freuden mied und sich für alle Zeit auf dem dürren Ast der Sorgen niedergelassen hatte.

So sehr sehnte er sich nach ihr, und so heftig wurde sein Leid, daß ihm der Jammer durchs Mark bis auf den Grund der Seele drang; er fühlte sich wund und siech ob all seines Unglücks und des aus seinem Innersten heraufschwärenden Kummers. Er sehnte sich und litt Qualen, und in mancher Stunde sprach er seufzend zu sich: »Ehre sei der holden Frau, deren Leben und süßer Körper mir solche Herzenspein verschaffen. Wie kann sie, meine liebste Angebetete, mir durch ihre liebliche Herrschaft über mich so bitterliche Nöte ins Herz senken? Wie nur vermag ihr beglückender Körper so großen Schmerz zu schaffen? Wird mir durch sie nicht Linderung, so bin ich bald des Todes.«

Tag für Tag wand er sich in solcherlei Klagen und Herzensnöten und hing seinem Jammer solange nach, bis er schließlich dem Siechtum der Liebe verfiel und nicht länger mehr leben wollte. Es wurde so schlimm mit ihm, daß man ihm das verborgen an seinem Herzen nagende Leid äußerlich ansah. Und da der werte, kluge Ritter erkannte, daß die Mär tödlich enden werde, da er merkte, daß er sterben müsse, sagte er zu seinem Knappen:

»Vernimm, lieber Gefährte, ich spüre, daß ich an meiner Liebsten sterben muß, weil das leidvolle Sehnen nach ihr mich auf den Tod verwundet hat. Darum tu, was ich dir sage. Wenn es mit mir zu Ende ist, wenn ich um der edlen Frau willen gestorben bin, dann laß mir die Brust aufschneiden und nimm mein Herz heraus, das blutende und schmerzzerrissene. Dann mußt du es sorglich mit Balsam salben, damit es sich lange frisch erhält. Merk auf, was ich dir jetzt noch sage: Leg mein totes Herz in ein Kästchen aus Gold und Edelstein und leg das Ringlein dazu, das meine Liebste mir schenkte; und sind die zwei dann beieinander und verschlossen und versiegelt, so bring sie meiner angebeteten Geliebten, damit sie sich innewerden kann, was ich um ihretwillen erlitt und wie mein Herz sich nach ihrer süßen Liebe zu Tode gesehnt hat. Sie ist von so lauterer Seele und weiß so sehr rechte Treue zu halten, daß ihr mein ständig erneuerter Jammer alle-

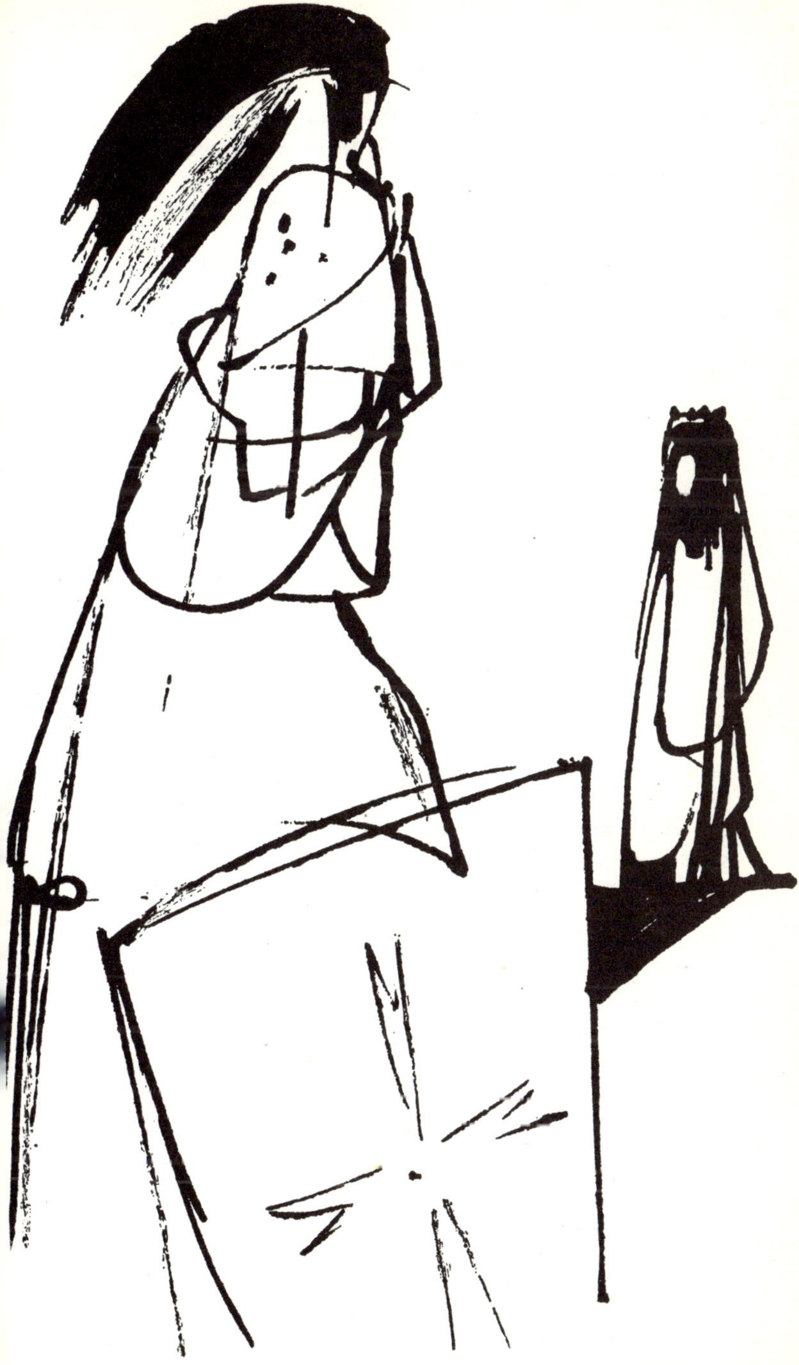

zeit das Herz bewegen, daß sie die Schmerzen nachempfinden muß, die ich um ihretwillen habe erdulden müssen. Deshalb führe meinen Auftrag getreulich aus. Gott, der Reine und Milde, der hienieden keinem edlen Herzen je seine Hilfe versagte, möge geruhen, sich meiner, des Allerärmsten, zu erbarmen, und er möge meiner Herzliebsten, an der ich hier zugrunde gehen muß, Freude und ein wonnevolles Leben bescheren.«

Unter solcherlei Wehklagen und Herzeleid ging es mit dem Ritter zu Ende.

Tiefbetrübt rang der Knappe die Hände. Dann ließ er dem Toten die Brust öffnen und erfüllte seine Bitte. Um was er gebeten worden war, das tat er, und dann kehrte er als ein freudloser Mann in die Heimat zurück und trug das tote Herz seines Herrn mit sich.

Dem Gebote folgend, ritt er zu der Burg, auf der sie wohnte, um derenwillen sein lieber Herr die arge Todespein hatte erleiden müssen. Und als er zu der Burg gelangte, wo die edle Frau zu jener Zeit sich aufhielt, da ritt ihm auf freiem Felde zufällig ihr Mann entgegen; der wollte, wie die Mär berichtet, sich gerade auf die Falkenjagd begeben. Das machte den Knappen betroffen, noch über das Leid hinaus, das ihm bereits zu schaffen machte.

Als der Ritter ihn erblickte, dachte er sogleich: »Fürwahr, der ist abgesandt worden, damit er meiner Frau Kunde bringe von seinem Herrn, der ihr schmerzlich Liebe zugeschworen hat.«

Unter solcherlei Gedanken ritt er zu dem Knappen hin, um ihn zu fragen, welche Art von Botschaft er überbringe. Sogleich gewahrte er das zierlich-prächtige Kästchen, das das Herz und der Liebsten Ring barg. Der Knappe hatte es am Gürtel hängen, als sei es etwas Geringes. Als der Ritter es erspäht hatte, grüßte er den Knappen und fragte ihn, was er in dem Kästchen mit sich führe. Da antwortete der höfliche, getreue Jüngling: »Herr, es ist nur ein geringes Ding, das aus der Ferne durch mich hergesandt wird.«

»Laß sehen«, sagte der Ritter sogleich, »was darin verborgen ist!«

Ängstlich erwiderte der Knappe: »Nein, das tue ich nicht; keiner darf es zu Gesicht bekommen als der, dem von Rechts wegen bestimmt ist, es zu erblicken.«

»Das wird schwerlich geschehen«, sagte der Ritter, »denn ich werde es dir mit Gewalt abnehmen und dann ohne deine Einwilligung hineinschauen.«

Es dauerte nicht lange, da hatte er dem Knappen das Kästchen vom Gürtel gerissen. Er öffnete es, sah das Herz und fand den Ring seiner Frau. Daraus erkannte er, daß der Ritter tot sei, und daß der Inhalt des Kästchens bei derjenigen, die seine glückspendende Freundin gewesen war, als Beweis seiner Herzensnot gelten sollte.

Der Ritter sprach zu dem Knappen: »Jetzt zieh deines Weges! Ich will das Kleinod für mich behalten, das laß dir gesagt sein!«

Darauf ritt er heim, wozu es ihn drängte, und befahl seinem Koch, er solle aus dem Herzen ein erlesenes Gericht bereiten. Das tat der Koch willig; er nahm das Herz und bereitete es so köstlich zu, daß keiner je eine Speise gegessen hat, die mit feineren Gewürzen schmackhaft gemacht worden wäre denn dieses tote Herz.

Als es gar gekocht war, gab es kein Zögern mehr. Der Eheherr ging zu Tische und befahl, seiner Frau die duftende Speise aufzutragen. »Liebes Weib«, sagte er sänftiglich, »dies ist ein ganz besonderes Gericht, das du allein essen sollst, da es dir schwerfallen würde, es mit jemandem zu teilen.«

Da langte die arglose Dame zu und aß das Herz ihres Freundes auf, ohne sich gewahr zu werden, welche Art Speise es sei. Das jammervolle Gericht dünkte sie so wohlschmeckend, daß sie meinte, bis zur Stunde nichts genossen zu haben, was ihr besser gemundet hätte.

Als die edle Dame das Herz verzehrt hatte, sagte der Ritter: »Frau, jetzt tu mir kund, ob das Gericht dir gefallen hat. Vermutlich hast du dein Lebtag kein Mahl von köstlicherem Geschmack als dieses zu dir genommen.«

»Lieber Herr«, antwortete sie, »nimmer will ich froh sein, wenn ich je etwas gegessen haben sollte, das mich lieblicher und reiner dünkte als die herrliche Speise, von der ich eben gekostet habe. Sie scheint mir aller Speisen Überhort zu sein. Sagt mir, lieber Herr, ob dieses löbliche Mahl aus einem wilden oder einem zahmen Tier bereitet worden ist.«

»Frau«, antwortete er, »vernimm rechtens, was ich dir

kundtue: Diese Speise, so wahr mir Gott helfe, war zahm und wild zugleich. Im Ernst: der Freude nach war sie wild, und dem Leid nach war sie zahm. Du hast deines Ritters Herz gegessen, das er in der Brust getragen hat; er hat während seiner Erdentage allzuviel des Jammers um deinetwillen erlitten. Glaub meinem Wort: Er starb an Herzeleid vor Sehnsucht nach deiner süßen Liebe, und als Beweis hat er dir durch seinen Knappen sein Herz mitsamt dem kostbaren Ring in dieses Land hergesandt.«

Bei dieser entsetzlichen Nachricht erstarrte die eben noch Glückselige zu Tode; ihr Herz im Leib erkaltete, das könnt ihr mir glauben. Ihre weißen Hände fielen ihr jäh in den Schoß; aus dem Munde strömte ihr im Bewußtsein ihrer Schuld das Blut.

»Ja«, sagte sie in ihrer großen Drangsal, »habe ich das Herz dessen gegessen, der mir ohne Unterlaß aus vollem Herzen treu gedient hat, so laßt mich Euch bei Gott sagen, daß ich nach dieser edlen Speise fürderhin nimmermehr eine andere genießen will. Gott in seiner Güte und Hochherzigkeit möge verhüten, daß ich nach einem so wunderbaren Gericht künftig auch nur die geringste Nahrung zu mir nehme um des Unheils willen, das da heißt: Tod. Sehnsüchtigen Herzens will ich mein armes Leben hingeben für ihn, der um meinetwillen das Leben hingegeben hat und des Leibes ledig geworden ist. Ich wäre treulos, vergäße ich je, daß er, der tugendreiche Mann, mir sein totes Herz zugesandt hat. Weh, daß mir nach all seiner Pein auch nur für einen einzigen Tag noch das Leben gegönnt war! Nicht länger darf ich allein, ohne ihn, atmen, während er in den Tod hinübergeglitten ist – er, der mir seine Treue nie verhehlte.«

Ihre Qual ward so übermäßig, daß sie vor Herzeleid ihre beiden weißen Hände wild ineinander faltete. Das Herz in ihrer Brust zuckte vor sehnendem Jammer. So fand das lichte Leben der jungen Frau ein Ende, und sie wog durch ihr schweres Geschick das auf, worauf ihr Freund voller Eifer bedacht gewesen war. Sie vergalt es ihm mit Festigkeit der Seele und mit höchster Treue.

Kin ku ki kwan

Die goldenen Haarpfeile

Zwischen den angesehenen Familien Lu und Ku in Schi tschong in der Provinz Kiang hsi, beide der Mandarinenklasse angehörig, bestand seit Jahren ein intimes Freundschaftsverhältnis. Daß die beiderseitigen Kinder, der junge Lu und Fräulein Ah Siu, ein Paar werden würden, verstand sich von selbst und war bereits seit ihrer Kindheit durch einen feierlichen Pakt verabredet.

Doch da waren unglücklicherweise beide Eltern Lu plötzlich kurz nacheinander gestorben, und der verwaiste Sohn sah sich nach Ablauf der vorgeschriebenen dreijährigen Trauerzeit dem Nichts gegenüber. Die Kosten eines standesgemäßen Begräbnisses und drei Jahre unfreiwilliger Muße hatten alle seine Barmittel aufgezehrt. Ein verfallenes Anwesen und eine alte weißhaarige Dienerin bildeten den einzigen Besitz, der ihm von dem spärlichen väterlichen Nachlaß verblieben war. Nicht ohne Grund hatte ja der verstorbene Mandarin Lu zu Lebzeiten den Ehrennamen »Klarwasser« getragen, womit angedeutet werden sollte, daß er sein Amt unbestechlich führte und Bereicherung verschmähte. Der jähe Verfall des befreundeten Hauses verursachte Herrn Ku Stirnrunzeln. Er dachte besorgt an die Zukunft seiner Tochter und sprach zu seiner Frau: »Der junge Lu ist die Armut selber. Wie will er die sechserlei Brautgeschenke beschaffen? Zum Glück ist der Tag der Hochzeit noch nicht festgesetzt. Ich denke, das beste ist, wir suchen unserer Tochter einen anderen Gatten. Unmöglich können wir ihre Zukunft aufs Spiel setzen.«

»Aber die Kinder sind doch seit frühester Jugend verlobt! Unter welchem Vorwand willst du die Verbindung lösen?« wandte die Gattin ein.

»Wir schicken einfach zu ihm hin und geben ihm zu verstehen, daß es jetzt, da er und die Braut erwachsen sind, für ihn an der Zeit sei, nunmehr, wie das unter Leuten unseres Standes der Brauch heischt, durch angemessene Brautgeschenke förmlich zu werben. Der arme Teufel ist dazu natürlich nicht imstande und wird in seiner Verlegenheit selber das Verlöbnis rückgängig machen wollen. Dann verlange ich von ihm bloß seine Unterschrift unter eine Verzichturkunde, und die Beziehung ist messerglatt zerschnitten. Nun?«

»Hm. Unsere Ah Siu ist etwas eigensinniger Natur. Wenn sie nun nicht mittut?«

»Ach was! Eine Haustochter hat sich dem Willen des Vaters zu fügen, ihre Meinung kommt überhaupt nicht in Betracht. Bereite sie nur immer sachte auf die Veränderung vor.«

Frau Ku begab sich augenblicklich ins Zimmer der Tochter und setzte sie von dem väterlichen Entschlusse in Kenntnis. »Eine pflichtbewußte Braut folgt ein für allemal einem einzigen Verlobten«, entgegnete Ah Siu. »So schreibt es Brauch und Sitte vor. Bei einer Heirat auf Geld sehen, ist Barbarenart. Daß mein Vater in solcher Weise die Armut verachtet, den Reichtum hochschätzt, widerspricht allen Grundsätzen der Menschlichkeit. Ich kann seinem Gebot unmöglich gehorchen.«

»Kind, in einigen Tagen wird dein Vater zu deinem Verlobten schicken und ihm nahelegen, förmlich um dich zu werben. Das wird er nicht können, weil ihm die Mittel zu standesgemäßen Brautgeschenken fehlen. Notgedrungen muß er dann von der Verlobung zurücktreten. Dann bleibt dir gar nichts anderes übrig, als dich ins Unvermeidliche zu schicken.«

»Nein! Lieber will ich sterben!«

Frau Ku wollte schon ob soviel töchterlichen Trotzes ernstlich böse werden. Gleichzeitig aber regte sich mütterliches Mitgefühl in ihr und gab ihr einen rettenden Gedanken ein: hier konnte nur eine List helfen. –

Es traf sich, daß kurz darauf Herr Ku über Land reisen mußte, um seine Güter zu besichtigen und fällige Pachtzinsen einzutreiben. Jetzt sah seine Frau den Augenblick zum Handeln gekommen. Nach einer kurzen Besprechung mit ihrer Tochter befahl sie den alten Gärtner zu sich:

»Geh schnell zum jungen Herrn Lu und bitte ihn, ungesäumt herzukommen. Er möchte aber die hintere Gartenpforte benutzen. Der Hausherr darf von diesem Besuch nichts erfahren, hörst du? Eine reichliche Belohnung ist dir gewiß.«

Der Gärtner verneigte sich und machte sich alsbald auf den Weg. Ach, welcher Anblick bot sich ihm, als er am Ziel war! Dieses halb eingefallene Tor, würdig, eine alte Klosterruine zu zieren! Dieses Gemäuer, kahl und nackt wie die Wände eines Rauchfangs! Diese zerbrochenen Fenster, die im Wind klappernd auf- und zuschlagen! Diese kalte, öde Küche, in der kein freundliches Herdfeuer flackert, kein Kessel brodelt! Dieses brüchige Mauerwerk, durch dessen Spalten und Risse der Regen Einlaß findet! Diese alten Stühle, dieses morsche Bettgestell, gerade noch gut, um als Brennholz den Ofen zu füttern! Ach, welch trostloses Bild vom Verfall eines edlen Hauses!

Der Bote traf bloß die alte Dienerin an. Der junge Lu selbst war an diesem Tage zufällig ausgegangen, um seine Tante, Frau Liang, zu besuchen, die eine Stunde Weges entfernt draußen vor dem nördlichen Stadttor ein Haus mit einem Stückchen Land besaß. Wohl oder übel mußte der Gärtner nun seine Botschaft der alten Dienerin ausrichten, wobei er ihr noch besonders einschärfte, daß ihr Herr ja keine Zeit verlieren möchte, sein Glück hänge davon ab. Nachdem er sich so seines Auftrags entledigt hatte, trollte sich der Gärtner wieder von dannen, indes die Magd hurtig, was ihre alten Füße sie tragen konnten, den Weg nach dem Hause der Tante antrat.

Diese saß mit ihrem Neffen gerade beim Abendessen, als die Botin eintrat. Hocherfreut wäre der junge Mann am liebsten aufgesprungen und auf der Stelle zum Hause Ku geeilt. Doch ein Hemmnis stand dem im Wege: in diesem schäbigen Kittel, den er augenblicklich trug, konnte er sich unmöglich vor der Schwiegermutter zeigen. Da mußte ihm schon sein Vetter Schang Pin, der mit seiner jungen Frau gleichfalls im Hause der Tante wohnte, zuvor mit seiner Garderobe aushelfen. –

Dieser Schang Pin, der ungeratene Sohn der Frau Liang, war ein boshafter, tückischer Geselle, so recht das Gegenteil seines gutmütigen und arglosen Vetters. Kaum war diesem seine Bitte entschlüpft, da hatte der andere bereits einen teuflischen Plan kombiniert.

»Meine beste Kleidung steht dir zur Verfügung«, grinste er zuvorkommend. »Bloß scheint mir, es ist heute zu spät, zur Stadt zurückzukehren, und ein Besuch zu dieser Stunde nicht recht passend. Nach meiner einfältigen Ansicht wäre es das beste, du bleibst zur Nacht hier und führst deinen Besuch morgen vormittag aus. Und auch deine alte Dienerin kann über Nacht hierbleiben, sie wird von ihrem beschwerlichen Weg müde sein und sich ausruhen wollen, nicht wahr?«

Frau Liang lobte die Fürsorglichkeit des Sohnes, und der Vetter konnte nicht umhin, seinem Vorschlag arglos beizustimmen.

»Mich selbst wirst du einstweilen entschuldigen«, fuhr der andere fort, »ich muß noch einmal ins Dorf und eine kleine geschäftliche Angelegenheit erledigen. Bald bin ich zurück und stehe dir dann zur Verfügung.«

Damit empfahl er sich. Er ging aber nicht gleich aus, sondern suchte noch einmal heimlich sein Zimmer auf und kleidete sich hastig um, wobei er seinen besten Staat wählte. Als er dann das Haus verließ, schlug er nicht die Richtung nach dem Dorf, sondern nach der Stadt ein. –

An diesem Abend hatte der Gärtner im Hause Ku, der Weisung seiner Herrin entsprechend, die hintere Gartenpforte offen gelassen und stand daneben Posten, nach dem erwarteten Besucher Ausschau haltend. Die Sonne hatte sich längst hinter den Westhügeln verkrochen, als sich endlich aus dem Dunkel der Nacht der Schatten eines jungen wohlgekleideten Mannes löste, der auf das Gartentor zustrebte, aber unsicher schien, ob er eintreten dürfe.

»Seid Ihr der junge Herr Lu?« fragte der Gärtner.

»Ich bin's«, erwiderte der Ankömmling, wobei er sich so tief verneigte, daß sein Gesicht nicht zu erkennen war. »Eure Herrin bestellte mich her, und ich bitte dich, ihr meine Ankunft zu melden.«

Der alte Gärtner bat den Besucher, näher zu treten und führte ihn in einen Gartenpavillon, dann eilte er zur Herrin des Hauses und meldete ihr den erwarteten Besuch. Bald darauf sah sich der Besucher von der Schließerin und zwei jungen Dienerinnen, die mit Stocklaternen aus Seidengaze voranleuchteten, durch die verschlungenen Pfade des Gartens und eine lange Reihe von Gemächern und Höfen geleitet, bis man endlich vor einem mit einer Rotlackbalustrade umgebenen und mit bunten Fresken reich gezierten Wohnpavillon anlangte. Beim Eintritt in den von Kerzen festlich erleuchteten Raum öffnete sich ein purpurner Vorhang, und hervor trat die Dame des Hauses.

Schang Pin – denn niemand anderes war der Besucher – stammte aus kleinbürgerlichen Verhältnissen und hatte seinen Fuß noch niemals in ein derart vornehmes Haus gesetzt. Zudem auf dem Lande aufgewachsen, war er von grobem Schlag und ermangelte aller feineren Bildung. Zum dritten machte ihn das Bewußtsein, eine falsche Rolle zu spielen, unfrei. Kurz, er befand sich in beträchtlicher Verwirrung und machte einen ziemlich tölpelhaften Eindruck, als er sich zum Gruß schwerfällig in die Knie niederließ und auf die höflichen Begrüßungsworte, die an ihn gerichtet wurden, zur Erwiderung ein paar ungeschickte Sätze stammelte. Der Dame wollte es seltsam erscheinen, daß ein Sohn aus Mandarinenhause so plumpe Manieren zeigte, aber dann erinnerte sie sich, daß man häufig beobachtet, wie Armut den Menschen verrohen läßt. Und schließlich überwog bei ihr das Gefühl des Mitleids mit diesem jungen Menschen, der ja schuldlos in seine dürftigen Verhältnisse geraten war.

Nachdem eine Tasse Tee gereicht war, ließ die Dame des Hauses ein Nachtmahl auftragen. Gleichzeitig schickte sie nach ihrer Tochter und ließ sie ersuchen, den Gast zu begrüßen. Wie es sich für eine sittsame Haustochter gehört, weigerte sich Ah Siu anfänglich trotz dreimaliger Aufforderung, zu erscheinen. Endlich sagte sie sich: »Will mein Vater schon unser Verlöbnis brechen, so gewährt mir der heutige Abend wenigstens die Genugtuung, meinen Verlobten noch einmal zum Abschied von Angesicht zu sehen, und ruhigen Herzens werde ich dann sterben können.« Und so verließ sie das »Gemach, wo man stickt«, und erschien im roten Empfangspavillon, auf den Wangen die Zierde mädchenhafter Scham.

»Tritt näher, Ah Siu«, ermunterte sie die Mutter, »begrüße deinen Verlobten. Der einfache Gruß genügt.«

Die jungen Leute verneigten sich hierauf zweimal mit vor der Brust zusammengelegten Händen. Nach einem leise gehauchten wan fu, »zehntausendfaches Glück!« wollte sich Ah Siu augenblicklich wieder zurückziehen. Aber ihre Mutter hielt sie zurück:

»Ihr seid bereits so gut wie Mann und Frau. Was hindert euch, ein paar Worte zu wechseln?« und sie hieß die Tochter, auf dem Sessel neben ihr Platz zu nehmen. Während der falsche Freier, vom Anblick des vornehmen schönen Mädchens bis ins Mark vor Erregung fiebernd, sein Gegenüber mit begehrlichen Blicken verschlang, saß Ah Siu mit gesenktem Kopf und stumm da. In der irrigen Annahme, den Verlobten gesehen zu haben, war sie versucht, heiter zu lächeln, doch beim Gedanken an die unvermeidliche Trennung überkam sie Wehmut und entlockte ihr statt Lächeln Seufzer.

Inzwischen war auf zwei getrennten Tischen das Abendessen aufgetragen worden. An einem Tisch ließen sich Tochter und Mutter nieder, während ihnen gegenüber am anderen Tisch der junge Mann Platz nehmen mußte. Während der Mahlzeit begann Frau Ku ihrem Gast den Grund der ungewöhnlichen Zusammenkunft zu eröffnen, die zwar den strengen Regeln der Etikette wenig entspräche, aber durch den Zwang der Umstände geboten sei. Währenddessen machte der vermeintliche Verlobte die denkbar unglücklichste Figur. Vor Aufregung im ganzen Gesicht rot, suchte er krampfhaft nach geeigneten Sätzen, die seine Ergebung und Erkenntlichkeit ausdrücken sollten, gestikulierte in Ermangelung passender Worte heftig mit den Händen, und als er gar von dem unerschütterlichen Entschluß des jungen Mädchens hörte, geriet er vollends ins Stottern. Die Dame des Hauses glaubte, dieses lächerliche Benehmen seiner übergroßen Schüchternheit zugute rechnen zu müssen, und nahm nicht weiter Anstoß daran. Ja, er verstand den günstigen Eindruck, den er ungewollt machte, noch zu verstärken, als er, von Haus aus ein tüchtiger Zecher, beim Auftragen des Weins zu verstehen gab, daß er allem Trinken abhold sei und nur aus Höflichkeit von dem dargebotenen Becher nippte. Schließlich wurde die Tafel aufgehoben und dem Gast eröffnet, daß ihm im Ostflügel des Gebäudes ein Zimmer zum Übernachten bereitet sei. Schang Pin spielte zunächst den Bescheidenen und wollte die Ehre dieser Einladung durchaus nicht annehmen; aber es wurde ihm bedeutet, daß sein Bleiben unbedingt erforderlich sei, um im Laufe der Nacht noch eine wichtige Angelegenheit zu besprechen. Und nur zu gern, voll heimlicher Vorfreude, fügte sich der Eindringling dem Willen der Hausherrin. Jetzt erschienen zwei Dienerinnen, mit Stocklaternen in der Hand, und meldeten, daß das Fremdenzimmer im Ostflügel hergerichtet sei.

Schang Pin machte eine Abschiedsverbeugung und ließ sich hinausgeleiten. Gleich darauf verließ auch die Dame des Hauses den roten Pavillon und begab sich in Begleitung der Tochter in ihre Wohngemächer. Dort öffnete sie eine Truhe und entnahm ihr mehrere Silberbarren im Werte von achtzig Batzen, ferner zwei Paar silberne Prunkbecher sowie sechzehn Stück massivgoldener Haarpfeile, die Schmuckgegenstände im ungefähren Wert von hundert Batzen.

»Nimm dieses Geld und diesen Schmuck«, sprach sie zu ihrer Tochter, »und trage alles heute nacht zu deinem Verlobten. Er soll die Sachen mitnehmen und als Brautgeschenke für dich benutzen, dann wird eurer Vermählung nichts mehr im Wege stehen.«

Errötend fiel Ah Siu ein: »Aber ist es denn passend, daß ich die Sachen persönlich hinbringe?«

»Liebes Kind, Form und Sitte in Ehren, aber mitunter heischen die Umstände, daß man sich darüber hinwegsetzt. Meinst du, der junge Mann wird jemals auf unser Anerbieten eingehen, wenn du nicht selbst in Worten, wie sie der Braut gegenüber dem Verlobten zustehen, ihm die Beweggründe unserer Handlungsweise klarmachst? Meinst du, jemand anderes außer dir vermöchte seine Bedenken zu zerstreuen? Laß ihm aber die Gegenstände durch dritte Personen gebracht werden, was dann? Dieser junge Mensch ist ja so weltfremd. Er wird sich von falschen Freunden falsch beraten lassen, er wird sich zu sinnloser Verschwendung verleiten lassen, und all mein Aufwand an mütterlicher Fürsorge wird schließlich umsonst vertan sein. Begreifst du, daß du selbst die Überbringerin sein mußt, und niemand anders davon wissen darf? Und nun nimm die Sachen und verbirg sie im Gewande.«

»Aber allein werde ich nicht hingehen.«

»Die Schließerin wird dich begleiten.«

Diese war alsbald zur Stelle und erhielt den Befehl, das

Fräulein zum Gemach des jungen Mannes zu begleiten, da die Verlobten noch eine Unterredung zu haben wünschten. Bis dahin war der Befehl laut erteilt worden, nun folgte noch im Flüsterton die Weisung: »Warte ab, bis das Gesinde schläft, und begleite meine Tochter bloß bis vor seine Kammertür. Die jungen Leute sollen in ihrer Unterhaltung ungestört sein, verstehst du?«

Verständnisvoll nickte die andere und entfernte sich mit dem Fräulein. –

Inzwischen saß Schang Pin, von Erwartung und stürmischen Gedanken bewegt, unausgekleidet in seinem Fremdenzimmer im Ostflügel. An Schlaf dachte er in dieser Nacht nicht. Denn daß noch irgendeine Überraschung kommen würde, sagte ihm eine deutliche Ahnung. Es war auch noch keine Doppelstunde verstrichen, da klopfte es leise an seine Tür, und eine Stimme rief gedämpft: »Das Fräulein kommt zu Besuch«, und einen Augenblick später trat Ah Siu über die Schwelle.

Aufgeregt und beglückt von dem Gang der Ereignisse, der seine kühnsten Erwartungen übertraf, stürzte Schang Pin seiner Besucherin entgegen, sie mit unzähligen tiefen Verneigungen begrüßend. Hatte ihn zuvor die Anwesenheit der Mutter beengt, so fühlte er sich jetzt, der Tochter allein gegenüber, von aller Befangenheit befreit. Mühelos und glatt flossen ihm mit einem Male höfliche Redensarten, kühne Schmeicheleien und warme Beteuerungen von den Lippen. Ah Siu ihrerseits hatte etwas von ihrer anfänglichen Scheu abgelegt und begann von ihrem strengen Vater und seinem grausamen Entschluß zu erzählen. Dabei traten ihr die Tränen in die Augen, und ihr vermeintlicher Verlobter beeilte sich, auf alle Art Teilnahme zu heucheln, häßliche Grimassen zu schneiden, künstliche Wehlaute auszustoßen und sich wild auf die Brust zu schlagen. Das verblendete junge Mädchen aber glaubte, aus seinen verzerrten Mienen, seinem Zähnefletschen und Gestöhn den Ausdruck ehrlichen Schmerzes herauslesen zu müssen, sie fühlte sich gerührt und wurde zusehends weicher und zutraulicher. Ja, sie verwehrte es ihm nicht, daß er, immer kühner werdend, den Arm um ihre Schulter und Hüfte legte. Den Höhepunkt seines Entzückens aber bedeutete es, als Ah Siu auf einmal die Silberbarren und den gleißenden

Schmuck zum Vorschein brachte und ihm dem mütterlichen Geheiß entsprechend überreichte. Jetzt verlor er den letzten Rest von Selbstbeherrschung, rasch entschlossen löschte er die Ampel aus, seine Umarmungen wurden immer stürmischer, immer werbender, das junge Mädchen wagte nicht zu schreien, aus Furcht, sich vor den übrigen Hausinsassen zu verraten, ihr Widerstand erlahmte mehr und mehr, und schließlich unterlag sie –

O Irrtum! O unselige Verwechslung!
Ach, eine edle Blume, wohlbehütet –
statt von dem Auserwählten zart gepflückt,
ward von der garst'gen Hummel roh zerdrückt –

Am nächsten Morgen zur Stunde des fünften Trommelschlags ließ Frau Ku den Gast wieder in den roten Pavillon bitten, um ihn nach seinem Frühstück zu verabschieden. »Bald wird mein Gatte zurück sein. Mein werter Schwiegersohn möge sich also mit der Werbung beeilen und keinen Augenblick versäumen!« Mit dieser Mahnung entließ sie ihn.

In glänzender Stimmung aber schritt Schang Pin, nachdem sich die Gartenpforte hinter ihm geschlossen hatte, in den Morgen hinaus. Er hatte ja allen Grund, mit sich zufrieden zu sein: mühelos hatte er eine schöne Jungfrau aus vornehmem Hause zu eigen besessen, überdies trug er in seinen weiten Ärmeln eine unerhoffte Beute an Gold und Silber von dannen! Wahrhaftig, das Abenteuer hatte sich gelohnt! Und wie gut er seine falsche Rolle gespielt hatte! Kein Pferdefuß war dabei zum Vorschein gekommen! Jetzt galt es, den Besuch des Vetters noch weiter zu verzögern. Denn Herr Ku konnte ja jede Stunde zurückkehren, wie seine Gattin gesagt hatte, und dann war es zu spät für den Vetter, und er selber hatte zu zehn Zehnteln gewonnenes Spiel. Mit diesen und ähnlichen Gedanken beschäftigt, schlenderte er gemächlich über die Felder seinem Dorf zu. Dort angelangt, begab er sich aber noch keineswegs zu seinen Angehörigen, sondern hielt erst einmal Einkehr in der Dorfschänke, wo er sich's in ergiebiger Weise an Speise und Trank gütlich sein ließ. Es war bereits hoher Nachmittag, als er endlich schwankenden Schrittes zu Hause anlangte. Mit fieberhafter Ungeduld hatte man ihn dort erwartet.

Bereits am vergangenen Abend, als er gar nicht zurückkehrte, hatte die Tante einen Knecht ins Dorf geschickt und vergeblich nach ihm forschen lassen. Nun brannte der Vetter seit den frühen Morgenstunden auf seine Rückkunft, denn ohne die versprochenen Kleidungsstücke konnte er doch keinen Besuch machen. Schließlich hatte die Tante ihre Schwiegertochter gebeten, die betreffenden Sachen ihres Mannes selbst hervorzusuchen. Aber die junge Frau hatte achselzuckend erwidert, daß ihr Mann alle seine Sachen in verschlossenen Schränken und Koffern aufzubewahren und ihr nicht anzuvertrauen pflegte. War doch die junge Ehe zwischen den beiden alles andere als harmonisch. Ein schlechter zusammenstimmendes Paar ließ sich auch kaum denken als diese anmutige und von Haus aus fein gebildete Frau neben jenem rohen und boshaften Gesellen. Es waren schon besondere Begleitumstände gewesen, die jene unglückselige Verbindung zustandegebracht hatten. Die Tochter hatte nämlich ihrem Vater, einem angesehenen, tapferen Offizier, zur Bezahlung einer Dankesschuld gedient, weil der verstorbene Liang jenem in einem unangenehmen dienstlichen Zwist den mächtigen Beistand seines Schwagers, des damals noch lebenden Mandarins Lu, verschafft und ihn dadurch vor Unheil bewahrt hatte. Zum Dank für diesen Dienst hatte jener das Beste, was er besaß, seine einzige Tochter, als Gegengabe geopfert. Natürlich hatten sich sofort nach der Heirat zwischen den ungleichen Naturen Zerwürfnisse und Reibungen ergeben, mehr als einmal hatte die junge Frau ihrem unsympathischen Gatten das Wort »Bauernlümmel« an den Kopf geworfen, und die gegenseitige Entfremdung hatte sich in letzter Zeit bis zur Unerträglichkeit gesteigert. – Endlich war der ungeduldig Erwartete, von einer Wolke von Weindunst umschwebt, das Gesicht glänzend wie ein Lenzmorgen, auf der Bildfläche erschienen.

»Wo hast du herumgezecht und die ganze Nacht über gesteckt? Dein Vetter hat vergeblich auf die versprochenen Sachen gewartet«, begrüßte ihn vorwurfsvoll die junge Gattin.

Ohne sie einer Antwort zu würdigen, verschwand er sofort in seinem Zimmer. Dort packte er zuerst den wertvollen Inhalt seiner Ärmeltaschen aus und verschloß ihn sorgfältig in einem Koffer, dann kehrte er zum Wohnzimmer zurück, und zu seinem Vetter gewandt, sprach er gleichgültig:

»Mein Geschäft hielt mich etwas länger auf, als ich gedacht hatte. Nimm mir's bitte nicht übel. Aber morgen ist ja auch noch Zeit für deinen Besuch. Heute dürfte es schon zu spät sein.«

»Willst du deinem Vetter nicht wenigstens die versprochenen Sachen aushändigen?« begann die junge Frau wieder.

»Ob er seinen Besuch heute oder morgen ausführt, ist doch schließlich seine eigene Sache!«

»Ich brauche übrigens auch noch ein Paar gute Schuhe und Strümpfe«, warf Vetter Lu ein.

»Ich habe ein Paar schöne schwarze Atlasschuhe«, erwiderte der andere listig, »aber augenblicklich sind sie zum Besohlen beim Schuhmacher, heute abend werde ich sie abholen, dann kannst du sie morgen anziehen.«

Was half's? Der arme Vetter mußte sich also noch bis zum nächsten Morgen gedulden, und auch da war er noch nicht am Ende seiner Pein. Denn Schang Pin blieb, Kopfschmerzen vorschützend, bis zur Mittagsstunde liegen, und dann verging nochmals geraume Zeit, bis er Stück für Stück der Sachen der Reihe nach hübsch langsam ausgesucht hatte. Endlich waren alle Gegenstände sorgfältig in ein Bündel geschnürt, die Tante fügte noch ein zweites mit Lebensmitteln bei, und ein Knecht wurde gerufen, der die beiden Pakete dem Neffen ins Haus nachtragen sollte. Ungeduldig wollte dieser nun endlich aufbrechen, aber zuvor mußte er noch eine langatmige Rede des Vetters voll guter Ratschläge und Verhaltensmaßregeln über sich ergehen lassen: »Vorsicht, Vorsicht!« mahnte er. »Wer kann wissen, ob die Einladung wirklich in guter Absicht erfolgt ist? Diese ganze Geheimnistuerei, diese Geschichte mit der hinteren Gartenpforte dünkt mich recht merkwürdig. Ich würde dir raten, lieber offen und erhobenen Hauptes vorn durch das Hauptportal von der Straße aus einzutreten; wenn man dich nun in eine Falle locken, dir einen Schimpf antun will? An der versteckt liegenden einsamen Gartenpforte bist du verraten und verkauft, während du vorn am Straßenportal im Notfall unter den Vorübergehenden Zeugen und Beistand findest...«

Der harmlose junge Mensch fand den Rat des Vetters ganz einleuchtend, und froh, endlich wegzukommen, versprach er ihm noch, daß er das Hauptportal benutzen werde. Zu Hause angelangt, kleidete er sich hastig um, wusch, stärkte und bügelte noch rasch sein altes Barett, und dann stand er endlich – es war schon später Nachmittag geworden – vor dem Hauptportal des Hauses Ku. Der Pförtner wollte ihn zunächst unter Hinweis auf die Abwesenheit des Hausherrn nicht einlassen.

»Melde deiner Herrin, daß Lu Hsüe Tschong, der Sohn des Mandarinen Lu, sie zu sprechen wünscht«, sagte der Besucher im Tone jener selbstsicheren Bestimmtheit, wie sie jungen Leuten aus gutem Hause eigen ist. Und als der Pförtner immer noch zögerte, fügte er hinzu:

»Deine Herrin bestellte mich her. Geh und sei gewiß, daß du dir keinen Tadel zuziehst.«

Nun gehorchte der Pförtner und meldete den Besuch. Frau Ku stutzte, und Unruhe ergriff sie. Es war doch neulich schon alles abgemacht, was mochte den jungen Mann veranlaßt haben, heute wiederzukommen! Sie befahl dem Pförtner, den Besucher in die vordere Empfangshalle zu führen, und gleichzeitig erhielt die Schließerin den Auftrag, ihn zu empfangen und über den Zweck seines Kommens auszuforschen. Aber kaum hatte diese den jungen Mann erblickt, als sie kehrtmachte und ihrer Herrin aufgeregt meldete:

»Denkt Euch, es ist ein anderer. Der junge Herr Lu, der vorgestern hier weilte, war wohlbeleibt und von dunkler Hautfarbe. Der Herr aber in der Empfangshalle ist schlank und von heller Gesichtsfarbe.«

»Ist es möglich!« rief die Dame des Hauses bestürzt. »Ich will selbst gehen und mich überzeugen.«

Sie begab sich in ein neben dem Empfangssaal gelegenes Gemach und spähte durch einen Vorhang hindurch, der beide Räume voneinander trennte. In der Tat, es war ein anderer. Jetzt erhielt die Schließerin erneut den Befehl, den Besucher zu begrüßen. Sie sollte ihn über alle näheren Verhältnisse der Familie des Mandarinen Lu genauestens befragen. Und da stellte sich nun heraus, daß der junge Mann über die kleinsten Einzelheiten genaue Auskunft erteilen konnte und keine einzige Antwort schuldig blieb. Eine Ahnung sagte Frau Ku, daß sie hier den richtigen Schwiegersohn vor sich habe. Sie erinnerte sich auch, wie befremdend neulich das eigentümlich ungeschliffene Benehmen des anderen auf sie gewirkt hatte. Der natürliche Anstand dieses jungen Mannes dagegen, seine wohlgebildeten Züge, die Vornehmheit seiner Bewegungen, seine gewählte flüssige Sprechweise erwiesen ihn als einen echten Mandarinensproß. Seine Angabe, daß ihn der alte Gärtner neulich nicht angetroffen habe, daß er bei seiner Tante draußen vor der Stadt geweilt habe und wegen Unpäßlichkeit erst heute zurückgekommen sei, klang glaubhaft und zerstreute ihren letzten Zweifel. Nur ein Punkt blieb ihr dunkel: Welcher Teufel mochte sie neulich in der falschen Rolle des Schwiegersohns gefoppt haben?

Sie entschuldigte sich für einen Augenblick und suchte eiligst ihre Tochter auf, um ihr den seltsamen Sachverhalt mitzuteilen.

»An all dem«, so schloß sie ihre Rede, »ist dein Vater schuld, weil er die Gesetze des Himmels verletzt hat; solch frevlem Tun folgt die Strafe auf dem Fuß. Der Vorfall ist höchst peinlich. Zum Glück weiß niemand weiter von der Sache. Wir müssen strengstes Stillschweigen darüber bewahren. Aber was fangen wir jetzt bloß mit dem bedauernswerten jungen Lu an? Ich besitze im Augenblick keine weiteren Wertsachen, die ich ihm mitgeben könnte.«

Gänzlich verstört hatte Ah Siu ihr zugehört. Nun stand sie wie vom Blitz getroffen, stumm und reglos da. Ihre Empfindungen in diesem Augenblick in Worte zu kleiden, wäre unmöglich gewesen. War sie verwirrt? War sie beleidigt? Sie war mehr als beides. Ohnmächtige Scham, gepaart mit düsterer Verzweiflung, stachen mit Nadelschärfe in ihr Herz ein. Endlich hatte sie sich wieder gefaßt.

»Geh zu ihm und begrüße ihn«, sprach sie, »was mich betrifft, so weiß ich, was mir zu tun übrigbleibt.«

Die Mutter entsprach ihrem Wunsche und begab sich in die Empfangshalle. Widerstrebend ließ sie sich von dem ahnungslosen jungen Lu in den Hochsitz nötigen und sich von ihm mit dem vorgeschriebenen doppelten Stirnaufschlag als Schwiegermutter huldigen. Aber eine Unterhaltung wollte ihr nicht gelingen. Sie hörte die artigen Redewendungen ihres Besuchers zerstreut an und wußte nichts zu erwidern. Schließlich schickte sie nach ihrer Tochter und bat sie her, doch Ah Siu weigerte sich, zu erscheinen. Eine kurze Botschaft, die sie statt dessen zugehen ließ, lautete also:

»Herr Lu durfte mit seinem Kommen nicht so lange säumen. Er hat leider die gute Absicht unserer Einladung mißachtet.«

Verzweifelt rief der junge Lu aus:

»Widrige Umstände verhinderten mich, sofort zu kommen. Aber habe ich den Vorwurf der Mißachtung verdient?« Inzwischen hatte sich Ah Siu in das an die Empfangshalle anstoßende Seitengemach begeben, und jetzt ließ sich hinter dem Vorhang ihre Stimme vernehmen:

»Vor drei Tagen noch gehörte ich Euch, jetzt bin ich Euer nicht mehr wert. Meine Ehre ist besudelt, das Unglück ist leider nicht mehr gutzumachen. Nehmt als Andenken und kleines Zeichen meiner Gesinnung zwei Ohrringe und zwei Haarpfeile aus Gold von mir. Im übrigen sucht mich Unwürdige zu vergessen!«

Im selben Augenblick trat die Schließerin ein und überreichte dem Besucher ein Paar goldene Ohrringe und zwei goldene Haarpfeile.

»Nehmt und behaltet das kleine Andenken. Bald werdet Ihr mich begreifen. Und nun zieht Euch, bitte, ungesäumt zurück! Euer Hiersein hat keinen Wert mehr.«

Die Stimme hinter dem Vorhang hatte während der letzten Worte erstickt und gebrochen geklungen. Nun schlug sie in ein Schluchzen um, das sich langsam entfernte.

Der junge Mann stand vor einem unlösbaren Rätsel. Was sollte diese tragische Szene? Was sollten diese Schmuckstücke? Wollte man damit sein Einverständnis mit einer Auflösung des Verlöbnisses erkaufen? Vergeblich suchte er von der Dame des Hauses eine überzeugende Aufklärung zu erlangen. Frau Ku beschränkte sich auf freundliche, aber nichtssagende Wendungen:

»Seid versichert, daß meine Tochter und ich gleich freundliche Gefühle gegen Euch hegen wie bisher, indes hat Euer langes Säumen ihr wehgetan, das ist alles.«

Weit entfernt, von dieser Erklärung befriedigt zu sein,

wollte der junge Lu die Dame mit weiteren Fragen bestürmen. Da drang plötzlich aus den inneren Gemächern ein dumpfes Stimmengewirr herüber, und schon stürzte eine Dienerin herein und meldete schreiend:

»Herrin! Ein Unglück ist geschehen! Schnell! Eilt Eurer Tochter zu Hilfe!«

Frau Ku fühlte ihre Sinne schwinden, die Füße wollten ihr den Dienst verweigern, sie mußte sich auf den Arm der Haushälterin stützen, um nicht hinzusinken. Dann schleppte sie sich mühsam in das Zimmer der Tochter. Da sah sie Ah Siu leblos, einen Seidenschal um den Hals geschlungen, auf dem Bett ausgestreckt liegen. Kurz zuvor hatte man sie am oberen Bettrahmen aufgehängt vorgefunden. Als man sie hastig loslöste, hatte sie bereits aufgehört zu atmen. Laut weinend umstanden nun die Dienerinnen die Leiche ihrer schönen jungen Herrin.

Ungläubig hatte der junge Lu zunächst die Kunde vom Tode seiner Braut entgegengenommen; er argwöhnte lediglich ein Manöver, um ihn aus dem Hause zu entfernen. Bis ihn der Augenschein überzeugen sollte. In die Schlafkammer der Tochter geführt, sah er die gebrochene Mutter vor dem Elfenbeinbett knien, auf dessen seidenen Decken die regungslose Gestalt eines lieblichen jungen Mädchens lag.

»Ich hieß Euch rufen«, sprach mühsam mit erstickter Stimme die Mutter, »damit Ihr wenigstens einmal Eure Braut erschaut haben mögt. Doch nun, wenn Euch der Ruf dieses Hauses lieb ist, bitte ich Euch, wollt Euch nicht länger hier verweilen.«

Dem jungen Mann war's, als ob sein Herz gleichzeitig von tausend Pfeilen zerschlitzt wurde. Ein Krampf würgte seine Kehle und erstickte seine Stimme, dann fühlte er sich sanft an der Hand gefaßt und aus der Kammer herausgeleitet. –

Inzwischen sandte die trostlose Mutter einen Eilboten an den abwesenden Gatten mit dem Ersuchen um schleunige Rückkehr. Als Grund gab sie lediglich an, die Tochter habe sich das Leben genommen, da sie den erzwungenen Bruch des Verlöbnisses nicht verwinden konnte.

Am nächsten Morgen, nach einer schlaflosen Nacht, schlich der betrübte Lu, die geliehenen Sachen des Vetters in einem Bündel verschnürt, zum Hause der Tante, um ihr seinen traurigen Bericht zu erstatten. Kurz vor seiner Ankunft hatte sich Schang Pin weggestohlen, denn es wäre ihm peinlich gewesen, mit dem Vetter zusammenzutreffen. Kaum war dieser fort, als er sich wieder einfand. »Was gibt's Neues vom Vetter Lu?« fragte er die Mutter.

»Ach, das ist eine seltsame Geschichte. Er war eben hier und erzählte, daß er gestern seinen Besuch gemacht hat. Aber unbegreiflicherweise hat sich seine Verlobte erdrosselt. Er sei drei Tage zu spät gekommen, hat sie gesagt.«

»Schade um das schöne Mädel!« entfuhr es Schang Pin. Zu spät bereute er seinen unbedachten Ausruf. Die Mutter war sofort stutzig geworden.

»Wieso, hast du sie denn gesehen?« fragte sie ihn erstaunt und drang nun so lange in ihn ein, bis er ihr seinen ganzen Schurkenstreich berichtet hatte. Die alte Dame war außer sich.

»Unmensch, Bestie! So hast du also den Tod des Fräuleins auf dem Gewissen! Keine ruhige Stunde wirst du mehr haben!«

Um ihren weiteren Vorwürfen zu entgehen, stürmte er hinaus und suchte sein Zimmer auf. Aber er fand die Tür verschlossen. Seine Frau hatte die Unterhaltung mit der Mutter belauscht und rief jetzt von drinnen: »Elender! Du wirst der Rache des Himmels nicht entgehen! Es wird ein böses Ende mit dir nehmen! Ich aber will von heute ab nichts mehr mit dir zu schaffen haben!«

Von der Mutter gescholten, von der Gattin geschmäht, geriet Schang Pin in sinnlose Wut. Ein Fußtritt, und die Tür war aufgeflogen. Seine Frau bei den Haaren packend, begann er wild auf sie einzuschlagen und hätte sie wohl getötet, wenn nicht, von ihrem Geschrei angelockt, die Mutter herbeigeeilt wäre und die Streitenden getrennt hätte. Um Schlimmeres zu verhüten, ließ sie eine Sänfte kommen und die verzweifelte junge Frau unverzüglich aus dem Haus schaffen und zu ihren Angehörigen bringen. Die Aufregungen dieses Tages waren aber für ihre alten Nerven zuviel gewesen. In der gleichen Nacht packte sie ein heftiges Fieber, das sie nicht mehr losließ und am siebenten Tage dahinraffte.

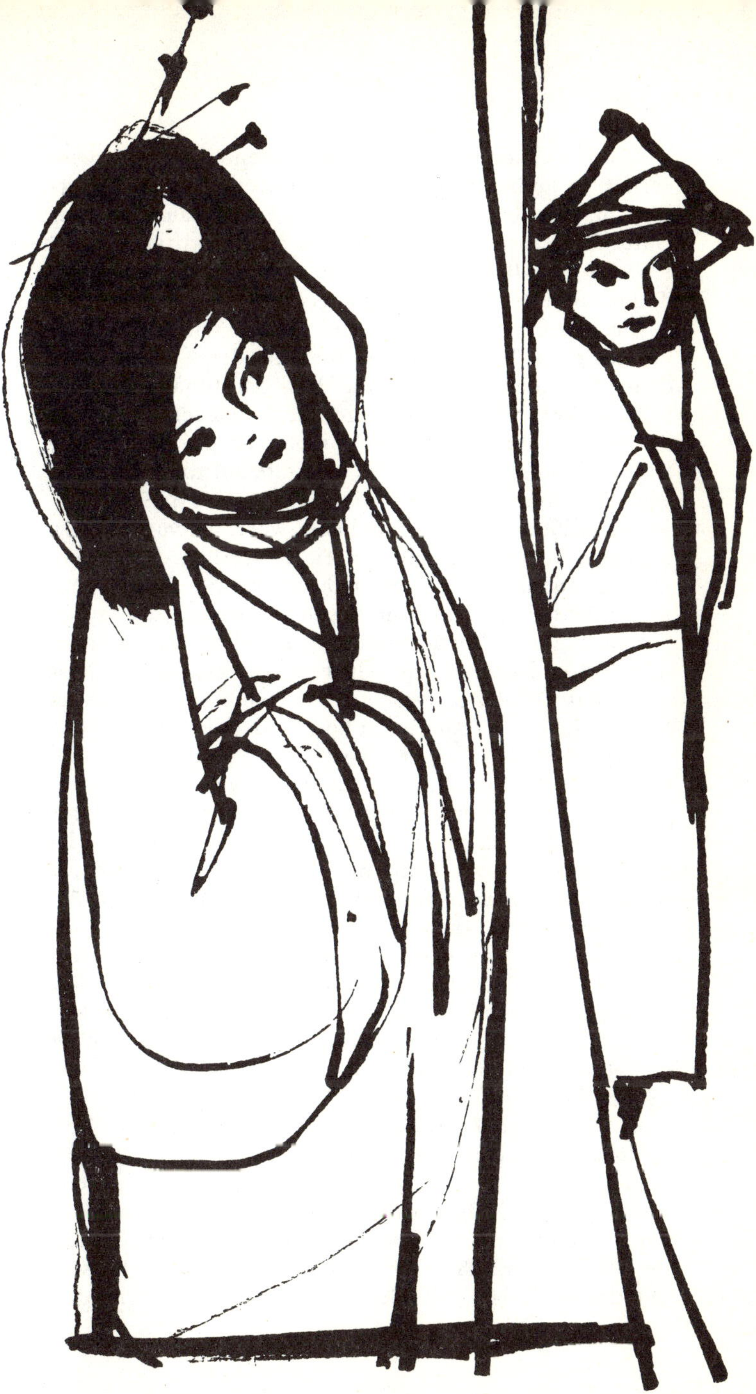

Auf die Kunde von ihrem Hinscheiden eilte die Schwiegertochter herbei, um der Toten, wie es der Brauch vorschreibt, den letzten Respekt zu erweisen. Kaum war der Gatte ihrer ansichtig geworden, da fuhr er giftig los:
»Was hast du verfluchtes Weib noch hier zu suchen? Ich dachte, du seist für immer gegangen?«
»Sei beruhigt«, erwiderte die Gattin, »mein Kommen gilt lediglich deiner toten Mutter, die der Kummer über deine Schandtaten umgebracht hat. Sonst hätte es mich nicht gelüstet, dein Schurkengesicht je wieder zu sehen.«
»Habe ich dich hergerufen? Brauche ich dich für die Erhaltung meines Stammes? Ich verzichte auf dich und wünsche dich nicht mehr in meinem Hause zu sehen!«
»Ich wüßte nicht, was mir lieber wäre, als von einer so unwürdigen Gemeinschaft befreit zu werden. Weihrauch will ich Buddha zum Dank nach unserer Scheidung brennen.« Noch eine Flut von Beschimpfungen, dann setzte Schang Pin eine Verzichtsurkunde auf, drückte sein Siegel darunter und übergab sie seiner gewesenen Gattin. Diese nahm das Dokument, verneigte sich noch einmal vor der Seelentafel der Verstorbenen und bestieg ihre Sänfte.

Inzwischen war Frau Ku vergeblich bemüht, hinter das Geheimnis des Streiches zu kommen, den ihr neulich jener Unbekannte in der Rolle des jungen Lu gespielt hatte. Ihr Verdacht lenkte sich dabei auf den alten Gärtner, der möglicherweise seine Hand mit im Spiel gehabt hatte. Sie benutzte eine neue Abwesenheit des Gatten, um den Alten einem gründlichen Verhör zu unterziehen. Aber die Befragung zeitigte kein Ergebnis. Der alte Gärtner beteuerte seine Unschuld und wußte nur von einem einzigen Besucher, während sie doch überzeugt war, daß zwei verschiedene Personen in Betracht kamen. Ärgerlich ließ sie schließlich dem Alten dreißig Stockhiebe überziehen und schickte ihn ungnädig fort.

Es war einige Tage später, als sich Herr Ku eines Vormittags in seinem Garten erging und mit Mißfallen die schlecht gekehrten Wege bemerkte. Zur Rede gestellt, wies der alte Gärtner auf seinen steifen Buckel und entschuldigte sich mit der Tracht Prügel, die ihm auf Geheiß der Herrin kürzlich verabreicht worden sei und ihn seitdem an der Arbeit gehindert habe. Als Herr Ku nach dem

Grund der Züchtigung forschte, konnte der Alte nicht umhin, die ganze Geschichte von der heimlichen Einladung des jungen Lu und von seinem nächtlichen Besuch haarklein zu erzählen. Starr vor Erstaunen hatte ihm Herr Ku zugehört. Jetzt bestieg er eilig seine Sänfte und ließ sich geradewegs zum Kreisvorsteher tragen. Alles, was er vom Gärtner vernommen hatte, gab er dort zu Protokoll wieder und forderte schließlich als Sühne für den Tod seiner Tochter Ah Siu das Haupt des jungen Lu. Der Kreisvorsteher gab seiner Klage statt und ließ den unglücklichen jungen Mann unverzüglich vor sein Tribunal schleppen.

Die Sache des armen Lu stand schlecht. Was nutzte ihm die Beteuerung, daß er nur einmal im Hause Ku geweilt, aber keinesfalls die Gartenpforte benutzt habe und auch nicht die Nacht über dageblieben sei?

Der alte Gärtner, der ihm gegenübergestellt wurde, wollte in ihm trotz seiner schwachen Augen, und obwohl es damals stockdunkel gewesen war, mit aller Bestimmtheit jenen nächtlichen Besucher wiedererkennen. Auch ließ ihn der Besitz der Schmuckstücke, die er von Ah Siu empfangen hatte, verdächtig erscheinen. Überdies war der Kreisvorsteher ein forscher Beamter und darauf bedacht, dem einflußreichen Herrn Ku persönlich zu Gefallen zu sein. Kurzerhand befahl er die Anwendung der Bastonade, und unter der schmerzhaften Einwirkung des Bambusprügels ließ sich der arme Lu jedes Geständnis, das man von ihm haben wollte, abzwacken. Jawohl, er sei zweimal im Hause Ku gewesen, den Schmuck habe er erhalten, um ihn als Brautgabe zu benutzen, beim ersten Besuch habe er die Selbstbeherrschung verloren und das junge Mädchen verführt, und aus Scham darüber habe sich dieses während seines zweiten Besuches das Leben genommen. Nach diesem Geständnis galt der Beschuldigte als hinreichend überführt. Der Kreisvorsteher verkündete das Urteil, lautend auf Tod durch Strang, und ließ den Unglücklichen in den für die Hinrichtungskandidaten bestimmten Kerker werfen. Als Frau Ku von diesem Ausgang hörte, empfand sie die heftigsten Gewissensbisse. Im Grunde war sie es ja gewesen, die den unschuldigen jungen Mann ins Verderben gestürzt hatte. Nun wollte sie ihm wenigstens nach Kräften sein trauriges Los erleichtern. Sie schickte also die Schließerin mit einer Summe Geldes zu seinem Kerkermeister, damit dieser für bessere Verpflegung und schonende Behandlung sorge. Auch beschwor sie den Gatten, ein Gnadengesuch für den Verurteilten einzureichen. Aber Herr Ku blieb ihren Bitten gegenüber taub. Ihm war vor allem daran gelegen, den geschädigten Ruf seines Hauses durch eine baldige Vollstreckung des Todesurteils wiederhergestellt zu sehen. Denn der Skandal, der seine Familie betroffen hatte, bildete in Schi tschong das allgemeine Stadtgespräch. – Just um diese Zeit begab es sich, daß der kaiserliche Zensor Tschen Liän auf einer Inspektionsreise durch die Provinz Kiang hsi im Regierungsbezirk Kan tschou eingetroffen war, zu dessen Verwaltungsbereich auch die Stadt Schi tschong gehörte. Das Erscheinen dieses Zensors verursachte unter der Beamtenschaft des betreffenden Bezirks, wo er sich zeigte, stets beträchtliche Aufregung, denn seine Fähigkeit, die dunkelsten Fälle aufzuklären, gepaart mit einer unerbittlichen Rechtlichkeit, machte ihn weithin bekannt und gefürchtet. Wenn er an die Revision besonders schwieriger Rechtsfälle ging, dann pflegte er außer den Angeklagten und den Zeugen auch die betreffenden Beamten, die in der Sache geurteilt hatten, vor seinen jeweiligen Sitz zu zitieren und persönliche Rechenschaft von ihnen zu fordern. Wehe dann dem Beamten, bei dem sich eine Nachlässigkeit herausstellte!

Zufällig war dieser Zensor mit Herrn Ku befreundet, denn sein Vater und dieser waren Studienbrüder gewesen, weshalb der Sohn mit dem Älteren auch auf dem Fuße von »Neffe« und »Onkel« verkehrte. Es war selbstverständlich, daß Herr Ku dem Zensor alsbald nach seinem Eintreffen in der Präfekturstadt einen Besuch abstattete. Bei dieser Gelegenheit brachte er auch den Fall Lu ausführlich zur Sprache und äußerte den Wunsch, daß der Zensor für baldige Vollstreckung des Urteils sorgen möge, damit die Ehre seines Hauses endlich wiederhergestellt werde. Der Zensor hatte den Bericht des »Onkels« aufmerksam mitangehört und dazu geschwiegen. Aber sein Schweigen war bloß Höflichkeit und besagte keineswegs Einverständnis mit der Auffassung des Älteren.

Am dritten Tage nach seinem Eintreffen in Kan tschou hielt der Zensor seine erste öffentliche Sitzung ab, und zwar war es der Fall Lu, der zuerst an die Reihe kam. Der Zensor hatte die Prozeßakten durchblättert und die vier goldenen Schmuckstücke der Verstorbenen, die sich als Anlage bei den Akten befanden, in Augenschein genommen, dann begann er die mündliche Befragung des Verurteilten: »Empfingst du den Schmuck bei deinem ersten Besuch?«

»Ich habe nur einen Besuch gemacht«, erwiderte der junge Lu.

»Aber in den Akten steht doch ausdrücklich, daß du zugibst, am dritten Tage nach deinem ersten Besuch nochmals im Hause Ku geweilt zu haben.«

»Dieses Geständnis ist falsch, es wurde mir durch die Folter erpreßt. In Wahrheit verhält es sich so, daß ich zunächst drei Tage aufgehalten wurde, nachdem mir der alte Gärtner die Einladung meiner Schwiegermutter überbracht hatte. Meine Verlobte habe ich lebend überhaupt nicht gesehen. Wie hätte ich sie verführen können?«

»Von wem empfingst du dann ihren Schmuck?«

»Von der Schließerin. Ah Siu selbst hielt sich hinter einem Vorhang verborgen. Sie machte mir Vorwürfe wegen meiner dreitägigen Verspätung, meinte, unsere Heirat sei dadurch unmöglich geworden, und bat mich, die Schmucksachen als Andenken zu behalten. Während ich noch mit meiner Schwiegermutter sprach, hatte sich Ah Siu bereits in ihre Kammer zurückgezogen und dort ihrem Leben ein Ende gemacht. Warum, weiß ich noch heute nicht.«

»Du bestreitest ferner, das Haus Ku jemals von der hinteren Gartenpforte aus betreten zu haben?«

»Ja.«

Zum Gärtner gewandt, fuhr der Zensor fort:

»Hast du Lu selbst gesehen, als du die für ihn bestimmte Botschaft überbrachtest?«

»Nein.«

»Wie willst du dann wissen, daß der Besucher, den du in der fraglichen Nacht eingelassen hast, Lu war?«

»Er gab sich selbst als der junge Lu aus, und darauf ließ ich ihn, dem Befehl meiner Herrin gehorchend, ein.«

»Wie lange währte sein Besuch?«

»Wie ich vernahm, blieb er zum Nachtessen im roten Pavillon. Später hat man ihm reiche Geschenke in sein Gastzimmer, das ihm im Ostflügel bereitet war, gebracht. Es war zur Zeit des fünften Trommelschlags, als er das Haus durch die hintere Gartenpforte wieder verließ.«

»Hast du Lu auch bei seinem zweiten Besuch eingelassen?«

»Nein, der Pförtner. Er kam das zweite Mal durch das Hauptportal.«

»Warum benutzte er das erste Mal die Gartenpforte?«

»Die Herrin hatte es so gewünscht, als ich die Einladung bestellte.«

Der Zensor unterbrach das Verhör des Gärtners und fragte den jungen Mann:

»Warum hast du das Hauptportal und nicht, wie dir geheißen, die Gartenpforte benutzt?«

»Es geschah aus Mißtrauen, da ich nicht sicher war, was man mit mir vorhatte.«

»Erkennst du in diesem den Besucher wieder, den du damals eingelassen hast?« wandte sich der Zensor wieder an den Gärtner.

»Das kann ich nicht mit Bestimmtheit sagen. Es war damals stockdunkel.«

»Wem hast du deine Botschaft ausgerichtet?«

»Einer alten Magd.«

»Hast du mit jemand anders über die Sache gesprochen?«

»Nein.«

Der Zensor wandte sich wieder an den Verurteilten.

»Du warst zu Besuch auf dem Lande, als die Botschaft eintraf. Wie weit war das von der Stadt entfernt?«

»Eine Stunde Wegs vom Nordtor. Ich erhielt die Botschaft durch die alte Magd noch am gleichen Tage.«

Jetzt schlug der Zensor mit der Faust auf den Tisch und rief unwillig:

»Du behauptest, du hast drei Tage mit deinem Besuch gezögert. Bei einem so glücklichen Anlaß und bei der Kürze des Weges ist das ganz ausgeschlossen. Du lügst!«

»Herr, zürnt nicht und hört mich an. Arm, wie ich bin, war ich an jenem Tage zu meiner Tante gegangen, um mir etwas Reis zu holen. Als die Botschaft eintraf, wollte ich mich eigentlich gleich auf den Weg machen. Aber unglücklicherweise war ich zu schlecht angezogen. Ich bat daher meinen Vetter, mir zuvor passende Besuchskleider zu leihen. Er war dazu bereit, mußte aber sogleich in einer geschäftlichen Angelegenheit ausgehen und kam erst am nächsten Nachmittag zurück. So verlor ich zwei Tage.«

»Kannte dein Vetter den Grund deines Verlangens?«

»Gewiß.«

»Wie heißt dein Vetter und wo wohnt er?«

»Liang Schang Pin. Er wohnt im Hause meiner verstorbenen Tante, draußen vorm nördlichen Stadttor am Kanal.«

Der Zensor erklärte die heutige Sitzung für geschlossen und entließ die Anwesenden. Am nächsten Tage war an den Toren des Yamen, in dem der Zensor residierte, eine Bekanntmachung folgenden Inhalts angeschlagen:

»Ich, der kaiserliche Zensor, bin von einer Unpäßlichkeit betroffen. Die Mandarine mögen einstweilen auf ihre Posten zurückkehren und neue Weisung von mir abwarten.« –

Seitdem das Todesurteil über den armen Lu gesprochen war, hatte sein Vetter Schang Pin begonnen, erleichtert aufzuatmen. Jetzt beschäftigte ihn nur noch der eine Gedanke, den kleinen Schatz, den ihm sein Abenteuer eingebracht hatte, möglichst vorteilhaft anzulegen. Eines Vormittags saß er gerade wieder einmal in angestrengtes Nachdenken über diesen Punkt versunken im Zimmer, als ihn plötzlich ein lebhaftes Stimmengewirr, das sich vor dem Hause bemerkbar machte, aus seinen Betrachtungen riß. Er blickte hinaus und gewahrte inmitten einer Menschenansammlung einen Mann in weißer Trauerkleidung. der, einen Stoffballen in der Hand schwenkend, mit lauter Stimme im südlichen Dialekt verkündete, daß er eine Schiffsladung Tuche ausnahmsweise billig zu verkaufen habe. Aber er gebe die Ware nur im ganzen ab, denn der plötzliche Tod seines Vaters zwinge ihn zu rascher Heimreise, und da könne er sich nicht lange mit dem Verkauf von Einzelposten aufhalten. Dafür nähme er es aber nicht so genau mit dem Preis. Sein Schiff halte wenige Schritte entfernt am Kanalufer, und er lade Kauflustige zur Besichtigung der Ware ein.

»Halt«, dachte Schang Pin bei sich, »das wäre vielleicht eine passende Kapitalsanlage für dich.« Dann öffnete er die Haustür und trat auf den Händler zu.

»Wie groß ist dein Vorrat, und was soll er kosten?« fragte er ihn.

»Vierhundert Ballen zu dem lächerlichen Preis von zweihundert Batzen.«

»Würdest du etwas vom Preis ablassen, wenn sich ein ernstlicher Käufer fände?«

»Bei sofortiger Barzahlung gebe ich fünf Prozent Rabatt. Bloß damit ich rasch abreisen kann.«

Schang Pin ließ sich jetzt von dem Händler zu seinem Schiffe führen und begann dort eine langwierige Besichtigung der eingelagerten Stoffballen, an denen er mit verdrießlicher Miene bald jenes zu bemängeln, bald dieses auszusetzen hatte. Der Händler wurde ungeduldig:

»Du bist mir ja ein ernsthafter Käufer, bringst nur meine Ware in Unordnung und raubst mir meine kostbare Zeit!«

»Warum soll ich kein ernsthafter Käufer sein?«

»Hast du denn überhaupt das nötige Bargeld?«

»Und ob. Schön, ich biete dir achtzig Batzen für die Hälfte deiner Ware.«

»Dein Angebot ist lächerlich! Da bliebe mir ja die Mühe, mich nach einem neuen Käufer für die zweite Hälfte umzusehen. Ich sagte schon, daß ich mit dir nur Zeit verliere.«

Und zu den Umstehenden gewandt, fügte er geringschätzig hinzu:

»Ich sehe, daß hier am Nordtor unter euch allen keiner ist, der das bißchen Geld für meine vierhundert Ballen aufbringt. Gut, versuchen wir's am Osttor.«

Aber Schang Pin hatte sich längst mit heimlicher Gier den Gewinn überrechnet, den er bei diesem billigen Kauf einheimsen würde. Und er war nicht gewillt, sich das günstige Geschäft entgehen zu lassen.

»Sei doch nicht so ungeduldig«, beruhigte er den Händler. »Ich nehme also die ganze Partie. Was ist der äußerste Preis?«

»Gut, dann will ich dir zwanzig Taels nachlassen.«

Aber Schang Pin beanspruchte durchaus den doppelten

Rabatt. Nach langem Hin und Her einigte man sich schließlich unter Zureden der Umstehenden auf den Preis von hundertsiebzig Batzen bei sofortiger Barzahlung.

»Ich habe im Augenblick nicht soviel Bargeld da. Nimmst du für den Rest einige Gold- und Silbersachen in Zahlung?«

»Nicht gern; aber da die Zeit drängt, meinetwegen.«

Schang Pin bat den Fremden hierauf in seine Wohnung, wo er ihm außer siebzig Batzen in bar die vier Silberbecher und die sechzehn goldenen Haarpfeile, die er neulich aus Ah Sius Hand empfangen hatte, übergab. Die Schmucksachen wurden sorgfältig nachgewogen und ergaben einen Wert von genau hundert Batzen, so daß also die Kaufsumme voll war. Nunmehr ließ der Fremde seine Stoffballen ausladen und in Schang Pins Haus schaffen. Dann empfahl er sich eilig. Schang Pin aber rieb sich vergnügt ob des geglückten Geschäftes die Hände. –

Einige Stunden später wurde er von den Häschern des Zensors verhaftet und nach der Präfekturstadt Kan tschou ins Gefängnis gebracht. –

Am nächsten Morgen verkündeten öffentliche Anschläge, der kaiserliche Zensor sei wiederhergestellt und werde am folgenden Tage seine Sitzungen wieder aufnehmen.

Die neue Sitzung war mit dem Aufruf der Sache Lu eröffnet worden, als die Menge der Anwesenden mit Überraschung gewahrte, wie Schang Pin gefesselt in den Saal geführt wurde und auf Geheiß der Wächter vor dem Richtertisch niederknien mußte. Und dann tönte es unvermittelt und drohend an sein Ohr:

»Was hast du im Hause Ku getrieben?«

Die Frage hatte den Schuldbewußten getroffen wie ein Donnerschlag aus blauem Himmel. Aber noch ehe er Zeit fand, sich zu sammeln und eine Ausrede zu stottern, traf ihn, noch vernichtender als der erste, ein zweiter Schlag. Ein Amtsdiener war plötzlich vor den Knieden hingetreten und hielt ihm auf einem Tablett einen Satz Silberbecher und eine Anzahl goldener Haarpfeile dicht vor die Augen. Gleichzeitig tönte es zum zweitenmal drohend von dem Richtertisch herüber:

»Wo hast du den Schmuck her?«

Der Gefragte warf einen scheuen Blick nach oben, und

da erkannte er zu seinem Entsetzen in dem gefürchteten Richter vor ihm den Tuchhändler von neulich wieder. Die Überrumpelung war vollständig. Schang Pin wußte nichts anderes zu stammeln als die Worte:

»Ich bekenne mich des Todes schuldig.«

»Gut, dein Geständnis erspart dir die Folter. Nun beichte.«

Und Schang Pin beichtete. Dann erging das Urteil. Es lautete auf Tod durch Enthauptung, und der Verurteilte wurde abgeführt. Gleichzeitig ließ der Zensor dem unschuldig verurteilten Lu die Fesseln abnehmen und erklärte ihn für frei. Beglückt fiel dieser seinem Retter vor die Füße und dankte ihm kniefällig mit inbrünstigen Stirnaufschlägen.

Mit wachsendem Staunen hatte der alte Herr Ku den überraschenden Gang der Verhandlung verfolgt. Jetzt wurde ihm mit einemmal klar, weshalb ihm der Zensor vor Beginn der Sitzung den Schmuck vorgelegt und ihn gefragt hatte, ob er in ihm sein und seiner Frau Eigentum wiedererkenne. Nun, nach beendeter Sitzung beglückwünschte er den »Neffen« voll ehrlicher Bewunderung. Lächelnd wehrte dieser ab:

»Der Schlüssel zu dem Geheimnis lag in dem Schmuck. Das war mir von vornherein klar. Ihn mußte ich dem Schuldigen entlocken, um ihn sicher zu überführen. Zu diesem Zwecke bediente ich mich der Maske des Tuchhändlers.«

Der Zensor in der Maske eines Tuchhändlers? Das war wieder einer jener Meisterstreiche, die den vielgewandten Richter weithin berühmt und gefürchtet machten. Unfaßbar, Zauberei dünkte den Leuten seine seltsame Art, die dunkelsten Rätsel zu lösen! Aber nicht minder seltsam sind bisweilen die Wege der Vorsehung. Wer hätte gedacht, daß der junge Lu doch noch eines Tages als Schwiegersohn in das Haus Ku einziehen würde! –

Es entsprach durchaus Schang Pins boshaftem Charakter, daß er kurz vor seiner Hinrichtung noch die eine Genugtuung erleben wollte, die gehaßte Gattin mit in sein Unheil verstrickt zu sehen. Kurz, er bezichtigte sie frech, die eigentliche Anstifterin seines Bubenstreiches gewesen zu sein, und nun sollte die Untersuchung auch auf sie erstreckt werden. Aber die junge Frau, die bei einem älteren Bruder Unterkommen gefunden hatte, erhielt rechtzeitig Kunde von dem heraufziehenden Unwetter. Rasch entschlossen bestieg sie eine Sänfte und ließ sich zum Hause Ku tragen. Zum Empfange vorgelassen, warf sie sich der Dame des Hauses zu Füßen und legte ihr unter Tränen die von Schang Pin geschriebene und gesiegelte Scheidungsurkunde vor. Schon während ihrer kurzen Ehe habe sie ihren schurkischen Gatten aufs tiefste verabscheut, und als sie gar von seiner abscheulichen Tat erfuhr, habe sie sich augenblicklich von ihm getrennt.

Von ihrer Unschuld überzeugt, sorgte Herr Ku für sofortige Einstellung ihrer weiteren Verfolgung. Aber mehr noch als bloßes Mitleid hatte das Erscheinen der anmutigen jungen Frau in den Herzen der alten kinderlosen Leute wachgerufen. Diese Haltung, diese Stimme, diese lieblichen Züge! Es war ihnen gewesen, als sei die verstorbene Ah Siu leibhaftig von den Toten zurückgekehrt. War ihnen diese Fremde nicht offensichtlich vom Himmel ins Haus gesandt worden? Und die Elternlose willigte nur zu freudigen Herzens in das Anerbieten, im Hause des kinderlosen Paares fortan Tochterstelle einzunehmen. Die Adoptivmutter aber tat einen weiteren Schritt. Sollte die junge Frau ihre Schönheit und Jugend in frostiger Einsamkeit vertrauern? War nicht am jungen Lu ein schweres Unrecht wieder gutzumachen? Und so begab sich Herr Ku persönlich zu ihm hin. Und nachdem er sich wegen der ihm zugefügten Kränkung entschuldigt hatte, ehrte er ihn durch den Vorschlag, als Gatte der Adoptivtochter in sein Haus zu ziehen. So wurde der arme Lu doch noch der Schwiegersohn des stolzen Herrn Ku. Wie überrascht war er, in seiner Braut die eigene Base wiederzufinden! Zwischen beiden hatte schon immer eine wechselseitige Zuneigung bestanden, und nun wurden sie das glücklichste Paar. Ihre Leidenszeit hatte damit ein Ende. Die junge Frau, deren kurze Ehe mit Schang Pin kinderlos geblieben war, schenkte ihrem neuen Gatten zwei Söhne. Der junge Lu aber bestand glänzende Staatsprüfungen und wurde nach dem Tode der Schwiegereltern Erbe eines reichen Besitzes.

Germaine de Staël
───────────────

Mirza

Als ich letzthin auf meiner Reise durch Afrika nach dem Senegal kam, vernahm ich eine sehr rührende Geschichte.

Wie man mir sagte, hatte der Gouverneur vor kurzem eine Negerfamilie veranlaßt, sich einige Meilen von Gorée entfernt niederzulassen und dort eine Siedlung zu gründen. Dieses Beispiel, so hoffte er, würde die Afrikaner dazu ermutigen, Zuckerplantagen anzulegen und den Handel mit diesem Lebensmittel selbst zu betreiben, so daß die Europäer sie fortan nicht mehr aus ihrer Heimat verschleppen und zum Sklavendasein verurteilen könnten. Doch zunächst zeigte sich nur ein einziger Afrikaner, den der Großmut des Gouverneurs vor der Sklaverei bewahrt hatte, jenen Plänen geneigt. Da er in seinem Lande die Stellung eines Fürsten innehatte, folgten ihm einige der ärmeren Neger, um unter seiner Leitung das Land urbar zu machen und zu bebauen.

Als ich mich nach einer guten Tagesreise ihrer Wohnstätte näherte, erfreuten sich die Neger ihrer abendlichen Muße. Sie waren beim Bogenschießen. Ourika, die Frau Ximéos – so hieß der Häuptling –, saß mit ihrem Töchterchen abseits von den anderen. Zerstreut betrachtete sie die Kleine. Mein Begleiter sprach sie an und erklärte, ich käme als Freund des Gouverneurs und bäte um ein Obdach.

»Er sei uns herzlich willkommen«, rief sie, »wir wollen gerne alles, was wir haben, mit ihm teilen.«

Sie kam auf mich zu und begrüßte mich herzlich. Ihre Schönheit und zarte Anmut entzückten mich.

»Wo ist Ximéo?« fragte mein Begleiter.

»Er macht seinen Abendspaziergang und kommt erst wieder zurück, wenn die Sonne ganz hinter dem Horizont versunken und auch der letzte Schein der Dämmerung entschwunden ist.«

Sie seufzte und wir traten in die Hütte ein. Man reichte uns eine köstlich zubereitete Mahlzeit aus allen Früchten des Landes. Ich verzehrte sie mit großem Behagen. Nach einer Weile klopfte es an die Tür. Ourika fuhr zusammen, erhob sich, öffnete und eilte Ximéo entgegen. Er umarmte sie, doch es schien, als sei er sich weder seiner selbst noch seiner Umgebung bewußt. Ich ging auf ihn zu. Sein Antlitz war wunderschön. In seinem seelenvollen Blick lag eine tiefe, zu Herzen gehende Melancholie. Apollo von Belvedere konnte nicht vollkommener gewachsen sein. Vielleicht war er ein wenig zu klein, aber die zarten Körperformen harmonierten vollkommen mit der verhaltenen Trauer, die nicht nur in seinen Mienen, sondern auch in seinen Bewegungen zum Ausdruck kam. Unsere Anwesenheit überraschte ihn nicht im mindesten. Es schien, als sei er nur von einem einzigen Gedanken beherrscht und unzugänglich für alles andere.

Wir richteten ihm die Grüße des Gouverneurs aus und erklärten ihm den Zweck unserer Reise.

»Der Gouverneur«, sagte er, »hat einen Anspruch auf meine Dankbarkeit. Und dennoch, glauben Sie mir, bin auch ich inzwischen zum Wohltäter geworden.«

Nun legte er uns die Gründe dar, die ihn dazu bewogen hatten, diese Siedlung aufzubauen. Seine Klugheit und die Leichtigkeit, mit der er sich auszudrücken verstand, setzten mich in Erstaunen.

»Es überrascht Sie vielleicht«, meinte er, »daß wir nicht in jenem barbarischen Zustand leben, den ihr Europäer für unser gegebenes Schicksal haltet.«

»O nein«, erwiderte ich, »aber selbst ein geborener Franzose könnte die französische Sprache nicht besser beherrschen als Sie.«

»O ja«, seufzte er, »wenn man so lange Zeit in nächster Nähe eines Engels gelebt hat, muß wohl etwas von diesem Glanze zurückbleiben.« Und er schlug seine Augen nieder, als wolle er nun nichts mehr von der Außenwelt sehen. Ourika weinte leise vor sich hin. Dann endlich nahm er die Schluchzende wahr.

»Verzeih mir«, rief er, »verzeih mir. Die Gegenwart gehört dir, aber dulde die Erinnerung an das Vergangene. Morgen«, sagte er, indem er sich mir zuwandte,

»morgen zeige ich Ihnen meine ganze Kolonie. Sie werden sehen, daß sie durchaus den Vorstellungen des Gouverneurs entspricht. Wir haben ein vorzügliches Bett für Sie hergerichtet, schlafen Sie gut. Ich wünsche von ganzem Herzen, daß Sie sich bei uns wohlfühlen. – Menschen, die an Herzenskummer leiden«, fügte er mit leiser Stimme hinzu, »erwarten nichts mehr für sich. Sie sorgen sich nur noch um das Wohlergehen der anderen.« Ich legte mich nieder, aber ich konnte kein Auge schließen. Tiefe Trauer erfüllte mich. Mir war, als habe ich das Porträt der Melancholie selber gesehen.

Beim Morgengrauen erhob ich mich. Ich fand Ximéo noch niedergeschlagener als am Abend zuvor. »Der Kummer, der mir im Herzen nistet«, sagte er, »kann niemals wieder erlöschen. Doch die Gleichförmigkeit des Daseins läßt ihn mich leichter ertragen. Wohingegen jede neue Begebenheit neue Überlegungen erweckt und also stets zum Quell erneuter Tränen wird.« Er zeigte mir sein ganzes Anwesen bis in jede Einzelheit. Überall herrschte peinlichste Ordnung. Ich fragte ihn, nach wessen Ratschlägen er bei der Bebauung des Bodens vorgegangen sei und wer ihn bei der täglichen Einteilung der Arbeiter beraten habe.

»Ich hole mir eigentlich gar keine Ratschläge ein«, antwortete er, »denn was Vernunft gefunden, läßt sich auch durch Vernunft erreichen. Die Sklaverei hat mir stets Abscheu eingeflößt. Ich habe die barbarischen Absichten der Menschen eurer Farbe niemals verstehen können. Zuweilen schien es mir, als habe ihr Gott ihnen aus Feindschaft gegen unseren Gott geboten, uns Leiden zuzufügen. Doch allmählich begriff ich, daß die schrecklichen Übelstände bei den unglücklichen Afrikanern nur auf die Vernachlässigung der Produktion zurückzuführen sind, und so nahm ich das Angebot des Gouverneurs an. Ich wollte meinen Landsleuten ein Beispiel geben, indem ich selber den Boden bebaute. Vielleicht werden endlich einmal freie Handelsbeziehungen zwischen beiden Weltteilen entstehen.«

Während er so sprach, waren wir in jenen Teil des Anwesens gekommen, der an ein dichtes Gehölz grenzte. Wir standen vor einem großen Tor. Ich glaubte, Ximéo würde es öffnen, aber er wandte sich jählings ab.

»Weshalb zeigen Sie mir nicht auch diesen Weg?«
»Ersparen Sie es mir«, rief er aus, »rasten wir ein wenig. Ihr Gesicht verrät viel menschliche Anteilnahme... Seit zwei Jahren habe ich eigentlich mit niemanden mehr gesprochen. Ich habe immer nur das Nötigste gesagt... Sie verstehen, daß ich mir einmal alles vom Herzen reden muß. Ihr gütiges Wesen ermutigt mich. Ich hoffe auf Ihr Mitgefühl.«

»Seien Sie ohne Sorge, Sie können sich mir ruhig anvertrauen.«

»Das Königreich Cayor ist meine Heimat. Mein Vater stammte aus königlichem Geblüt. Er war der Häuptling einiger großer Stämme. Schon früh unterwies man mich im Waffenhandwerk, und seit meiner Kindheit waren mir Pfeil und Bogen vertraut. Damals bereits wurde mir Ourika, die Tochter der Schwester meines Vaters, zur Gemahlin bestimmt; ich liebte sie, sobald ich in das entsprechende Alter kam, und diese Liebesfähigkeit entwickelte sich durch sie und für sie bald immer stärker in mir. Und als ich Ourika dann mit anderen Frauen vergleichen konnte, beeindruckte mich ihre Schönheit nur um so mehr. Und so kehrte ich freiwillig immer wieder zu meiner ersten Neigung zurück.

Wir führten damals mit unseren Nachbarn, den Jaloffen, Krieg, und da wir beiderseits die widerwärtige Gewohnheit hatten, unsere Kriegsgefangenen an die Europäer zu verkaufen, verbot uns ein tiefer Haß, der selbst im Frieden nicht erlosch, jedwede Verbindung miteinander.

Eines Tages, als ich in unseren Bergen jagte, hatte ich mich wider Willen ziemlich weit von unseren Wohnstätten entfernt. Plötzlich drang der Gesang einer schönen Frauenstimme an mein Ohr. Ich lauschte, aber ich konnte nur einzelne Worte verstehen. Empörung gegen Sklaverei, Liebe zur Freiheit, das waren die Themen dieser edlen Lieder. Ich ging einige Schritte weiter und vor mir stand ein kindliches Wesen. Erstaunt über den Gegensatz zwischen dem Alter des Mädchens und dem Ernst ihres Gesanges suchte ich in ihrem Antlitz jenen übernatürlichen Ausdruck zu erspähen, durch den ich mir diese von aller Erfahrung des Alters unabhängige Eingebung hätte erklären können. Sie war nicht schön, doch ihre edle, wohlgebaute Gestalt, ihre sprechenden Augen und ihre seelenvollen Züge ließen der Liebe nichts mehr zu wünschen übrig. Sie begrüßte mich, aber es dauerte eine Weile, bis ich ihr zu antworten vermochte. Wie erstaunt war ich erst, als ich vernahm, daß auch der Text der Gesänge ihre eigene Schöpfung war.

›Das ist gar nicht so wunderbar‹, erklärte sie mir, ›ein Franzose, der sich, weil er mit seinem Schicksal und mit seinem Vaterland haderte, im Senegal niedergelassen und zu uns geflüchtet hatte, nahm sich meiner an. Dieser gütige Greis unterrichtete mich in allem, was es bei den Europäern an Wissenswertem gibt. Er vermittelte mir all die Kenntnisse, die sie mißbrauchen, die Philosophie, deren Lehren sie so wenig befolgen. Ich erlernte die Sprache der Franzosen und las etliche ihrer Bücher. Wenn ich nun allein in unseren Bergen umherwandere, denke ich über manches nach.‹ Mit jedem ihrer Worte wuchs meine Teilnahme und meine Neugierde. Ich vergaß völlig, daß sie eine Frau war, ich glaubte, einen Dichter zu vernehmen. Beim Abschied bat ich um die Erlaubnis, sie wiederzusehen, und die Erinnerung an sie verfolgte mich nun auf Schritt und Tritt. Ich liebte sie nicht, aber ich war hingerissen vor Bewunderung. So sah ich sie mit ruhigem Gewissen wieder. Lange Zeit glaubte ich, Mirza – so hieß die junge Jaloffin – treffen zu können, ohne dadurch Ourika auch nur im geringsten zu kränken.

Eines Tages aber fragte ich Mirza, ob sie schon einmal geliebt habe. Ich stellte diese Frage ganz zaghaft, aber ihr klarer Geist und ihr offenes Wesen ließen sie unbefangen jede Frage beantworten.

›Man hat mich manchmal geliebt‹, sagte sie, ›und auch ich wünschte mir manchmal empfindsam zu sein; gar zu gern wollte ich jenes Gefühl kennenlernen, das sich des ganzen Lebens bemächtigt und das von sich aus das Dasein jedes Augenblicks bestimmt. Aber ich habe zuviel nachgedacht, um mich dieser Illusion hingeben zu können. Deutlich fühle ich jeden meiner Herzschläge, und deutlich sehe ich, was in anderen Menschen vor sich geht. Bis heute habe ich niemals jemanden getäuscht, noch bin ich selber getäuscht worden.‹

Diese Bemerkung stimmte mich traurig.

›Mirza‹, rief ich aus, ›wie sehr bedaure ich dich, denn geistige Freuden können niemals den ganzen Menschen erfassen. Einzig die Freuden des Herzens vermögen allen Fähigkeiten der Seele Genüge zu tun.‹

Sie indessen unterwies mich nach wie vor mit unermüdlicher Geduld in all ihren Kenntnissen. Wenn ich in anerkennende Lobreden verfiel, wartete sie, ohne mir zuzuhören, ruhig ab und fuhr dann in ihrem Unterricht fort. Je mehr ich ihren Worten lauschte, desto mehr begriff ich, daß sie immer nur über mich nachgedacht hatte.

Schließlich war ich völlig verzaubert von ihrer Anmut, ihrem Geist und dem seelenvollen Ausdruck ihrer Augen. Ich fühlte, daß ich sie liebte, und ich wagte es ihr zu gestehen. Welch überschwenglicher Worte bediente ich mich, um ihr Herz an dem kühnen Flug ihres Geistes teilnehmen zu lassen! Ich fiel ihr zu Füßen. ›Mirza‹, flehte ich sie an, ›weise mir meinen Platz auf dieser Erde an, sag mir, daß du mich liebst, zeige mir den Weg zum Himmel, daß ich ihn mit dir beschreite!‹

Ihre schönen Augen, die ich bisher nur in höherer Eingebung hatte erglänzen sehen, füllten sich mit Tränen. ›Ich werde dir morgen antworten, Ximéo. Die Kunstgriffe der Frauen deines Volkes sind mir fremd. Du sollst morgen in meinem Herzen lesen. Aber prüfe inzwischen das deine.‹ Und sie verließ mich lange vor dem Untergang der Sonne, jener Stunde, zu der sie sonst fortzugehen pflegte. Ich versuchte nicht, sie zurückzuhalten. Die Festigkeit ihres Charakters unterwarf mich ganz ihrem Willen.

Je öfter ich Mirza gesehen und je näher ich sie kennengelernt hatte, desto mehr war ich Ourika aus dem Weg gegangen. Ich hatte Ausreden gebraucht, hatte von Reisen gesprochen und den Tag unserer Verbindung auf immer unbestimmtere Zeit hinausgeschoben.

Endlich nun brach der nächste Tag an. Mir war, als sei ein Jahrhundert vergangen. Mit niedergeschlagener Miene kam Mirza mir entgegen. ›Ximéo‹, fragte sie, ›bist du wirklich ganz sicher, daß du mich liebst? Hat kein anderes Wesen in deinem riesigen Lande jemals dein Herz gefesselt?‹ Ich leistete ihr tausend Schwüre. ›Gut‹, sagte sie, ›ich glaube dir. Die Natur, die uns umgibt, ist dein einziger Zeuge. Ich weiß von dir nicht mehr als das, was ich aus deinem eigenen Mund erfuhr. Aber ich vertraue dir. Ich habe meine Familie, meine Freunde, meine Stammesgenossen aufgegeben, um fortan einzig mit dir zu leben. Ich muß in deinen Augen geheiligt sein. Du wirst mich beschützen, was sollte ich auch von dir fürchten ...‹ Ich unterbrach sie und fiel vor ihr nieder. Ich wähnte, aufrichtig zu sein. Die Gegenwart war so mächtig, daß ich Vergangenheit und Zukunft vergaß.

Sie glaubte mir. Ihr Götter, welch leidenschaftliche Worte fand sie, ihre Gefühle auszudrücken, wie selig machte sie die Liebe. In den zwei Monaten, die nun vergingen, blühte alles, was es an Liebe und Glück gibt, in ihrem Herzen auf. Ich genoß es, aber ich wurde langsam ruhiger; Widerspruch der menschlichen Natur. Ich war so fasziniert von dem Vergnügen, mit dem sie mich sah, daß ich bald mehr ihret- als meinetwegen zu ihr kam. Ich war ihres Empfanges so sicher, daß sich meine Erregung nach und nach legte. Mirza aber bemerkte es nicht. Sie sprach, sie antwortete mir auf alles, manchmal weinte sie, doch sie tröstete sich rasch, denn sie hatte eine ewig tätige Seele; ich schämte mich meiner selbst, und ich empfand das Bedürfnis, mich ein wenig zurückzuziehen.

Eines Tages brach in dem entlegensten Teil des Königreichs Cayor Krieg aus. Ich mußte nun Mirza sagen, daß ich mich entschlossen hatte, an dem Kampf teilzunehmen. Ach, in diesem Augenblick fühlte ich deutlich, wie teuer sie mir war. Angesichts ihrer vertrauensvollen, ruhigen Sicherheit fehlte mir der Mut, ihr meinen Plan mitzuteilen. Sie war so sehr auf meine Gegenwart eingestellt, daß mir, als ich von ihr Abschied nehmen wollte, das Wort im Mund erstarb. Ich nahm mir vor, ihr zu schreiben. Zwanzigmal verließ ich sie in Gedanken, und zwanzigmal kam ich wieder zu ihr zurück. Dann endlich brach ich auf. Ich schrieb ihr, die Pflicht fordere, daß ich sie verließe, aber ich käme bald wieder zu ihr zurück, liebevoller und zärtlicher als je zuvor. Ihre Antwort war herrlich! Welch unendlichen Zauber gewinnt die Sprache der Liebe, sobald der Geist sie verschönt. Ich schauderte, wenn ich bedachte, mit welchem Ungestüm ihr Herz zu lieben vermochte. Mein Vater jedoch hätte niemals eine Frau aus dem Land der Jaloffen als seine Tochter anerkannt. Jetzt,

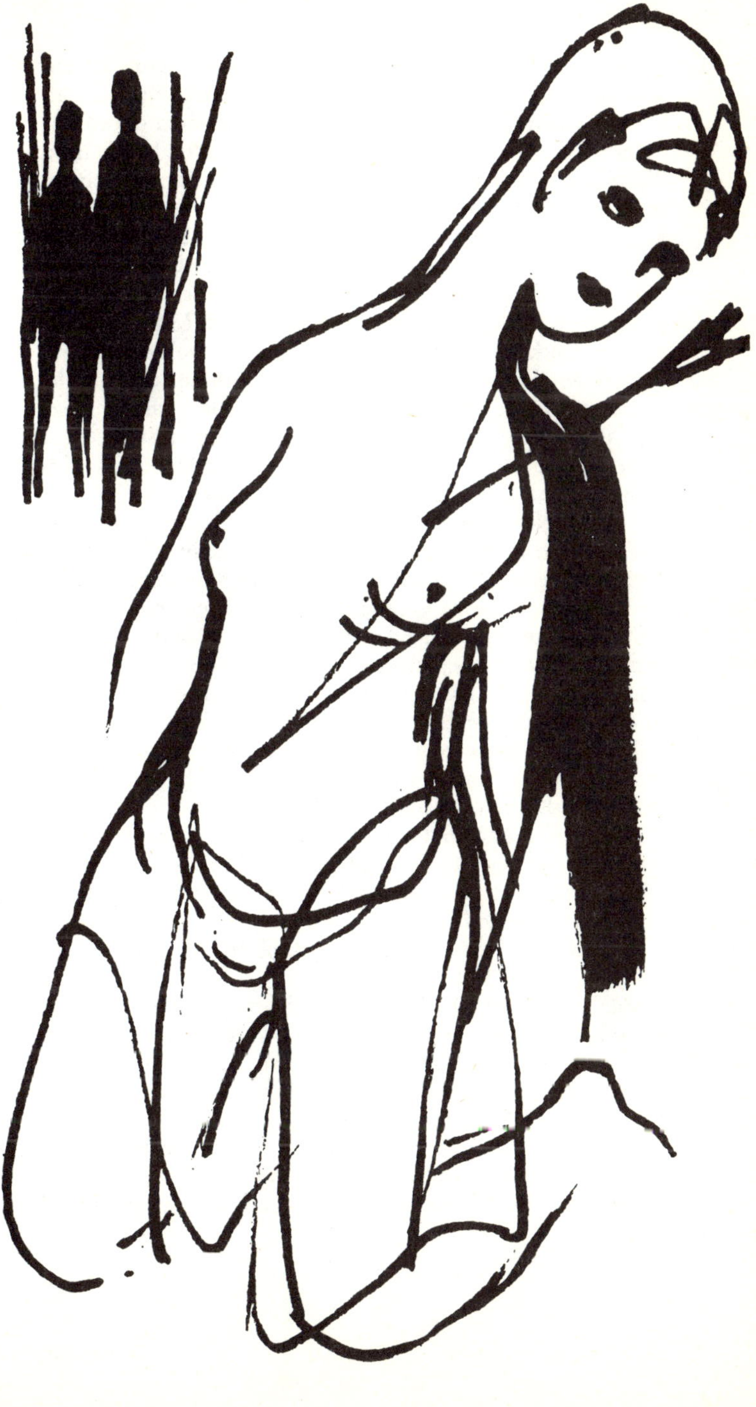

nachdem der verhüllende Schleier gefallen war, kamen mir all die Hindernisse deutlich zum Bewußtsein. Ich sah Ourika wieder. Ihre Schönheit, ihre Tränen und die Macht einer ersten Neigung, dazu die Einwände der ganzen Sippe und was weiß ich sonst noch, kurz all das, was einem unüberwindbar erscheint, wenn man aus dem Herzen keine Kraft mehr gewinnen kann, all das bewirkte, daß ich Mirza die Treue brach. Im Angesicht der Götter wurde nun der rechtmäßige Bund mit Ourika beschlossen.

Inzwischen rückte der Tag heran, den ich Mirza als Tag meiner Rückkehr angekündigt hatte. Ich wollte sie noch einmal wiedersehen. Ich hoffte, jenen Schlag, den ich ihr versetzen würde, mildern zu können. Ich hielt das für möglich, denn wenn man selbst keine Liebe mehr fühlt, ahnt man auch nichts mehr von ihrem Wirken. Man kann sich nicht einmal mehr auf seine Erinnerungen stützen. Mit welchen Gefühlen weilte ich nun an den Stätten, die einstmals die Zeugen meiner Schwüre und meines Glücks gewesen waren! Ich konnte sie kaum wiedererkennen, und doch hatte sich nichts verändert, nur mein eigenes Herz.

Mirza kam mir entgegen. Kaum sah sie mich, da empfand sie in einem einzigen Augenblick alle Seligkeit, die andere in einem ganzen Leben nicht erfahren. Auf diese Weise mochten die Götter sie wohl entschädigen.

Ich könnte nicht mehr sagen, wie ich Mirza dazu brachte, den wahren Zustand meines Herzens zu begreifen. Mit bebenden Lippen sprach ich schließlich von Freundschaft.

›Deine Freundschaft‹, rief sie, ›deine Freundschaft, Barbar, wie kannst du es wagen, meiner Seele Freundschaft statt Liebe anzubieten? Gib mir den Tod, das ist alles, was du noch für mich tun kannst!‹

›Mirza!‹, rief ich, ›ich bin nicht fähig, deinen Haß zu ertragen.‹

›Meinen Haß! Du hast ihn nicht zu fürchten, Ximéo. Es gibt Herzen, die nur zu lieben vermögen und deren ganze Leidenschaft sich nur gegen sich selbst wendet. Lebwohl, Ximéo. Eine andere wird dich nun besitzen.‹

›Nein‹, rief ich, ›nein, niemals!‹

›Ach, gestern noch hätten deine Worte mich an dem Licht der Sonne zweifeln lassen. Heute aber glaube ich dir nicht mehr. Ximéo, drück mich noch einmal ans Herz!

Nenn mich noch einmal deine einzig Geliebte. Sprich noch einmal jene Sprache von einst, daß ich sie ein letztes Mal vernehme, damit ich mich ihrer besser erinnern kann... Aber es ist gewiß unmöglich. Mein Herz wird deine Worte von selbst wiederfinden. Ich bin zu Tode getroffen. Lebwohl!‹

Der rührende Ton ihrer letzten Worte und die Anstrengung, mit der sie sich von mir losriß, sind mir noch deutlich gegenwärtig. Lange verharrte ich unbeweglich an der gleichen Stelle, verwirrt und betäubt wie ein Mann, der ein schweres Verbrechen begangen hat. Die Nacht brach herein, als ich endlich daran dachte, heimzukehren. Gewissensbisse, Erinnerungen und der Gedanke an Mirzas Unglück lasteten schwer auf meiner Seele. Ihr Schatten verfolgte mich. Mir war, als sei das Ende ihres Glückes auch das Ende ihres Lebens.

Da kam es zum Kriege mit den Jaloffen. Ich mußte gegen Mirzas Landsleute kämpfen. Sie sollte ihre Wahl gerechtfertigt sehen, ihrethalben wollte ich Ruhm erwerben und mich nachträglich des Glückes würdig erweisen, auf das ich verzichtet hatte. Ich fürchtete den Tod nicht. Bisher hatte ich mein Leben vergeudet. Nun setzte ich es mit geheimer Freude aufs Spiel.

Ich trug eine gefährliche Verwundung davon. Als ich mich langsam erholte, erfuhr ich, daß Tag für Tag eine fremde Frau käme und sich an der Schwelle meiner Tür niedersetzte. Sie zitterte, so hieß es, beim geringsten Geräusch, das von drinnen kam. Und einmal, als es mir wieder schlechter ging, verlor sie sogar das Bewußtsein. Man eilte ihr zu Hilfe, sie kam wieder zu sich und murmelte: ›Er darf nicht erfahren, daß ihr mich hier gesehen habt. Ich bin für ihn eine Fremde. Meine Teilnahme würde ihm nur Verwirrung bereiten.‹

Ich fühlte mich noch immer schwach. Meine Familie und Ourika waren stets in meiner Nähe. Ich war ruhiger geworden, seit ich jene zu vergessen suchte, die ich in Verzweiflung gestürzt hatte. Wenigstens glaubte ich es. Es war eine Schicksalsfügung, wie hätte ich mich dagegen auflehnen können. Ich wehrte mich so sehr gegen die Reue, daß ich mich aus allen Kräften bemühte, jeden Gedanken an die Vergangenheit zu unterdrücken.

Da brachen eines Tages die Jaloffen in unser Dorf ein. Wir waren völlig wehrlos. Dennoch verteidigten wir uns bis zum Äußersten. Schließlich aber überwältigten sie uns und nahmen die meisten, darunter auch mich, als Gefangene mit. Man fesselte uns. Eine Truppe von Jaloffen ließ uns die ganze Nacht über marschieren. Als der Tag graute, kamen wir ans Ufer des Senegal. Schiffe lagen bereit, ich erblickte einige Weiße und begriff, was mir bevorstand. Alsbald begannen unsere Sieger, die Bedingungen ihres niederträchtigen Tauschgeschäftes auszuhandeln. Die Europäer erkundigten sich angelegentlich nach unserem Alter und unserer Leistungsfähigkeit. Ich war zu allem entschlossen. Ich hoffte, meine Fesseln würden sich so weit lockern, daß es mir gelänge, mich bei der Überfahrt zu dem unseligen Schiff ins Wasser zu stürzen. Noch ehe mich meine gierigen Besitzer würden herausziehen können, hätte mich schon das Gewicht der Eisenketten auf den Grund gezogen. Unverwandt starrte ich zu Boden und konzentrierte mich fest auf diese letzte, schreckliche Hoffnung. Ich war wie abgetrennt von allem, was mich umgab.

Da plötzlich erklang eine Stimme, die Freude und Leid mich zu erkennen gelehrt; sie ließ mein Herz im Innersten erbeben und entriß mich meinem starren Brüten. Ich blickte auf und sah Mirza. Sie war schön. Sie hatte nichts mehr von einer Sterblichen, sie glich einem Engel. In ihrem Antlitz spiegelte sich ihre ganze Seele wider. Sie erhob die Stimme und bat die Europäer um Gehör. ›Europäer!‹ rief sie, ›ihr wollt, daß wir euer Land bebauen, deshalb verurteilt ihr uns zur Sklaverei. Aus euren Interessen erwächst notwendigerweise unser Unglück. Aber ihr seid nicht der Gott des Bösen, und es liegt gewiß nicht in eurer Absicht, uns zu quälen. Seht euch diesen jungen Mann an! Seine Wunden haben ihn so geschwächt, daß er weder die lange Reise überstehen würde noch die schweren Arbeiten, die ihr von ihm verlangt. Ich hingegen, seht mich an! Ich bin jung und kräftig. Und obwohl ich eine Frau bin, habe ich Mut und Ausdauer. Nehmt mich statt seiner! Ach, laßt euch erweichen, und wenn euer Erbarmen eurem Interesse nicht im Wege steht, so folgt der Stimme des Mitleids.‹

Bei diesen letzten Worten sank die stolze Mirza, die um ihrer selbst willen vor keinem König der Erde das Knie gebeugt hätte, demütig vor den Europäern nieder. Aber selbst in dieser Haltung bewahrte sie ihre ganze Würde, so daß die, die sie anflehte, sie voll Beschämung bewundern mußten. Sie konnte vielleicht einen Augenblick denken, ich würde ihre Großmut annehmen. Denn ich war völlig sprachlos und vor Verwirrung keines Wortes mächtig. Die beutelüsternen Europäer schrien einstimmig: ›Wir sind zu dem Tausch bereit. Sie ist schön, sie ist jung und sie ist mutig. Wir nehmen die Negerin und lassen ihren Freund hier.‹

Nun fand ich meine Kräfte wieder. Gerade wollten sie Mirza ergreifen, da schrie ich auf: ›Barbaren! Ihr müßt mich nehmen! Bedenkt, daß sie eine Frau ist, bedenkt, wie schwach sie ist! Jaloffen, laßt ihr es zu, daß eine Frau eures Landes anstelle eures ärgsten Feindes in die Sklaverei geht?‹

›Schweig!‹ sagte Mirza, ›deine Großmut ist vergebens. Sie ist keine Tugend, sie ist nur Selbstrechtfertigung. Wenn du mich hättest glücklich machen wollen, hättest du mich nicht im Stich gelassen. Du kannst mich nicht von meiner Trauer befreien, so laß mir wenigstens das Glück, das einzige, das mir noch bleibt, durch mein Opfer mit dir verbunden zu sein. Ich würde sterben, wenn ich dir nicht mehr nützen kann. Es bleibt dir nur dieser eine Weg, mein Leben zu retten. Willst du wirklich bei deiner Ablehnung beharren?‹

Ich zitterte für Mirza, die Europäer würden sie mitnehmen, doch ich hatte nicht den Mut, zu verkünden, daß nichts auf der Welt mich von ihr trennen könnte.

Inzwischen aber hatte der Gouverneur von unseren Kämpfen gehört, man hatte ihm von Mirzas Opferwillen und von meiner Verzweiflung berichtet. Wie ein Engel des Lichts trat er nun auf den Plan. Wer hätte da nicht annehmen müssen, daß jetzt eine glückliche Wendung für uns einträte? ›Ich schenke euch beiden die Freiheit wieder‹, erklärte er. ›Ich gebe euch eurem Lande und eurer Liebe zurück. Soviel Seelengröße würde den Europäer, der euch zu Sklaven gemacht hätte, zu sehr beschämen.‹

Man nahm mir die Eisen ab. Ich fiel dem Gouverneur zu Füßen. Ich pries im Herzen seine Güte, ganz so, als hätte er legitime Rechte geopfert. Ach, Usurpatoren können schon durch den Verzicht auf Ungerechtigkeit zu Wohltätern werden! Ich erhob mich. Ich glaubte, auch Mirza hätte sich gleich mir dem Gouverneur zu Füßen geworfen. Doch sie stand ein wenig abseits gegen einen Baum gelehnt und war in tiefes Träumen versunken. Ich eilte zu ihr, erfüllt von Liebe, Bewunderung und Dankbarkeit.

›Ximéo‹, murmelte sie, ›es ist zu spät. Das Unglück ist zu tief in mich eingedrungen, als daß selbst deine Hand noch daran rühren könnte. Ich kann deine Stimme nicht mehr hören, ohne von Kummer erdrückt zu werden. Und deine Gegenwart, die ehemals mein Blut schneller pulsen ließ, läßt es nun in den Adern erstarren. Leidenschaftliche Seelen kennen nur das Höchste oder Tiefste, es gibt für sie kein Mittelding. Als du mir mein Schicksal verkündetest, zweifelte ich noch lange. Damals hättest du zurückkommen können. Damals hätte ich deine Unbeständigkeit nur für einen Traum gehalten. Heute aber muß man mein Herz durchbohren, wenn man die Erinnerung auslöschen will.‹

Kaum hatte sie diese Worte ausgesprochen, da war schon der Todespfeil in ihre Brust gedrungen.

O ihr Götter, weshalb schontet ihr in diesem Augenblick mein Leben! Wolltet ihr Mirza mit der langen Pein meiner Schmerzen rächen? Einen Monat lang war die Kette der Erinnerungen und Gedanken für mich unterbrochen. Und nun ist es, als ob ich in einer anderen Welt lebe. Ich mußte Ourika versprechen, mein Leben nicht mehr aufs Spiel zu setzen. Der Gouverneur überzeugte mich, daß ich weiterleben muß, um meinen armen Landsleuten nützlich zu sein und den letzten Willen Mirzas zu ehren. Sie hatte ihn, wie er mir sagte, sterbend beschworen, über mich zu wachen und mich in ihrem Namen zu trösten.

Ich gehorchte und begrub die traurigen Reste jener, die ich zu ihren Lebzeiten so sehr gekränkt und die ich nun, da sie nicht mehr auf Erden weilt, über alles liebe. Wenn der Abend hereinbricht, wenn die Sonne am Horizont versinkt und die ganze Natur sich in Trauer hüllt, wenn das Schweigen der Welt mich meinen eigenen Gedanken überläßt, dann knie ich an diesem Grabe nieder und gebe mich ganz der Schwermut und dem Gefühl der Vergänglichkeit hin. Manchmal glaube ich Mirza vor mir zu sehen, immer ist sie sanft, nie erscheint sie mir als zornige Geliebte.

Seit zwei Jahren sind Sie der erste, dem ich meine Geschichte anvertraue. Ich bitte Sie, versprechen Sie mir, daß Sie den Namen Mirzas niemals vergessen, diesen Engel der Liebe im Gedächtnis behalten werden.«

Als Ximéo seine Erzählung beendet hatte, versank er in düsteres Schweigen. Seine tränenlose Verzweiflung sagte mir, daß jeder Versuch, ihn zu trösten, vergeblich sein würde. Ich wagte es nicht, ihn nochmals anzusprechen, und verließ ihn stumm und voll tiefer Betrübnis.

Michail Ljermontow

Bjela

Ich reiste mit Postpferden aus Tiflis. Das ganze Gepäck in meinem Wägelchen bestand aus einem kleinen Koffer, der zur Hälfte mit Reisenotizen über Georgien angefüllt war. Der größte Teil dieser Papiere ist zum Glück für den Leser verlorengegangen, der Koffer dagegen ist mit den anderen Gegenständen zu meinem Glück erhalten geblieben.

Die Sonne verschwand bereits hinter einem schneebedeckten Bergrücken, als ich endlich das Tal von Koischaur erreichte. Mein Kutscher, ein Ossete, hetzte die Pferde unablässig vorwärts, damit wir noch vor Einbruch der Nacht auf den Berg von Koischaur hinaufkämen, und sang dabei aus voller Kehle. Ein herrlicher Ort ist dieses Tal. Von allen Seiten die unerklimmbaren rötlichen Felswände, bedeckt mit grünem Efeu und bekränzt von den Wipfeln der Platanen, gelbliche Abstürze, zerrissen von Unterwaschungen, hoch oben aber die goldene Borte des ewigen Schnees; tief unten dagegen zieht die Aragwa, nachdem sie sich zuvor mit einem anderen, namenlosen Flüßchen, das geräuschvoll aus einem schwarzen, von Dunkel erfüllten Engpaß hervorbricht, vereinigt hat, wie ein silberner Faden dahin und schimmert wie die glänzende Haut einer Schlange.

Als wir den Fuß des Berges Koischaur erreicht hatten, machten wir neben der Schenke halt. Vor dieser drängten sich geräuschvoll einige zwanzig Georgier und Gebirgsbewohner: In der Nähe hatte eine Kamelkarawane ihr Nachtlager aufgeschlagen. Ich mußte Ochsen mieten, um mit meinem Wagen auf diesen verdammten Berg hinaufzukommen, denn es war schon Herbst, und oben war alles voll Eis – und außerdem war dieser Berg mehr als zwei Werst lang.

Da war nichts zu machen; ich mietete mir also sechs Ochsen und einige Osseten. Der eine von ihnen trug meinen

Koffer auf der Schulter, die andern halfen mit viel Geschrei den Ochsen.

Hinter meinem Wagen wurde ein anderer Wagen mühelos von nur vier Ochsen gezogen, obwohl er vollbepackt war. Dieser Umstand versetzte mich in Erstaunen. Der Besitzer schritt hinterher und rauchte aus einer kleinen kabardinischen Pfeife, die ganz mit Silber beschlagen war. Er trug einen Offiziersrock ohne Epauletten und eine zottige Tscherkessenmütze. Er mochte etwa fünfzig Jahre alt sein; seine bräunliche Gesichtsfarbe bewies, daß er schon lange mit der kaukasischen Sonne bekannt war; die vorzeitig ergrauten Schnurrbarthaare entsprachen weder seinem festen Schritt noch seinem frischen Aussehen. Ich trat an ihn heran und verbeugte mich; schweigend erwiderte er meine Verbeugung und stieß dabei eine gewaltige Wolke von Tabakrauch aus.

»Wir sind Weggenossen, wie mir scheint?«

Stumm verneigte er sich von neuem.

»Sie reisen gewiß nach Stawropol?«

»Allerdings... ich transportiere Regierungsgut.«

»Sagen Sie doch, bitte, wie kommt es, daß Ihr schwerer Wagen von nur vier Ochsen spielend gezogen wird, während mein leerer Wagen trotz dieser sechs Ochsen da und trotz der Hilfe der Osseten kaum von der Stelle kommt?«

Er lächelte schlau und blickte mich bedeutungsvoll an.

»Sie kennen gewiß den Kaukasus noch nicht lange?«

»Ein Jahr lang«, entgegnete ich.

Er lächelte abermals.

»Warum denn?«

»Nur deswegen: Diese Asiaten sind entsetzliche Bestien. Sie denken wohl, sie helfen den Ochsen, wenn sie schreien? Der Teufel mag wissen, was sie da schreien. Die Ochsen freilich, die verstehen es ganz gut; spannen Sie meinetwegen zwanzig Stück vor – wenn die da auf ihre Art zu schreien anfangen, werden die Ochsen sich dennoch nicht vom Fleck bewegen... Schreckliche Schelme sind es! Was soll man mit ihnen machen?... Es ist ihre Lieblingsbeschäftigung, den Vorüberreisenden Geld abzuknöpfen... Verwöhnt hat man sie, die Gauner! Passen Sie nur auf – sie werden Ihnen auch noch ein Trinkgeld abnehmen wollen. Ich kenne sie genugsam; mir machen sie nichts vor!«

»Und Sie, dienen Sie schon lange hierzulande?«

»Ich diente schon unter Alexej Petrowitsch Jermolow«, entgegnete er und warf sich in die Brust. »Als ich hierher zur Front versetzt wurde, war ich noch Unterleutnant«, fügte er hinzu, »unter ihm wurde ich während der Kämpfe mit den Gebirgsstämmen zweimal befördert.«

»Und jetzt stehen Sie wo? . . .«

»Jetzt werde ich zum dritten Linienbataillon gezählt. Und Sie, wenn ich fragen darf? . . .«

Ich sagte es ihm.

Hiermit war unser Gespräch zu Ende, schweigend schritten wir nebeneinander weiter. Auf dem Gipfel des Berges lag schon Schnee. Die Sonne ging unter, und unvermittelt folgte die Nacht auf den Tag, wie das im Süden immer geschieht; dank dem Widerschein des Schnees vermochten wir indes leicht den Weg zu finden, der noch immer aufwärts führte, obwohl er längst nicht mehr so steil war. Ich befahl, meinen Koffer in den Wagen zu tun, die Ochsen auszuspannen und an ihrer Stelle Pferde zu nehmen, und sah zum letztenmal ins Tal hinunter; allein es war vom dichten Nebel, der aus den Höhlen hervorquoll, völlig bedeckt, und kein Laut drang von dorther zu uns nach oben. Lärmend umringten mich meine Osseten und verlangten ein Trinkgeld, der Stabskapitän aber schrie sie so drohend an, daß sie im gleichen Augenblick spurlos verschwanden. – »Das ist mir ein Volk!« sagte er, »nicht einmal die russische Bezeichnung für Brot kennen sie, dies aber haben sie schnell gelernt: ›Offizier, gib Trinkgeld!‹ Da sind mir wahrhaftig die Tataren schon lieber: Die trinken wenigstens nicht . . .«

Wir hatten noch mehr als eine Werst bis zur Poststation. Ringsum war es still, so still, daß man nach dem Summen einer Mücke ihren Flug hätte verfolgen können. Links war eine schwarze und tiefe Schlucht; hinter ihr und vor uns ragten die dunkelblauen, zerklüfteten Berggipfel; von reichlichem Schnee bedeckt, standen sie gegen den blassen Himmelsgrund, der noch immer Spuren der erlöschenden Abendröte aufwies. Am dunklen Himmel flimmerten bereits die ersten Sterne, und es kam mir eigentümlicherweise so vor, als stünden sie viel höher als bei uns im Norden. Auf beiden Seiten des schmalen Pfades ragten nackte, schwarze Steine, hier und da blickten Büsche unter dem Schnee hervor, aber kein Blättchen bewegte sich, und lustig schallte durch diesen Todesschlaf der Natur das Wiehern des ermüdeten Postdreigespannes und das ungleichmäßige Klappern unserer russischen Glöckchen.

»Morgen wird schönes Wetter sein!« sagte ich. Der Stabskapitän entgegnete nichts, sondern zeigte nur mit dem Finger auf einen hohen Berg, der sich gerade vor uns erhob.

»Was ist das?« fragte ich.

»Der Gutt.«

»Nun, und was soll es?«

»Schauen Sie nur, wie er raucht.«

Und in der Tat, der Gutt-Berg rauchte, leichte Wolkenschwaden krochen an seinen Seiten entlang, seinen Gipfel aber verhüllte eine schwarze Wolke, die so schwarz war, daß sie sogar noch am dunklen Himmel wie ein Fleck aussah.

Wir konnten bereits das Postgebäude und die Dächer der ringsherum liegenden Berghütten erkennen, und schon schimmerten vor uns die ersehnten Feuer, aber plötzlich erhob sich ein feuchter und kalter Wind, die Schlucht dröhnte, und gleich darauf fing es zu regnen an. Ich hatte kaum Zeit, meinen Filzmantel anzuziehen, da schneite es bereits in dichten Flocken. Respektvoll blickte ich den Stabskapitän an ...

»Wir werden hier übernachten müssen«, sagte er ärgerlich, »bei diesem Schneesturm kommen wir in den Bergen nicht weiter. – Sag einmal, hat es im Kreuzberg schon Lawinen gegeben?« fragte er den Kutscher.

»Noch keine, Herr«, entgegnete der Ossete, »aber es hängt viel, sehr viel Schnee dort.«

Da in der Poststation keine Zimmer für Reisende waren, wurde uns ein Nachtlager in einer der rauchigen Gebirgshutten angewiesen. Ich forderte meinen Weggenossen auf, ein Glas Tee mit mir zu trinken, denn ich fühlte meine gußeiserne Teekanne stets mit mir, meine einzige Erquickung während meiner Reisen im Kaukasus.

Die Berghütte lehnte sich mit der einen Seite an den Felsen; drei schlüpfrige, nasse Stufen führten zur Tür.

Tastend trat ich ein und stieß gleich darauf auf eine Kuh (bei diesen Leuten wird das Vorzimmer stets als Viehstall benutzt). Ich wußte nicht, wohin; hier blökten Lämmer, und dort knurrte ein Hund. Zu meinem Glück erblickte ich nebenan ein trübes Schimmern und stieß schließlich auf eine zweite Öffnung, die so etwas wie eine Tür darstellte. Hier gewahrte ich ein ziemlich merkwürdiges Bild: Die geräumige Hütte, deren Dach sich auf zwei vollkommen verräucherte Säulen stützte, war voller Menschen. In der Mitte knisterte ein Feuer, das auf der Erde angemacht war und dessen Rauch, vom Winde durch das Loch im Dach immer wieder zurückgedrängt, ringsum als eine so dichte Hülle lag, daß ich geraume Zeit brauchte, bevor ich alles zu unterscheiden vermochte; ums Feuer drängten sich viele Kinder, zwei alte Frauen saßen da und ein sehr magerer Georgier, alle in Lumpen. Was blieb uns zu tun übrig! Wir nahmen am Feuer Platz, setzten unsere Pfeifen in Brand, und bald darauf summte auch anheimelnd die Teemaschine.

»Ein jämmerliches Volk!« sagte ich zum Stabskapitän, indem ich auf unsere schmutzigen Hausherren wies, die uns schweigend und wie in einer gewissen Erstarrung betrachteten.

»Ein dummes Volk!« entgegnete er. »Wollen Sie mir's glauben? Sie können einfach nichts, sie sind vollkommen unfähig, irgendwelche Bildung aufzunehmen! Unsere Kabardiner oder meinetwegen sogar die Tschetschenzen sind zwar Räuber und Bettler, aber verzweifelte Draufgänger; diese hier haben indes nicht einmal Freude an Waffen; bei keinem von ihnen werden Sie einen anständigen Dolch finden. So sind nun einmal die Osseten!«

»Lebten Sie lange im Lande der Tschetschenzen?«

»Ich habe dort zehn Jahre mit einer Rotte in der Festung am Steinpaß verbracht – kennen Sie die?«

»Ich hörte von ihr.«

»Sie können sich nicht vorstellen, mein Bester, wie überdrüssig ich dieser Halsabschneider geworden bin. Jetzt sind sie ja, Gott sei Dank, etwas friedfertiger geworden; damals aber konnte man, wenn man sich auf hundert Schritt vom Festungswall entfernte, immer damit rechnen, daß irgendwo so ein zottiger Teufel saß und Ausguck hielt: Wer da Maulaffen feilhalten wollte, hatte eins, zwei, drei die Fangschlinge um den Hals oder die Kugel im Nacken. Teufelskerle waren es!...«

»Sie müssen viele Abenteuer erlebt haben?« fragte ich, von Neugierde getrieben.

»Freilich habe ich die erlebt!...«

Er zupfte bei diesen Worten an seinem linken Schnurrbart, ließ den Kopf hängen und dachte nach. Ich wollte um alles in der Welt irgendeine Geschichte aus ihm herausholen – ein Wunsch, der, wie ich meine, allen reisenden und ihre Erlebnisse niederschreibenden Leuten eigen ist. Unterdessen war unser Tee fertig geworden, ich entnahm meinem Koffer zwei Reisebecher, füllte sie und stellte den einen vor ihn hin. Er nahm einen Schluck und wiederholte ganz in Gedanken: »Freilich gab es welche!« Dieser Ausruf flößte mir große Hoffnung ein. Ich weiß ja, die alten Kaukasier lieben es, zu sprechen und zu erzählen; dies gelingt ihnen nämlich nur selten: Manch einer sitzt geschlagene fünf Jahre lang mit seiner Rotte in irgendeiner Einöde und hört während dieser fünf Jahre niemals einen Menschen »Guten Morgen« sagen (denn der Feldwebel sagt immer nur »Guten Morgen zu wünschen«). Und doch hätte ein jeder von ihnen nicht wenig zu erzählen gehabt, hauste doch ringsum ein wildes und interessantes Volk; jeden Tag gab es irgendeine Gefahr; die sonderbarsten Vorfälle ereigneten sich, und unwillkürlich bedauerte man, daß es bei uns so gar nicht Sitte war, Aufzeichnungen zu machen.

»Wollen Sie keinen Rum?« fragte ich meinen Reisekameraden, »ich habe weißen aus Tiflis bei mir; es ist ziemlich kalt geworden.«

»Nein, danke, ich trinke nie.«

»Warum das?«

»Ich habe es mir gelobt. Als ich noch Unterleutnant war, hatten wir einmal, wissen Sie, ordentlich gezecht, nachts aber wurde plötzlich Alarm geschlagen; angeheitert, wie wir gerade waren, ritten wir ins Gefecht, doch es lief nicht gut ab, denn Alexej Petrowitsch erfuhr die Geschichte. Mein Gott, wie böse er wurde! Es fehlte nicht viel, und er hätte uns alle vor ein Kriegsgericht gestellt. Es ist freilich auch wahr: Es kommt vor, daß man ein ganzes Jahr lang dahinlebt, ohne eine Menschenseele zu sehen; wenn dann der Schnaps über einen kommt – der Mensch ist verloren!«

Als ich das hörte, entsank mir fast jede Hoffnung.

»Schauen Sie sich nur die Tscherkessen an«, fuhr er fort, »wenn die sich auf einer ihrer Hochzeiten oder Beerdigungen an ihrer Busa toll und voll trinken, gibt's immer eine Messerstecherei. Ich hatte einmal die größte Not, heil davonzukommen, obwohl ich bei einem befreundeten Fürsten zu Gaste war.«

»Wie kam das?«

»Ja...«, er stopfte seine Pfeife, tat einen tiefen Zug und begann zu erzählen, »schauen Sie, ich lag damals mit einer Rotte in einer Festung hinter dem Terek – das mag bald fünf Jahre her sein. Einst im Herbst kam ein Provianttransport; mit dem Transport erschien ein Offizier, ein junger Mann von etwa fünfundzwanzig Jahren. Er meldete sich bei mir in voller Uniform und teilte mir mit, daß ihm befohlen worden sei, bei mir in der Festung zu bleiben. Wie schmal und blaß er war! Er trug eine so neue Uniform, daß ich sofort erraten mußte, daß er erst vor kurzem zu uns in den Kaukasus versetzt worden sei. ›Sie sind gewiß aus dem inneren Rußland hierher versetzt worden?‹ fragte ich ihn. ›Zu Befehl, Herr Stabskapitän‹, entgegnete er. Ich ergriff seine Hand und sagte: ›Ich bin sehr erfreut. Sie werden es zwar ein wenig langweilig haben... aber wir wollen dafür wie Freunde zusammen leben. Nennen Sie mich, bitte, doch einfach Maxim Maximytsch, und bitte, wozu denn die volle Uniform? Kommen Sie zu mir ruhig mit der Mütze.‹ Es wurde ihm eine Wohnung angewiesen, und so ließ er sich denn bei uns in der Festung nieder.«

»Und wie hieß er?« fragte ich Maxim Maximytsch.

»Er hieß... Grigorij Alexandrowitsch Petschorin. Ein braver Bursche war er, das kann ich wohl versichern; allerdings war er ein wenig sonderbar. Wenn wir zum Beispiel trotz Regen oder Frost den ganzen Tag auf der Jagd gewesen und alle müde geworden oder durchfroren waren – ihm machte das nichts aus. Zuweilen jedoch konnte er still für sich in seinem Zimmer sitzen; doch wenn es dort nur ein wenig zog, beteuerte er bereits, daß er sich erkältet habe; wenn der Fensterladen leise klapperte, konnte er auffahren und erblassen, indes habe ich mit meinen eigenen Augen gesehen, daß er ganz allein auf einen wilden Eber losging; es konnte geschehen, daß man stundenlang kein Wort aus ihm herauszubringen vermochte, kam er dann aber einmal ins Erzählen, so mußten sich alle vor Lachen den Bauch halten... Tja, er konnte zuweilen sehr sonderbar sein, und er war offenbar sehr reich: er führte eine Menge teurer Gegenstände mit sich!...«

»Und lebte er lange bei Ihnen?« fragte ich.

»Etwa ein Jahr. Dieses Jahr wird mir immer in Erinnerung bleiben; ich will gar nicht daran denken, wie viele Sorgen er mir gemacht hat!... Es gibt wahrhaftig solche Menschen, denen es vom Schicksal vorherbestimmt ist, daß ihnen immer die allerungewöhnlichsten Dinge zustoßen!«

»Die allerungewöhnlichsten?« rief ich neugierig und goß ihm nochmals Tee ein.

»Hören Sie nur, was ich Ihnen erzählen werde. Sechs Werst von unserer Festung entfernt lebte ein befreundeter Fürst. Sein Sohn, ein Bub von etwa fünfzehn Jahren, ritt jeden Tag zu uns herüber: jeden lieben Tag, denn bald wollte er das eine, bald das andere von uns haben. Grigorij Alexandrowitsch und ich verwöhnten ihn nach Kräften. Das war Ihnen ein Halsabschneider, und ganz ungewöhnlich geschickt war er; gleichviel ob es galt, eine Mütze im vollen Trab vom Boden aufzuheben oder einfach aus der Büchse zu schießen. Nur das eine gefiel uns nicht: Er war schrecklich gierig und immer auf Geld aus. Einmal versprach ihm Grigorij Alexandrowitsch spaßeshalber ein Goldstück, wenn er ihm den besten Hammel aus seines Vaters Herde stehlen wolle. Und was denken Sie wohl? Noch in der nächsten Nacht schleppte er ihn an den Hörnern heran. Wenn wir ihn aber bisweilen zu sehr neckten, dann funkelten seine Augen blutunterlaufen, und er griff sogleich nach dem Dolch. ›He, Asamat, dein Kopf wird nicht lange auf deinen Schultern sitzen‹, pflegte ich in solchen Fällen zu sagen, ›dein Schädel wird nicht lange vorhalten.‹

Eines Tages besuchte uns der alte Fürst, um uns zu einer Hochzeit einzuladen: Er verheiratete seine älteste Tochter, und da wir mit ihm auf freundschaftlichem Fuß lebten, konnten wir die Einladung nicht gut ablehnen, obgleich er nur ein Tatar war. So begaben wir uns denn hin. Im Aul* begrüßten uns zahllose Hunde mit lautem Gebell. Die Frauen versteckten sich, als sie uns zu Gesicht bekamen; jene aber, die wir erblickten, waren durchaus keine Schönheiten. ›Ich hatte eine bessere Meinung von den Tscherkessinnen‹, meinte Grigorij Alexandrowitsch. ›Warten Sie nur!‹ entgegnete ich lächelnd. Denn ich hatte meine eigenen Gedanken dabei.

In der Hütte des Fürsten war bereits eine Menge Volks versammelt. Die Asiaten, müssen Sie wissen, haben nämlich die Gewohnheit, jeden, der ihnen begegnet, zu solch einer Hochzeit einzuladen. Man empfing uns mit allen Ehren und führte uns sogleich in das Gemach, das nur für die Ehrengäste bestimmt war. Trotzdem hatte ich mir wohl gemerkt, wo unsere Pferde untergebracht worden waren, und zwar nur für den Fall, daß etwas Unvorhergesehenes geschähe.«

»Wie wird denn dortzulande eine Hochzeit gefeiert?« fragte ich den Stabskapitän.

»Ganz gewöhnlich. Anfangs liest der Mullah irgend etwas aus dem Koran vor; darauf werden das junge Paar und alle Verwandten beschenkt; man ißt, man trinkt Busa, und dann fängt die sogenannte Dschigitowka** an, wobei jedesmal irgendein abgerissener und völlig verschmutzter Bursche auf einem schlechten, lahmen Gaul irgendwelche Narrenpossen treibt, um die Anwesenden zu erheitern; schließlich beginnt, sobald die Dämmerung hereinbricht, im sogenannten Ehrengemach etwas, was man bei uns zulande als einen Ball bezeichnen würde. Irgendein armer alter Mann klimpert auf einer dreisaitigen ... ich habe vergessen, wie man das Instrument nennt ... es ist etwas in der Art unserer Balalaika. Die Mädchen und die Burschen stellen sich in zwei Reihen einander gegenüber auf, klatschen in die Hände und singen dazu. Darauf treten ein Mädchen und ein Mann in die Mitte und begin-

---
* So heißen im Kaukasus die Dörfer
** Kriegerische Übungen zu Pferde

nen, einander im Sington Verse vorzusagen, wie es sich gerade trifft, während die andern jeweils im Chor einfallen. Petschorin und ich saßen auf dem Ehrenplatz, da trat plötzlich die jüngere Tochter unseres Hausherrn an uns heran, ein Mädchen von etwa sechzehn Jahren, und sang ihm etwas zu... so etwas wie ein Kompliment...«

»Was war es denn, was sie sang, können Sie sich nicht daran erinnern?«

»Mir scheint, es war so: ›Schlank sind‹ – so ging es, glaube ich – ›unsere jungen Krieger, und silberverbrämt sind ihre Gewänder, schlanker aber als sie alle ist der junge russische Offizier, und die Verzierungen, die er trägt, sind aus Golde. Er ragt wie eine Pappel aus ihrer Schar; allein nicht kann er wachsen, nicht kann er blühen in unserm Garten.‹ Petschorin stand auf, verneigte sich vor ihr, legte die Hand an die Stirn und ans Herz und bat mich, ihr zu antworten; ich beherrsche jene Sprache gut und übersetzte ihr daher seine Antwort.

Als sie uns verlassen hatte, flüsterte ich Grigorij Alexandrowitsch zu: ›Nun, wie finden Sie sie?‹ ›Entzückend!‹ entgegnete er. ›Und wie heißt sie?‹ ›Sie heißt Bjela‹, erwiderte ich.

Und in der Tat, sie war sehr hübsch: schlank und von hohem Wuchs, mit schwarzen Augen, wie die einer Gemse, und einem Blick, als wolle sie jedem tief in die Seele hineinschauen. Petschorin war nachdenklich geworden und sah sie unablässig an, und auch sie blickte häufig verstohlen zu ihm hin. Allein die hübsche Fürstentochter gefiel nicht nur Petschorin: Aus einer Ecke des Zimmers schauten auch noch zwei andere Augen sie an, starre Augen, feurige. Ich sah hin und gewahrte meinen alten Bekannten Kasbitsch. Sie müssen wissen, daß dieser nicht eigentlich zu den Unterworfenen, aber auch nicht zu den Feindseligen gehörte. Wir hatten zwar häufig Verdacht auf ihn, allein wir konnten ihm kein einziges Vergehen nachweisen. Er pflegte mit Hammeln in die Festung zu kommen, um sie uns billig zu verkaufen, doch er wurde immer unwillig, wenn gefeilscht wurde; den Preis, den er nannte, mußte man ihm bewilligen, er würde davon, selbst wenn man ihn totgeschlagen hätte, nichts abgelassen haben. Man erzählte von ihm, er treibe sich gern jenseits des Kuban mit den Abreken herum, und, die Wahrheit zu sagen, er hatte wahrhaftig ein ausgesprochenes Räubergesicht; er war klein, mager und breitschultrig... Und gewandt war er, so gewandt wie der Teufel! Sein Rock war immer zerrissen und geflickt, aber seine Waffen hatten Silberbeschlag. Und sein Roß war im ganzen Lande bekannt – wahrhaftig, ein besseres Pferd konnte man sich nicht wünschen. Alle Reiter beneideten ihn darum, und wie oft schon hatte man versucht, es ihm zu stehlen, allein noch keinem war das je gelungen. Auch heute kann ich das Pferd immer noch vor mir sehen; schwarz wie Pech war es, die Beine schmal wie Darmsaiten und die Augen nicht weniger ausdrucksvoll als die Bjelas. Und wie ausdauernd es war: Man konnte ruhig fünfzig Werst in einem Ritt auf ihm zurücklegen; zudem war es vortrefflich abgerichtet – es folgte seinem Herrn wie ein Hund und kannte sogar seine Stimme! Er pflegte es nicht einmal anzubinden. Ja, ja, das war ein rechtes Räuberpferd!...

An jenem Abend war Kasbitsch finsterer als sonst, und ich bemerkte, daß er unter seinem Rock ein Panzerhemd trug. ›Er trägt es nicht umsonst, das Panzerhemd‹, schoß es mir durch den Kopf, ›sicherlich hat er etwas im Sinn.‹

Nach und nach wurde es in der Hütte immer heißer, und darum ging ich an die Luft, um mich abzukühlen. Die Nacht senkte sich bereits auf die Berge herab, und in den Schluchten wanderten die Nebel.

Es fiel mir plötzlich ein, nachzuschauen, wo unsere Pferde ständen, und zu sehen, ob sie auch genug Futter hätten, zudem kann Vorsicht ja niemals schaden; ich hatte nämlich ein treffliches Pferd, und schon manch ein Kabardiner hatte es zärtlich angeschaut und dabei geflüstert: ›Jakschi tche, tschok jakschi!‹

Ich ging längs des Zaunes, da hörte ich plötzlich Stimmen. Die eine Stimme erkannte ich sogleich: Es war der Taugenichts Asamat, der Sohn unseres Hausherrn; der andere hingegen sprach sehr leise und nur wenig. ›Worüber verhandeln die da?‹ dachte ich, ›am Ende gar über mein Pferdchen?‹ Ich duckte mich hinter den Zaun und horchte auf, um nur ja kein Wort zu verlieren. Der Lärm des Gesanges und das Geräusch der Stimmen, die zuweilen aus der Hütte drangen, bewirkten jedoch, daß ich manches von dieser interessanten Unterhaltung nicht verstehen konnte.

›Ein schönes Pferd hast du!‹ sagte Asamat, ›wäre ich hier Hausherr und besäße ich ein Rudel von dreihundert Stuten, ich gäbe die Hälfte davon für deinen Hengst her, Kasbitsch!‹

Aha! Kasbitsch also! dachte ich, und das Panzerhemd fiel mir ein.

›Freilich‹, entgegnete Kasbitsch nach einem kurzen Stillschweigen, ›im ganzen Kabardinischen findest du so kein zweites mehr. Einmal – es war jenseits des Terek – ritt ich mit den Abreken, um den Russen Pferde abzujagen; es glückte uns nicht, und wir zerstreuten uns in alle Winde. Hinter mir jagten vier Kosaken her; ich konnte bereits die Stimmen der Gjauren* vernehmen, vor mir aber lag ein dichter Wald. Ich schmiegte mich fest an den Sattel, befahl meine Seele Allah und beleidigte zum erstenmal in meinem ganzen Leben mein Pferd mit einem Peitschenschlage. Wie ein Vogel tauchte es unter die Zweige; scharfe Stacheln zerrissen mein Gewand, und die trockenen Äste schlugen mir ins Gesicht. Mein Pferd sprang über Baumstümpfe und schlug mit seiner Brust die Büsche auseinander. Es wäre vielleicht besser gewesen, wenn ich es am Waldrande zurückgelassen und mich selber im Wald verborgen hätte, aber es tat mir zu leid, mich von ihm zu trennen – und der Prophet belohnte mich dafür. Einige Kugeln pfiffen mir um die Ohren, und schon hörte ich die Kosaken, die abgestiegen waren, meiner Spur folgen... Plötzlich öffnete sich vor mir eine tiefe Schlucht; mein Pferd überlegte ein wenig – und setzte hinüber. Seine Hinterhufe glitten indes am Rande ab, und einen Augenblick lang hing es an den Vorderbeinen. Ich ließ die Zügel fahren und flog den Abhang hinunter; das war für mein Pferd die Rettung, denn es gelang ihm, nach oben zu springen. Die Kosaken sahen den Vorfall mit an, allein keiner von ihnen dachte daran, nach mir zu schauen: sie waren überzeugt, daß ich mich totgeschlagen hätte, und so mußte ich denn hören, wie sie sich alsbald aufmachten, mein Pferd zu jagen. Das Blut schäumte in meinem Herzen; ich kroch im dichten Grase weiter und sah auf einmal, daß der Wald

* Schimpfwort der Moslems für Christen

zu Ende war, einige Kosaken ritten gerade aus den Bäumen hinaus, und mein Karagös sprengte ihnen entgegen; schreiend stürzten sie sich auf ihn, doch lange, lange währte die Jagd, einer der Kosaken warf ihm zweimal die Fangschlinge fast um den Hals; ich erzitterte jedesmal, schlug die Augen nieder und begann still für mich zu beten. Einige Augenblicke darauf schaute ich auf und sah, daß mein Karagös frei wie der Wind mit flatterndem Schweif über die Ebene flog, während die Gjauren ihm in weiter Entfernung auf ihren erschöpften Pferden folgten. Wallah, es ist die Wahrheit, die reine Wahrheit! So saß ich denn in meiner Schlucht bis zur späten Nacht. Plötzlich aber, was meinst du wohl, Asamat, hörte ich in der Dunkelheit am Rande der Schlucht ein Roß traben. Es schnaubte und wieherte und stampfte die Erde mit den Hufen, und da erkannte ich die Stimme meines Karagös; er war es, er, mein Kamerad! ... Seit jener Zeit haben wir uns nie wieder voneinander getrennt.‹

Und dabei hörte ich, wie er mit der Hand auf den glatten Hals seines Hengstes patschte und ihm zärtliche Namen gab.

›Wenn ich eine Herde von tausend Stuten hätte‹, sagte Asamat, ›ich würde sie alle für deinen Karagös hergeben.‹

›Yok, ich will nicht‹, entgegnete Kasbitsch gleichmütig.

›Höre, Kasbitsch‹, sagte Asamat mit schmeichelnder Stimme, ›du bist ein guter Mensch und ein tapferer Krieger, mein Vater aber fürchtet die Russen und erlaubt mir nicht, in den Bergen zu streifen. Gib mir dein Pferd, und ich will alles tun, was du von mir verlangst, ich will für dich das beste Gewehr meines Vaters stehlen oder seinen Säbel, was immer du willst – und bedenke wohl, daß sein Säbel köstlich ist: Legst du die Hand auf die Schneide, so dringt der Stahl von selber in dein Fleisch ein; nicht einmal ein Panzerhemd wie jenes, das du trägst, bietet den geringsten Schutz dagegen.‹

Kasbitsch schwieg.

›Als ich dein Pferd zum ersten Male sah‹, fuhr Asamat fort, ›wie es sich unter dir bäumte und mit schnaubenden Nüstern sprang, während die Steine unter seinen Hufen nur so davonflogen, drang ein unerklärliches Gefühl in meine Seele, und seit der Zeit ist mir alles auf der Welt zuwider. Die besten Hengste meines Vaters kann ich nur noch mit Verachtung anblicken und schäme mich geradezu, wenn ich mich auf ihnen zeigen muß; ein schwerer Kummer nahm in mir überhand; traurig sitze ich jetzt tagelang auf einer Felsklippe und sehe jeden Augenblick im Geiste deinen Rappen mit seinem schlanken Gang und seinem glatten, pfeilgeraden Kreuz; mit seinen muntern Augen schaut er mich an, geradeso, als wollte er mit mir sprechen. Sterben muß ich, Kasbitsch, wenn du ihn mir nicht verkaufst!‹ rief Asamat mit bebender Stimme.

Mir kam es so vor, als hörte ich ihn schluchzen; ich muß Ihnen dazu sagen, daß Asamat der halsstarrigste Bursche war und daß er um nichts in der Welt jemals geweint hätte, selbst damals, als er noch jünger war.

Allein als Antwort auf seine Tränen glaubte ich etwas wie ein Gelächter zu vernehmen.

›Höre‹, sprach Asamat mit fester Stimme weiter, ›du sollst sehen, daß ich zu allem fähig bin. Willst du, so werde ich meine Schwester für dich stehlen! Wie sie tanzt! Wie sie singt! Und was für Goldstickereien sie macht – es ist ein wahres Wunder! Solch ein Weib hat nicht einmal der türkische Padischah... Willst du sie? Erwarte mich morgen nacht dort in der Schlucht, wo der Bach strömt: ich werde mit ihr zum nächsten Dorf vorübergehen – und sie ist dein. Sollte wirklich Bjela dir weniger wert sein als dein Hengst?‹

Lange, lange schwieg Kasbitsch; endlich jedoch stimmte er statt einer Antwort halblaut ein altes Volkslied an:

›In den Aulen gibt's reizende Frau'n,
Sterne, so sind ihre Augen zu schau'n.
Süß – sie zu lieben, süß – sie zu haben;
aber die Freiheit ist mehr wert dem Knaben.
Hast du viel Gold, sind vier Frau'n dir gewährt,
aber ein Roß hat unschätzbaren Wert,
fliegt durch die Steppe mit Sturmesflügen,
wird nicht verraten, wird nicht betrügen.‹

Vergeblich bestürmte ihn Asamat, einzuwilligen, vergeblich weinte er, schmeichelte er und beschwor er ihn; es endete damit, daß Kasbitsch ihn ungeduldig unterbrach:

›Geh fort, törichter Knabe! Du – du willst auf meinem Pferde reiten? Beim dritten Sprung wirft es dich ab, so daß du dir auf den Steinen das Genick brechen wirst.‹

›Mich!‹ schrie Asamat, toll vor Wut, und gleichzeitig klirrte der Stahl seines Kinderdolches an das Panzerhemd. Ein starker Arm schleuderte ihn beiseite, er schlug so heftig gegen den Zaun, daß der zu schwanken begann. ›Das wird was geben!‹ dachte ich und eilte zum Pferdestall, zäumte unsere Pferde und führte sie auf den Hinterhof. Zwei Minuten darauf erhob sich bereits ein entsetzlicher Lärm in der Hütte. Folgendes war geschehen: Asamat war im zerrissenen Beschmet hereingestürzt und hatte gerufen, Kasbitsch habe ihn ermorden wollen. Alle sprangen auf, packten ihre Gewehre – und nun ging's los! Schreien, Lärm und Schüsse ertönten rings; allein Kasbitsch saß bereits hoch zu Roß und wehrte sich mit seinem blanken Säbel wie ein Teufel gegen die Menge, die ihn auf der Dorfstraße umringt hielt. ›Es ist nicht gut, sich in einen fremden Streit zu mischen‹, sagte ich zu Grigorij Alexandrowitsch und packte ihn an der Hand, ›wollen wir uns nicht lieber davonmachen?‹

›So warten Sie doch, lassen Sie sehn, wie es ausgeht.‹

›Es kann nicht anders als schlimm ausgehen; so ist es immer bei diesen Asiaten: Erst saufen sie sich toll und voll an Busa, dann aber geht es an die Schlächterei!‹ Wir stiegen auf und ritten heim.«

»Und Kasbitsch?« fragte ich den Stabskapitän ungeduldig.

»Diesem Gelichter geschieht nie etwas!« entgegnete er, während er seinen Tee austrank. »Natürlich entwischte er!«

»Und wurde er nicht einmal verwundet?« fragte ich.

»Das mag Gott wissen! Diese Räuber haben ein zähes Leben! Ich habe manch einen von ihnen im Gefecht gesehen, durch und durch war er von Bajonettstichen durchlöchert, aber immer noch fuchtelte er mit seinem Säbel.« Nach einem kurzen Schweigen stampfte der Stabskapitän mit dem Fuß auf und fuhr fort:

»Niemals werde ich mir das eine verzeihen: Der Teufel muß es mir eingeflüstert haben, dem Grigorij Alexandrowitsch, nachdem wir in die Festung zurückgekehrt waren. alles wiederzuerzählen, was ich dort hinter dem Zaun hockend erlauscht hatte. Er lachte nur – der Schlaukopf! –, legte sich jedoch gleichzeitig einen Plan zurecht.«

»Welchen denn? Erzählen Sie doch, bitte.«

»Ich sehe, daß mir nichts anderes übrigbleibt! Da ich schon einmal begonnen habe, muß ich also fortfahren.

Vier Tage darauf kam Asamat zur Festung, um uns zu besuchen. Er ging wie immer zu Grigorij Alexandrowitsch, der ihn mit Leckereien fütterte. Ich war zufällig auch da. Wir sprachen von Pferden, und Petschorin begann alsbald, Kasbitschs Pferd zu loben: schön sei es und munter wie eine Gemse – kurzum, ein solches Pferd gebe es in der ganzen Welt nicht zum zweitenmal.

Wie funkelten da die Augen unseres kleinen Tataren! Allein Petschorin schien nichts zu bemerken; ich lenkte das Gespräch auf andere Gegenstände, Asamat jedoch kam immer wieder sogleich auf Kasbitschs Pferd zu sprechen. Das wiederholte sich jedesmal, wenn Asamat zu uns kam. Nachdem drei Wochen verstrichen waren, bemerkte ich, daß Asamat blasser wurde und abmagerte, ganz so, wie man das in den Romanen liest, die von Liebe handeln. Was hatte das wohl zu bedeuten? ...

Sehen Sie, ich erfuhr erst viel später, was da im Gange war: Grigorij Alexandrowitsch hatte ihn so sehr aufgestachelt, daß der Junge nicht mehr aus noch ein wußte. Einmal sagte er ihm sogar: ›Ich sehe, Asamat, daß jenes Pferd dir außerordentlich gefällt; trotzdem aber wirst du es so wenig zu sehen bekommen wie etwa deinen eigenen Nakken! Sag mal, was würdest du dem geben, der dir das Pferd verschafft? ...‹

›Alles, was er will‹, entgegnete Asamat.

›Wenn das dein Ernst ist, will ich dir das Pferd verschaffen, allerdings nur unter einer Bedingung ... Schwöre, daß du sie erfüllen wirst ...‹

›Ich schwöre es ... Schwöre auch du!‹

›Schon gut! Ich schwöre, daß du das Pferd besitzen wirst; aber du mußt mir dafür deine Schwester Bjela geben. Karagös kann nur auf diese Weise dein eigen werden. Ich hoffe, daß der Handel dir günstig erscheint.‹

Asamat schwieg.

›Du magst nicht? Nun, wie du willst! Ich dachte, du

seiest ein Mann, aber du bist noch ein Kind: es ist noch zu früh für dich, den Reiter spielen zu wollen ...‹

Asamat fuhr auf.

›Und mein Vater?‹ sagte er.

›Begibt er sich denn niemals aus dem Hause?‹

›Das ist allerdings wahr ...‹

›Einverstanden? ...‹

›Einverstanden‹, flüsterte Asamat, bleich wie der Tod.

›Wann also?‹

›Das nächste Mal, wenn Kasbitsch uns besuchen kommt; er versprach uns, zehn Hammel zu bringen; das übrige soll dann meine Sache sein. Also gib acht, Asamat!‹

Sie kamen überein ... allein, die Wahrheit zu sagen, es war kein ehrlicher Handel! Ich habe das später auch Petschorin nicht verhehlt, aber er entgegnete mir nur, daß ein wildes Tscherkessenmädchen sich glücklich schätzen müsse, so einen lieben Mann wie ihn zu bekommen – denn nach der Anschauung jener Stämme war er freilich ihr Mann –, Kasbitsch hingegen sei ein Räuber, den man ohnehin züchtigen müsse. Urteilen Sie doch selber, was sollte ich darauf erwidern? ... Um jene Zeit jedoch wußte ich noch nichts von der Verschwörung. Eines Tages erschien Kasbitsch und fragte, ob wir nicht Hammel oder Honig brauchten; ich befahl ihm, sich am nächsten Tage mit seinen Waren einzustellen. ›Asamat!‹ sagte Grigorij Alexandrowitsch, ›morgen ist Karagös in meiner Hand; wenn Bjela heute nacht nicht hier ist, wirst du das Pferd nicht erhalten ...‹

›Schon gut!‹ sagte Asamat und sprengte nach Hause. Abends ritt Grigorij Alexandrowitsch bewaffnet aus der Festung. Wie sie die Sache zu Ende gebracht haben, weiß ich nicht, genug damit, daß sie beide in der Nacht zurückkehrten, wobei der Wachtposten die Beobachtung machte, daß quer über Asamats Sattel ein Weib lag, deren Hände und Füße gefesselt waren und deren Kopf ein Schleier einhüllte.«

»Und das Pferd?« fragte ich den Stabskapitän.

»Gleich, gleich. Am nächsten Morgen erschien Kasbitsch bei uns und trieb zehn Hammel vor sich her, die er uns verkaufen wollte. Nachdem er sein Pferd an den Zaun gebunden, trat er in meine Wohnung; ich bewirtete ihn mit

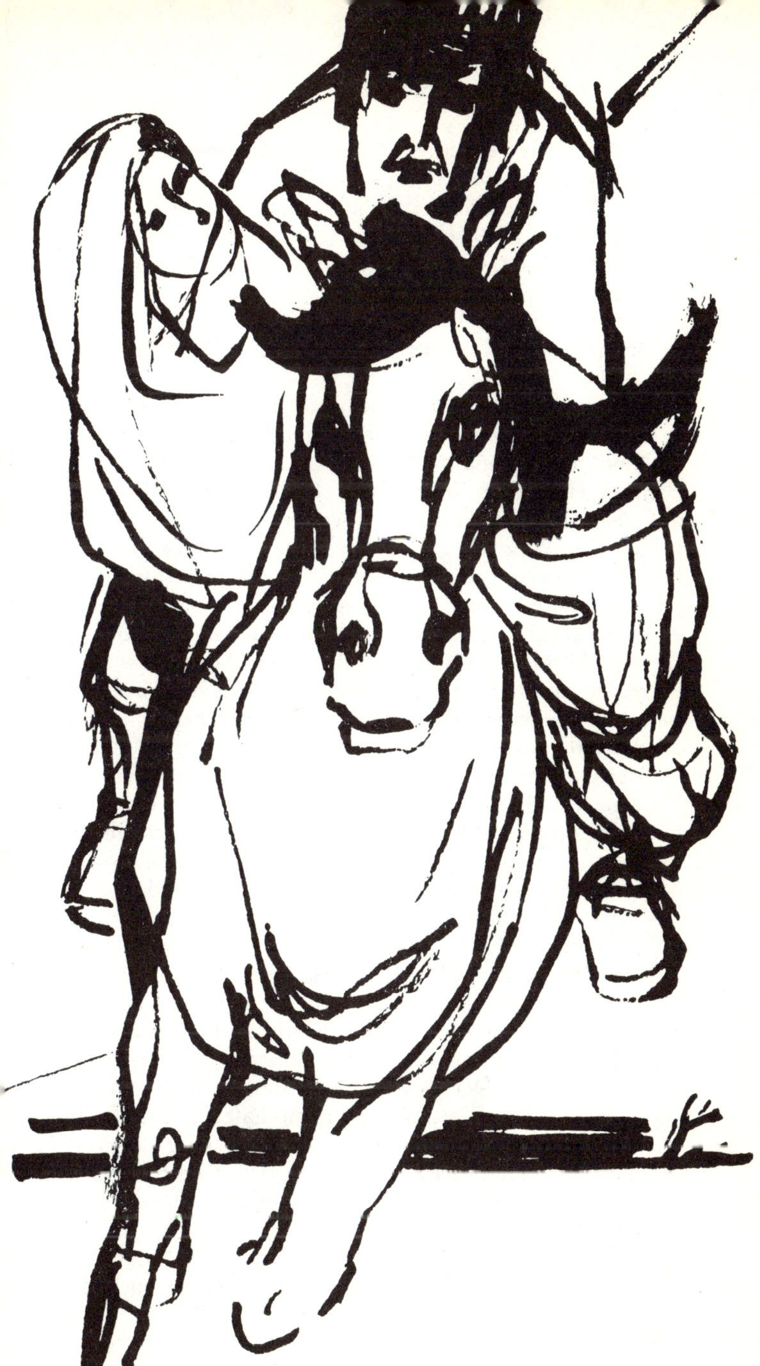

Tee, denn war er auch nur ein Räuber, so galt er doch immerhin als mein Freund.

Wir plauderten über dies und jenes... Plötzlich fuhr mein Kasbitsch in die Höhe, wechselte die Farbe und sprang zum Fenster; das Fenster führte unglücklicherweise auf einen Hinterhof.

›Was ist dir?‹ fragte ich.

›Mein Pferd!... mein Pferd!‹ rief er und bebte am ganzen Leibe.

Und in der Tat, auch mir war, als hörte ich Pferdehufe.

›Vermutlich ist irgendein Kosak angekommen...‹

›Nein! Urus-jaman!‹ schrie er und flog wie ein wilder Panther Hals über Kopf hinaus. Zwei Sätze, und er war auf dem Hof; am Festungstor verstellte ihm der Wachtposten den Weg mit seinem Gewehr, er sprang über das Gewehr hinweg und raste auf die Landstraße hinaus... Fern wirbelte Staub – dort sprengte Asamat auf dem wilden Karagös dahin. Kasbitsch zog noch im Laufen sein Gewehr hervor und schoß es ab. Einen Augenblick blieb er regungslos stehen, bis er sich endlich davon überzeugt hatte, daß er einen Fehlschuß getan; dann heulte er auf, schmetterte das Gewehr an einen Stein, so daß es zersplitterte, stürzte zur Erde nieder und begann wie ein Kind zu schluchzen... Aus der Festung drängten die Leute heraus und umringten ihn – er bemerkte keinen von ihnen. Die Menge gaffte, schwatzte über den Vorfall und strömte bald darauf wieder zurück; ich befahl, das Geld für die gekauften Hammel neben ihn zu legen – er rührte es nicht an und lag immer noch wie ein Toter auf dem Boden. Wollen Sie es mir glauben: so lag er bis in die Nacht hinein und sogar die ganze Nacht hindurch... Erst am anderen Morgen entschloß er sich, die Festung wieder zu betreten; er bat dort, man möge ihm den Räuber seines Pferdes nennen. Der Wachtposten, der beobachtet hatte, wie Asamat das Pferd losgebunden hatte und auf ihm davongesprengt war, hielt es nicht für notwendig, dies Wissen zu verbergen. Als Kasbitsch den Namen hörte, funkelten seine Augen auf, und er begab sich sogleich nach dem Dorf, in dem Asamats Vater lebte.«

»Nun, und der Vater?«

»Ja, das ist es ja, den traf Kasbitsch ebenfalls nicht an:

er war auf sechs Tage verreist, wie hätte sonst Asamat die Schwester entführen können?

Aber als einige Zeit darauf der Vater zurückkehrte, fand er weder seine Tochter mehr vor noch den Sohn. Der Schlaukopf hatte wohl geahnt, daß sein Kopf nicht mehr in Sicherheit war, wenn man ihn erwischen würde. Seither blieb er verschollen; er war gewiß zu irgendeiner Abrekenschar gestoßen und hatte sicherlich seinen Tollkopf irgendwo jenseits des Terek oder des Kuban gelassen: das hatte ihm wohl sein Los vorherbestimmt! ...

Ich muß freilich gestehen, daß auch ich mein Teilchen zu tragen hatte. Kaum hatte ich in Erfahrung gebracht, daß das Tscherkessenmädchen bei Grigorij Alexandrowitsch war, legte ich meine Epauletten und den Degen an und begab mich zu ihm.

Er lag im Vorderzimmer auf dem Bett, den einen Arm hatte er unter den Nacken geschoben, in der anderen Hand hielt er eine erloschene Pfeife, die Tür zum zweiten Zimmer war fest verschlossen, der Schlüssel steckte nicht im Schloß. Ich bemerkte das sofort ... Ich hüstelte und scharrte mit den Absätzen auf der Türschwelle; allein er gab sich den Anschein, als höre er nichts.

›Herr Fähnrich!‹ sagte ich mit möglichster Strenge, ›sehen Sie denn nicht, daß ich zu Ihnen gekommen bin?‹

›Ach so, guten Tag, Maxim Maximytsch! Wollen Sie eine Pfeife?‹ antwortete er, ohne aufzustehen.

›Vergebung, ich bin jetzt nicht Maxim Maximytsch; ich bin Ihr Stabskapitän.‹

›Gleichviel. Darf ich Ihnen vielleicht Tee anbieten? Wenn Sie nur wüßten, was für Sorgen ich habe!‹

›Ich weiß alles‹, entgegnete ich und näherte mich seinem Bett.

›Um so besser; ich bin jetzt wahrhaftig nicht in der Laune zu erzählen.‹

›Herr Fähnrich, Sie haben sich ein Vergehen zuschulden kommen lassen, für das auch ich zur Verantwortung gezogen werden kann ...‹

›Nun, wenn schon! Was liegt daran? Wir teilen doch schon längst alles.‹

›Was sind das für Späße? Ich bitte um Ihren Degen!‹

›Mitjka, den Degen! ...‹

Mitjka brachte den Degen. Nachdem ich auf diese Weise meine Pflicht erfüllt hatte, setzte ich mich zu ihm aufs Bett und sagte: ›Hör mal, Grigorij Alexandrowitsch, gesteh mir ein, daß du nicht recht gehandelt hast.‹

›Wieso nicht recht?‹

›Ja, eben dadurch, daß du Bjela entführt hast... Das ist mir eine Bestie, dieser Asamat!... Also gesteh‹, redete ich ihm zu.

›Aber wenn sie mir doch gefällt?...‹

Was sollte ich ihm darauf antworten?... Ich war wie vor den Kopf geschlagen. Nach einem kurzen Schweigen teilte ich ihm mit, daß, wenn ihr Vater sie zurückverlange, es notwendig werden dürfte, sie zurückzugeben.

›Vollkommen überflüssig!‹

›Er wird es aber erfahren, daß sie hier ist.‹

›Woher sollte er das erfahren?‹

Ich war wieder wie vor den Kopf geschlagen. ›Hören Sie, Maxim Maximytsch!‹ sagte Petschorin und erhob sich. ›Sie sind doch ein herzensguter Mensch – wenn wir diesem Wilden die Tochter zurückgeben, wird er sie entweder töten oder verkaufen. Die Geschichte ist nun einmal geschehen, man muß sie jetzt nur nicht absichtlich verschlimmern; lassen Sie das Mädchen bei mir und meinen Degen meinetwegen bei sich...‹

›So zeigen Sie sie mir doch wenigstens‹, sagte ich.

›Sie steckt dort hinter jener Tür, ich selber versuchte heute bereits vergeblich, sie zu erblicken. Sie sitzt in einer Ecke, dicht in ihre Schleier gehüllt, und spricht nicht und schaut nicht; sie ist scheu wie ein wildes Reh. Ich ließ die Frau unseres Schankwirts holen: sie kann Tatarisch, sie wird ihr aufwarten und sie nach und nach an den Gedanken gewöhnen, daß sie von nun ab mein ist; denn außer mir wird sie in Zukunft keinem Menschen mehr angehören!‹ fügte er hinzu und schlug mit der Faust auf den Tisch. Ich erklärte mich damit einverstanden... Was sollte ich auch tun? Es gibt eben Menschen, mit denen man unwillkürlich immer einverstanden sein muß.«

»Und was weiter?« fragte ich Maxim Maximytsch. »Hat er sie endlich so weit gebracht, daß sie sich an ihn gewöhnte, oder verwelkte sie vor Heimweh in der Gefangenschaft?«

»Ich bitte Sie, warum denn Heimweh? Von unserer Festung aus sah sie doch die gleichen Berge wie von ihrem Dorf aus – und diese Wilden brauchen ja nicht mehr als das. Außerdem schenkte ihr Grigorij Alexandrowitsch jeden Tag etwas Neues. Zwar stieß sie in den ersten Tagen diese Geschenke stolz von sich, so daß sie der Aufwartefrau zufielen und deren Beredsamkeit erweckten. Ach ja, überhaupt Geschenke! Was tut eine Frau nicht für ein buntes Fähnchen!... Aber lassen wir das... Lange kämpfte Grigorij Alexandrowitsch mit ihr, er erlernte derweil ein wenig die tatarische Sprache, und auch sie begann unsere Sprache zu verstehen. Nach und nach gewöhnte sie sich daran, ihn anzuschauen; anfangs sah sie freilich immer nur verstohlen und flüchtig zu ihm hin und war immer noch traurig; mit leiser Stimme pflegte sie ihre Lieder zu singen, so daß es auch mir traurig ums Herz wurde, wenn ich im Nebenzimmer ihrem Gesang lauschte. Und niemals werde ich einen Auftritt vergessen: Ich schritt am Hause vorüber und schaute durchs Fenster; Bjela saß auf der Ofenbank und ließ den Kopf hängen, Grigorij Alexandrowitsch stand vor ihr. ›Hör mich an, meine Peri‹, sagte er, ›du weißt ja, daß du früher oder später mein sein wirst – warum quälst du mich nur? Liebst du vielleicht einen Tschetschenzen? Wenn dem so ist, lasse ich dich augenblicklich heimkehren.‹ Sie erbebte unmerklich und schüttelte den Kopf. ›Oder‹, fuhr er fort, ›hassest du mich etwa so sehr?‹ Sie seufzte nur. ›Oder verbietet dir etwa dein Glaube, mich zu lieben?‹ Sie erblaßte und schwieg. ›So glaube mir doch, Allah ist für alle Völker ein und derselbe; wenn er mir erlaubt, dich zu lieben, warum sollte er dir dann wohl verbieten, mir Gegenliebe zu schenken?‹ Sie sah ihn starr an, als habe dieser neue Gedanke sie ungemein überrascht; aus ihren Augen sprach Mißtrauen, allein es lag in ihnen gleichzeitig der Wunsch, sich überzeugen zu lassen. Augen hatte sie! Sie funkelten wie zwei Kohlen.

›Hör mich an, reizende, teure Bjela!‹ fuhr Petschorin fort ›Du siehst, wie sehr ich dich liebe; ich bin bereit, alles hinzugeben, um dich heiter zu stimmen! Ich will nur das eine: daß du glücklich wirst. Denn wenn du von neuem anfangen solltest, traurig zu werden, muß ich sterben. So sprich doch, wirst du einmal lustiger werden?‹ Sie dachte lange nach, ohne den Blick ihrer schwarzen Augen von ihm zu wenden; plötzlich aber lächelte sie zärtlich und nickte ihm zum Zeichen ihres Einverständnisses zu. Er ergriff ihre Hand und versuchte sie zu überreden, ihm einen Kuß zu geben; sie wehrte sich nur schwach und wiederholte in einem fort: ›Bitte, bitte, nicht nötig, nicht nötig!‹ Er wurde immer drängender; sie erbebte und brach in Tränen aus. ›Ich bin deine Gefangene‹, sprach sie endlich, ›deine Sklavin bin ich; du kannst mich zu allem zwingen!‹ – und brach aufs neue in Tränen aus.

Grigorij Alexandrowitsch schlug sich mit der Faust gegen die Stirn und eilte ins Nebenzimmer. Ich trat hinein; mit gekreuzten Armen schritt er finster auf und ab. ›Was gibt es, Väterchen?‹ fragte ich ihn. ›Ein Teufel ist sie und keine Frau!‹ entgegnete er. ›Allein, trotzdem gebe ich Ihnen mein Ehrenwort, daß sie mein sein wird...‹ Ich schüttelte den Kopf. ›Wollen wir wetten?‹ fragte er, ›in einer Woche!‹ ›Einverstanden!‹ Ich schlug ein, und hiermit trennten wir uns für dieses Mal.

Am Tage darauf schickte er einen Boten nach Kisljar, um dort Verschiedenes einzukaufen; der Bote brachte eine Menge persischer Stoffe mit zurück.

›Was meinen Sie, Maxim Maximytsch‹, fragte er, als er mir die Geschenke zeigte, ›glauben Sie, daß eine asiatische Schöne dieser Batterie da widerstehen kann?‹ ›Sie kennen die Tscherkessinnen nicht‹, entgegnete ich, ›sie sind ganz anders als etwa die Georgierinnen oder die transkaukasischen Tatarenfrauen – ganz anders sind sie. Sie haben ihre besondere Lebensart; sie sind anders erzogen als jene.‹ Grigorij Alexandrowitsch aber lächelte nur und pfiff einen Marsch.

Und doch stellte es sich schließlich heraus, daß ich recht hatte. Die Geschenke wirkten nämlich nur zur Hälfte. Sie wurde zwar zärtlicher und zutraulicher – aber das war eben auch alles; er mußte sich entschließen, zu einem letzten Mittel zu greifen. Eines Morgens gab er Befehl, sein Pferd zu satteln, er selber warf sich in Tscherkessentracht, nahm seine Waffen und trat in dieser Gestalt vor sie. ›Bjela!‹ sagte er, ›du weißt, wie sehr ich dich liebe. Ich entschloß mich dazu, dich zu entführen, denn ich dachte, daß du mich bei näherer Bekanntschaft liebgewinnen würdest; ich täuschte mich: so lebe denn wohl! Was ich besitze, sei dein eigen; wenn du willst, kannst du zu deinem Vater zurückkehren – du bist frei. Ich trage große Schuld vor dir und muß mich selber bestrafen. Lebe wohl, ich reite fort – wohin, das weiß ich noch nicht! Aber ich weiß, daß ich nicht lange einer Kugel oder einem Säbelhieb nachlaufen werde; gedenke mein und vergib, was ich dir angetan.‹ Er wandte sich ab und reichte ihr die Hand zum Abschied. Sie schwieg jedoch und nahm seine Hand nicht. Ich stand hinter der Tür und konnte durch eine Ritze ihr Gesicht beobachten. Sie tat mir leid – eine so tödliche Blässe bedeckte jetzt dieses liebliche Gesichtchen! Da Petschorin immer noch kein Wort vernahm, machte er einige Schritte zur Tür hin; er bebte selber, denn – wie soll ich Ihnen das nur erklären? – denn ich bin fest davon überzeugt, daß er durchaus imstande war, das auszuführen, wovon er im Scherz gesprochen. So ein Mensch war er, weiß Gott! Allein kaum hatte er die Klinke berührt, da sprang sie auf, brach in Schluchzen aus und fiel ihm um den Hals. Ob Sie es nun glauben oder nicht – ich stand hinter der Tür und mußte ebenfalls weinen, das heißt, wissen Sie, nicht gerade weinen, aber so – Dummheiten! ...«

Der Stabskapitän verstummte.

»Ja, ja, ich muß gestehen«, sagte er kurze Zeit darauf, seinen Schnurrbart zausend, »es war mir recht ärgerlich, daß ich von keiner Frau jemals so geliebt worden bin.«

»Und war ihr Glück von Dauer?« fragte ich.

»Freilich; sie gestand uns später, daß sie seit dem Tage, da sie Petschorin zum erstenmal gesehen, ihn immer wieder im Traume erblickt und daß nicht ein einziger Mann jemals einen solchen Eindruck auf sie gemacht habe. – Ja, ja, die beiden waren glücklich!«

»Wie langweilig!« rief ich unwillkürlich. Und in der Tat, ich hatte eigentlich einen tragischen Ausgang erwartet, und nun waren plötzlich all meine Erwartungen so bitter enttäuscht worden! ... »Und der Vater?« fuhr ich fort. »Kam ihm denn wirklich niemals der Gedanke, daß sie bei Ihnen in der Festung sei?«

»Ich glaube allerdings, daß er uns im Verdacht hatte. Allein einige Tage darauf erfuhren wir, daß der Alte erschlagen worden sei, und zwar geschah das folgendermaßen ...«

Meine Aufmerksamkeit erwachte von neuem.

»Sie müssen wissen, daß Kasbitsch der Ansicht war, Asamat habe das Pferd im Einverständnis mit seinem Vater gestohlen, zum mindesten denke ich es mir so. Darum lauerte er ihm einmal drei Werst hinter dem Dorf auf der Straße auf. Der Greis kehrte von einem vergeblichen Ritt zurück, den er unternommen hatte, um nach dem Verbleib seiner Tochter zu forschen; seine Usdenen waren zurückgeblieben – das Ganze spielte sich in der Abenddämmerung ab –, er ritt nachdenklich im Schritt, als plötzlich Kasbitsch wie eine Katze aus dem Gebüsch hervorglitt, hinter ihm aufs Pferd sprang, ihn mit einem einzigen Dolchstoß zur Erde warf, selber die Zügel packte – und im Nu verschwunden war. Von einer Anhöhe aus sahen einige Usdenen den Vorfall mit an; sie nahmen sogleich seine Verfolgung auf, aber sie erwischten ihn nicht.«

»Er hatte sich also für den Verlust seines Pferdes entschädigt und gleichzeitig Rache genommen«, bemerkte ich, und zwar nur, um die Erwiderung meines Gefährten zu hören.

»Nach den Anschauungen, die dortzulande üblich sind«, entgegnete der Stabskapitän, »fühlte er sich freilich vollständig im Recht.«

Unwillkürlich überraschte mich aufs neue diese Fähigkeit des Russen, sich den Sitten der Völker, in deren Mitte zu leben er gezwungen ist, anzupassen. Ich weiß allerdings nicht, ob diese Veranlagung zu loben oder zu tadeln ist, doch sie beweist unter allen Umständen eine fast unglaubliche Geschmeidigkeit und jedenfalls auch das Vorhandensein eines klaren, gesunden Sinnes, der überall dort das Böse verzeiht, wo er seine Unabänderlichkeit oder die Unmöglichkeit der Ausrottung des Übels einsieht.

Wir hatten derweil unseren Tee ausgetrunken; die Pferde, schon längst angespannt, froren draußen auf dem Schnee. Im Westen stand ein blasser Mond und schickte sich bereits an, hinter den schwarzen Wolken zu verschwinden, die wie Stücke eines zerfetzten Vorhanges an den fernen Gipfeln hingen. Wir verließen die Hütte. Das Wetter war, entgegen den Voraussagen meines Reisegefährten, besser geworden und versprach einen hübschen Morgen; in wunderbaren Mustern verschlang sich der Reigen der Sterne an der fernen Himmelswölbung, allein einer nach dem anderen erlosch, da sich von Osten her ein blasser Schimmer immer höher über das dunkellilafarbene Gewölbe ergoß und nach und nach die schroffen Berghänge, bedeckt von jungfräulichem Schnee, immer klarer hervortreten ließ. Rechts und links dunkelten indes immer noch finstere und geheimnisvolle Schluchten, und dorthin krochen – über die Runzeln der Nachbarklippen – geballt und in Schlangenwindungen die Nebelschwaden, als fühlten und fürchteten sie die Nähe des Tages.

Stille herrschte im Himmel und auf Erden, eine Stille wie im Herzen des Menschen zur Stunde des Morgengebetes; nur ab und zu flatterte ein kühler Windhauch von Osten her und spielte mit den bereiften Mähnen der Pferde. Wir brachen auf; nur mit großer Mühe zogen die fünf dürren Mähren unsere Fuhrwerke den gewundenen Pfad, der zum Gutt-Berge hinaufführte. Wir folgten zu Fuß und schoben Steine unter die Räder, wenn es den Kleppern zu viel wurde. Es machte fast den Eindruck, als führe unser Weg gerade in den Himmel, denn er stieg und stieg, so weit der Blick reichen wollte, und verlor sich zuletzt in einer Wolke, die noch von gestern her wie ein Adler, der auf Beute wartet, auf dem Gipfel des Gutt-Berges ruhte. Der Schnee knirschte unter unseren Füßen. Die Luft wurde so dünn, daß es den Lungen fast weh tat zu atmen; das Blut stieg uns beständig in den Kopf, trotzdem aber zog durch meine Adern ein eigentümlich beseligendes Gefühl, und eine große Heiterkeit durchdrang mich, weil ich mich so hoch über der Erde befand. Ich will nicht bestreiten, daß das vielleicht ein kindliches Gefühl war, allein wir werden ja, wenn wir uns aus den Bindungen der Gesellschaft lösen und uns der Natur nähern, unwillkürlich immer zu Kindern: alles im Leben Erworbene fallt von der Seele ab, und aufs neue wird sie so, wie sie vormals war und wie sie sicherlich wieder einmal sein wird. Wem es wie mir widerfahren ist, in wilden Bergen zu wandeln und lange, lange ihre abenteuerlichen Formen zu betrachten, die lebenspendende Luft, die durch ihre Schluchten weht, gierig einzuatmen, der wird gewiß mein

Verlangen begreifen, diese zauberischen Bilder zu schildern und wiederzugeben. Endlich langten wir auf dem Gipfel des Gutt-Berges an, machten Rast und schauten uns um. Über uns hing eine graue Wolke, ihr kalter Atem drohte mit nahem Sturm; der Osten jedoch war noch immer so klar und golden, daß wir, das heißt der Stabskapitän und ich, vollkommen alles andere darüber vergaßen... Ja gewiß, auch der Stabskapitän; denn in den schlichten Herzen lebt das Gefühl für Schönheit und Majestät der Natur viel stärker, ja hundertmal lebendiger als in uns, den begeisterten Erzählern in Worten und auf dem Papier.

»Ich denke, Sie müßten sich an diese prächtigen Bilder mit der Zeit gewöhnt haben?« sagte ich zu ihm.

»Allerdings, ebenso wie ich mich an das Pfeifen der Kugeln gewöhnt habe, das heißt, mich gewöhnt habe, das unwillkürliche Klopfen des Herzens zu verbergen.«

»Ich hörte im Gegenteil, daß diese Musik manchen alten Kriegern sogar angenehm sei?«

»Gewiß, wenn Sie wollen, ist sie auch angenehm; allein eigentlich immer nur aus dem Grunde, weil sie das Herz heftiger schlagen macht. Aber schauen Sie doch«, fügte er hinzu und wies nach Osten, »welch ein Land!«

Und in der Tat, ein solches Panorama werde ich in meinem Leben schwerlich jemals wieder sehen: Unter uns lag das Tal von Koischaur, das von der Aragwa und einem anderen Flüßchen wie von zwei Silberschnüren durchschnitten wird; ein bläulicher Nebel glitt darüber hin und flüchtete vor den warmen Strahlen des Morgens in die benachbarten Engpässe; rechts und links kreuzten und streckten sich die mit Schnee und Gesträuch bedeckten Berggipfel, einer immer höher als der andere; auch in der Ferne ragten die gleichen Berge, obwohl nicht zwei Felsen einander ähnlich sahen – und so hell und so lustig brannte der viele Schnee im roten Glanz, daß einem unwillkürlich der Gedanke kam, hier sollte man für immer bleiben. Hinter einem dunkelblauen Berg, den nur das geübte Auge von einer Wetterwolke unterscheiden konnte, erhob sich unmerklich die Sonne; ein blutroter Streifen ging ihrem Aufgang voraus, und mein Reisegefährte machte mich auf diesen besonders aufmerksam. »Ich sagte Ihnen«, rief er,

»daß es heute schlechtes Wetter geben wird; wir müssen uns beeilen, denn sonst erwischt es uns vielleicht gerade auf dem Kreuzberge. – Vorwärts!« schrie er den Kutschern zu.

Um die Räder wurden Ketten gespannt, die als Bremsen zu dienen hatten, um das Abgleiten der Wagen zu verhindern. Die Pferde wurden am Zügel gefaßt, und langsam begannen wir den Abstieg. Rechts ragte die Felswand, links dagegen gähnte eine so tiefe Schlucht, daß ein ganzes Ossetendorf, das auf ihrem Grunde lag, nur wie ein kleines Schwalbennest aussah; ich schauderte bei dem Gedanken, daß auf diesem Wege, auf dem zwei Wagen einander nicht ausweichen konnten, häufig in dunkler Nacht irgendein Kurier einige zehnmal im Jahre zu fahren hätte, ohne die Möglichkeit zu haben, seinen schütternden Wagen zu verlassen. Der eine unserer Kutscher war ein russischer Bauer aus Jaroslaw, der andere dagegen ein Ossete. Der Ossete führte das Deichselpferd mit aller nur möglichen Vorsicht am Zügel, wobei er vorsorglich die beiden Seitenpferde ausgespannt hatte – unser sorgloser Russe dagegen kletterte nicht einmal vom Bock! Als ich ihm die Bemerkung machte, daß er wenigstens zugunsten meines Koffers etwas Vorsicht walten lassen könnte, da ich durchaus nicht den Wunsch verspüre, ihm gegebenenfalls in den Abgrund nachklettern zu müssen, entgegnete er mir: »Ih, gnädiger Herr! Will's Gott, so werden wir nicht übler als jene ankommen; es ist ja nicht zum erstenmal!« Er hatte recht: es hätte freilich auch sein können, daß wir nicht angekommen wären, allein wir kamen dennoch an. Und überhaupt muß man sagen, daß die Menschen, wenn sie ein wenig mehr nachdenken wollten, bald zu der Überzeugung gelangen würden, daß das Leben es nicht wert ist, daß man sich solche Sorgen darum macht...

Aber vielleicht wollen Sie jetzt hören, wie die Geschichte unserer Bjela ausging? Doch ich schreibe keine Erzählung, sondern lediglich Reisenotizen und kann folglich den Stabskapitän nicht veranlassen, weiterzuerzählen, bevor dies in der Tat geschah. Sie müssen mithin noch ein wenig warten oder einige Seiten überschlagen, obwohl ich Ihnen das letztere nicht raten will, da der Übergang über den Kreuzberg (Krestowaja – dies ist der russische

Name des Berges, weswegen ihn der Gelehrte Gamba ›le Mont St. Christophe‹ genannt hatte) wohl Beachtung verdient. Wir stiegen also vom Gutt-Berg ins Tschertowa-Tal hinunter; dieses Tal bildete vormals die Grenze mit Georgien. Das Tal lag bereits voller Schneewächten und brachte mir ziemlich lebhaft Ssaratow, Tambow und andere liebliche Orte unseres Vaterlandes ins Gedächtnis.

»Da ist auch schon der Kreuzberg!« rief der Stabskapitän, als wir endlich unten im Tal waren, und deutete auf eine Anhöhe, die ganz mit Schnee bedeckt war; auf ihrem Gipfel ragt ein dunkles Steinkreuz, an dem ein kaum erkennbarer Pfad vorüberführt, den man gewöhnlich nur dann einschlägt, wenn der Seitenweg zu tief im Schnee liegt.

Schreiend und schimpfend schlugen die Kutscher auf ihre Pferde ein, diese jedoch schnaubten nur, stemmten sich zurück und wollten sich, trotz der eindringlichen Sprache der Peitschen, um keinen Preis vom Fleck rühren. »Euer Wohlgeboren«, sagte schließlich einer der Kutscher, »heute dürften wir Kobi nicht mehr erreichen, befehlen Sie nicht vielleicht, solange es noch möglich ist, nach links abzubiegen? Dort am Abhang sehe ich etwas Schwarzes – das ist gewiß die Hütte: Dort machen alle Reisenden bei schlechtem Wetter Rast. Die Burschen sagen, sie würden uns hinführen, wenn man ihnen ein Trinkgeld gibt«, fügte er hinzu und zeigte auf die Osseten.

»Weiß schon, Bruder, weiß es auch ohne dich!« sagte der Stabskapitän. »Diese Bestien! Sie nehmen jede Gelegenheit wahr, einem ein Trinkgeld abzuknöpfen.«

»Immerhin müssen Sie zugeben«, sagte ich, »daß wir es ohne sie schlimmer gehabt hätten.«

»Das schon, das schon«, murrte er. »Über diese Führer! Sie haben geradezu einen Instinkt, zu erraten, wo man sie braucht und wo man ohne sie den Weg nicht finden kann.«

Wir bogen also nach links ab und erreichten nach großen Anstrengungen die kärgliche Unterkunft, die aus zwei Hütten bestand, roh aus Kieseln und Steinplatten errichtet, mit einer Mauer aus dem gleichen Material. Die abgerissenen Hausherren empfingen uns gastfrei. Ich brachte später in Erfahrung, daß die Regierung sie unter der Bedingung besoldet und ernährt, daß sie die Reisenden, die vom Sturm überrascht werden, bei sich aufnehmen. »So hat alles auch seine guten Seiten«, sagte ich, mich vor dem Feuer niederlassend, »jetzt werden Sie mir gewiß die Geschichte Ihrer Bjela zu Ende erzählen, denn ich bin fest davon überzeugt, daß sie noch nicht zu Ende ist.«

»Warum sind Sie eigentlich davon überzeugt?« erwiderte der Stabskapitän und zwinkerte mir mit einem schlauen Lächeln zu.

»Weil es sonst ganz und gar nicht in der Ordnung der Dinge wäre; was so ungewöhnlich angefangen hat, muß auch ebenso enden.«

»Sie haben es erraten...«

»Ich bin erfreut.«

»Sie können sich leicht freuen, mir jedoch wird es immer traurig ums Herz, wenn ich daran zurückdenke. Ein liebes Ding war sie, die Bjela. Ich hatte sie zum Schluß so liebgewonnen wie meine eigene Tochter, und auch sie hatte viel Liebe zu mir. Ich muß hinzufügen, daß ich keinerlei Familie besitze; von meinem Vater und meiner Mutter habe ich seit zwölf Jahren keinerlei Nachricht mehr erhalten und habe andererseits nicht rechtzeitig daran gedacht, mich mit einer Frau zu versehen – und jetzt, wissen Sie, würde es auch nicht mehr recht zu meinem Alter passen. Da war ich froh, daß ich jemand gefunden hatte, den ich verwöhnen konnte. Sie sang uns oft ihre Lieder vor und tanzte den Lesghinentanz... Wie sie tanzte! Ich habe manche unserer jungen Damen tanzen sehen und war sogar einmal in Moskau im Adelsklub, freilich ist das schon zwanzig Jahre her – aber das war damit nicht zu vergleichen! Das war etwas ganz anderes!... Grigorij Alexandrowitsch kleidete sie wie eine Puppe; er verwöhnte sie und tat ihr alles nach Wunsch, sie aber wurde mit der Zeit so hübsch, daß sie wie ein Wunder anzuschauen war! Die Sonnenbräune verschwand von ihrem Gesicht und von ihren Armen, auf ihren Wangen aber spielte eine lebhafte Röte... Und wie lustig sie geworden war, und was für Späße die Schelmin mit mir trieb... Gott habe sie selig!...«

»Wie nahm sie es auf, als Sie ihr die Nachricht vom Tode ihres Vaters überbrachten?«

»Wir hielten es ihr so lange verborgen, bis sie sich an

ihre neue Lage gewöhnt hatte; nachdem wir es ihr endlich mitgeteilt hatten, weinte sie zwar zwei Tage lang, allein sie vergaß es bald darauf.

So ging das vier Monate lang überaus gut. Ich glaube, ich habe Ihnen bereits erzählt, daß Grigorij Alexandrowitsch ein leidenschaftlicher Jäger war: Wie oft war er vormals in den Wald gezogen, um auf Eber oder Gemsen zu gehen – jetzt hingegen kam er fast nie mehr über den Festungswall hinaus. Einige Zeit darauf aber bemerkte ich, daß seine frühere Nachdenklichkeit wieder über ihn gekommen war. Die Hände auf dem Rücken verschränkt, wanderte er im Zimmer auf und ab; und eines Tages begab er sich, ohne jemand ein Wort zu sagen, kurzerhand auf die Jagd und blieb den ganzen Vormittag fort und nicht lange danach ein zweites Mal und dann immer häufiger... ›Das ist nicht gut‹, dachte ich, ›sicherlich ist den beiden eine schwarze Katze über den Weg gelaufen.‹

Eines Morgens besuchte ich die beiden wieder einmal – ich sehe es noch so deutlich vor mir, als wäre es heute geschehen. In ihrem schwarzen, seidenen Beschmet saß Bjela auf ihrem Bett, sie war blaß und so traurig, daß ich darüber erschrak.

›Wo ist Petschorin?‹ fragte ich.

›Auf der Jagd.‹

›Ging er heute morgen fort?‹ Sie schwieg, als falle es ihr schwer, weiterzusprechen.

›Nein, gestern noch‹, sagte sie schließlich mit einem schweren Seufzer.

›Ist ihm am Ende etwas zugestoßen?‹

›Ich mußte gestern den ganzen Tag über daran denken‹, entgegnete sie mit Tränen, ›mir kamen die verschiedensten Unglücksfälle in den Sinn; bald war mir, als habe ein wilder Eber ihm etwas angetan, bald wieder glaubte ich, daß ein Tschetschenze ihn ins Gebirge verschleppt habe... Heute aber will mir scheinen, daß er mich nicht mehr liebt.‹

›Wahrlich, liebes Kind, da konntest du nichts Törichteres ersinnen!‹

Sie brach in Tränen aus, doch gleich darauf richtete sie stolz den Kopf in die Höhe, trocknete ihre Tränen und fuhr fort:

›Wenn er mich nicht mehr liebt, wer hindert ihn daran, mich nach Hause zurückzuschicken? Ich zwinge ihn nicht, mich hierzubehalten. Wenn das noch länger so fortgehen soll, werde ich selber eines Tages weggehen; ich bin nicht seine Sklavin, ich bin die Tochter eines Fürsten!...‹

Ich versuchte sie zu beruhigen. ›Hör einmal, Bjela, er kann doch nicht ewig hier bei dir sitzen, als klebe er an deinem Rock; er ist doch ein junger Mann und liebt es, hinter dem Wild her zu sein – laß ihn nur, er kommt schon wieder zurück; wenn du aber fortfahren wirst, traurig zu sein, könnte er deiner am Ende überdrüssig werden.‹

›Das ist wahr, das ist wahr‹, entgegnete sie. ›Ich will lustig sein.‹ Laut lachend griff sie nach ihrer Schellentrommel und begann zu singen, zu tanzen und um mich herumzuspringen; doch auch dies war nicht von Dauer. Kurze Zeit darauf sank sie wieder auf ihr Bett und schlug die Hände vors Gesicht.

Was sollte ich tun? Sie müssen wissen, ich habe nie viel Umgang mit Frauen gehabt; ich überlegte hin und her, was ich anstellen sollte, um sie zu trösten, aber mir wollte nichts einfallen. Einige Zeit hindurch schwiegen wir beide ... Es war eine zu mißliche Lage!

Endlich sagte ich zu ihr: ›Wenn du willst, könnten wir auf dem Festungswall spazierengehen, das Wetter ist wundervoll!‹ Es war im September. Der Tag war in der Tat sehr schön, er war klar und dabei nicht heiß: deutlich sichtbar lagen alle Berge vor uns. Wir gingen schweigsam auf dem Festungswalle auf und ab; endlich setzte sie sich auf den Rasen, und ich setzte mich neben sie. Wahrhaftig, ich muß lachen, wenn ich daran denke: Ich war immer hinter ihr her, als wäre ich ihre Kinderfrau gewesen.

Unsere Festung lag auf einer Anhöhe, der Blick vom Wall war wunderschön. Auf der einen Seite erstreckte sich ein breites, von einigen Schluchten durchzogenes Gelände, das vom Walde begrenzt wurde, der sich bis zum Gebirge hinzog; hier und da sah man den Rauch von Dörfern aufsteigen, hier und da weideten Herden; auf der anderen Seite rieselte ein kleiner Bach, der von dichtem Gebüsch eingefaßt war, das die ganzen steinigen Anhöhen bedeckte, die sich weiterhin mit der Hauptgebirgskette des

Kaukasus vereinigten. Wir saßen auf der Ecke einer Bastion, so daß wir nach beiden Seiten frei ausschauen konnten. Plötzlich sah ich: Aus dem Walde sprengte jemand auf einem grauen Roß heran; er kam immer näher und näher und hielt endlich hundert Ellen von uns entfernt, jenseits des Baches, und ließ dort wie ein Toller sein Pferd kreisen. Das war mir ein wunderliches Ding!... ›Schau doch mal, Bjela‹, sagte ich, ›du hast noch junge Augen, schau doch, was das für ein Reiter ist: Wer mag es wohl sein, der uns ergötzen will?...‹

Sie blickte hin und rief dann: ›Es ist Kasbitsch!‹

›Ach, dieser Räuber! Ist er etwa gekommen, um uns zu verspotten?‹ Ich schaute genauer hin, es war in der Tat Kasbitsch. Ich erkannte seine braune Fratze und sah, daß er genauso abgerissen und dreckig war wie immer. ›Es ist das Pferd meines Vaters‹, sagte Bjela und packte dabei meine Hand; sie bebte wie ein Blatt, aber ihre Augen blitzten. ›Aha!‹ dachte ich, ›auch in dir, mein Seelchen, will das Räuberblut nicht verstummen!«

›Komm mal her‹, sagte ich zum Wachtposten. ›Bring deine Flinte in Ordnung und schieße mir den Burschen da vom Pferde – du sollst einen Silberrubel dafür erhalten.‹ ›Zu Befehl, Euer Hochwohlgeboren; wenn er doch nur ein wenig ruhig halten wollte...‹ ›So befiehl's ihm doch!‹ sagte ich lachend. ›He, mein Bester!‹ schrie der Wachtposten und winkte jenem mit der Hand. ›Wart ein bißchen, was drehst du dich dort wie ein Kreisel?‹ Kasbitsch machte tatsächlich halt und horchte hin: er dachte vermutlich, daß wir mit ihm in Unterhandlungen treten würden – weit gefehlt!... Mein Grenadier legte an... paff!... vorbeigeschossen. Denn kaum blitzte das Pulver auf der Pfanne, da hatte Kasbitsch seinem Pferde einen Stoß gegeben, und es trug ihn zur Seite. Er richtete sich in den Steigbügeln auf, schrie uns etwas in seiner Sprache zu, drohte mit der Peitsche – und war verschwunden.

›Du solltest dich was schämen!‹ sagte ich zum Wachtposten.

›Euer Hochwohlgeboren! Der entgeht sowieso seinem Ende nicht!‹ erwiderte er. ›Es ist ein verdammt zähes Volk, mit dem ersten Schuß kann man keinen von ihnen niederstrecken.‹

Eine Viertelstunde darauf kam Petschorin von der Jagd zurück. Bjela fiel ihm um den Hals, ohne eine Klage, ja ohne den geringsten Vorwurf über sein langes Fortbleiben... Sogar ich hatte mich bereits über ihn geärgert. ›Ich bitte Sie‹, sagte ich, ›soeben noch war Kasbitsch dort, jenseits des Baches, und wir schossen auf ihn; wie leicht hätte es geschehen können, daß Sie auf ihn gestoßen wären! Diese Bergvölker sind rachsüchtig; glauben Sie vielleicht, daß er nicht schon längst erraten hat, daß Sie Asamat teilweise behilflich gewesen sind? Und außerdem möchte ich wetten, daß er Bjela heute erkannt hat. Ich weiß, daß sie ihm noch vor einem Jahr außerordentlich gut gefiel – er hat es mir selber gesagt –, wenn es ihm gelungen wäre, eine ordentliche Brautgabe zusammenzubekommen, hätte er sicher um sie gefreit...‹ Petschorin wurde nachdenklich. ›Ja‹, entgegnete er, ›man müßte vorsichtiger sein... Bjela, vom heutigen Tage ab darfst du dich nicht mehr auf dem Festungswall zeigen.‹

Abends hatte ich eine lange Auseinandersetzung mit ihm: Es ärgerte mich, daß er jetzt zu dem armen Mädchen so anders war, denn ganz abgesehen davon, daß es ihm bereits zur Gewohnheit geworden war, die eine Hälfte des Tages auf der Jagd zu verbringen, war auch sein Verhalten zu ihr merklich kälter geworden. Er liebkoste sie nur noch selten, und sie magerte sichtlich ab, ihr Gesicht wurde länger und ihre großen Augen hatten den Glanz verloren. Ich fragte sie manchmal: ›Weswegen seufzt du, Bjela? Bist du traurig?‹ ›Nein.‹ ›Willst du etwas?‹ ›Nein.‹ ›Hast du vielleicht Heimweh nach deinen Angehörigen?‹ ›Ich habe keine Angehörigen mehr.‹ Bisweilen konnte man tagelang nichts als ein ›Ja‹ oder ›Nein‹ von ihr zur Antwort bekommen.

Hierüber sprach ich mit ihm. ›Hören Sie mich an, Maxim Maximytsch‹, entgegnete er. ›Ich habe einen unglückseligen Charakter. Ich weiß nicht einmal, ob mich die Erziehung so gemacht oder ob Gott mich so erschaffen hat; ich weiß nur das eine, daß, wenn ich die Ursache des Unglücks anderer bin, ich mich selber nicht weniger unglücklich fühle. Das ist freilich ein schlechter Trost – aber es ist nun einmal so und nicht zu ändern. Bereits in meiner frühesten Jugend, von jenem Augenblick an, da ich nicht mehr unter der Vormundschaft meiner Verwandten stand, gab ich mich toll all jenen Vergnügungen hin, die man für Geld haben kann; allein ich muß gestehen, daß mir diese Vergnügungen mit der Zeit zuwider wurden. Dann begab ich mich in die große Welt, doch auch diese Gesellschaft wurde mir bald zuviel; ich verliebte mich in viele unserer Weltdamen und wurde von ihnen wiedergeliebt, aber ihre Liebe entzündete nur meine Phantasie und reizte meine Eitelkeit, mein Herz jedoch blieb dabei leer... Ich begann zu lesen und mich weiterzubilden – die Wissenschaften wurden mir rasch langweilig; ich erkannte nur zu klar, daß sie weder Glück noch Ruhm bringen können, denn die allerglücklichsten Menschen sind ja doch stets die Unwissenden; der Ruhm aber liegt im Erfolg, und um den zu gewinnen, muß man nichts als geschickt sein. Da war es, daß mich die Langeweile packte... Bald darauf wurde ich nach dem Kaukasus versetzt; dies war die glücklichste Zeit meines Lebens. Ich hoffte, daß es beim Schwirren der Tschetschenzenkugeln keine Langeweile geben würde – umsonst: Nach einem Monat bereits hatte ich mich so sehr an ihr Pfeifen und an die Nähe des Todes gewöhnt, daß ich wahrhaftig weniger Aufmerksamkeit auf sie als auf das Summen der Mücken verwandte und mich nur noch ärger als zuvor langweilte, da ich meine letzte Hoffnung verloren hatte. Als ich Bjela in ihrem Vaterhause erblickte, als ich sie zum ersten Male auf meinen Knien hielt und ihre schwarzen Locken küßte, da dachte ich Narr, daß sie ein Engel sei, den mir ein mitleidiges Schicksal gesandt habe... Ich täuschte mich indes aufs neue: Die Liebe der Wilden war nur ein wenig schöner als die Liebe der vornehmen Dame; die Unwissenheit und Herzenseinfalt der einen können genauso ermüden wie die Koketterie der andern. Ich liebe sie noch immer, wenn Sie so wollen, ich bin ihr für einige wenige ziemlich süße Augenblicke dankbar und wäre bereit, mein Leben für sie hinzugeben – aber ich langweile mich mit ihr... Ich weiß nicht, ob ich ein Tor bin oder ein Bösewicht; ich weiß nur, daß ich ebenfalls des Mitleids würdig bin und vielleicht sogar noch mehr als sie. Die Welt hat meine Seele verdorben, meine Einbildungskraft ist unruhig und mein Herz unersättlich. Alles ist mir stets zu wenig, an die Trauer kann ich mich ebenso schnell gewöhnen wie an den Genuß, und so wird mein Leben von Tag zu Tag leerer; ein einziges nur ist mir geblieben: Reisen. Ich will mich, sobald es geht, fortbegeben – aber nicht nach Europa, bewahre mich Gott davor! –, ich will nach Amerika reisen, nach Arabien oder nach Indien – vielleicht finde ich irgendwo auf der Straße mein Grab. Zum mindesten bin ich davon überzeugt, daß dieser letzte Trost, dank der Stürme und dank der schlechten Wege, sich nicht so bald erschöpfen lassen wird.‹ So sprach er lange, und seine Worte prägten sich mir tief ins Gedächtnis ein, denn zum ersten Male, und gebe Gott zum letzten Male, hörte ich derartige Dinge von einem Fünfundzwanzigjährigen... Es war beinahe unfaßbar! – Sagen Sie doch, bitte«, fuhr der Stabskapitän, zu mir gewandt fort, »Sie sind, scheint's, oft in der Residenz gewesen, und zwar noch vor kurzem – ist die dortige Jugend wirklich und wahrhaftig so?«

Ich entgegnete, daß es freilich viele Menschen gebe, die derartige Dinge sprächen, und daß vermutlich auch einige darunter seien, die es aufrichtig meinten; daß allerdings die Mode der Enttäuschtheit, wie jede Mode, in den höheren Gesellschaftsschichten entstanden und jetzt zu den niederen übergegangen sei, die sie allmählich auftrügen, daß jedoch heutzutage die, die sich mehr als die anderen und allen Ernstes langweilen, sich Mühe gäben, dieses Unglück zu verbergen, als sei es ein Laster. Der Stabskapitän konnte diese Feinheiten nicht verstehen, er schüttelte nur den Kopf und lächelte schlau:

»Nicht wahr, es sind die Franzosen, die die Mode, sich zu langweilen, eingeführt haben?«

»Nein, die Engländer.«

»Aha, so also!...« entgegnete er, »die Engländer waren freilich schon immer ausgemachte Säufer!...«

Unwillkürlich mußte ich mich hierbei an eine Moskauer Dame erinnern, die fortwährend beteuerte, daß Byron nichts anderes sei als ein großer Trinker. Die Bemerkung des Stabskapitäns war übrigens weitaus entschuldbarer: Um sich leichter des Alkohols entwöhnen zu können, war er darauf aus, sich beständig weiszumachen, daß alles Unglück auf der Welt nur vom Trinken herkomme.

Unterdessen setzte er seine Erzählung folgendermaßen

fort: »Kasbitsch zeigte sich nicht mehr. Allein ich konnte trotzdem den Gedanken nicht loswerden, daß er nicht ohne eine gewisse Absicht gekommen war und daß er etwas Schlimmes im Sinn habe.

Eines Tages drang Petschorin in mich, mit ihm auf einen Eber zu gehen; ich weigerte mich lange: was war denn ein Eber für mich Erstaunliches! Dennoch überredete er mich schließlich. Wir nahmen fünf Soldaten mit und begaben uns in der Frühe des Morgens auf die Jagd. Bis um zehn Uhr krochen wir durch Schilfrohr und Waldgebüsch – das Tier wollte nicht erscheinen. ›He, sollen wir nicht umkehren?‹ sagte ich. ›Wozu sich darauf versteifen? Wir haben eben keinen guten Tag!‹ Doch trotz der Schwüle und seiner Müdigkeit wollte Grigorij Alexandrowitsch nicht ohne Beute heimkehren... Solch ein Mensch war er nun einmal: was ihm in den Kopf kam, mußte er haben; sein Mamachen hatte ihn offenbar in der Kindheit schrecklich verwöhnt... Endlich, um Mittag, gerieten wir auf die Spur des verdammten Ebers – paff! paff! Gefehlt: er verschwand im Schilfrohr... Wir hatten nun einmal einen unglücklichen Tag!... Nachdem wir uns ein wenig ausgeruht hatten, begaben wir uns nach Hause.

Stumm und mit lockeren Zügeln ritten wir nebeneinander und waren schon nahe bei der Festung, obwohl wir sie vor dem dichten Gebüsch noch nicht sehen konnten. Plötzlich ertönte ein Schuß... Wir blickten einander an: der gleiche Verdacht war in uns beiden aufgestiegen... Hals über Kopf galoppierten wir dem Orte zu, wo der Schuß gefallen war, und gewahrten folgendes: Auf dem Wall standen unsere Soldaten in hellen Haufen und wiesen ins freie Feld, dort aber sprengte mit verhängten Zügeln ein Reiter dahin, der vor sich auf dem Sattel etwas Weißes hielt. Grigorij Alexandrowitsch stieß einen Schrei aus, genauso wie ein geborener Tschetschenze es getan haben würde; das Gewehr fuhr aus dem Überzug – und schon stürmte er jenem nach; ich folgte ihm.

Zu unserm Glück waren infolge der unergiebigen Jagd unsere Rosse nicht erschöpft; sie flogen nur so, und mit jedem Augenblick kamen wir jenem immer näher... Und schließlich sah ich, daß es Kasbitsch war, wenn ich auch immer noch nicht recht zu unterscheiden vermochte, was das war, was er vor sich hielt. Ich hatte derweil Petschorin eingeholt und rief ihm zu: ›Es ist Kasbitsch!...‹ Er sah mich an, nickte mit dem Kopf und trieb sein Pferd mit der Peitsche an.

Endlich hatten wir uns ihm auf einen Flintenschuß genähert. Ob Kasbitschs Pferd ermüdet oder einfach geringwertiger als die unsern war, weiß ich nicht; trotz allen Peitschens und Anspornens wollte es nicht mehr vorwärts. Ich denke, daß er in diesem Augenblick an seinen Karagös gedacht haben mag...

Ich sah, daß Petschorin im vollen Lauf anlegte... ›Schießen Sie nicht!‹ schrie ich ihm zu, ›sparen Sie den Schuß, wir holen ihn ohnedies ein.‹ O über diese jungen Leute! Sie erhitzen sich immer zur unrechten Zeit... Der Schuß fiel, und die Kugel zerschmetterte das Hinterbein des Pferdes; im Eifer des Galopps machte es noch einige zehn Sprünge, dann aber stolperte es und stürzte auf die Knie. Kasbitsch sprang ab, und da erst gewahrten wir, daß er ein Weib, in einen Schleier gehüllt, in den Armen trug ... Es war Bjela... die arme Bjela! Er schrie uns etwas in seiner Sprache zu und zückte den Dolch... Ich durfte nicht länger zaudern: Auf gut Glück drückte ich los; die Kugel traf ihn offenbar in die Schulter, denn er ließ plötzlich den Arm sinken. Als der Pulverdampf sich verzogen hatte, sahen wir das verwundete Pferd auf der Erde liegen und dicht neben ihm Bjela; Kasbitsch jedoch hatte sein Gewehr fahrenlassen und kroch, sich an die Büsche klammernd, wie eine Katze den Felsen hinan. Ich hätte ihn zu gern von dort heruntergeholt – allein ich hatte keinen Schuß mehr!

Wir sprangen von den Pferden und eilten zu Bjela. Regungslos lag die Ärmste dort, ihr Blut floß in Strömen... Der Schurke! Wenn er sie doch nur ins Herz getroffen hätte – dann wäre es mit einem Male aus gewesen, so aber brachte er ihr die Wunde im Rücken bei... den mörderischsten von allen Dolchstößen! Sie lag besinnungslos da. Wir rissen ihren Schleier in Stücke und verbanden die Wunde, so gut wir konnten. Vergebens küßte Petschorin ihre kalten Lippen – nichts konnte sie wieder zu sich bringen.

Petschorin bestieg sein Pferd. Ich hob Bjela von der

Erde auf und setzte sie zu ihm auf den Sattel; er umschlang sie mit seinen Armen, und so ritten wir heim. Nach einigen Minuten des Schweigens sagte Grigorij Alexandrowitsch: ›Hören Sie, Maxim Maximytsch, auf diese Art bringen wir sie nicht mehr lebendig nach Hause.‹ ›Sie haben recht!‹ antwortete ich, und wir setzten unsere Pferde in schnellsten Trab. Am Festungstor erwartete uns eine große Menschenmenge. Vorsichtig trugen wir die Verwundete in Petschorins Haus und ließen den Arzt holen. Obwohl er betrunken war, kam er, betrachtete die Wunde und erklärte, daß Bjela nicht länger als einen Tag zu leben habe; allein er täuschte sich...«

»Sie genas?« fragte ich den Stabskapitän und packte unwillkürlich erfreut seine Hand.

»Nein«, entgegnete er, »der Arzt täuschte sich insofern, als sie noch zwei Tage zu leben hatte.«

»So erklären Sie mir doch, auf welche Weise es diesem Kasbitsch gelungen war, sie zu entführen!«

»Das ging so zu: Trotz Petschorins Verbot war sie aus der Festung zum Bach gegangen. Sie müssen wissen, daß es damals sehr heiß war; sie hatte sich auf einen Stein gesetzt und die Füße ins Wasser gesteckt. In diesem Augenblick hatte sich Kasbitsch herangeschlichen – im Nu hatte er sie gepackt, hielt ihr den Mund zu und zog sie in die Büsche, dort sprang er auf sein Pferd und stob davon wie die wilde Jagd. Sie hatte derweil Gelegenheit gefunden, um Hilfe zu schreien; die Wachtposten waren aufmerksam geworden und hatten geschossen, aber sie trafen nicht, und gerade da waren wir dazugekommen.«

»Was bezweckte denn Kasbitsch mit der Entführung?«

»Aber ich bitte Sie! Diese Tscherkessen sind doch ein Diebsvolk: was schlecht bewacht ist, müssen sie einfach mitgehen lassen, ob sie es brauchen oder nicht, es wird eben gestohlen... Das ist nun einmal so ihre Sitte! Außerdem hatte sie ihm schon längst gut gefallen.«

»Und so starb Bjela denn?«

»Sie starb; freilich mußte sie sich zuvor noch lange quälen und bereitete auch uns dadurch arge Qualen. Erst gegen zehn Uhr abends kam sie wieder zu sich. Wir saßen an ihrem Bett; kaum hatte sie die Augen geöffnet, da rief sie nach Petschorin. ›Ich bin hier, ich bin bei dir, Dschanetschka!‹ (in unserer Sprache heißt das ›mein Seelchen‹) entgegnete er und ergriff ihre Hand. – ›Ich muß sterben!‹ flüsterte sie.

Wir sprachen ihr Mut zu; wir sagten, der Arzt habe versprochen, sie unbedingt zu heilen. Sie schüttelte nur den Kopf und drehte sich zur Wand: sie wollte nicht sterben! ...

Nachts phantasierte sie; ihr Kopf brannte; Fieberschauer schüttelten ihren Körper. Sie redete unzusammenhängende Dinge von ihrem Vater und ihrem Bruder; sie wollte nach Hause und zurück in die Berge ... Und bald darauf begann sie, von Petschorin zu sprechen; sie gab ihm die zärtlichsten Namen und machte ihm Vorwürfe, daß er seine Dschanetschka nicht mehr liebe.

Er hörte es schweigend an, den Kopf auf den Arm gestützt; dennoch konnte ich die ganze Zeit über nicht eine einzige Träne an seinen Wimpern bemerken: konnte er nun wirklich nicht weinen oder beherrschte er sich so gut – ich weiß es nicht. Ich für meinen Teil hatte noch nie etwas Traurigeres gesehen.

Das Phantasieren ließ gegen Morgen nach. Eine Stunde lang lag sie blaß und völlig regungslos da, sie war so schwach, daß wir kaum erkennen konnten, ob sie noch atmete. Einige Zeit darauf fühlte sie sich jedoch besser und begann zu sprechen. Aber was denken Sie wohl, wovon sie sprach? ... Solche Gedanken kommen wahrhaftig nur Sterbenden! ... Sie bekümmerte sich darüber, daß sie keine Christin sei und daß in jener Welt ihre Seele niemals Grigorij Alexandrowitschs Seele begegnen könnte, sondern daß im Paradiese eine andere Frau seine Freundin sein werde. Mir kam der Gedanke, sie noch vor dem Tode taufen zu lassen; ich schlug es ihr vor. Sie sah mich lange unschlüssig an und konnte kein Wort hervorbringen; endlich entgegnete sie, daß sie im gleichen Glauben sterben wolle, in dem sie geboren sei. So verging ein ganzer Tag. Allein wie schrecklich veränderte sie sich im Laufe dieses Tages! Ihre blassen Wangen fielen ein, die Augen wurden größer und immer größer; die Lippen brannten; sie fühlte eine innerliche Hitze, als läge glühendes Eisen in ihrer Brust.

Die zweite Nacht brach an; keiner von uns konnte ein Auge schließen, wir wichen nicht von ihrem Lager. Sie litt entsetzlich und stöhnte sehr. Wenn aber ihre Schmerzen zeitweise ein wenig nachließen, bemühte sie sich noch jedesmal, Grigorij Alexandrowitsch zu beteuern, daß sie sich besser fühle; sie beschwor ihn, schlafen zu gehen, sie küßte seine Hand und wollte sie gar nicht mehr lassen. Gegen Morgen spürte sie das Herannahen des Todes. Sie warf sich im Bett hin und her und riß den Verband herunter, so daß ihr Blut aufs neue reichlich zu strömen begann. Als man ihre Wunde wieder verbunden hatte, wurde sie etwas ruhiger und bat Petschorin, sie zu küssen. Er kniete neben ihrem Lager nieder, hob ihr Köpfchen auf und drückte seine Lippen auf ihre erkaltenden Lippen; sie umschlang ihn fest mit ihren bebenden Armen, als wolle sie ihm mit diesem Kuß ihre Seele einhauchen... Ach nein, es war doch besser für sie, daß sie starb! Was wäre wohl mit ihr geschehen, wenn Grigorij Alexandrowitsch sie verlassen hätte? Und das wäre früher oder später so gekommen...

Die erste Hälfte des folgenden Tages verbrachte sie still, schweigsam und gehorsam, obwohl unser Arzt sie mit heißen Umschlägen und allerhand Mixturen schrecklich quälte. ›Aber ich bitte Sie!‹ meinte ich zu ihm, ›sagten Sie nicht selber, daß sie unbedingt sterben müsse, wozu denn noch all diese Mittel?‹ ›Es ist immerhin besser, Maxim Maximytsch‹, entgegnete er, ›damit man nachher keine Gewissensbisse hat.‹ Ein schönes Gewissen!

Nachmittags wurde sie von furchtbarem Durst gepeinigt. Wir öffneten das Fenster, allein draußen war es noch heißer als im Zimmer; wir stellten Eis neben ihrem Bett auf – nichts wollte helfen. Ich wußte, daß dieser unerträgliche Durst ein Anzeichen des nahen Endes war, und sagte es Petschorin.

›Wasser, Wasser!...‹ rief sie mit heiserer Stimme und richtete sich ein wenig im Bett auf.

Er wurde bleich wie ein Leintuch, ergriff ein Glas, füllte es und reichte es ihr. Ich schloß die Augen und betete leise für mich – ich weiß nicht mehr, welch ein Gebet es war... Ja, mein Väterchen, ich sah bereits viele Menschen im Hospital und auf dem Schlachtfelde sterben, aber das war nicht das, das war ganz und gar nicht das!... Ich muß freilich gestehen, daß mich noch ein Umstand sehr niederdrückte: Sie gedachte vor ihrem Hinscheiden kein einziges

Mal meiner; und dabei liebte ich sie doch wie ein Vater...
Nun, Gott wird es ihr verziehen haben!... Und die Wahrheit zu sagen: Wer war denn auch ich, daß sie noch im Sterben meiner hätte gedenken sollen?...

Kaum hatte sie das Wasser zu sich genommen, da fühlte sie sich etwas besser, und drei Minuten darauf war sie gestorben. Wir hielten einen Spiegel an ihre Lippen – das Glas trübte sich nicht!...

Ich führte Petschorin aus dem Zimmer, wir begaben uns auf den Festungswall; lange schritten wir dort nebeneinander auf und ab, keiner von uns beiden sprach ein Wort, die Arme hielten wir auf dem Rücken verschränkt. Auf seinem Gesicht lag kein besonderer Ausdruck, und ich ärgerte mich darüber; an seiner Stelle wäre ich vor Gram gestorben. Schließlich setzte er sich im Schatten auf die Erde und begann mit einem Stöckchen auf dem Sand zu zeichnen. Ich wollte ihm – und mehr aus Anstand – Trost zusprechen; doch er hob den Kopf und fing zu lachen an ... Ich verließ ihn, um einen Sarg zu bestellen.

Ich kann nicht leugnen, daß ich mich mit all diesen Anstalten nur befaßte, um mich etwas zu zerstreuen. Ich besaß noch ein Stück Tarmalama, damit überzog ich den Sarg und verzierte ihn mit tscherkessischen Silberlitzen, die Grigorij Alexandrowitsch für sie gekauft hatte.

Wir beerdigten sie in der Morgenfrühe des folgenden Tages am Bach hinter dem Friedhof, und zwar gleich neben der Stelle, auf der sie zum letzten Male gesessen: rings um ihr Grab wachsen jetzt dichte Büsche von weißen Akazien und Holunder. Ich wollte ihr eigentlich ein Kreuz setzen, aber wissen Sie, es ging nicht gut: sie war doch eine Heidin...«

»Und was tat Petschorin?« fragte ich.

»Petschorin kränkelte lange, ganz mager wurde der arme Bursche. Von Bjela sprachen wir seit jener Zeit nie wieder; ich bemerkte nämlich, daß es ihm unangenehm war – also wozu? Einige drei Monate darauf wurde er dem ersten Regiment zugeteilt und reiste nach Georgien ab. Seit damals sind wir einander nicht mehr begegnet... Und wenn ich mich recht erinnere, hat mir kürzlich jemand erzählt, daß er nach Rußland zurückgekehrt sei, obwohl in den Armeebefehlen nichts hierauf Bezügliches zu lesen war. Übrigens gelangen alle Nachrichten stets verspätet zu unsereinem.«

Er begann eine lange Dissertation darüber, wie unangenehm es sei, alle Neuigkeiten erst ein Jahr später zu erfahren – er tat es vermutlich nur, um die traurigen Erinnerungen zu verdrängen.

Ich unterbrach ihn nicht, allein ich hörte ihm auch nicht mehr zu.

Eine Stunde darauf ergab sich die Möglichkeit zur Weiterreise; der Schneesturm hatte nachgelassen, der Himmel war wieder klar geworden, und so brachen wir denn auf. Unterwegs brachte ich das Gespräch unwillkürlich wieder auf Bjela und Petschorin.

»Und haben Sie nie wieder gehört, wie es Kasbitsch ergangen ist?« fragte ich.

»Kasbitsch? Wahrhaftig, ich weiß nichts von ihm ... Ich hörte allerdings, daß auf dem rechten Flügel bei den Schapssugen ein gewisser Kasbitsch sei, ein mutiger Bursche, der in seinem roten Beschmet im Schritt unter unserm Kugelregen reite und sich jedesmal auf das höflichste verbeuge, wenn eine Kugel in seiner Nähe vorüberpfeift; allein ich glaube nicht, daß es derselbe ist! ...«

In Kobi trennte ich mich von Maxim Maximytsch; die Weiterreise setzte ich mit Postpferden fort, er konnte mir seines schweren Gepäckes wegen nicht folgen. Wir dachten eigentlich nicht, daß wir uns jemals wiedersehen würden, allein dennoch begegneten wir uns abermals, und wenn Sie wollen, kann ich Ihnen davon erzählen: es ist eine ganze Geschichte ... Geben Sie immerhin zu, daß Maxim Maximytsch ein Mann ist, aller Achtung wert? ... Und wenn Sie das zugeben, will ich mich für meine vielleicht allzulange Erzählung vollauf belohnt finden.

Ibara Saikaku

*Die Geschichte vom Kräuterhändlermädchen,
das Liebesgräser bindet*

Jahresende in dunklen Gedanken
Scharf blies der Nordost. Selbst die Wolken am Himmel hatten es eilig am Jahresende. Überall war man geschäftig für das Neujahrsfest. Vor dem Reiskuchenladen fegte einer den Boden, mit Strohbesen in den Händen. Hell klangen die Münzen auf der Waage, denn ein jeder bezahlte seine Schulden oder ließ sie sich bezahlen. Vor den Läden sammelten sich Kinder, ahmten das Fuchsbellen nach und riefen: »Gebt dem kleinen Blinden einen Kreuzer!« Bettler fragten nach Wallfahrtszetteln, die nicht mehr gebraucht wurden. Straßenhändler boten Kleinholz, Kaya-Nüsse, Kastanien und Hummern an. In den Buden auf dem Neujahrsmarkt lagen Flitzbogen für Kinder, Kleider, Socken und Strohsandalen aus. – »Die Füße fliegen«, steht schon bei Kaneyoshi geschrieben. So gibt es auch heute zur Neujahrszeit keine Muße für einen Haushalter.

Dicht vor dem Jahresende, am achtundzwanzigsten Tage um Mitternacht brach ein Feuer aus, und es gab ein großes Lärmen. Hier dröhnten die schweren Truhen, die aus den brennenden Häusern herausgerollt wurden. Da sah man Leute mit Körben oder Kästen voll Wertsachen auf den Schultern flüchten. Hier und da gelang es gerade noch, die Luken der festen Keller aufzureißen und die Kleiderstoffe hineinzuwerfen, und schon war alles andere ein Raub der Flammen. Wie auf verbranntem Felde der Fasan sich um die Brut härmt, so jammerte mancher um die Frau oder die alte Mutter. Ein jeder suchte bei Bekannten ein Unterkommen, und das Leid war groß.

Nun gab es im Stadtteil Hongo einen Kaufmann, den Krauthändler Hachibei, der aus keiner schlechten Familie stammte. Dieser Mann hatte eine einzige Tochter von sechzehn Jahren mit Namen Oshichi, die so schön war, daß man sie nur der Kirschblüte in Ueno oder dem reinen

Mondenglanz auf dem Sumida-Flusse hätte vergleichen mögen. Leider war die Zeit des Narihira schon vergangen. Das Vöglein aus seiner Stadt hätte ihm keine schönere Dame finden können. In ihrer Gegend gab es kaum einen Mann, der nicht sein Herz an sie gehängt hätte.

Als die Feuersbrunst näher und näher rückte, folgte auch dieses Mädchen seiner Mutter nach Komagone in den Tempel ihres Sprengels, Kichijoji geheißen, in welchem die Hausgenossen seit langem ihre Andacht zu halten pflegten. Dort wollten sie die augenblickliche Notzeit überstehen. Noch viele waren außer ihnen zu diesem Tempel geflüchtet. Sogar im Schlafraum des Tempelvorstehers hörte man Säuglingsgeschrei. Vor dem Buddhabild lag Unterwäsche herum. Frauen mußten über ihre Ehemänner hinwegsteigen, um ihren Schlafplatz zu finden. Kinder schliefen mit dem Kopf im Schoß der Mutter. So lagen sie alle unbekümmert hingestreckt, benutzten des Morgens die Zimbeln und Gongs als Waschbecken, die Gefäße zum Teeopfer als Eßnäpfe, und der Buddha mag auf solches Treiben nachsichtig herabgeblickt haben. Auf Oshichi aber gab die Mutter gut acht, denn in dieser Welt darf man auch den Pfaffen nicht trauen. Darum hatte sie auf alles ihr Augenmerk.

Um diese Zeit wurden die Nachtstürme schier unerträglich. Deshalb teilte ein Priester mitleidigen Herzens alle entbehrliche Kleidung aus. Darunter war ein Gewand aus schwarzer Habutae-Seide mit lang herabhängenden Ärmeln und einem Wappenzeichen aus verschlungenen Paulowniablüten und Gingoblättern, rot gefüttert, mit einem Saumstreifen in Wellenmuster. Dies Gewand erhielt Oshichi, und sein sinniger Schnitt sowie der Rest von Weihrauchduft, der an ihm haftete, rührte ihr das Herz. Welch edle Frau mag da früh aus dem Leben geschieden sein? Vielleicht war sie in meinem Alter, und der, den sie verließ, mochte es wohl nicht zum Andenken behalten, weil es ihn zu traurig stimmte, und er weihte es dem Tempel. So dachte sie in schmerzlichem Mitgefühl mit jener Unbekannten und sann über die Eitelkeit der Welt nach. Ist nicht alles nur Traum, eine Welt nichtiger Wünsche? Nur die andere Welt ist wirklich. Sie versank in Betrübnis, öffnete der Mutter Rosenkranztäschchen, nahm die Perlenschnur in die Hand und sprach ohne Unterlaß die Gebete für das Leben nach dem Tode.

Als sie aufblickte, sah sie einen jungen Herrn von adligem Aussehen, der gerade ein silbernes Haarzängelchen in der Hand hielt, bekümmert um einen Splitter, der in seinem linken Zeigefinger stak. Er hatte die Schiebetür seiner Kammer geöffnet und hantierte recht ungeduldig im Halbdunkel. Das konnte Oshichis Mutter nicht mit ansehen und bot ihm ihre Hilfe an. Sie versuchte es eine Weile mit dem Zängelchen, aber ihre alten Augen waren zu schwach, und sie kam nicht damit zurecht. Oshichi sah, wie die Mutter sich vergeblich mühte, und dachte: Wie leicht könnte ich es mit meinen jungen Augen schaffen! Doch war sie zu wohlerzogen, um sich zu nähern. Da rief die Mutter ihr zu: »Komm du her und versuche es!« Das waren ihr erfreuliche Worte. Sie nahm seine Hand und befreite ihn von der Pein. Da aber vergaß sich der Jüngling und drückte ihr heftig die Hand. Nun ward es beiden schwer, die Hände voneinander zu lösen. Doch leider paßte die Mutter auf, und wohl oder übel verabschiedete sich Oshichi, nahm aber wie absichtslos das Zängelchen mit.

»O, ich muß es ihm wiederbringen«, sagte sie zur Mutter, lief ihm nach, ergriff seine Hand und gab ihm den Druck zurück. Von diesem Augenblick an dachten sie nur noch aneinander.

Oshichi ward mehr und mehr von Liebe zu ihm ergriffen. Eines Tages wandte sie sich an den Pförtner und fragte ihn, wer jener Jüngling sei. »Ist ein Ritter Onogawa Kichisaburo, aus edlem Geschlecht, gegenwärtig zwar ohne einen Herrn, jedoch ein artiger, liebenswürdiger Mann«, berichtete der. Da mußte sie noch inniger an ihn denken, schrieb ihm insgeheim ein Brieflein und ließ es ihm ganz verstohlen zustecken. Das hatte sich aber schon mit einer Botschaft von ihm gekreuzt, und bald war es Kichisaburo, der unzählige zärtliche Worte schrieb. So ineinander flocht sich beider Verlangen, daß sie ein Herz und eine Seele waren. Schon genügten ihnen die Briefe nicht mehr, und sie fühlten sich als Liebende und Geliebte von Herzensgrund. Doch auf die Gunst der Stunde zu warten, welch leidvolles Dasein!

Der letzte Tag des Jahres verging ihr im Dunkel des

Sehnens, und mit dem Morgen brach das neue Jahr heran. Sie sah die Zweige der Kiefer, der weiblichen und der männlichen, die zum Torschmuck gesetzt waren, und auf dem Kalender las sie verwundert: am zweiten Tage für die Liebe günstig. Doch ach, noch war die Erfüllung fern und einsam der beiden Lager. Auch das Fest der Frühlingskräuter ging vorbei, der neunte, der zehnte, der elfte, der zwölfte, der dreizehnte, der vierzehnte. An diesem Abend waren die Feiertage unter dem Zeichen der Kiefernzweige alle dahingegangen. Für die Liebenden waren sie unnütz, nur leere Namen.

Würmertreibendes Frühlingsgewitter und ein Herr, der ahnungslos schläft

Aus der Gegend von Weidenfeld, wo der Frühlingsregen die Bäume wie mit Perlen übersäte, kam jemand um die Mitternacht des fünfzehnten Tages, schlug polternd an das äußere Tempeltor und weckte die Mönche aus dem Schlafe. »Der Reishändler Hachizaemon ist nach langer Krankheit heute nacht verschieden, und da man sein Ende schon erwartet hat, soll noch vor dem Morgen die Bestattung sein«, so der Bote. Da es nun einmal der Geistlichen Amt ist, verließen die Priester alle miteinander den Tempel, ohne das Ende des Regens abzuwarten, jeder einen Schirm in der Hand. Nur die Köchin von über siebzig Jahren, ein etwa zwölfjähriger Priesterzögling und ein rotbrauner Hund blieben daheim. Mächtig pfiff der Wind durch die Kiefern. Das würmertreibende Frühlingsgewitter zog grollend herauf, und alle, die im Tempel Unterkunft hatten, fürchteten sich. Die alte Köchin steckte geröstete Bohnen, die von der Neujahrsnacht übrig waren, zu sich und suchte ihr Kämmerchen auf, wo sie wenigstens ein Dach über dem Kopf hatte.

Die Mutter, stets nur ihr Kind im Sinne, war um Oshichi besorgt und zog sie unter ihre Decke. »Wenn es allzu schlimm wird, stopf dir die Ohren zu«, dergleichen redete sie fürsorglich. Nach Frauenart war auch Oshichi überaus furchtsam. Dennoch dachte sie: Welch eine Gelegenheit, mit Kichisaburo zusammenzukommen! Diese Nacht oder nie! war ihr Entschluß, und sie sagte zu den andern: »Warum soll man sich in dieser vergänglichen Welt vor dem Gewitter fürchten? Ob man schon das Leben verliert, ich habe keine Angst!« Aber die Frauen und sogar die Mägde fanden solche Worte recht angeberisch für ein Mädchen und schalten sie aus.

Endlich – es war spät in der Nacht – waren alle wieder eingeschlafen, und ihr Schnarchen wetteiferte mit dem Klatschen des Regens auf dem Vordach. Durch die Ritzen der Regenladen lugte spärlicher Mondschein. Als es still war, schlüpfte Oshichi aus dem Gästegemach hinaus, aber vor Zittern konnte sie kaum auf den Beinen stehen. Dabei trat sie jemandem, der breit über sein Kissen gestreckt lag, gegen die Hüfte. Zu Tode erschreckt, wurde sie ganz bleich, brachte kein Wort heraus und hielt die Hände flehend zusammen. Sonderbar, daß mich keiner schilt! dachte sie und blickte vorsichtig herab. Es war Mume, das Weib, das bei ihnen kochte. Sie wollte schon über sie hinwegsteigen, als das Weib sie am Kleidersaum zog, und darüber bekam sie noch einmal heftiges Herzklopfen. Will sie mich festhalten? dachte sie. Doch nein, die Alte hielt ihr nur ein Bund Taschenpapier hin. Sie nahm es und dachte freudig erleichtert: Ei, in Liebessachen kennt die sich aus. So umsichtig im eiligen Augenblick!

Sie kam zu den Gemächern der Priester, doch ach, der schlafende Jüngling war nicht zu finden. So lief sie zur Küche herunter, wo die Alte aufgewacht war und murmelte: »Diese Ratten heut nacht!« Es war ein komischer Anblick, wie sie in der einen Hand gesottene Eierschwämme, in der anderen Weizenkuchen und einen Mehlbeutel hielt, um sie wegzuräumen. Als sie Oshichi erblickte, flüsterte sie ihr zu: »Herrn Kichisaburos Schlafzimmer ist das Dreimattenzimmer da. Er wohnt mit dem Novizen zusammen«, und sie klopfte ihr auf die Schulter. Wie unerwartet, eine so mitfühlende Seele! Viel zu schade für den Tempel! So dachte Oshichi zärtlich, band die purpurne, rehhautgemusterte Schärpe los und gab sie ihr. Dann ging sie, wohin die Alte sie gewiesen hatte.

Es muß die zweite Stunde der Nacht gewesen sein, denn die kleine Glocke für den Weihrauchdienst fiel gerade herunter und klang eine Weile nach. Es war wohl das Amt des Novizen, sie zu bedienen. Der stand auf, band die Glocke wieder an die Schnur und füllte Weihrauchkörner nach. Nun saß er vor dem Altar und schien sich gar nicht wieder erheben zu wollen von seinem Sitz. Sie konnte es aber nicht mehr erwarten, in die Schlafkammer zu kommen, und in einer plötzlichen Laune, wie Frauen sie haben, löste sie ihr Haar auf, setzte eine furchterregende Miene auf und ging auf den Knaben zu, um ihm aus dem Dunkel einen Schrekken einzujagen. Doch der, fürwahr mit dem Geiste Buddhas gerüstet, zeigte keine Spur von Furcht. »Mit deinem offenen Gürtel, du loses Mädchen, mach dich sogleich davon! Willst du aber Tempeldirne werden, so warte, bis die Herren Priester zurückkehren.« So sagte er und sah ihr gerade ins Gesicht. Oshichi verlor ein wenig ihre Fassung, ging aber dann rasch auf ihn zu und sprach: »Ich wollte hier in deinem Schutz schlafen!« Doch der Novize lachte. »Du meinst Herrn Kichisaburo, stimmt's? Neben ihm habe ich bis eben gelegen.« Zum Beweis hob er ihr den Ärmel seiner Kutte entgegen, an dem noch der Duft vom Räucherholz Shiragiku haftete. »Hör auf, ich ertrag' es nicht!« jammerte sie und lief auf die Schlafkammer zu. Doch der Novize rief laut: »He, he, Fräulein Oshichi, macht's gut!« Erschrocken bat sie ihn: »Still! Was immer du dir wünschst, will ich dir kaufen. Nur schweig!« – »Gut«, erwiderte er, »achtzig Kreuzer in Geld, ein Pack Spielkarten aus dem Matsuba-Laden und fünf Stück gefüllte Kuchen aus Asakusa, sonst begehr' ich nichts auf der Welt.« – »Wenn es weiter nichts ist, gleich morgen früh sollst du es haben«, versprach sie. Der Mönchsknabe legte sich auf sein Kissen. »Morgen früh bekomme ich drei Sachen, ganz sicher bekomme ich sie«, sagte er immer vor sich hin zwischen Wachen und Träumen, bis er endlich schlief und es still wurde.

Danach ging es ganz nach ihrem Herzen. Sie lief zu Kichisaburo hinein und ohne ein Wort zu sagen, schmiegte sie sich liebkosend an ihn. Da schlug Kichisaburo die Augen auf, schüttelte sich und zog den Zipfel der Decke über den Kopf. Doch sie bog ihn wieder herunter und fragte nekkend: »Was wird da aus Eurem Haarschmuck?« – Kichisaburo sagte verwirrt: »Ich werde erst sechzehn!« und Oshichi: »Ich werde auch erst sechzehn.« Kichisaburo wieder: »Ich habe Angst vor dem Herrn Abt«, und sie: »Ich habe auch Angst vor dem Herrn Abt.« Ja, ja! Zur Liebe

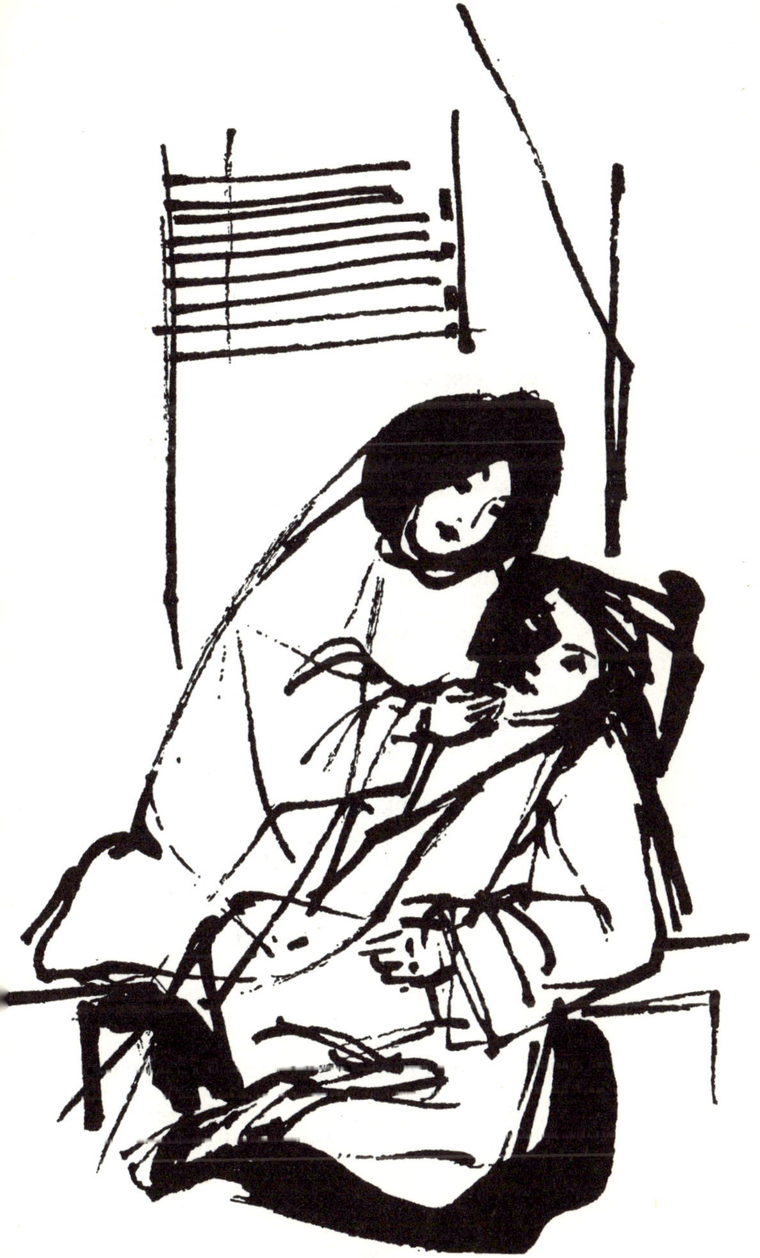

konnten sie nicht schnell genug kommen, und nun vergossen sie beide Tränen und wußten nicht ein noch aus. Indessen hatte es aufgehört zu regnen, doch der Donner rollte wieder heftiger. »O, wie furchtbar!« rief Oshichi und klammerte sich enger an Kichisaburo, wodurch ihr inniges Begehren noch mehr entbrannte. »Eiskalt sind deine Hände und Füße«, sagte er und zog sie noch dichter an sich. Oshichi aber trotzte: »Weil ich Euch nicht verhaßt war, habt Ihr so zärtliche Briefe geschrieben. Bin ich nun kalt geworden, wer hat denn Schuld daran?« und sie biß ihn in den Nacken. Dann kamen sie leicht zum Ziel. Nach der ersten Umarmung, eng umschlungen, versprachen sie sich fürs Leben.

Aber bald dämmerte der Morgen heran. Die Glocke von Yanaka klang geschäftig. In den Ulmen von Fukiage brauste der Morgenwind. O wie grausam! Kaum miteinander vertraut, und schon wieder sich trennen! Die Welt ist so weit. Gäbe es doch ein Land ewiger Nacht! So war ihr Stoßgebet. Doch als sie sich noch härmten um unerfüllbaren Wunsch – da, die Mutter, die sie suchte. »He«, rief sie, riß die Tochter empor und führte sie fort. Kichisaburo aber war es wie dem Manne aus alter Zeit, dem in der Regenzeit der Teufel die Geliebte verschlang, und er war bestürzt und voll Kummer.

Der Novize hatte das nächtliche Versprechen nicht vergessen. »Bekomm' ich drei Dinge nicht, sag' ich's allen, was heute nacht hier vorging!« rief er. Die Mutter kehrte um. »Ich weiß nicht, was für drei Dinge das sind. Doch was Oshichi versprochen hat, will ich einlösen.« Sprach's und ging in ihr Gemach zurück. Wie es Müttern geht, die liederliche Töchter haben. Meist begreifen sie schon, kaum daß sie es gehört haben. Besser als Oshichi behielt sie es im Sinne. Früh am Morgen besorgte sie alles und schickte es dem Novizen.

Ein Haus, wo jemand in einer Schneenacht Mitleid findet

In dieser Welt, in der man stets auf der Hut sein muß, gibt es Dinge, die du um keinen Preis zeigen darfst, nämlich: auf der Reise dein Geld, das du unter dem Rocke trägst; dem Betrunkenen den Dolch an der Seite; dem Pfaffen, mag er auch die Welt verlassen haben, deine Tochter. Solches hatte die Mutter im Sinn, als sie vom Tempel heimkehrten, und danach wurde Oshichi streng gehütet und ein Liebesbund zerrissen. Dennoch konnten die beiden durch einer Magd Mitgefühl zahllose Briefe tauschen und gaben sich einander kund, wes ihnen das Herz voll war.

Eines Abends kam ein junger Bursche, dem Äußeren nach ein Bauernjunge aus der Gegend von Itabashi. Er brachte Kiefernschwämme und Meerträubchen in einem Handkorb und bot sie zum Verkauf, womit er offenbar sein Brot verdiente. In Oshichis Elternhaus rief man ihn heran und nahm ihm seine Ware ab. Obwohl es schon Frühling war, hörte es doch gar nicht auf zu schneien, und der Junge sorgte sich, wie er am Abend noch in sein Dorf heimkommen sollte. Dem Hausherrn tat der Bursche leid, und ohne weiteres Bedenken sagte er zu ihm: »Bleib nur die Nacht hier in der Flurecke und kehre heim, wenn es tagt.« Darüber war der Junge erfreut. Er schob auf einer Strohmatte die Schwarzwurzeln und Rettiche beiseite, deckte sich den Hut aus Bambusgras über das Gesicht, wickelte sich in seinen Regenschurz ein und suchte sich so die Nacht zu schützen. Aber der Sturm blies ihm in den Nacken, und der Lehmboden war eisig kalt, daß es ihm fast ans Leben ging. Bald verschlug es ihm gar den Atem, und es ward ihm schwarz vor den Augen.

Da hörte man Oshichi rufen: »Der Bauernjunge von vorhin tut mir leid. Gebt ihm wenigstens heißes Wasser zu trinken!« Deshalb goß die Köchin Mume Wasser in eine Gesindetasse und gab sie dem Knecht, der sie ihm herausbrachte. »Vielen Dank für die Güte«, sagte der Bursche. Der Knecht aber, im Schutze der Dunkelheit, spielte mit der Hand in dessen Stirnhaar. »Wärest du von hier, du hättest wohl längst einen Liebhaber, schade!« sagte er. »Ich bin allzu niedrig aufgewachsen«, erwiderte der Junge, »ein Ackerpferd halftern und Reisig schneiden, weiter verstehe ich nichts.« Der Knecht streichelte ihm die Füße. »Das lob' ich mir, eine Haut ohne Risse und Schwielen! Da möcht' ich wissen, wie dein Mund ist«, und damit kam er ihm noch näher. Dem Jungen war es so zuwider, daß er die Zähne zusammenbiß und ihm die Tränen herabrollten. Aber der Knecht besann sich: »Lieber nicht, vielleicht hast du Zwiebeln oder Lauch gegessen!« und der Junge war froh, daß er von ihm abließ.

Zur Schlafenszeit stieg das Gesinde die Leitern hinauf in das obere Stockwerk, wo noch schwaches Licht brannte. Der Hausherr prüfte noch einmal das Schloß der Geldlade. Die Hausfrau rief den Leuten nach, ja auf die Lichter gut achtzugeben. Dann, immer in Sorge um die Tochter, riegelte sie die Zwischentür zu Oshichis Zimmer fest ab. O weh, ein Liebesweg war verschlossen.

Als die Tempelglocke die zweite Morgenstunde schlug, wurde an das Haustor geklopft. Man hörte die Stimme einer Frau und eines Mannes: »He, Frau Tante! Das freudige Ereignis ist da, und ein Söhnchen ist es obendrein! Der Vater ist überglücklich.« So lärmten sie, bis alle Hausinsassen aufgestanden waren. »Das ist eine Freude!« riefen Oshichis Eltern und kamen sogleich aus dem Schlafzimmer gelaufen. Sie steckten Seegras und Süßholz zu sich, fuhren in die Strohsandalen, wie sie gerade lagen, und ließen Oshichi das Tor hinter sich zuschließen. Dann eilten sie freudig bewegt davon.

Als Oshichi das Tor geschlossen hatte und ins Haus zurücktrat, fiel ihr der Bauernknabe vom Abend ein. Sie hieß die Magd eine Kerze holen und sah ihn, wie er so armselig dalag. Das erbarmte sie aufs tiefste. »Er hat es behaglich genug«, sagte die Magd, »laßt ihn nur liegen.« Doch Oshichi tat, als habe sie es nicht gehört, und ging dichter heran, bis sie verwundert den Duft von Hyobukyo-Weihrauch an ihm spürte. Sie schob ihm den Hut zurück, und ihr Blick hing wie gebannt an seinem Antlitz, das ihr im schwachen Licht so edel erschien. Nicht einmal die Haare über den Schläfen waren verwirrt. Wie alt mag er sein? dachte sie und fuhr mit der Hand in seinen Ärmel. Da erkannte sie das Untergewand von hellblauer Habutae-Seide. »Er ist's«, rief sie mit klopfendem Herzen. Es war Kichisaburo! Unbekümmert, ob die anderen es hörten, fragte sie ihn laut: »O, warum kommt Ihr in solchem Aufzug?« und sie schlang jammernd die Arme um ihn.

Als nun auch Kichisaburo sie so plötzlich erkannte, konnte er lange kein Wort herausbringen. »Ich kam in dieser Verkleidung, weil ich hoffte, dich wenigstens einen Blick lang zu sehen. Hab Mitleid mit den Qualen, die ich in dieser Nacht ausstand«, sagte er und begann ihr alles nacheinander zu erzählen. »Aber erst kommt ins Haus, dann laßt mich anhören, was Euch Bitteres widerfahren ist!« sagte sie und wollte ihn mit den Armen emporziehen. Doch ach, er konnte sich vor Kälte gar nicht mehr bewegen. Das war wahrlich erbarmenswert! Schließlich nahm sie ihn mit der Magd zusammen auf die Arme, und sie trugen ihn in ihre Schlafkammer. Dort rieb sie ihn warm, bis ihr die Hände ermüdeten, ließ ihm alle möglichen Arzneien holen, und als er wieder ein wenig lächelte, ward sie froh. »Jetzt wollen wir die Becher tauschen und die ganze Nacht nach Herzenslust plaudern«, und sie reichten sich die Trinkschälchen einander zu. Doch ach! Mitten in diese Freude kam der Vater zurück. O daß sie von neuem Mißgeschick erfahren mußten!

Hinter einem Kleiderständer versteckte sie Kichisaburo, und ihre Miene verriet nichts, als sie dem Vater zurief: »Seid Ihr zurück? – Frau Ohatsu und der Säugling sind doch munter?« Der Vater erwiderte freudig: »Meine einzige Nichte! Ich war äußerst besorgt. Eine Last ist mir vom Herzen gefallen.« Und in bester Stimmung fing er an, alles durchzusuchen nach dem Muster eines Säuglingskleidchens. »Was zur Feier nicht fehlen darf: Kranich, Schildkröte, Kiefer und Bambus in Goldstickerei«, sagte er. »So eilt es doch nicht. Wollt Ihr es nicht morgen in Ruhe bedenken?« meinte eine der Mägde. Doch der Vater: »Nein, nein! Eine solche Sache, je eher je besser!« und er breitete Papier über eine hölzerne Kopfstütze und schnitt Vorlagen aus. Das war gar zu arg. Schließlich nahm auch das ein Ende, und nach vielen Schmeichelworten ließ er sich bewegen, zu Bett zu gehen. Wie gern hätten die beiden nun miteinander gesprochen! Doch nur eine dünne Schiebewand trennte ihre Kammer von den anderen, und sie hatten Furcht, daß man sie hören könne. Da legte sie Tusche und Papier unter das Lämpchen, und wes ihnen das Herz voll war, das schrieben sie einander und lasen es voneinander, so still wie die Brautenten, die auf die Wand ihrer Kammer gemalt waren. So pflogen sie die ganze Nacht geschriebenes Liebesgeplauder, und als die Dämmerung sie trennte, war nichts mehr übrig, was sie aus Liebe sich sagen konnten. Ach, welch flüchtige Welt!

Kirschblüten zum letzten Mal geschaut

Sprach auch Oshichi zu niemandem davon, Tag und Nacht war ihr Herz voll Jammer. Keine Hoffnung blieb, ihn wiederzusehen. Da fuhr es ihr eines Tages durch den Sinn: Das Getümmel der Leute! Wie sie einst in stürmischer Nacht zum Tempel geflüchtet waren. Wenn es noch einmal so käme? Und es würde zum Anlaß, mit Kichisaburo zusammenzusein! Ein flüchtiger Einfall nur – o Verhängnis! – wird Vorsatz zur Missetat. Schon als der erste Rauch aufstieg, schlugen die Leute Lärm. Verwundert suchten sie nach dem Grunde des Feuers, und, siehe! – da fanden sie Oshichi an jener Stelle. Als man sie ausfragte, verbarg sie es nicht und gestand alles, wie es gekommen war. Bald wußte man ringsum von diesem traurigen Begebnis.

Noch am gleichen Tage wurde Oshichi auf der Brücke Kuzurebashi in Kanda der Schande preisgegeben, und später in Yotsuya und Shiba und Asakusa und Nihonbashi drängten sich die Leute. Keinen gab es, dem sie nicht leid tat. Doch bedenke man wohl: Der Mensch soll das Böse meiden, und sei es im Spiel. Der Himmel duldet es nicht.

Längst war das Mädchen auf das Schlimmste gefaßt, drum härmte es sich nun nicht ab, band wie früher alltäglich sein schwarzes Haar, und nur noch schöner war sein Anblick. Ach, siebzehn Lenze erst! Frühlingsblüte vergeht, vergeht! so klagen selbst die Kuckucksvögel untereinander. Daß der Anfang des Frühsommermondes unwiderruflich ihr Ende sei, blieb ihr nicht verborgen; doch ließ es ihr Herz unberührt. Das Leben ist nur Traum und Wahn, und sie verlangte mit ganzer Seele nach dem Reiche Buddhas. Als Sterbeblume gab man ihr einen Zweig von spät blühender Kirsche in die Hand, und sie schaute lange darauf.

> O Leid der Welt!
> Der sanfte Frühlingswind
> Soll mein Andenken dahintragen,
> Spät blühende Kirsche,
> Die heute verwelkt.

So sang sie ihr Sterbelied. Alle, die es hörten, waren zutiefst ergriffen und gaben der schönen Gestalt das letzte Geleit. Als in ihr begrenztes Leben das Abendglöcklein klang, bei den Gräsern am Wege nach Shinagawa, ward ihr Leib dem Feuer übergeben und Rauch stieg auf. Wir alle, wohin unser Weg uns auch führt, müssen einmal vergehen wie Rauch. Doch hier war das Leid unsäglich. Gestern geschah es. Heute morgen war nicht mehr Staub noch Asche zu sehen, und in der Gegend, die Glockenwald heißt, blieb nur der Wind in den Kiefern zurück. Die Reisenden, die davon hörten, mochten nicht vorübergehen. Sie sprachen ein Totengebet und trauerten zu ihrem Gedächtnis. Von dem Gewand, das sie am Todestage trug, sammelten die Leute jedes zurückgelassene Fetzchen und bewahrten es auf, damit noch künftige Geschlechter von ihr erzählen sollten. Selbst Menschen, die sie nie gekannt hatten, brachten zu allen Gedenktagen Aniszweige zu ihrer Todesstätte heraus und trauerten um das Mädchen.

Warum war denn jener Jüngling, der den Liebesbund mit ihr geschlossen hatte, zu keinem ihrer Trauertage gekommen? So wunderten sich viele und redeten allerlei darüber. Aber unterdessen hatte Kichisaburo vor Kummer um das Mädchen fast den Verstand verloren, fühlte sich schon dem flüchtigen Leben entrückt und trieb hoffnungslos im Wahn dahin. Die Leute um ihn waren besorgt, ob er es überleben würde, wenn man ihm die Kunde brächte. Hatte er es nicht selber gesagt, daß er schon das Seinige geordnet habe und das Ende erwarte? Wahrlich, es ging um ein Leben! Darum redete man zu ihm, als ob alles gut ginge. »Heute oder morgen wird sie gewiß hier sein, dann könnt Ihr sie nach Herzenslust sehen«, so sprachen sie. Das beruhigte sein Gemüt, und er kümmerte sich nicht mehr um die Heilmittel, die man ihm gab. »O du Geliebte, bist du noch nicht da?« so redete er wirr. »Immer noch weiß er es nicht, und es ist schon der fünfunddreißigste Tag«, so sprachen sie und hielten die Trauerriten, ohne es Kichisaburo merken zu lassen.

Als dann der neunundvierzigste Trauertag herankam, an dem Opfergaben von Reiskuchen dargebracht werden, gingen Oshichis Angehörige zum Tempel und wünschten dringend, dort den Geliebten ihrer Tochter zu sehen. Doch man erzählte ihnen, wie es mit ihm stand. »Nur neues Leid würdet ihr erfahren. Laßt ihn nur in Frieden!« so sprach man ihnen zu. »Da er von edlem Herkommen ist, wird er es gewiß nicht überleben, wenn er davon hört. Bis er genesen ist, wollen auch wir es vor ihm geheimhalten und ihm dann später alles berichten, was Oshichi vor ihrem Ende gesprochen hat. Das wird ihn trösten. Nun laßt uns für das Andenken unseres Kindes tun, was unseren Kummer lindern kann«, so sprachen sie und ließen den Grabstein beschriften und aufrichten. Es wurde ein Stein, auf dem das Weihwasser – oder waren es die Tränen? – nicht trocknen wollte. Es war, als lebte in ihm die Gestalt der Verschiedenen nach. So fühlten die Eltern, die ihr Kind überlebten. Ist auch Vergänglichkeit der Welt Los, hier war es Verkehrung.

Ein plötzlicher Entschluß, Mönch zu werden

Nichts ist so launisch wie das Leben und nichts so mitleidlos. Im Tode erst gibt es weder Liebe noch Haß. Als der hundertste Tag nach Oshichis Tode herankam, erhob sich Kichisaburo zum ersten Mal vom Bett, und auf einen Bambusstab gestützt, ging er mühsamen Schrittes im Tempelgarten umher. Auf eine neue Grabtafel fiel sein Blick, und welcher Schrecken ergriff ihn, als er den Namen las! O weh, ich habe es nicht gewußt! Doch wer wird mir glauben? Werden sie nicht reden, daß ich zu feige war, zu sterben? Welche Schmach! Und er legte seine Hand ans Schwert. Doch die Priester fielen ihm in den Arm und wehrten ihm. »Mag Euch auch das Leben wertlos sein, so müßt Ihr doch erst Abschied nehmen von Eurem Freunde, mit dem Ihr den Bund beschworen habt, und auch mit dem Herrn Abt müßt Ihr Euch besprechen. Laßt sie über Euer Schicksal entscheiden. Es war Euer getreuer Herzbruder, der Euch so sorglich unserer Obhut anvertraut hat. Bedenkt doch recht, welchen Kummer Ihr ihm macht! Und vor allem, Ihr solltet nicht noch einmal Euren guten Namen aufs Spiel setzen!« So redeten sie ihm ins Gewissen. Solchen Mahnungen konnte er sich nicht verschließen und ließ sich vor dem Äußersten zurückhalten. Doch blieb es sein fester Entschluß, nicht länger in dieser Welt zu leben.

Als er danach dem Abte seinen Willen kundtat, war der erschrocken. »Euer Freund, dem Ihr Euer Leben verschworen habt, hat uns dringend ersucht, um Euch Sorge zu tragen. Er ist jetzt nach Matsumae gereist, doch wird er im Herbste hierherkommen, wie er mir versichert hat. Wenn unterdessen etwas vorfällt, wie soll ich vor ihm bestehen? Nach der Rückkehr Eures Bruders mögt Ihr auf eigne Hand tun, was Euch gut dünkt.« So gab er ihm umständlich seine Meinung zu wissen. Kichisaburo bedachte, was man ihm in dieser Zeit Gutes erwiesen hatte, und er versprach, den Worten des Abtes zu folgen. Aus Vorsicht ließ ihm der Abt die Waffen abnehmen und vermehrte die Wächter. So blieb ihm nichts anderes übrig, als sich wieder auf sein altes Zimmer zu begeben. Da wandte er sich an die Mönche: »Fürwahr, ich bin nicht unschuldig, doch der Leute Schmähen ist qualvoll. Einst kannte ich nur die Freundesliebe. Dann kam diese Unbekannte, und ich konnte ihrer Liebe nicht widerstehen. Ach, dem einen brachte ich Leid, der anderen Unglück! Der Gott der Liebe und der Buddha, beide haben mich im Stich gelassen«, und er weinte in bitterem Schmerze. »Wenn der Bruder mir zurückkehrt, wie soll ich mich vor ihm rechtfertigen? Nein, vorher muß ich sterben! Aber wie? Soll ich mir die Zunge zerbeißen, mich erwürgen? Das ist weichlich vor der Welt. Oh, habt Mitleid und leiht mir Euer Schwert! Sinnlos ist es weiterzuleben!« So rief er weinend. Alle, die es hörten, trockneten sich die Tränen in tiefem Mitgefühl.

Als Oshichis Eltern davon hörten, kamen sie und sprachen zu ihm: »Wir verstehen Euren Gram wohl. Doch Oshichi hat in ihrer letzten Stunde immer wieder gesagt: Wenn Kichisaburo mich wahrhaft liebt, wird er dieser Welt den Rücken kehren und Mönch werden. Dann kann er um meines unseligen Hingangs willen für mein Seelenheil beten, und ich werde es ihm nie vergessen. Bis in eine andere Welt hinein wird unser Liebesbund dauern.« Aber wie sie auch auf ihn einredeten, Kichisaburo wollte sich nicht fügen. Schließlich zeigte seine Miene gar an, daß er schon daran war, die Zähne in die eigene Zunge zu graben, um sich zu töten. Da neigte sich die Mutter dicht an sein Ohr und flüsterte ihm ein paar Worte zu. Was sie sagte, weiß niemand, doch Kichisaburo nickte mit dem Kopf. »Ja, dann – –«, sagte er nur.

Später kam auch sein Schwurbruder und machte ihm dringende Vorstellungen. Kichisaburo wurde Mönch. Welch ein Jammer, daß die Jünglingshaare fielen! Selbst der Priester wollte das Schermesser wegwerfen. Es war wie ein plötzlicher Sturm, der in die Blütenpracht fährt. Wohl behielt er das Leben, doch leidvoller war es als Oshichis Hingang. Die Leute sagten von ihm, er sei der schönste Mönch, den man je gesehen habe, und es gab niemanden, dem er nicht leid tat. Wer je um der Liebe willen Mönch wird, hat Treue. Kichisaburos Herzbruder kehrte in seine Heimat Matsumae zurück, und auch er soll, wie man hört, die schwarze Kutte gewählt haben. Wahrlich, wahrlich, gehäuft war hier Liebe und Leid. Welt der Vergänglichkeit, der Träume und des Wahns!

Margarete von Navarra

Die Herzogin von Burgund

Im Herzogtum Burgund lebte einst ein Herzog, ein ausnehmend ehrenhafter und schöner Fürst, der sich mit einer Frau vermählt hatte, deren Schönheit ihn so sehr beglückte, daß er alles andere darüber vergaß und einzig darauf bedacht war, ihr gefällig zu sein. Sie jedoch tat, als vergelte sie ihm das mit ebensolcher Liebe. Nun lebte aber im Hause des Herzogs ein Edelmann, der in allen Tugenden hervorragte, die man von einem Mann nur verlangen kann, so daß er von allen geliebt wurde, zumal vom Herzog, der ihn von Kindesbeinen an in seiner nächsten Umgebung auferzogen hatte. Als er sah, wie trefflich sich jener herausmachte, schloß er ihn in sein Herz und verließ sich völlig auf ihn in allen Geschäften, die der Junker seinem Alter gemäß verstehen konnte.

Die Herzogin, die in ihrem Herzen keine tugendhafte Frau und Fürstin war, hatte nicht genug an der Liebe, die ihr Gemahl ihr entgegenbrachte, und fand kein Genügen in der zärtlichen Behandlung, die er ihr zuteil werden ließ. Deshalb hing sie mit ihren Blicken oft an dem jungen Edelmann und fand ihn so nach ihrem Sinn und Begehr, daß sie sich Hals über Kopf in ihn verliebte. Sie setzte auch unablässig alles daran, ihm das zu verstehen zu geben, teils durch traurig schmachtende Blicke, teils durch Seufzen und leidenschaftliches Gebaren.

Doch der Junker, der jederzeit nur nach der Tugend getrachtet hatte, konnte das unzüchtige Begehren bei einer Dame nicht erkennen, die so wenig Anlaß dazu hatte. So geschah es, daß die feurigen Blicke und das beredte Mienenspiel der unseligen Närrin keine andern Früchte zeitigten als eine wilde Verzweiflung, die sie eines Tages so weit trieb, völlig zu vergessen, daß sie eine Frau war, die zwar umworben werden konnte, sich aber verweigern mußte, eine Fürstin, die zwar angebetet werden konnte, die jedoch einen solchen Verehrer verschmähen mußte. Sie faßte sich also ein Herz gleich einem Mann, der seiner nicht mehr mächtig ist, um das Feuer loszuwerden, das unerträglich in ihr glühte.

Als nun ihr Gemahl einmal in die Ratssitzung ging, an der der Junker seiner Jugend wegen nicht teilnahm, winkte sie diesen zu sich heran, und er trat zu ihr im Glauben, sie habe ihm irgendeinen Auftrag zu erteilen. Doch sie stützte sich seufzend auf seinen Arm, als hätte sie zu lange geruht und wäre noch benommen und matt, und führte ihn in eine Galerie, wo sie mit ihm auf und ab ging. Dann sagte sie zu ihm: »Ich wundere mich über Euch. Wie habt Ihr, jung, schön und voll Anmut wie Ihr seid, in dieser Gesellschaft und inmitten all der holden Damen, die hier sind, leben können, ohne daß Ihr jemals in eine verliebt oder der Anbeter der einen oder andern gewesen seid?« Dann schaute sie ihn so liebreich an, wie sie nur konnte, und sprach nicht weiter, um ihm Zeit zu lassen, ihr zu antworten. Er aber sprach: »Madame, wäre ich würdig, daß Eure Hoheit sich so weit herablassen könnte, an mich zu denken, so wäre es eher ein Grund zum Staunen für Euch, wenn Ihr sähet, daß ein Mann, der so wenig wert ist wie ich, geliebt zu werden, seine Dienste anbietet und dafür nur Spott und Zurückweisung erführe.«

Als die Herzogin diese verständige Antwort hörte, liebte sie ihn nur noch heißer als zuvor und beteuerte ihm, am ganzen Hof gebe es keine Dame, die nicht überglücklich wäre, einen solchen Anbeter zu besitzen. Er möge nur getrost den Versuch wagen; denn er werde keine Gefahr laufen, sondern mit Ehre daraus hervorgehen.

Der Junker hielt noch immer die Augen niedergeschlagen und wagte nicht, zu ihr aufzusehen und ihren Blicken zu begegnen, die glühend genug waren, um das kälteste Eis zu schmelzen; aber als er sich eben herausreden wollte, ließ der Herzog seine Gemahlin um irgendeiner Angelegenheit willen, die sie betraf, in den Ratssaal entbieten, und sie begab sich, wenn auch höchst ungern, dorthin. Der Junker ließ sich jedoch nicht ein einziges Mal anmerken, daß er gehört habe, was sie zu ihm gesprochen hatte. Darüber war sie so verärgert und betroffen, daß sie nicht wußte, wem sie die Schuld an ihrem Verdruß geben sollte, es sei denn der törichten Scheu, an der ihrer Meinung nach der Junker allzusehr litt.

Einige Tage später, als sie sah, daß er ihre Sprache nicht verstand, beschloß sie, alle Furcht und Scham außer acht zu lassen und ihm ihre Neigung zu gestehen; denn sie war fest überzeugt, eine Schönheit wie die ihre könne nicht anders als mit Freuden angenommen werden. Doch hätte sie wohl gewünscht, er hätte ihr die Ehre angetan und um sie geworben. Nichtsdestoweniger schlug sie die Ehre in den Wind um der Lust willen, die sie sich versprach; und nachdem sie noch mehrmals versucht hatte, ihn ähnlich wie das erstemal ins Gespräch zu ziehen, und keine Antwort nach ihrem Sinn zu erhalten vermocht hatte, zupfte sie ihn eines Tags am Ärmel und sagte zu ihm, sie müsse über wichtige Angelegenheiten mit ihm sprechen. Der Junker trat mit all der Ehrfurcht und Ehrerbietung, die ihr gebührten, zu ihr in eine tiefe Fensternische, in die sie sich zurückgezogen hatte. Und als sie sicher war, daß niemand in dem Gemach sie sehen konnte, begann sie mit bebender Stimme, befangen in Verlangen und Furcht, ihm dieselben Dinge wiederzusagen wie schon beim erstenmal. Sie tadelte ihn, weil er noch keine Dame aus ihrem Gefolge erwählt habe, und versicherte ihm auch, wer die Erkorene immer sein möge, sie werde ihm helfen, daß er einer freundlichen Behandlung gewiß sein könne. Der Junker war über ihre Worte ebenso unwillig wie erstaunt und gab ihr zur Antwort: »Madame, mein Herz ist so stolz, daß ich, würde ich ein einziges Mal abgewiesen, nie wieder Freude auf dieser Welt fände. Ich weiß aber auch, daß ich hier so wenig zähle, daß keine Dame an diesem Hof sich herablassen würde, mein Werben zu erhören.« Die Herzogin errötete im Glauben, nun stehe ihrem Sieg nichts mehr im Wege, und schwor ihm, wenn er nur wolle, so wüßte sie die schönste Dame aus ihrer Gesellschaft, die ihn mit größter Freude erhören und ihm das höchste Glück gewähren würde. Doch er erwiderte: »Ach, Madame, ich glaube nicht, daß es in dieser Gesellschaft eine Frau gibt, die so unglücklich und so blind ist, daß sie mich nach ihrem Geschmack hat finden können!«

Als nun die Herzogin sah, daß er noch immer nicht begreifen wollte, ging sie daran, vor ihm den Schleier ihrer Leidenschaft zu lüften; doch da ihr vor der strengen Tugend des Edelmanns bange war, kleidete sie ihre Worte in eine Frage und sprach zu ihm: »Hätte Euch Fortuna so begünstigt, daß ich es wäre, die Euch ihre Neigung antrüge, was würdet Ihr dazu sagen?«

Der Junker, der zu träumen wähnte, als er diese Worte hörte, beugte das Knie vor ihr und sagte: »Madame, erwiese mir Gott die Gnade, daß ich die Huld des Herzogs, meines Herrn, und die Eure genösse, ich würde mich für den glücklichsten Menschen auf der Welt schätzen; denn solchen Lohn erstrebe ich für meine treuen Dienste, bin ich doch mehr als jeder andere verpflichtet, mein Leben in Euer beider Dienst einzusetzen. Ich bin gewiß, Madame, die Liebe, die Ihr für meinen Herrn fühlt, ist so keusch und groß, daß weder ich, der ich nur ein Erdenwurm bin, noch der höchstmögende Fürst und vollkommenste Mann, den man finden könnte, das Einvernehmen zwischen Euch und meinem Gebieter zu stören vermöchte. Was mich betrifft, so hat der Herzog mich von Kindesbeinen an erzogen und mich zu dem gemacht, was ich bin. Daher möchte ich, er habe nun Gattin, Tochter, Schwester oder Mutter, ihnen allen nur mit Gedanken nahen, wie sie ein treuer und ehrlicher Diener seinem Herrn schuldig ist.«

Die Herzogin ließ ihn nicht ausreden, und da sie sah, daß sie Gefahr lief, eine beschämende Zurückweisung hinnehmen zu müssen, schnitt sie ihm schroff das Wort ab und sprach: »O nichtswürdiger, ruhmrediger Tor! Wer bittet Euch schon darum? Glaubt Ihr denn, Eurer Schönheit wegen lieben Euch sogar die Fliegen, die umherschwirren? Wäret Ihr aber so vermessen, Euer Auge auf mich zu werfen, so würde ich Euch zeigen, daß ich nur meinen Gemahl liebe und keinen andern jemals lieben werde; und alles, was ich zu Euch gesagt habe, habe ich nur gesagt, um zu meiner Kurzweil von Euch zu erfahren, wie's um Euch steht, und um mich darüber lustig zu machen wie über alle verliebten Narren.«

»Madame«, sprach der Junker, »so habe ich es auch verstanden und verstehe es noch immer, wie Ihr's sagt.«

Darauf begab sie sich, ohne ihn weiter anzuhören, hastig in ihre Gemächer, und da sie sah, daß ihre Damen ihr gefolgt waren, trat sie in ihr Kabinett. Dort aber härmte und quälte sie sich, daß es nicht zu beschreiben ist. Denn einesteils schuf ihr die Liebe, die ihr versagt blieb, tödlichen Gram, andernteils versetzte sie der Unwille sowohl gegen sich selbst, weil sie so törichte Reden geführt hatte, als auch gegen ihn, weil er so verständig darauf geantwortet hatte, in solche Wut, daß sie sich bald den Tod geben und bald weiterleben wollte, um sich an dem Junker zu rächen, den sie für ihren Todfeind ansah.

Nachdem sie lange geweint hatte, stellte sie sich krank, um nicht beim Nachtmahl des Herzogs erscheinen zu müssen, bei dem gewöhnlich der Junker aufwartete. Der Herzog, der seine Gemahlin mehr als sich selbst liebte, besuchte sie; aber um besser das Ziel zu erreichen, auf das sie lossteuerte, sagte sie ihm, sie glaube, sie sei schwanger, und im Gefolge ihrer Schwangerschaft habe sich bei ihr eine Erkältung eingestellt, die ihr auf die Augen geschlagen sei und ihr nun arge Schmerzen bereite. So vergingen zwei oder drei Tage; die Herzogin hütete das Bett und war in einer so traurigen und schwermütigen Verfassung, daß der Herzog vermutete, es müsse noch etwas anderes dahinterstecken als nur ihre Schwangerschaft.

Er suchte sie also nachts auf und schlief mit ihr; und als er sich eine gute Weile mit ihr ergötzt und ihr seine zärtliche Liebe auf alle erdenkliche Weise bewiesen hatte, dann aber erkennen mußte, daß er ihrem unablässigen Seufzen unmöglich ein Ende machen konnte, da sagte er zu ihr: »Liebste, Ihr wißt, daß ich Euch liebe wie mein eigenes Leben und daß, wenn Ihr sterben müßtet, ich auch nicht weiterleben könnte. Wollt Ihr darum meine Gesundheit erhalten, so sagt mir, ich bitte Euch, den Grund, weshalb Ihr so seufzt; denn ich kann nicht glauben, daß Euer bedenklicher Zustand allein von Eurer Schwangerschaft herrührt.«

Als die Herzogin ihren Gatten in der Stimmung sah, die sie für ihre Zwecke brauchte, dachte sie, jetzt sei es an der Zeit, sich für ihre enttäuschte Liebe zu rächen, und sie umarmte ihren Gemahl, brach in Tränen aus und sprach zu ihm: »Ach, Herr, das größte Übel, an dem ich kranke, ist, mit ansehen zu müssen, wie Ihr gerade von denen hintergangen werdet, die insbesondere verpflichtet wären, Euer Gut und Eure Ehre zu wahren.« Als der Herzog diese Worte vernahm, wünschte er sehr, zu erfahren, weshalb sie ihm das sage, und er bat sie inständig, ihm ohne jede Furcht die Wahrheit zu gestehen. Nachdem sie ihm das mehrere Male verweigert hatte, sprach sie zu ihm: »Ich will mich nie wieder darüber wundern, Herr, daß Fremdlinge die Fürsten bekriegen, wenn jene Menschen, die ihnen am tiefsten zu Treue und Dank verpflichtet sind, es wagen, ihnen so grausam mitzuspielen, daß der Verlust an Hab und Gut damit verglichen nichts bedeutet. Das sage ich, Herr, im Hinblick auf den Edelmann« – und dabei nannte sie ihm den Namen des Verhaßten –, »den Ihr aufgezogen und eher als Verwandten und Sohn denn als Diener behandelt habt. Er hat sich unterfangen, etwas dermaßen Niederträchtiges und Hinterlistiges zu versuchen, wie es der Anschlag auf die Ehre und Tugend Eurer Gattin ist, in der auch die Ehre Eures Hauses und Eurer Kinder ruht. Und obwohl er mir seit langem schon verliebte Blicke zuwarf, um seine nichtswürdige Absicht besser ins Werk zu setzen, so konnte dennoch mein Herz, das einzig an Euch hängt, sein ruchloses Beginnen nicht erfassen, so daß er sich schließlich mit Worten erklärte. Darauf habe ich ihm die Antwort erteilt, die mein Stand und mein keuscher Sinn erheischten. Desungeachtet hege ich solchen Haß gegen ihn, daß ich ihn nicht mehr ansehen mag. Das ist der Grund, weshalb ich in meinen Gemächern geblieben bin und auf das Glück Eurer Gesellschaft verzichtet habe, und ich flehe Euch an, Herr, duldet eine solche Pest nicht länger in Eurer Nähe; denn nach einem solchen Vergehen könnte er wohl befürchten, ich werde es Euch sagen, und noch Ärgeres unternehmen. Dies, Herr, ist die Ursache meines Harms, der mir so berechtigt und auch würdig zu sein dünkt, daß Ihr ihm Abhilfe schaffen solltet.«

Der Herzog, der einerseits seine Gemahlin liebte und sich schwer beleidigt fühlte, andererseits aber seinem Diener gewogen war, da er so oft schon seine Treue erprobt hatte, konnte kaum glauben, daß diese Lüge wahr sei, und befand sich in arger Verlegenheit und Not und war voll Unmut. Er begab sich in sein Zimmer und ließ dem Junker bestellen, er möge ihm nie wieder unter die Augen kommen, sondern solle sich für einige Zeit in seine Wohnung zurückziehen. Der Edelmann, der den Anlaß seines Zorns nicht kannte, war darüber äußerst bekümmert, wußte er doch, daß er das gerade Gegenteil einer so üblen Behandlung verdient hatte. Da er sich jedoch seines Herzens und seiner Taten nicht zu schämen brauchte, sandte er einen seiner Freunde zum Herzog; der sollte ihm einen Brief überbringen und für ihn sprechen. In dem Brief bat er ihn flehentlich, wenn er ihn auf einen übelwollenden Bericht hin aus seiner Gegenwart verbannt habe, so möge er doch geruhen, sein Urteil aufzuheben, bis er von ihm selbst den wahren Tatbestand vernommen habe; er werde dann finden, daß er ihn in keiner Weise beleidigt habe.

Als der Herzog diesen Brief gelesen hatte, mäßigte er seinen Zorn ein wenig und ließ den Edelmann heimlich in sein Zimmer entbieten, wo er ihm mit scheinbar zorniger Miene sagte: »Nie hätte ich gedacht, daß ich all die Mühe, die ich darauf verwandt habe, Euch aufzuziehen wie mein eigen Kind, in Reue darüber verwandeln könnte, daß ich Euch so vorwärtsgeholfen habe; habt Ihr doch danach getrachtet, mir das anzutun, was mir abträglicher wäre als der Verlust meines Lebens und meiner Güter: Ihr habt an die Ehre der Frau rühren, die mein halbes Leben ist, und dadurch mein Haus und meine Nachkommenschaft für alle Zeit ehrlos machen wollen. Ihr könnt Euch denken, daß dieser Schimpf mich so tief in meinem Herzen getroffen hat, daß Ihr, wäre ich nicht im Zweifel, ob die Sache wahr ist oder nicht, längst schon auf dem Grunde des Wassers läget zur heimlichen Strafe für das Unrecht, das Ihr mir heimlicherweise habt antun wollen.«

Der Junker verlor bei diesen Worten mitnichten die Fassung, denn seine Unschuld verlieh ihm Selbstvertrauen und Festigkeit. So bat er den Herzog inständig, ihm doch zu sagen, wer ihn dieser Untat bezichtigt habe. Denn, sagte er, solch entehrende Nachrede müßte eher mit der Lanze in der Faust gerechtfertigt werden als mit bloßen Worten.

»Euer Ankläger«, sprach der Herzog darauf, »trägt

keine andere Wehr als seine Keuschheit. Ich versichere Euch, kein anderer als meine Gemahlin selbst hat mir das berichtet und mich zugleich angefleht, sie an Euch zu rächen.«

Obwohl er die heillose Hinterlist der hohen Frau erkannte, wollte der arme Junker sie dennoch nicht beschuldigen, sondern gab zur Antwort: »Gnädigster Herr, Madame mag sagen, was ihr beliebt. Ihr kennt sie besser als ich und wißt, ob ich sie jemals gesehen habe, ohne daß Ihr dabei wart, außer einem einzigen Mal, als sie nur wenige Worte mit mir wechselte. Euer Urteil ist so unbestechlich wie das jedes andern Fürsten. Daher bitte ich Euch kniefällig, gnädiger Herr, urteilt nun selbst, ob Ihr jemals an mir ein Verhalten beobachtet habt, das Euern Argwohn erwecken konnte. Denn die Liebe ist ja ein Feuer, das nicht lange im verborgenen brennen kann, ohne daß es von denen entdeckt würde, die am selben Übel kranken. Ich flehe Euch an, Herr, glaubt mir zwei Dinge: erstens, daß ich Euch treu ergeben bin und daß, wäre Eure Frau Gemahlin auch die schönste Frau der Welt, die Liebe trotzdem nicht die Macht besäße, meine Ehre und Treue zu beflecken; und zum zweiten: wäre sie auch nicht Eure Gattin, so ist sie doch von allen Frauen, denen ich begegnet bin, diejenige, in die ich mich zuallerletzt verlieben könnte. Es gibt andere genug, denen ich viel eher mein Herz schenken möchte.«

Als der Herzog diese offenen Worte vernahm, legte sich allmählich seine Wut, und er sprach: »Ich kann Euch auch versichern, daß ich nicht daran geglaubt habe. Darum lebt weiter, wie Ihr's bisher getan habt, und seid gewiß, stellt sich, was Ihr gesagt habt, als wahr heraus, so will ich Euch in größerer Liebe zugetan sein, als ich es bisher gewesen bin; erweist sich aber das Gegenteil, so ist Euer Leben in meiner Hand.« Dafür dankte ihm der Junker und unterwarf sich jeglicher Strafe und Sühne, falls er für schuldig befunden werde.

Als die Herzogin sah, daß der Junker wie gewohnt wieder bei Tisch aufwartete, konnte sie es nicht geduldig hinnehmen, sondern sprach zu ihrem Gatten: »Es geschähe Euch ganz recht, Herr, wenn Ihr vergiftet würdet, da Ihr doch mehr Vertrauen zu Euren Todfeinden habt als zu denen, die es gut mit Euch meinen.«

»Ich bitte Euch, Liebste, quält Euch nicht wegen dieser Sache; denn ich versichere Euch, stellt sich, was Ihr mir gesagt habt, als wahr heraus, so bleibt er keine vierundzwanzig Stunden länger am Leben. Aber er hat mir so hoch und heilig das Gegenteil geschworen, daß ich, zumal ich nie etwas bemerkt habe, nicht ohne triftigen Beweis daran glauben kann.«

»Fürwahr, Herr«, erwiderte sie darauf, »Eure Güte macht seine Böswilligkeit nur noch ärger. Wollt Ihr einen bündigeren Beweis, als daß ein Mann wie er niemals im Ruf gestanden hat, verliebt zu sein? Glaubt mir, Herr, ohne den vermessenen Plan, mein Liebhaber zu werden, wie er sich's in den Kopf gesetzt hat, hätte er nicht so lange gewartet, sich eine Geliebte zuzulegen; denn noch nie hat ein junger Mann so einsam und ohne Umgang in so guter Gesellschaft gelebt, wie er es tut, es sei denn, sein Herz sei so hohen Ortes gebunden, daß er sich mit eitlem Hoffen zufriedengäbe. Und da Ihr meint, er verhehle Euch die Wahrheit nicht, laßt ihn, ich bitte Euch darum, einen Eid schwören, ob und wen er liebt. Liebt er eine andere, so soll's mir recht sein, daß Ihr ihm Glauben schenkt, wo nicht, glaubt getrost, daß ich die Wahrheit gesprochen habe.«

Der Herzog fand die Gründe seiner Gattin sehr stichhaltig; er nahm den Junker einmal mit aufs Land und sprach zu ihm: »Meine Gemahlin versteift sich auf ihre Ansicht und führt mir einen Grund an, der mir schweren Verdacht gegen Euch erregt; nämlich daß man sich über Euch wundert, weil Ihr, ein so junger und ehrenhafter Mann, soviel man wenigstens weiß, noch nie geliebt habt. Das bringt mich auf den Gedanken, Ihr könntet, wie sie behauptet, diese vermessene Liebe hegen, und die eitle Hoffnung, erhört zu werden, möchte Euch so glücklich machen, daß Ihr an keine andere Frau denken mögt. Darum bitte ich Euch als Freund und befehle Euch als Euer Gebieter, sagt mir, ob Ihr keine Dame hierzulande liebt.«

Wiewohl der arme Junker seine geheime Neigung gern verschwiegen und lieber den Tod erlitten hätte, war er doch angesichts der Eifersucht seines Herrn gezwungen, ihm zu schwören, daß er in Wahrheit eine Dame liebe, deren Schönheit so unvergleichlich sei, daß neben ihr die

Herzogin und ihr ganzes Gefolge häßlich erschienen; doch bat er ihn flehentlich, ihn nie zu zwingen, daß er ihren Namen nennen müsse. Denn es sei zwischen ihm und seiner Geliebten ausgemacht, daß der, der als erster ihren Bund verrate, ihn auch zerstören werde.

Der Herzog versprach ihm, ihn niemals dazu zu drängen, und war mit ihm so zufrieden, daß er ihn huldvoller behandelte als je zuvor. Das bemerkte die Herzogin sehr wohl und trachtete mit ihrer gewohnten Schlauheit, den Grund dafür zu erfahren. Der Herzog verschwieg ihn ihr auch nicht; und nun gesellte sich zu ihrem Rachedurst noch eine wilde Eifersucht, die sie veranlaßte, den Herzog anzuflehen, er möge dem Junker gebieten, ihm den Namen dieser Freundin zu nennen. Sie versicherte ihm, es sei alles Lüge, und das sei das einzige Mittel, ihn auf seine Worte festzunageln; wenn er ihm aber den Namen der Frau, die er für so wunderschön halte, nicht nennen wolle, so sei er, der Herzog, der tölpischste Fürst auf dem ganzen Erdenrund, sofern er dessen Wort vertraue.

Der unglückliche Herzog, dessen Geist seine Gemahlin zu lenken verstand, wie es ihr beliebte, erging sich allein mit dem Junker im Freien und sagte ihm, er sei jetzt in noch größerer Ungewißheit als vorher; denn er verdächtige ihn, nur eine Ausflucht vorgebracht zu haben, um zu verhindern, daß er die Wahrheit argwöhne, und das peinige ihn mehr denn je. Darum bitte er ihn von Herzen, ihm den Namen der Frau zu nennen, die er so sehr liebe. Der arme Junker flehte den Herzog an, er möge ihn nicht nötigen, sich so schwer gegen seine Geliebte vergehen zu müssen, daß er ihr das Gelübde breche, das er ihr abgelegt und so lange gehalten habe; er könne ihn doch nicht dahin bringen, daß er an einem Tage verliere, was er mehr als sieben Jahre bewahrt habe, und lieber wolle er den Tod erleiden, als jener Frau, die ihm so redlich die Treue halte, dieses Unrecht anzutun.

Als der Herzog sah, daß er ihm den Namen nicht mitteilen wollte, geriet er in solche Eifersucht, daß er mit wutverzerrtem Gesicht zu ihm sagte: »Gut denn, so wählt von zwei Dingen eines: entweder sagt Ihr mir den Namen der Frau, die Ihr über alles liebt, oder aber Ihr verlaßt als Verbannter die Länder, über die ich herrsche. Und finde ich Euch nach acht Tagen noch hier, sollt Ihr eines grausamen Todes sterben.«

Wenn sich jemals das Herz eines treuen Dieners vor Leid und Weh zusammenkrampfte, so war es das Herz des unglücklichen Junkers, der wohl von sich sagen konnte: »Angustiae sunt mihi undique.« Denn er sah ein, wenn er die Wahrheit sprach, verlor er seine Freundin, sobald sie erfuhr, daß er durch eigene Schuld sein Gelöbnis gebrochen habe; wenn er andrerseits die Wahrheit nicht bekannte, wurde er aus dem Lande, in dem sie wohnte, verbannt und hatte keine Möglichkeit mehr, sie zu sehen. Von beiden Seiten dergestalt in die Enge getrieben, trat kalter Schweiß auf seine Stirn, wie bei einem Menschen, der vor Traurigkeit dem Tode nahe ist. Als der Herzog sein Verhalten sah, kam er zu dem Schluß, er liebe keine andere Frau als die seine, und nur weil er keinen Namen zu nennen wisse, stehe er solche Qualen aus. Darum sprach er barsch zu ihm: »Wäre das wahr, was Ihr mir gesagt habt, würde es Euch nicht so schwerfallen, mir den Namen zu nennen. Aber ich glaube, Euer Unrecht quält Euch jetzt so.«

Da beschloß der Edelmann, von diesen Worten zutiefst getroffen und zudem von der Liebe zu seinem Herrn bewogen, ihm die Wahrheit zu gestehen; denn er baute darauf, der Herzog sei ehrenhaft genug, um sein Geheimnis auf keinen Fall weiterzusagen. Er sank vor ihm in die Knie und sprach mit gefalteten Händen zu ihm: »Gnädigster Herr, die Dankesschuld, die ich gegen Euch abzutragen habe, und die Liebe, die ich Euch entgegenbringe, zwingen mich mehr als die Angst vor dem Tode. Denn ich sehe, Ihr habt eine so falsche Meinung von mir und habt Euch so unsinnige Vorurteile in den Kopf gesetzt, daß ich entschlossen bin, Euch von dieser Pein zu erlösen und zu tun, was ich sonst selbst auf der Folter nicht getan hätte. Ich bitte Euch aber, Herr, bei Gottes Ehre, schwört mir, gebt mir Euer fürstliches Wort, gelobt mir als Christ, daß Ihr niemals das Geheimnis lüften werdet, das ich, weil Ihr es so wollt, nun gezwungen bin Euch anzuvertrauen.«

Alsogleich schwor ihm der Herzog die heiligsten Eide, daß er nie und nimmermehr irgendeinem Menschen auf Erden etwas verraten werde, weder mit Worten noch durch die Schrift noch durch sein Verhalten. Der junge Mann, der sich auf einen so tugendhaften Fürsten verlassen zu können glaubte, gab nun selbst den Anstoß zu seinem Unglück und sagte zum Herzog: »Vor mehr als sieben Jahren, Herr, lernte ich Eure Nichte, Madame de Vergy, kennen, und da sie Witwe und ohne Anwärter auf ihre Hand war, bewarb ich mich eifrig um ihre Huld. Da ich aber nicht von so hoher Abkunft bin, daß ich sie hätte heiraten können, begnügte ich mich damit, als ihr vertrauter Freund angenommen zu werden; und das war und blieb ich auch. Und Gott hat es gefügt, daß wir uns so vorsichtig trafen, daß nie ein Mensch, weder Mann noch Frau, außer ihr und mir darum wußte. Nun wißt auch Ihr es, Herr, und in Eure Hände lege ich mein Leben und meine Ehre, und ich flehe Euch an, das Geheimnis zu hüten und Eure Frau Nichte deswegen nicht geringer zu achten; denn ich glaube nicht, daß unterm Himmelszelt eine vollkommenere Frau zu finden ist.«

Dem Herzog fiel ein Stein vom Herzen. Denn er kannte die wundersame Schönheit seiner Nichte und zweifelte keinen Augenblick, daß sie dem Junker liebenswerter sein mochte als seine Gemahlin. Da er jedoch nicht verstehen konnte, wie ein solches Geheimnis ohne Mittelsmann gewahrt blieb, bat er ihn, ihm doch zu sagen, wie er es möglich gemacht habe, sie zu sehen. Da erzählte ihm der Junker, wie das Schlafgemach seiner Dame auf einen Garten hinausgehe; an dem Tag, an dem er zu ihr kommen solle, lasse man ein Pförtchen offen, und durch dieses trete er zu Fuß ein und warte, bis er ein Hündchen kläffen höre, das seine Freundin in den Garten hinauslasse, sobald ihre Zofen sich zurückgezogen hätten. Dann begebe er sich alsbald zu ihr und unterhalte sich die ganze Nacht mit ihr. Beim Abschied sage sie ihm dann, an welchem Tage er wiederkommen solle, und noch nie habe er ohne triftigen Grund die Abrede versäumt.

Nun war aber der Herzog über alle Maßen neugierig und hatte seinerzeit wacker der Liebe gefrönt, und so bat er den Junker, teils um seinen Argwohn vollends zu beseitigen, teils auch weil er diese seltsame Geschichte ergründen wollte, ihn das nächste Mal, wenn er sich da hinbegebe, mitzunehmen, nicht als seinen Herrn und Gebie-

ter, sondern als bloßen Gefährten. Da der Junker nun einmal so weit gegangen war, willigte er ein und sagte ihm, er habe sich gerade für diesen Abend verabredet. Darüber freute sich der Herzog mehr, als wenn er ein Königreich erobert hätte. Er schützte vor, sich in seinem Ankleidezimmer ausruhen zu wollen, ließ jedoch zwei Pferde für sich und den Junker satteln, und so ritten sie mitsammen die ganze Nacht von Argilly, wo der Herzog wohnte, bis nach Vergy. Sie ließen ihre Pferde draußen vor der Umzäunung, und dann führte der Edelmann den Herzog durch das Pförtchen in den Garten und bat ihn, sich hinter einem Nußbaum verborgen zu halten; von da aus könne er genau sehen, ob er die Wahrheit gesagt habe oder nicht. Er weilte noch nicht lange im Garten, siehe, so begann das Hündchen zu kläffen, und der Junker schritt auf den Turm zu, wo die Dame ihm entgegenkam, ihn begrüßte und umarmte und ihm sagte, es dünke sie, er sei tausend Jahre ferngeblieben; und darauf traten sie alsbald in ihr Gemach und schlossen die Tür hinter sich.
Als der Herzog das ganze Geheimnis mit angesehen hatte, hielt er sich für mehr als zufriedengestellt und brauchte auch nicht mehr allzulange zu warten; der Junker sagte nämlich seiner Dame, er sei genötigt, früher als gewöhnlich wieder wegzugehen, weil der Herzog schon früh um vier Uhr auf die Jagd reiten wolle, und er wage nicht, davon fernzubleiben. Die Dame, der mehr an ihrer Ehre gelegen war als an ihrer Lust, wollte ihn nicht abhalten, seine Pflicht zu tun; denn was ihr bei ihrem Liebesbund am meisten am Herzen lag, war, daß er vor allen Menschen geheimblieb.
So schied der Junker eine Stunde nach Mitternacht von ihr; und seine Geliebte gab ihm in Mantel und Haube das Geleit, allerdings nicht so weit, wie sie gerne gewollt hätte, denn er nötigte sie zur Umkehr, aus Furcht, sie könnte sonst den Herzog treffen. Dann schwangen sich beide auf ihre Rosse und kehrten nach Argilly zurück.
Unterwegs schwor der Herzog dem Junker immer und immer wieder, er werde eher sterben als sein Geheimnis verraten, und er faßte solches Vertrauen und so große Liebe zu ihm, daß am ganzen Hofe keiner bei ihm in höherer Gunst stand. Darob geriet die Herzogin außer sich

vor Zorn. Doch der Herzog verbot ihr, je wieder mit ihren Anklagen anzufangen; er kenne jetzt die Wahrheit und sei vollauf beruhigt, denn die Dame, die der Junker liebe, sei wahrhaft liebenswerter als sie.

Diese Worte kränkten die Herzogin so schwer in ihrem Herzen, daß sie eine Krankheit, schlimmer als das hitzigste Fieber, befiel. Der Herzog besuchte sie und wollte sie trösten; aber sie wollte nicht auf ihn hören, solange er ihr nicht sage, wer die schöne, so heißgeliebte Dame sei. Sie setzte ihm so zudringlich mit ihren Bitten und Fragen zu, daß der Herzog zuletzt verärgert das Zimmer verließ und zu ihr sagte: »Wenn Ihr weiterhin so aufsässig mit mir sprecht, werden wir uns trennen müssen.« Diese Worte verschlimmerten die Krankheit der Herzogin. Sie gab vor, sie spüre, wie das Kind in ihrem Leib sich bewege; und das freute den Herzog so sehr, daß er mit ihr schlafen wollte. Doch sowie sie sah, daß er wieder verliebter in sie war, kehrte sie sich auf die andere Seite und sprach zu ihm: »Ich flehe Euch an, Herr, da Ihr weder für Eure Frau noch für Euer Kind Liebe empfindet, laßt uns beide sterben.« Und bei diesen Worten vergoß sie so viele Tränen und schrie so herzzerreißend, daß dem Herzog angst und bange wurde, sie könnte eine Fehlgeburt haben. Darum schloß er sie in seine Arme und bat sie, ihm doch zu sagen, was sie von ihm wolle; es gäbe nichts, was er nicht für sie täte.

»Ach, Herr«, antwortete sie ihm unter Tränen, »wie soll ich hoffen, Ihr würdet meinetwegen etwas Schwieriges tun, wenn Ihr doch nicht einmal das Einfachste und Vernünftigste tun wollt, nämlich mir die Geliebte des böswilligsten Dieners nennen, den Ihr jemals hattet? Ich meinte, Ihr und ich, wir hätten nur ein Herz und eine Seele und seien ein Fleisch. Jetzt aber sehe ich wohl, Ihr haltet mich für eine Fremde, da Ihr ja Eure Geheimnisse, die mir doch nicht verborgen bleiben dürften, vor mir verhehlt, als wäre ich eine fremde Frau. Ach, Herr, Ihr habt mir schon so wichtige und geheime Angelegenheiten anvertraut, über die Ihr mich nie habt sprechen hören, Ihr habt so oft erprobt, daß mein Wille auf das gleiche zielt wie der Eure, und da könnt Ihr noch zweifeln, daß ich nicht mehr nur für mich lebe, sondern ganz Euer eigen

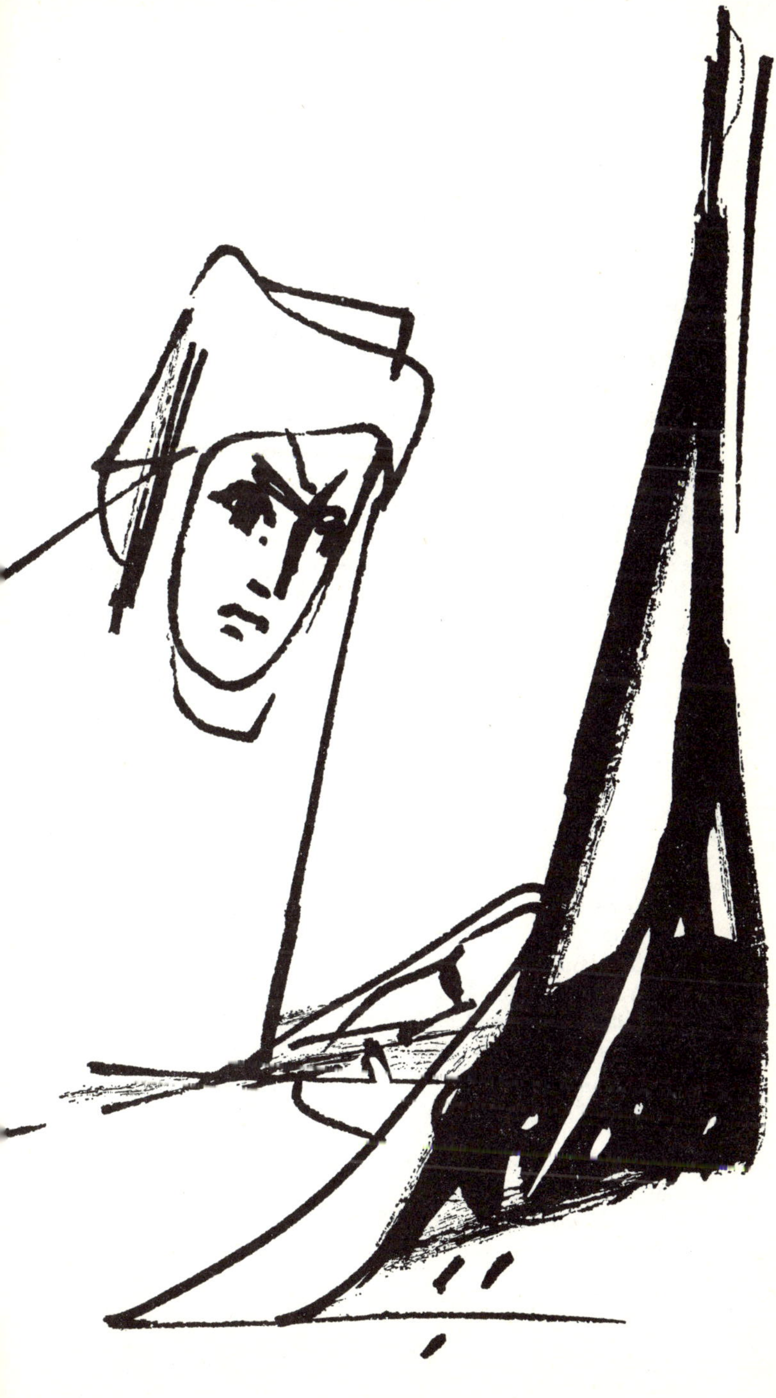

bin? Habt Ihr aber geschworen, das Geheimnis des Junkers keinem andern Menschen zu verraten, so verstoßt Ihr ja nicht gegen Euren Schwur, wenn Ihr es mir sagt; denn ich bin doch eins mit Euch und kann nie etwas anderes sein. Ich trage Euch in meinem Herzen, halte Euch in meinen Armen, ich trage ein Kind in meinem Leib, in dem Ihr lebt, und kann doch Euer Herz nicht besitzen, wie Ihr das meine besitzt: nein, je treuer und aufrichtiger ich zu Euch bin, desto grausamer und strenger behandelt Ihr mich. Daher wünsche ich tausendmal jeden Tag, durch einen jähen Tod Euer Kind von einem solchen Vater und mich von einem solchen Gatten zu befreien. Und ich hoffe, das wird bald der Fall sein, da Ihr doch einen ungetreuen Diener höher schätzt als eine Frau, wie ich es für Euch bin, und ihn dem Leben der Mutter Eures Kindes vorzieht, das zugrunde gehen wird, weil ich von Euch nicht erlangen kann, was ich zu wissen am meisten ersehne.«

Während sie das sagte, umarmte und küßte sie ihren Gatten und netzte sein Gesicht mit ihren Tränen und seufzte und schrie so kläglich, daß sich der gutherzige Fürst, der fürchtete, Weib und Kind auf einmal zu verlieren, entschloß, ihr die ganze Wahrheit zu sagen. Doch zuvor schwor er ihr, wenn sie jemals das Geheimnis irgendwem weitersage, werde sie von seiner Hand sterben müssen. Dieses Urteil nahm sie auf sich und hieß solche Strafe gut. Alsbald erzählte ihr der arme, betrogene Gatte alles, was er gesehen hatte, von Anfang bis zu Ende. Sie stellte sich, als wäre sie darüber sehr froh, doch in ihrem Herzen dachte sie ganz das Gegenteil, und nur aus Angst vor dem Herzog verhehlte sie, so gut sie konnte, ihre Leidenschaft.

An einem hohen Festtag, als der Herzog Hof hielt und alle Damen seines Landes dazu geladen hatte, darunter auch seine Nichte, begannen nach dem festlichen Empfang die Tänze, bei denen jeder sein Bestes tat. Doch die Herzogin, die angesichts der Schönheit und Anmut ihrer Nichte, der Madame de Vergy, bittere Qualen ausstand, konnte sich nicht freuen und auch nicht verhindern, daß man ihr die schlechte Laune ansah. Sie rief alle Damen zu sich und ließ sie rings um sich Platz nehmen; dann brachte sie das Gespräch auf die Liebe, und da sie sah, daß ihre

Nichte sich nicht daran beteiligte, ging ihr das Herz vor Eifersucht über, und sie fragte: »Und Ihr, schöne Nichte, ist es möglich, daß Eure Schönheit keinen Freund und Verehrer gefunden hat?«

»Madame«, gab ihr Madame de Vergy zur Antwort, »meine Schönheit hat mir keinen Verehrer eingebracht; denn seit dem Tod meines Gatten habe ich keine anderen Freunde gesucht als seine Kinder, und sie genügen vollauf zu meinem Glück.«

»Schöne Nichte, schöne Nichte«, versetzte darauf die Herzogin in maßloser Wut, »keine Liebe ist so geheim, daß man sie nicht entdeckte, und kein Hündchen ist so gut abgerichtet und zahm, daß man sein Gekläff nicht hören könnte.«

Ich überlasse es euch, meine Damen, euch auszumalen, welchen Schmerz Madame de Vergy in ihrem Herzen fühlte, als sie sah, daß ihre lang verborgene Liebe zu ihrer Schande nun ruchbar geworden war. Die Ehre, die sie so sorgsam gewahrt und jetzt so unglücklich verloren hatte, schuf ihr bittere Qual, mehr aber noch schmerzte sie der Verdacht, ihr Freund habe ihr sein Gelöbnis gebrochen. Nie hätte sie gedacht, daß er das tun könnte, es sei denn aus Liebe zu einer anderen, schöneren Frau, der er im Übermaß seiner Liebe ihr Geheimnis verraten haben mochte. Dennoch war ihre Selbstbeherrschung so groß, daß sie sich nichts anmerken ließ und der Herzogin lachend antwortete, sie verstehe sich nicht auf die Sprache der Tiere. Trotz dieser klugen Verstellung war aber ihr Herz so beklommen, daß sie aufstand und durch das Gemach der Herzogin in eine Kleiderkammer ging, wo der Herzog, der davor auf und ab spazierte, sie eintreten sah.

Als die bejammernswerte Dame sich an einem Ort sah, wo sie sich allein glaubte, sank sie, von Schwäche übermannt, auf ein Bett. Eine Zofe, die im Alkoven saß und ein Schläfchen hielt, erhob sich und blickte durch den Bettvorhang, wer da wohl sein möchte. Als sie aber sah, daß es Madame de Vergy war, die sich allein wähnte, wagte sie sie nicht anzusprechen und lauschte mäuschenstill. Da hob die arme Dame mit erstickter Stimme zu klagen an und sagte: »O ich Unselige! was habe ich hören müssen? Welches Todesurteil mußte ich vernehmen? Was für einen Schicksalsspruch, der mein Ende bedeutet, habe ich empfangen? O du, mein Geliebter, ich habe dich geliebt, wie noch nie ein Mann geliebt war, und das ist nun der Lohn für meine keusche, lautere und tugendhafte Liebe? O mein Herz, hast du so schlecht gewählt und dir für den Treuesten den Treulosesten, für den Wahrhaftesten den Verlogensten, für den Verschwiegensten den Schmähsüchtigsten erkoren? Ach, weh mir! Ist's möglich, daß das, was den Augen der ganzen Welt verborgen war, der Herzogin bekannt geworden ist? Ach, mein Hündchen, so gut erzogen und abgerichtet, du, der einzige Mittler meiner langen, tugendsamen Freundschaft, nicht du hast mich verraten, sondern der Mann, dessen Stimme lauter gellt als das Gebell der Hunde und der ein Herz voll Undank hat, wie es kein Tier haben kann. Er hat, entgegen seinem Schwur und seinem Versprechen, das glückliche Leben ans Licht gebracht, das wir lange Zeit zusammen geführt haben und das ja keinem Menschen zuleide war! O du, mein Freund, du einziger, zu dem Liebe in mein Herz Eingang gefunden hat, du meines Lebens Hort und Schild, soll jetzt, da ich dich als meinen Todfeind ansehen muß, meine Ehre den Winden preisgegeben sein, soll mein Leib in der Erde modern und meine Seele ins Jenseits eingehen für alle Ewigkeit? Ist denn die Schönheit der Herzogin so über alles Maß groß, daß sie Euch völlig zu verwandeln vermochte wie einstmals die Schönheit der Circe? Hat sie Euch aus einem edlen, wohlgesinnten Menschen zu einem lasterhaften gemacht, aus einem guten zu einem bösen, aus einem Menschen zu einem herzlosen Tier? O mein Geliebter, auch wenn du mir dein Gelöbnis gebrochen hast, will ich dir doch das meine halten und dich nie wiedersehen, nachdem du das Geheimnis unserer Liebe ausgebracht hast. Da ich aber auch nicht leben kann, wenn ich dich nicht mehr sehen darf, gebe ich mich willig dem tiefen Schmerz hin, den ich fühle, und will kein Mittel dagegen suchen, weder durch Vernunftgründe noch Arzneien; denn nur der Tod allein wird ihm ein Ende machen, und er wird mir weit willkommener sein, als weiter auf Erden zu leben ohne Freund, ohne Ehre und ohne Glück. Nicht Krieg und nicht Tod haben mir den Freund genommen, nicht Schuld noch Sünde haben mir die Ehre geraubt, nein, ein grausames Geschick hat den Mann, der mir am meisten zu Dank verpflichtet war, zum Undankbaren gemacht und will nun, daß ich das gerade Gegenteil dessen erlebe, was ich verdient hätte. Ja, Frau Herzogin, welche Wonne hat es Euch bereitet, als Ihr mir zum Hohn mein Hündchen vorhieltet! Nun erfreut Ihr Euch des Glücks, das mir allein gehörte! Nun spottet Ihr über mich, weil ich meinte, wenn ich mein Glück sorgsam geheimhielte und tugendhaft liebte, könnte ich dem Spott entgehen! Oh, wie hat dieses Wort mir das Herz zusammengeschnürt, wie bin ich vor Scham errötet, vor Eifersucht erbleicht! Ach, mein Herz, ich fühle wohl, du kannst es nicht länger tragen. Die Liebe, die man dir übel gelohnt hat, verbrennt dich, die Eifersucht wie auch das Unrecht, das man dir antut, erstarren dich zu Eis und machen dich fühllos, und Unwille und Reue erlauben mir nicht, dir Trost zu spenden. Ach, meine arme Seele, du hast ein irdisches Geschöpf zu sehr angebetet und darob den Schöpfer vergessen, nun mußt du in die Hände dessen zurückkehren, dem eitle Liebe dich entrissen hat. Fasse Vertrauen, o meine Seele, und glaube, du wirst in ihm einen besseren Vater finden, als du den, um des willen du ihn so oft vergessen hast, als einen guten Freund erfunden hast. O mein Gott, mein Schöpfer, du bist die wahre und vollkommene Liebe. Durch deine Gnade ist die Liebe, die ich für meinen Freund hegte, von keinem Makel befleckt worden, außer daß ich ihn zu sehr liebte. Ich flehe deine Barmherzigkeit an, mich, meine Seele und meinen Geist zu dir zu nehmen. Ich bereue es bitter, daß ich deinem ersten und gerechten Gebot ungehorsam war, und um des Erlösers willen, dessen Liebe unbegreiflich ist, vergib mir meine Sünde, die ich aus allzugroßer Liebe begangen habe! Denn in dir allein ruht mein ganzes Vertrauen. Und leb wohl, Freund, dessen Name, so gleichgültig er mir ist, mir das Herz zerreißt!«

Nach diesen Worten sank sie hintenüber auf das Bett hin. Ihr Antlitz wurde totenfahl, ihre Lippen wurden blau und die Gliedmaßen eisig kalt.

Im selben Augenblick betrat der Edelmann, den sie liebte, den Saal, und als er die Herzogin mit den Damen tanzen sah, schaute er sich überall um, wo seine Freundin sei. Da er sie aber nicht entdeckte, trat er in das Gemach der Herzogin und fand da den Herzog, der auf und ab wandelte; dieser erriet, was er suchte, und sagte ihm leise ins Ohr: »Sie ist in die Kammer dort gegangen. Offenbar war ihr nicht gut.« Der Junker fragte, ob er ihm gestatte, zu ihr hineinzugehen, und der Herzog gab ihm freundlich die Erlaubnis. Wie er nun in die Kammer trat, fand er Madame de Vergy, die eben den letzten Schritt ihres Erdenwallens tat. Er schloß sie in seine Arme und fragte voll Angst: »Was ist Euch, Liebste? Wollt Ihr mich denn verlassen?«

Als die unglückliche Dame die Stimme vernahm, die ihr so wohlbekannt war, fand sie wieder ein wenig Kraft und schlug die Augen auf und blickte den Junker an, der an ihrem Tode schuld war. Doch bei diesem einen Blick wuchsen Liebe und Unwille so mächtig an, daß sie mit einem jammervollen Seufzer ihre Seele Gott befahl und verschied.

Der Junker war mehr tot als lebendig und fragte die Zofe, wie denn dieses Leiden über die Dame gekommen sei. Da erzählte sie ihm wörtlich, was sie sie alles hatte sagen hören. Sogleich wurde ihm klar, daß der Herzog seiner Gemahlin ihr Geheimnis verraten hatte. Er geriet in eine namenlose Wut und warf sich über die Leiche seiner Freundin, hielt sie lange in seinen Armen und netzte den Körper mit seinen Tränen. »O ich Frevler! Ich nichtswürdiger, unseliger Freund! Warum ist die Strafe für meinen Verrat nicht über mich gekommen, warum mußte sie, die unschuldig ist, ihn büßen? Warum hat mich nicht ein Blitz vom Himmel erschlagen, als meine Zunge unsere geheime und tugendhafte Liebe verriet? Warum hat sich die Erde nicht aufgetan und den Frevler an Treu und Glauben verschlungen? O meine Zunge, verdorren sollst du zur Strafe wie die Zunge des reichen Mannes in der Hölle! O mein Herz, das vor Tod und Verbannung zagte, von Adlern sollst du unablässig zerfleischt werden wie das Herz Ixions! Ach, weh mir, Liebste, das entsetzlichste Unglück, das unseligste Unheil, das jemals geschah, hat mich getroffen! Ich meinte dich mir zu erhalten und habe dich verloren! Ich glaubte dich noch lange, lange in ehrbarem und frohem Glück am Leben zu sehen, und nun umarme ich eine Tote und bin mit mir selbst zerfallen, entzweit mit meinem Herzen und mit meiner Zunge, daß ich nie wieder froh werden kann. O treuste und lauterste aller Frauen, die je gelebt haben! Ich bekenne mich schuldig, der treuloseste, unbeständigste, abtrünnigste aller Männer zu sein. Wie gerne möchte ich den Herzog anklagen! Auf sein Versprechen hin habe ich ihm alles anvertraut, weil ich hoffte, dadurch unser glückliches Leben weiterführen zu können. Doch, ach! ich hätte wissen müssen, daß niemand mein Geheimnis besser hüten konnte als ich selbst. Der Herzog hatte mehr Grund, sein Geheimnis seiner Gemahlin zu eröffnen, als ich hatte, ihn in das meine einzuweihen. Ich gebe nur mir allein die Schuld an der gemeinsten Niederträchtigkeit, die jemals unter Freunden begangen wurde. Ich hätte es hinnehmen müssen, daß er mich ins Wasser werfen ließ, wie er mir androhte. So hättest du, Liebste, als Witwe weiterleben können, und ich wäre eines ruhmreichen Todes gestorben, getreu dem Gesetz, das wahre Liebe gebietet. Nun aber, da ich es gebrochen habe, bleibe ich leben, und du, weil du makellos liebtest, bist tot; denn dein Herz, so rein und lauter, konnte das Wissen um die Verfehlung deines Freundes nicht überleben. O mein Gott! warum schufst du mich als einen Mann, dessen Liebe so leichtfertig und dessen Herz so dumpf und ahnungslos war? Warum hast du mich nicht als das Hündchen erschaffen, das seiner Herrin treu gedient hat? Ach, Hündchen, mein Freund, die Freude, die dein Kläffen mir bereitete, hat sich in Todestraurigkeit gewandelt, da ein anderer als wir zwei deine Stimme gehört hat. Trotzdem, Liebste, hat weder die Liebe der Herzogin noch irgendeiner andern Frau auf Erden meinen Sinn geändert, obschon mich die Böses Sinnende zu mehreren Malen darum gebeten und bedrängt hat. Doch Blindheit und Unverständnis haben mich bezwungen, glaubte ich doch, unsere Liebe für alle Zukunft sicher bewahren zu können. Aber war ich auch blind, so war ich doch nicht minder schuldig; denn ich habe das Geheimnis meiner Geliebten verraten, bin meinem Gelöbnis untreu geworden, und das ist der einzige Grund, weshalb ich sie jetzt tot vor mir liegen sehe. Ach, Liebste, mir wird der Tod nicht so grausam sein wie dir, denn deinem unschuldigen Leben hat er aus Liebe ein Ende gemacht. Ich glaube, er würde es verschmähen, an mein treuloses und unseliges Herz zu rühren; ein entehrtes Leben und die Erinnerung an den Verlust, den ich durch meine Schuld erlitten habe, sind unerträglicher als zehntausend Tode. Ach, Liebste, hätte jemand aus Mißgeschick oder Heimtücke dich zu töten gewagt, ich hätte dich ohne Zögern mit dem Degen in der Hand gerächt. Somit ist es Grund genug, daß ich dem Mörder nicht verzeihe, der deinen Tod durch eine nichtswürdigere Tat verschuldet hat, als wenn er dir einen Degenstich versetzt hätte. Wüßte ich einen gewissenloseren Henker als mich selber, ich würde ihn bitten, deinen treulosen Freund zu richten. O Liebe! durch mein weltfremdes Lieben habe ich dich beleidigt, und darum willst du mir nicht helfen, wie du ihr beigestanden bist, die alle deine Gebote gehalten hat. Das ist kein Grund, daß ich auf gleich ehrenhafte Art ende, aber Grund genug, daß es durch meine eigene Hand geschieht. Da ich mit meinen Tränen dein Antlitz genetzt und mit meiner Zunge dich um Verzeihung gebeten habe, bleibt mir nur noch übrig, mit eigener Hand meinen Leib dem deinen gleichzumachen und meine Seele dorthin zu senden, wohin auch die deine eingeht, in der Gewißheit, daß treue und ehrenhafte Liebe nie ein Ende nimmt, weder in dieser Welt noch in der andern.«

Und damit riß er sich von dem Leichnam hoch, zog wie rasend und seiner Sinne nicht mehr mächtig seinen Dolch und stieß ihn sich mit wildem Ungestüm ins Herz. Dann nahm er aufs neue seine Freundin in die Arme und küßte sie mit solcher Inbrunst, daß er eher von der Liebe als vom Tode getroffen schien.

Als die Zofe sah, wie er sich erstach, rannte sie zur Tür und schrie um Hilfe. Der Herzog hörte ihr Schreien und ahnte, daß den beiden, die er liebte, ein Unheil zugestoßen war, und er drang als erster in die Kleiderkammer ein. Als er aber das unselige Paar erblickte, versuchte er sie zu trennen, um wenn möglich, dem Edelmann das Leben zu retten. Dieser hielt aber seine Geliebte so fest umschlungen, daß man sie nicht aus seinen Armen befreien konnte, bevor er tot war. Trotzdem hörte er noch, wie der Herzog zu ihm sagte: »Ach, wer ist an alledem denn schuld?« und er antwortete ihm mit einem wutglühenden Blick: »Meine Zunge und die Eure, Herr!« Damit verschied er, das Gesicht eng an das seiner Freundin geschmiegt.

Der Herzog, der mehr zu wissen begehrte, zwang die Zofe, ihm alles zu sagen, was sie gesehen und gehört hatte. Das tat sie ausführlich, ohne ihm etwas zu ersparen. Da erkannte der Herzog, daß er an dem ganzen Unheil schuld war, und warf sich über die beiden toten Liebenden hin, küßte sie immer wieder und bat sie unter Tränen und lautem Wehklagen um Verzeihung für seine Untat. Dann sprang er wütend auf, zog den Dolch aus der Brust des Edelmanns, und wie ein Eber, der, von einem Sauspieß durchbohrt, in wilder Wut gegen den anstürmt, der ihn verwundet hat, stürzte nun der Herzog davon, um die Frau zu suchen, die ihn in tiefster Seele verletzt hatte. Er fand sie beim Tanz im Saale und fröhlicher als sonst, weil sie sich gründlich an Madame de Vergy gerächt zu haben glaubte.

Mitten im Tanz faßte sie der Herzog am Arm und sprach zu ihr: »Ihr habt das Geheimnis mit Eurem Leben verbürgt, und mit Eurem Leben sollt Ihr es jetzt büßen!« Bei diesen Worten packte er sie an den Haaren und stieß ihr den Dolch in die Kehle. Die ganze Gesellschaft war darüber so entsetzt, daß man meinte, der Herzog habe den Verstand verloren. Als er aber vollbracht, was er sich vorgenommen hatte, rief er alle seine Dienstleute im Saal zusammen und erzählte ihnen die tugendreiche und jammervolle Geschichte seiner Nichte und den schurkischen Streich, den seine Gemahlin ihr gespielt hatte; und alle, die das hörten, konnten sich der Tränen nicht erwehren.

Danach befahl der Herzog, daß seine Gattin in einer Abtei bestattet werde, die er stiftete, um wenigstens zum Teil die Sünde zu büßen, die er mit dem Mord an seiner Gemahlin begangen hatte; und ferner ließ er ein prachtvolles Grabmal errichten, in dem die Leichen seiner Nichte und des Edelmanns nebeneinander beigesetzt wurden, und eine Grabinschrift verkündete ihre tragische Geschichte.

Der Herzog aber unternahm einen Kriegszug gegen die

Türken, und Gott stand ihm bei, so daß er Ehre und reiche Beute heimbrachte. Bei seiner Rückkunft fand er seinen ältesten Sohn herangewachsen, so daß er fähig war, sein Reich zu regieren. Er überließ ihm alles und trat als Mönch in das Kloster ein, in dem seine Gattin und das Liebespaar bestattet waren, und dort verbrachte er seine alten Tage in glücklichem Einvernehmen mit Gott.

»Das, meine Damen, ist die Geschichte, die ihr mich zu erzählen gebeten habt, und ich sehe an euren Augen, daß ihr sie nicht ohne Mitgefühl angehört habt. Mir will scheinen, ihr solltet euch ein Beispiel daran nehmen und euch hüten, euer Herz an die Männer zu hängen; denn wie achtbar und tugendhaft eure Liebe auch sein mag, zum Schluß kommt immer das bittere Ende hinterdrein und arger Verdruß. Und ihr seht ja, auch Sankt Paulus will nicht, daß selbst verheiratete Leute solch große Liebe zueinander haben. Denn je liebevoller unser Herz an irdischen Dingen hängt, desto mehr entfremdet es sich der himmlischen Liebe; und je achtbarer und tugendhafter unsere Liebe ist, um so schwieriger ist das Band zu lösen, das uns eint. Darum bitte ich euch, meine Damen, betet zu Gott um seinen Heiligen Geist, durch den eure Liebe so sehr in Gottes himmlischer Liebe entflammt werden mag, daß ihr es im Sterben weniger schwer habt, das zurückzulassen, was ihr auf Erden allzusehr geliebt habt.«

»Wenn doch ihre Liebe so ehrenhaft war, wie Ihr sie uns geschildert habt«, meinte Geburon, »warum mußten sie dann solch ein Geheimnis daraus machen?«

»Weil«, erwiderte Parlamente, »die Bosheit der Menschen so maßlos ist, daß sie niemals glauben können, große Liebe vertrage sich mit Ehrbarkeit; denn sie halten Männer und Frauen für so lasterhaft, wie es ihre eignen Leidenschaften sind. Und darum ist es notwendig, daß eine Frau, die einen guten Freund außer ihren nächsten Anverwandten besitzt, mit ihm in aller Heimlichkeit Umgang pflege, wenn sie lange mit ihm verkehren will; denn die Ehre einer Frau wird gleichermaßen durchgehechelt, ob sie nun tugendhaft liebt oder sündig, dieweil man sich ja nur an das hält, was man sieht.«

»Aber«, wandte Geburon ein, »wird dieses Geheimnis einmal aufgedeckt, so denkt man nur desto Schlimmeres davon.«

»Das gebe ich zu«, erwiderte Longarine. »Darum ist es das allerbeste, man liebt überhaupt nicht.«

»Gegen diesen Spruch verwahren wir uns«, erklärte Dagoucin; »denn müßten wir denken, daß die Damen der Liebe entsagen, möchten wir Männer nicht länger leben. Ich meine jene Männer, die nur um der Liebe willen leben und die, selbst wenn sie leer ausgehen, die Hoffnung aufrecht erhält und tausend ehrenhafte Taten vollbringen läßt, bis das Alter diese ehrenwerten Leidenschaften in andere Leiden verwandelt. Wer aber glaubte, die Damen hätten der Liebe abgeschworen, der dürfte nicht länger das edle Waffenhandwerk betreiben, sondern müßte ein Krämer werden und, anstatt Ehre zu erwerben, nur noch daran denken, Geld zusammenzuraffen.«

»Sohin möchtet Ihr behaupten«, sagte Hircan, »wenn es keine Frauen gäbe, wären wir allesamt Memmen und Bösewichter? Als ob wir nur insoweit beherzt wären, als sie uns dazu machen! Ich bin aber ganz gegenteiliger Ansicht und meine, nichts schwächt Herz und Mut eines Mannes so sehr, wie wenn er die Frauen zu sehr liebt und allzu häufig mit ihnen umgeht. Aus diesem Anlaß verboten die Hebräer, daß ein Mann in dem Jahr, in dem er sich verheiratete, in den Krieg zog, weil sie fürchteten, die Liebe zu seiner Frau könnte ihn vor den Gefahren zurückschrecken lassen, die tapfere Männer eben suchen müssen.«

»Ich finde dieses Gesetz recht sinnlos«, meinte Saffredent; »denn es gibt doch nichts, was einen Mann eher aus seinem Hause forttreiben könnte als das Verheiratetsein, weil nämlich der Krieg draußen nicht unerträglicher ist als der häusliche Krieg. Ja, ich glaube, wollte man den Männern so recht Lust machen, in ferne Länder zu ziehen und nicht in ihren vier Wänden auf der Bärenhaut zu liegen, man müßte sie verheiraten.«

»Es ist wahr«, sagte Ennasuitte, »die Ehe nimmt ihnen die Sorge um ihr Haus ab, denn sie verlassen sich auf ihre Frauen und denken nur noch daran, Ehre zu erwerben, sind sie doch sicher, daß ihre Frauen schon auf ihren Nutzen bedacht sein werden.«

Da antwortete ihr Saffredent: »Wie dem auch immer sei, ich freue mich jedenfalls, daß Ihr meine Meinung teilt.«

»Aber«, warf Parlamente ein, »Ihr erwähnt gar nicht, was am beachtenswertesten ist: warum nämlich der Edelmann, der an all dem Unheil Schuld trug, nicht augenblicks vor Kummer starb wie sein unschuldiges Opfer.«

Nomerfide gab ihr darauf zur Antwort: »Weil Frauen eben tiefer lieben als Männer.«

»Nein«, erwiderte Symontault, »weil der Frauen Eifersucht und Verdruß sie umbringt, ohne daß sie wissen warum. Wohingegen die Klugheit der Männer diese veranlaßt, nach der Wahrheit zu forschen; und haben sie sie mit ihrem gesunden Verstand erkannt, beweisen sie ihr großes Herz, wie der Junker es tat, der, kaum hatte er erfahren, daß er das Unheil seiner Freundin verschuldet habe, zeigte, wie sehr er sie liebte, ohne dabei sein eigenes Leben zu schonen.«

»Jedenfalls starb sie aus wahrer Liebe«, sagte Ennasuitte; »denn ihr treues und aufrichtiges Herz konnte es nicht ertragen, so heimtückisch betrogen worden zu sein.«

»Ihre Eifersucht«, versetzte Symontault, »ließ ihre Vernunft nicht zu Worte kommen, und sie glaubte an das Schlechte, von dem ihr Freund doch wider ihren Verdacht frei war. Und somit war ihr Tod erzwungen, denn sie konnte nichts dagegen tun; er aber starb freiwillig, nachdem er sein Unrecht eingesehen hatte.«

»Die Liebe«, meinte Nomerfide, »muß doch groß sein, daß sie solchen Schmerz hervorrufen kann.«

»Nur keine Angst«, spottete Hircan, »Ihr werdet nicht an solchem Fieber sterben.«

»Ebensowenig«, gab ihm Nomerfide zurück, »wie Ihr Euch umbrächtet, nachdem Ihr Euer Unrecht erkannt hättet.«

Parlamente, die ahnte, daß der Zwist sie nahe anging, sagte lachend zu ihnen: »Es genügt, daß zwei aus Liebe gestorben sind, und es brauchen nicht noch zwei andere aus Liebe einander in die Haare zu geraten. Da höre ich auch schon die letzten Töne des Vespergeläutes, und wir müssen aufbrechen, ob's euch nun lieb ist oder nicht.«

Auf ihre Aufforderung hin erhoben sich alle und begaben sich in die Messe und vergaßen in ihren Gebeten auch nicht die Seelen der wahrhaft Liebenden, für welche die Mönche aus freien Stücken ein *De Profundis* sprachen.

Und solange das Nachtmahl währte, sprachen sie von nichts anderem als von Madame de Vergy. Nachdem sie sich darauf gemeinsam noch ein bißchen die Zeit vertrieben hatten, zog sich jeder in seine Kammer zurück, und so beschlossen sie den siebenten Tag.

Washington Irving

Die Frau

Ich hatte oft Gelegenheit, die Seelenkräfte zu beobachten, mit denen Frauen die schwersten Schicksalsschläge ertragen. Jene Katastrophen, an welchen der Geist eines Mannes zerbricht, welche ihn hinstrecken in den Staub, scheinen alle Energien des schwachen Geschlechtes wachzurufen und im Wesen der Frau solche Unerschrockenheit und solche Würde zu wecken, daß sie gleichsam an Erhabenheit grenzen. Es gibt nichts Ergreifenderes, als ein sanftmütiges, zartes Weib, das, solange es auf der Sonnenseite des Lebens wandelte, ganz Schwäche und Abhängigkeit und für die geringste Unbill empfänglich gewesen war, plötzlich aufstehen zu sehen, um im Unglück Trösterin und Stütze des Gatten zu sein und unerschütterlich den Stürmen des Schicksals zu trotzen.

Wie bei der Schlingpflanze, die lange ihr anmutiges Blattwerk um die Eiche windet und von dieser in die Sonne gehoben wird, die aber, wenn den Baum der Blitz trifft, ihre liebkosenden Ranken um das zerschmetterte Geäst stützend schlingt, so hat es die Vorsehung auch wunderbar eingerichtet, daß die Frau, nur Abhängigkeit und Zierde des Mannes in seinen glücklichen Stunden, sein Trost und Halt wird, wenn ihn plötzliches Unheil heimsucht; sie windet sich sanft in die zerklüfteten Tiefen seines Wesens, stützt zärtlich das geneigte Haupt, umbindet das gebrochene Herz.

Ich beglückwünschte einmal einen Freund, um den sich eine blühende, von tiefster Zuneigung verbundene Familie scharte. »Ich kann dir kein besseres Los wünschen«, sagte er voll Begeisterung, »als Frau und Kinder zu haben. Bist du glücklich, sind sie da, dein Glück zu teilen; bist du es nicht, sind sie da, dich zu trösten.« Und ich habe in der Tat festgestellt, daß ein verheirateter Mann, wenn ihn ein Unglück trifft, seine Stellung in der Welt leichter wiedererlangt als ein unverheirateter; zum Teil, weil er durch die Bedürfnisse der hilflosen und geliebten Wesen, die auf Gedeih und Verderb mit ihm verbunden sind, zur Tat gedrängt wird; vor allem jedoch, weil sein Gemüt durch häusliche Zärtlichkeit besänftigt und beschwichtigt wird und er seine Selbstachtung nicht verliert, denn er weiß, daß es für ihn, wenn draußen auch alles Dunkelheit und Erniedrigung ist, zu Hause eine kleine Welt der Liebe gibt, deren König er bleibt. Der Unverheiratete dagegen gerät viel eher in Gefahr, ins Verderben zu laufen, der Selbstanzweiflung anheim zu fallen; er glaubt sich einsam und von allen verlassen, und sein Herz verfällt wie ein Haus, in dem niemand wohnt.

Diese Beobachtungen rufen mir eine kleine Familiengeschichte ins Gedächtnis, die ich einst miterlebte. Mein guter Freund Leslie hatte ein schönes, feingebildetes Mädchen geheiratet, das in einer Welt gepflegten Lebensstils aufgewachsen war. Sie besaß wohl kein Vermögen, mein Freund dafür um so mehr; und er schwelgte in dem Gedanken, sie in alle die eleganten Dinge zu hüllen und allen ihren Liebhabereien und Launen nachzugeben, die dem weiblichen Geschlecht den Zauber verleihen. – »Ihr Leben«, sagte er, »soll wie ein Märchen sein.«

Schon der Unterschied in den Naturen der beiden machte sie zu einem harmonischen Paar. Er war von schwärmerischem, ein wenig ernstem Wesen; sie dagegen war ganz Lebendigkeit und Frohsinn. Ich habe oft bemerkt, wie er sie in einer Gesellschaft, deren Seele und Freude sie durch ihre Munterkeit war, mit stummem Entzücken betrachtete, und wie ihre Augen beim größten Beifall sich nur ihm zuwandten, als suche sie bei ihm allein Gunst und Anerkennung. Stützte sie sich auf seinen Arm, so stand ihre schlanke Gestalt in feinem Gegensatz zu seiner großen, männlichen Figur. Der liebevolle, vertrauende Blick, mit dem sie zu ihm aufsah, schien jubelnden Stolz und warme Zärtlichkeit in ihm zu wecken, als liebe er seine reizende Last gerade wegen ihrer Hilflosigkeit. Nie beschritt ein Paar den blumigen Pfad einer jungen, wohlfundierten Ehe mit mehr Ausssicht auf Glück.

Zu seinem großen Unglück hatte sich mein Freund jedoch mit dem ganzen Vermögen auf Spekulationen eingelassen; er war erst wenige Monate verheiratet, als er es durch eine Folge von Katastrophen verlor und plötzlich zum armen Mann wurde. Eine Zeitlang behielt er seine mißliche Lage für sich, er ging mit verstörtem Gesicht und gebrochenem Herzen umher. Sein Leben war nur noch eine endlose Qual und wurde noch unerträglicher dadurch, daß er sich gezwungen sah, in Gegenwart seiner Frau eine lächelnde Miene zur Schau zu tragen; denn er brachte es nicht fertig, ihr die vernichtende Mitteilung zu machen. Sie jedoch sah mit dem aufmerksamen Auge der Liebe, daß es um ihn nicht gut stand. Sie bemerkte sein verändertes Aussehen, seine unterdrückten Seufzer und ließ sich durch seine matten Versuche, fröhlich zu sein, nicht täuschen. Sie wandte ihre ganze Munterkeit und schmeichelnde Zärtlichkeit auf, um ihn dem Glück zurückzugewinnen; aber sie trieb den Pfeil nur noch tiefer in sein Herz. Je mehr Grund er fand, sie zu lieben, desto größere Qual bereitete ihm der Gedanke, daß er sie bald unglücklich machen würde. Eine kurze Weile noch, dachte er, und das Lächeln wird von ihren Wangen schwinden, der Gesang auf ihren Lippen ersterben, das Strahlen der Augen im Kummer ertrinken; und das fröhliche Herz, das jetzt so unbeschwert in ihrem Busen schlägt, wird gleich dem meinigen zerdrückt werden von den Sorgen und Nöten der Welt.

Eines Tages schließlich kam mein Freund zu mir und enthüllte mir seine Lage im Tone tiefster Verzweiflung. Als er geendet hatte, fragte ich ihn: »Weiß deine Frau das alles?« – Bei meinen Worten brach er in schmerzvolle Tränen aus. »Um Gottes willen«, rief er, »wenn du Mitleid mit mir hast, erwähne meine Frau nicht; der Gedanke an sie ist es ja, der mich fast wahnsinnig macht!«

»Warum?« sprach ich. »Sie muß es früher oder später doch erfahren, du darfst es nicht länger vor ihr verbergen; denn die Kunde von deinem Verlust könnte auf erschreckendere Weise über sie hereinbrechen, als wenn du sie ihr selbst bringst. Die Worte jener, die wir lieben, mildern die grausamste Botschaft. Außerdem beraubst du dich ihres tröstenden Mitgefühls; und nicht nur das, du gefährdest die einzigen Bande, die zwei Herzen zusammenhalten können – uneingeschränkte Gemeinsamkeit von Denken und Fühlen. Sie wird bald spüren, daß etwas an dir zehrt. Wahre Liebe duldet keine Heimlichkeiten, sie fühlt sich sonst unterschätzt und beleidigt, auch wenn der Geliebte sie vor Sorgen bewahren will.«

»Ach, Freund, bedenke doch, was für einen Schlag ich all ihren Zukunftsträumen versetzen, wie ich ihre Seele zu Boden strecken werde, wenn ich ihr sage, daß ihr Gatte ein Bettler ist! Daß sie auf alle Annehmlichkeiten des Lebens, auf alle Vergnügungen der Gesellschaft verzichten, mit mir in Armut und Vergessenheit sinken muß! Ihr zu sagen, daß ich sie herausgerissen habe aus der Atmosphäre, in der sie weiterhin fröhlich hätte leben können – das Licht eines jeden Auges, die Freude eines jeden Herzens! Wie kann sie die Armut ertragen? Sie ist in Luxus aufgewachsen. Wie kann sie Vernachlässigung ertragen? Sie war das Idol der Gesellschaft. Oh, es wird ihr das Herz brechen – es wird ihr das Herz brechen!«

Ich sah, daß sein Gram sich Ausdruck verschaffte, und ließ seinem Herzen freien Lauf; denn Kummer wird durch Worte gelindert. Als sein Anfall abgeflaut und er in düsteres Schweigen versunken war, griff ich das Thema behutsam wieder auf und drängte ihn, seiner Frau sofort alles zu gestehen. Er senkte traurig, doch bejahend den Kopf.

»Wie willst du es denn vor ihr verbergen? Sie muß es wissen, damit du die notwendigen Schritte unternehmen kannst, die deiner veränderten Lage angemessen sind. Du mußt deinen Lebensstil ändern... Nein«, ich sah, wie sich sein Gesicht vor Qual verzog, »laß dich dadurch nicht betrüben. Ich bin sicher, daß du dein Glück nie auf Äußerlichkeiten aufbautest – du hast immer noch Freunde, aufrichtige Freunde, die nicht geringer von dir denken werden, wenn du weniger prächtig wohnst; und es bedarf bestimmt keines Palastes, um mit Mary glücklich zu sein...«

»Ich könnte mit ihr in einem Schuppen glücklich sein«, stieß er hervor. »Ich könnte mit ihr in Armut sinken, in den Staub! – Ich könnte – ich könnte... Gott segne sie! Gott segne sie!« rief er, von Kummer und Zärtlichkeit überwältigt.

»Und glaube mir, Leslie«, sprach ich, seine Hand er-

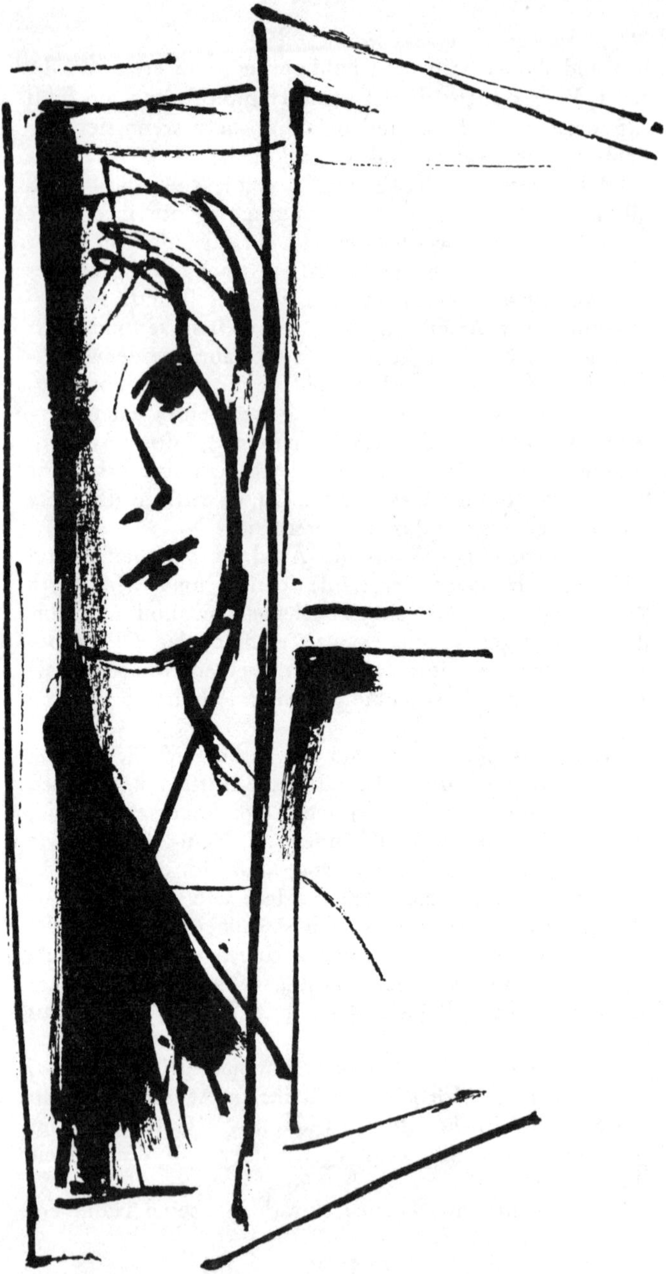

greifend, »glaube mir, sie kann es auch mit dir. Ja, mehr noch: deine Armut wird für sie ein Quell des Stolzes und des Triumphes sein, wird alle Energien in ihr wecken und glühendes Mitgefühl; denn sie wird freudig beweisen, daß sie dich um deiner selbst willen liebt. Im Herzen jeder echten Frau glimmt ein Funke himmlischen Feuers, der im hellen Tageslicht des Glückes unsichtbar bleibt, der aber auflodert in der dunklen Stunde der Not und leuchtet und strahlt. Kein Mann wußte, was die Frau seines Herzens ist, was für ein Schutzengel, bevor er nicht mit ihr durch das brennende Leid dieser Welt ging.«

An meiner ernsten Art und meiner blumigen Rede war etwas, das den erregten Geist Leslies gefangennahm. Ich kannte ja meinen Zuhörer; ich benützte nun den Eindruck, den ich auf ihn gemacht, und überredete ihn, nach Hause zu gehen und seiner Frau das Herz auszuschütten.

Ich muß gestehen, daß ich trotz allem, was ich gesagt hatte, etwas in Sorge über die Folgen war. Wer kann schon die Seelenstärke eines Menschen ermessen, dessen Leben eine Kette von Vergnügungen gewesen war? Ihr fröhliches Gemüt könnte zurückschrecken von dem dunklen, abwärts führenden Weg der Erniedrigung, der sich plötzlich vor ihr auftat, ihre Seele könnte sich an die sonnigen Gefilde klammern, in denen sie bislang geschwelgt hatte. Außerdem bringt gesellschaftlicher Ruin stets bittere Demütigungen mit sich, die der Schicht, aus der sie entstammte, vollkommen fremd waren. – Kurz und gut, ich konnte Leslie am nächsten Morgen nicht ohne leichte Beunruhigung gegenübertreten. Er hatte sich seiner Frau anvertraut.

»Und wie nahm sie es auf?«

»Wie ein Engel! Sie schien sogar erleichtert zu sein, denn sie legte mir die Arme um den Hals und fragte, ob dies alles sei, was mich in letzter Zeit so unglücklich gemacht habe. – Armes Mädchen«, fügte er hinzu, »sie kann die Veränderungen nicht ermessen, denen wir uns unterziehen müssen. Sie hat nur eine abstrakte Vorstellung von der Armut; sie hat in Gedichten davon gelesen, wo Armut stets mit Liebe verbunden ist. Noch entbehrt sie nichts, keine der gewohnten Bequemlichkeiten und Annehmlichkeiten. Wenn wir die wirklichen Sorgen der Armut erfahren, ihre erbärmliche Bedürftigkeit, ihre Erniedrigungen – erst dann beginnt das Leid.«

»Nun«, meinte ich, »nachdem du das Schwerste, es ihr zu sagen, hinter dir hast, solltest du der Welt das Geheimnis enthüllen, je eher, desto besser. Die Bekanntgabe mag demütigend sein; aber sie ist eine einmalige Qual und bald vorüber. Unterläßt du sie, so leidest du jede Stunde des Tages, weil du sie noch vor dir hast. Nicht die Armut ist es, die einen ruinierten Mann quält, sondern der Zwang zur Verstellung – der Kampf zwischen einem stolzen Geist und einer leeren Börse –, das Wahren eines Scheins, der bald ein Ende finden muß. Habe den Mut, dich zu deiner Armut zu bekennen, und du nimmst ihr den bittersten Stachel.« Dazu war Leslie sofort bereit. Er selbst kannte keinen falschen Stolz, und seine Frau war nur zu bestrebt, sich den veränderten Vermögensverhältnissen anzupassen.

Einige Tage später suchte er mich des Abends auf. Er hatte seinen Wohnsitz veräußert und ein kleines Häuschen auf dem Land, einige Meilen vor der Stadt, erstanden. Den ganzen Tag war er damit beschäftigt gewesen, Möbel hinauszusenden. Für die neue Einrichtung benötigte er wenig und nur Dinge einfachster Art. Die prächtigen Möbel aus seinem Stadthaus waren alle verkauft worden, nur die Harfe seiner Frau nicht. Diese, sagte er, sei zu eng mit seiner Vorstellung von ihr verbunden; sie gehörte zu der kleinen Geschichte ihrer Liebe, denn die wohl köstlichsten Minuten in der Zeit seiner Werbung um sie waren jene gewesen, in denen er sich neben ihr über das Instrument geneigt und ihrer weichen Stimme gelauscht hatte. Ich konnte nicht umhin, über dieses Beispiel romantischer Galanterie eines verliebten Gatten zu lächeln.

Er war nun auf dem Weg zu dem Häuschen, wo seine Frau seit dem frühen Morgen beim Einrichten Aufsicht geführt hatte. Ich war von einem lebhaften Interesse für den Fortgang der Geschichte der beiden erfaßt worden und erbot mich, da der Abend schön war, ihn zu begleiten.

Er war erschöpft von den Mühen des Tages und versank in düstere Gedanken, als er so dahinschritt.

»Arme Mary!« seufzte er schließlich.

»Warum?« fragte ich. »Ist ihr etwas zugestoßen?«

»Was?!« rief er, mir einen ungeduldigen Blick zuwerfend. »Ist es nichts, in eine so erbärmliche Lage gebracht, in eine elende Hütte gesperrt zu werden, gezwungen zu sein, sich in der armseligen Behausung mit den niedrigsten Arbeiten abzuplagen?«

»Hat sie also geklagt über die Veränderung?«

»Geklagt? Sie war nichts als liebenswürdig und guter Stimmung. Ja, sie schien sogar besserer Laune zu sein, als ich je erlebt habe; mir gegenüber war sie eitel Liebe, Zärtlichkeit und Trost!«

»Bewundernswertes Mädchen!« rief ich. »Du nennst dich arm, mein Freund; du warst nie so reich – du kanntest den unermeßlichen, edlen Schatz nicht, den du in dieser Frau besitzest.«

»Ach, Freund, wenn nur die erste Begegnung in der Kate vorüber wäre! Ich glaube, danach werde ich ruhiger sein. Heute ist der Tag ihrer wirklichen Begegnung mit der Armut; sie wurde in eine bescheidene Wohnung geführt – sie war den ganzen Tag damit beschäftigt, die ärmlichen Einrichtungsgegenstände zu stellen, sie hat zum erstenmal die Mühen häuslicher Arbeit erfahren, sie mußte sich zum erstenmal mit einem jeder Eleganz, ja beinahe jeder Bequemlichkeit baren Heim vertraut machen; vielleicht sitzt sie nun da und sinnt erschöpft und mutlos über die Aussichten eines Lebens in Armut.«

Das Bild, das er hier malte, wirkte so überzeugend, daß ich nicht widersprechen konnte. Wir gingen schweigend weiter.

Als wir von der Hauptstraße in einen schmalen Pfad eingebogen waren, der von Waldbäumen so tief beschattet war, daß er vollkommen abgesondert schien, erblickten wir das Häuschen. Es war bescheiden genug, einen jeden Idyllendichter zu befriedigen; dennoch bot es einen freundlich-ländlichen Anblick. Wilder Wein bedeckte die eine Seite mit üppigem Laub, einige Bäume reckten anmutig die Äste darüber; und ich bemerkte Blumenstöcke, die geschmackvoll bei der Tür und auf dem Grünfleck davor aufgestellt waren. Eine kleine Pforte nahm den Fußweg auf, der sich durch Gebüsch zur Tür wand. Als wir näherkamen, vernahmen wir plötzlich Musik. Leslie faßte mich am Arm; wir blieben stehen und lauschten. Es war Marys Stimme, sie sang mit rührender Einfachheit eine kleine Weise, die ihr Gemahl besonders liebte.

Ich fühlte, wie Leslies Hand auf meinem Arm zitterte. Er trat vor, um besser zu hören. Sein Fuß verursachte auf dem Kiesweg ein leises Geräusch; da erschien im Fenster ein strahlendes, schönes Gesicht und verschwand wieder. Leichte Schritte – und Mary eilte uns entgegen. Sie trug ein hübsches, weißes Kleid von ländlichem Schnitt; in ihr feines Haar waren Feldblumen geflochten; auf ihren Wangen lag ein rosiger Schimmer; ein strahlendes Lächeln erhellte ihr Gesicht – nie zuvor hatte sie so bezaubernd ausgesehen.

»Mein lieber George«, rief sie, »ich bin so froh, daß du kommst. Ich habe mir fast die Augen ausgeschaut nach dir, bin den Weg hinuntergelaufen, um zu sehen, ob du noch nicht kämest. Ich habe unter dem prächtigen Baum hinterm Haus den Tisch gedeckt und die köstlichsten Erdbeeren für dich gesammelt, weil ich weiß, daß du sie gern ißt. Wir haben vorzügliche Sahne. Und alles ist so friedlich und still hier. Oh!« rief sie, legte ihren Arm in den seinen und sah strahlend zu ihm auf. »Wir werden so glücklich sein!«

Der arme Leslie war überwältigt. Er schloß sie in die Arme, küßte sie wieder und wieder. Er konnte nicht sprechen, Tränen standen in seinen Augen. Und er versicherte mir später oft, daß er, obwohl ihm seither in der Welt Erfolg beschieden und sein Leben wahrhaft glücklich gewesen war, nie einen Augenblick größerer Glückseligkeit gekannt habe.

Giovanni Battista Giraldi-Cintio

Der Mohr und Disdemona

Es lebte einst in Venedig ein sehr tapferer Maure oder Mohr, der sich durch Einsatz seiner Person und durch die Bezeigung herzhafter Geistesgegenwart im Kriege ausgezeichnet hatte und deshalb von den regierenden Herren – die bei der Belohnung trefflicher Taten von je alle übrigen Staaten hinter sich gelassen haben – höchlichst geschätzt wurde. Nun aber geschah es, daß eine tugendhafte Dame von wundersamer Schönheit, Disdemona geheißen, nicht von weiblicher Sinnlichkeit getrieben, sondern von den glänzenden Eigenschaften des Mohren angezogen, sich in ihn verliebte, und daß er, von der Schönheit und der edlen Denkweise der Dame besiegt, gleichermaßen für sie entflammte. Der Gott der Liebe war ihnen so günstig gesonnen, daß die beiden sich ehelich verbanden, obwohl die Eltern der Dame alles taten, was sie vermochten, um ihr einen anderen Gemahl ein- und diesen auszureden. Aber solange sie in Venedig weilten, lebten sie in solcher Eintracht und Friedsamkeit zusammen, daß nur Liebesworte zwischen ihnen gewechselt wurden.

Nun aber ließen die Regierenden Venedigs ihre auf Zypern eingesetzten Truppen ablösen und ernannten den Mohren zum Befehlshaber der dorthin entsandten Soldaten; dieser war zwar erfreut über die ihm zuteilgewordene Ehre, ›weil eine so hohe Dienststellung für gewöhnlich nur Männern übertragen wird, die von Adel sein, als tapfer und treu befunden werden und hohe Verdienste aufweisen mußten‹, aber seine gute Stimmung wurde herabgemindert, wenn er die Länge und Beschwerlichkeit der Reise bedachte und sich Sorgen machte, daß Disdemona sie vielleicht scheuen werde. Die Dame jedoch, deren höchstes Gut auf dieser Erde der Mohr war, empfand hohe Genugtuung ob der Auszeichnung, die ihr Gemahl von einem so hohen und mächtigen Staatswesen empfangen hatte, und vermochte kaum die Stunde abzuwarten, zu der ihr Gemahl mit seiner Mannschaft sich auf die Reise begab und sie ihn auf einen so ehrenvollen Posten begleiten konnte, aber es schuf ihr Kummer, den Mohren in trüber Stimmung zu sehen. Da sie die Ursache nicht wußte, fragte sie ihn eines Tages bei der Mahlzeit: »Woher kommt es, Mohr, daß Ihr, dem die Regierung eine so hohe Ehre erwiesen hat, so schwermütig seid?«

Darauf erwiderte der Mohr: »Die Freude über die empfangene Ehre wird mir getrübt durch meine Liebe zu dir, weil ich die Notwendigkeit erblicke, daß von zwei Dingen eines geschehen muß: entweder, daß ich dich mit mir den Gefahren des Meeres aussetze, oder daß ich dich, um dir diese Unbequemlichkeit zu ersparen, in Venedig zurücklasse. Das erste würde schwer auf mir lasten, weil jede Mühsal, die du zu ertragen hättest, und jede Gefahr, der wir ausgesetzt wären, mir eine sehr schwere Bürde bedeuten würden; das zweite, dich hier zu lassen, würde mich mir selbst verhaßt machen, denn wenn ich mich von dir trennte, würde ich mich von meinem Leben trennen.«

Auf diese Worte hin sagte Disdemona: »O mein Gemahl, was für Gedanken wälzt Ihr in Eurer Seele? Wie könnt Ihr Euch durch solcherlei Dinge beunruhigen? Ich will mit Euch kommen, wohin Ihr auch geht, und müßte ich im Hemde das Feuer durchschreiten, so wie ich jetzt in einem sicheren, wohlgeleiteten Schiff mit Euch durchs Wasser fahre. Und möge es dabei auch Gefahr und Mühsal geben, so will ich nicht abseits stehen; auch würde ich mich von Euch nur wenig geliebt glauben, ließet Ihr mich nicht gemeinsam mit Euch übers Meer fahren, sondern einsam in Venedig zurückbleiben, als seiet ihr überzeugt, ich befände mich hier in größerer Sicherheit, als wenn ich mich mit Euch derselben Gefahr aussetzte. Darum begebt Euch auf die Reise mit der Fröhlichkeit, die der Euch verliehene hohe Rang verdient.« Darauf schlang der von Herzen erfreute Mohr den Arm um den Hals der Gattin und sagte mit einem herzlichen Kusse zu ihr: »Gott erhalte uns lange in diesem liebenden Einverständnis, meine geliebte Frau.« Und binnen kurzem beendete er seine Vorbereitungen, brachte alles mit der Reise Zusammenhängende in Ordnung, bestieg mit seiner Dame und seiner gesamten Mannschaft die Galeere, gab die Segel dem Winde preis und stach in See. Die Überfahrt war alles in allem ruhig, und sie gelangten nach Zypern.

Er hatte unter seinen Leuten einen Fähnrich von ausnehmend schönem Äußeren, jedoch von so ruchlosem Charakter, wie er nur je einem Menschen auf dieser Erde zuteil geworden ist. Jener war dem Mohren sehr lieb, der natürlich von der Bosheit des anderen nichts ahnte, denn mochte er gleich ein niederträchtiges Herz besitzen, so wußte er nichtsdestoweniger die Niedertracht, in der sein Herz gefangen war, hinter stolzen Worten und seinem guten Aussehen zu verbergen, das ihn einem Hektor oder Achill gleichsehen ließ. Dieser Nichtswürdige hatte ebenfalls seine Frau mit nach Zypern genommen, die schön, sittsam und jung war, und da sie gleichfalls aus Italien stammte, hatte die Gemahlin des Mohren sie liebgewonnen und verbrachte den größten Teil des Tages mit ihr. Unter den Gefolgsleuten des Mohren befand sich überdies ein Scharführer, den der Mohr hochschätzte. Dieser kam oft in des Mohren Haus und aß mit ihm und seiner Gemahlin. Da die Dame ihn bei ihrem Gemahl in so hoher Gunst wußte, ließ sie ihm gleichfalls Beweise größten Wohlwollens zuteil werden – sehr zur Zufriedenheit des Mohren. Der schurkische Fähnrich nun aber vergaß der Treue, die er seiner Gattin schuldig war, sowie der Freundschaft, Ergebenheit und Pflicht gegenüber dem Mohren. Er verliebte sich über die Maßen glühend in Disdemona und richtete all sein Trachten darauf, wie es ihm gelingen könne, ihrer zu genießen. Er wagte jedoch nicht, seinem Verlangen Worte zu verleihen, denn er fürchtete, wenn der Mohr davon hörte, so würde er ihn auf der Stelle umbringen. Daher suchte er auf mannigfache Weise, wenngleich so verstohlen wie nur möglich, der Dame anzudeuten, daß er sie liebe; sie jedoch, deren Sinnen einzig dem Mohren galt, dachte weder an den Fähnrich noch an einen anderen. Alles was dieser unternahm, um ihre Liebesglut zu entzünden, blieb ohne Wirkung und brachte ihn ihr nicht nahe. Daher bildete er sich ein, ihre Ablehnung müsse darin begründet sein, daß sie den Scharführer liebte, und trachtete danach, diesen ihren Augen fernzuhalten. Dabei ließ er es jedoch nicht bewenden, sondern wandelte die Liebe, die er der Dame entgegenbrachte, in bittersten Haß. Er überlegte hin und her, wie er den Scharführer umbringen könnte, wenn er selber ihrer nicht genießen durfte, und wie er auch den Mohren daran hindern könnte, daß dieser ihrer genösse. Er ließ sich verschiedene Schurkenstücke und Übeltaten durch den Kopf gehen und beschloß schließlich, sie bei ihrem Mann des Ehebruchs zu bezichtigen und zu behaupten, der Scharführer sei der Ehebrecher; da er jedoch um die ungewöhnliche Liebe des Mohren zu Disdemona und um seine Freundschaft zum Scharführer wußte, war er sich klar darüber, daß er mit großer Schlauheit und abgefeimter List zu Werke gehen mußte, wenn er ihm das eine oder andere einreden wollte. Er verlegte sich also aufs Warten, bis Zeit und Gelegenheit ihm den Weg zu einer so ausgemachten Schurkerei öffnen würde. Es dauerte auch nicht lange, bis der Mohr den Scharführer seiner Dienststellung enthob, da dieser während des Wachdienstes den Degen gegen einen Soldaten gezogen und diesen verwundet hatte; das ging Disdemona sehr nahe, und sie versuchte oftmals, ihren Gemahl mit jenem zu versöhnen. Damals sagte der Mohr dem schurkischen Fähnrich, seine Gemahlin liege ihm wegen des Scharführers so beharrlich in den Ohren, daß er ihn wohl notgedrungen wieder in seinen Rang werde einsetzen müssen. Dies lieferte dem bösen Menschen einen Anlaß zur Durchführung seines tükkischen Vorhabens, und er sagte: »Vielleicht hat Disdemona eine Ursache, ihn gern bei sich zu sehen.« – »Und welche wäre das?« fragte der Mohr. »Ich will nicht Mann und Frau entzweien«, erwiderte der Fähnrich, »aber wenn Ihr Eure Augen offenhaltet, so werdet Ihr selber es sehen.« Trotz der Beharrlichkeit, die der Mohr bekundete, wollte der Fähnrich sich nicht weiter äußern; aber seine Worte ließen einen so scharfen Stachel in der Seele des Mohren zurück, daß er an nichts dachte, als was jene Worte wohl bedeuten möchten, und darüber ganz schwermütig wurde.

Als daher seine Frau eines Tages abermals versuchte, seinen Zorn wider den Scharführer zu sänftigen und ihn zu bitten, er möge nicht die Dienstwilligkeit und Freundschaft so vieler Jahre um eines kleinen Vergehens willen vergessen, zumal da zwischen dem verwundeten Soldaten und dem Scharführer inzwischen Friede geschlossen worden sei, geriet der Mohr in Zorn und sagte zu ihr: »Es ist erstaunlich, Disdemona, daß du so großen Anteil an jenem nimmst; dabei ist er weder dein Bruder noch einer deiner Verwandten, daß er dir so sehr am Herzen liegen könnte.« Die Dame sagte wohlerzogen und demütig: »Ich möchte nicht, daß Ihr mir zürnet; mich bewegt nichts anderes, als daß es mich schmerzt, Euch eines so lieben Freundes beraubt zu sehen, wie es, Euerm eigenen Zeugnis gemäß, der Scharführer gewesen ist. Er hat keinen so schweren Fehl begangen, daß er soviel Haß verdient hätte. Allein ihr Mohren seid von Natur so hitzig, daß schon ein Geringes euch zu Zorn und Rache anstachelt.« Über diese Worte geriet der Mohr in noch heftigere Wut und entgegnete: »Das könnte manch einer erfahren, der nicht darauf gefaßt ist; ich werde Kränkungen, die mir zugefügt werden, rächen, bis ich satt bin.« Die Dame war ob dieser Wut tief erschrocken; und da sie wider seine Gewohnheit den Gatten gegen sich zornerhitzt sah, sagte sie demütig: »Nichts als gute Absicht hat mich bewogen, zu Euch davon zu sprechen; doch um Euch künftig nicht wieder in Zorn gegen mich zu versetzen, will ich Euch nie mehr davon reden.«

Nun der Mohr gesehen, daß seine Gattin abermals Forderungen zugunsten des Scharführers gestellt hatte, bildete er sich ein, die Worte, die er den Fähnrich hatte äußern hören, könnten nichts anderes bedeuten, als daß Disdemona in den Scharführer verliebt sei, und so begab er sich von Trübsinn erfüllt zu jenem Ruchlosen und begann ihn zum offenen Reden anzustacheln. Der auf das Verderben der unseligen Dame erpichte Fähnrich tat zunächst, als wolle er nichts sagen, was dem Mohren mißfallen könne, gab sich jedoch schließlich durch dessen Bitten besiegt und sagte: »Ich kann nicht leugnen, obwohl es mir unglaublich schwerfällt, daß ich Euch etwas sagen muß, das Euch über die Maßen unangenehm sein dürfte; aber da Ihr es nun einmal wissen wollt, und die Sorge, die ich Eurer Ehre als der meines Herrn schuldig bin, mich zudem dazu antreibt, es Euch zu sagen, so will ich Eurer Forderung und meiner Schuldigkeit jetzt willfahren. Ihr sollt also wissen, daß Eurer Dame aus keinem anderen Grunde die Ungnade, darin der Scharführer sich befindet, so nahe geht, als weil sie sich darin gefällt, mit ihm zu scherzen, sooft er in Euer

Haus kommt; Eurer Schwärze ist sie nämlich seit langem
überdrüssig.« Diese Worte drangen dem Mohren bis in
die tiefsten Wurzeln seines Herzens; aber um noch mehr
zu erfahren (obwohl er für wahr hielt, was der Fähnrich
ihm gesagt hatte, da in seiner Seele schon ein Verdacht
geboren worden war), sagte er mit finsterer Miene: »Ich
weiß nicht, was mich davon abhält, dir die kühne Zunge
abschneiden zu lassen, die sich erdreistet hat, etwas so
Infames von meiner Dame zu behaupten.« Da sagte der
Fähnrich: »Ich war mir, Capitano, für meinen Liebesdienst
keines andern Lohnes gewärtig; doch da mich die Pflicht
und der Eifer für Eure Ehre schon so weit geführt hat, sage
ich Euch noch einmal, daß die Sache so ist, wie Ihr sie
vernommen habt, und wenn die Dame durch geheuchelte
Liebe Euch den Blick getrübt hat, so daß Ihr nicht gesehen
habt, was Ihr hättet sehen müssen, steht darum nicht minder fest, daß ich Euch die Wahrheit sagte. Denn der Scharführer selber hat es mir gesagt, da er dem Anschein nach
sein Glück für unvollkommen hielt, solange kein anderer
dessen Mitwisser sei.« Und er fügte noch hinzu: »Und hätte
ich nicht Euern Zorn gefürchtet, so hätte ich ihm nach seinem
Bekenntnis den verdienten Lohn gegeben und ihn getötet.
Weil jedoch die Mitteilung einer Tatsache, die Euch vor
allem angeht, mir eine so unangemessene Belohnung ein-
getragen hat, wollte ich, ich wäre stumm geblieben, denn
hätte ich geschwiegen, so wäre mir Eure Ungnade nicht
zuteil geworden.« Darauf sagte der Mohr in tiefem Gram:
»Wenn ich nicht mit eigenen Augen sehen kann, was du mir
berichtet hast, so sollst du selber wünschen, daß du stumm
geboren wärest.« »Diesen Anblick hätte ich Euch leicht
verschaffen können«, sagte der Bösewicht noch, »solange
jener zu Euch ins Haus kam; jetzt indessen, da Ihr ihn
ohne zwingenden Grund und einer geringfügigen Ursache
wegen verjagt habt, läßt sich der Beweis nur unter Schwierigkeiten erbringen, denn wenn ich auch annehme, daß
er Disdemona genießt, wann immer Ihr ihm dazu Gelegenheit gebt, fängt er es jetzt sicherlich vorsichtiger an,
da er ja weiß, daß er Euch nunmehr – im Gegensatz zu
früher – verhaßt ist. Aber trotzdem gebe ich noch nicht
die Hoffnung auf, Euch vor Augen zu führen, was Ihr mir
nicht glauben wollt.«

Und nach diesen Worten trennten sie sich. Wie von dem schärfsten aller Pfeile getroffen, ging der unselige Mohr nach Hause und wartete auf das Nahen des Tages, da der Fähnrich ihm vor Augen führen würde, was ihn für alle Zeit unglücklich machen mußte. Aber nicht minder von Sorgen belastet war der verfluchte Fähnrich ob der Keuschheit, deren, wie er wußte, die Dame sich befleißigte, und derentwegen es ihn unmöglich dünkte, dem Mohren seine falschen Anschuldigungen glaubhaft zu machen; der Schurke erging sich in mannigfachen Überlegungen und verfiel schließlich auf eine neue Bosheit. Wie schon gesagt, ging die Gattin des Mohren häufig in das Haus der Gattin des Fähnrichs und verbrachte bei ihr einen guten Teil des Tages; und da dem Fähnrich auffiel, daß sie in jenen Stunden ein Taschentuch mit sich führte, von dem er wußte, daß der Mohr es ihr geschenkt habe – dieses Taschentuch war auf maurische Art äußerst zierlich gearbeitet und der Dame wie auch dem Mohren teuer –, so verfiel er auf den Gedanken, es ihr heimlich zu entwenden und sie dadurch ins Verderben zu stürzen. Er besaß eine kleine Tochter von drei Jahren, die Disdemona sehr lieb hatte. Eines Tages, als die unselige Dame in das Haus des Schurken kam, um dort zu verweilen, nahm er das kleine Mädchen auf den Arm und setzte es der Dame auf den Schoß; sie nahm es und drückte es an die Brust. Da zog der Schurke, der sich vortrefflich auf Taschenspielerstücke verstand, ihr das Taschentuch so geschickt aus dem Gürtel, daß sie dessen nicht gewahr wurde, und trat dann hocherfreut von ihr weg. Die ahnungslose Disdemona ging wieder heim, ohne das Taschentuch zu vermissen, da sie andern Gedanken nachhing. Doch als sie es nach einigen Tagen suchte und nicht fand, überkam sie große Angst, daß der Mohr sie danach fragen möchte, wie er es häufig zu tun pflegte. Der schurkische Fähnrich jedoch nahm einen gelegenen Zeitpunkt wahr, ging zu dem Scharführer und ließ mit tückischer Bosheit das Taschentuch auf dem Kopfende des Bettes zurück. Der Scharführer nahm das Tuch erst am folgenden Morgen wahr; denn er trat, als er sich aus dem Bett erhob, mit dem Fuße auf das zu Boden gefallene Taschentuch. Er vermochte sich nicht vorzustellen, wie es in sein Haus gekommen war, denn er erkannte es als Disdemonas

Eigentum. Er beschloß sogleich, es ihr zurückzuerstatten, wartete aber damit, bis der Mohr aus dem Hause gegangen war; dann ging er zur Hintertür und pochte.

Aber die Schicksalsgottheit, die sich mit dem Fähnrich für den Tod der Ärmsten verschworen zu haben schien, wollte, daß zu besagter Stunde der Mohr heimkam. Als er das Pochen an der Tür hörte, trat er ans Fenster heran und sagte aufgebracht: »Wer klopft da?« Der Scharführer, der die Stimme des Mohren vernahm, fürchtete, dieser könnte herabkommen und ihm den Garaus machen, und lief deshalb davon, ohne zu antworten. Der Mohr stieg die Treppe hinab, machte die Tür auf, trat auf die Straße und suchte, aber fand ihn nicht mehr. Verstimmt ging er ins Haus zurück und fragte seine Frau, wer unten geklopft habe. Die Dame antwortete der Wahrheit entsprechend, sie wisse es nicht; doch der Mohr sagte: »Mir schien, es war der Scharführer.« »Ich aber weiß nicht«, sagte sie, »ob er es war, oder ein anderer.« Der Mohr hielt seine Wut zurück, obwohl er vor Zorn glühte, da er nichts unternehmen wollte, ehe er mit dem Fähnrich gesprochen hatte, zu dem er sich auf der Stelle begab; er erzählte ihm das Geschehene und bat ihn, er möge den Scharführer nach Kräften ausforschen. Der Fähnrich war hocherfreut über diesen seinen Plänen günstigen Vorfall und versprach, es zu tun. Als er eines Tages mit ihm zusammentraf, befand sich der Mohr in Hörweite und konnte belauschen, was die beiden miteinander redeten; der Fähnrich sprach mit dem anderen über alle möglichen Dinge, nur nicht über die Dame, lachte auf die herzlichste Weise der Welt, spielte den Erstaunten und gebärdete sich mit Kopf und Händen wie einer, dem Wunderdinge erzählt werden. Sobald der Mohr sah, daß sie sich voneinander verabschiedet hatten, ging er zu dem Fähnrich, um zu erfahren, was der andere ihm gesagt habe. Nachdem jener sich lange hatte bitten lassen, sagte er schließlich: »Er hat mir nicht das geringste verhehlt, und er hat mir gesagt, er habe mit Eurer Gemahlin gescherzt, so oft Ihr ihm, wenn Ihr außer Hauses wart, dazu Zeit ließet, und das letztemal, da er bei ihr gewesen, habe sie ihm das Taschentuch geschenkt, das Ihr ihr bei der Vermählung gabt.« Der Mohr bedankte sich bei dem Fähnrich, denn wenn sich ergeben sollte, daß die

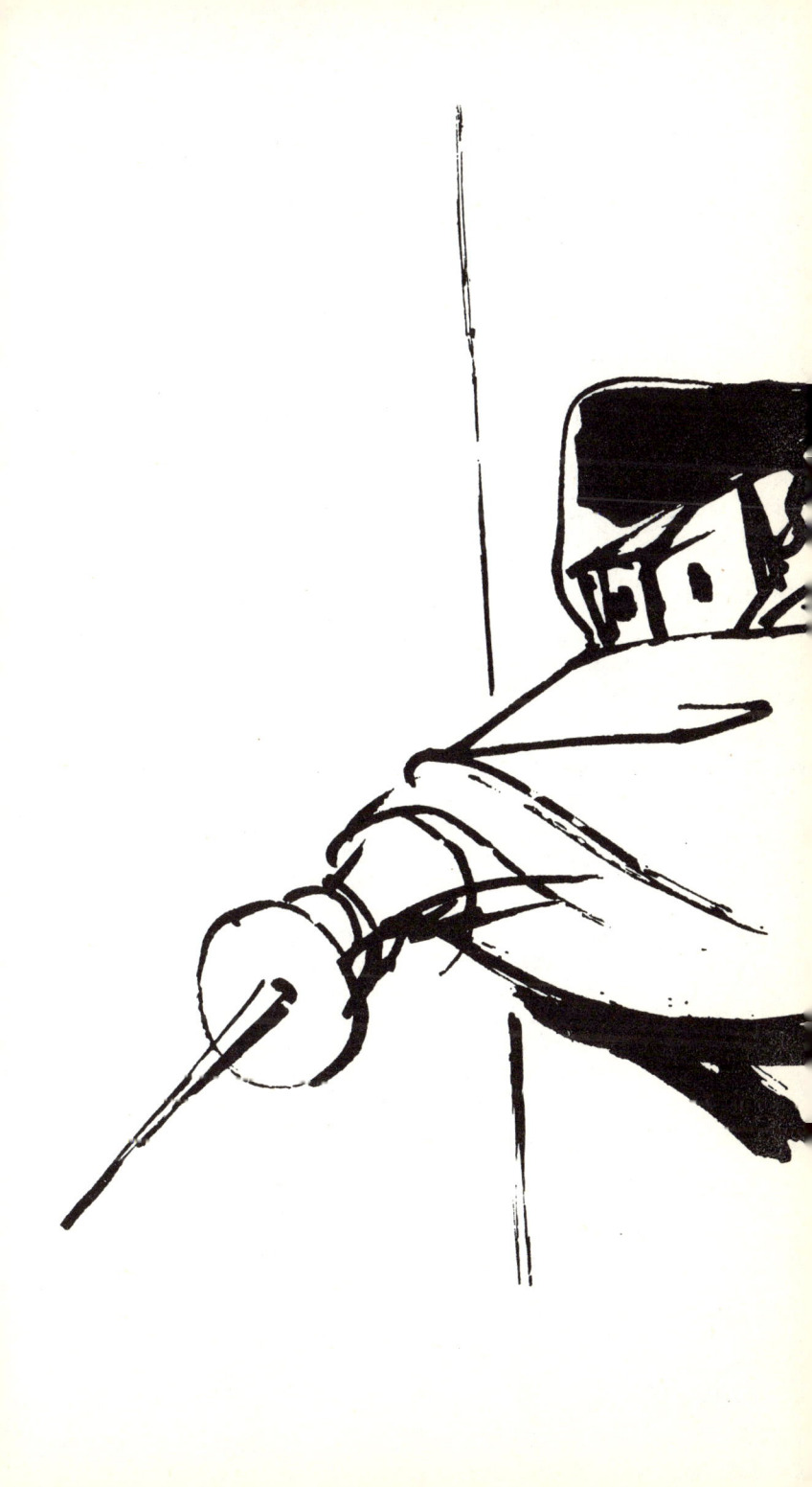

Dame das Taschentuch nicht mehr besaß, dann war er überzeugt, daß der Fähnrich die Wahrheit gesprochen habe. Aus diesem Grunde fragte er eines Tages, als er nach dem Essen mannigfache Gespräche mit der Dame pflog, diese nach dem Taschentuch. Die Unglückliche, die das schon längst gefürchtet hatte, wurde bei dieser Frage feuerrot im Gesicht; und um dies Erröten zu verbergen, das der Mohr indessen nur zu gut bemerkt hatte, lief sie an ihren Schrank und tat, als suche sie danach; nach langem Suchen sagte sie: »Ich weiß nicht, wieso ich es jetzt nicht finden kann; habt Ihr es vielleicht gehabt?« – »Hätte ich es gehabt«, sagte er, »würde ich dann dich danach fragen? Aber suche nur noch einmal in aller Ruhe danach.« Und indem er von ihr ging, dachte er an nichts anderes, als wie er die Dame und zugleich den Scharführer zu Tode bringen könne, ohne daß die Schuld an ihrem Tode ihm zugewiesen würde. Er grübelte Tag und Nacht darüber nach, und seine Frau mußte schließlich merken, daß er zu ihr nicht mehr war wie früher. Sie sagte oftmals: »Was ist Euch, daß Ihr so verstört seid? Früher wart Ihr der fröhlichste Mensch der Welt, und jetzt seid Ihr unter allen Lebenden der schwermütigste.« Der Mohr gab der Dame die verschiedensten Gründe, aber es gelang ihm nicht, sie zufriedenzustellen. Obwohl sie wußte, daß sie keiner Verfehlung schuldig war, die die Verstörtheit des Mohren verursacht haben könnte, fürchtete sie, daß sie ihm durch ihre übergroße Zärtlichkeit lästig geworden sein mochte. Daher sagte sie einigemal zu der Gattin des Fähnrichs: »Ich weiß nicht, was ich von dem Mohren halten soll; früher war er zu mir voller Liebe, aber jetzt ist er schon seit einiger Zeit ganz verändert. Ich fürchte sehr, man wird mich den jungen Mädchen als Beispiel dafür hinstellen, daß sie sich nicht gegen den Willen der ihrigen einem Manne verbinden sollen, den die Natur, der Himmel und die Lebensart von uns absondern. Doch da ich weiß, wie eng er mit Euerm Manne befreundet ist und daß er ihm alles mitteilt, was ihn angeht, so bitte ich Euch um Eure Hilfe, wenn Ihr von ihm etwas erfahrt, was ich füglich auch wissen sollte.« Bei dieser Rede weinte sie bitterlich. Die Gattin des Fähnrichs, die alles wußte (denn ihr Mann hatte sie als Mittlerin bei der Ermordung der Dame benutzen wollen, allerdings ohne Erfolg; sie zitterte vor ihrem Manne und wagte nicht, ihr Wissen preiszugeben), sagte lediglich: »Seid darauf bedacht, Eurem Manne keine Ursache zum Argwohn zu geben, und laßt es Euch angelegen sein, ihm auf jede Weise Eure Liebe und Treue zu bestätigen.« »Das tue ich«, sagte sie, »aber es nützt mir nichts.« Zur gleichen Zeit war der Mohr darauf bedacht zu entdecken, was er im Grunde gar nicht entdecken wollte; er bat den Fähnrich, ihm vor Augen zu führen, daß sich das Taschentuch tatsächlich im Besitz des Scharführers befinde. Das war gewiß eine schwierige Aufgabe für den Schurken, aber er versprach dennoch, alle Kräfte einzusetzen, um den Beweis zu führen. Der Scharführer beschäftigte in seinem Hause eine Frau, die köstliche Stickarbeiten auf weißem Reimser Leinen fertigte; als diese das Taschentuch sah und vernahm, es gehöre der Dame des Mohren und solle ihr zurückerstattet werden, wollte sie es zuvor kopieren; während sie daran arbeitete, sah sie der Fähnrich zufällig am Fenster sitzen, wo sie auch von jedem auf der Straße Vorübergehenden gesehen werden konnte, und zeigte sie dem Mohren.

Dieser hielt es jetzt für ausgemacht, daß die makellose Frau eine Ehebrecherin sei, und beschloß mit dem Fähnrich, sie und den Scharführer umzubringen. Sie berieten sich, wie die Tat ins Werk zu setzen sei. Dabei bat der Mohr den Fähnrich, die Ermordung des Scharführers zu übernehmen, wofür er ihm in alle Ewigkeit verpflichtet bleiben wollte. Zwar weigerte sich der Fähnrich, eine solche Tat zu begehen, da sie böse und gefährlich und der Scharführer außerdem waffengewandt und tapfer sei; doch als der Mohr ihn lange gebeten und ihm eine erkleckliche Summe Geldes gegeben hatte, ließ er sich zu der Erklärung herbei, daß er sein Glück versuchen wolle. Kurze Zeit nach dieser Übereinkunft verließ der Scharführer eines Abends das Haus einer Hure, bei welcher er sich zu ergötzen pflegte. Da es eine dunkle Nacht war, konnte sich ihm der Fähnrich unerkannt und mit dem Degen in der Hand nähern und einen Hieb nach seinen Beinen führen, um ihn zu fällen. Es gelang ihm auch, dem Unglücklichen den rechten Schenkel zu zerspalten, so daß er zu Boden stürzte. Dann beugte sich der Fähnrich über ihn, um ihn

vollends zu töten, aber der Scharführer war ein mutiger
Mann und an Blut und Tod gewöhnt; er zog den Degen,
und obwohl schwer verwundet, trachtete er, sich zu verteidigen, wobei er laut schrie: »Man will mich umbringen!« Als
daraufhin Leute herbeieilten, darunter auch Soldaten, die in
der Nähe ihre Unterkünfte hatten, ergriff der Fähnrich die
Flucht, um nicht gefaßt zu werden, er schlug aber eine Volte
und tat, als komme auch er des Lärms wegen herbeigelaufen. Er mischte sich unter die anderen Menschen und
konnte auf diese Weise feststellen, wie schwer das Bein verletzt war. Er meinte deshalb, daß der Scharführer, wenngleich er noch nicht tot sei, sicherlich an dem Hieb sterben werde; obwohl er darüber frohlockte, bezeigte er dem
Scharführer eine solche Teilnahme, als sei jener sein eigener Bruder. Am andern Morgen verbreitete der Vorfall
sich durch die ganze Stadt und kam auch Disdemona zu
Ohren, die großen Schmerz über das Geschehen bekundete,
weil sie sehr liebevoll war und nicht daran dachte, daß es
schlimme Folgen für sie haben könnte. Dies legte der Mohr
ihr sehr übel aus; er ging abermals zum Fähnrich und sagte
zu ihm: »Meine törichte Frau ist über den Vorfall mit
dem Scharführer so betrübt, daß sie darüber fast den Verstand verliert.« – »Aber wie konntet Ihr«, sagte jener, »auch etwas anderes erwarten, da er doch ihr ein und
alles war?« – »Ihr ein und alles, so?« erwiderte der
Mohr. »Ich werde ihr das ein und alles aus dem Leibe reißen und will nicht mehr für einen Mann erachtet werden,
wenn ich diese Ruchlose nicht aus der Welt schaffe.« Nun
beratschlagten sie beide, ob sie die Dame mit Gift oder
Dolch zu Tode bringen sollten, doch schien ihnen weder
das eine noch das andere angebracht zu sein. Schließlich
sagte der Fähnrich: »Mir ist ein Mittel eingefallen, durch
das Ihr Euch Genugtuung verschaffen könnt, ohne einen
Verdacht auf Euch zu lenken, und zwar das folgende: Das
Haus, darin Ihr wohnt, ist alt, und die Decke Eurer Schlafkammer hat viele Risse; wie wäre es, wenn wir Disdemona
mit einem mit Sand gefüllten Strumpf so lange schlügen,
bis sie tot ist, weil solche Schläge kein Merkmal an ihrem
Körper hinterlassen; ist sie dann tot, lassen wir einen Teil
der Zimmerdecke auf sie herabfallen, zerschlagen der
Dame den Kopf und erwecken den Anschein, als habe ein

niederstürzender Balken sie zerschmettert und getötet. Auf diese Weise wird keiner Euch verdächtigen, denn alle werden ihren Tod einem Unglücksfall zuschreiben.«

Dem Mohren gefiel dieser grausame Verrat, und er wartete den Zeitpunkt ab, der diesen Plan zu begünstigen schien. Als er eines Nachts mit der Dame im Bette lag und zuvor den Fähnrich in einem mit dem Schlafgemach verbundenen Kämmerchen untergebracht hatte, vollführte der Fähnrich, wie es ihm befohlen war, in seinem Kämmerchen ein Geräusch. Der Mohr, der es vernahm, sagte unvermittelt zu seiner Gattin: »Hast du das Geräusch gehört?« – »Ich habe es gehört«, sagte sie. »Steh auf«, gebot ihr der Mohr, »und sieh nach, was es ist.« Da stand die unselige Disdemona auf und näherte sich dem Kämmerchen, aus dem der Fähnrich heraustrat, um ihr mit großer Kraft und Kaltblütigkeit vermittels des bereitgehaltenen Strumpfes einen grausamen Schlag mitten auf den Rücken zu versetzen, daß die Dame sogleich zu Boden fiel und kaum noch atmen konnte. Doch mit der schwachen Stimme, die ihr verblieben war, rief sie den Mohren zu Hilfe. Jener sprang aus dem Bette und sagte: »Ehrvergessenes Weib, jetzt wird dir der Lohn für deine Untreue; so sollen alle behandelt werden, die ihren Männern Liebe heucheln und ihnen Hörner aufsetzen.« Als die unglückliche Dame dies hörte und ihr Ende nahen fühlte (denn der Fähnrich hatte ihr noch einen weiteren Schlag versetzt), sagte sie, sie riefe als Zeugen für ihre Treue die göttliche Gerechtigkeit an, da ihr die irdische versagt bleibe; und während sie noch Gott anflehte, er möge ihr helfen, versetzte der verruchte Fähnrich ihr jäh einen dritten Schlag, der sie vollends tötete. Darauf legten die beiden sie auf das Bett, zerschmetterten ihr den Kopf und ließen, wie es vorher ausgemacht worden war, die Zimmerdecke über sie hereinstürzen.

Danach begann der Mohr um Hilfe zu rufen, das Haus stürze zusammen, und auf seine Rufe kamen die Nachbarn herbeigeeilt. Als sie das Bett freiräumten, fanden sie die Dame tot unter einem Deckenbalken. Darob waren alle betrübt, weil die Dame einen guten Lebenswandel geführt hatte. Am folgenden Tage wurde Disdemona unter dem allgemeinen Schmerz der Bevölkerung zu Grabe getragen.

Aber Gott, der gerechte Kenner der Menschenseelen, wollte nicht, daß eine so große Schandtat ohne die verdiente Strafe bleiben solle. Nun der Mohr, der die Dame mehr als sein Augenlicht geliebt hatte, sich ihrer beraubt sah, überfiel ihn so großes Verlangen nach ihr, daß er wie von Sinnen überall im Hause nach ihr zu suchen anfing; bei dem Gedanken, daß er durch die Schuld des Fähnrichs mit seiner Dame sowohl alle Süßigkeit des Lebens als auch sein eigentliches Ich verloren hatte, überkam ihn ein solcher Haß wider den Schurken, daß er seinen Anblick nicht länger ertrug; hätte er nicht die unbestechliche Justiz der venezianischen Regierung fürchten müssen, er hätte ihn sicher in aller Öffentlichkeit umgebracht. Da er dies jedoch ungestraft nicht tun konnte, enthob er ihn seines Ranges als Fähnrich und duldete ihn nicht länger in seiner Gefolgschaft; daraus entsprang eine große Feindschaft zwischen den beiden, deren Wut und Heftigkeit sich kaum vorstellen läßt.

Aus diesem Grunde richtete der Fähnrich, der übelste aller Verbrecher, sein ganzes Denken darauf, wie er dem Mohren schaden könnte. Als er eines Tages mit dem Scharführer zusammentraf, der schon wieder genesen war und sein abgehauenes Bein durch ein Holzbein ersetzt hatte, sagte er zu ihm: »Die Zeit ist gekommen, da du dich für dein verlorenes Bein rächen kannst; wenn du mit mir nach Venedig reist, so werde ich dir verraten, wer der Übeltäter gewesen ist; hier wage ich es aus mancherlei Rücksichten nicht zu sagen, aber dort werde ich es dir vor Gericht bezeugen.« Der Scharführer, der so hart gekränkt worden war, ohne doch den Grund zu wissen, dankte dem Fähnrich und begab sich mit ihm nach Venedig. Dort angelangt, sagte dieser, der Mohr sei es gewesen, der ihm das Bein abgehauen habe, denn in dessen Kopf habe sich die Meinung festgesetzt, daß der Scharführer mit Disdemona seine Kurzweil getrieben habe; aus eben jenem Grunde habe er sie umgebracht und danach behauptet, sie sei durch die eingestürzte Zimmerdecke zu Tode gekommen. Sobald der Scharführer dies erfahren hatte, verklagte er den Mohren bei der Regierung um seines abgehauenen Beines und um des Todes der Dame willen. Als Zeugen gab er den Fähnrich an, der aussagte, das eine wie das andere sei wahr, weil der Mohr ihm alles unumwunden mitgeteilt habe und ihn außerdem noch habe verleiten wollen, er solle für ihn diese beiden Untaten begehen; nachdem dann der Mohr aus bestialischer Eifersucht, die er sich in den Kopf gesetzt, seine Gattin ermordet hätte, habe er ihm erzählt, wie er sie zu Tode gebracht. Als die Herren von Venedig vernahmen, welcher Grausamkeit sich ein Ausländer gegen eine ihrer Mitbürgerinnen schuldig gemacht hatte, ließen sie den Mohren auf Zypern festnehmen und nach Venedig überführen, wo sie durch vielerlei Foltern die Wahrheit aus ihm herauszubekommen suchten. Er aber besiegte durch die Kraft seiner Seele alle Martern und leugnete alles so hartnäckig ab, daß ihm kein Eingeständnis erpreßt werden konnte. Wenn er nun durch seine Standhaftigkeit der Todesstrafe entging, so wurde er doch, nachdem er viele Tage in Gefangenschaft gehalten worden war, zu ewiger Verbannung verurteilt, in der er schließlich, wie er es verdiente, von Verwandten der Dame umgebracht wurde. Der Fähnrich kehrte in seine Heimat zurück, wo er, da er von seinen Gewohnheiten nicht lassen wollte, einen seiner Kameraden in schwere Ungelegenheiten brachte. Er behauptete nämlich, jener habe ihn verleiten wollen, einen mit ihm verfeindeten Edelmann zu ermorden; auf der Folter leugnete sein Kamerad seine Schuld so hartnäckig, daß nun der Fähnrich seinerseits gefoltert wurde, weil man auf diese Weise den Gegenbeweis zu erbringen hoffte. Man wandte gegen ihn Seilzüge an, durch die ihm die Eingeweide platzten; als er aus dem Gefängnis entlassen und nach Hause geschafft wurde, starb er elendiglich. So rächte Gott Disdemonas Schuldlosigkeit. Alle diese Geschehnisse erzählte die Gattin des Fähnrichs, die ja von allem die Mitwisserin war, nach seinem Tode genauso, wie ich sie euch erzählt habe.

Heinrich von Kleist

Die Verlobung in St. Domingo

Zu Port au Prince, auf dem französischen Anteil der Insel St. Domingo, lebte, zu Anfange dieses Jahrhunderts, als die Schwarzen die Weißen ermordeten, auf der Pflanzung des Herrn Guillaume von Villeneuve, ein fürchterlicher alter Neger, namens Congo Hoango. Dieser von der Goldküste von Afrika herstammende Mensch, der in seiner Jugend von treuer und rechtschaffener Gemütsart schien, war von seinem Herrn, weil er ihm einst auf einer Überfahrt nach Cuba das Leben gerettet hatte, mit unendlichen Wohltaten überhäuft worden. Nicht nur, daß Herr Guillaume ihm auf der Stelle seine Freiheit schenkte, und ihm, bei seiner Rückkehr nach St. Domingo, Haus und Hof anwies; er machte ihn sogar, einige Jahre darauf, gegen die Gewohnheit des Landes, zum Aufseher seiner beträchtlichen Besitzung, und legte ihm, weil er nicht wieder heiraten wollte, an Weibes Statt eine alte Mulattin, namens Babekan, aus seiner Pflanzung bei, mit welcher er durch seine erste verstorbene Frau weitläufig verwandt war. Ja, als der Neger sein sechzigstes Jahr erreicht hatte, setzte er ihn mit einem ansehnlichen Gehalt in den Ruhestand und krönte seine Wohltaten noch damit, daß er ihm in seinem Vermächtnis sogar ein Legat auswarf; und doch konnten alle diese Beweise von Dankbarkeit Herrn Villeneuve vor der Wut dieses grimmigen Menschen nicht schützen. Congo Hoango war, bei dem allgemeinen Taumel der Rache, der auf die unbesonnenen Schritte des National-Konvents in diesen Pflanzungen auflohderte, einer der ersten, der die Büchse ergriff, und, eingedenk der Tyrannei, die ihn seinem Vaterlande entrissen hatte, seinem Herrn die Kugel durch den Kopf jagte. Er steckte das Haus, worein die Gemahlin desselben mit ihren drei Kindern und den übrigen Weißen der Niederlassung sich geflüchtet hatte, in Brand, verwüstete die ganze Pflanzung, worauf die Erben, die in Port au Prince wohnten, hätten Anspruch machen können, und zog, als sämtliche zur Besitzung gehörige Etablissements der Erde gleich gemacht waren, mit den Negern, die er versammelt und bewaffnet hatte, in der Nachbarschaft umher, um seinen Mitbrüdern in dem Kampfe gegen die Weißen beizustehen. Bald lauerte er den Reisenden auf, die in bewaffneten Haufen das Land durchkreuzten; bald fiel er am hellen Tage die in ihren Niederlassungen verschanzten Pflanzer selbst an, und ließ alles, was er darin vorfand, über die Klinge springen. Ja, er forderte, in seiner unmenschlichen Rachsucht, sogar die alte Babekan mit ihrer Tochter, einer jungen fünfzehnjährigen Mestize, namens Toni, auf, an diesem grimmigen Kriege, bei dem er sich ganz verjüngte, Anteil zu nehmen; und weil das Hauptgebäude der Pflanzung, das er jetzt bewohnte, einsam an der Landstraße lag und sich häufig, während seiner Abwesenheit, weiße oder kreolische Flüchtlinge einfanden, welche darin Nahrung oder ein Unterkommen suchten, so unterrichtete er die Weiber, diese weißen Hunde, wie er sie nannte, mit Unterstützungen und Gefälligkeiten bis zu seiner Wiederkehr hinzuhalten. Babekan, welche in Folge einer grausamen Strafe, die sie in ihrer Jugend erhalten hatte, an der Schwindsucht litt, pflegte in solchen Fällen die junge Toni, die, wegen ihrer ins Gelbliche gehenden Gesichtsfarbe, zu dieser gräßlichen List besonders brauchbar war, mit ihren besten Kleidern auszuputzen; sie ermunterte dieselbe, den Fremden keine Liebkosung zu versagen, bis auf die letzte, die ihr bei Todesstrafe verboten war: und wenn Congo Hoango mit seinem Negertrupp von den Streifereien, die er in der Gegend gemacht hatte, wiederkehrte, war unmittelbarer Tod das Los der Armen, die sich durch diese Künste hatten täuschen lassen.

Nun weiß jedermann, daß im Jahr 1803, als der General Dessalines mit 30 000 Negern gegen Port au Prince vorrückte, alles, was die weiße Farbe trug, sich in diesen Platz warf, um ihn zu verteidigen. Denn er war der letzte Stützpunkt der französischen Macht auf dieser Insel, und wenn er fiel, waren alle Weißen, die sich darauf befanden, sämtlich ohne Rettung verloren. Demnach traf es sich, daß gerade in der Abwesenheit des alten Hoango, der mit den Schwarzen, die er um sich hatte, aufgebrochen war, um dem General Dessalines mitten durch die französischen Posten einen Transport von Pulver und Blei zuzuführen, in der Finsternis einer stürmischen und regnigten Nacht, jemand an die hintere Tür seines Hauses klopfte. Die alte Babekan, welche schon im Bette lag, erhob sich, öffnete, einen bloßen Rock um die Hüften geworfen, das Fenster, und fragte, wer da sei? »Bei Maria und allen Heiligen«, sagte der Fremde leise, indem er sich unter das Fenster stellte: »beantwortet mir, ehe ich Euch dies entdecke, eine Frage!« Und damit streckte er, durch die Dunkelheit der Nacht, seine Hand aus, um die Hand der Alten zu ergreifen, und fragte: »seid Ihr eine Negerin?« Babekan sagte: nun, Ihr seid gewiß ein Weißer, daß Ihr dieser stockfinstern Nacht lieber ins Antlitz schaut, als einer Negerin! Kommt herein, setzte sie hinzu, und fürchtet nichts; hier wohnt eine Mulattin, und die einzige, die sich außer mir noch im Hause befindet, ist meine Tochter, eine Mestize! Und damit machte sie das Fenster zu, als wollte sie hinabsteigen und ihm die Tür öffnen; schlich aber, unter dem Vorwand, daß sie den Schlüssel nicht sogleich finden könne, mit einigen Kleidern, die sie schnell aus dem Schrank zusammenraffte, in die Kammer hinauf und weckte ihre Tochter. »Toni!« sprach sie: »Toni!« – Was gibts, Mutter? – »Geschwind!« sprach sie. »Aufgestanden und dich angezogen! Hier sind Kleider, weiße Wäsche und Strümpfe! Ein Weißer, der verfolgt wird, ist vor der Tür und begehrt eingelassen zu werden!« – Toni fragte: ein Weißer? indem sie sich halb im Bett aufrichtete. Sie nahm die Kleider, welche die Alte in der Hand hielt, und sprach: ist er auch allein, Mutter? Und haben wir, wenn wir ihn einlassen, nichts zu befürchten? – »Nichts, nichts!« versetzte die Alte, indem sie Licht anmachte: »er ist ohne Waffen und allein, und Furcht, daß wir über ihn herfallen möchten, zittert in allen seinen Gebeinen!« Und damit, während Toni aufstand und sich Rock und Strümpfe anzog, zündete sie die große Laterne an, die in dem Winkel des Zimmers stand, band dem Mädchen geschwind das Haar, nach der Landesart, über dem Kopf zusammen, bedeckte sie, nachdem sie ihr den Latz zugeschnürt hatte, mit einem Hut, gab ihr die Laterne in die Hand und befahl ihr, auf den Hof hinab zu gehen und den Fremden herein zu holen.

Inzwischen war auf das Gebell einiger Hofhunde ein Knabe, namens Nanky, den Hoango auf unehelichem Wege mit einer Negerin erzeugt hatte, und der mit seinem Bruder Seppy in den Nebengebäuden schlief, erwacht; und da er beim Schein des Mondes einen einzelnen Mann auf der hinteren Treppe des Hauses stehen sah: so eilte er sogleich, wie er in solchen Fällen angewiesen war, nach dem Hoftor, durch welches derselbe hereingekommen war, um es zu verschließen. Der Fremde, der nicht begriff, was diese Anstalten zu bedeuten hatten, fragte den Knaben, den er mit Entsetzen, als er ihm nahe stand, für einen Negerknaben erkannte; wer in dieser Niederlassung wohne? und schon war er auf die Antwort desselben: »daß die Besitzung, seit dem Tode Herrn Villeneuves dem Neger Hoango anheim gefallen«, im Begriff, den Jungen niederzuwerfen, ihm den Schlüssel der Hofpforte, den er in der Hand hielt, zu entreißen und das weite Feld zu suchen, als Toni, die Laterne in der Hand, vor das Haus hinaus trat. »Geschwind!« sprach sie, indem sie seine Hand ergriff und ihn nach der Tür zog: »hier herein!« Sie trug Sorge, indem sie dies sagte, das Licht so zu stellen, daß der volle Strahl davon auf ihr Gesicht fiel. – Wer bist du? rief der Fremde sträubend, indem er, um mehr als einer Ursache willen betroffen, ihre junge liebliche Gestalt betrachtete. Wer wohnt in diesem Hause, in welchem ich, wie du vorgibst, meine Rettung finden soll? – »Niemand, bei dem Licht der Sonne«, sprach das Mädchen, »als meine Mutter und ich!« und bestrebte und beeiferte sich, ihn mit sich fortzureißen. Was, niemand! rief der Fremde, indem er, mit einem Schritt rückwärts, seine Hand losriß: hat mir dieser Knabe nicht eben gesagt, daß ein Neger, namens Hoango, darin befindlich sei? – »Ich sage, nein!« sprach das Mädchen, indem sie, mit einem Ausdruck von Unwillen, mit dem Fuß stampfte; »und wenn gleich einem Wüterich, der diesen Namen führt, das Haus gehört: abwesend ist er in diesem Augenblick und auf zehn Meilen davon entfernt!« Und damit zog sie den Fremden mit ihren beiden Händen in das Haus hinein, befahl dem Knaben, keinem Menschen zu sagen, wer angekommen sei, ergriff, nachdem sie die Tür erreicht, des Fremden Hand und führte ihn die Treppe hinauf, nach dem Zimmer ihrer Mutter.

»Nun«, sagte die Alte, welche das ganze Gespräch, von dem Fenster herab, mit angehört und bei dem Schein des Lichts bemerkt hatte, daß er ein Offizier war: »was bedeutet der Degen, den Ihr so schlagfertig unter Eurem Arme tragt? Wir haben Euch«, setzte sie hinzu, indem sie sich die Brille aufdrückte, »mit Gefahr unseres Lebens eine Zuflucht in unserm Hause gestattet; seid Ihr herein gekommen, um diese Wohltat, nach der Sitte Eurer Landsleute, mit Verräterei zu vergelten?« – Behüte der Himmel! erwiderte der Fremde, der dicht vor ihren Sessel getreten war. Er ergriff die Hand der Alten, drückte sie an sein Herz und indem er, nach einigen im Zimmer schüchtern umhergeworfenen Blicken, den Degen, den er an der Hüfte trug, abschnallte, sprach er: Ihr seht den elendesten der Menschen, aber keinen undankbaren und schlechten vor Euch!« – »Wer seid Ihr?« fragte die Alte; und damit schob sie ihm mit dem Fuß einen Stuhl hin, und befahl dem Mädchen, in die Küche zu gehen, und ihm, so gut es sich in der Eil tun ließ, ein Abendbrot zu bereiten. Der Fremde erwiderte: ich bin ein Offizier von der französischen Macht, obschon, wie Ihr wohl selbst urteilt, kein Franzose; mein Vaterland ist die Schweiz und mein Name Gustav von der Ried. Ach, hätte ich es niemals verlassen und gegen dies unselige Eiland vertauscht! Ich komme von Fort Dauphin, wo, wie Ihr wißt, alle Weißen ermordet worden sind, und meine Absicht ist, Port au Prince zu erreichen, bevor es dem General Dessalines noch gelungen ist, es mit den Truppen, die er anführt, einzuschließen und zu belagern. – »Von Fort Dauphin!« rief die Alte. »Und es ist Euch mit Eurer Gesichtsfarbe geglückt, diesen ungeheuren Weg, mitten durch ein im Empörung begriffenes Mohrenland, zurückzulegen?« Gott und alle Heiligen, erwiderte der Fremde, haben mich beschützt! – Und ich bin nicht allein, gutes Mütterchen; in meinem Gefolge, das ich zurückgelassen, befindet sich ein ehrwürdiger alter Greis, mein Oheim, mit seiner Gemahlin und fünf Kindern; mehrere Bediente und Mägde, die zur Familie gehören, nicht zu erwähnen; ein Troß von zwölf

Menschen, den ich, mit Hülfe zweier elenden Maulesel, in unsäglich mühevollen Nachtwanderungen, da wir uns bei Tage auf der Heerstraße nicht zeigen dürfen, mit mir fortführen muß. »Ei, mein Himmel!« rief die Alte, indem sie, unter mitleidigem Kopfschütteln, eine Prise Tabak nahm. »Wo befindet sich denn in diesem Augenblick Eure Reisegesellschaft?« – Euch, versetzte der Fremde, nachdem er sich ein wenig besonnen hatte: Euch kann ich mich anvertrauen; aus der Farbe Eures Gesichts schimmert mir ein Strahl von der meinigen entgegen. Die Familie befindet sich, daß Ihr es wißt, eine Meile von hier, zunächst dem Möwenweiher, in der Wildnis der angrenzenden Gebirgswaldung: Hunger und Durst zwangen uns vorgestern, diese Zuflucht aufzusuchen. Vergebens schickten wir in der verflossenen Nacht unsere Bedienten aus, um ein wenig Brot und Wein bei den Einwohnern des Landes aufzutreiben; Furcht, ergriffen und getötet zu werden, hielt sie ab, die entscheidenden Schritte deshalb zu tun, dergestalt, daß ich mich selbst heute mit Gefahr meines Lebens habe aufmachen müssen, um mein Glück zu versuchen. Der Himmel, wenn mich nicht alles trügt, fuhr er fort, indem er die Hand der Alten drückte, hat mich mitleidigen Menschen zugeführt, die jene grausame und unerhörte Erbitterung, welche alle Einwohner dieser Insel ergriffen hat, nicht teilen. Habt die Gefälligkeit, mir für reichlichen Lohn einige Körbe mit Lebensmitteln und Erfrischungen anzufüllen; wir haben nur noch fünf Tagesreisen bis Port au Prince, und wenn ihr uns die Mittel verschafft, diese Stadt zu erreichen, so werden wir euch ewig als die Retter unseres Lebens ansehen. – »Ja, diese rasende Erbitterung«, heuchelte die Alte. »Ist es nicht, als ob die Hände *eines* Körpers, oder die Zähne *eines* Mundes gegen einander wüten wollten, weil das *eine* Glied nicht geschaffen ist, wie das andere? Was kann ich, deren Vater aus St. Jago, von der Insel Cuba war, für den Schimmer von Licht, der auf meinem Antlitz, wenn es Tag wird, erdämmert? Und was kann meine Tochter, die in Europa empfangen und geboren ist, dafür, daß der volle Tag jenes Weltteils von dem ihrigen widerscheint?« – Wie? rief der Fremde. Ihr, die Ihr nach Eurer ganzen Gesichtsbildung eine Mulattin, und mithin afrikanischen Ursprungs seid, Ihr wäret samt der lieblichen jungen Mestize, die mir das Haus aufmachte, mit uns Europäern in *einer* Verdammnis? – »Beim Himmel!« erwiderte die Alte, indem sie die Brille von der Nase nahm; »meint Ihr, daß das kleine Eigentum, das wir uns in mühseligen und jammervollen Jahren durch die Arbeit unserer Hände erworben haben, dies grimmige, aus der Hölle stammende Räubergesindel nicht reizt? Wenn wir uns nicht durch List und den ganzen Inbegriff jener Künste, die die Notwehr dem Schwachen in die Hände gibt, vor ihrer Verfolgung zu sichern wüßten: der Schatten von Verwandtschaft, der über unsere Gesichter ausgebreitet ist, der, könnt Ihr sicher glauben, tut es nicht!« – Es ist nicht möglich! rief der Fremde; und wer auf dieser Insel verfolgt euch? »Der Besitzer dieses Hauses«, antwortete die Alte: »der Neger Congo Hoango! Seit dem Tode Herrn Guillaumes, des vormaligen Eigentümers dieser Pflanzung, der durch seine grimmige Hand beim Ausbruch der Empörung fiel, sind wir, die wir ihm als Verwandte die Wirtschaft führen, seiner ganzen Willkür und Gewalttätigkeit preis gegeben. Jedes Stück Brot, jeden Labetrunk den wir aus Menschlichkeit einem oder dem andern der weißen Flüchtlinge, die hier zuweilen die Straße vorüberziehen, gewähren, rechnet er uns mit Schimpfwörtern und Mißhandlungen an; und nichts wünscht er mehr, als die Rache der Schwarzen über uns weiße und kreolische Halbhunde, wie er uns nennt, hereinhetzen zu können, teils um unserer überhaupt, die wir seine Wildheit gegen die Weißen tadeln, los zu werden, teils, um das kleine Eigentum, das wir hinterlassen würden, in Besitz zu nehmen.« – Ihr Unglücklichen! sagte der Fremde; ihr Bejammernswürdigen! – Und wo befindet sich in diesem Augenblick dieser Wüterich? »Bei dem Heere des Generals Dessalines«, antwortete die Alte, »dem er, mit den übrigen Schwarzen, die zu dieser Pflanzung gehören, einen Transport von Pulver und Blei zuführt, dessen der General bedürftig war. Wir erwarten ihn, falls er nicht auf neue Unternehmungen auszieht, in zehn oder zwölf Tagen zurück; und wenn er alsdann, was Gott verhüten wolle, erführe, daß wir einem Weißen, der nach Port au Prince wandert, Schutz und Obdach gegeben, während er aus allen Kräften an dem Geschäft Teil nimmt, das ganze Geschlecht derselben von der Insel zu vertilgen, wir wären alle, das könnt Ihr glauben, Kinder des Todes.« Der Himmel, der Menschlichkeit und Mitleiden liebt, antwortete der Fremde, wird Euch in dem, was Ihr einem Unglücklichen tut, beschützen! – Und weil Ihr Euch, setzte er, indem er der Alten näher rückte, hinzu, einmal in diesem Falle des Negers Unwillen zugezogen haben würdet, und der Gehorsam, wenn Ihr auch dazu zurückkehren wolltet, Euch fürderhin zu nichts helfen würde; könnt Ihr Euch wohl, für jede Belohnung, die Ihr nur verlangen mögt, entschließen, meinem Oheim und seiner Familie, die durch die Reise aufs äußerste angegriffen sind, auf einen oder zwei Tage in Eurem Hause Obdach zu geben, damit sie sich ein wenig erholten? – »Junger Herr!« sprach die Alte betroffen, »was verlangt Ihr da? Wie ist es, in einem Hause, das an der Landstraße liegt, möglich, einen Troß von solcher Größe, als der Eurige ist, zu beherbergen, ohne daß er den Einwohnern des Landes verraten würde?« – Warum nicht? versetzte der Fremde dringend: wenn ich sogleich selbst an den Möwenweiher hinausginge, und die Gesellschaft, noch vor Anbruch des Tages, in die Niederlassung einführte; wenn man alles, Herrschaft und Dienerschaft, in einem und demselben Gemach des Hauses unterbrächte, und, für den schlimmsten Fall, etwa noch die Vorsicht gebrauchte, Türen und Fenster desselben sorgfältig zu verschließen? – Die Alte erwiderte, nachdem sie den Vorschlag während einiger Zeit erwogen hatte: »daß, wenn er, in der heutigen Nacht, unternehmen wollte, den Troß aus seiner Bergschlucht in die Niederlassung einzuführen, er, bei der Rückkehr von dort, unfehlbar auf einen Trupp bewaffneter Neger stoßen würde, der, durch einige vorangeschickte Schützen, auf der Heerstraße angesagt worden wäre.« – Wohlan! versetzte der Fremde: so begnügen wir uns, für diesen Augenblick, den Unglücklichen einen Korb mit Lebensmitteln zuzusenden, und sparen das Geschäft, sie in die Niederlassung einzuführen, für die nächstfolgende Nacht auf. Wollt Ihr, gutes Mütterchen, das tun? – »Nun«, sprach die Alte, unter vielfachen Küssen, die von den Lippen des Fremden auf ihre knöcherne Hand niederregneten: »um des Europäers, meiner Tochter Vater willen, will ich euch, seinen bedrängten Landsleuten, diese Gefälligkeit erweisen. Setzt Euch beim Anbruch des morgenden Tages hin, und ladet die Eurigen in einem Schreiben ein, sich zu mir in die Niederlassung zu verfügen; der Knabe, den Ihr im Hofe gesehen, mag ihnen das Schreiben mit einigem Mundvorrat überbringen, die Nacht über zu ihrer Sicherheit in den Bergen verweilen, und dem Trosse beim Anbruch des nächstfolgenden Tages, wenn die Einladung angenommen wird, auf seinem Wege hierher zum Führer dienen.«

Inzwischen war Toni mit einem Mahl, das sie in der Küche bereitet hatte, wiedergekehrt, und fragte die Alte mit einem Blick auf den Fremden, schäkernd, indem sie den Tisch deckte: Nun, Mutter, sagt an! Hat sich der Herr von dem Schreck, der ihn vor der Tür ergriff, erholt? Hat er sich überzeugt, daß weder Gift noch Dolch auf ihn warten, und daß der Neger Hoango nicht zu Hause ist? Die Mutter sagte mit einem Seufzer: »mein Kind, der Gebrannte scheut, nach dem Sprichwort, das Feuer. Der Herr würde töricht gehandelt haben, wenn er sich früher in das Haus hineingewagt hätte, als bis er sich von dem Volksstamm, zu welchem seine Bewohner gehörten, überzeugt hatte.« Das Mädchen stellte sich vor die Mutter, und erzählte ihr: wie sie die Laterne so gehalten, daß ihr der volle Strahl davon ins Gesicht gefallen wäre. Aber seine Einbildung, sprach sie, war ganz von Mohren und Negern erfüllt; und wenn ihm eine Dame von Paris oder Marseille die Türe geöffnet hätte, er würde sie für eine Negerin gehalten haben. Der Fremde, indem er den Arm sanft um ihren Leib schlug, sagte verlegen: daß der Hut, den sie aufgehabt, ihn verhindert hätte, ihr ins Gesicht zu schaun. Hätte ich dir, fuhr er fort, indem er sie lebhaft an seine Brust drückte, ins Auge sehen können, so wie ich es jetzt kann: so hätte ich, auch wenn alles Übrige an dir schwarz gewesen wäre, aus einem vergifteten Becher mit dir trinken wollen. Die Mutter nötigte ihn, der bei diesen Worten rot geworden war, sich zu setzen, worauf Toni sich neben ihm an der Tafel niederließ, und mit aufgestützten Armen, während der Fremde aß, in sein Antlitz sah. Der Fremde fragte sie: wie alt sie wäre? und wie ihre Vaterstadt hieße? worauf die Mutter das Wort nahm und ihm sagte: »daß Toni vor funfzehn Jahren auf einer Reise, welche sie mit der Frau des Herrn Villeneuve, ihres vormaligen Prinzipals, nach Europa gemacht hätte, in Paris von ihr empfangen und geboren worden wäre. Sie setzte hinzu, daß der Neger Komar, den sie nachher geheiratet, sie zwar an Kindes Statt angenommen hätte, daß ihr Vater aber eigentlich ein reicher Marseiller Kaufmann, namens Bertrand, wäre, von dem sie auch Toni Bertrand hieße.« – Toni fragte ihn: ob er einen solchen Herrn in Frankreich kenne? Der Fremde erwiderte: nein! das Land wäre groß, und während des kurzen Aufenthalts, den er bei seiner Einschiffung nach Westindien darin genommen, sei ihm keine Person dieses Namens vorgekommen. Die Alte versetzte daß Herr Bertrand auch, nach ziemlich sicheren Nachrichten, die sie eingezogen, nicht mehr in Frankreich befindlich sei. Sein ehrgeiziges und aufstrebendes Gemüt, sprach sie, gefiel sich in dem Kreis bürgerlicher Tätigkeit nicht; er mischte sich beim Ausbruch der Revolution in die öffentlichen Geschäfte, und ging im Jahr 1795 mit einer französischen Gesandtschaft an den türkischen Hof, von wo er, meines Wissens, bis diesen Augenblick noch nicht zurückgekehrt ist. Der Fremde sagte lächelnd zu Toni, indem er ihre Hand faßte: daß sie ja in diesem Falle ein vornehmes und reiches Mädchen wäre. Er munterte sie auf, diese Vorteile geltend zu machen, und meinte, daß sie Hoffnung hätte, noch einmal an der Hand ihres Vaters in glänzendere Verhältnisse, als in denen sie jetzt lebte, eingeführt zu werden! »Schwerlich«, versetzte die Alte mit unterdrückter Empfindlichkeit. »Herr Bertrand leugnete mir, während meiner Schwangerschaft in Paris, aus Scham vor einer jungen reichen Braut, die er heiraten wollte, die Vaterschaft zu diesem Kinde vor Gericht ab. Ich werde den Eidschwur, den er die Frechheit hatte, mir ins Gesicht zu leisten, niemals vergessen, ein Gallenfieber war die Folge davon, und bald darauf noch sechzig Peitschenhiebe, die mir Herr Villeneuve geben ließ, und in deren Folge ich noch bis auf diesen Tag an der Schwindsucht leide.« – – Toni, welche den Kopf gedankenvoll auf ihre Hand gelegt hatte, fragte den Fremden: wer er denn wäre? wo er herkäme und wo er hinginge? worauf dieser nach einer kurzen Verlegenheit, worin ihn die erbitterte Rede der Alten versetzt hatte, erwiderte: daß er mit Herrn Strömlis, seines Oheims Familie, die er, unter dem Schutze zweier jungen Vettern, in der Bergwaldung am Möwenweiher zurückgelassen, vom Fort Dauphin käme. Er erzählte, auf des Mädchens Bitte, mehrere Züge der in dieser Stadt ausgebrochenen Empörung; wie zur Zeit der Mitternacht, da alles geschlafen, auf ein verräterisch gegebenes Zeichen, das Gemetzel der Schwarzen gegen die Weißen losgegangen wäre? wie der Chef der Neger, ein Sergeant bei dem französischen Pioniercorps, die Bosheit gehabt, sogleich alle Schiffe im Hafen in Brand zu stecken, um den Weißen die Flucht nach Europa abzuschneiden; wie die Familie kaum Zeit gehabt, sich mit einigen Habseligkeiten vor die Tore der Stadt zu retten, und wie ihr, bei dem gleichzeitigen Auflodern der Empörung in allen Küstenplätzen, nichts übrig geblieben wäre, als mit Hülfe zweier Maulesel, die sie aufgetrieben, den Weg quer durch das ganze Land nach Port au Prince einzuschlagen, das allein noch, von einem starken französischen Heere beschützt, der überhand nehmenden Macht der Neger in diesem Augenblick Widerstand leiste. – Toni fragte: wodurch sich denn die Weißen daselbst so verhaßt gemacht hätten? – Der Fremde erwiderte betroffen: durch das allgemeine Verhältnis, das sie, als Herren der Insel, zu den Schwarzen hatten, und das ich, die Wahrheit zu gestehen, mich nicht unterfangen will, in Schutz zu nehmen; das aber schon seit vielen Jahrhunderten auf diese Weise bestand! Der Wahnsinn der Freiheit, der alle diese Pflanzungen ergriffen hat, trieb die Neger und Kreolen, die Ketten, die sie drückten, zu brechen, und an den Weißen wegen vielfacher und tadelnswürdiger Mißhandlungen, die sie von einigen schlechten Mitgliedern derselben erlitten, Rache zu nehmen. – Besonders, fuhr er nach einem kurzen Stillschweigen fort, war mir die Tat eines jungen Mädchens schauderhaft und merkwürdig. Dieses Mädchen, vom Stamm der Neger, lag gerade zur Zeit, da die Empörung auflodorte, an dem gelben Fieber krank, das zur Verdopplung des Elends in der Stadt ausgebrochen war. Sie hatte drei Jahre zuvor einem Pflanzer vom Geschlecht der Weißen als Sklavin gedient, der sie aus Empfindlichkeit, weil sie sich seinen Wünschen nicht willfährig gezeigt hatte, hart behandelt und nachher an einen kreolischen Pflanzer verkauft hatte. Da nun das Mädchen an dem Tage des allgemeinen Aufruhrs erfuhr, daß sich der Pflanzer, ihr ehemaliger Herr, vor der Wut der Neger, die ihn verfolgten, in einen nahegelegenen Holzstall geflüchtet hatte: so schickte sie, jener Mißhandlungen eingedenk, beim Anbruch der Dämmerung, ihren Bruder zu ihm, mit der Einladung, bei ihr zu übernachten. Der Unglückliche, der weder wußte, daß das Mädchen unpäßlich war, noch an welcher Krankheit sie litt, kam und schloß sie voll Dankbarkeit, da er sich gerettet glaubte, in seine Arme: doch kaum hatte er eine halbe Stunde unter Liebkosungen und Zärtlichkeiten in ihrem Bette zugebracht, als sie sich plötzlich mit dem Ausdruck wilder und kalter Wut, darin erhob und sprach: eine Pestkranke, die den Tod in der Brust trägt, hast du geküßt: geh und gib das gelbe Fieber allen denen, die dir gleichen! – Der Offizier, während die Alte mit lauten Worten ihren Abscheu hierüber zu erkennen gab, fragte Toni: ob sie wohl einer solchen Tat fähig wäre? Nein! sagte Toni, indem sie verwirrt vor sich niedersah. Der Fremde, indem er das Tuch auf dem Tische legte, versetzte: daß, nach dem Gefühl seiner Seele, keine Tyrannei, die die Weißen je verübt, einen Verrat, so niederträchtig und abscheulich, rechtfertigen könnte. Die Rache des Himmels, meinte er, indem er sich mit einem leidenschaftlichen Ausdruck erhob, würde dadurch entwaffnet: die Engel selbst, dadurch empört, stellten sich auf Seiten derer, die Unrecht hätten, und nähmen, zur Aufrechthaltung menschlicher und göttlicher Ordnung, ihre Sache! Er trat bei diesen Worten auf einen Augenblick an das Fenster, und sah in die Nacht hinaus, die mit stürmischen Wolken über den Mond und die Sterne vorüber zog; und da es ihm schien, als ob Mutter und Tochter einander ansähen, obschon er auf keine Weise merkte, daß sie sich Winke zugeworfen hätten: so übernahm ihn ein widerwärtiges und verdrießliches Gefühl; er wandte sich und bat, daß man ihm das Zimmer anweisen möchte, wo er schlafen könne.

Die Mutter bemerkte, indem sie nach der Wanduhr sah, daß es überdies nahe an Mitternacht sei, nahm ein Licht in die Hand, und forderte den Fremden auf, ihr zu folgen.

Sie führte ihn durch einen langen Gang in das für ihn bestimmte Zimmer; Toni trug den Überrock des Fremden und mehrere andere Sachen, die er abgelegt hatte; die Mutter zeigte ihm ein von Polstern bequem aufgestapeltes Bett, worin er schlafen sollte, und nachdem sie Toni noch befohlen hatte, dem Herrn ein Fußbad zu bereiten, wünschte sie ihm eine gute Nacht und empfahl sich. Der Fremde stellte seinen Degen in den Winkel und legte ein Paar Pistolen, die er im Gürtel trug, auf den Tisch. Er sah sich, während Toni das Bett vorschob und ein weißes Tuch darüber breitete, im Zimmer um; und da er gar bald, aus der Pracht und dem Geschmack, die darin herrschten, schloß, daß es dem vormaligen Besitzer der Pflanzung angehört haben müsse: so legte sich ein Gefühl der Unruhe wie ein Geier um sein Herz, und er wünschte sich, hungrig und durstig, wie er gekommen war, wieder in die Waldung zu den Seinigen zurück. Das Mädchen hatte mittlerweile, aus der nahebelegenen Küche, ein Gefäß mit warmem Wasser, von wohlriechenden Kräutern duftend, hereingeholt, und forderte den Offizier, der sich in das Fenster gelehnt hatte, auf, sich darin zu erquicken. Der Offizier ließ sich, während er sich schweigend von der Halsbinde und der Weste befreite, auf den Stuhl nieder; er schickte sich an, sich die Füße zu entblößen, und während das Mädchen, auf ihre Kniee vor ihm hingekauert, die kleinen Vorkehrungen zum Bade besorgte, betrachtete er ihre einnehmende Gestalt. Ihr Haar, in dunkeln Locken schwellend, war ihr, als sie niederknieete, auf ihre jungen Brüste herabgerollt; ein Zug von ausnehmender Anmut spielte um ihre Lippen und über ihre langen, über die gesenkten Augen hervorragenden Augenwimpern; er hätte, bis auf die Farbe, die ihm anstößig war, schwören mögen, daß er nie etwas Schöneres gesehen. Dabei fiel ihm eine entfernte Ähnlichkeit, er wußte noch selbst nicht recht mit wem, auf, die er schon bei seinem Eintritt in das Haus bemerkt hatte, und die seine ganze Seele für sie in Anspruch nahm. Er ergriff sie, als sie in den Geschäften, die sie betrieb, aufstand, bei der Hand, und da er gar richtig schloß, daß es nur ein Mittel gab, zu erprüfen, ob das Mädchen ein Herz habe oder nicht, so zog er sie auf seinen Schoß nieder und fragte sie: »ob sie schon einem Bräuti-

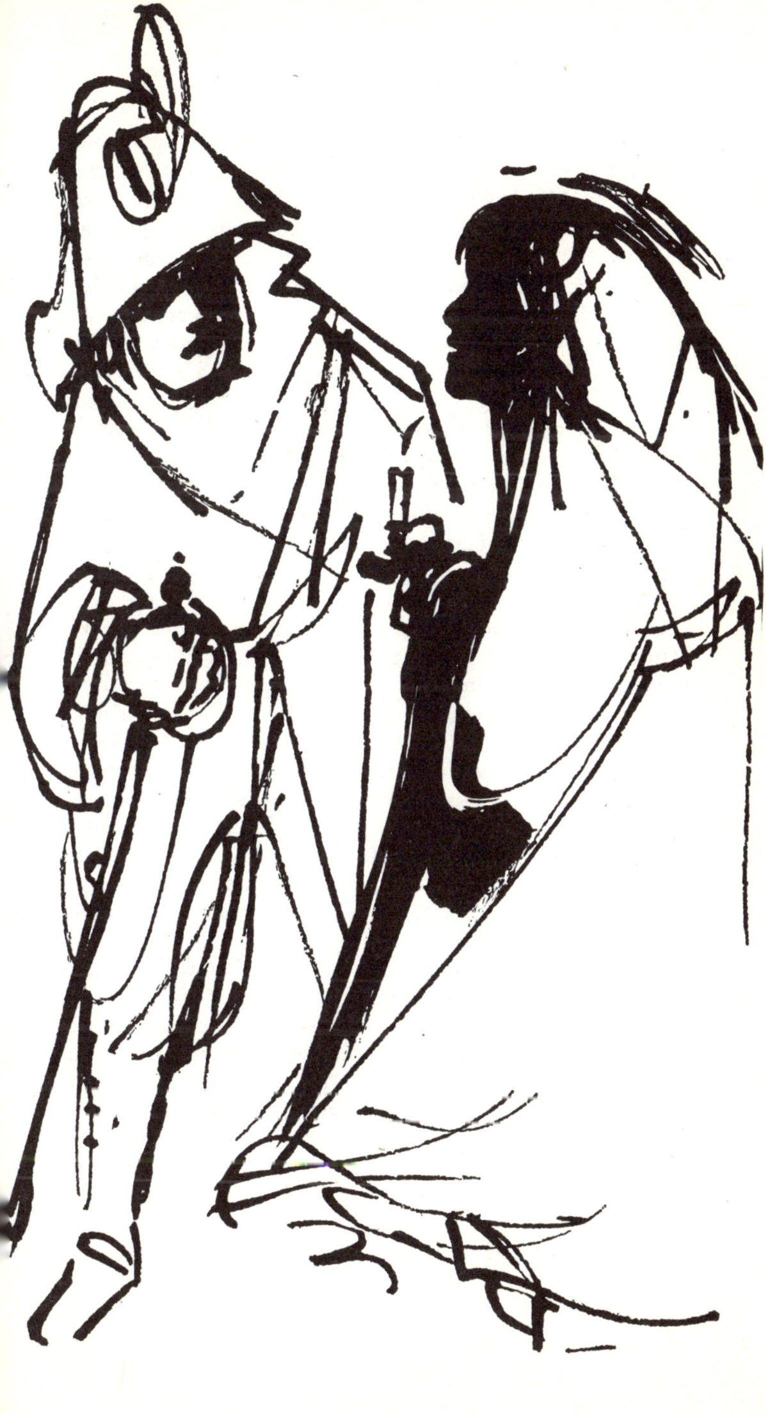

gam verlobt wäre?« Nein! lispelte das Mädchen, indem
sie ihre großen schwarzen Augen in lieblicher Verschämtheit
zur Erde schlug. Sie setzte, ohne sich auf seinem Schoß
zu rühren, hinzu: Konelly, der junge Neger aus der Nachbarschaft,
hätte zwar vor drei Monaten um sie angehalten;
sie hätte ihn aber, weil sie noch zu jung wäre, ausgeschlagen.
Der Fremde, der, mit seinen beiden Händen,
ihren schlanken Leib umfaßt hielt, sagte: »in seinem Vaterlande
wäre, nach einem daselbst herrschenden Sprichwort,
ein Mädchen von vierzehn Jahren und sieben Wochen
bejahrt genug, um zu heiraten.« Er fragte, während
sie ein kleines, goldenes Kreuz, das er auf der Brust trug,
betrachtete: »wie alt sie wäre?« – Funfzehn Jahre, erwiderte
Toni. »Nun also!« sprach der Fremde. – »Fehlt es
ihm denn an Vermögen, um sich häuslich, wie du es wünschest,
mit dir niederzulassen?« Toni, ohne die Augen zu
ihm aufzuschlagen, erwiderte: o nein! – Vielmehr,
sprach sie, indem sie das Kreuz, das sie in der Hand hielt,
fahren ließ: Konelly ist, seit der letzten Wendung der
Dinge, ein reicher Mann geworden; seinem Vater ist die
ganze Niederlassung, die sonst dem Pflanzer, seinem
Herrn, gehörte, zugefallen. – »Warum lehntest du denn
seinen Antrag ab?« fragte der Fremde. Er streichelte ihr
freundlich das Haar von der Stirn und sprach: »gefiel er
dir etwa nicht?« Das Mädchen, indem sie kurz mit dem
Kopf schüttelte, lachte; und auf die Frage des Fremden,
ihr scherzend ins Ohr geflüstert: ob es vielleicht ein Weißer
sein müsse, der ihre Gunst davon tragen solle? legte
sie sich plötzlich, nach einem flüchtigen, träumerischen Bedenken,
unter einem überaus reizenden Erröten, das über
ihr verbranntes Gesicht aufloderte, an seine Brust. Der
Fremde, von ihrer Anmut und Lieblichkeit gerührt, nannte
sie sein liebes Mädchen, und schloß sie, wie durch göttliche
Hand von jeder Sorge erlöst, in seine Arme. Es war ihm
unmöglich zu glauben, daß alle diese Bewegungen, die er
an ihr wahrnahm, der bloße elende Ausdruck einer kalten
und gräßlichen Verräterei sein sollten. Die Gedanken, die
ihn beunruhigt hatten, wichen, wie ein Heer schauerlicher
Vögel, von ihm; er schalt sich, ihr Herz nur einen Augenblick
verkannt zu haben, und während er sie auf seinen
Knieen schaukelte, und den süßen Atem einsog, den sie

ihm heraufsandte, drückte er, gleichsam zum Zeichen der Aussöhnung und Vergebung, einen Kuß auf ihre Stirn. Inzwischen hatte sich das Mädchen, unter einem sonderbar plötzlichen Aufhorchen, als ob jemand von dem Gange her der Tür nahte, emporgerichtet; sie rückte sich gedankenvoll und träumerisch das Tuch, das sich über ihrer Brust verschoben hatte, zurecht; und erst als sie sah, daß sie von einem Irrtum getäuscht worden war, wandte sie sich mit einigem Ausdruck von Heiterkeit wieder zu dem Fremden zurück und erinnerte ihn: daß sich das Wasser, wenn er nicht bald Gebrauch davon machte, abkälten würde. – Nun? sagte sie betreten, da der Fremde schwieg und sie gedankenvoll betrachtete: was seht Ihr mich so aufmerksam an? Sie suchte, indem sie sich mit ihrem Latz beschäftigte, die Verlegenheit, die sie ergriffen, zu verbergen, und rief lachend: wunderlicher Herr, was fällt Euch in meinem Anblick so auf? Der Fremde, der sich mit der Hand über die Stirn gefahren war, sagte, einen Seufzer unterdrückend, indem er sie von seinem Schoß herunterschob: »eine wunderbare Ähnlichkeit zwischen dir und einer Freundin!« – Toni, welche sichtbar bemerkte, daß sich seine Heiterkeit zerstreut hatte, nahm ihn freundlich und teilnehmend bei der Hand, und fragte: mit welcher? worauf jener, nach einer kurzen Besinnung das Wort nahm und sprach: »Ihr Name war Mariane Congreve und ihre Vaterstadt Straßburg. Ich hatte sie in dieser Stadt, wo ihr Vater Kaufmann war, kurz vor dem Ausbruch der Revolution kennen gelernt, und war glücklich genug gewesen, ihr Jawort und vorläufig auch ihrer Mutter Zustimmung zu erhalten. Ach, es war die treuste Seele unter der Sonne; und die schrecklichen und rührenden Umstände, unter denen ich sie verlor, werden mir, wenn ich dich ansehe, so gegenwärtig, daß ich mich vor Wehmut der Tränen nicht enthalten kann.« Wie? sagte Toni, indem sie sich herzlich und innig an ihn drückte: sie lebt nicht mehr? – »Sie starb«, antwortete der Fremde, »und ich lernte den Inbegriff aller Güte und Vortrefflichkeit erst mit ihrem Tode kennen. Gott weiß, fuhr er fort, indem er sein Haupt schmerzlich an ihre Schulter lehnte, »wie ich die Unbesonnenheit so weit treiben konnte, mir eines Abends an einem öffentlichen Ort Äußerungen über das eben errichtete furchtbare Revolutionstribunal zu erlauben. Man verklagte, man suchte mich; ja, in Ermangelung meiner, der glücklich genug gewesen war, sich in die Vorstadt zu retten, lief die Rotte meiner rasenden Verfolger, die ein Opfer haben mußte, nach der Wohnung meiner Braut, und durch ihre wahrhaftige Versicherung, daß sie nicht wisse, wo ich sei, erbittert, schleppte man dieselbe, unter dem Vorwand, daß sie mit mir im Einverständnis sei, mit unerhörter Leichtfertigkeit statt meiner auf den Richtplatz. Kaum war mir diese entsetzliche Nachricht hinterbracht worden, als ich sogleich aus dem Schlupfwinkel, in welchen ich mich geflüchtet hatte, hervortrat, und indem ich, die Menge durchbrechend, nach dem Richtplatz eilte, laut ausrief: Hier, ihr Unmenschlichen, hier bin ich! Doch sie, die schon auf dem Gerüste der Guillotine stand, antwortete auf die Frage einiger Richter, denen ich unglücklicher Weise fremd sein mußte, indem sie sich mit einem Blick, der mir unauslöschlich in die Seele geprägt ist, von mir abwandte: diesen Menschen kenne ich nicht! – worauf unter Trommeln und Lärmen, von den ungeduldigen Blutmenschen angezettelt, das Eisen, wenige Augenblicke nachher, herabfiel, und ihr Haupt von seinem Rumpfe trennte. – Wie ich gerettet worden bin, das weiß ich nicht; ich befand mich, eine Viertelstunde darauf, in der Wohnung eines Freundes, wo ich aus einer Ohnmacht in die andere fiel, und halbwahnwitzig gegen Abend auf einen Wagen geladen und über den Rhein geschafft wurde.« – Bei diesen Worten trat der Fremde, indem er das Mädchen losließ, an das Fenster; und da diese sah, daß er sein Gesicht sehr gerührt in ein Tuch drückte: so übernahm sie, von manchen Seiten geweckt, ein menschliches Gefühl; sie folgte ihm mit einer plötzlichen Bewegung, fiel ihm um den Hals, und mischte ihre Tränen mit den seinigen.

Was weiter ertolgte, brauchen wir nicht zu melden, weil es jeder, der an diese Stelle kommt, von selbst liest. Der Fremde, als er sich wieder gesammlet hatte, wußte nicht, wohin ihn die Tat, die er begangen, führen würde; inzwischen sah er so viel ein, daß er gerettet, und in dem Hause, in welchem er sich befand, für ihn nichts von dem Mädchen zu befürchten war. Er versuchte, da er sie mit verschränkten Armen auf dem Bett weinen sah, alles nur Mögliche, um sie zu beruhigen. Er nahm sich das kleine goldene Kreuz, ein Geschenk der treuen Mariane, seiner abgeschiedenen Braut, von der Brust; und, indem er sich unter unendlichen Liebkosungen über sie neigte, hing er es ihr als ein Brautgeschenk, wie er es nannte, um den Hals. Er setzte sich, da sie in Tränen zerfloß und auf seine Worte nicht hörte, auf den Rand des Bettes nieder, und sagte ihr, indem er ihre Hand bald streichelte, bald küßte: daß er bei ihrer Mutter am Morgen des nächsten Tages um sie anhalten wolle. Er beschrieb ihr, welch ein kleines Eigentum, frei und unabhängig, er an den Ufern der Aar besitze; eine Wohnung, bequem und geräumig genug, sie und auch ihre Mutter, wenn ihr Alter die Reise zulasse, darin aufzunehmen; Felder, Gärten, Wiesen und Weinberge; und einen alten ehrwürdigen Vater, der sie dankbar und liebreich daselbst, weil sie seinen Sohn gerettet, empfangen würde. Er schloß sie, da ihre Tränen in unendlichen Ergießungen auf das Bettkissen niederflossen, in seine Arme, und fragte sie, von Rührung selber ergriffen: was er ihr zu Leide getan und ob sie ihm nicht vergeben könne? Er schwor ihr, daß die Liebe für sie nie aus seinem Herzen weichen würde, und daß nur, im Taumel wunderbar verwirrter Sinne, eine Mischung von Begierde und Angst, die sie ihm eingeflößt, ihn zu einer solchen Tat habe verführen können. Er erinnerte sie zuletzt, daß die Morgensterne funkelten, und daß, wenn sie länger im Bette verweilte, die Mutter kommen und sie darin überraschen würde; er forderte sie, ihrer Gesundheit wegen, auf, sich zu erheben und noch einige Stunden auf ihrem eignen Lager auszuruhen; er fragte sie, durch ihren Zustand in die entsetzlichsten Besorgnisse gestürzt, ob er sie vielleicht in seinen Armen aufheben und in ihre Kammer tragen solle; doch da sie auf alles, was er vorbrachte, nicht antwortete, und, ihr Haupt stilljammernd, ohne sich zu rühren, in ihre Arme gedrückt, auf den verwirrten Kissen des Bettes dalag: so blieb ihm zuletzt, hell wie der Tag schon durch beide Fenster schimmerte, nichts übrig, als sie, ohne weitere Rücksprache, aufzuheben; er trug sie, die wie eine Leblose von seiner Schulter niederhing, die Treppe hinauf in ihre Kammer, und nachdem er sie auf ihr Bette niedergelegt, und ihr unter tausend Liebkosungen noch einmal alles, was er ihr schon gesagt, wiederholt hatte, nannte er sie noch einmal seine liebe Braut, drückte einen Kuß auf ihre Wangen, und eilte in sein Zimmer zurück.

Sobald der Tag völlig angebrochen war, begab sich die alte Babekan zu ihrer Tochter hinauf, und eröffnete ihr, indem sie sich an ihr Bett niedersetzte, welch einen Plan sie mit dem Fremden sowohl, als seiner Reisegesellschaft vorhabe. Sie meinte, daß, da der Neger Congo Hoango erst in zwei Tagen wiederkehre, alles darauf ankäme, den Fremden während dieser Zeit in dem Hause hinzuhalten, ohne die Familie seiner Angehörigen, deren Gegenwart, ihrer Menge wegen, gefährlich werden könnte, darin zuzulassen. Zu diesem Zweck, sprach sie, habe sie erdacht, dem Fremden vorzuspiegeln, daß, einer soeben eingelaufenen Nachricht zufolge, der General Dessalines sich mit seinem Heer in diese Gegend wenden werde, und daß man mithin, wegen allzugroßer Gefahr, erst am dritten Tage, wenn er vorüber wäre, würde möglich machen können, die Familie, seinem Wunsche gemäß, in dem Hause aufzunehmen. Die Gesellschaft selbst, schloß sie, müsse inzwischen, damit sie nicht weiter reise, mit Lebensmitteln versorgt, und gleichfalls, um sich ihrer späterhin zu bemächtigen, in dem Wahn, daß sie eine Zuflucht in dem Hause finden werde, hingehalten werden. Sie bemerkte, daß die Sache wichtig sei, indem die Familie wahrscheinlich beträchtliche Habseligkeiten mit sich führe; und forderte die Tochter auf, sie aus allen Kräften in dem Vorhaben, das sie ihr angegeben, zu unterstützen. Toni, halb im Bette aufgerichtet, indem die Röte des Unwillens ihr Gesicht überflog, versetzte: »daß es schändlich und niederträchtig wäre, das Gastrecht an Personen, die man in das Haus gelockt, also zu verletzen. Sie meinte, daß ein Verfolgter, der sich ihrem Schutz anvertraut, doppelt sicher bei ihnen sein sollte; und versicherte, daß, wenn sie den blutigen Anschlag, den sie ihr geäußert, nicht aufgäbe, sie auf der Stelle hingehen und dem Fremden anzeigen würde, welch eine Mördergrube das Haus sei, in welchem er geglaubt habe, seine Rettung zu finden.« Toni! sagte die Mutter, indem sie die Arme in die Seite stemmte, und dieselbe mit großen Augen ansah. – »Gewiß!« erwiderte Toni, indem sie die Stimme senkte. »Was hat uns dieser Jüngling, der von Geburt gar nicht einmal ein Franzose, sondern, wie wir gesehen haben, ein Schweizer ist, zu Leide getan, daß wir, nach Art der Räuber, über ihn herfallen, ihn töten und ausplündern wollen? Gelten die Beschwerden, die man hier gegen die Pflanzer führt, auch in der Gegend der Insel, aus welcher er herkömmt? Zeigt nicht vielmehr alles, daß er der edelste und vortrefflichste Mensch ist, und gewiß das Unrecht, das die Schwarzen seiner Gattung vorwerfen mögen, auf keine Weise teilt?« – Die Alte, während sie den sonderbaren Ausdruck des Mädchens betrachtete, sagte bloß mit bebenden Lippen: daß sie erstaune. Sie fragte, was der junge Portugiese verschuldet, den man unter dem Torweg kürzlich mit Keulen zu Boden geworfen habe? Sie fragte, was die beiden Holländer verbrochen, die vor drei Wochen durch die Kugeln der Neger im Hofe gefallen wären? Sie wollte wissen, was man den drei Franzosen und so vielen andern einzelnen Flüchtlingen, vom Geschlecht der Weißen, zur Last gelegt habe, die mit Büchsen, Spießen und Dolchen, seit dem Ausbruch der Empörung, im Hause hingerichtet worden wären? »Beim Licht der Sonne«, sagte die Tochter, indem sie wild aufstand, »du hast sehr Unrecht, mich an diese Greueltaten zu erinnern! Die Unmenschlichkeiten, an denen ihr mich Teil zu nehmen zwingt, empörten längst mein innerstes Gefühl; und um mir Gottes Rache wegen alles, was vorgefallen, zu versöhnen, so schwöre ich dir, daß ich eher zehnfachen Todes sterben, als zugeben werde, daß diesem Jüngling, so lange er sich in unserm Hause befindet, auch nur ein Haar gekrümmt werde.« – Wohlan, sagte die Alte, mit einem plötzlichen Ausdruck von Nachgiebigkeit: so mag der Fremde reisen! Aber wenn Congo Hoango zurückkömmt, setzte sie hinzu, indem sie um das Zimmer zu verlassen, aufstand, und erfährt, daß ein Weißer in unserm Hause übernachtet hat, so magst du das Mitleiden, das dich bewog, ihn gegen das ausdrückliche Gebot wieder abziehen zu lassen, verantworten.

Auf diese Äußerung, bei welcher, trotz aller scheinbaren Milde, der Ingrimm der Alten heimlich hervorbrach, blieb das Mädchen in nicht geringer Bestürzung im Zimmer zurück. Sie kannte den Haß der Alten gegen die Weißen zu gut, als daß sie hätte glauben können, sie werde eine solche Gelegenheit, ihn zu sättigen, ungenutzt vorübergehen lassen. Furcht, daß sie sogleich in die benachbarten Pflanzungen schicken und die Neger zur Überwältigung des Fremden herbeirufen möchte, bewog sie, sich anzukleiden und ihr unverzüglich in das untere Wohnzimmer zu folgen. Sie stellte sich, während diese verstört den Speiseschrank, bei welchem sie ein Geschäft zu haben schien, verließ, und sich an einen Spinnrocken niedersetzte, vor das an die Tür geschlagene Mandat, in welchem allen Schwarzen bei Lebensstrafe verboten war, den Weißen Schutz und Obdach zu geben: und gleichsam als ob sie, von Schrecken ergriffen, das Unrecht, das sie begangen, einsähe, wandte sie sich plötzlich, und fiel der Mutter, die sie, wie sie wohl wußte, von hinten beobachtet hatte, zu Füßen. Sie bat, die Knie derselben umklammernd, ihr die rasenden Äußerungen, die sie sich zu Gunsten des Fremden erlaubt, zu vergeben; entschuldigte sich mit dem Zustand, halb träumend, halb wachend, in welchem sie von ihr mit den Vorschlägen zu seiner Überlistung, da sie noch im Bette gelegen, überrascht worden sei, und meinte, daß sie ihn ganz und gar der Rache der bestehenden Landesgesetze, die seine Vernichtung einmal beschlossen, preisgäbe. Die Alte, nach einer Pause, in der sie das Mädchen unverwandt betrachtete, sagte: »Beim Himmel, diese deine Erklärung rettet ihm für heute das Leben! Denn die Speise, da du ihn in deinen Schutz zu nehmen drohtest, war schon vergiftet, die ihn der Gewalt Congo Hoangos, seinem Befehl gemäß, wenigstens tot überliefert haben würde.« Und damit stand sie auf und schütttete einen Topf mit Milch, der auf dem Tisch stand, aus dem Fenster. Toni, welche ihren Sinnen nicht traute, starrte, von Entsetzen ergriffen, die Mutter an. Die Alte, während sie sich wieder niedersetzte, und das Mädchen, das noch immer auf den Knieen dalag, vom Boden aufhob, fragte: »was denn im Lauf einer einzigen Nacht ihre Gedanken so plötzlich umgewandelt hätte? Ob sie gestern, nachdem sie ihm das Bad bereitet, noch lange bei ihm gewesen wäre? Und ob sie viel mit dem Fremden gesprochen hätte?« Doch Toni, deren Brust flog, antwortete hierauf nicht, oder nichts Bestimmtes; das Auge zu Boden geschlagen, stand sie, indem sie sich den Kopf hielt, und berief sich auf einen Traum; ein Blick jedoch auf die Brust ihrer unglücklichen Mutter, sprach sie, indem sie sich rasch bückte und ihre Hand küßte, rufe ihr die ganze Unmenschlichkeit der Gattung, zu der dieser Fremde gehöre, wieder ins Gedächtnis zurück: und beteuerte, indem sie sich umkehrte und das Gesicht in ihre Schürze drückte, daß, sobald der Neger Hoango eingetroffen wäre, sie sehen würde, was sie an ihr für eine Tochter habe.

Babekan saß noch in Gedanken versenkt, und erwog, woher wohl die sonderbare Leidenschaftlichkeit des Mädchens entspringe: als der Fremde mit einem in seinem Schlafgemach geschriebenen Zettel, worin er die Familie einlud, einige Tage in der Pflanzung des Negers Hoango zuzubringen, in das Zimmer trat. Er grüßte sehr heiter und freundlich die Mutter und die Tochter, und bat, indem er der Alten den Zettel übergab: daß man sogleich in die Waldung schicken und für die Gesellschaft, dem ihm gegebenen Versprechen gemäß, Sorge tragen möchte. Babekan stand auf und sagte, mit einem Ausdruck von Unruhe, indem sie den Zettel in den Wandschrank legte: »Herr, wir müssen Euch bitten, Euch sogleich in Euer Schlafzimmer zurück zu verfügen. Die Straße ist voll von einzelnen Negertrupps, die vorüberziehen und uns anmelden, daß sich der General Dessalines mit seinem Heer in diese Gegend wenden werde. Dies Haus, das jedem offen steht, gewährt Euch keine Sicherheit, falls Ihr Euch nicht in Eurem, auf den Hof hinausgehenden, Schlafgemach verbergt, und die Türen sowohl, als auch die Fensterladen, auf das sorgfältigste verschließt.« – Wie? sagte der Fremde betroffen: der General Dessalines – »Fragt nicht!« unterbrach ihn die Alte, indem sie mit einem Stock dreimal auf den Fußboden klopfte: »in Eurem Schlafgemach, wohin ich Euch folgen werde, will ich Euch alles erklären.« Der Fremde, von der Alten mit ängstlichen Gebärden aus dem Zimmer gedrängt, wandte sich noch einmal unter der Tür und rief: aber wird man der Familie, die meiner harrt, nicht wenigstens einen Boten zusenden müssen, der sie –? »Es wird alles besorgt werden«, fiel ihm die Alte ein, während, durch ihr Klopfen gerufen, der Bastardknabe, den wir schon kennen, hereinkam; und damit befahl sie Toni, die, dem Fremden den Rükken zukehrend, vor den Spiegel getreten war, einen Korb mit Lebensmitteln, der in dem Winkel stand, aufzunehmen; und Mutter, Tochter, der Fremde und der Knabe begaben sich in das Schlafzimmer hinauf.

Hier erzählte die Alte, indem sie sich auf gemächliche Weise auf den Sessel niederließ, wie man die ganze Nacht über auf den, den Horizont abschneidenden Bergen, die Feuer des Generals Dessalines schimmern gesehen: ein Umstand, der in der Tat gegründet war, obschon sich bis diesen Augenblick noch kein einziger Neger von seinem Heer, das südwestlich gegen Port au Prince anrückte, in dieser Gegend gezeigt hatte. Es gelang ihr, den Fremden dadurch in einen Wirbel von Unruhe zu stürzen, den sie jedoch nachher wieder durch die Versicherung, daß sie alles Mögliche, selbst in dem schlimmen Fall, daß sie Einquartierung bekäme, zu seiner Rettung beitragen würde, zu stillen wußte. Sie nahm, auf die wiederholte inständige Erinnerung desselben, unter diesen Umständen seiner Familie wenigstens mit Lebensmitteln beizuspringen, der Tochter den Korb aus der Hand, und indem sie ihn dem Knaben gab, sagte sie ihm: er solle an den Möwenweiher, in die nahegelegnen Waldberge hinaus gehen, und ihn der daselbst befindlichen Familie des fremden Offiziers überbringen. »Der Offizier selbst«, solle er hinzusetzen, »befinde sich wohl; Freunde der Weißen, die selbst viel der Partei wegen, die sie ergriffen, von den Schwarzen leiden müßten, hätten ihn in ihrem Hause mitleidig aufgenommen.« Sie schloß, daß sobald die Landstraße nur von den bewaffneten Negerhaufen, die man erwartete, befreit wäre, man sogleich Anstalten treffen würde, auch ihr, der Familie, ein Unterkommen in diesem Hause zu verschaffen. – Hast du verstanden? fragte sie, da sie geendet hatte. Der Knabe, indem er den Korb auf seinen Kopf setzte, antwortete: daß er den ihm beschriebenen Möwenweiher, an dem er zuweilen mit seinen Kameraden zu fischen pflege, gar wohl kenne, und daß er alles, wie man es ihm aufgetragen, an die daselbst übernachtende Familie des fremden Herrn bestellen würde. Der Fremde zog sich, auf die Frage der Alten: ob er noch etwas hinzuzusetzen hätte? noch einen Ring vom Finger, und händigte ihn dem Knaben ein, mit dem Auftrag, ihn zum Zeichen, daß es mit den überbrachten Meldungen seine Richtigkeit habe, dem Oberhaupt der Familie, Herrn Strömli, zu übergeben. Hierauf traf die Mutter mehrere, die Sicherheit des Fremden, wie sie sagte, abzweckende Veranstaltungen; befahl Toni, die Fensterladen zu verschließen, und zündete selbst, um die Nacht, die dadurch in dem Zimmer herrschend geworden war, zu zerstreuen, an einem auf dem Kaminsims befindlichen Feuerzeug, nicht ohne Mühseligkeit, indem der Zunder nicht fangen wollte, ein Licht an. Der Fremde benutzte diesen Augenblick, um den Arm sanft um Tonis Leib zu legen, und ihr ins Ohr zu flüstern: wie sie geschlafen? und: ob er die Mutter nicht von dem, was vorgefallen, unterrichten solle? doch auf die erste Frage antwortete Toni nicht, und auf die andere versetzte sie, indem sie sich aus seinem Arm loswand: nein, wenn Ihr mich liebt, kein Wort! Sie unterdrückte die Angst, die alle diese lügenhaften Anstalten in ihr erweckten; und unter dem Vorwand, dem Fremden ein Frühstück zu bereiten, stürzte sie eilig in das untere Wohnzimmer herab.

Sie nahm aus dem Schrank der Mutter den Brief, worin der Fremde in seiner Unschuld die Familie eingeladen hatte, dem Knaben in die Niederlassung zu folgen: und auf gut Glück hin, ob die Mutter ihn vermissen würde, entschlossen, im schlimmsten Falle den Tod mit ihm zu leiden, flog sie damit dem schon auf der Landstraße wandernden Knaben nach. Denn sie sah den Jüngling, vor Gott und ihrem Herzen, nicht mehr als einen bloßen Gast, dem sie Schutz und Obdach gegeben, sondern als ihren Verlobten und Gemahl an, und war willens, sobald nur seine Partei im Hause stark genug sein würde, dies der Mutter, auf deren Bestürzung sie unter diesen Umständen rechnete, ohne Rücksicht zu erklären. »Nanky«, sprach sie, da sie den Knaben atemlos und eilfertig auf der Landstraße erreicht hatte: »die Mutter hat ihren Plan, die Familie Herrn Strömlis anbetreffend, umgeändert. Nimm diesen Brief! Er lautet an Herrn Strömli, das alte Oberhaupt der Familie, und enthält die Einladung, einige Tage mit allem, was zu ihm gehört, in unserer Niederlassung zu verweilen. – Sei klug und trage selbst alles Mögliche dazu bei, diesen Entschluß zur Reife zu bringen; Congo Hoango, der Neger, wird, wenn er wiederkömmt, es dir lohnen!« Gut, gut, Base Toni, antwortete der Knabe. Er fragte, indem er den Brief sorgsam eingewickelt in seine Tasche steckte: und ich soll dem Zuge, auf seinem Wege hierher, zum Führer dienen? »Allerdings«, versetzte Toni; »das versteht sich, weil sie die Gegend nicht kennen, von selbst. Doch wirst du, möglicher Truppenmärsche wegen, die auf der Landstraße stattfinden könnten, die Wanderung eher nicht, als um Mitternacht antreten; aber dann dieselbe auch so beschleunigen, daß du vor der Dämmerung des Tages hier eintriffst. – Kann man sich auf dich verlassen?« fragte sie. Verlaßt euch auf Nanky! antwortete der Knabe; ich weiß, warum ihr diese weißen Flüchtlinge in die Pflanzung lockt, und der Neger Hoango soll mit mir zufrieden sein!

Hierauf trug Toni dem Fremden das Frühstück auf; und nachdem es wieder abgenommen war, begaben sich Mutter und Tochter, ihrer häuslichen Geschäfte wegen, in das vordere Wohnzimmer zurück. Es konnte nicht fehlen, daß die Mutter einige Zeit darauf an den Schrank trat, und, wie es natürlich war, den Brief vermißte. Sie legte die Hand, ungläubig gegen ihr Gedächtnis, einen Augenblick an den Kopf, und fragte Toni: wo sie den Brief, den ihr der Fremde gegeben, wohl hingelegt haben könne? Toni antwortete nach einer kurzen Pause, in der sie auf den Boden niedersah: daß ihn der Fremde ja, ihres Wissens, wieder eingesteckt und oben im Zimmer, in ihrer beiden Gegenwart, zerrissen habe! Die Mutter schaute das Mädchen mit großen Augen an; sie meinte, sich bestimmt zu erinnern, daß sie den Brief aus seiner Hand empfangen und in den Schrank gelegt habe; doch da sie ihn nach vielem vergeblichen Suchen darin nicht fand, und ihrem Gedächtnis, mehrerer ähnlichen Vorfälle wegen, mißtraute: so blieb ihr zuletzt nichts übrig, als der Meinung, die ihr die Tochter geäußert, Glauben zu schenken. Inzwischen konnte sie ihr lebhaftes Mißvergnügen über diesen Umstand nicht unterdrücken, und meinte, daß der Brief dem Neger Hoango, um die Familie in die Pflanzung hereinzubringen, von der größten Wichtigkeit gewesen sein würde. Am Mittag und Abend, da Toni den Fremden mit Speisen bediente, nahm sie, zu seiner Unterhaltung an der Tischecke sitzend, mehreremal Gelegenheit, ihn nach dem Briefe zu fragen; doch Toni war geschickt genug, das Gespräch, so oft es auf diesen gefährlichen Punkt kam, abzulenken oder zu verwirren; dergestalt, daß die Mutter durch die Erklärungen des Fremden über das eigentliche Schicksal des Briefes auf keine Weise ins Reine kam. So verfloß der Tag; die Mutter verschloß nach dem Abendessen aus Vorsicht, wie sie sagte, des Fremden Zimmer; und nachdem sie noch mit Toni überlegt hatte, durch welche List sie sich von neuem, am folgenden Tage, in den Besitz eines solchen Briefes setzen könne, begab sie sich zur Ruhe, und befahl dem Mädchen gleichfalls, zu Bette zu gehen.

Sobald Toni, die diesen Augenblick mit Sehnsucht erwartet hatte, ihre Schlafkammer erreicht und sich überzeugt hatte, daß die Mutter entschlummert war, stellte sie das Bildnis der heiligen Jungfrau, das neben ihrem Bette hing, auf einen Sessel, und ließ sich mit verschränkten Händen auf Knieen davor nieder. Sie flehte den Erlöser, ihren göttlichen Sohn, in einem Gebet voll unendlicher Inbrunst, um Mut und Standhaftigkeit an, dem Jüngling, dem sie sich zu eigen gegeben, das Geständnis der Verbrechen, die ihren jungen Busen beschwerten, abzulegen. Sie gelobte, diesem, was es ihrem Herzen auch kosten würde, nichts, auch nicht die Absicht, erbarmungslos und entsetzlich, in der sie ihn gestern in das Haus gelockt, zu verbergen; doch um der Schritte willen, die sie bereits zu seiner Rettung getan, wünschte sie, daß er ihr vergeben, und sie als sein treues Weib mit sich nach Europa führen möchte. Durch dies Gebet wunderbar gestärkt, ergriff sie, indem sie aufstand, den Hauptschlüssel, der alle Gemächer des Hauses schloß, und schritt damit langsam, ohne Licht, über den schmalen Gang, der das Gebäude durchschnitt, dem Schlafgemach des Fremden zu. Sie öffnete das Zimmer leise und trat vor sein Bett, wo er in tiefen Schlaf versenkt ruhte. Der Mond beschien sein blühendes Antlitz, und der Nachtwind, der durch die geöffneten Fenster eindrang, spielte mit dem Haar auf seiner Stirn. Sie neigte sich sanft über ihn und rief ihn, seinen süßen Atem einsaugend, beim Namen; aber ein tiefer Traum,

von dem sie der Gegenstand zu sein schien, beschäftigte
ihn: wenigstens hörte sie, zu wiederholten Malen, von seinen glühenden, zitternden Lippen das geflüsterte Wort:
Toni! Wehmut, die nicht zu beschreiben ist, ergriff sie;
sie konnte sich nicht entschließen, ihn aus den Himmeln
lieblicher Einbildung in die Tiefe einer gemeinen und
elenden Wirklichkeit herabzureißen; und in der Gewißheit, daß er ja früh oder spät von selbst erwachen müsse,
kniete sie an seinem Bette nieder und überdeckte seine
teure Hand mit Küssen.

Aber wer beschreibt das Entsetzen, das wenige Augenblicke darauf ihren Busen ergriff, als sie plötzlich, im Innern des Hofraums, ein Geräusch von Menschen, Pferden und Waffen hörte, und darunter ganz deutlich die
Stimme des Negers Congo Hoango erkannte, der unvermuteter Weise mit seinem ganzen Troß aus dem Lager
des Generals Dessalines zurückgekehrt war. Sie stürzte,
den Mondschein, der sie zu verraten drohte, sorgsam vermeidend, hinter die Vorhänge des Fensters, und hörte
auch schon die Mutter, welche dem Neger von allem, was
während dessen vorgefallen war, auch von der Anwesenheit des europäischen Flüchtlings im Hause, Nachricht gab.
Der Neger befahl den Seinigen, mit gedämpfter Stimme,
im Hofe still zu sein. Er fragte die Alte, wo der Fremde in
diesem Augenblick befindlich sei? worauf diese ihm das
Zimmer bezeichnete, und sogleich auch Gelegenheit nahm,
ihn von dem sonderbaren und auffallenden Gespräch, das
sie, den Flüchtling betreffend, mit der Tochter gehabt
hatte, zu unterrichten. Sie versicherte dem Neger, daß das
Mädchen eine Verräterin, und der ganze Anschlag, desselben habhaft zu werden, in Gefahr sei, zu scheitern. Wenigstens sei die Spitzbübin, wie sie bemerkt, heimlich
beim Einbruch der Nacht in sein Bette geschlichen, wo sie
noch bis diesen Augenblick in guter Ruhe befindlich sei;
und wahrscheinlich, wenn der Fremde nicht schon entflohen sei, werde derselbe eben jetzt gewarnt, und die Mittel, wie seine Flucht zu bewerkstelligen sei, mit ihm verabredet. Der Neger, der die Treue des Mädchens schon in
ähnlichen Fällen erprobt hatte, antwortete: es wäre wohl
nicht möglich? Und: Kelly! rief er wütend, und: Omra!
Nehmt eure Büchsen! Und damit, ohne weiter ein Wort

zu sagen, stieg er, im Gefolge aller seiner Neger, die Treppe hinauf, und begab sich in das Zimmer des Fremden.

Toni, vor deren Augen sich, während weniger Minuten, dieser ganze Auftritt abgespielt hatte, stand, gelähmt an allen Gliedern, als ob sie ein Wetterstrahl getroffen hätte, da. Sie dachte einen Augenblick daran, den Fremden zu wecken; doch teils war, wegen Besetzung des Hofraums, keine Flucht für ihn möglich, teils auch sah sie voraus, daß er zu den Waffen greifen, und somit bei der Überlegenheit der Neger, Zubodenstreckung unmittelbar sein Los sein würde. Ja, die entsetzlichste Rücksicht, die sie zu nehmen genötigt war, war diese, daß der Unglückliche sie selbst, wenn er sie in dieser Stunde bei seinem Bette fände, für eine Verräterin halten, und, statt auf ihren Rat zu hören, in der Raserei eines so heillosen Wahns, dem Neger Hoango völlig besinnungslos in die Arme laufen würde. In dieser unaussprechlichen Angst fiel ihr ein Strick in die Augen, welcher, der Himmel weiß durch welchen Zufall, an dem Riegel der Wand hing. Gott selbst, meinte sie, indem sie ihn herabriß, hätte ihn zu ihrer und des Freundes Rettung dahin geführt. Sie umschlang den Jüngling, vielfache Knoten schürzend, an Händen und Füßen damit; und nachdem sie, ohne darauf zu achten, daß er sich rührte und sträubte, die Enden angezogen und an das Gestell des Bettes festgebunden hatte: drückte sie, froh, des Augenblicks mächtig geworden zu sein, einen Kuß auf seine Lippen, und eilte dem Neger Hoango, der schon auf der Treppe klirrte, entgegen.

Der Neger, der dem Bericht der Alten, Toni anbetreffend, immer noch keinen Glauben schenkte, stand, als er sie aus dem bezeichneten Zimmer hervortreten sah, bestürzt und verwirrt, im Korridor mit seinem Troß von Fackeln und Bewaffneten still. Er rief: »die Treulose! die Bundbrüchige!« und indem er sich zu Babekan wandte, welche einige Schritte vorwärts gegen die Tür des Fremden getan hatte, fragte er: »ist der Fremde entflohn?« Babekan, welche die Tür, ohne hineinzusehen, offen gefunden hatte, rief, indem sie als eine Wütende zurückkehrte: Die Gaunerin! Sie hat ihn entwischen lassen! Eilt, und besetzt die Ausgänge, ehe er das weite Feld erreicht! »Was gibts?«

fragte Toni, indem sie mit dem Ausdruck des Erstaunens den Alten und die Neger, die ihn umringten, ansah. Was es gibt? erwiderte Hoango; und damit ergriff er sie bei der Brust und schleppte sie nach dem Zimmer hin. »Seid ihr rasend?« rief Toni, indem sie den Alten, der bei dem sich ihm darbietenden Anblick erstarrte, von sich stieß: »Da liegt der Fremde, von mir in seinem Bette festgebunden, und, beim Himmel, es ist nicht die schlechteste Tat, die ich in meinem Leben getan!« Bei diesen Worten kehrte sie ihm den Rücken zu, und setzte sich, als ob sie weinte, an einen Tisch nieder. Der Alte wandte sich gegen die in Verwirrung zur Seite stehende Mutter und sprach: o Babekan, mit welchem Märchen hast du mich getäuscht? »Dem Himmel sei Dank«, antwortete die Mutter, indem sie die Stricke, mit welchen der Fremde gebunden war, verlegen untersuchte; »der Fremde ist da, obschon ich von dem Zusammenhang nichts begreife.« Der Neger trat, das Schwert in die Scheide steckend, an das Bett und fragte den Fremden: wer er sei? woher er komme und wohin er reise? Doch da dieser, unter krampfhaften Anstrengungen sich loszuwinden, nichts hervorbrachte, als, auf jämmerliche schmerzhafte Weise: o Toni! o Toni! – so nahm die Mutter das Wort und bedeutete ihm, daß er ein Schweizer sei, namens Gustav von der Ried, und daß er mit einer ganzen Familie europäischer Hunde, welche in diesem Augenblick in den Berghöhlen am Möwenweiher versteckt sei, von dem Küstenplatz Fort Dauphin komme. Hoango, der das Mädchen, den Kopf schwermütig auf ihre Hände gestützt, dasitzen sah, trat zu ihr und nannte sie sein liebes Mädchen; klopfte ihr die Wangen, und forderte sie auf, ihm den übereilten Verdacht, den er ihr geäußert, zu vergeben. Die Alte, die gleichfalls vor das Mädchen hingetreten war, stemmte die Arme kopfschüttelnd in die Seite und fragte: weshalb sie denn den Fremden, der doch von der Gefahr, in der er sich befunden, gar nichts gewußt, mit Stricken in dem Bette festgebunden habe? Toni, vor Schmerz und Wut in der Tat weinend, antwortete, plötzlich zur Mutter gekehrt: »weil du keine Augen und Ohren hast! Weil er die Gefahr, in der er schwebte, gar wohl begriff! Weil er entfliehen wollte; weil er mich gebeten hatte, ihm zu seiner Flucht behülflich zu sein; weil er einen Anschlag auf dein eignes Leben gemacht hatte, und sein Vorhaben bei Anbruch des Tages ohne Zweifel, wenn ich ihn nicht schlafend gebunden hätte, in Ausführung gebracht haben würde.« Der Alte liebkoste und beruhigte das Mädchen, und befahl Babekan, von dieser Sache zu schweigen. Er rief ein paar Schützen mit Büchsen vor, um das Gesetz, dem der Fremdling verfallen war, augenblicklich an demselben zu vollstrecken; aber Babekan flüsterte ihm heimlich zu: »nein, ums Himmels willen, Hoango!« – Sie nahm ihn auf die Seite und bedeutete ihm: »Der Fremde müsse, bevor er hingerichtet werde, eine Einladung aufsetzen, um vermittelst derselben die Familie, deren Bekämpfung im Walde manchen Gefahren ausgesetzt sei, in die Pflanzung zu locken.« – Hoango, in Erwägung, daß die Familie wahrscheinlich nicht unbewaffnet sein werde, gab diesem Vorschlag seinen Beifall; er stellte, weil es zu spät war, den Brief verabredetermaßen schreiben zu lassen, zwei Wachen bei dem weißen Flüchtling aus; und nachdem er noch, der Sicherheit wegen, die Stricke untersucht, auch, weil er sie zu locker befand, ein paar Leute herbeigerufen hatte, um sie noch enger zusammenzuziehen, verließ er mit seinem ganzen Troß das Zimmer, und alles nach und nach begab sich zur Ruh.

Aber Toni, welche nur scheinbar dem Alten, der ihr noch einmal die Hand gereicht, gute Nacht gesagt und sich zu Bette gelegt hatte, stand, sobald sie alles im Hause still sah, wieder auf, schlich sich durch eine Hinterpforte des Hauses auf das freie Feld hinaus, und lief, die wildeste Verzweiflung im Herzen, auf dem, die Landstraße durchkreuzenden, Wege der Gegend zu, von welcher die Familie Herrn Strömlis herankommen mußte. Denn die Blicke voll Verachtung, die der Fremde von seinem Bette aus auf sie geworfen hatte, waren ihr empfindlich, wie Messerstiche, durchs Herz gegangen; es mischte sich ein Gefühl heißer Bitterkeit in ihre Liebe zu ihm, und sie frohlockte bei dem Gedanken, in dieser zu seiner Rettung angeordneten Unternehmung zu sterben. Sie stellte sich, in der Besorgnis, die Familie zu verfehlen, an den Stamm einer Pinie, bei welcher, falls die Einladung angenommen worden war, die Gesellschaft vorüberziehen mußte, und kaum war auch, der Verabredung gemäß, der erste Strahl der Dämmerung am Horizont angebrochen, als Nankys, des Knaben, Stimme, der dem Trosse zum Führer diente, schon fernher unter den Bäumen des Waldes hörbar ward. Der Zug bestand aus Herrn Strömli und seiner Gemahlin, welche letztere auf einem Maulesel ritt; fünf Kindern desselben, deren zwei Adelbert und Gottfried, Jünglinge von 18 und 17 Jahren, neben dem Maulesel hergingen; drei Dienern und zwei Mägden, wovon die eine, einen Säugling an der Brust, auf dem andern Maulesel ritt, in allem aus zwölf Personen. Er bewegte sich langsam über die den Weg durchflechtenden Kienwurzeln, dem Stamm der Pinie zu: wo Toni, so geräuschlos, als niemand zu erschrecken nötig war, aus dem Schatten des Baums hervortrat, und dem Zuge zurief: Halt! Der Knabe kannte sie sogleich, und auf ihre Frage: wo Herr Strömli sei? während Männer, Weiber und Kinder sie umringten, stellte dieser sie freudig dem alten Oberhaupt der Familie, Herrn Strömli, vor. »Edler Herr!« sagte Toni, indem sie die Begrüßungen desselben mit fester Stimme unterbrach: »der Neger Hoango ist, auf überraschende Weise, mit seinem ganzen Troß in die Niederlassung zurück gekommen. Ihr könnt jetzt, ohne die größeste Lebensgefahr, nicht darin einkehren; ja, euer Vetter, der zu seinem Unglück eine Aufnahme darin fand, ist verloren, wenn ihr nicht zu den Waffen greift, und mir, zu seiner Befreiung aus der Haft, in welcher ihn der Neger Hoango gefangen hält, in die Pflanzung folgt!« Gott im Himmel! riefen, von Schrecken erfaßt, alle Mitglieder der Familie; und die Mutter, die krank und von der Reise erschöpft war, fiel von dem Maultier ohnmächtig auf den Boden nieder. Toni, während auf den Ruf Herrn Strömlis die Mägde herbeieilten, um ihrer Frau zu helfen, führte, von den Jünglingen mit Fragen bestürmt, Herrn Strömli und die übrigen Männer, aus Furcht vor dem Knaben Nanky, auf die Seite. Sie erzählte den Männern, ihre Tränen vor Scham und Reue nicht zurückhaltend, alles, was vorgefallen, wie die Verhältnisse, in dem Augenblick, da der Jüngling eingetroffen, im Hause bestanden; wie das Gespräch, das sie unter vier Augen mit ihm gehabt, dieselben auf ganz unbegreifliche Weise verändert; was sie bei der Ankunft des Negers, fast wahnsinnig vor Angst, getan, und wie sie nun Tod und Leben daran setzen wolle, ihn aus der Gefangenschaft, worin sie ihn selbst gestürzt, wieder zu befreien. Meine Waffen! rief Herr Strömli, indem er zu dem Maultier seiner Frau eilte und seine Büchse herabnahm. Er sagte, während auch Adelbert und Gottfried, seine rüstigen Söhne, und die drei wackern Diener sich bewaffneten: Vetter Gustav hat mehr als einem von uns das Leben gerettet; jetzt ist es an uns, ihm den gleichen Dienst zu tun; und damit hob er seine Frau, welche sich erholt hatte, wieder auf das Maultier, ließ dem Knaben Nanky, aus Vorsicht, als eine Art von Geisel, die Hände binden; schickte den ganzen Troß, Weiber und Kinder, unter dem bloßen Schutz seines dreizehnjährigen, gleichfalls bewaffneten Sohnes, Ferdinand, an den Möwenweiher zurück; und nachdem er noch Toni, welche selbst einen Helm und einen Spieß genommen hatte, über die Stärke der Neger und ihre Verteilung im Hofraume ausgefragt und ihr versprochen hatte, Hoangos sowohl, als ihrer Mutter, so viel es sich tun ließ, bei dieser Unternehmung zu schonen: stellte er sich mutig, und auf Gott vertrauend, an die Spitze seines kleinen Haufens, und brach, von Toni geführt, in die Niederlassung auf.

Toni, sobald der Haufen durch die hintere Pforte eingeschlichen war, zeigte Herrn Strömli das Zimmer, in welchem Hoango und Babekan ruhten; und während Herr Strömli geräuschlos mit seinen Leuten in das offne Haus eintrat, und sich sämtlicher zusammengesetzter Gewehre der Neger bemächtigte, schlich sie zur Seite ab in den Stall, in welchem der fünfjährige Halbbruder des Nanky, Seppy, schlief. Denn Nanky und Seppy, Bastardkinder des alten Hoango, waren diesem, besonders der letzte, dessen Mutter kürzlich gestorben war, sehr teuer; und da, selbst in dem Fall, daß man den gefangenen Jüngling befreite, der Rückzug an den Möwenweiher und die Flucht von dort nach Port au Prince, der sie sich anzuschließen gedachte, noch mancherlei Schwierigkeiten ausgesetzt war: so schloß sie nicht unrichtig, daß der Besitz beider Knaben, als einer Art von Unterpfand, dem Zuge, bei etwaniger Verfolgung der Neger, von großem Vorteil sein würde. Es gelang ihr, den Knaben ungesehen aus seinem Bette zu heben, und in ihren Armen, halb schlafend, halb wachend, in das Hauptgebäude hinüberzutragen. Inzwischen war Herr Strömli, so heimlich, als es sich tun ließ, mit seinem Haufen in Hoangos Stubentüre eingetreten; aber statt ihn und Babekan, wie er glaubte, im Bette zu finden, standen, durch das Geräusch geweckt, beide, obschon halbnackt und hülflos, in der Mitte des Zimmers da. Herr Strömli, indem er seine Büchse in die Hand nahm, rief: sie sollten sich ergeben, oder sie wären des Todes! doch Hoango, statt aller Antwort, riß ein Pistol von der Wand und platzte es, Herrn Strömli am Kopf streifend, unter die Menge los. Herrn Strömlis Haufen, auf dies Signal, fiel wütend über ihn her; Hoango, nach einem zweiten Schuß, der einem Diener die Schulter durchbohrte, ward durch einen Säbelhieb an der Hand verwundet, und beide, Babekan und er, wurden niedergeworfen und mit Stricken am Gestell eines großen Tisches festgebunden. Mittlerweile waren, durch die Schüsse geweckt, die Neger des Hoango, zwanzig und mehr an der Zahl, aus ihren Ställen hervorgestürzt, und drangen, da sie die alte Babekan im Hause schreien hörten, wütend gegen dasselbe vor, um ihre Waffen wieder zu erobern. Vergebens postierte Hans Strömli, dessen Wunde von keiner Bedeutung war, seine Leute an die Fenster des Hauses, und ließ, um die Kerle im Zaum zu halten, mit Büchsen unter sie feuern, sie achteten zweier Toten nicht, die schon auf dem Hofe umher lagen, und waren im Begriff, Äxte und Brechstangen zu holen, um die Haustür, welche Herr Strömli verriegelt hatte, einzusprengen, als Toni, zitternd und bebend, den Knaben Seppy auf dem Arm, in Hoangos Zimmer trat. Herr Strömli, dem diese Erscheinung äußerst erwünscht war, riß ihr den Knaben vom Arm; er wandte sich, indem er seinen Hirschfänger zog, zu Hoango, und schwor, daß er den Jungen augenblicklich töten würde, wenn er den Negern nicht zuriefe, von ihrem Vorhaben abzustehen. Hoango, dessen Kraft durch den Hieb über die drei Finger der Hand gebrochen war, und der sein eignes Leben, im Fall einer Weigerung, ausgesetzt haben würde, erwiderte nach einigen Bedenken, indem er sich vom Boden aufheben ließ: »daß er dies tun wolle; er stellte sich, von Herrn

Strömli geführt, an das Fenster, und mit einem Schnupftuch, das er in die linke Hand nahm, über den Hof hinauswinkend, rief er den Negern zu: »daß sie die Tür, indem es, sein Leben zu retten, keiner Hülfe bedürfe, unberührt lassen sollten und in ihre Ställe zurückkehren möchten!« Hierauf beruhigte sich der Kampf ein wenig: Hoango schickte, auf Verlangen Herrn Strömlis, einen im Hause eingefangenen Neger, mit der Wiederholung dieses Befehls, zu dem im Hofe noch verweilenden und sich beratschlagenden Haufen hinab; und da die Schwarzen, so wenig sie auch von der Sache begriffen, den Worten dieses förmlichen Botschafters Folge leisten mußten, so gaben sie ihren Anschlag, zu dessen Ausführung schon alles in Bereitschaft war, auf, und verfügten sich nach und nach, obschon murrend und schimpfend, in ihre Ställe zurück. Herr Strömli, indem er dem Knaben Seppy vor den Augen Hoangos die Hände binden ließ, sagte diesem: »daß seine Absicht keine andere sei, als den Offizier, seinen Vetter aus der in der Pflanzung über ihn verhängten Haft zu befreien, und daß, wenn seiner Flucht nach Port au Prince keine Hindernisse in den Weg gelegt würden, weder für sein, Hoangos, noch für seiner Kinder Leben, die er ihm wiedergeben würde, etwas zu befürchten sein würde. Babekan, welcher Toni sich näherte und zum Abschied in einer Rührung, die sie nicht unterdrücken konnte, die Hand geben wollte, stieß diese heftig von sich. Sie nannte sie eine Niederträchtige und Verräterin, und meinte, indem sie sich am Gestell des Tisches, an dem sie lag, umkehrte: die Rache Gottes würde sie, noch ehe sie ihrer Schandtat froh geworden, ereilen. Toni antwortete: »ich habe euch nicht verraten; ich bin eine Weiße, und dem Jüngling, den ihr gefangen haltet, verlobt; ich gehöre zu dem Geschlecht derer, mit denen ihr im offenen Kriege liegt, und werde vor Gott, daß ich mich auf ihre Seite stellte, zu verantworten wissen.« Hierauf gab Herr Strömli dem Neger Hoango, den er zur Sicherheit wieder hatte fesseln und an die Pfosten der Tür festbinden lassen, eine Wache, er ließ den Diener, der, mit zersplittertem Schulterknochen, ohnmächtig am Boden lag, aufheben und wegtragen; und nachdem er dem Hoango noch gesagt hatte, daß er beide Kinder, den Nanky sowohl als

den Seppy, nach Verlauf einiger Tage, in Sainte Lüze, wo
die ersten französischen Vorposten stünden, abholen lassen könne, nahm er Toni, die, von mancherlei Gefühlen
bestürmt, sich nicht enthalten konnte zu weinen, bei der
Hand, und führte sie, unter den Flüchen Babekans und
des alten Hoango, aus dem Schlafzimmer fort.

Inzwischen waren Adelbert und Gottfried, Herrn Strömlis Söhne, schon nach Beendigung des ersten, an den Fenstern gefochtenen Hauptkampfs, auf Befehl des Vaters, in
das Zimmer ihres Vetters Gustav geeilt, und waren glücklich genug gewesen, die beiden Schwarzen, die diesen be-
wachten, nach einem hartnäckigen Widerstand zu überwältigen. Der eine lag tot im Zimmer; der andere hatte
sich mit einer schweren Schußwunde bis auf den Korridor
hinausgeschleppt. Die Brüder, deren einer, der Ältere, dabei selbst, obschon nur leicht, am Schenkel verwundet worden war, banden den teuren lieben Vetter los: sie umarm-
ten und küßten ihn, und forderten ihn jauchzend, indem
sie ihm Gewehr und Waffen gaben, auf, ihnen nach dem
vorderen Zimmer, in welchem, da der Sieg entschieden,
Herr Strömli wahrscheinlich alles schon zum Rückzug an-
ordne, zu folgen. Aber Vetter Gustav, halb im Bette aufgerichtet, drückte ihnen freundlich die Hand; im übrigen
war er still und zerstreut, und statt die Pistolen, die sie
ihm darreichten, zu ergreifen, hob er die Rechte, und strich
sich, mit einem unaussprechlichen Ausdruck von Gram, damit über die Stirn. Die Jünglinge, die sich bei ihm niedergesetzt hatten, fragten: was ihm fehle? und schon, da
er sie mit seinem Arm umschloß, und sich mit dem Kopf
schweigend an die Schulter des Jüngern lehnte, wollte
Adelbert sich erheben, um ihm im Wahn, daß ihn eine
Ohnmacht anwandle, einen Trunk Wasser herbeizuholen:
als Toni, den Knaben Seppy auf dem Arm, an der Hand
Herrn Strömlis, in das Zimmer trat. Gustav wechselte
bei diesem Anblick die Farbe; er hielt sich, indem er aufstand, als ob er umsinken wollte, an den Leibern der
Freunde fest; und ehe die Jünglinge noch wußten, was er
mit dem Pistol, das er ihnen jetzt aus der Hand nahm,
anfangen wollte: drückte er dasselbe schon, knirschend
vor Wut, gegen Toni ab. Der Schuß war ihr mitten durch
die Brust gegangen; und da sie, mit einem gebrochenen

Laut des Schmerzes, noch einige Schritte gegen ihn tat, und sodann, indem sie den Knaben an Herrn Strömli gab, vor ihm niedersank: schleuderte er das Pistol über sie, stieß sie mit dem Fuß von sich, und warf sich, indem er sie eine Hure nannte, wieder auf das Bette nieder. »Du ungeheurer Mensch!« riefen Herr Strömli und seine beiden Söhne. Die Jünglinge warfen sich über das Mädchen, und riefen, indem sie es aufhoben, einen der alten Diener herbei, der dem Zuge schon in manchen ähnlichen, verzweiflungsvollen Fällen die Hülfe eines Arztes geleistet hatte; aber das Mädchen, das sich mit der Hand krampfhaft die Wunde hielt, drückte die Freunde hinweg, und: »sagt ihm –!« stammelte sie röchelnd, auf ihn, der sie erschossen, hindeutend, und wiederholte: »sagt ihm – –!« Was sollen wir ihm sagen? fragte Herr Strömli, da der Tod ihr die Sprache raubte. Adelbert und Gottfried standen auf und riefen dem unbegreiflich gräßlichen Mörder zu: ob er wisse, daß das Mädchen seine Retterin sei; daß sie ihn liebe und daß es ihre Absicht gewesen sei mit ihm, dem sie alles, Eltern und Eigentum, aufgeopfert, nach Port au Prince zu entfliehen? – Sie donnerten ihm: Gustav! in die Ohren, und fragten ihn: ob er nichts höre? und schüttelten ihn und griffen ihm in die Haare, da er unempfindlich, und ohne auf sie zu achten, auf dem Bette lag. Gustav richtete sich auf. Er warf einen Blick auf das in seinem Blute sich wälzende Mädchen; und die Wut, die diese Tat veranlaßt hatte, machte, auf natürliche Weise, einem Gefühl gemeinen Mitleidens Platz. Herr Strömli, heiße Tränen auf sein Schnupftuch niederweinend, fragte: warum, Elender, hast du das getan? Vetter Gustav, der von dem Bette aufgestanden war, und das Mädchen, indem er sich den Schweiß von der Stirn abwischte, betrachtete, antwortete: daß sie ihn schändlicher Weise zur Nachtzeit gebunden und dem Neger Hoango übergeben habe. »Ach!« rief Toni, und streckte, mit einem unbeschreiblichen Blick, ihre Hand nach ihm aus: »dich, liebsten Freund, band ich, weil – –!« Aber sie konnte nicht reden und ihn auch mit der Hand nicht erreichen; sie fiel, mit einer plötzlichen Erschlaffung der Kraft, wieder auf den Schoß Herrn Strömlis zurück. Weshalb? fragte Gustav blaß, indem er zu ihr niederkniete. Herr Strömli, nach einer langen, nur durch das

Röcheln Tonis unterbrochenen Pause, in welcher man vergebens auf eine Antwort von ihr gehofft hatte, nahm das Wort und sprach: weil, nach der Ankunft Hoangos, dich, Unglücklichen, zu retten, kein anderes Mittel war, weil sie den Kampf, den du unfehlbar eingegangen wärest, vermeiden, weil sie Zeit gewinnen wollte, bis wir, die wir schon vermöge ihrer Veranstaltung herbeieilten, deine Befreiung mit den Waffen in der Hand erzwingen konnten. Gustav legte die Hände vor sein Gesicht. Oh! rief er, ohne aufzusehen, und meinte, die Erde versänke unter seinen Füßen: ist das, was ihr mir sagt, wahr? Er legte seine Arme um ihren Leib und sah ihr mit jammervoll zerrissenem Herzen ins Gesicht. »Ach«, rief Toni, und dies waren ihre letzten Worte: »du hättest mir nicht mißtrauen sollen!« Und damit hauchte sie ihre schöne Seele aus. Gustav raufte sich die Haare. Gewiß! sagte er, da ihn die Vettern von der Leiche wegrissen: ich hätte dir nicht mißtrauen sollen; denn du warst mir durch einen Eidschwur verlobt, obschon wir keine Worte darüber gewechselt hatten! Herr Strömli drückte jammernd den Latz, der des Mädchens Brust umschloß, nieder. Er ermunterte den Diener, der mit einigen unvollkommenen Rettungswerkzeugen neben ihm stand, die Kugel, die, wie er meinte, in dem Brustknochen stecken müsse, auszuziehen; aber alle Bemühung, wie gesagt, war vergebens, sie war von dem Blei ganz durchbohrt, und ihre Seele schon zu besseren Sternen entflohn. – Inzwischen war Gustav ans Fenster getreten; und während Herr Strömli und seine Söhne unter stillen Tränen beratschlagten, was mit der Leiche anzufangen sei, und ob man nicht die Mutter herbeirufen solle: jagte Gustav sich die Kugel, womit das andere Pistol geladen war, durchs Hirn. Diese neue Schreckenstat raubte den Verwandten völlig alle Besinnung. Die Hülfe wandte sich jetzt auf ihn; aber des Ärmsten Schädel war ganz zerschmettert, und hing, da er sich das Pistol in den Mund gesetzt hatte, zum Teil an den Wänden umher. Herr Strömli war der erste, der sich wieder sammelte. Denn da der Tag schon ganz hell durch die Fenster schien, und auch Nachrichten einliefen, daß die Neger sich schon wieder auf dem Hofe zeigten: so blieb nichts übrig, als ungesäumt an den Rückzug zu denken. Man legte die beiden

Leichen, die man nicht der mutwilligen Gewalt der Neger überlassen wollte, auf ein Brett, und nachdem die Büchsen von neuem geladen waren, brach der traurige Zug nach dem Möwenweiher auf. Herr Strömli, den Knaben Seppy auf dem Arm, ging voran; ihm folgten die beiden stärksten Diener, welche auf ihren Schultern die Leichen trugen; der Verwundete schwankte an einem Stabe hinterher; und Adelbert und Gottfried gingen mit gespannten Büchsen dem langsam fortschreitenden Leichenzuge zur Seite. Die Neger, da sie den Haufen so schwach erblickten, traten mit Spießen und Gabeln aus ihren Wohnungen hervor, und schienen Miene zu machen, angreifen zu wollen; aber Hoango, den man die Vorsicht beobachtet hatte, loszubinden, trat auf die Treppe des Hauses hinaus, und winkte den Negern, zu ruhen. »In Sainte Lüze!« rief er Herrn Strömli zu, der schon mit den Leichen unter dem Torweg war. »In Sainte Lüze!« antwortete dieser: worauf der Zug, ohne verfolgt zu werden, auf das Feld hinauskam und die Waldung erreichte. Am Möwenweiher, wo man die Familie fand, grub man, unter vielen Tränen, den Leichen ein Grab; und nachdem man noch die Ringe, die sie an der Hand trugen, gewechselt hatte, senkte man sie unter stillen Gebeten in die Wohnungen des ewigen Friedens ein. Herr Strömli war glücklich genug, mit seiner Frau und seinen Kindern, fünf Tage darauf, Sainte Lüze zu erreichen, wo er die beiden Negerknaben, seinem Versprechen gemäß, zurückließ. Er traf kurz vor Anfang der Belagerung in Port au Prince ein, wo er noch auf den Wällen für die Sache der Weißen focht; und als die Stadt nach einer hartnäckigen Gegenwehr an den General Dessalines überging, rettete er sich mit dem französischen Heer auf die englische Flotte, von wo die Familie nach Europa überschiffte, und ohne weitere Unfälle ihr Vaterland, die Schweiz, erreichte. Herr Strömli kaufte sich daselbst mit dem Rest seines kleinen Vermögens, in der Gegend des Rigi, an; und noch im Jahr 1807 war unter den Büschen seines Gartens das Denkmal zu sehen, das er Gustav, seinem Vetter, und der Verlobten desselben, der treuen Toni, hatte setzen lassen.

Joseph Conrad

Gaspar Ruiz

I

Ein Revolutionskrieg reißt so manche absonderliche Gestalten aus der Verborgenheit, die bei geordneten bürgerlichen Verhältnissen das gewöhnliche Los schlichter Leute ist.

Gewisse Persönlichkeiten werden berühmt durch ihre Laster und Tugenden, oder einfach durch ihre Taten, die eine zeitweilige Bedeutung haben mögen; und dann vergißt man sie. Nur die Namen einiger weniger Führer überdauern das Ende des bewaffneten Aufruhrs und werden in die Geschichte aufgenommen, so daß sie, aus dem lebenden Gedächtnis der Menschen entschwunden, in Büchern fortleben.

Der Name des Generals Santierra hat es zu dieser kalten, papierenen Unsterblichkeit gebracht. Es war ein Südamerikaner aus guter Familie, und die Bücher, die zu seinen Lebzeiten veröffentlicht wurden, zählten ihn unter die Befreier dieses Erdteils von der drückenden spanischen Herrschaft.

Dieser lange Krieg, der auf der einen Seite für die Unabhängigkeit und auf der anderen um die Herrschaft geführt wurde, nahm im Laufe der Jahre und unter den schwankenden Wechselfällen des Geschickes die unerbittliche Wildheit eines Kampfes auf Tod und Leben an. Jedes Gefühl von Barmherzigkeit und Mitleid verschwand in der Hochflut politischer Leidenschaften. Und wie es im Krieg gewöhnlich ist: Die Masse des Volkes, die bei dem Ausgang am wenigsten zu gewinnen hatte, die litt am schwersten, an Leib und Leben und der armseligen Habe ihrer namenlosen Angehörigen.

General Santierra begann seine Laufbahn als Leutnant in der Patriotenarmee, ausgehoben und befehligt von dem berühmten San Martin, dem späteren Eroberer von Lima und Befreier Perus. Eine große Schlacht war eben an den Ufern des Bio-Bio-Flusses geschlagen worden. Unter den Gefangenen, die man unter den versprengten königlichen Truppen gemacht hatte, befand sich auch ein Soldat mit Namen Gaspar Ruiz. Sein riesenhafter Wuchs und der mächtige Kopf zeichneten ihn vor seinen Mitgefangenen aus. Seine Persönlichkeit war unverkennbar. Einige Monate zuvor war er, nach einem der vielen Scharmützel, die der großen Schlacht vorangingen, in den Reihen der republikanischen Truppen vermißt worden. Und nun, da er, die Waffen in der Hand, auf der Seite der Königlichen ergriffen worden war, konnte er nur das eine Schicksal erwarten, als Deserteur erschossen zu werden.

Dennoch war Gaspar Ruiz kein Deserteur; sein Geist war wohl nicht gewandt genug, die Vorteile oder Gefahren des Verrates richtig einzuschätzen. Warum hätte er die Partei wechseln sollen? Man hatte ihn tatsächlich gefangengenommen; er hatte schlechte Behandlung und viele Entbehrungen zu erdulden gehabt. Beide Parteien waren gleich unnachsichtig gegen die Gegner. Es kam ein Tag, da man ihm befahl, zusammen mit einigen andern gefangenen Rebellen im vordersten Glied der königlichen Truppen zu marschieren. Man hatte ihm eine Muskete in die Hand gedrückt, er hatte sie genommen, war marschiert. Er hatte keine Lust gehabt, sich wegen einer Weigerung auf besonders grausame Weise töten zu lassen. Er wußte nichts von Heldentum, doch hatte er die Absicht, bei der ersten Gelegenheit die Muskete wegzuwerfen. Unterdessen hatte er weiter geladen und geschossen, aus Angst, daß ihm irgendein Unteroffizier des Königs von Spanien beim ersten Anzeichen von Widerwillen eine Kugel durch den Kopf jagen würde. Über ihn und einige zwanzig andere solcher Deserteure, die man summarisch zum Tode durch Erschießen verurteilt hatte, war eine Wache gesetzt, von einem Sergeanten befehligt; diesem suchte er nun seinen primitiven Gedankengang klarzumachen.

Es war im Viereck des Forts, im Rücken der Batterien, die die Reede von Valparaiso beherrschen. Der Offizier, der ihn identifiziert hatte, war fortgegangen, ohne auf seinen Einspruch zu hören. Sein Schicksal war besiegelt;

seine Hände waren ganz fest hinter dem Rücken zusammengebunden; im ganzen Körper hatte er Schmerzen von den vielen Stockschlägen und Kolbenstößen, mit denen man ihn den mühseligen Weg vom Ort seiner Gefangennahme bis zum Festungstor hergetrieben hatte. Diese häufigen Hiebe waren das einzige Zeichen von Aufmerksamkeit, das die Gefangenen von der Eskorte während des viertägigen Marsches durch wasserarmes Gebiet empfangen hatten. Beim Übersetzen über die seltenen Flüsse erlaubte man ihnen, ihren Durst zu stillen, indem man sie hastig, wie die Hunde, schlappern ließ. Abends, wenn sie ganz zerschlagen auf dem steinigen Grund des Rastplatzes niedersanken, warf man ihnen ein paar Fetzen Fleisch zu.

Als er, nach einem nächtlichen Gewaltmarsch, am frühen Morgen im Vorhof des Kastells stand, da fühlte Gaspar Ruiz seine Kehle ausgedörrt, und die Zunge lag ihm trokken und schwer im Mund.

Und Gaspar Ruiz war nicht nur sehr durstig, es nagte auch ein dumpfer Zorn an ihm, dem er allerdings nicht recht Ausdruck verleihen konnte; denn seine geistigen Fähigkeiten standen in keinem Verhältnis zu seiner Körperkraft.

Die übrigen Verurteilten ließen die Köpfe hängen und sahen verstockt zu Boden. Gaspar Ruiz aber wiederholte immerfort: »Warum hätte ich zu den Königlichen überlaufen sollen? Warum hätte ich überlaufen sollen? Sag mir, Estaban!«

Er wandte sich an den Sergeanten, der zufällig aus seiner Gegend war. Dieser aber zuckte nur einmal die mageren Schultern und kümmerte sich dann nicht weiter um die tiefe, murmelnde Stimme hinter ihm. Es war in der Tat nicht einzusehen, warum Gaspar Ruiz hätte überlaufen sollen. Seinen Leuten ging es viel zu elend, als daß sie die Nachteile eines Regierungswechsels hätten spüren können. Gaspar Ruiz hatte von sich aus keinen Grund zu wünschen, daß dem König von Spanien die Herrschaft erhalten bliebe. Ebensowenig hatte er sich für den Umsturz begeistert. Er war auf die selbstverständlichste und einfachste Art auf die Seite der Unabhängigkeitspartei gekommen. Eines Morgens war eine Bande Patrioten aufgetaucht, hatte in einem Umsehen, unter dem Rufe »*Viva la Libertad!«*, seines Vaters Ranch umringt, die Wachhunde erstochen und eine fette Kuh geschlachtet. Ihr Offizier sprach, nach einem langen und erfrischenden Schlaf, mit beredter Begeisterung über die Freiheit. Als sie abends aufbrachen und einige von des Vaters besten Pferden als Ersatz für ihre lahmen Tiere mitnahmen, da zog auch Gaspar Ruiz mit, den der redegewandte Offizier dringend dazu aufgefordert hatte.

Kurz darauf kam eine Abteilung königlicher Truppen, um den Distrikt zu beruhigen, brannte die Ranch nieder und trieb, was von Pferden und Vieh noch da war, fort; die alten Leute, ihrer ganzen irdischen Habe beraubt, blieben unter einem Busch sitzend zurück und konnten zusehen, wie sie mit den unschätzbaren Freuden des Daseins fertig wurden.

II

Gaspar Ruiz, als Deserteur zum Tode verurteilt, dachte weder an seinen Heimatort noch an seine Eltern, denen er infolge seiner Gutmütigkeit und großen Körperstärke ein guter Sohn gewesen war. Der praktische Wert dieser Eigenschaften für seinen Vater wurde noch durch seine folgsame Veranlagung erhöht. Gaspar Ruiz hatte eine friedliebende Seele.

Jetzt aber war er bis zu einer Art stumpfer Empörung gereizt, da er durchaus keine Lust hatte, den Tod eines Verräters zu sterben. Er war kein Verräter. Wieder sagte er zu dem Sergeanten: »Du weißt, ich bin nicht desertiert, Estaban. Du weißt, ich bin mit drei andern unter den Bäumen zurückgeblieben, um den Feind aufzuhalten, während die Patrouille floh!«

Leutnant Santierra, fast noch ein Knabe damals und noch nicht an die blutigen Torheiten des Krieges gewöhnt, hatte sich in der Nähe aufgehalten, gleichsam fasziniert durch den Anblick dieser Leute, die nun erschossen werden sollten – »zum Exempel«, wie der *Commandante* gesagt hatte.

Der Sergeant wandte sich mit einem überlegenen Lächeln an den jungen Offizier, ohne den Gefangenen auch nur eines Blickes zu würdigen.

»Zehn Leute hätten nicht ausgereicht, um ihn gefangenzunehmen, *mi teniente*. Überdies sind die drei andern nach Dunkelwerden wieder zur Truppe gestoßen. Warum hätte er, unverwundet und der Stärkste von allen, das nicht auch tun sollen?«

»Meine Stärke ist gar nichts gegen einen Reiter mit einem Lasso«, protestierte Gaspar Ruiz lebhaft. »Er hat mich eine halbe Meile weit hinter seinem Pferde hergeschleift.«

Für diese ausgezeichnete Begründung hatte der Sergeant ein verächtliches Lächeln. Der junge Offizier rannte weg, um den Kommandanten zu suchen.

Bald darauf kam der Adjutant vorbei, ein widerborstiger, roher Mensch in einer zerlumpten Uniform, mit ausdruckslosem, gelbem Gesicht und schnarrender Stimme. Von dem erfuhr der Sergeant, daß die Verurteilten nicht vor Sonnenuntergang erschossen werden sollten; daraufhin bat er um die Anweisung, was er bis dahin mit ihnen tun solle.

Der Adjutant blickte wütend über den Hof, zeigte dann auf die Tür eines kleinen kerkerartigen Wachzimmers, das Luft und Licht durch ein schwer vergittertes Fenster bekam, und sagte: »Treibt die Schufte da hinein!«

Der Sergeant faßte den Stock fester, den er kraft seiner Würde trug, und befolgte den Befehl mit Feuereifer. Er schlug Gaspar Ruiz, der sich langsam bewegte, über Kopf und Schultern. Gaspar Ruiz stand einen Augenblick still unter dem Hagel von Hieben, biß sich nachdenklich auf die Lippe, als sei er von einer unerhörten Gedankenarbeit ganz in Anspruch genommen – und folgte dann den andern ohne Hast. Die Tür wurde verschlossen, und der Adjutant nahm den Schlüssel mit sich fort.

Am Mittag war die Hitze in dem niedrigen gewölbten Raum, der bis zum Ersticken überfüllt war, unerträglich geworden. Die Gefangenen drängten sich an das Fenster und baten ihre Wächter um einen Schluck Wasser; doch die Soldaten blieben in trägen Stellungen liegen, wo sich hinter den Wällen ein bißchen Schatten fand, während der Posten mit dem Rücken gegen die Tür saß, seine Zigarette rauchte und von Zeit zu Zeit philosophisch die Augenbrauen hochzog. Gaspar Ruiz hatte sich mit unwiderstelicher Gewalt seinen Weg zum Fenster gebahnt. Seine mächtige Brust brauchte mehr Luft als die andern; sein großes Gesicht ruhte mit dem Kinn auf dem Fenstersims, war eng an die Stäbe gedrückt und schien die übrigen Gesichter zu stützen, die sich der Luft zudrängten. Das stöhnende Flehen war zum verzweifelten Geschrei geworden, und das Toben dieser durstigen Leute zwang einen jungen Offizier, der eben über den Hof ging, zu brüllen, um sich verständlich machen zu können.

»Warum gebt ihr den Gefangenen nicht ein wenig Wasser?«

Der Sergeant entschuldigte sich mit der Miene gekränkter Unschuld durch die Bemerkung, daß alle diese Leute dazu verurteilt seien, in wenigen Stunden zu sterben.

Leutnant Santierra stampfte mit dem Fuß. »Sie sind zum Tode verurteilt, nicht zur Marter«, schrie er. »Gebt ihnen sofort Wasser.«

Dieser augenscheinliche Ärger machte auf die Soldaten Eindruck. Sie begannen sich zu rühren, und die Schildwache nahm ihre Muskete auf und stand stramm.

Als man aber ein paar Krüge gefunden und am Brunnen gefüllt hatte, da zeigte es sich, daß man sie nicht durch die Eisenstäbe durchreichen konnte, weil diese zu eng standen. In der Hoffnung, ihren Durst löschen zu können, stürmten die Gefangenen ans Fenster, und das Jammern derer, die dabei niedergetreten wurden, klang fürchterlich. Als aber die Soldaten, die die Krüge zum Fenster gehoben hatten, sie nun hilflos wieder auf den Boden stellten, da waren die Aufschreie der Enttäuschung noch gräßlicher zu hören.

Die Soldaten der Unabhängigkeitsarmee waren nicht mit Feldflaschen ausgerüstet. Es fand sich eine kleine Zinnschale. Ihre Annäherung an das Fenster verursachte aber einen solchen Aufruhr, ein solches Wut- und Schmerzgebrüll in der undeutlichen Masse von Gliedern hinter den gespannten Gesichtern am Fenster, daß Leutnant Santierra sofort ausrief: »Nein, nein, du mußt die Tür aufmachen, Sergeant!«

Der Sergeant zuckte die Schultern und erklärte, daß er kein Recht hätte, die Tür zu öffnen, selbst wenn er den Schlüssel besäße. Den aber hätte er nicht. Der Garnisonsadjutant verwahrte den Schlüssel. Diese Leute da machten viel unnütze Schererei, da sie ja doch bei Sonnenuntergang unbedingt sterben müßten. Warum man sie nicht gleich morgens früh erschossen habe, könne er nicht verstehen.

Leutnant Santierra wandte dem Fenster hartnäckig den Rücken. Auf seine eifrigen Vorstellungen hin hatte der Kommandant die Exekution aufgeschoben. Diese Gunst war ihm gewährt worden mit Rücksicht auf seine Familie und auf die hohe Stellung seines Vaters unter den Führern der Republikanischen Partei. Leutnant Santierra glaubte, daß der Kommandierende General das Fort im Laufe des Nachmittags inspizieren würde, und in seiner Naivität hoffte er, daß seine Fürsprache diesen strengen Mann dazu bestimmen würde, wenigstens einige der Delinquenten zu begnadigen. Die Änderung seiner Gefühle ließ ihn seinen Schritt als eine verfehlte und kindische Einmischung erscheinen. Es war ihm plötzlich klar, daß der General nie seine Bitte auch nur anhören würde. Er konnte diese Leute nicht retten und hatte nur die Verantwortung auf sich geladen für die Leiden, die sich zu der Grausamkeit ihres Schicksals gesellt hatten.

»Dann gehe sofort und hole den Schlüssel vom Adjutanten«, sagte Leutnant Santierra.

Der Sergeant schüttelte mit schüchternem Lächeln den Kopf, während seine Augen seitwärts auf Gaspar Ruiz' Gesicht gerichtet waren, das unbewegt und schweigsam durch das Fenster starrte, unter einem Haufen anderer wüster, verzerrter Gesichter.

»Seine Gnaden der Herr Adjutant de Plaza hält eben Siesta«, murmelte der Sergeant; und selbst gesetzt den Fall, daß er, der Sergeant, sich bei ihm Zutritt verschaffen könnte, so wäre das einzig zu erwartende Ergebnis, daß man ihm die Seele aus dem Leibe prügeln würde, weil er es gewagt hatte, die Ruhe Seiner Gnaden zu stören. Er machte eine entschuldigende Handbewegung, stand stocksteif und blickte bescheiden auf seine braunen Zehen hinunter.

Leutnant Santierra bebte vor Entrüstung, zögerte aber doch. Sein hübsches, ovales Gesicht, glatt und weich wie das eines Mädchens, glühte vor Scham über seine Hilflosigkeit.

Er fühlte sich gedemütigt. Seine bartlose Oberlippe zitterte; er schien im Begriff, entweder in einen Wutanfall oder in Schmerzenstränen auszubrechen.

Fünfzig Jahre später konnte sich der General Santierra, der ehrwürdige Veteran aus den Zeiten der Revolution, noch immer gut an die Gefühle des jungen Leutnants erinnern. Seitdem er das Reiten ganz aufgegeben hatte und sogar das Gehen über die Grenzen seines Gartens hinaus beschwerlich fand, war es dem General die größte Freude, in seinem Hause die Offiziere der fremden Kriegsschiffe zu bewirten, die den Hafen anliefen. Für Engländer, als alte Waffengefährten, hatte er eine Vorliebe. Die englischen Seeleute jeden Ranges nahmen seine Gastfreundschaft mit Neugier an, denn er hatte Lord Cochrane gekannt und an Bord der patriotischen Flotte, unter dem Befehl jenes unvergeßlichen Seehelden, die Blockade und sonstigen Manöver vor Callao mitgemacht – eine der glorreichsten Episoden in den Befreiungskämpfen und ein Ruhmesblatt in der kriegerischen Überlieferung der Engländer. – Er war ein leidlicher Sprachenkenner, dieser greise Veteran der Freiheitsarmee. Eine eigene Art, über seinen langen weißen Bart zu streichen, sooft ihm im Französischen oder Englischen ein Wort fehlte, gab seinen Erinnerungen den Anstrich behäbiger Würde.

III

»Ja, meine Freunde«, pflegte er zu seinen Gästen zu sagen, »was wollen Sie? Ich war ein junger Mensch von siebzehn Jahren, ohne jede Lebenserfahrung und verdankte meinen Rang lediglich dem feurigen Patriotismus meines Vaters. Gott laß ihn in Frieden ruhen! Ich empfand eine unerhörte Demütigung, nicht so sehr wegen des Ungehorsams dieses Untergebenen, der ja schließlich und endlich für die Gefangenen verantwortlich war; sondern ich litt, weil ich, als der Junge, der ich war, Furcht hatte, selbst zum Adjutanten zu gehen. Ich hatte schon vor her seine rohe und bissige Art kennengelernt. Da er ein ganz gemeiner Mensch war, ohne anderes Verdienst als seinen wilden Mut, so ließ er mich seine Verachtung und

Antipathie vom ersten Tag an fühlen, als ich zu dem Bataillon kam, das im Fort in Garnison war. Das war erst vierzehn Tage vorher gewesen. Ich wäre ihm mit dem Degen in der Hand gegenübergetreten. Vor seinem brutalen Spott aber schreckte ich zurück.

Ich kann mich nicht erinnern, daß ich je vorher oder nachher in meinem Leben mich so elend gefühlt hätte. Meine Nerven waren so qualvoll überreizt, daß ich wünschte, der Sergeant möchte tot niederfallen, und die stumpfsinnigen Soldaten, die mich anstarrten, möchten zu Leichnamen werden, und sogar die armseligen Kerle, denen ich durch meine Fürsprache eine Gnadenfrist erwirkt hatte, die sogar wollte ich tot sehen, weil ich ihnen nicht ins Gesicht schauen konnte, ohne mich zu schämen. Eine mörderische Hitze, wie ein Höllengestank, kam aus dem dunklen Loch, in dem sie eingeschlossen waren. Die gehört hatten, was vorging, schrien in heller Verzweiflung auf mich ein. Einer davon, zweifellos verrückt geworden, verlangte unaufhörlich, ich sollte den Soldaten befehlen, durch das Fenster zu schießen. Seine irrsinnige Zungenfertigkeit drehte mir das Herz um, und die Füße waren mir schwer wie Blei. Es war kein höherer Offizier in der Nähe, an den ich mich hätte wenden können. Ich brachte nicht einmal die Entschlußkraft auf, einfach wegzugehen.

Ganz betäubt von meinen Gewissensbissen, stand ich mit dem Rücken gegen das Fenster. Sie müssen nicht glauben, daß das lange währte. Wie lange konnte es gewesen sein? Eine Minute? Wenn man es nach den seelischen Leiden messen wollte, dann war es wie hundert Jahre, länger als mein ganzes Leben seither. Nein, gewiß, es dauerte keine Minute. Das heisere Gebrüll der Unglücklichen erstarb in den trockenen Kehlen, und dann wurde plötzlich eine Stimme laut, eine tiefe Stimme, die leise murmelte. Sie forderte mich auf, mich umzuwenden.

Diese Stimme, Señores, kam aus dem Haupte von Gaspar Ruiz. Von seinem Körper konnte ich nichts sehen. Ein paar seiner Mitgefangenen waren auf seine Schultern geklettert. Er trug sie. Seine Augen zwinkerten, ohne mich anzusehen. Dies und die Bewegung seiner Lippen schien alles, dessen er unter seiner übermenschlichen Bürde fähig war. Und als ich mich umwandte, da fragte mich dieser Kopf – der überlebensgroß schien, wie er unter der Menge anderer Köpfe mit dem Kinn auf dem Sims ruhte –, fragte mich, ob ich wirklich entschlossen sei, den Durst der Gefangenen zu stillen.

Ich sagte lebhaft: ›Ja, ja‹ und trat ganz nahe an das Fenster heran. Ich war wie ein Kind und wußte nicht, was geschehen würde. Ich hatte nur den Wunsch, in meiner Hilflosigkeit und Reue getröstet zu werden.

›Können Sie, *Señor teniente,* meine Hände von den Fesseln befreien lassen?‹ fragte mich Gaspar Ruiz' Kopf.

Seine Züge drückten weder Angst noch Hoffnung aus; seine schweren Augenlider zwinkerten über seinen Augen, die an mir vorbei gerade in den Hof blickten.

Ich antwortete stammelnd, wie in einem bösen Traum: ›Was meinst du, und wie kann ich zu den Fesseln an deinen Händen kommen?‹

›Ich will versuchen, was ich tun kann‹, sagte er. Und dann bewegte sich endlich dieser große, starr blickende Kopf, und alle die wilden Gesichter, die im Fensterrahmen zusammengedrängt waren, verschwanden im Nu. Er hatte seine Bürde mit einer Bewegung abgeschüttelt, so stark war er.

Und er hatte sie nicht nur abgeschüttelt, sondern sich auch aus dem Getümmel frei gemacht, und ich sah ihn nicht mehr. Einen Augenblick lang war überhaupt niemand mehr am Fenster zu sehen. Er war herumgefahren, hatte mit den Schultern und den Füßen herumgestoßen und so für sich freien Raum geschaffen, in der einzig möglichen Art, da ja seine Hände hinter dem Rücken zusammengebunden waren.

Endlich wandte er dem Fenster den Rücken und streckte mir durch die Stäbe seine Fäuste entgegen, um deren Gelenke ein fester Strick in vielen Windungen geschlungen war. Seine Hände waren dick geschwollen und sahen mit den knotigen Venen ungeheuer groß und unbeholfen aus. Ich sah seinen gebeugten Rücken. Er war sehr breit. Seine Stimme klang wie das Brummen eines Stieres.

›Schneiden Sie, *Señor teniente,* schneiden Sie!‹

Ich zog meinen Säbel, dessen unberührte Schneide noch nicht gedient hatte, und sägte die vielen Windungen des

Strickes durch. Ich tat dies, ohne mir über das Warum und Wozu klar zu sein, augenscheinlich nur deswegen, weil ich dem Manne vertraute. Der Sergeant tat, als wollte er laut hinausschreien. Doch die Verblüffung raubte ihm die Stimme, und er blieb mit offenem Munde stehen, als sei er jählings verblödet.

Ich versorgte den Säbel und wandte mich den Soldaten zu. An die Stelle ihrer gewöhnlichen stumpfen Teilnahmslosigkeit war ein Ausdruck gespannter Erwartung getreten. Ich hörte die Stimme von Gaspar Ruiz innen schreien, die Worte aber konnte ich nicht ganz verstehen. Ich denke mir, daß es den Eindruck seiner Stärke erhöhte, daß er die Hände frei hatte. Damit meine ich den geistigen Eindruck, den außergewöhnliche körperliche Kraft auf unwissende Leute macht; denn in Wirklichkeit war er wohl nicht mehr zu fürchten als vorher, da ja die Gefühllosigkeit seiner Arme und Hände geraume Zeit anhalten mußte.

Der Sergeant hatte die Sprache wiedergefunden. ›Bei allen Heiligen‹, schrie er, ›wir werden einen Berittenen mit einem Lasso brauchen, um ihn wieder unschädlich zu machen, wenn er zum Richtplatz geführt werden soll. Nur ein guter Enlazador auf einem guten Pferde kann mit ihm fertig werden. Euer Gnaden belieben da eine sehr dumme Sache gemacht zu haben.‹

Ich hatte nichts zu sagen. Ich war selbst überrascht und fühlte eine kindische Neugier, was wohl geschehen würde. Der Sergeant aber dachte an die Schwierigkeiten, die es machen würde, Gaspar Ruiz zu bändigen, wenn erst der Augenblick, ein Exempel zu statuieren, gekommen sein würde.

›Oder vielleicht‹, fuhr der Sergeant verärgert fort, ›werden wir ihn niederschießen müssen, wenn er herausstürzt, sobald die Tür geöffnet wird.‹ Er wollte sich noch in weiteren Vermutungen über die mögliche Vollstreckung des Urteils ergehen, brach aber mit einem plötzlichen Ausruf ab, riß einem Soldaten die Muskete weg und stand lauernd da, die Augen auf das Fenster gerichtet.«

IV

»Gaspar Ruiz war auf das Sims geklettert und saß dort, die Füße gegen die dicke Mauer gestützt und die Knie leicht angezogen. Das Fenster war nicht ganz breit genug für die Länge seiner Beine. Ich in meiner Verblüffung glaubte nicht anders, als daß er das Fenster für sich allein haben wollte. Er schien eine bequeme Stellung einzunehmen. Keiner von den Gefangenen wagte ihm nahe zu kommen, nun, da er mit den Händen schlagen konnte.

›*Por Dios*‹, hörte ich den Sergeanten hinter mir knurren. ›Ich werde ihn jetzt gleich durch den Kopf schießen, dann bin ich die Schererei los. Er ist ja doch verurteilt.‹

Daraufhin sah ich ihn ärgerlich an. ›Der General hat das Urteil noch nicht bestätigt‹, sagte ich, obgleich ich wohl wußte, daß das nur leere Worte waren. Das Urteil brauchte keine Bestätigung. ›Du hast kein Recht, ihn zu erschießen, außer er macht einen Fluchtversuch‹, fügte ich fest hinzu.

›Aber, *sangre de Dios!*‹ brüllte der Sergeant und riß die Muskete an die Schulter. ›Er will ja jetzt ausbrechen, sehen Sie doch!‹

Ich aber schlug den Lauf hoch, als habe Gaspar Ruiz mich behext, und die Kugel flog irgendwo über die Dächer. Der Sergeant stieß das Gewehr auf den Boden und stierte. Er hätte den Soldaten befehlen können, zu schießen, doch er tat es nicht. Und hätte er es getan, so hätten sie ihm gerade damals wohl nicht gehorcht.

Gaspar Ruiz saß still, die Füße gegen die dicke Mauer gestützt, seine haarigen Hände um die Eisenstange geklammert. Eine unverfängliche Stellung. Eine Zeitlang geschah gar nichts. Doch plötzlich dämmerte uns, daß er seinen Rücken straffte und die Arme anzog. Seine Lippen waren zusammengekniffen. Dann bemerkten wir, daß die schmiedeeiserne Stange sich unter seinem furchtbaren Druck langsam krümmte. Die Sonne traf voll auf seine zusammengekrümmte reglose Gestalt. Auf seiner Stirn brach der Schweiß in zahllosen Tropfen aus. Während ich es verfolgte, wie die Eisenstange sich krümmte, sah ich unter seinen Fingernägeln ein wenig Blut austreten. Dann ließ er los. Einen Augenblick lang blieb er ganz verkrümmt sitzen, ließ den Kopf hängen und blickte träge in die aufwärtsgekehrten Flächen seiner mächtigen Hände. Fast schien es, als sei er eingeschlafen. Plötzlich aber warf er sich zurück, stemmte die Sohlen seiner nackten Füße gegen die andere Mittelstange und bog auch diese, doch in entgegengesetzter Richtung als die erste.

So groß war seine Kraft, daß sie mich in diesem Fall von meinen schmerzlichen Gedanken befreite. Und der Mann schien nichts getan zu haben. Die eine Stellungsänderung ausgenommen, als er seine Füße brauchen wollte – diese hatte uns alle durch ihre Blitzesschnelle überrascht –, habe ich die Erinnerung an absolute Unbeweglichkeit. Doch er hatte die Stäbe sehr weit auseinandergebogen. Nun konnte er hinaus, wenn er wollte. Er ließ aber die Beine noch immer hängen, sah über die Schulter zurück und winkte den Soldaten. ›Reicht das Wasser herauf‹, sagte er. ›Ich will sie der Reihe nach trinken lassen.‹

Man gehorchte ihm. Einen Augenblick erwartete ich, daß Mann und Krug verschwinden, untergehen würden in dem wütenden Ansturm. Ich dachte, sie würden ihn mit den Zähnen herunterreißen. Es gab ein Getümmel. Er aber hielt den Kug am Henkel hoch und wehrte den Anprall nur mit den Füßen ab. Sie flogen bei jedem Stoß zurück, brüllten vor Schmerz; und die Soldaten lachten und sahen auf das Fenster.

Alle lachten und hielten sich die Seiten. Nur der Sergeant war düster und mürrisch. Er fürchtete, die Gefangenen würden sich erheben und ausbrechen – was eine schlimme Geschichte gewesen wäre; deswegen aber war keine Angst nötig, und ich stand selbst mit gezogenem Säbel vor dem geöffneten Fenster. Als sie durch Gaspar Ruiz' Kraft hinlänglich zahm gemacht waren, traten sie einer nach dem andern vor, reckten die Hälse und legten die Lippen an den Rand des Kruges, den ihnen der starke Mann von seinen Knien weg zuneigte, mit einem ganz merkwürdigen Ausdruck von Barmherzigkeit, Freundlichkeit und Mitgefühl. Dieses scheinbare Wohlwollen war natürlich nur die Folge seiner ganzen Stellung auf dem Sims und auch der Sorgfalt, mit der er es vermied, das Wasser zu verschütten; denn wenn ein Mann weiter mit seinen Lippen an dem Rand des Kruges klebte, nachdem ihm Gaspar Ruiz gesagt hatte: ›Du hast genug gehabt‹, da war wenig von

Zärtlichkeit oder Barmherzigkeit zu merken in dem Fußstoß, der ihn heulend und hilflos weit in das Innere des Gefängnisses schleuderte, wo er noch zwei oder drei andere niederriß, bevor er selbst stürzte. Sie drängten sich wieder und wieder zu ihm; es sah aus, als wollten sie den Brunnen trocken trinken, bevor sie zum Tode gingen; den Soldaten aber machte Gaspar Ruiz' planvolles Vorgehen so viel Spaß, daß sie das Wasser bereitwillig zum Fenster schleppten.

Als der Adjutant nach seiner Siesta herauskam, da gab es wegen dieser Geschichte einigen Krach, kann ich Ihnen versichern. Und das Schlimmste dabei war, daß der General, den wir erwartet hatten, an dem Tage gar nicht in die Festung kam.«

Die Gäste des Generals Santierra sprachen einstimmig ihr Bedauern darüber aus, daß ein Mann von solcher Körperstärke und Duldsamkeit nicht gerettet worden sei.

»Er wurde nicht durch meine Vermittlung gerettet«, sagte der General. »Die Gefangenen wurden eine halbe Stunde vor Sonnenuntergang zur Hinrichtung geführt. Gaspar Ruiz machte keine Schwierigkeiten, entgegen den Befürchtungen des Sergeanten. Es wurde kein Berittener mit einem Lasso gebraucht, um ihn zu überwältigen, als wäre er ein wilder Stier aus dem *campo*. Soviel ich weiß, marschierte er mit freien Händen hinaus, zwischen den andern, die gefesselt waren. Ich habe es nicht gesehen. Ich war nicht dabei. Ich war in Arrest gesetzt worden, weil ich mich in die Bewachung der Gefangenen eingemischt hatte. Um die Dämmerstunde, als ich betrübt in meinem Quartier saß, hörte ich drei Salven und dachte, daß ich nie wieder von Gaspar Ruiz hören würde. Er fiel mit den andern. Aber wir hörten trotzdem noch von ihm, obwohl sich der Sergeant brüstete, daß er ihn mit dem Säbel über den Nacken gehauen habe, als er tot oder sterbend unter den Leichen lag. Das habe er getan, sagte er, um ganz sicher die Welt von einem gefährlichen Verbrecher zu befreien.

Ich gestehe Ihnen, Señores, daß ich an diesen starken Mann mit einer Art Dankbarkeit und Bewunderung dachte. Er hatte seine Kraft ehrlich benutzt. In seinem Herzen lebte nicht die Wildheit, die seiner Körperkraft entsprochen hätte.«

V

Gaspar Ruiz, der mühelos die schweren Eisenstäbe des Kerkerfensters ausbiegen konnte, wurde mit den andern zur summarischen Hinrichtung hinausgeführt. ›Nicht jede Kugel trifft!‹ heißt das Sprichwort. Das ganze Verdienst von Sprichwörtern besteht in der treffenden und malerischen Ausdrucksweise. Ihre überzeugende Wirkung erklärt sich aus unserer Überraschung. Mit andern Worten, wir werden durch die Erschütterung überzeugt.

Was uns überrascht, ist die Form, nicht der Inhalt. Sprichwörter sind Kunst – billige Kunst; im allgemeinen sind sie nicht wahr; außer sie enthalten platte Banalitäten, wie zum Beispiel das Sprichwort: ›Besser eine Laus am Kraut, als gar kein Fleisch‹ oder ähnliche.

Einige Sprichwörter sind einfach blödsinnig, andere unmoralisch. Das eine, das aus dem naiven Gemüt des großen russischen Volkes heraus geboren wurde: ›Der Mensch feuert das Gewehr ab, aber Gott lenkt die Kugel!‹ ist von grauenhafter Frömmigkeit und ein bitteres Widerspiel zu der allgemeinen Auffassung von einem barmherzigen Gott. In der Tat wäre es eine unpassende Beschäftigung für den Beschützer der Armen, Unschuldigen und Hilflosen, die Kugel, sagen wir, in das Herz eines Vaters zu lenken.

Gaspar Ruiz war kinderlos, hatte keine Frau, hatte die Liebe nie gekannt. Er hatte wohl kaum je zu einer Frau gesprochen. Seine Mutter ausgenommen und die alte Negerin des Haushalts, deren runzlige Haut aschfarben und deren kümmerlicher Leib vom Alter verkrümmt war. Wenn einige von den Kugeln aus den Musketen, die da auf fünfzehn Schritte abgefeuert wurden, für Gaspar Ruiz' Herz bestimmt waren, dann verfehlten sie alle ihr Ziel. Immerhin nahm eine ein kleines Stück von seinem Ohr weg und eine andere einen Fleischfetzen von seiner Schulter.

Eine rote, wolkenlose Sonne senkte sich in den purpurnen Ozean und blickte mit starrem Stolz auf den mächtigen Wall der Kordilleren, die würdigen Zeugen ihres glorreichen Aufganges. Doch es ist kaum anzunehmen, daß sie auch die ameisengroßen Menschlein sah, die sich in törichter und lächerlicher Weise bemühten, zu töten und zu sterben, aus Gründen, die nicht nur an und für sich kindisch, sondern überdies auch nicht ganz verstanden waren. Jedenfalls beleuchtete die Sonne die Rücken des feuernden Pelotons und die Gesichter der Verurteilten. Von diesen waren einige auf die Knie gesunken, andere standen aufrecht, ganz wenige hatten die Köpfe von den erhobenen Flintenläufen abgewendet. Gaspar Ruiz, aufrecht, der größte von allen, ließ seinen ungefügen Kopf hängen. Die tiefstehende Sonne blendete ihn ein wenig, und er fühlte sich schon als toten Mann.

Er fiel bei der ersten Salve. Er fiel, weil er überzeugt war, daß er tot sei. Er schlug schwer auf den Boden auf. Der Ruck des Sturzes überraschte ihn. Ich bin offenbar nicht tot, dachte er sich, während er hörte, wie das Peloton auf Kommando neu lud. Da dämmerte in ihm zum erstenmal die Hoffnung auf Rettung. Er blieb mit straffen Gliedern ausgestreckt liegen, unter dem Gewicht von zwei Körpern, die kreuzweise über seinem Rücken niedergebrochen waren.

Während die Soldaten eine dritte Salve in den fast reglosen Leichenberg gefeuert hatten, war die Sonne den Blicken entschwunden, und fast unmittelbar nach dem Erlöschen des Ozeans fiel das Dunkel auf die Küsten der jungen Republik. Über dem düstern Tiefland blieben die schneeigen Spitzen der Kordilleren noch lange Zeit in leuchtender Glut. Die Soldaten setzten sich nieder und rauchten, bevor sie zum Fort zurückmarschierten. Der Sergeant schlenderte aus eigenem Antrieb durch die Reihen der Toten, den bloßen Säbel in der Hand. Er war ein gefühlvoller Mann und spähte nach irgendeinem noch so leisen Zucken, in der menschenfreundlichen Absicht, seine Klinge in jeden Leib zu bohren, der noch das geringste Lebenszeichen geben würde. Doch keiner der Körper bot ihm die Gelegenheit, seine Barmherzigkeit zu betätigen. Kein Muskel zuckte unter ihnen. Nicht einmal die mächtigen Muskeln von Gaspar Ruiz, der sich, von dem Blut seiner Nachbarn besudelt, tot stellte und sich bemühte, noch lebloser zu erscheinen als die andern.

Er lag mit dem Gesicht nach unten. Der Sergeant erkannte ihn an seiner Gestalt; und da er selbst ein sehr kleiner Mann war, so sah er mit Neid und Verachtung auf die große Kraft, die da niedergestreckt lag. Er hatte gerade diesen Soldaten nie leiden mögen. Von einer dunklen Feindseligkeit geleitet, führte er einen mächtigen Hieb nach dem Hals von Gaspar Ruiz, auch in der vagen Absicht vielleicht, sich des Todes dieses starken Mannes zu versichern, als könnte ein kraftvoller Körper eher den Kugeln widerstehen. Denn der Sergeant zweifelte nicht daran, daß Gaspar Ruiz vielfach getroffen war. Dann ging er weiter und marschierte bald darauf mit seinen Leuten ab; die Leichen wurden den Krähen und Geiern überlassen.

Gaspar Ruiz hatte nicht geschrien, obwohl er das Gefühl hatte, daß ihm das Haupt abgeschlagen worden sei, und als die Dunkelheit kam, schüttelte er die Toten ab, deren Gewicht ihn bedrückt hatte, und kroch auf Händen und Füßen über die Ebene fort. Nachdem er, wie ein wundes Tier, an einem seichten Bach viel getrunken hatte, richtete er sich auf und wankte mit leerem Kopf ziellos davon, wie verloren unter den Sternen der klaren Nacht. Ein kleines Haus schien vor ihm aus dem Boden zu wachsen. Er taumelte unter das Vordach und schlug mit den Fäusten an die Tür. Es gab keinen Lichtschimmer. Gaspar Ruiz hätte glauben können, daß die Einwohner geflohen seien, wie die so vieler anderer Häuser in der Nachbarschaft, hätten nicht laute Schmähreden auf sein Klopfen geantwortet. In seinem fieberhaft geschwächten Zustand schien ihm das ärgerliche Kreischen eine Sinnestäuschung, die weitere Fortsetzung des höllischen Traumes, von seiner unerwarteten Verurteilung zum Tode, von dem Durst, den er gelitten hatte, von den Salven, die auf fünfzehn Schritt gegen ihn abgefeuert worden waren, und von dem Streich, der ihm das Haupt vom Rumpf geschlagen hatte. »Öffnet die Tür«, schrie er, »öffnet in Gottes Namen!« Eine wütende Stimme krächzte ihm entgegen: »Kommt herein, dieses Haus gehört euch. Das ganze Land gehört euch. Kommt und nehmt es euch.«

»Um Gottes Barmherzigkeit willen«, murmelte Gaspar Ruiz.

»Gehört nicht das ganze Land euch Patrioten!« kreischte die Stimme auf der andern Seite der Tür weiter: »Bist du kein Patriot?«

Gaspar Ruiz wußte es nicht. »Ich bin ein Verwundeter«, sagte er apathisch.

Innen wurde alles still. Gaspar Ruiz gab die Hoffnung auf, eingelassen zu werden, und legte sich unter dem Vordach gerade vor der Tür nieder. Es war ihm völlig gleichgültig, was mit ihm geschehen würde. Sein ganzes Bewußtsein schien in seinem Nacken konzentriert, wo er einen wütenden Schmerz empfand. Seine Gleichgültigkeit gegen sein Geschick war echt.

Der Tag brach an, als er aus einem fiebrigen Halbschlummer erwachte. Die Tür, an die er im Dunkeln gepocht hatte, stand nun weit offen, und ein Mädchen lehnte an den Pfosten und stützte sich mit den ausgebreiteten Armen. Er lag auf dem Rücken und starrte zu ihr empor. Ihr Gesicht war bleich, und ihre Augen waren ganz dunkel. Ihr hängendes Haar schien schwarz wie Ebenholz gegen die weißen Wangen. Ihre Lippen waren voll und rot. Hinter ihr sah er einen anderen Kopf, mit langen grauen Haaren und einem dünnen Gesicht mit einem Paar ängstlich gefalteter Hände unter dem Kinn.

VI

»Ich kannte die Leute vom Sehen«, pflegte General Santierra seinen Gästen beim Abendtisch zu erzählen. »Ich meine die Leute, bei denen Gaspar Ruiz Aufnahme fand. Der Vater war ein alter Spanier, der ehemals begütert gewesen und durch die Revolution ruiniert worden war – seine Ländereien, sein Landhaus, sein Geld, alles, was er in der Welt sein Eigen nannte, war durch Proklamation konfisziert worden, denn er war ein bitterer Feind unserer Unabhängigkeit. Nachdem er einst eine einflußreiche und ehrenvolle Stellung im Rate des Vizekönigs eingenommen hatte, war er nun zu noch geringerer Bedeutung herabgesunken als seine eigenen Negersklaven, die durch unsere glorreiche Revolution frei geworden waren. Er hatte nicht einmal die Mittel, aus dem Lande zu fliehen, was andere Spanier getan hatten. Während er so, zugrunde gerichtet und heimatlos, herumwanderte, mit nichts als mit seinem Leben beladen, das ihm durch die Milde der provisorischen Regierung erhalten geblieben war, da mag er vielleicht unter dem morschen Dach der alten Hütte untergekrochen sein. Es war ein einsamer Ort. Nicht einmal ein Hund schien dazu zu gehören. Obwohl zwar das Dach Löcher hatte, als hätten ein oder zwei Kanonenkugeln durchgeschlagen, waren doch die Holzläden stark und die ganze Zeit über dicht geschlossen.

Mein Weg führte mich häufig an der elenden Ranch vorbei. Ich ritt fast jeden Abend vom Fort zur Stadt, um vor dem Haus einer Dame zu seufzen, die ich liebte – damals. Wenn man jung ist, Sie verstehen... Sie war eine gute Patriotin, das können Sie sich denken. Caballeros, glauben Sie mir oder nicht, die politischen Leidenschaften gingen so hoch in jenen Tagen, daß ich mir nicht vorstellen kann, wie mich die Reize einer Frau von royalistischer Gesinnung hätten anziehen können...«

Ein Murmeln heiterer Ungläubigkeit rings um den Tisch unterbrach den General. Er streichelte unterdessen ernst seinen weißen Bart.

»Señores«, fuhr er fort, »ein Royalist war ein Untier für unsere überspannten Gefühle. Das sage ich Ihnen, um nicht den Verdacht aufkommen zu lassen, als hätte ich auch nur die leiseste Zärtlichkeit für die Tochter jenes Royalisten empfunden. Überdies war ja auch, wie Sie wissen, mein Herz anderweitig vergeben. Ich konnte nur nicht umhin, sie zeitweilig zu bemerken, wenn sie bei offener Haustür in der Vorhalle stand.

Sie müssen wissen, daß dieser alte Royalist so verrückt war, wie ein Mann es nur sein kann. Sein politisches Mißgeschick, sein völliger Niedergang und Ruin hatten seinen Geist verwirrt. Um seine Verachtung für alles zu beweisen, was wir Patrioten tun konnten, lachte er prahlerisch zu seiner Gefangennahme, zu der Einziehung seiner Güter, der Einäscherung seiner Häuser und zu dem Elend, zu dem er und die beiden Frauen verdammt waren. Diese Gewohnheit, zu lachen, hatte sich in ihm so festgesetzt, daß er laut zu lachen und zu schreien begann, sooft er einen Fremden zu Gesicht bekam. So äußerte sich seine Verrücktheit.

Ich natürlich verachtete das Lärmen dieses Irren aus dem Gefühl von Überlegenheit heraus, das der Erfolg unserer Sache uns Amerikanern einflößte. Ich glaube, ich verachtete ihn wirklich, weil er ein alter Kastilier war, ein geborener Spanier und ein Royalist. Das waren ja gewiß keine Gründe, auf einen Mann herabzusehen; doch jahrhundertelang hatten geborene Spanier uns Amerikanern ihre Verachtung gezeigt, obgleich wir von ebenso guter Abstammung waren wie sie – nur weil wir Kolonisten waren, wie sie es nannten. Wir waren gedemütigt worden und hatten unsere soziale Minderwertigkeit zu fühlen bekommen. Nun war die Reihe an uns. Es war ganz in Ordnung, wenn wir Patrioten nun dieselben Anschauungen betätigten; und da ich ein junger Patriot war und der Sohn eines Patrioten, so verachtete ich den alten Spanier, und da ich ihn verachtete, so überhörte ich natürlich seine Schmähreden, obwohl sie mir zuwider waren. Andere wären vielleicht nicht so nachsichtig gewesen. Er pflegte mit einem lauten Aufschrei zu beginnen. ›Ich sehe einen Patrioten. Wieder einer!‹ Lange bevor ich an das Haus kam. Der Ton seiner sinnlosen Schimpfereien, in die sich Lachausbrüche mischten, war bald durchdringend schrill, bald tiefernst. Das Ganze war völlig verrückt. Doch ich hielt es für unvereinbar mit meiner Würde, mein Pferd anzuhalten oder auch nur nach dem Hause hinzusehen, gerade als kümmerte mich das Geschrei des Mannes im Hausflur weniger als das Bellen eines Köters. Ich ritt immer mit dem Ausdruck hochmütiger Gleichgültigkeit vorbei.

Das war zweifellos äußerst würdig; ich hätte aber besser daran getan, die Augen offenzuhalten. Ein Soldat sollte sich im Kriege niemals dienstfrei fühlen, und besonders nicht in einem Revolutionskrieg, wenn der Feind nicht vor der Tür, sondern im eigenen Hause ist. Zu solchen Zeiten arten die leidenschaftlichen Überzeugungen bis zum blinden Haß aus und nehmen vielen Männern die Begriffe von Ehre und Menschlichkeit und manchen Frauen alle Furcht und Scheu. Diese letzteren werden, wenn sie erst einmal die Schüchternheit und Zurückhaltung ihres Geschlechtes von sich geworfen haben, durch die Lebhaftigkeit ihres Geistes und die Wut ihrer unerbittlichen Rachgier gefährlicher als bewaffnete Riesen.«

Die Stimme des Generals klang lauter, doch seine große Hand streichelte den weißen Bart zweimal mit dem Anschein würdiger Ruhe. »*Si, Señores!* Frauen sind ebensowohl imstande, die Höhen von Ergebung zu erklimmen, die uns Männern unerreichbar sind, wie auch in die tiefsten Tiefen einer Erniedrigung hinabzusteigen, die unsern männlichen Vorurteilen unverständlich ist. Ich spreche von Ausnahmen unter den Frauen, Sie verstehen...«

Hier warf einer der Gäste ein, daß er noch nie eine Frau getroffen habe, die nicht imstande gewesen wäre, sich ganz unerhört zu entfalten, sobald nur ihre Gefühle durch irgendwelche Umstände stark geweckt waren. »Diese Art von überlegener Rücksichtslosigkeit, die sie vor uns voraus haben«, schloß er, »macht sie zur reizvolleren Hälfte der Menschheit.«

Der General, der die Unterbrechung ernst hinnahm, nickte höfliche Zustimmung. »*Si! Si!* Unter Umständen... gewiß. Sie können auf ganz unerwartete Weise unerhörtes Unheil anrichten, denn wer hätte sich einfallen lassen, daß ein junges Mädchen, die Tochter eines ruinierten Royalisten, der sein Leben nur der Verachtung seiner Feinde dankte, daß dieses Mädchen also die Macht haben sollte, Tod und Verwüstung über zwei blühende Provinzen zu bringen und den Führern der Revolution noch im Augenblick des Erfolges ernstliche Sorge zu bereiten!« Er machte eine Pause, um das Wunderbare ganz auf uns wirken zu lassen.

»Tod und Verwüstung«, murmelte jemand überrascht. »Ganz unfaßbar.«

Der alte General warf einen raschen Blick in die Richtung, aus der das Murmeln kam, und fuhr fort: »Ja, das heißt Krieg – Unglück. Doch die Mittel, durch die sie sich die Möglichkeit verschaffte, dieses Gemetzel an der Südgrenze anzurichten, scheinen mir, der ich sie gekannt und gesprochen habe, noch viel unfaßbarer. Diese eine Erfahrung hat einen schrecklichen Eindruck in mir hinterlassen, den mein späteres Leben, über fünfzig Jahre, nicht verwischen konnte.«

Er blickte umher, als wollte er sich unserer Aufmerksamkeit versichern, änderte den Ton und erzählte weiter: »Ich bin, wie Sie wissen, ein Republikaner, der Sohn eines Befreiers«, erklärte er. »Meine unvergleichliche Mutter – Gott laß sie in Frieden ruhen – war Französin, die Tochter eines glühenden Republikaners. Als Knabe schon habe ich für die Freiheit gekämpft; ich habe immer an die Gleichheit der Menschen geglaubt; und daß sie alle Brüder sind, das scheint mir noch viel sicherer. Sehen Sie sich die wilde Feindseligkeit an, die sie in ihren Zwistigkeiten entfalten; und was in der Welt ist so unerbittlich feindselig wie ein Bruderzwist?«

Der vollkommene Mangel an Zynismus schaltete jeden Gedanken daran aus, diese Ansichten über die Verbrüderung der Menschheit zu belächeln. Im Gegenteil, in dem Ton klang die natürliche Melancholie eines im Grunde mildherzigen Mannes mit, der aus Beruf, Überzeugung und Notwendigkeit an Szenen voll blutiger Grausamkeit teilgenommen hatte.

Der General hatte viel mörderischen Bruderstreit gesehen. »Gewiß, kein Zweifel, daß sie Brüder sind«, beharrte er. »Alle Männer sind Brüder und wissen daher viel zuviel voneinander, aber –«, und dabei begannen in dem alten silberweißen Patriotenkopf die schwarzen Augen lustig zu zwinkern, »wenn wir alle Brüder sind, so sind nicht alle Frauen unsere Schwestern.«

Man hörte einen der jüngeren Gäste halblaut seine Befriedigung hierüber ausdrücken. Doch der General fuhr mit neuem Ernst fort: »Sie sind so verschieden! Das Märchen von dem König, der ein Bettelmädchen erwählte, um den Thron mit ihr zu teilen, mag ganz hübsch sein, soweit es die Anschauungen von uns Männern über uns selbst und die Liebe betrifft. Doch daß ein junges Mädchen, berühmt wegen ihrer königlichen Schönheit und noch kurz zuvor die unbestrittene, bewunderte Herrin auf allen Bällen im Palast des Vizekönigs, daß die einem Guasso, einem ganz gemeinen Bauern, ihre Hand geben sollte, das ist mit unseren Begriffen von Frauen und ihrer Liebe unvereinbar. Doch muß man sagen, daß es in ihrem Falle der Wahnsinn des Hasses, nicht der Liebe war.«

Nachdem er diese Entschuldigung in ritterlichem Gerechtigkeitssinn vorgebracht hatte, schwieg der General eine Zeitlang. »Ich ritt fast täglich an dem Haus vorbei«, hob er wieder an, »und dies ging darinnen vor. Wie es aber geschah, das wird wohl kein Männerverstand erfassen können. Ihre Verzweiflung muß grenzenlos gewesen sein, und Gaspar Ruiz war ein gelehriger Bursche. Er war ein gehorsamer Soldat gewesen. Seine Körperkraft war wie ein ungeheurer Stein, der auf dem Boden liegt und auf die Hand wartet, die ihn da- oder dorthin schleudern soll.

Es ist klar, daß er den Leuten, die ihm das so nötige Obdach gaben, seine Geschichte erzählt haben muß; und er brauchte dringend Beistand. Seine Wunde war nicht gefährlich, doch sein Leben war verwirkt. Da der alte Royalist ganz in seinem lachenden Irrsinn befangen war, so richteten die beiden Frauen dem Verwundeten in einem der Schuppen unter den Obstbäumen hinter dem Haus ein Versteck her. Dieser Unterschlupf, reichlich frisches Wasser, während er im Fieber lag, und ein paar mitleidige Worte waren alles, was sie zu geben hatten. Ich vermute, er bekam auch seinen Anteil an der Nahrung. Soviel davon da war. Es kann nur wenig gewesen sein. Eine Handvoll geröstetes Korn, vielleicht ein Bohnengericht oder ein Stück Brot mit ein paar Feigen. Zu solcher Armut waren diese stolzen und ehemals reichen Leute herabgesunken.«

VII

General Santierra hatte mit seiner Vermutung bezüglich des Beistandes recht, der Gaspar Ruiz, dem Bauern und Bauernsohn, von der royalistischen Familie gewährt worden war, deren Tochter die Tür ihres kümmerlichen Heims vor seinem völligen Elend geöffnet hatte. Ihre finstere Entschlossenheit gab ihr die Herrschaft über den Irrsinn des Vaters und die sprachlose Verwirrung der Mutter.

Sie hatte den fremden Mann auf der Schwelle gefragt: »Wer hat dich verwundet?«

»Die Soldaten, Señora«, hatte Gaspar Ruiz mit schwacher Stimme geantwortet.

»Patrioten?«

»*Sí.*«

»Warum?«

»Deserteur«, keuchte er und lehnte sich an die Mauer, während ihre schwarzen Augen forschend auf ihm ruhten. »Man ließ mich für tot da oben liegen.«

Sie führte ihn durch das Haus zu einer kleinen Hütte aus Lehm und Schilf, ganz verborgen in dem hohen Gras des verwilderten Obstgartens. Er sank auf einen Haufen Maisstroh in einem Winkel und seufzte tief.

»Hier wird dich niemand suchen«, sagte sie und blickte auf ihn herunter. »Niemand kommt in unsere Nähe. Auch uns hat man für tot liegenlassen – hier.«

Er drehte sich verlegen auf dem schmutzigen Strohhaufen, und der Schmerz in seinem Nacken erpreßte ihm fiebriges Stöhnen.

»Ich will es Estaban eines Tages schon zeigen, daß ich noch lebe«, murmelte er.

Er nahm ihre Pflege schweigend an, und die vielen Schmerzenstage gingen vorüber. Ihr Erscheinen in der Hütte brachte ihm Erleichterung und verknüpfte sich mit den Fieberträumen von Engeln, die sein Lager besuchten; denn Gaspar Ruiz war in die Wunderlehre seiner Religion eingeweiht und hatte sogar von dem Priester seines Dorfes ein wenig Schreiben und Lesen gelernt. Er erwartete sie mit Ungeduld und sah sie mit wildem Schmerz aus der dunklen Hütte hinaustreten und im blendenden Sonnenschein verschwinden. Während er dalag und sich so ganz schwach fühlte, machte er die Entdeckung, daß er sich ihr Bild ungemein deutlich vergegenwärtigen konnte, wenn er nur die Augen schloß. Und diese neu entdeckte Fähigkeit versüßte ihm die langen einsamen Stunden seiner Genesung. Später, als seine Kräfte wieder zurückzukehren begannen, kroch er um die Dämmerstunde zum Hause und saß auf der Schwelle der Gartentür.

In einem der Zimmer schritt der verrückte Vater auf und ab, führte murmelnde Selbstgespräche und lachte zwischendurch plötzlich auf. Am Gange saß die Mutter auf einem Stuhl, seufzte und stöhnte. Die Tochter, in rauher abgetragener Kleidung, das weiße, magere Gesicht halb verborgen unter einer groben Manta, stand gegen den Türpfosten gelehnt. Gaspar Ruiz hielt die Ellbogen auf die Knie, den Kopf in die Hände gestützt und sprach leise zu den beiden Frauen.

Das gemeinsame Elend der Geächteten hätte ein Unterstreichen der sozialen Unterschiede als blutigen Hohn erscheinen lassen. Gaspar Ruiz in seiner Einfalt verstand das. Durch seine Gefangenschaft unter den Royalisten war er in der Lage, ihnen Nachricht zu geben von Leuten, die sie kannten. Er beschrieb ihr Aussehen; und wenn er die Geschichte der Schlacht erzählte, in der er abermals gefangengenommen worden war, da bejammerten die beiden Frauen die Niederlage ihrer Partei und den Ruin ihrer geheimen Hoffnungen.

Sein Gefühl drängte ihn nach keiner der beiden Seiten. Doch er empfand eine tiefe Ergebenheit für das junge Mädchen. In dem Bestreben, sich ihrer Herablassung würdig zu erweisen, rühmte er sich ein wenig seiner Körperkraft. Er hatte nichts sonst, dessen er sich hätte rühmen können. Eben dieser Eigenschaft wegen behandelten ihn seine Kameraden ganz mit der Ehrerbietung, erklärte er, als wäre er ein Sergeant gewesen, im Lager sowohl wie auch im Felde.

»Ich konnte immer so viele ich nur wollte dazu bewegen, mir überallhin zu folgen, Señorita. Eigentlich hätte man mich zum Offizier machen müssen, denn ich kann lesen und schreiben.«

Hinter ihm seufzte die schweigsame alte Dame von Zeit zu Zeit schwer auf; der Vater murmelte irr vor sich hin und durchmaß die *sala*; und Gaspar Ruiz erhob dann und wann die Augen und blickte die Tochter dieser Leute an.

In seinem Blick lag Neugier, weil sie lebte, und doch auch jenes Gefühl von Vertrautheit und Ehrfurcht, mit dem er in Kirchen die unbeseelten und machtvollen Statuen der Heiligen betrachtet hatte, deren Fürsprache man in Gefahren und Nöten erfleht. Und seine Not war groß.

Er konnte sich nicht immer und ewig in einem Obstgarten verborgen halten. Er wußte auch sehr gut, daß er keinen halben Tag weit in irgendeiner Richtung gehen konnte, ohne von einer der Kavalleriepatrouillen, die das ganze Land durchstreiften, aufgegriffen und in ein oder das andere Lager gebracht zu werden, wo die Patriotenarmee, die Peru befreien sollte, versammelt war. Dort würde man ihn dann als Gaspar Ruiz – der zu den Royalisten desertiert war – erkennen und diesmal zweifellos ganz gründlich erschießen. Auf der ganzen Welt schien für den unschuldigen Gaspar Ruiz nirgends ein Platz zu sein. Bei diesem Gedanken ergab sich seine einfache Seele einer düsteren Verbitterung, schwarz wie die Nacht.

Sie hatten ihn mit Gewalt zum Soldaten gemacht. Er hatte nichts dagegen einzuwenden gehabt, Soldat zu sein. Und er war ein guter Soldat gewesen, ebenso wie er ein guter Sohn gewesen war, wegen seiner Folgsamkeit und Stärke. Doch nun hatte er für beides keine Verwendung. Man hatte ihn von seinen Eltern weggenommen, und er konnte auch nicht länger Soldat sein – kein guter Soldat wenigstens. Niemand würde seine Erklärungen anhören wollen. Was für eine Ungerechtigkeit das war! Welche Ungerechtigkeit!

Und mit betrübtem Murmeln brachte er die Geschichte seiner ersten und zweiten Gefangennahme zum zwanzigstenmal vor. Dann erhob er den Blick zu dem schweigenden Mädchen im Türrahmen und sagte wohl mit einem tiefen Seufzer: »*Si*, Señorita, die Ungerechtigkeit hat den armen Atem in meiner Brust ganz wertlos gemacht. Für mich und alle andern. Mir ist es gleich, wer mir ihn raubt.«

Eines Abends, als er so dem Kummer seiner wunden Seele Ausdruck gab, ließ sie sich zu der Bemerkung herbei, daß sie, wenn sie ein Mann wäre, kein Leben für wertlos erachten wolle, das noch die Möglichkeit der Rache in sich schlösse.

Sie schien zu sich selbst zu sprechen. Ihre Stimme klang leise. Er trank die zarten, verträumten Laute mit dem Gefühl unerhörter Entzückung ein, als durchwärmten sie seine Brust wie ein Schluck edlen Weins.

»Es ist wahr, Señorita«, sagte er und wandte langsam sein Gesicht dem ihren zu. »Da ist Estaban, dem ich zeigen muß, daß ich doch nicht tot bin.«

Das Murmeln des irren Vaters hatte langsam aufgehört; die seufzende Mutter hatte sich in irgendeines der leeren Zimmer zurückgezogen. Innen und ringsum war alles gleich still, im taghellen Mondlicht, das über dem verwilderten Garten und seinen tintigen Schatten lag. Gaspar Ruiz sah, daß Doña Erminias schwarze Augen auf ihn gerichtet waren.

»Ach, der Sergeant!« murmelte sie geringschätzig.

»Warum? Er hat mich mit dem Säbel verwundet«, widersprach er, verblüfft durch die Verachtung, die ihr bleiches Gesicht auszudrücken schien.

Sie duckte ihn mit dem Blick. Die Macht ihres Willens,

verstanden zu werden, war so groß, daß sie in ihm die Fähigkeit weckte, unausgesprochene Dinge zu erfassen.

»Was erwarten Sie sonst von mir?« rief er, als sei er plötzlich zur Verzweiflung getrieben. »Kann ich denn mehr tun? Bin ich ein General mit einer Armee hinter mir? – Armer Sünder, der ich bin, daß auch Sie mich noch verachten müssen.«

VIII

»Señores«, erzählte der General seinen Gästen, »obwohl meine Gedanken sich damals mit Liebe beschäftigten und dementsprechend erfreulich waren, so berührte mich der Anblick jenes Hauses stets unangenehm, besonders im Mondlicht, in dem die geschlossenen Fensterläden und der Anschein einsamer Verwahrlosung besonders düster wirkten. Dennoch nahm ich auch weiter den Reitweg daran vorbei, weil er viel kürzer war. Der verrückte Royalist heulte und lachte mir jeden Abend entgegen, bis er genug hatte. Doch nach einer Zeit hörte er auf, am Weg zu erscheinen, als habe ihn meine Gleichgültigkeit ermüdet. Wie sie ihn dazu brachten, das sein zu lassen, weiß ich nicht. Jedenfalls hätte es mit Gaspar Ruiz im Hause ein leichtes sein müssen, ihn mit Gewalt zurückzuhalten. Es war nun ein Punkt ihrer Taktik, drinnen im Haus alles zu vermeiden, was mich hätte reizen können; wenigstens stellte ich es mir so vor.

Obgleich ich im Banne des strahlendsten Augenpaares von ganz Chile stand, bemerkte ich doch nach einer Woche oder so die Abwesenheit des alten Mannes. Noch einige Tage gingen vorüber. Ich begann zu glauben, daß vielleicht diese Royalisten sonstwohin ausgewandert seien. Als ich aber eines Abends der Stadt zueilte, da sah ich wieder jemand im Torwege. Es war nicht der Irre; es war das Mädchen. Sie hielt eine der Holzsäulen umfaßt und stand schlank und bleich da, die großen Augen von Entbehrung und Kummer tief eingesunken. Ich sah sie scharf an, und sie begegnete mit einem merkwürdig forschenden Blick meinen Augen. Dann, als ich den Kopf wandte, nachdem ich schon vorbeigeritten war, schien sie ihren ganzen Mut zusammenzunehmen und winkte mich ganz eindeutig zurück.

Ich gehorchte, Señores, fast ohne zu denken, so groß war meine Verwunderung. Die wuchs noch, als ich hörte, was sie mir zu sagen hatte. Sie begann damit, daß sie mir für meine Nachsicht gegen die Schwäche ihres Vaters dankte, so daß ich mich vor mir selbst schämte. Ich hatte Verachtung zeigen wollen, nicht Nachsicht! Jedes Wort muß ihr die Lippen versengt haben, doch sie verlor nicht einen Augenblick lang die liebenswürdige, melancholische Würde, die mir gegen meinen Willen Respekt einflößte. Señores, wir sind keine Gegner für Frauen. Doch ich konnte kaum meinen Ohren trauen, als sie ihre Erzählung begann. ›Die Vorsehung‹, schloß sie, ›schien das Leben dieses Soldaten gerettet zu haben, dem Unrecht geschehen war und der nun auf meine Ehre als Caballero und auf mein Mitgefühl mit seinem Leid baute.‹

›Unrecht geschehen‹, bemerkte ich kalt. ›Nun, das ist auch meine Ansicht: und Sie haben einen Feind Ihrer Sache beherbergt.‹

›Es war ein armer Christenmensch, der im Namen Gottes an unserer Tür um Hilfe flehte, Señor‹, gab sie einfach zurück.

Ich begann sie zu bewundern. ›Wo ist er jetzt?‹ fragte ich förmlich.

Doch diese Frage wollte sie nicht beantworten. Mit unglaublichem Takt und einem fast feindseligen Zartgefühl brachte sie es fertig, mich an den fehlgeschlagenen Versuch zu erinnern, den Gefangenen im Wachtzimmer das Leben zu retten – ohne doch dabei meine Eitelkeit zu verletzen. Sie kannte natürlich die ganze Geschichte. Gaspar Ruiz, sagte sie, ließe mich inständig bitten, ihm zu General San Martin persönlich freies Geleit zu verschaffen. Er habe dem Oberbefehlshaber eine wichtige Mitteilung zu machen.

Por Dios, Señores, das alles ließ sie mich schlucken und gab dabei vor, dem armen Mann nur als Sprachrohr zu dienen. Als ein Opfer der Ungerechtigkeit erwarte er, sagte sie, bei mir ebensoviel Großmut zu finden wie bei der Royalistenfamilie, die ihm Zuflucht gewährt hatte.

Ha! das war gut und geschickt gesprochen, zu einem blutjungen Kerl, wie ich es war. Ich fand sie erhaben. O weh! sie war nur unversöhnlich.

Schließlich ritt ich davon, ganz begeistert für die Sache, und verlangte nicht einmal Gaspar Ruiz zu sehen, von dem ich bestimmt annahm, daß er im Hause sei.

Bei ruhiger Überlegung begann ich aber Schwierigkeiten zu sehen, denen zu begegnen ich allein mich nicht imstande fühlte. Es war nicht leicht, einem Oberbefehlshaber mit einer solchen Geschichte zu kommen. Ich fürchtete einen Fehlschlag. Schließlich hielt ich es für besser, die ganze Sache meinem Divisionsgeneral Robles vorzulegen, der ein Freund meiner Familie war und mich erst kürzlich zu seinem Adjutanten ernannt hatte.

Er nahm mir die Angelegenheit ohne alle Umstände sofort aus der Hand.

›Im Haus! Natürlich ist er im Haus‹, sagte er geringschätzig. ›Sie hätten mit gezogenem Säbel hineingehen und ihn zur Übergabe auffordern sollen, anstatt im Torweg mit dem Royalistenmädel zu schwatzen. Die Leute hätte man schon längst dort herausjagen sollen. Wer weiß, wie viele Spione sie kerzengerade in der Mitte unserer Lager schon beherbergt haben. Freies Geleit zum Oberbefehlshaber! Die Frechheit von dem Kerl! Ha, ha! Jetzt werden wir ihn also heute nacht hopp nehmen, und dann wollen wir schon herausbringen, was er zu sagen hat, das so verdammt wichtig wäre. Ha, ha, ha!‹

General Robles – Friede seiner Seele – war ein kurzer, dicker Mann mit runden, starren Augen, polternd und jovial. Als er meine Betrübnis sah, fügte er hinzu:

›Kommen Sie, kommen Sie, Chico. Ich verspreche Ihnen sein Leben, wenn er keinen Widerstand leistet. Und das steht nicht zu erwarten. Wir werden einen guten Soldaten nicht zugrunde richten, wenn es sich vermeiden läßt. Ich sage Ihnen was! Ich bin neugierig, Ihren starken Mann zu sehen. Unter einem General tut er's nicht, der Picaro. Gut. Er soll einen General haben und mit ihm sprechen. Ha, ha! Ich will bei der Aushebung selbst dabeisein, und Sie kommen natürlich mit.‹

Und in derselben Nacht noch wurde es ausgeführt. Früh am Abend wurden das Haus und der Obstgarten unauffällig umstellt. Später verließen der General und ich einen Ball, den wir in der Stadt besucht hatten, und ritten im leichten Galopp hinaus. Kurz vor dem Hause hielten wir an. Eine berittene Ordonnanz hielt uns die Pferde. Ein leiser Pfiff warnte die Leute, die rings um die Schlucht auf Posten waren, und wir schritten behutsam dem Torweg zu. Das verrammelte Haus im Mondschein schien leer.

Der General pochte an die Tür. Nach einer Weile fragte eine Frauenstimme von innen, wer da sei. Mein Vorgesetzter stieß mich hart an. Ich schnappte nach Luft.

›Ich bin's, Leutnant Santierra‹, stotterte ich hervor, als würgte mich etwas. ›Öffnen Sie die Tür.‹

Sie öffnete sich langsam. Das Mädchen, eine dünne Kerze in der Hand, begann allmählich vor uns zurückzuweichen, als sie einen zweiten Mann neben mir sah. Ihr unbewegtes weißes Gesicht sah geisterhaft aus. Ich folgte hinter General Robles. Ihre Augen waren auf die meinen gerichtet. Ich machte eine Gebärde der Hilflosigkeit hinter dem Rücken meines Vorgesetzten und versuchte zur selben Zeit meinem Gesicht einen beruhigenden Ausdruck zu geben. Keiner von uns dreien brachte einen Laut hervor.

Wir befanden uns in einem Raum mit kahlen Wänden und Boden. Ein ungefüger Tisch und ein paar Stühle standen darin, sonst nichts. Eine alte Frau mit gelöstem grauem Haar rang die Hände, als wir auftauchten. Ein lautes Lachen gellte gespenstisch durch das leere Haus. Daraufhin versuchte die alte Frau an uns vorbeizukommen.

›Niemand verläßt das Zimmer!‹ sagte General Robles zu mir.

Ich schlug die Tür zu, hörte die Klinke einschnappen, und das Lachen war nur mehr schwach vernehmbar.

Bevor in dem Zimmer noch ein weiteres Wort gesprochen werden konnte, hörte ich zu meiner Verblüffung entfernten Donner.

Ich hatte in das Haus den Eindruck einer wunderbar klaren Mondnacht mitgenommen, ohne einen Wolkenfleck am Himmel. Ich konnte meinen Ohren nicht trauen. Da ich ganz jung meiner Erziehung wegen weggeschickt worden war, so war mir das meistgefürchtete Naturphänomen meiner Heimat nicht vertraut. Ich sah zu meinem unsagbaren Erstaunen den Ausdruck von Entsetzen in den Augen meines Chefs. Plötzlich fühlte ich Schwindel. Der General taumelte schwer gegen mich; das Mädchen schien inmitten des Zimmers zu wanken, das Licht fiel ihr aus der Hand und ging aus; ein gellender Schrei ›*Misericordia!*‹ der alten Frau fuhr mir durch die Ohren. In der pechschwarzen Finsternis hörte ich, wie der Mörtel von den Wänden abbröckelte und auf den Boden fiel. Ein Glück, daß keine Decke da war. Während ich mich an die Türklinke klammerte, hörte ich, wie über meinem Kopf das Scharren der Dachziegel aufhörte. Der Stoß war vorbei!

›Hinaus aus dem Haus! Die Tür! Fliehen Sie, Santierra, fliehen Sie!‹ heulte der General. Sie müssen wissen, Señores, in unserem Lande schämen sich selbst die Tapfersten nicht der Furcht, die bei einem Erdbeben den Leuten bis in die Knochen fährt. Man gewöhnt sich nie daran. Je öfter man es erlebt, desto stärker wirkt der namenlose Schreck.

Es war mein erstes Erdbeben, und ich war der Ruhigste von allen. Ich erkannte, daß der Krach draußen von dem Torweg herrührte, dessen Holzpfeiler und Ziegelvordach eingestürzt waren. Der nächste Stoß würde wahrscheinlich das Haus zerstören. Das donnerähnliche Tosen nahte wieder. Der General raste rings um das Zimmer, vielleicht um die Tür zu finden. Er machte einen Lärm, als versuche er an den Wänden hochzuklettern, und ich hörte ihn deutlich den Namen mehrerer Heiligen anrufen. ›Hinaus, hinaus, Santierra!‹ brüllte er.

Die Stimme des Mädchens war die einzige, die ich nicht hörte.

›General!‹ schrie ich. ›Ich kann die Tür nicht rühren. Wir müssen eingeschlossen sein.‹

Ich erkannte seine Stimme nicht wieder in dem Durcheinander von verzweifelten Flüchen, die er ausstieß. Señores, ich kenne viele Leute in meinem Lande, besonders in den stark von Erdbeben heimgesuchten Provinzen, die bei geschlossenen Türen weder essen noch schlafen noch beten oder sich auch nur zum Kartenspiel niedersetzen. Die Gefahr liegt nicht im Zeitverlust, sondern die Verschiebung der Wände kann es bewirken, daß eine Tür überhaupt nicht mehr aufzubringen ist. Das war es, was auch uns geschehen war. Wir waren gefangen und hatten von niemand Hilfe zu erwarten. Es gibt keinen Mann in meinem Lande, der in ein Haus gehen würde, wenn die

Erde wankt. Es gab auch nie einen – mit einer einzigen Ausnahme: Gaspar Ruiz.

Er war aus irgendeinem Schlupfwinkel, in dem er sich draußen verkrochen hatte, herausgekommen und war über die Balken des zerstörten Vordaches geklettert. Durch das furchtbare unterirdische Grollen der nahenden Verwüstung hörte ich eine mächtige Stimme das Wort ›Erminia‹ brüllen, mit der Lunge eines Riesen. Ein Erdbeben verwischt gründlich alle Rangunterschiede. Ich nahm meine ganze Entschlußkraft zusammen, um die Schrecken des Augenblicks zu überwinden und schrie zurück: ›Sie ist hier.‹ Ein Brüllen wie von einem wütenden wilden Tier antwortete mir, während mein Kopf wirbelte, mein Mut sank und mir der Angstschweiß wie Regen über die Brauen lief.

Er hatte die Kraft, einen der schweren Pfosten des Vordaches aufzunehmen. Er hielt ihn unter dem Arm wie eine Lanze, doch mit beiden Händen, rannte damit wütend gegen das wankende Haus, mit der Gewalt eines Sturmbocks, sprengte die Tür auf und stürzte ungestüm über unsere hingestreckten Leiber herein. Der General und ich rafften uns auf und sprangen hinaus, ohne uns einmal umzusehen, bis wir über der Straße waren. Dann hielten wir uns aneinander und sahen zu, wie das Haus plötzlich zu einem Haufen formlosen Gerümpels zusammensank, hinter dem Rücken eines Mannes, der auf uns zuschritt, die leblose Gestalt einer Frau in den Armen. Ihr langes schwarzes Haar hing fast bis zu seinen Füßen herab. Er legte sie ehrfürchtig auf den schwankenden Boden, und das Mondlicht fiel auf ihre geschlossenen Augen.

Señores, wir saßen mit Mühe auf. Unsere Pferde bäumten sich wie verrückt und wurden nur mit Mühe von Soldaten gehalten, die von allen Seiten herbeigelaufen waren. Niemand dachte damals daran, Gaspar Ruiz gefangenzunehmen. In den Augen von Menschen und Tieren loderte wilde Furcht. Mein General näherte sich Gaspar Ruiz, der regungslos wie eine Statue über dem Mädchen stand. Er ließ sich bei den Schultern rütteln, ohne die Augen von ihrem Gesicht zu lassen.

›Que guape!‹ brüllte ihm der General ins Ohr. ›Du bist ein mordsbraver Kerl, du hast mein Leben gerettet. Ich bin General Robles, komm morgen in mein Quartier, wenn

Gott es uns in Gnade vergönnt, einen neuen Tag zu sehen.‹

Er rührte sich nicht – als wäre er taub, gefühllos, unempfindlich.

Wir ritten der Stadt zu und waren ganz beschäftigt mit unseren Verwandten, unseren Freunden, an deren Schicksal wir kaum zu denken wagten. Die Soldaten rannten neben unseren Pferden her. Alles war vergessen angesichts der ungeheuren Katastrophe, die über ein ganzes Land hereingebrochen war.«

Gaspar Ruiz sah das Mädchen die Augen öffnen. Das Aufschlagen ihrer Augenlider schien ihn aus seinem Traum zu wecken. Sie waren allein; das entsetzte und verzweifelte Schreien der heimatlos gewordenen Leute füllte die Ebenen der weitgestreckten Küste und drang wie ein Flüstern in ihre Einsamkeit.

Sie erhob sich und sandte furchtsame Blicke nach allen Seiten. »Was ist?« rief sie halblaut aus und starrte ihm ins Gesicht. »Wo bin ich?«

Er beugte traurig und wortlos den Kopf.

»... Wer seid Ihr?«

Er kniete langsam vor ihr nieder und berührte den Saum ihres groben schwarzen Rockes. »Euer Sklave!« sagte er.

Da erblickte sie den Haufen Gerümpel, der einst das Haus gewesen war, ganz verschwommen in einer Staubwolke. »Ah!« schrie sie auf und preßte die Hand an die Stirn.

»Dort hab' ich Euch herausgetragen«, flüsterte er zu ihren Füßen.

»Und sie?« fragte sie in einem tiefen Seufzer.

Er erhob sich, faßte ihren Arm und führte sie behutsam zu der unförmigen Ruine, die halb unter einem Erdrutsch verschüttet war.

»Kommt horchen«, sagte er.

Der klare Mond sah sie über den Haufen von Steinen, Balken und Ziegeln klettern, der ein Grab war. Sie preßten das Ohr an die Spalten und lauschten auf ein Stöhnen.

Endlich meinte er: »Sie sind rasch gestorben. Ihr seid allein.«

Sie setzte sich auf ein abgebrochenes Balkenende und legte einen Arm über ihr Gesicht. Er wartete, näherte dann seine Lippen ihrem Ohr und flüsterte: »Wir wollen fortgehen.«

»Niemals – nie fort von hier«, schrie sie auf und warf die Arme hoch.

Er beugte sich über sie, ihre erhobenen Arme fielen auf seine Schultern, er zog sie hoch und begann zu gehen, den Blick starr geradeaus gerichtet.

»Was tut Ihr?« fragte sie schwach.

»Ich entfliehe meinen Feinden«, antwortete er, ohne seine leichte Bürde anzublicken.

»Mit mir«, seufzte sie hilflos.

»Niemals ohne Euch«, gab er zurück. »Ihr seid meine Stärke.«

Er preßte sie eng an sich. Sein Gesicht war ernst, und seine Schritte waren fest. Die Brände, die in den Ruinen der zerstörten Dörfer ausbrachen, überstrahlten die Ebene mit rotem Feuerschein; und die fernen Wehklagen, die Schreie »*Misericordia! Misericordia!*« klangen ihm verzweiflungsvoll in die Ohren. Er schritt vorwärts, feierlich und beherrscht, als trüge er ein kostbares und zerbrechliches Heiligtum.

Dann und wann zitterte die Erde unter seinen Füßen.

IX

Mit mechanisch sorgsamen Bewegungen und zerstreutem Ausdruck zündete sich General Santierra eine dicke und lange Zigarre an.

»Es vergingen mehrere Stunden, bevor wir eine Patrouille zu der Schlucht zurücksenden konnten«, sagte er zu seinen Gästen. »Wir hatten ein Drittel der Stadt eingestürzt gefunden, das übrige durchschüttert und die Einwohner, reiche und arme, waren durch das allgemeine Unglück gleicherweise in Aufregung geraten. Der gemachten Zuversicht der einen widersprach die Verzweiflung anderer. In der allgemeinen Verwirrung tauchten ein paar kühne Diebe auf, ohne Furcht vor Gott und den Menschen, und wurden denen gefährlich, die aus dem Einsturz ihrer Häuser ein paar Wertsachen gerettet hatten. Bei jedem

Erdstoß schrien diese Schufte ›*Misericordia*‹, lauter als die andern, schlugen sich mit der einen Hand auf die Brust, beraubten mit der andern irgendwelche Unglücklichen und scheuten selbst vor Mord nicht zurück.

Die Division des Generals Robles hatte vollauf damit zu tun, die zerstörten Stadtviertel vor den Räubereien dieser Unmenschen zu schützen. Mich nahm meine Pflicht als Ordonnanzoffizier in Anspruch, und so konnte ich mich erst um die Morgenstunde davon überzeugen, daß meine eigene Familie in Sicherheit war. Meine Mutter und meine Schwester hatten aus dem Ballsaal, wo ich sie früh am Abend verlassen hatte, das nackte Leben gerettet. Ich sehe noch diese beiden prachtvollen jungen Frauen vor mir – Gott laß sie in Frieden ruhen –, als wäre es heute gewesen, wie sie, bleich, aber tätig, im Garten unseres zerstörten Hauses einigen unserer armen Nachbarn beistanden, in ihren zerfetzten Ballkleidern und den Staub eingestürzter Wände im Haar. Meine Mutter hatte die Seele einer Stoikerin in ihrem zarten Körper. Halb bedeckt mit einem kostbaren Schal, lag sie auf einer Gartenbank zur Seite eines Zierbrunnens, dessen Fontäne in dieser Nacht für immer zu spielen aufgehört hatte.

Ich hatte kaum Zeit gefunden, sie alle in blinder Freude zu umarmen, als schon mein Chef daherkam und mich mit ein paar Soldaten zur Schlucht hinausschickte, um meinen starken Mann, wie er ihn nannte, und das bleiche Mädel einzubringen.

Doch es war niemand da, den wir hätten einbringen können. Ein Erdrutsch hatte die Ruinen des Hauses verschüttet; das Ganze glich einem großen Erdhügel; nur da und dort sahen ein paar Balkenenden heraus – sonst nichts.

So war dem Leid des alten Royalistenpaares ein Ende gemacht. Ein ungeheures und ungeweihtes Grab hatte sie lebend verschlungen samt ihrem hartnäckigen Widerstand gegen den Willen eines Volkes, das frei sein wollte. Und ihre Tochter war fort.

Daß Gaspar Ruiz sie fortgeführt hatte, verstand ich sehr wohl. Da der Fall aber nicht vorgesehen war, so hatte ich keinen Befehl, sie zu verfolgen; und außerdem hatte ich auch keine Lust dazu. Ich hatte das Zutrauen zu meinen Einmischungen verloren. Sie waren nie von Erfolg begleitet gewesen und hatten oft sogar den Schein gegen sich gehabt. Er war fort. Gut. Laß ihn gehen. Und hatte das Royalistenmädel mitgenommen. Nichts besser als das. *Vaya con Dios.* Es war nicht der Augenblick, sich wegen eines Deserteurs aufzuregen, der mit oder ohne Recht hätte tot sein sollen, und wegen des Mädchens, für das es besser gewesen, wenn es nie geboren worden wäre.

So marschierte ich mit meinen Leuten zur Stadt zurück.

Nach einigen Tagen war die Ordnung wiederhergestellt, und die ersten Familien, einschließlich meiner eigenen, reisten nach Santiago. Dort hatten wir ein schönes Haus. Zur gleichen Zeit bezog die Division Robles neue Kantonnements in der Nähe der Hauptstadt. Dieser Wechsel paßte mir ausgezeichnet wegen meiner häuslichen und verliebten Gefühle.

Eines Nachts wurde ich ziemlich spät zu meinem Chef gerufen. Ich fand General Robles in seinem Quartier, ganz bequem, ohne Uniform; er trank reinen Brandy aus einem großen Glas – als Vorsichtsmaßregel, wie er sagte, gegen die Schlaflosigkeit, die ihm die Moskitostiche verursachten. Er war ein guter Soldat und lehrte mich die Kunst und Praxis des Krieges. Gott war sicher seiner Seele gnädig: denn seine Beweggründe waren nie anders als patriotisch, wenn er auch jähzornig war. Den Gebrauch von Moskitonetzen hielt er für weibisch, schandbar, eines Soldaten unwürdig.

Ich bemerkte auf den ersten Blick, daß sein schon sehr rotes Gesicht den Ausdruck bester Laune zeigte.

›Ah ha! *Señor teniente*‹, schrie er laut, als ich an der Tür salutierte. ›Passen Sie auf! Ihr starker Mann ist wieder aufgetaucht!‹

Er reichte mir einen zusammengefalteten Brief, der an den ›Oberbefehlshaber der republikanischen Armeen‹ adressiert war.

›Das‹, fuhr General Robles mit seiner lauten Stimme fort, ›wurde von einem Buben einem Posten beim Hauptquartier in die Hand gedrückt, während der Kerl dastand und wohl an sein Mädel dachte, denn bevor er noch seine fünf Sinne beisammen hatte, war der Junge unter den Marktleuten verschwunden, und er schwört, daß er ihn nicht wiedererkennen könnte, und wenn's seinen Kopf gälte.‹

Mein Chef sagte mir weiter, daß der Soldat den Brief dem Sergeanten gegeben und daß er endlich den Weg zu unserem Generalissimus gefunden hatte. Seine Exzellenz hatten geruht, mit eigenen Augen davon Kenntnis zu nehmen. Hierauf hatte er die Angelegenheit General Robles anvertraut.

An den Brief, Señores, kann ich mich jetzt nicht mehr wörtlich erinnern. Ich sah die Unterschrift: Gaspar Ruiz. Er war ein kühner Bursche. Er hatte sich aus einem Weltaufruhr heraus eine Seele gerettet, und nun war es diese Seele, die ihm diesen Brief eingab. Der Ton war ziemlich selbstbewußt. Ich erinnere mich, daß er mir damals den Eindruck von Adel und Würde machte. Es war ganz zweifellos ihr Brief. Heute schaudere ich bei dem Gedanken an die abgrundtiefe Zweideutigkeit. Gaspar Ruiz beklagte sich über die Ungerechtigkeit, deren Opfer er gewesen war. Er erinnerte an seine früher bewährte Treue und an seinen Mut. Nachdem er durch das wunderbare Eingreifen der Vorsehung vom Tode errettet worden sei, bleibe ihm nur der Gedanke, seine Ehre reinzuwaschen. Das, schrieb er, könne er nicht hoffen, in der Truppe zu erreichen, als Verrufener, an dem noch immer ein Verdacht hafte. Er habe die Möglichkeit, einen offensichtlichen Beweis seiner Treue zu erbringen. Und er schloß mit dem Vorschlag, der Oberbefehlshaber möge ihm um Mitternacht auf der Plaza vor der Münze eine Zusammenkunft bewilligen. Das Zeichen sollte ein dreimaliges Feuerschlagen mit Stahl und Stein sein. Das war nicht zu auffallend und doch deutlich genug zum Erkennen.

San Martin, der große Befreier, liebte Männer von Kühnheit und Mut. Außerdem war er gerecht und mitleidig. Ich sagte ihm alles, was ich von des Mannes Geschichte wußte, und erhielt den Befehl, ihn in der bestimmten Nacht zu begleiten. Die Zeichen wurden richtig ausgetauscht. Es war Mitternacht, und die ganze Stadt lag dunkel und schweigend da. Die verhüllten Gestalten der beiden kamen im Mittelpunkt der weiten Plaza zusammen; ich hielt mich diskret abseits und lauschte eine Stunde oder mehr ihren murmelnden Stimmen. Dann winkte mir der General, näher zu kommen, und als ich das tat, hörte ich, wie San Martin, der gegen hoch und niedrig gleich höflich war, Gaspar Ruiz für diese Nacht die Gastfreundschaft des Hauptquartiers anbot. Doch der Soldat lehnte ab mit dem Bemerken, daß er dieser Ehre nicht würdig sei, bevor er irgend etwas getan habe.

›Euer Exzellenz kann nicht einen gemeinen Deserteur zu Gast haben‹, meinte er mit leisem Lachen, trat zurück und verschwand langsam in der Nacht.

Der Oberbefehlshaber sagte zu mir, während wir weggingen: ›Er hatte jemand bei sich, unser Freund Ruiz. Ich sah einen Augenblick lang zwei Gestalten. Es war ein unauffälliger Kumpan.‹

Auch ich hatte gesehen, wie sich eine zweite Gestalt zu Gaspar Ruiz gesellte, anscheinend ein kleiner Kerl, in einem Poncho und einem großen Hut. Und ich dachte noch in dummem Staunen darüber nach, wen er wohl in sein Vertrauen gezogen haben mochte. Ich hätte mir wohl denken können, daß es niemand sonst gewesen sein konnte als dieses Unglücksmädel.

Wo er sie versteckt hielt, das weiß ich nicht. Er hatte – das wurde nachher bekannt – einen Onkel, den Bruder seiner Mutter, einen kleinen Krämer, in Santiago. Vielleicht fand sie dort Nahrung und Obdach. Doch was immer sie auch fand, es war armselig genug, um ihren Stolz zur Verzweiflung zu bringen und ihren Ärger und Haß lebendig zu erhalten. Sicher ist, daß sie ihn bei dem Handstreich begleitete, den er zunächst auf sich genommen hatte. Es handelte sich um nichts weniger als um die Zerstörung eines Magazins voll Kriegsmaterial, das die spanischen Behörden im Süden heimlich angelegt hatten, in einer Stadt namens Linares. Man hatte Gaspar Ruiz nur einen kleinen Trupp anvertraut. Doch sie zeigten sich des Vertrauens würdig, das San Martin in sie gesetzt hatte. Die Jahreszeit war nicht günstig. Sie mußten hochgehende Flüsse durchschwimmen. Es scheint, daß sie Tag und Nacht durchgaloppierten, um vor der Nachricht ihres Einfalls einen Vorsprung zu erhalten, kerzengerade auf die Stadt los, ungefähr hundert Meilen in Feindesland, bis sie endlich bei Tagesanbruch mit dem Säbel in der Hand einrückten und die kleine Garnison überraschten. Diese floh ohne standzuhalten und ließ die meisten ihrer Offiziere in Gaspar Ruiz' Händen.

Eine große Pulverexplosion räumte mit den Magazinen auf, die die Plünderer sofort in Brand gesetzt hatten. In weniger als sechs Stunden ritten sie schon in dem gleichen verrückten Tempo zurück, ohne einen Mann verloren zu haben. Wenn es auch gute Leute waren, so gelingt so ein Streich doch nicht ohne eine noch bessere Führung.

Ich war eben im Hauptquartier beim Abendessen, als Gaspar Ruiz selbst die Nachricht von seinem Erfolg brachte. Und es war ein böser Schlag für die königlichen Truppen. Zum Beweis entfaltete er vor uns die Flagge der Garnison. Er nahm sie unter seinem Poncho heraus und warf sie auf den Tisch. Der Mann war umgewandelt. Aus seinem Gesicht sprach Triumph und etwas wie Drohung. Er stand hinter General San Martins Stuhl und sah uns alle stolz an. Er hatte eine runde blaue Kappe, mit Silberborten verbrämt, auf dem Kopf, und wir alle konnten auf dem Ansatz seines sonnverbrannten Nackens eine breite weiße Narbe sehen.

Irgend jemand fragte ihn, was er mit den gefangenen spanischen Offizieren getan habe.

Er zuckte verächtlich die Schultern: ›Komische Frage! In einem Kleinkrieg lädt man sich doch nicht Gefangene auf den Hals. Ich ließ sie laufen – und hier sind ihre Säbelquasten.‹

Er warf ein Bündel davon auf den Tisch über die Fahne. Dann sagte General Robles, mit dem ich gekommen war, mit seiner lauten, polternden Stimme: ›Tatest du das! Dann, mein guter Freund, weißt du noch nicht, wie ein Krieg wie der unsere geführt sein will. Du hättest es anders machen müssen – – so!‹ Und er fuhr mit der Kante seiner Hand über die eigene Kehle.

Ach ja, Señores! es war leider nur zu wahr, daß auf beiden Seiten dieser Kampf, der im Grunde so heldenhaft war, durch Grausamkeiten geschändet wurde. In dem Gemurmel, das sich bei General Robles' Worten erhob, klang durchaus nicht einstimmiger Widerspruch mit. Doch der vornehme und tapfere San Martin lobte die menschliche Tat und wies Ruiz einen Platz zu seiner Rechten an. Dann erhob er sich mit einem vollen Glas in der Hand und schlug einen Toast vor: ›Caballeros und Waffengefährten, wir wollen auf das Wohl des Kapitäns Gaspar Ruiz trinken!‹ Und als wir unsere Gläser geleert hatten, fuhr der Oberbefehlshaber fort: ›Ich beabsichtige, ihm die Bewachung unserer Südgrenze anzuvertrauen, während wir fortgehen, um unsere Brüder in Peru zu befreien. Die Feinde konnten nicht verhindern, daß er ihnen mitten im eigenen Lande eine schwere Schlappe beibrachte; um so besser wird er es verstehen, die friedliche Bevölkerung zu schützen, die wir hinter uns lassen, um unserer heiligen Aufgabe nachzugehen.‹ Und er umarmte den schweigsamen Gaspar Ruiz an seiner Seite.

Später, als wir uns alle vom Tisch erhoben, näherte ich mich dem letzternannten Offizier der Armee mit meinen Glückwünschen. ›Und, Kapitän Ruiz‹, fügte ich hinzu, ›vielleicht möchten Sie einem Mann, der immer an die Fleckenlosigkeit Ihres Charakters geglaubt hat, verraten, was in jener Nacht aus Doña Erminia wurde?‹

Bei dieser freundlichen Frage änderte sich sein Gesicht. Er sah mich unter den dichten Brauen mit dem scheuen stumpfen Blick eines Guasso an – eines Bauern. ›*Señor teniente*‹, sagte er steif und augenscheinlich gedrückt, ›fragen Sie nicht nach der Señorita, denn ich denke lieber nicht an sie, während ich unter Ihnen bin.‹

Dabei sah er mit gerunzelter Stirn durch den Raum voller rauchender und plaudernder Offiziere. Natürlich drang ich nicht weiter in ihn.

Das, Señores, waren die letzten Worte, die ich für lange, lange Zeit von ihm hören sollte. Gleich am nächsten Tag brachen wir zu unserm kühnen Zug nach Peru auf und hörten von Gaspar Ruiz' Taten nur mitten zwischen unsern eigenen Kämpfen. Er war zum Militärgouverneur unserer Südprovinz ernannt worden. Er sammelte eine Partida. Doch seine Milde gegen die unterworfenen Feinde mißfiel dem Zivilgouverneur, der ein förmlicher, unbequemer Herr voller Mißtrauen war. Er sandte an die Oberste Statthalterei Berichte ein, die Gaspar Ruiz feindlich waren; einer davon ging dahin, daß er öffentlich mit großem Pomp eine Frau von königstreuer Gesinnung geheiratet habe. Zwischen diesen beiden Männern von so ganz verschiedenem Charakter konnten Zwistigkeiten nicht ausbleiben. Schließlich begann sich der Zivilgouverneur über seine Untätigkeit zu beklagen und auf Verrat anzuspielen, der ja, wie er schrieb, bei einem Mann von solchem Vorleben nicht überraschend wäre. Gaspar Ruiz hörte davon. Seine Wut loderte auf, und die Frau an seiner Seite wußte sie wohl mit den rechten Worten zu schüren. Ich weiß nicht, ob wirklich der Oberste Statthalter Befehl gab, ihn gefangenzusetzen – worüber er sich später beschwerte. Sicher scheint es, daß der Zivilgouverneur mit seinen Offizieren zu intrigieren begann und daß Gaspar Ruiz dahinterkam.

Eines Abends, als der Gouverneur eine Tertulia gab, erschien Gaspar Ruiz in der Stadt, von sechs Leuten gefolgt, auf die er sich verlassen konnte, ritt vor die Tür des Gouverneursgebäudes und betrat die Sala bewaffnet, den Hut auf dem Kopf. Als der Gouverneur ihm unwillig entgegentrat, da faßte er den kümmerlichen Mann um den Leib, trug ihn aus der Mitte der Geladenen fort wie ein Kind und warf ihn über die Außentreppe auf die Straße hinunter. Ein ärgerlicher Stoß von Gaspar Ruiz genügte, um aus einem Riesen das Leben herauszubeuteln; doch zum Überfluß feuerten Gaspar Ruiz' Reiter noch ihre Pistolen auf den Leib des Gouverneurs ab, der leblos am Fuß der Treppe lag.«

X

»Nach diesem Akt der Gerechtigkeit, wie er es nannte, überschritt Ruiz den Rio Blanco, von dem größeren Teil seiner Schar gefolgt, und verschanzte sich auf einem Hügel. Eine Kompanie regulärer Truppen, die blindlings gegen ihn ausgeschickt worden war, wurde umzingelt und fast bis zum letzten Mann vernichtet. Andere Expeditionen, obwohl besser geleitet, blieben in gleicher Weise erfolglos.

Es war zur Zeit dieser blutigen Scharmützel, daß sein Weib erstmals an seiner Seite zu Pferde erschien. Stolz und zuversichtlich gemacht durch seine Erfolge, stürmte Ruiz nicht länger an der Spitze seiner Partida vor, sondern blieb wie ein General, der die Bewegungen einer Armee leitet, im Rücken der Truppe auf irgendeinem Hügel, gut beritten und reglos, und sandte seine Befehle aus. Sie wurde zu wiederholten Malen an seiner Seite gesehen und wurde vielfach für einen Mann gehalten. Es gab damals viel Gerede über einen blaßgesichtigen Anführer, dem die Niederlagen unserer Truppen zugeschrieben wurden. Sie ritt wie eine Indianerfrau im Herrensattel und trug einen breitrandigen Männerhut und einen dunklen Poncho. Später, in den Tagen ihres höchsten Erfolges, war dieser Poncho mit Gold gestickt, und sie trug dann auch den Säbel des armen Don Antonio de Leyva. Dieser alte chilenische Offizier hatte das Unglück gehabt, mit seiner kleinen Schar umzingelt zu werden; dann war ihm die Munition ausgegangen, und er hatte von den Händen der Arauko-Indianer, der Verbündeten und Hilfstruppen von Gaspar Ruiz, den Tod gefunden. Das war die fatale Episode, die noch lange nachher unter dem Namen ›Das Massaker vom Eiland‹ in Erinnerung blieb. Das Schwert des unglücklichen Offiziers wurde ihr von Peneleo, dem Häuptling der Araukaner, geschenkt; denn auf diese Indianer wirkte ihr Anblick, die tödliche Blässe ihres Antlitzes, der scheinbar kein Wetter etwas anhaben konnte, und ihre ruhige Gleichgültigkeit im Feuer so mächtig, daß sie sie für ein übernatürliches Wesen oder doch wenigstens für eine Zauberin hielten. Durch diesen Aberglauben wurde der persönliche Einfluß und die Macht von Gaspar Ruiz über diese unwissenden Leute wesentlich erhöht. Sie muß ihre Rache voll ausgekostet haben an dem Tage, als sie den Säbel des Don Antonio de Leyva anlegte. Er war immer an ihrer Seite, außer wenn sie Frauenkleidung anzog – nicht, daß sie ihn je hätte gebrauchen können oder wollen; aber sie liebte es, ihn an ihrer Seite zu fühlen, als eine stete, symbolische Erinnerung an die schmähliche Niederlage der republikanischen Waffen. Sie war unersättlich. Und dann gibt es ja auf dem Pfade, auf den sie Gaspar Ruiz gebracht hatte, kein Einhalten. Entronnene Gefangene – und es gab nicht viele davon – erzählten oft, wie sie es mit wenigen geflüsterten Worten fertigbrachte, seinen Gesichtsausdruck zu verändern und seinen heißen Zorn wieder anzufachen. Sie erzählten, wie er nach jedem Scharmützel, nach jedem Handstreich, nach jedem erfolgreichen Streifzug nahe zu ihr ritt und ihr ins Gesicht sah, dessen hoheitsvolle Ruhe ewig gleich blieb. Ihre Umarmung, Señores, muß kalt gewesen sein wie die einer Statue. Er versuchte ihr eisiges Herz in einem Strom heißen

Blutes zu schmelzen. Ein paar englischen Offizieren, die ihn zu jener Zeit besuchten, fiel seine eigenartige Verblendung auf.«

General Santierra schwieg einen Augenblick, als er sah, wie sich unter seinen Zuhörern Überraschung und Neugierde zeigten.

»Jawohl – englische Marineoffiziere«, wiederholte er. »Ruiz hatte eingewilligt, sie zu empfangen, um wegen der Freilassung einiger Gefangenen ihrer Nationalität zu verhandeln. In dem Gebiet, das er beherrschte, von der Meeresküste bis zu den Kordilleren, lag eine Bai, in der die Schiffe jener Zeit, nach der Fahrt um das Kap Horn, anzulegen pflegten, um Holz und Wasser einzunehmen. Da hatte er die Besatzung an Land gelockt und zunächst die Walfischfängerbrigg *Hersalia* und später noch zwei weitere Schiffe überrumpelt und gekapert, ein englisches und ein amerikanisches.

Damals ging das Gerücht, daß er daran dachte, sich eine eigene Flotte zu schaffen. Doch das war natürlich unmöglich. Er bemannte jedoch die Brigg mit einem Teil ihrer eigenen Besatzung, schickte einen Offizier und eine beträchtliche Schar seiner eigenen Leute an Bord und sandte sie zu dem spanischen Gouverneur der Insel Chiloé mit einem Bericht über seine Taten und der Bitte um Beistand in dem Krieg gegen die Rebellen. Der Gouverneur konnte nicht viel für ihn tun: schickte ihm aber, als Antwort, zwei leichte Feldgeschütze, einen schmeichelhaften Brief mit der Ernennung zum Obersten der königlichen Truppen und eine spanische Flagge. Diese wurde mit großem Pomp an seinem Haus mitten im Araukoland gehißt. Damals mag sein Weib wohl ihrem Guassogemahl mit einer weniger hochmütigen Zurückhaltung zugelächelt haben.

Der rangälteste Offizier des englischen Geschwaders an unserer Küste machte unserer Regierung wegen dieser Kapereien Vorwürfe. Doch Gaspar Ruiz lehnte es ab, mit uns zu verhandeln. Dann fuhr eine englische Fregatte nach der Bai, und der Kapitän, der Doktor und zwei Schiffsleutnants reisten mit freiem Geleit ins Innere. Sie wurden gut aufgenommen und waren drei Tage lang die Gäste des Bandenführers. In seiner Residenz herrschte ein gewisser barbarisch kriegerischer Prunk. Die Einrichtung stammte aus den Plünderungen der Grenzstädte. Als sie zum ersten Male in die Sala geführt wurden, sahen sie sein Weib auf einem Ruhelager (sie befand sich damals nicht wohl), zu dessen Füßen Gaspar Ruiz saß. Sein Hut lag auf dem Boden, und seine Hände ruhten auf dem Säbelgriff.

Während dieser ersten Unterredung nahm er die Hände keinen Augenblick lang vom Säbelgriff; nur einmal ordnete er mit zärtlichen, behutsamen Bewegungen die Decken über ihr. Sie bemerkten, daß er, wenn er sprach, die Augen mit einer Art erwartungsvoller, atemloser Spannung auf sie richtete und augenscheinlich die Welt und sich selbst vergaß. Im Verlaufe des Banketts, dem sie auf ihr Lager zurückgelehnt beiwohnte, brach er in heftige Klagen über die Behandlung aus, die er erfahren hatte. Nach General San Martins Abreise war er von Spionen umgeben, von den Zivilbeamten verleumdet, seine Dienste waren nicht anerkannt und seine Freiheit und sogar sein Leben von der chilenischen Regierung bedroht worden. Er stand vom Tisch auf, donnerte Verwünschungen, während er wild den Raum durchmaß; dann setzte er sich auf das Lager zu Füßen seines Weibes, mit schwer arbeitender Brust, die Augen auf den Boden gerichtet. Sie lag auf dem Rücken, das Haupt auf den Kissen, die Augen fest geschlossen.

›Und jetzt bin ich ein geehrter spanischer Offizier‹, fügte er mit ruhiger Stimme hinzu.

Da benutzte der Kapitän der englischen Fregatte eine Pause, um ihm freundlich mitzuteilen, daß Lima gefallen war und daß sich die Spanier, einem getroffenen Abkommen gemäß, aus dem ganzen Kontinent zurückzogen.

Gaspar Ruiz hob den Kopf und erklärte ohne Zögern mit verhaltener Erregung, daß er den Kampf gegen Chile bis zum letzten Blutstropfen durchhalten wolle, auch wenn nicht ein einziger spanischer Soldat in ganz Südamerika übrigbliebe. Als er diese verrückte Tirade beendet hatte, da hob sich die lange, weiße Hand seines Weibes, und sie streichelte für den Bruchteil einer Sekunde mit den Fingerspitzen sein Knie.

Für den Rest des Aufenthaltes der Offiziere, der sich auf

nicht mehr als eine halbe Stunde nach dem Bankett erstreckte, war dieser blutdürstige Anführer einer verzweifelten Partida von einer überströmenden Liebenswürdigkeit und Güte. Er war vorher gastlich gewesen, doch nun schien es, als könne er nicht genug tun für die bequeme und sichere Rückreise seiner Besucher zu ihrem Schiff.

Es stand dies, wie man mir nachher erzählt hat, im verblüffendsten Gegensatz zu seiner Heftigkeit von kurz vorher und seiner sonstigen schweigsamen Zurückhaltung. Wie ein Mann, den ein unverhofftes Glück über alle Maßen beseligt, überbot er sich an liebenswürdiger Bereitwilligkeit und allerlei Aufmerksamkeiten. Er umarmte die Offiziere wie Brüder, fast mit Tränen in den Augen. Die freigelassenen Gefangenen wurden jeder mit einem Goldstück beschenkt. Im letzten Augenblick erklärte er plötzlich, daß er es für seine Pflicht halte, den Kapitänen der Handelsschiffe ihr persönliches Eigentum zurückzugeben. Diese unerwartete Großmut hatte eine Verzögerung des Aufbruchs zur Folge, und die erste Etappe war sehr kurz.

Spätabends kam Gaspar Ruiz mit einer Eskorte bei ihren Lagerfeuern angeritten und führte ein Maultier mit, das mit Weinkisten beladen war. Er sei gekommen, erklärte er, mit seinen englischen Freunden, die er nie wiedersehen würde, einen Steigbügeltrunk zu teilen. Er schien weich und dabei fröhlich gestimmt. Er erzählte von seinen Abenteuern, lachte wie ein Junge, dann lieh er sich von dem ersten Maultiertreiber der Engländer eine Gitarre, setzte sich mit untergeschlagenen Beinen auf seinen feinen Poncho, den er vor dem verglimmenden Feuer ausgebreitet hatte, und sang mit weicher Stimme ein Guasso-Liebeslied, dann ließ er den Kopf auf die Brust, die Hände zu Boden sinken, die Gitarre glitt ihm von den Knien – und ein drückendes Schweigen legte sich über das Lager nach dem Liebesgesang des wilden Bandenführers, der so viele Tränen über zerstörte Heimstätten oder vernichtetes Liebesglück verschuldet hatte.

Bevor irgend jemand ein Wort sagen konnte, sprang er auf und rief nach seinem Pferd.

›Adios, meine Freunde‹, sagte er, ›geht mit Gott – ich liebe euch – und sagt es denen in Santiago, daß zwischen Gaspar Ruiz, Oberst des Königs von Spanien, und den republikanischen Aaskrähen in Chile Krieg ist bis zum letzten Atemzug. Krieg! Krieg! Krieg!‹

Mit dem wilden Schrei ›Krieg! Krieg! Krieg!‹, den seine Eskorte aufnahm, ritten sie davon, und der Klang der Hufe und Stimmen verhallte zwischen den weiten Schluchten und Hügeln.

Die beiden jungen englischen Offiziere waren davon überzeugt, daß Ruiz verrückt sei. Wie nennen Sie das? – eine Schraube los – wie? Der Doktor aber, ein Schotte, der scharfsinnig beobachtete und gern philosophierte, sagte mir, es sei ein ganz merkwürdiger Fall von Besessenheit gewesen. Ich traf ihn viele Jahre später, doch er erinnerte sich noch sehr gut an den Vorfall. Er sagte mir auch, daß seiner Ansicht nach jenes Weib Gaspar Ruiz nicht durch offene Überredung zu seinem blutigen Verrat gebracht habe, sondern dadurch, daß sie in seinem einfachen Gemüt in feiner Weise die brennende Empfindung weckte und lebendig erhielt, es sei ihm ein nie wieder gutzumachendes Unrecht geschehen. Das mag schon so sein. Ich möchte sagen, daß sie die Hälfte ihrer rachedurstigen Seele in den starken Leib dieses Mannes gegossen hat, wie man Rausch, Irrsinn, Gift in eine leere Schale gießt.

Da er den Krieg wollte, so bekam er ihn allen Ernstes zu spüren, als unsere siegreiche Armee aus Peru zurückkehrte. Man begann gegen diesen Schandfleck auf der Ehre und dem Ruhm unserer hart erkämpften Unabhängigkeit planmäßig vorzugehen. General Robles führte das Kommando mit seiner wohlbekannten, rücksichtslosen Strenge. Auf beiden Seiten griff man zu grausamen Mitteln, und Pardon wurde nicht gegeben. Ich war in dem peruanischen Feldzug avanciert und war damals Kapitän des Stabes.

Gaspar Ruiz fand sich hart bedrängt; wir erfuhren von einem flüchtigen Priester, den man im Galopp aus seiner Dorfpfarrei achtzig Meilen weit in die Berge entführt hatte, damit er die Taufzeremonie vollziehe, daß Ruiz eine Tochter geboren sei. Vermutlich um das Ereignis zu feiern, vollbrachte er ein oder zwei glänzend durchgeführte Überfälle genau im Rücken unserer Truppen und vernichtete die Abteilungen, die wir ausgeschickt hatten, um ihm den Rückzug abzuschneiden. General Robles hatte vor Wut beinahe einen Schlaganfall. Er fand einen anderen Grund für die

Schlaflosigkeit als die Moskitostiche; doch gegen diese, Señores, blieben ganze Humpen von reinem Brandy wirkungslos wie Wasser. Er begann mich wegen meines ›starken Mannes‹ zu hänseln und anzufahren. Und unsere Ungeduld, diesen unrühmlichen Krieg zu beenden, hatte, fürchte ich, zur Folge, daß wir jungen Offiziere alle waghalsig wurden und anfingen, uns blindlings in unnötige Gefahr zu stürzen.

Trotz all dem schlossen sich langsam, Zoll um Zoll, unsere Kolonnen rings um Caspar Ruiz, obwohl er es fertiggebracht hatte, den ganzen Stamm der wilden Arauko-Indianer gegen uns aufzuwiegeln. Dann brachte, nach einem Jahr oder noch später, unsere Regierung durch ihre Agenten und Spione in Erfahrung, daß er im Begriff sei, mit Carreras, dem sogenannten Diktator der sogenannten Republik Mendoza, jenseits der Berge ein Bündnis einzugehen. Ob Gaspar Ruiz dabei eine tiefere politische Absicht hatte, oder ob er nur seinem Weib und Kind einen ungefährdeten Rückzug sichern wollte, während er selbst mit Überfällen und Metzeleien rücksichtslos seinen Krieg gegen uns fortführte – das kann ich nicht sagen. Das Bündnis war jedenfalls Tatsache. Da ihm ein Versuch, unser Vordringen von der See her aufzuhalten, mißlang, so zog er sich mit der gewohnten Schnelligkeit zurück, und bevor er zu einem neuen tollkühnen Schlag ausholte, schickte er seine Frau und das kleine Mädchen über das Pequenagebirge an die Küste von Mendoza.«

XI

»Nun war aber Carreras, unter der Maske eines liberalen Politikers, ein Schuft der schlimmsten Sorte, und der unglückliche Staat von Mendoza war eine Beute der Diebe, Räuber, Verräter und Mörder, die seine Partei bildeten. Äußerlich vornehm, hatte er weder Herz noch Mitgefühl, Ehre oder Gewissen. Tyrannische Herrschsucht war sein einziges Verlangen, und wenn er auch Gaspar Ruiz für seine nichtswürdigen Pläne hätte gebrauchen können, so kam er doch bald darauf, daß es für seine Zwecke dienlicher sei, der chilenischen Regierung entgegenzukommen. Ich schäme mich einzugestehen, daß er unserer Regierung den Vorschlag machte, unter gewissen Bedingungen das Weib und das Kind des Mannes, der seinem Wort vertraut hatte, auszuliefern. Und daß dieser Vorschlag angenommen wurde.

Auf ihrem Weg nach Mendoza über den Pequenapaß wurden sie von ihrer Eskorte, die aus Carreras-Leuten bestand, verraten und dem kommandierenden Offizier eines chilenischen Forts im Hochland, am Fuß der Hauptkette der Kordilleren, übergeben. Dies grausame Vorgehen hätte mir teuer zu stehen kommen können, denn ich war gerade als Gefangener in Gaspar Ruiz' Händen, als er die Nachricht erhielt. Ich war während einer Rekognoszierung gefangengenommen worden; die wenigen Soldaten, die ich bei mir gehabt hatte, waren unter den Speerwürfen der Indianer seiner Leibwache gefallen. Vor dem gleichen Schicksal bewahrte mich nur der Umstand, daß er mich noch rechtzeitig erkannte. Meine Freunde hielten mich zweifellos für tot, und ich selbst hätte für mein Leben nicht viel gegeben. Doch der starke Mann behandelte mich ausgezeichnet, weil ich, wie er sagte, stets an seine Unschuld geglaubt hatte und ihm helfen wollte, als er ein Opfer der Ungerechtigkeit war.

›Und nun‹, sagte er mir, ›sollen Sie sehen, daß ich immer die Wahrheit spreche. Sie sind in Sicherheit.‹

Ich hatte nicht das Gefühl, daß ich so ganz in Sicherheit sei, als ich eines Nachts zu ihm gerufen wurde. Er rannte wie ein wildes Tier auf und ab und schrie: ›Verraten! Verraten!‹

Dann kam er mit geballten Fäusten auf mich los. ›Ich könnte dir die Kehle durchschneiden.‹

›Wird dir das dein Weib wiederschaffen?‹ fragte ich ihn so ruhig wie möglich.

›Und das Kind!‹ brüllte er auf, wie verrückt. Er ließ sich in einen Sessel fallen und lachte, ein gräßlich wildes Lachen. ›O nein. Du bist sicher.‹

Ich versicherte ihm, daß auch das Leben seines Weibes nicht gefährdet sei; das eine aber, wovon ich fest überzeugt war, sagte ich ihm nicht. Daß er sie nie wiedersehen würde. Er wollte Krieg bis zum Tod. Und der Krieg konnte nur mit seinem Tod enden.

Er sandte mir einen sonderbaren, unerklärlichen Blick zu und murmelte mechanisch vor sich hin: ›In ihren Händen. In ihren Händen.‹ Ich verhielt mich still, wie eine Maus vor der Katze.

Plötzlich sprang er auf. ›Was tu' ich hier?‹ schrie er. Dann riß er die Tür auf und brüllte den Befehl zum Satteln und Aufsitzen hinaus. ›Was ist denn?‹ stammelte er und kam auf mich zu. ›Das Pequenafort; ein Palisadenfort. Nichts. Ich würde sie wiederkriegen und wäre sie ganz zuunterst in den Bergen versteckt.‹ Zu meiner Verblüffung fügte er, mit sichtlicher Überwindung, hinzu: ›Ich habe sie in meinen Armen fortgetragen, als die Erde bebte. Und das Kind wenigstens gehört mir; das wenigstens gehört mir!‹

Das waren sonderbare Worte; doch zum Nachdenken hatte ich keine Zeit.

›Sie kommen mit mir‹, sagte er heftig. ›Ich muß vielleicht unterhandeln, und jedem anderen Boten von Ruiz, dem Geächteten, würde man den Hals durchschneiden.‹

Das war durchaus richtig. Zwischen ihm und dem Rest der empörten Menschheit konnte es nach ehrlichem Kriegsbrauch keine Verständigung mehr geben.

In weniger als einer halben Stunde waren wir im Sattel und rasten wild durch die Nacht. Er hatte nur eine Eskorte von zwanzig Mann bei sich, wollte jedoch keine Verstärkung abwarten, sondern sandte nur an Peneleo, den Indianerhäuptling, der gerade in den Vorbergen lagerte, die Botschaft, er solle mit seinen Kriegern ins Hochland kommen und bei dem ›Wasserauge‹ genannten See, an dessen Ufern das Pequenafort lag, zu ihm stoßen.

Wir kreuzten das Flachland mit der rastlosen Schnelligkeit, durch die Gaspar Ruiz' Ritte so berühmt waren und folgten den tieferen Tälern bis hinauf zu den steilen Wänden. Der Weg war nicht gefahrlos. An einer senkrechten Basaltwand mit scharfen Vorsprüngen zog sich die Straße hin wie ein schmales Gesims, bis wir endlich aus dem Düster einer tiefen Schlucht auf das Hochland von Pequena kamen.

Es war eine Ebene, mit hartem, grünen Gras und mageren, blühenden Büschen bestanden; doch hoch über uns lag Schnee in den Rissen und Spalten der mächtigen Felswände. Der kleine See war rund wie ein erstauntes Auge. Die Garnison des Forts war eben dabei, die kleine Viehherde einzutreiben, als wir auftauchten. Dann schlugen die großen Holztore zu, und die viereckige Umzäunung aus breiten altersschwarzen Bohlen starrte uns entgegen, schien nichts zu bergen als die strohgedeckten Hütten innerhalb, schien verlassen, leer, ohne eine menschliche Seele.

Doch als sie von einem Mann, der auf Gaspar Ruiz' Befehl furchtlos vorritt, aufgefordert wurden, sich zu ergeben, da antworteten die von drinnen mit einer Salve, die Pferd und Reiter zu Boden warf. Ich hörte, wie Gaspar Ruiz neben mir mit den Zähnen knirschte. ›Macht nichts‹, sagte er. ›Jetzt gehen Sie.‹

Wenn meine Uniform auch zerfetzt und fadenscheinig war, so wurden doch die Überbleibsel anerkannt, und man erlaubte mir, auf Sprechweite nahe zu kommen; und dann mußte ich warten, da durch eine Schießscharte laute Ausrufe freudiger Überraschung tönten und mich nicht zu Worte kommen ließen. Es war die Stimme des Majors Pajol, eines alten Freundes. Er hatte, wie meine anderen Kameraden, mich längst tot geglaubt.

›Gib deinem Gaul die Sporen, Mensch‹, brüllte er in höchster Aufregung, ›wir werden das Tor vor dir aufmachen.‹

Ich ließ die Zügel fallen und schüttelte den Kopf. ›Ich habe mein Wort gegeben‹, rief ich zurück.

»Dem dort‹, schrie er mit grenzenloser Verachtung.

›Er sichert euch das Leben zu.‹

›Unser Leben gehört uns. Und du, Santierra, willst uns raten, uns dem Rastrero zu ergeben?‹

›Nein‹, erwiderte ich. ›Aber er will sein Weib und Kind und kann euch vom Wasser abschneiden.‹

›Dann würden sie zuerst darunter leiden. Das kannst du ihm sagen. Schau her – das ist alles Unsinn; wir rennen hinaus und nehmen dich gefangen.‹

›Ihr sollt mich nicht lebend haben‹, sagte ich fest.

›Trottel!‹

›Um Gottes willen‹, fuhr ich hastig fort, ›macht das Tor nicht auf.‹ Dabei wies ich auf die Scharen von Peneleus Indianern, die sich an den Seeufern drängten.

Ich hatte nie so viele von diesen Wilden beisammen gesehen. Ihre Lanzen schienen zahlreich wie Grashalme. Und ihre rauhen Stimmen gaben ein wüstes, unbestimmtes Getöse, wie das Rauschen des Meeres.

Mein Freund Pajol fluchte vor sich hin. ›Gut also – geh zum Teufel!‹ brüllte er, außer sich. Als ich aber kehrtmachte, bereute er es offenbar, denn ich hörte ihn hastig sagen: ›Schießt dem Narren den Gaul nieder, bevor er sich fortmacht.‹

Er hatte gute Schützen. Zwei Schüsse krachten, und mitten in der Wendung strauchelte mein Pferd, stürzte und lag still, wie vom Blitz getroffen. Ich hatte die Füße aus den Bügeln heraus und rollte weit fort; doch machte ich keinen Versuch, mich zu erheben. Und die andern wieder wagten es nicht, vorzukommen und mich hineinzuholen.

Die Scharen der Indianer hatten sich gegen das Fort in Marsch gesetzt. Sie ritten in Haufen heran und ließen ihre langen *chuzos* nachschleifen, dann saßen sie außer Schußweite ab, warfen ihre Pelzmäntel fort und gingen nackt zum Sturm vor, wobei sie im Takt mit den Füßen stampften und schrien. Dreimal brach eine Flammengarbe aus der Breitseite des Forts, ohne ihr stetes Vorrücken aufhalten zu können. Sie krochen gedrängt bis hart an die Palisaden und schwenkten ihre breiten Messer. Doch die Palisaden waren nicht in der üblichen Art mit Fellstreifen verbunden, sondern mit langen Eisenklammern, die sie nicht durchschneiden konnten. Und als sie sahen, daß ihre gewohnte Methode, sich Eingang zu erzwingen, fehlschlug, da brachen die Heiden, die so unbeirrt gegen das Gewehrfeuer angerückt waren, aus und flohen unter den Salven der Belagerten.

Sobald sie auf ihrem Vormarsch an mir vorbei waren, erhob ich mich und ging zu Gaspar Ruiz; er saß auf einem niederen Felsgrat, der die Ebene überragte. Das Feuer seiner eigenen Leute hatte den Sturm unterstützt, doch nun blies ein Trompeter, auf ein Zeichen von ihm, das Signal ›Feuer einstellen‹. Wir sahen schweigend die zügellose Flucht der Wilden mit an.

›Es muß also eine Belagerung werden‹, murmelte er. Und ich sah, wie er verstohlen die Hände rang.

Doch was für eine Belagerung konnte es werden? Ich brauchte ihm die Botschaft meines Freundes Pajol gar nicht auszurichten, da er es von selbst nicht wagte, dem Fort das Wasser abzuschneiden. Sie hatten Fleisch in Menge. Und hätte es ihnen daran gefehlt, so wäre er gewiß ängstlich bemüht gewesen, ihnen Lebensmittel zukommen zu lassen, wenn es in seiner Macht gestanden hätte. So aber waren wir es auf der Ebene, die unter dem Hunger zu leiden begannen.

Peneleo, der Indianerhäuptling, saß an unserem Feuer, in seinen weiten Mantel aus Guanacofellen gehüllt. Er war ein athletisch gebauter Mann, mit einem ungefügen Schädel, dessen riesiger Haarwulst an Form und Größe einem Bienenkorb glich, und mit mürrischen, scharfen Zügen. In seinem gebrochenen Spanisch wiederholte er immer wieder, knurrend, wie ein gereiztes Raubtier, daß seine Leute hineinstürmen und die Señora holen würden, wenn man eine auch noch so kleine Bresche in die Palisaden legen würde – sonst nicht.

Gaspar Ruiz saß ihm gegenüber und hielt den Blick unverwandt auf das Fort gerichtet, in grauenhafter, schweigender Unbeweglichkeit. Inzwischen erfuhren wir durch Läufer aus dem Tiefland, die fast täglich eintrafen, von der Niederlage eines seiner Leutnants im Maiputal. Ausgeschickte Späher brachten die Nachricht, daß eine Infanteriekolonne über entlegene Pässe zum Entsatz des Forts heranmarschiere. Sie kam langsam vorwärts, doch wir konnten ihr mühsames Vorrücken durch die tieferen Täler herauf verfolgen. Ich wunderte mich, daß Gaspar Ruiz nicht auszog, um diese bedrohliche Macht in irgendeiner dazu geeigneten Schlucht aus dem Hinterhalt zu überfallen und aufzureiben, wie es von einem genialen Guerillaführer zu erwarten gewesen wäre. Doch sein Genius schien ihn der Verzweiflung überlassen zu haben.

Ich sah bald ein, daß er sich vom Anblick des Forts nicht losreißen konnte. Ich versichere Ihnen, meine Herren, daß ich diesen machtlosen ›starken Mann‹ nicht ohne Mitleid ansehen konnte, wie er auf dem Felsen saß, gleichgültig gegen Sonne, Regen, Kälte, Wind, die Hände um die Beine gekrampft, das Kinn auf die Knie gestützt – und starr schaute – und schaute.

Und das Fort, auf das er die Augen gerichtet hielt, war still und regungslos wie er selbst. Die Besatzung gab kein Lebenszeichen. Sie erwiderte nicht einmal das wirkungslose Feuer, das auf die Schießscharten gerichtet wurde.

Eines Nachts, als ich hinter ihm vorbeiging, sprach er mich unerwartet an, ohne seine Stellung zu ändern. ›Ich habe um ein Geschütz geschickt‹, sagte er. ›Ich werde Zeit haben, sie zu befreien und abzuziehen, bevor euer Robles hier heraufgeklettert ist.‹

Er hatte um ein Geschütz in die Ebene geschickt. Es ließ lange auf sich warten, doch endlich kam es an. Es war ein siebenpfündiges Feldgeschütz. Es war abmontiert, über Kreuz an zwei lange Pfosten geschnürt und so zwischen zwei Maultieren gemächlich über die engen Wege heraufgebracht worden. Der wilde Triumphschrei, den er ausstieß, als er bei Tagesanbruch die Geschützmannschaft aus dem Tal auftauchen sah, tönt mir heute noch in den Ohren.

Doch, Señores, ich habe keine Worte, Ihnen seine Verblüffung, seine Wut, seinen verzweifelten Schmerz zu schildern, als er hörte, daß das mit der Lafette beladene Tragtier während des letzten Nachtmarsches aus irgendwelcher Ursache in einen Abgrund gestürzt war. Er tobte in Androhungen von Tod und Marter gegen die Eskorte. Ich ging ihm den ganzen Tag über aus dem Weg, lag hinter Büschen herum und wartete gespannt darauf, was er nun wohl tun werde. Es blieb ihm nur der Rückzug; doch er konnte nicht fort.

Unter mir sah ich seinen Artilleristen Jorge, einen alten spanischen Soldaten, wie er aus gehäuften Sätteln eine Art Unterlage baute. Auf diese wurde das geladene Geschütz gehoben, doch beim Abfeuern brach das ganze Zeug zusammen, und der Schuß ging hoch über die Palisaden.

Es wurde kein weiterer Versuch gemacht. Eines der Munitionstragtiere war ebenfalls verlorengegangen, und sie hatten nur sechs Schuß zu verfeuern; reichlich genug, das Tor niederzulegen, vorausgesetzt, daß das Geschütz gut gerichtet war. Dies aber war unmöglich, solange eine passende Unterlage fehlte. Man hatte weder die Zeit noch die Mittel, eine Lafette zu konstruieren. Ich erwartete jeden Augenblick das Echo von Robles' Signalhörnern aus den Felsen zu hören.

Peneleo wanderte bedrückt herum, in seine Felle gehüllt, setzte sich einen Augenblick zu mir und knurrte mir die alte Geschichte vor.

›Macht eine Entrada – ein Loch. Wenn ein Loch machen, *bueno*. Wenn kein Loch machen, dann *vamos* – wir fortgehen müssen!‹

Nach Sonnenuntergang bemerkte ich mit Überraschung, daß die Indianer Vorbereitungen trafen, als wollten sie nochmals stürmen. Sie standen in geordneten Reihen im Schatten der Berge. Auf der Ebene, gegenüber dem Tor des Forts, sah ich eine Gruppe von Leuten, die sich auf einem Fleck drängten.

Ich ging unbeachtet von dem Felsen herunter. In der dünnen Hochlandsluft schien der Mond taghell, doch die tiefen Schatten verwirrten den Blick, und ich konnte nicht erkennen, was sie vorhatten. Ich hörte die Stimme Jorges, des Artilleristen, der in eigentümlich zweifelndem Ton sagte: ›Es ist geladen, Señor.‹

Dann sprach eine andere Stimme in der Gruppe fest die Worte:

›Bringt die Riata her!‹. Es war die Stimme von Gaspar Ruiz.

Es entstand ein Schweigen, in das die Schüsse aus dem Fort scharf hineinkrachten. Auch von drinnen hatte man die Gruppe bemerkt. Doch die Entfernung war zu groß. Und während die Kugeln zischend den Boden aufwühlten, öffnete sich die Gruppe, schloß sich, schwankte, so daß ich in ihrer Mitte Augenblicke lang emsig beschäftigte Gestalten sehen konnte. Ich kroch näher, im Zweifel, ob es nicht ein teuflisches Blendwerk, ein lebhafter und sinnloser Traum sei.

Eine merkwürdig gepreßte Stimme kommandierte: ›Zieht die Knoten fester.‹

›*Si*, Señor‹, antworteten mehrere andere Stimmen im Ton dienstfertiger Ergebenheit.

Dann sagte die gepreßte Stimme: ›So, ja. Ich muß atmen können!‹ Dann gab es ein heftiges Stimmengewirr. ›Helft ihm auf, *hombres*. Halt! Unter dem andern Arm.‹

Die dumpfe Stimme befahl: ›*Bueno!* Tretet weg von mir, Leute.‹

Ich bahnte mir einen Weg durch den umgebenden Kreis und hörte nochmals dieselbe erdrückte Stimme eindringlich sagen: ›Vergiß, daß ich ein lebender Mensch bin, Jorge. Vergiß mich ganz und denk nur daran, was du zu tun hast.‹

›Keine Angst, Señor. Ihr seid mir nichts als eine Lafette, und ich werde keinen Schuß vergeuden.‹

Ich hörte das Knattern einer Zündbüchse und roch den Salpeter der Lunte. Plötzlich sah ich vor mir eine unbestimmte Form, auf allen vieren, wie ein Tier, doch mit einem Menschenkopf; dieser beugte sich unter einem Rohr, das vom Genick aus überragte; auf dem Rücken glänzte eine runde Bronzemasse.

Inmitten eines schweigenden Halbkreises von Leuten hockte dieses Wesen allein da; dahinter standen reglos Jorge und ein Hornist, die Trompete in der Hand.

Jorge beugte sich nieder und murmelte, die Lunte in der Hand: ›Einen Zoll nach links, Señor. Zuviel. So. Jetzt, wenn Ihr Euch ein wenig auf die Ellbogen niederlassen wollt, dann will ich...‹

Er sprang beiseite, sengte die Lunte – und ein Feuerstrahl brach aus der Mündung des Geschützes, das auf des Mannes Rücken geschnallt war.

Dann ließ sich Gaspar Ruiz langsam zu Boden. ›Guter Schuß?‹ fragte er.

›Volltreffer, Señor!‹

›Dann lade noch einmal!‹

Da lag er vor mir auf der Brust, unter der ungeheuren Last dunkelschimmernder Bronze, unter einer Last, wie sie in der kläglichen Geschichte der Welt noch keines Mannes Liebe und Stärke je zu tragen gehabt hatte. Seine Arme waren ausgebreitet, und er nahm sich auf dem mondhellen Grund wie ein reuig hingestreckter Büßer aus.

Wieder sah ich ihn auf Hände und Knie erhoben, die Leute traten weg von ihm, und der alte Jorge beugte sich und visierte über das Rohr.

›Links ein wenig. Rechts einen Zoll. *Por Dios*, Señor, hört mit dem Zittern auf. Wo ist Eure Stärke?‹

Die Stimme des alten Artilleristen war heiser vor Erregung. Er trat weg und brachte schnell wie der Blitz die Lunte ans Zündloch.

›Ausgezeichnet!‹ schrie er, mit Tränen in der Stimme; doch Gaspar Ruiz blieb lange Zeit flach hingestreckt und stumm liegen.

›Ich bin müde‹, murmelte er endlich. ›Wird's der nächste Schuß tun?‹

›Zweifellos‹, sagte Jorge hart an seinem Ohr.

›Dann – laden!‹ hörte ich ihn murmeln. ›Trompeter!‹

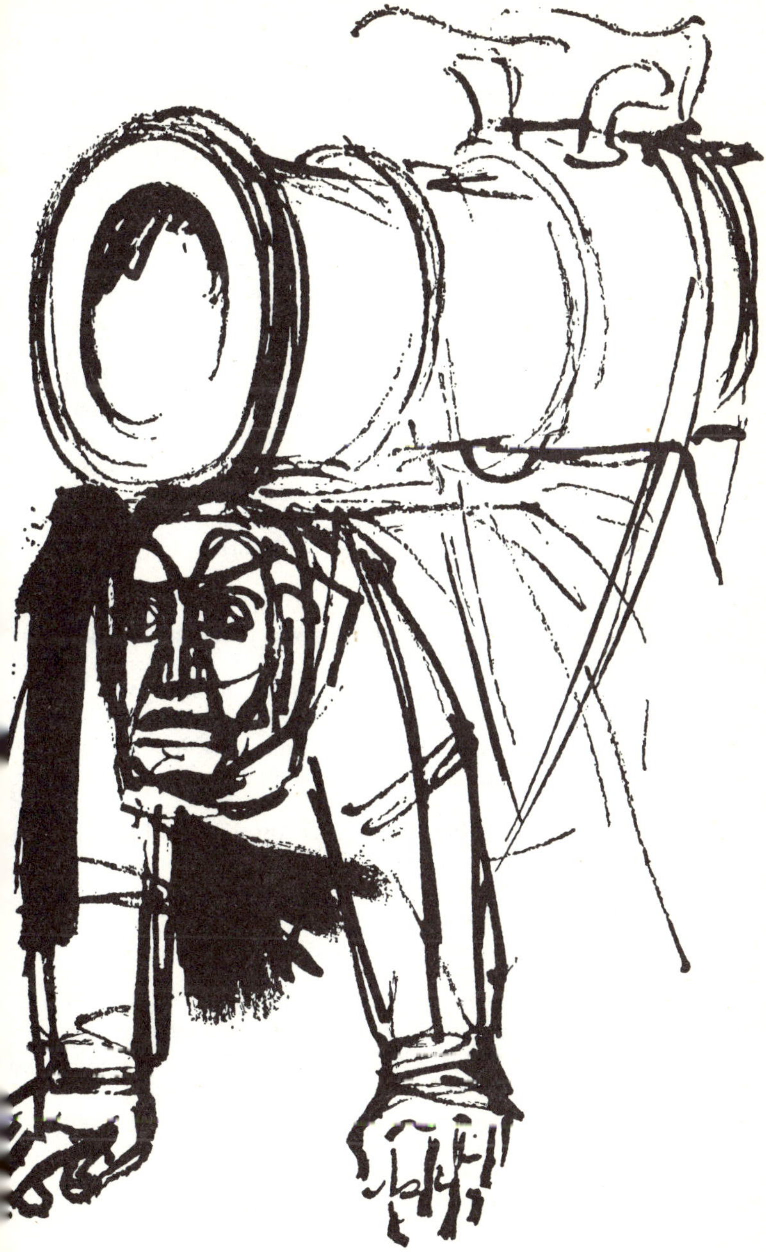

›Ich bin hier, Señor, und warte auf Euren Befehl.‹

›Auf diesen Befehl blas mir einen Ruf, den man von einem Ende von Chile zum andern hören soll‹, sagte er mit außerordentlich starker Stimme. ›Und ihr andern macht euch fertig, die verfluchte Riata durchzuschneiden. Denn dann wird es Zeit sein, daß ich euch beim Sturm anführe. Nun hebt mich auf, und du, Jorge – beeile dich mit dem Richten.‹

Das Knattern von Gewehrfeuer aus dem Fort übertönte fast seine Stimme. Die Palisade war in Rauch und Flammen gehüllt.

›Braucht Eure Kraft, um Euch gegen den Rückstoß zu stemmen, *mi amo*‹, sagte der alte Artillerist unsicher. ›Grabt die Finger in den Boden. So. Jetzt!‹

Ein Jubelschrei entfuhr ihm nach dem Schuß. Der Hornist hob die Trompete fast bis zu den Lippen und wartete. Doch kein Wort kam von dem hingestreckten Mann. Ich ließ mich auf ein Knie nieder und hörte alles, was er noch zu sagen hatte.

›Was gebrochen‹, flüsterte er, hob den Kopf ein wenig und wandte mir aus seiner hilflos verkrümmten Stellung die Augen zu.

›Das Tor hängt nur noch an Splittern‹, brüllte Jorge.

Gaspar Ruiz versuchte zu sprechen, doch die Stimme erstarb ihm in der Kehle, und ich half das Geschützrohr von seinem zerbrochenen Rücken wegrollen. Er schien gefühllos.

Ich hielt natürlich den Mund. Das Angriffssignal für die Indianer wurde nie gegeben. Statt dessen erdröhnte plötzlich der Hornruf der Ersatztruppen, nach dem ich mich so lang gesehnt hatte, für unsere überraschten Feinde furchtbar wie die Posaune des Jüngsten Gerichts.

Ein Tornado, Señores, ein wahrer Orkan stampfender Leute, wilder Pferde, berittener Indianer fegte über mich weg, während ich auf dem Boden kauerte, an der Seite von Gaspar Ruiz, der noch immer auf dem Gesicht in Kreuzesform ausgestreckt lag. Peneleo, der ums Leben galoppierte, stieß im Vorbeireiten mit seinem langen *chuzo* nach mir – aus alter Bekanntschaft, denke ich. Wie ich den schwirrenden Kugeln auswich, ist schwer zu erklären. Als ich es mir einfallen ließ, mich zu früh zu erheben, da hätten mich Soldaten vom 17. Taltalregiment, in ihrer blinden Wut, an irgend etwas Lebendes zu kommen, fast auf dem Fleck mit Bajonetten erstochen. Sie schienen arg enttäuscht, als einige Offiziere heransprengten und sie mit flacher Klinge zurücktrieben.

Es war General Robles mit seinem Stab. Er wünschte unbedingt einige Gefangene zu machen. Auch er schien einen Augenblick lang enttäuscht. ›Was! Sie sind das?‹ schrie er. Doch dann stieg er gleich ab, um mich zu umarmen, denn er war ein alter Freund meiner Familie.

Ich wies auf den Körper zu unseren Füßen und sagte nur die zwei Worte:

›Gaspar Ruiz!‹

Er warf vor Erstaunen die Arme hoch.

›Aha! Ihr starker Mann! Sie waren bis zuletzt bei Ihrem starken Mann. Das macht nichts. Er rettete uns das Leben, als die Erde bebte, genug, um dem Tapfersten die Besinnung zu rauben. Ich war toll vor Angst. Aber er – nein! *Que guape!* Wo ist der Held, der ihn untergekriegt hat? Ha! ha! ha! Was hat ihn umgebracht, *chico?*‹

›Seine eigene Stärke, General‹, antwortete ich.«

XII

»Doch Gaspar Ruiz atmete noch. Ich ließ ihn in seinem Poncho in den Schutz einiger Büsche tragen, auf ebenden Felsen, von dem aus er so starr auf das Fort geblickt hatte, während ungesehen der Tod bereits sein Haupt umwehte.

Unsere Truppen hatten rings um das Fort biwakiert. Ich war nicht überrascht, als ich gegen Tagesanbruch erfuhr, daß ich zum Kommandanten einer Eskorte ausersehen sei, die einen Gefangenen sofort nach Santiago hinunterbringen sollte. Natürlich war dieser Gefangene Gaspar Ruiz' Weib.

›Ich habe Sie gewählt mit Rücksicht auf ihre Gefühle‹, bemerkte General Robles, ›obwohl man ja eigentlich die Frau für alles, was sie der Republik angetan hat, erschießen sollte.‹

Und als ich eine Bewegung entrüsteten Widerspruchs machte, fuhr er fort:

›Nun, da er so gut wie tot ist, hat sie keine Bedeutung

mehr, niemand wird wissen, was mit ihr anfangen. Immerhin, die Regierung will sie haben.‹ Er zuckte die Schultern. ›Ich denke, er muß große Mengen seiner Beute an Plätzen verborgen haben, die nur sie allein kennt.‹

Im Morgengrauen sah ich sie den Felsen heraufkommen, von zwei Soldaten bewacht, ihr Kind auf dem Arm.

Ich schritt ihr entgegen.

›Lebt er noch?‹ fragte sie und wandte mir das weiße, teilnahmslose Gesicht zu, zu dem er mit solcher Anbetung aufzublicken pflegte.

Ich beugte den Kopf und führte sie wortlos um eine Buschgruppe herum. Seine Augen waren offen. Er atmete schwer und sprach mit großer Anstrengung ihren Namen aus.

›Erminia!‹

Sie kniete ihm zu Häupten nieder. Das kleine Mädchen, unbekümmert um ihn, sah mit großen Augen umher und begann plötzlich mit froher, heller Stimme zu plappern. Sie wies mit den Fingerchen auf die rosigen Gluten des Sonnenaufgangs hinter den schwarzen Formen der Grate. Und während dieses Kinderlallen, unverständlich und lieblich, fortwährte, blieben die beiden, der sterbende Mann und die kniende Frau, in Schweigen versunken, sahen einander in die Augen und lauschten dem zarten Klang. Dann verstummte das Plaudern. Das Kind legte den Kopf an die Brust der Mutter und war still.

›Es war für dich‹, begann er. ›Vergib.‹ Die Stimme brach ihm. Dann hörte ich ein Flüstern und erhaschte die Worte: ›Nicht stark genug.‹ Sie sah ihn tief eindringlich an. Er versuchte zu lächeln und wiederholte unterwürfig: ›Vergib. Ich verlasse dich...‹

Sie beugte sich nieder, tränenlos, und sagte mit fester Stimme: ›Auf der ganzen Welt habe ich nichts geliebt als dich, Gaspar!‹

Sein Kopf bewegte sich, seine Augen lebten auf. ›Endlich!‹ seufzte er. Dann ängstlich: ›Doch ist das wahr... ist das wahr?‹

›So wahr, wie es keine Gnade und Gerechtigkeit in dieser Welt gibt‹, antwortete sie leidenschaftlich. Sie beugte sich über sein Gesicht. Er versuchte den Kopf zu heben, doch er sank zurück, und als sie seine Lippen küßte, war er schon tot. Seine gebrochenen Augen starrten zum Himmel auf, an dem, ganz hoch, rosige Wolken hintrieben. Und ich sah, wie die Augenlider des Kindes, das an der Mutter Brust geschmiegt war, sich langsam senkten und schlossen. Es war eingeschlafen.

Die Witwe von Gaspar Ruiz, dem starken Mann, erlaubte mir sie fortzuführen, ohne eine Träne zu vergießen.

Für die Reise hatten wir für sie einen Reitsattel hergerichtet, fast wie ein Sessel, mit einem Trittbrett für die Füße. Den ersten Tag über ritt sie, ohne ein Wort zu sprechen; kaum, daß sie einen Moment lang die Augen von dem kleinen Mädchen abwandte, das sie auf den Knien hielt. An unserem ersten Lagerplatz sah ich sie während der Nacht umherwandern; sie wiegte das Kind in den Armen und blickte im Mondlicht darauf hinab. Nach dem Aufbruch zu unserem zweiten Tagmarsch fragte sie mich, wann wir zum ersten Dorf des bewohnten Landes kommen würden.

Ich sagte ihr, daß wir um Mittag dort sein würden.

›Und werden Frauen dort sein?‹ erkundigte sie sich.

Ich sagte ihr, daß es ein großes Dorf sei. ›Es werden Männer und Frauen dort sein, Señora‹, sagte ich, ›deren Herzen froh werden sollen bei der Nachricht, daß es nun vorbei ist mit Unruhe und Krieg.‹

›Ja, es ist jetzt alles vorbei‹, wiederholte sie. Dann nach einer Pause: ›Señor Offizier, was wird Eure Regierung mit mir tun?‹

›Ich weiß es nicht, Señora‹, gab ich zurück. ›Man wird Euch zweifellos gut behandeln. Wir Republikaner sind keine Wilden und rächen uns nicht an Frauen.‹

Bei dem Wort ›Republikaner‹ warf sie mir einen Blick zu, der mir voll unauslöschlichen Hasses schien. Doch als wir etwa eine Stunde später anhielten, um die Gepäcktiere auf einem engen Weg vorauszulassen, der sich längs eines Felssturzes hinzog, da wandte sie mir ein so weißes, verstörtes Gesicht zu, daß ich starkes Mitleid mit ihr fühlte.

›Señor Offizier‹, sagte sie. ›Ich bin schwach, ich zittere. Es ist eine sinnlose Furcht.‹ Und in der Tat, ihre Lippen zitterten, während sie zu lächeln versuchte und auf den Beginn der engen Wegstelle blickte, die schließlich nicht so gefährlich war. ›Ich habe Angst, daß ich das Kind fallen lasse. Gaspar hat Euch das Leben gerettet, denkt daran... Nehmt es mir ab.‹

Ich nahm das Kind aus ihren ausgestreckten Armen. ›Schließt die Augen, Señora, und vertraut Eurem Maultier‹, empfahl ich ihr.

Das tat sie – und ihre Blässe und das verwüstete, magere Gesicht gaben ihr das Aussehen einer Toten. Bei der Wegbiegung, wo ein Felsvorsprung aus dunkelrotem Porphyr den Ausblick auf das Tiefland hemmt, sah ich sie die Augen öffnen. Ich ritt knapp hinter ihr und hielt im rechten Arm das kleine Mädchen. ›Dem Kind geht es gut‹, rief ich ermutigend.

›Ja‹, antwortete sie schwach; und dann sah ich, zu meinem namenlosen Entsetzen, wie sie sich auf das Trittbrett stellte, mit grauenhaft stierem Blick, und sich vorwärts in den Abgrund zu unserer Rechten stürzte.

Ich kann Ihnen die plötzliche, kriechende Angst nicht beschreiben, die mich bei diesem furchtbaren Anblick befiel. Es war Angst vor dem Abgrund, vor den Klippen, die nach mir zu greifen schienen. Der Kopf schwindelte mir. Ich preßte das Kind an mich und verhielt mein Pferd. Ich war sprachlos und fror am ganzen Leibe. Ihr Maultier strauchelte, drückte sich seitwärts an den Felsen und ging dann weiter. Mein Pferd richtete nur mit kurzem Schnauben die Ohren auf. Mein Herz stand still, und das Tosen der Steine aus den Tiefen des Abgrunds, im Bett des Wildbachs, machte mich fast verrückt.

Im nächsten Augenblick waren wir um den Vorsprung herum, auf einem breiten, grasigen Hang. Und dann schrie ich. Meine Leute kamen in höchster Aufregung zu mir zurückgerannt. Es scheint, daß ich zunächst nur brüllte: ›Sie hat das Kind in meine Hände gegeben! Sie hat das Kind in meine Hände gegeben!‹ Die Eskorte dachte, ich sei irrsinnig geworden.«

General Santierra brach ab und stand vom Tisch auf. »Und das ist alles, Señores«, schloß er mit einem höflichen Blick auf die Gäste, die sich erhoben.

»Doch was ist aus dem Kind geworden, General?« fragten wir.

»Ah, das Kind, das Kind.«

Er schritt zu einem der Fenster, die nach seinem herrlichen Garten gingen, der Zuflucht seiner alten Tage.

Der Garten war berühmt im Land. Er hielt uns mit ausgestrecktem Arm zurück, rief hinaus »Erminia! Erminia!« und wartete. Dann sank sein abwehrender Arm nieder, und wir drängten uns ans Fenster.

Unter einer Baumgruppe hervor war eine Frau auf den breiten, mit Blumen eingefaßten Weg getreten. Wir konnten das Rauschen ihrer gestärkten Röcke hören und sahen die altmodisch gebauschte schwarzseidene Schürze. Sie blickte auf, und als sie all die vielen Augen auf sich gerichtet fühlte, hielt sie an, runzelte die Stirn, lächelte und drohte dem General, der sich vor Lachen schüttelte, mit dem Finger; dann zog sie das schwarze Spitzentuch über den Kopf, um wenigstens teilweise ihr hoheitsvolles Profil zu verdecken, und entschwand mit steifer Würde unseren Blicken.

»Nun haben Sie den Schutzengel des alten Mannes gesehen – sie, der alles zu verdanken ist, was mein Heim hübsch und bequem macht. Ich habe nie geheiratet, Señores. Ich weiß nicht wieso, denn die Flamme der Liebe wurde frühzeitig in meiner Brust entzündet. Und vielleicht sind deswegen die Funken des heiligen Feuers hier noch nicht erstorben.« Er schlug sich auf die breite Brust. »Noch lebendig, noch lebendig«, sagte er mit komisch ernstem Pathos. »Doch nun werde ich nicht mehr heiraten. Sie ist General Santierras Adoptivtochter und Erbin.«

Einer der andern Gäste, ein junger Seeoffizier, beschrieb sie später als eine ›kurze gedrungene, alte Jungfer um die Vierzig‹. Wir alle hatten bemerkt, daß ihr Haar ergraut war und daß sie wunderschöne schwarze Augen hatte.

»Und«, fuhr General Santierra fort, »auch sie wollte nie davon hören, jemand zu heiraten. Ein rechtes Unglück! Gut, geduldig, mir altem Mann ergeben. Eine einfache Seele. Doch ich wollte keinem von Ihnen raten, um ihre Hand zu bitten, denn wenn sie sie in die ihre nähme, so wäre es nur, um Ihnen die Knochen zu zerdrücken. Ah! Darin versteht sie keinen Spaß. Und sie ist die rechte Tochter ihres Vaters, des starken Mannes, der an seiner eigenen Stärke zugrunde ging: an der Starke seines Leibes, seiner Einfalt – seiner Liebe!«

Knut Hamsun

Auf der Blaamandsinsel

Ganz draußen, wo die Fischerplätze sind, liegen viele Inseln, darunter eine kleine, die die Blaamandsinsel heißt und knapp einhundert Seelen zählt. Aber schon die Nachbarinsel ist viel größer, sie wird von drei- bis vierhundert Menschen bewohnt und hat ihre eigne Kirche, ihre eigne Obrigkeit. Sie heißt die Kircheninsel. Seit meiner Kindheit ist auch seine Post- und Telegrafenstation nach der Kircheninsel verlegt worden.

Wo immer die Inselbewohner zusammenkamen, stets galt es für vornehmer, von der großen Insel zu stammen, ja, sogar die Leute vom Festland standen nicht sonderlich in Achtung bei den Leuten der Kircheninsel, obgleich die doch über das ganze feste Land verfügten und herstammen konnten, von wo sie wollten. Die Bevölkerung besteht in meilenweitem Umkreise aus Fischern.

Der ganze Atlantische Ozean hält die Blaamandsinsel umschlossen, so frei liegt sie im Meere da. Sie hat durchweg steile Ufer, und an drei Seiten ist es unmöglich, sie zu ersteigen; nur im Süden, nach der Mittagssonne zu, haben Gott und die Menschen einen gangbaren Steig den Berg hinauf geschaffen; eine Treppe von zweihundert Stufen ist es. Nach jedem Unwetter auf dem Meere treiben Holzstücke, Planken, Wracks auf die Insel zu, und aus diesem treibenden Gut bauen die Bootsbauer ihre Fahrzeuge. Sie tragen die Planken die zweihundert Stufen hinauf, zimmern die Boote oben bei ihren Hütten und warten, bis der Winter kommt und der Berghang auf der Nordseite blau und blank ist von Eis; denn lassen sie die Boote an Trossen und Taljen diesen Glasgletscher hinab und setzen sie aufs Meer. Ich selbst habe in meiner Kindheit gesehen, wie das zuging. Zwei Männer standen auf dem Gipfel der Höhe und fierten die Trossen, ein Mann saß im Boot und stieß es ab, wo es sich festhängen wollte.

Und das geschah mit Mut und Vorsicht und leisen Zurufen den ganzen Weg entlang. Aber hatte das Boot dann endlich das Meer erreicht, so rief der Mann den beiden andern zu, sie sollten ein wenig stoppen, nun sei er da; und damit basta. Mehr sagte er nicht über diese große Sache, daß das Boot nun glücklich unten war.

Das größte Häuschen auf der Blaamandsinsel gehört dem alten, redlichen Bootsbauer Joachim. Unter seinem Dache fand der Weihnachtstanz statt, Jahr für Jahr; und für vier oder sechs Paare auf einmal Platz zu bekommen, das bedeutete gar nichts. Die Musik bestand in einer Geige, und neben der Geige saß ein zweiter Mann mit Namen Didrik; der trällerte und sang und trampelte den Takt. Und die Burschen tanzten in Hemdsärmeln.

Dann ging auch wohl ein junger Bursche umher und machte sozusagen den Wirt während des Tanzes, das war des Bootsbauers jüngster Sohn, selber ein Bootsbauer. Er stand in großem Ansehen, dank seinem Handwerk und seinem guten Kopfe; und Marcelius! denkt das eine Mädchen, und Marcelius! das andre Mädchen; sogar unter den Mädchen der Kircheninsel war sein Name nicht unbekannt. Aber Marcelius selbst, der dachte nur an Fredrikke, die Lehrerstochter, obgleich sie so vornehm war und nach der Schrift redete und so hochmütig tat, daß er wirklich gar keine Aussicht hatte, sie zu bekommen. Das Haus des Lehrers war auch ein großes Haus, und da er kein Fischer war, vielmehr eine bevorzugte Stellung bekleidete, so hatte er Gardinen vor den Fenstern; und man pflegte mit dem Finger an seine Tür zu klopfen, bevor man bei ihm eintrat. Aber Marcelius war blind und beharrlich in seiner Liebe. Voriges Jahr war er bei Lehrers gewesen, und in diesem Jahre ging er wieder hin; er nahm den Weg durch die Küche. Und konnte sagen: »Guten Abend, ich möchte gern ein bißchen mit dir reden, Fredrikke.«

»Was willst du denn?« sagt Fredrikke dann und begleitet ihn hinaus und weiß recht gut, was er will.

»Na, fragen, ob du's nicht doch könntest?«

»Nein«, sagt Fredrikke, »ich kann es nicht. Und auch nicht mehr an mich denken sollst du, Marcelius, und dich mir nicht mehr in den Weg legen.«

»O ja, ich weiß wohl, daß der neue Lehrer hinter dir

her ist«, antwortet Marcelius ihr wieder. »Aber nun kommt's darauf an, was aus all deiner Vornehmheit wird.«

Und so war es: Der neue Lehrer war hinter Fredrikke her. Er stammte von der Kircheninsel und hatte das Seminar besucht. Sein Vater war ein einfacher Fischer wie die andern, aber er hatte es zu etwas gebracht und war reich; auf seinem Fischgerüst hingen stets Dorsche und Kohlfische, und sein Vorratsraum war voll Butter und Speck und Heilbuttenrekel. Als sein Sohn vom Seminar zurückkam, war der ebenso vornehm wie der Sohn des Pastors, der Student; er ging mit Bartkoteletts einher, trug ein Taschentuch in der Tasche und hatte aus lauter Hoffart beständig eine lange Gummischnur von seinem Hut herunterhängen. Die Leute machten sich nicht schlecht lustig über ihn deswegen, und sie sagten, der Simon Rust müsse ja gefährlich sparsam geworden sein, weil er gar angefangen habe, das Nasse aus seiner Nase aufzubewahren.

»Jetzt hat er ein neues Boot bei uns bestellt«, sagte Marcelius, »und Gott gebe, daß ihm das Segen bringt.«

»Warum sagst du so etwas?« fragte Fredrikke.

»Ich sag's nur so. Die Ränder will er grün gemalt haben – jawohl, ich werde sie grün malen. Aber auch einen Namen will er aufs Boot haben, den mag er sich selber malen.«

»Will er das?«

»Hast du je von so einer Gotteslästerung gehört! Nicht einmal ein Hausboot soll es werden, sondern ein Vierruderer... Du solltest also doch in Betracht ziehen, ob es sich nicht ein klein bißchen empfiehlt, mich trotzdem zu nehmen, Fredrikke.«

»Nein, ich kann nicht, hörst du. Denn er hat mein Herz.«

»So so, hm, er hat dein Herz«, sagt Marcelius und geht.

In der Weihnachtszeit kam Simon Rust von der Kircheninsel herüber und wollte einen Namen auf sein neues Boot malen. Er wohnte solange bei dem alten Lehrer, und Fredrikke steckte tagtäglich in ihrem Sonntagskleid und trug ein echtes Seidenband um den Hals. Und als der Name angebracht war, da fanden sich nicht viele, die die lateinischen Buchstaben lesen konnten, aber da stand: Superfein. So sollte das Boot heißen. Und auch nur wenige wußten das vornehme Wort zu deuten.

Und dann brach ein sternenheller Abend an, am Tag vor Heiligenabend. Marcelius ging hinüber in das Haus des Lehrers und bat um eine Unterredung mit Simon Rust.

»Der Name ist jetzt trocken«, sagte Marcelius.

»So lassen wir morgen das Boot zu Wasser«, erwiderte Simon Rust.

Marcelius fuhr fort:

»Ist das wahr, daß du Fredrikke bekommst?«

»Das geht dich wohl nichts an«, antwortete Lehrer Simon.

»Einerlei; willst du mir im Ernst sagen, ob du Fredrikke bekommst, so sollst du auch das Boot umsonst haben!«

Simon Rust dachte nach, und er war ein sehr, sehr kluger Mann in Geldsachen, wie auch sein Vater es immer gewesen war. Er rief Fredrikke heraus und fragte:

»Soll aus uns nicht ein Paar werden, ist's nicht so?«

Und Fredrikke antwortete: »Gewiß, er hat mein Herz.«

Und der Abend war so sternenklar, und Fredrikkens Augen schienen so voller Freude, als sie es sagte.

Als Marcelius sich auf den Heimweg begab, quälten ihn der Geiz und die Reue, weil er nun dem Simon umsonst ein Boot gemacht hatte. Aber er soll's in einem schönen Zustand bekommen! dachte er. Ich werde selber im Boote sein beim Hinablassen.

Er schlenderte umher von Hütte zu Hütte, trat nirgendwo ein, schlenderte nur vor sich hin, über sich das Nordlicht und die Sterne. Bis hinaus an die Nordseite der Insel ging er, wo seine Trossen und Taljen bereit hingen, sein neues Boot zu empfangen und in die Tiefe zu senken. Unter ihm rauschte der Atlantische Ozean. Er setzte sich.

Draußen auf dem Meere brannten die zwei Lichter eines Seglers; weiter draußen folgten wieder zwei Lichter eines Dampfers; schwer und schwarz bewegte er sich ostwärts. Er dachte: nun wird's das beste sein, eines Tages auf so ein Schiff zu gehen und in die Ferne zu reisen. Fredrikke war ihm verloren für immer; hier noch herumzuwanken, wenn sie die Blaamandsinsel verließe, das würde ihm bitter munden.

Nun, der himmlische Vater möge ihr eine Stütze, ein

Helfer sein ihr Leben lang! Und was das betreffe, daß er Simons Boot zu beschädigen gedacht habe, so bitte er, ihm den bösen Gedanken zu verzeihen, ganz im Gegenteil, er wolle sein Bestes daransetzen, das Boot während des Hinablassens vor Schaden zu bewahren. So einer wollte er sein.

Er erhob sich und wollte wieder heimwärts wandern, da traf ihn ein leises Wort, ein Rufen; er lauschte. Er sah, wie jemand auf ihn zukam.

»Fredrikke, bist du's?« sagte er.

»Ja. Ich wollte dir nur sagen, daß du dir doch ja kein Leid antun sollst, Marcelius.«

»Ich habe nur einen kleinen Gang ins Freie gemacht«, antwortete Marcelius.

Sie faßte ihn am Arme und hielt ihn fest und fuhr fort:

»Denn die Sache so schwer zu nehmen, ist gar nicht nötig. Und so ganz fest entschlossen bin ich auch noch nicht.«

»Das bist du nicht?«

»Was soll das werden?« entfuhr es ihr. »Eben war er unerträglich gegen mich. Ich glaube, du bist besser als Simon. Er redet darum herum; heute sagte er: Wir wollen's abwarten.«

Darauf antwortete Marcelius kein Wort. Sie begannen zu gehen. Doch Fredrikke war klug und umsichtig trotz aller ihrer Verwirrtheit, und sie sagte plötzlich:

»Jedenfalls sollst du ihm das Boot nicht umsonst geben.«

»Nein, nein«, erwiderte Marcelius.

An der Wegscheide reichte sie ihm die Hand und sagte:

»Nun muß ich wieder nach Hause, sonst wird er mir zürnen. Vielleicht hat er gesehen, wohin ich gegangen bin.«

Sie sagten einander gute Nacht und gingen ihrer Wege.

Am Tage darauf rührte sich kein Windchen, und auch das Meer lag still. Schon vor Tagesanbruch hatten der wackre Bootsbauer Joachim und seine beiden Söhne das neue Boot zu der Talje auf der Nordseite der Insel gebracht; die ganze Mannschaft der Insel war behilflich gewesen, damit das feine Fahrzeug während des Transportes keinen Schaden leide. Nun hing es schlank und vornehm und geputzt an den Trossen.

Der alte Lehrer hatte seinen vornehmen Amtsbruder und Kollegen Simon Rust überredet, seine Heimreise nach der Kircheninsel bis nach Tisch aufzuschieben, und nun war es an der Zeit. Zwischen den Neuverlobten schien kein besseres Einvernehmen zu herrschen als am Abend zuvor, im Gegenteil; unverträglich gingen sie weit voneinander auf dem Pfade einher, und sie, die Braut sein sollte, schien voller Zweifel zu sein. Als sie zur Talje kamen, waren Joachim und seine Mannschaft versammelt. Alle die Männer entblößten die Köpfe vor den beiden Lehrern und ihren Begleitern.

»Ist alles bereit?« fragte Simon.

Joachim antwortete: »Es ist alles bereit. Nach unserm Ermessen.«

Da sagt plötzlich Fredrikke laut, von ihren Zweifeln gequält:

»Du sollst dich heute in acht nehmen, Marcelius. Kann nicht ein anderer heute für dich ins Boot gehen?«

Alle lauschten diesen Worten.

»Oh, er ist's gewohnt«, sagte Joachim, der Vater des Burschen.

»Was für Narrenpossen das doch sind, einen solchen Namen auf das Boot zu setzen«, sagte Fredrikke.

»Nicht doch, es steht vielmehr ein feiner Name drauf«, sagte ihr Vater nachsichtig. »Du kannst es nicht beurteilen, Fredrikke.«

Da sagt Simon Rust kurz und gut:

»Ich selber werde ins Boot gehen.«

Alle versuchten, ihn davon abzubringen. Simon Rust aber kletterte hinauf und nahm Platz. Sie drangen mit Bitten in ihn, minutenlang, aber Simon erwiderte stolz und in wohlgesetzten Worten:

»Laßt der Fredrikke doch ihren Frieden.«

»Binde dich jedenfalls fest«, sagte Joachim und reichte ihm ein Seil.

»Fiert!« ruft Simon gereizt.

Die Trossen werden gelöst, das Boot beginnt zu sinken. Simon nimmt die Gummischnur von seinem Hut und befestigt das Ende um einen Knopf.

Joachim ruft, Simon antwortet weiter unten an der Bergseite, doch können sie einander nicht sehen. Simon ist so gekränkt, daß er immer spärlicher antwortet, er mag aus einer so geringen Sache nicht soviel Wesens machen; schließlich schweigt er ganz. Marcelius hat nichts zu tun und steht weit drüben.

»Er hat die Hälfte hinter sich«, sagt Joachim. »Der Bursche versteht's.«

Da ruft es unten aus der Tiefe. Niemand versteht diese Sprache; daß sie ein wenig stoppen sollten, und daß er nun da sei und damit basta; das ist es nicht, sondern: Au, au, und stets folgt ein starker Ruck am Signalseil. Oben auf der Höhe glauben sie alle, daß sie ein wenig emporhissen sollen, und Joachim und seine Leute tun es. Da steigt scharf und durchdringend ein Schrei vom Abgrund herauf, ein Anprallen des Bootes gegen die Felswand wird gehört; wie ein Aufhusten der ganzen Insel ist es.

Alle erbleichen, die Trossen sind auf einmal so leicht. Man fragt und schreit, und Joachim sagt: »Fiert!«

Kurz darauf ertönt sein »Hißt!« Aber alle werden gewahr, daß es nichts nützt, das Boot ist leer, Simon hat es umgeworfen und ist ins Meer hinabgestürzt.

Und nun beginnt zu dem allen drüben auf der Kircheninsel die Glocke Weihnachten einzuläuten. Und was für ein Weihnachten mochte das jetzt werden.

Aber Fredrikke war fort und fort klug und umsichtig, sie machte sich an Marcelius heran, und sie sagte: »Gott verzeih mir die Sünde, aber wie froh bin ich, daß nicht du es warst. Was stehst du da? Willst du nicht zur Südseite hinunter und ein Boot losmachen, um ihn zu suchen?«

Und da alle sahen, daß sie recht hatte, entstand ein großes Gelaufe der Mannschaft die Insel hinab. Nur der alte Joachim, der wackere Bootsbauer, blieb zurück.

Ich kann doch nicht hier bis in Ewigkeit stehen und das Boot halten! dachte Joachim. Entweder werde ich es wieder heraufziehen müssen, und dazu reicht meine Kraft nicht aus, oder ich werde es in die See hinablassen! Er überdachte die Sache noch recht lange und gründlich, und dann ließ er das Tau gleiten. Da geschah etwas Seltsames: Das Tau lief nur eine einzige, winzige Hälfte einer Minute und wurde schlaff in seiner Hand. Das Boot hatte den Seespiegel erreicht.

Joachim begriff es nicht. Er hißte das Tau wieder einen

Faden hoch und ließ wieder nach, aber abermals erreichte das Boot den Seespiegel. Darüber geriet der alte Joachim in helle Freude, und er sah sich nach einem Menschen um, dem er's erzählen könnte. War das Boot nur wenige Faden von der Meeresfläche entfernt gewesen, so konnte Simon Rust nicht zu Tode gekommen sein. Nun aber handelte es sich darum, ob er nicht ertrank.

»Sputet euch, Burschen!« schrie Joachim zur Südseite hinüber. »Er kann noch am Leben sein!«

Und während Joachim das schlaffe Tau noch hielt, spürte er einen Ruck; es war, als erfasse eine Hand dort unten das Boot. Es wird nur die Brandung sein, die gegen das Boot schlägt, dachte Joachim. Und er rief hinunter:

»Bist du gerettet?«

Aber der Atlantische Ozean rauschte so dumpf, und keine Antwort tönte herauf. Eine geraume Zeit hielt er die Leine in Händen. Er hätte sie befestigen und in Ruhe den Lauf der Dinge abwarten können; aber Joachim meinte, die Minuten seien zu kostbar, und Schonung sei für ihn wenig am Platze. War hier doch vielleicht mitten vor seinen Augen ein wohlgelehrter Mann mit vielen Kenntnissen abberufen worden. So über allen Verstand erhaben war das Leben.

Eine lange Viertelstunde verging. Hin und wieder trug der Wind die Glockenklänge von der Kircheninsel herüber, und wahrlich, es waren Augenblicke voll Mystik und Ernst für ihn. Dann hörte er Stimmen ganz in der Tiefe, es war die Rettungsmannschaft. Das Boot wurde von seinen eignen Burschen gerudert, und deshalb wußte er, daß es vorwärts kam. Joachim hielt den Atem an und lauschte.

»Dort ist er!« sagte Marcelius.

»Habt ihr ihn gefunden?« fragt der Vater den Felshang hinunter.

Kurz darauf spürt er, daß sein Tau vom Boote gelöst ist, und er beugt sich über den Abgrund und ruft:

»Lebt er?«

»Gewiß, ja!« erwiderte Marcelius. »Zieh nur das Tau hinauf.«

»Gott sei Lob und Dank!« murmelte Joachim. Er zog das Tau in die Höhe, nahm ein Priemchen und begab sich zu dem Bootsplatz auf der Südseite hinunter, um die Mannschaft zu treffen. Unterwegs konnte der durch und durch brave Bootsbauer nicht umhin, sich seinen besonderen Gedanken hinzugeben über Simon und seinen knapp verhüteten Untergang. Ein gelehrter und tiefsinniger Leichtfuß war und blieb dieser Simon, vielleicht hatte er selbst das Boot umgeworfen und sich hinausgestürzt, als er nur noch eine Tiefe von ein paar Faden unter sich sah.

Welch gottloser Jux! dachte Joachim.

Auf dem Bootsplatz traf er den Lehrer und seine Tochter, und er sagte:

»Er ist gerettet.«

»Gerettet?« rief Fredrikke. »Treibst du Scherz?«

»Er ist gerettet.«

Und auch der alte Lehrer sagte: »Gott sei Lob und Dank!« und freute sich von ganzem Herzen. Fredrikke aber wurde standhaft und still ...

Als die Boote ankamen, saß Simon Rust an den Riemen und ruderte aus Leibeskräften; er war naß von oben bis unten und fror.

»Bist du verletzt?« fragte Fredrikke. »Und wo ist dein Hut?«

»Wir haben ihn nicht gefunden«, sagte Marcelius.

»So könntest du ihm wohl deine Mütze so lange borgen«, sagte Fredrikke und war besorgt um Simon.

»Er will sie nicht«, erwiderte Marcelius.

»Nein, du mußt entschuldigen, ich will sie nicht«, sagte nun auch Simon und war ganz stolz, obgleich er vor Kälte zitterte.

Der alte Lehrer forschte nun seinen Kollegen und Standesbruder nach dem Unglück aus, und der gab Antwort; Joachim hatte den Eindruck, daß es doch eine unvergleichliche und tiefdurchdachte Sprache sei, die die beiden miteinander führten, wenn sie sich selbst überlassen waren. Simon Rust erklärte, er habe auf dem Seminar schwimmen gelernt, wodurch jetzt seine totale Rettung möglich geworden sei. Doch er habe Tantalusqualen erlitten, ehe das Rettungsboot sichtbar gewesen sei. Ganz genau wolle er das ganze Begebnis erzählen, so wie es abgelaufen war, damit sich später keine andre Version darüber bilden könne.

»Eins nur möchte ich wohl erfahren«, sagte er und

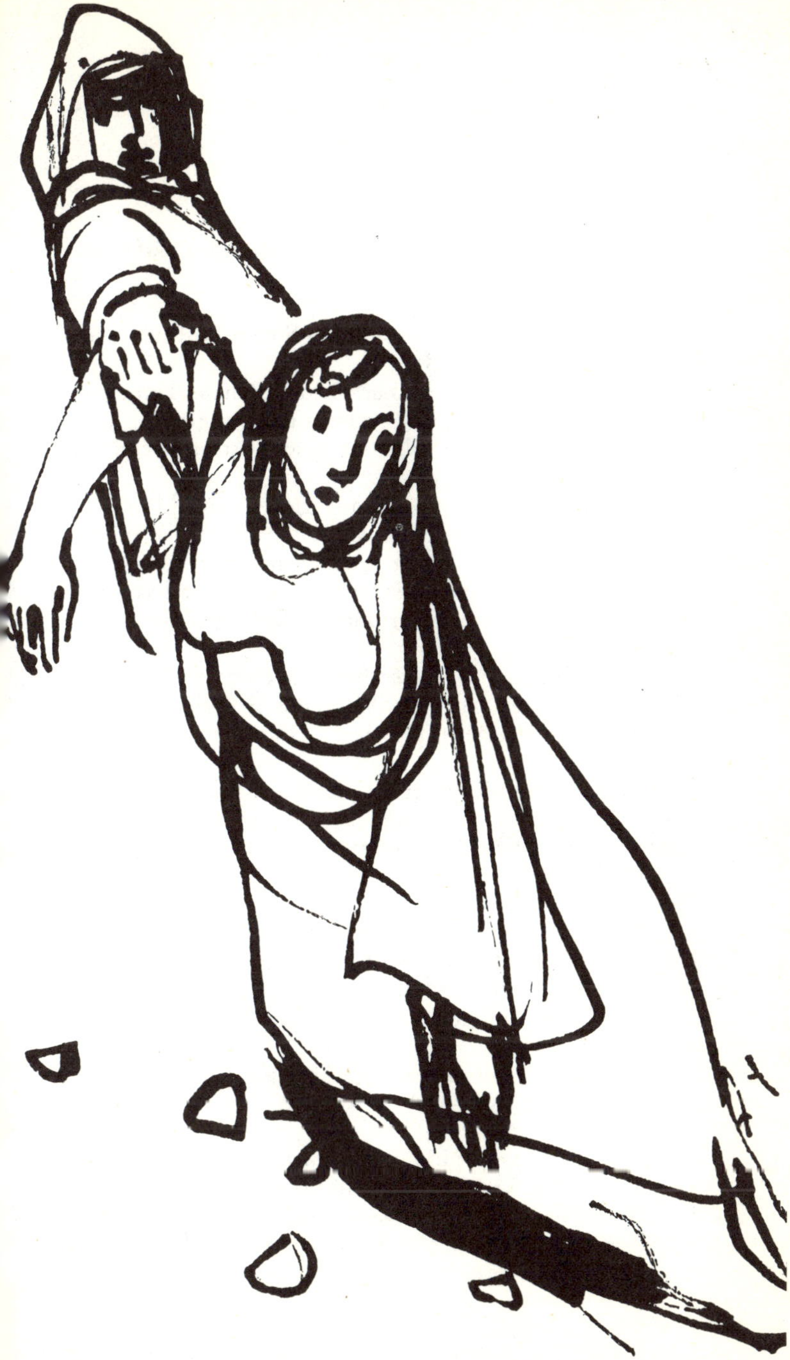

wandte sich an Fredrikke. »Wie wurde dir, Fredrikke, zumut, als das Boot mit mir umschlug?«

»Zumut?« sagte Fredrikke.

»Und was war dein erstes Wort?«

Fredrikke erholte sich geschwind.

»Ich war's, die die Männer gleich hinuntersandte, um dich zu retten«, sagte sie.

»So ist es recht«, sagte Simon.

Marcelius schwieg. Er begriff, daß Simon Rust nun wieder ihr ganzes Herz besaß.

»Laß uns auf der Stelle nach Hause gehen, damit wir dir einen trockenen Anzug verschaffen«, sagte der alte Lehrer. »Wahrlich, ein Wunder Gottes ist es, wenn du diese Katastrophe überstehst.«

Alle halfen die Boote ans Land ziehen, und Marcelius machte keinen Unterschied, er setzte vielmehr Stützen unter Simons so gut wie unter sein eigenes Boot, damit sie nicht dastünden und sich würfen. Er ließ die andern vorgehen und machte sich selber unter mißmutigen Gedanken auf den Heimweg.

Am Abend kam Fredrikke und hatte etwas im Nachbarhause auszurichten, aber bei Marcelius ließ sie sich nicht blicken. Er ging hinaus, um sie zu erwarten; und als sie kam, sagte er:

»Guten Abend, du gehst im Nordlicht spazieren?«

»Ich hatte etwas auszurichten«, antwortete sie. »Was sagst du zu dem Wunder von heute?«

Marcelius antwortete: »Ich will es dir ganz genau sagen, mir scheint von Wunder ist da keine Rede.«

»So? Aber wenn du nun aus dem Boot gestürzt wärst, würdest du dich gerettet haben?«

»Er ist nicht hinausgestürzt. Er ist aus dem Boot gesprungen, als er ein paar Faden über dem Meere war, sagt Vater.«

»Er ist hinausgesprungen? So? Aber das hättest du noch viel weniger getan.«

Marcelius schwieg.

»Denn du kannst nicht schwimmen«, sagte Fredrikke weiter. »Und du hast nicht das alles gelernt, was er gelernt hat. Und du hast nicht auf der Orgel spielen gelernt.«

»So werdet ihr euch also kriegen?« sagte Marcelius.

»Ich weiß nicht, wie es wird«, erwiderte sie. »Beinah sieht es wirklich so aus.«

Und Marcelius sagte verbittert:

»So soll mir's gleich sein; du und er, ihr könnt das Boot umsonst haben, wie ich's bestimmt habe.«

Fredrikke überdachte das, was er ihr sagte, und erwiderte:

»Ja, ja, wird etwas daraus mit uns beiden, da können wir ja das Boot bekommen, so, wie du sagst. Sollte er aber ein Ende machen mit mir, dann werden ja wir, du und ich, zusammenkommen, und da soll er uns das Boot bezahlen.«

Kein Staunen über diese Abmachung ließ sich in Marcelius' Zügen lesen, und er fragte:

»Um welche Zeit kann ich's erfahren?«

Fredrikke antwortete:

»Er reist morgen nach Hause, da wird er es wohl sagen. Aber weißt du, darum fragen kann ich ihn doch nicht.«

Aber Marcelius mußte monatelang warten, ehe er etwas Bestimmtes erfuhr.

Zur Weihnacht fuhr Simon Rust nach Hause und traf vor der Abreise keine Entscheidung; später trat er an verschiedenen Orten der Kircheninsel als Freier auf und bekam überall ein Ja kraft der großen Macht seines Vaters. Aber Simon band sich nirgendwo, hielt sich vielmehr frank und frei bis dato. Schließlich machte er auch einen Versuch bei der Lehrerin im Pfarrhof, die aber war ein Fräulein und vornehm, und da bekam Simon Rust ein Nein.

Von dem allen hörte Fredrikke und härmte sich oft mehr, als gut war.

Am Epiphaniastage sollte wie in früherer Zeit der Weihnachtstanz in Bootsbauer Joachims Hause sein, und Marcelius hatte wie gewöhnlich den Wirt zu machen. Ein Geigenspieler war gemietet worden, und auch jenen Didrik, der sich aufs Trällern und Taktstampfen verstand, hatte man beizeiten bestellt. Schon hatten die Burschen ihre Mädchen gewählt, und Fredrikke hatte Marcelius versprochen, zu kommen.

Da steuerte eines Tages ein Vierruderer auf die Insel

zu, und der kam vom alten Fischer Rust, um Fredrikke nach der Kircheninsel hinüberzuholen zum Tanz am gleichen Abend. Fredrikke machte sich sofort fertig und schmückte sich wahrhaft festlich.

Marcelius erschien am Bootsplatz und sagte zu ihr: »Ja, ja, nun wird die Entscheidung wohl fallen?«

»Ja, nun wird die Entscheidung fallen«, war die Antwort.

Den ganzen Weg über im Boot sah sie aus, als wisse sie nicht gut, was sie nun tun wolle.

Sie wurde wohl empfangen vom Großfischer Rust, und am Abend, als der Tanz begann, war sie stark begehrt unter den Burschen der Kircheninsel. Aber Simon, der Sohn des Hauses, der spaßte jetzt wie früher mit allen und jeder und ließ Fredrikke gegenüber nicht von seiner alten unbestimmten Art.

Mit gewissen Zwischenräumen gab es den Abend hindurch Spirituosen und Kaffee für die Gäste, und der alte Rust ließ gern einen, ja zwei Halbanker draufgehen; selbst saß er breit und behäbig mit ein paar älteren Fischern in der Kammer. Auch Simon Rust trank ein oder mehrere Glas, um nicht den großen Herrn zu spielen; aber buchstäblich zu tanzen mit den Fischermädchen, ziemte sich nicht für ihn, da er ein Lehrer der Jugend war.

In der Nacht, als alle nach Hause gingen, blieb Fredrikke allein mit Simon zurück, sie sollte erst wieder am Morgen fort. Aber sogar jetzt erwies Simon ihr ganz und gar nicht mehr Zärtlichkeit als zuvor, und so dumm, seine kleinen Tupfer in die Seite für ewige Liebe zu nehmen, so dumm war sie nicht.

»Ich stehe hier und kühle mich ab«, sagte Fredrikke.

»Das solltest du wirklich nicht tun«, entgegnete Simon, »das könnte leicht bedenkliche Folgen für deine Gesundheit haben.«

»Gott weiß, warum die Scheunentür offen steht«, sagte Fredrikke und zeigte hinüber.

Auch Simon wußte es nicht.

»Wir wollen sie schließen«, sagte sie.

Und sie gingen zur Scheune, und klar schienen Nordlicht und Sterne.

Fredrikke steckte den Kopf in die Scheune und sagte: »Laß einmal sehen, wieviel Futter ihr habt.«

Sie stiegen beide hinein.

»Da haben wir einen Boden mit Heu, und da haben wir einen zweiten«, sagte Simon.

»Wo?«

Simon stieg ins Heu und zeigte es ihr.

Und Fredrikke stieg ihm nach.

Noch eine Zeitlang fuhr Fredrikke fort, Marcelius hinzuhalten mit halben Aussichten, daß er sie bekommen könne, und er wartete auch die Zeit ab in stillem Hoffen. Zur Fastnacht im März aber war Fredrikke nicht länger im Ungewissen, und sie sagte zu Marcelius: »Nein, nun sei es unabänderlich, Simon solle sie haben.«

»Ja, Ja«, sagte Marcelius.

Und von dem Boot sprach er nicht mehr. Sie konnte es seinetwegen umsonst bekommen, ihm war es gleichgültig. Er hatte auch Zeit gehabt, sich auf sein Schicksal vorzubereiten, und den ganzen Frühling hindurch sah man Marcelius ganz ruhig seine Arbeit verrichten, wie früher. Aber sein Sinn war ganz und gar nicht derselbe geblieben, und er suchte die Einsamkeit.

Und nun wurden die Tage länger, Sonne und mildes Wetter setzten dem Schnee hart zu, so daß das Hinabsenden der Boote auf dem Eisgletscher an der Nordseite bald ein Ende fand. Da gingen die Bootsbauer ein paar Wochen lang müßig; doch als die Frühlingsstürme vorüber waren und das Atlantische Meer wieder ruhig wurde, verlegten sich die Bootsbauer auf den Heimfischfang rings um die Insel her. Bei einem dieser Fischzüge verdienten Marcelius und sein Bruder einen schweren Haufen Geld mit der Bergung eines entmasteten Schoners, der ohne Bemannung im Meere trieb.

Es war kein Irrtum möglich: Des Marcelius Ansehen auf der Insel kam stark ins Steigen nach dieser Tat, und da er täglich nach dem Wrack sah, das draußen vor dem Bootsplatz vertäut lag, wurde er geradezu eine Art Kapitän über das verlassene Schiff. Die dänischen Reeder meldeten sich und zahlten den Bergelohn. Die Summe war sehr groß für die Verhältnisse auf der Blaamandsinsel; aber die Leute machten die Summe noch größer, und dieser Bergelohn bekam ein Märchengewand. Man sprach davon, daß der Bootsbauer Marcelius jetzt Handelsmann auf der Insel werden und sich Joachimsen nennen wolle.

Eines Tages ging er zu Fredrikke und sagte:

»So wird es wohl dazu kommen, daß du Simons Frau wirst?«

»Ja«, erwiderte sie, »es ist soweit.«

Und sie geleitete ihn zu seinem Wohnhaus hinüber und strickte dabei. Unterwegs sagte sie:

»Wäre es nun noch wie in alten Tagen, so würde ich dich gebeten haben, zu Simon hinüber zu rudern und ihn herzuholen. Aber du bist ja mittlerweile ein großer Mann geworden, Marcelius.«

Da antwortete Marcelius:

»Ich werde dir zeigen, daß ich nicht größer bin, als ich war.«

Und redlich ruderte er von dannen zu Simon.

Als Simon dann auch gekommen und wieder fort war, gab Marcelius abermals wohl acht und fragte Fredrikke in seiner ganzen Blindheit:

»Ihr seid wohl noch immer entschlossen, es zu tun?«

Und ihre Antwort war:

»Ja. Nun hat es seinen guten Grund, daß wir es in allernächster Zeit tun.«

»So ist da weiter kein Fragen am Platze?«

»Du weißt, wie es mit dem Herzen ist«, sagte Fredrikke. »Nie war meine Liebe einem andern hold.«

Darauf schwieg Marcelius, denn das war bloß Buchsprache und sonst nichts. Er lud sie in sein Haus ein zum Kaffee, aber sie sagte nein und dankte; er solle sich keine Umstände machen. Als sie gehen wollte, fiel ihr das Boot ein.

»An der Bezahlung für das Boot liegt dir nun wohl nichts«, sagte sie, »da du so reich geworden bist. Simon bat mich, zu fragen.«

»Nein, an dem Boot liegt mir nichts«, erwiderte er. »Gott sei Dank, ich habe genug, was Geld und Macht betrifft. Wann wirst du aufgeboten?«

»In zwei Wochen.«

»Hast du nicht an die Utganger gedacht in diesem Jahr?« fragte er.

Sie erwiderte:

»Laß uns ein paar Wochen warten, auch mit ihnen. Noch ist die Zeit nicht da. Der Schnee ist nicht fort.«

»Ich fragte ja nur«, bemerkte er.

Die Utganger, das waren Schafe von der Islandrasse, mit dichter, grober Wolle. Ein für allemal ließ man sie auf einer bestimmten Insel frei umherlaufen, und da lebten sie ihr Leben Winter und Sommer und suchten sich selber ihr Futter. Einmal jährlich wurden sie eingefangen, um geschoren zu werden; das geschah im Frühjahr, wenn das milde Wetter kam.

Als zwei Wochen vergangen waren, wurden Fredrikke und Simon in der Kirche der Kircheninsel aufgeboten. Endlich sollte also ein Paar werden aus den beiden, lange genug hatte die Gemeinde darauf zu warten gehabt.

Bereits am Abend kam Fredrikke hinüber in Bootsbauer Joachims Haus und war voll leichten Sinns und Lust zu scherzen.

»Ich wünsche Glück und Segen!« sagte des Bootsbauers Frau. »Ich habe heute deinen Namen von der Kanzel gehört.«

»Solltest du dich auch nicht verhört haben?« sagte Fredrikke scherzend.

»Ich wünsche Glück und Segen!« sagte auch Marcelius. »Hast du über die Utganger nachgedacht?«

Da lachte Fredrikke und gab zur Antwort:

»Du hast wirklich unglaubliche Eile mit den Utgangern dieses Jahr. Was fehlt dir? Schon zu Anfang Mai fingst du an, von den Utgangern zu schwatzen.«

»Ich glaubte, dich fragen zu müssen«, erwiderte er.

»Ich komme übrigens mit der Nachricht, daß du jetzt morgen Leute für die Utganger bekommen kannst«, sagte Fredrikke.

Er fragte geschwind:

»Ich kann Leute bekommen, sagst du? Ja, du selbst bist vielleicht nicht imstande, dabei zu sein in diesem Jahr?«

Sie hatte sich halb und halb entschlossen, sich selber in diesem Frühjahr zu schonen; doch bei Marcelius' boshafter Frage wurde sie ein bißchen rot und antwortete:

»Nicht imstande dazu? Kannst du mir sagen, warum denn nicht?«

Ja, das wollte Fredrikke also nicht wahr haben, daß sie

stärker und stärker an Leibesumfang geworden war während der letzten Wochen, darum wollte sie auch in diesem Jahr wie immer zuvor mit dabei sein beim Einfangen der Schafe.

Als Marcelius das hörte, ging er auf der Stelle hinaus und kam nicht wieder, solange sie noch da war.

Marcelius stieg die paar Stufen zu den Klippen hinunter, wo die Bootswerft sich befand. Es war eine lange Höhle, in der lauter Stapel hergerichtet waren für alle möglichen Bootsarten, von kleinen Booten bis zu Zehnruderern. Er setzte hier alles ordentlich zurecht und reinigte den Boden. Und es war spät im Mai, es blieb bis elf Uhr und später am Abend Tag. Marcelius machte auch einen Abstecher zur Bootslandestelle hin. Sein Vierruderer stand da und ruhte auf seinen Stützen, als blicke er ihn an. Es wurde Mitternacht, bis er ins Haus zurückkehrte.

Er legte die Kleider nicht ab, sondern blieb auf der Bettkante sitzen; sein älterer Bruder lag schon und schlief. Marcelius trat ans Fenster und sah lange hinaus. »O ja, ja, ja, ja, ja, wahrhaftig, Herrgott, Herrgott!« sagte er leise und kehrte zum Bett zurück. Unausgekleidet legte er sich nieder und schloß kein Auge, die ganze Nacht hindurch. Sobald er seine Munter unten Feuer anzünden hörte, stand er auf, weckte seinen Bruder und ging hinunter. Es war erst vier Uhr.

»Du bist früh aufgestanden«, sagte die Mutter.

»Die Utganger gehen mir durch den Kopf«, erwiderte er. »Wollen wir sie alle heute noch scheren, so müssen wir beizeiten hinaus.«

Alle drei machten sich fertig, die Brüder und die Mutter, und gingen zum Lehrerhaus hinüber, wo sie draußen warteten, bis Fredrikke kam. Fredrikke hatte nur die Magd bei sich. Sie waren fünf Leute im Boot. Die zwei Brüder ruderten bedächtig und sicher und überließen das Gespräch den Frauen. Die Sonne ging auf, und ernst und ruhig schwamm die Utgangerinsel im Meer. Schon in weitem Abstand hatten die Schafe das Kommen des Bootes bemerkt und standen wie aus den Wolken gefallen da und starrten; alle hatten sie aufgehört zu kauen. Um die scheuen Tiere nicht aufzuschrecken, vermied man im Boot so gut wie möglich jedes Geräusch.

Aber die Schafe hatten den gleichen Besuch eines Fahrzeuges im vorigen Jahre vergessen, niemals in ihrem Leben, meinten sie, hätten sie solch einen Anblick gesehen. Und sie ließen das Boot näher kommen und rührten sich nicht in ihrer wundersamen Einfalt; erst als das Boot landete, begann eines der Tiere, ein zottiger großer Widder, zu zittern. Er warf seinen Mitschafen einen Blick zu und sah dann wiederum nach dem Boote. Plötzlich aber – als die fünf Leute einen Augenblick lang auf dem Strande stillstanden und als das Boot heraufgezogen war – schien dem Widder dieses hier alles von Gefahr bisher Geschaute zu übersteigen, er warf sich herum und rannte in weiten Sätzen landeinwärts. Und alle die andern Schafe, sie folgten ihm.

»Sie werden sich auch in diesem Jahre nicht leicht fangen lassen«, sagten die Frauen zueinander.

Der ganze Trupp begab sich nun auf die Insel. Es galt, zuerst ein Lamm zu erwischen, dann würde die Mutter leichter zu fangen sein. Bis spät in den Morgen hinein waren sie tätig, ehe es ihnen glückte, ein ausgewachsenes Tier zu greifen. Ein Rudel wurde auf das Boot zu gescheucht, und in ihrem Todesschreck warfen die Tiere sich ins Meer, da watete Marcelius hinaus und fing ein Schaf nach dem andern.

»Nun bist du naß geworden«, sagte Fredrikke.

Während die drei Frauen dasaßen und schoren, standen die Brüder mit drei andern Tieren bereit, die sie am Strick hielten, und Marcelius stand in Fredrikkens Nähe. Warm und voll schien die Frühlingssonne auf sie alle herab.

»Das war mein zweites«, sagte Fredrikke, und sie stopfte die Wolle in einen Sack und erhob sich.

»Laß doch sehen, ob wir zwei ein Schaf allein erwischen werden«, sagte Marcelius mit seltsam bebender Stimme.

Fredrikke folgte ihm beiseite, und sie entfernten sich außer Hörweite von den andern.

»Ich glaube, sie sind woanders«, sagte Fredrikke.

Marcelius gab zur Antwort:

»Hier wollen wir erst einmal sehen.«

Und sie kamen zur Nordseite hinüber, wo es schattig war; aber sie sahen kein Schaf.

»Sie sind gewiß ganz draußen auf der Landzunge«, sagte Marcelius und eilte von dannen. Fredrikke aber konnte nicht leichtfüßig dahintanzen wie in alten Tagen und kam nicht mit.

Marcelius erfaßte sie bei der Hand und zog sie mit sich vorwärts, gleichzeitig sprach er unnatürlich laut und sagte:
»Nun sollst du sehen! Nun sollst du sehen, sag' ich!«
»Du darfst nicht so laut schreien; du wirst die Schafe verscheuchen«, sagte Fredrikke und dachte an ihre Arbeit.
Aber er schleppte sie mit und sagte laut und wild:
»Nun sollst du sehen! Und ich will dich auf der Orgel spielen lehren.«
»Aber was hast du denn im Sinn?« fragte sie und versuchte, in seinen Zügen zu lesen.
Und sein Gesicht war kaum zu erkennen.
Da setzte sie sich zur Wehr und machte sich schwer, ihre Schuhe schleiften über den Felsen hin entlang, und Marcelius führte sie weiter ohne Gnade. Da wurde es ihr klar, daß sie jetzt umgebracht werden sollte, und ihr Mut sank zusammen. Kein Wort, keinen Schrei ließ sie hören, auf die Spitze wurde sie hinausgeschleppt und dann in den Abgrund geschleudert.

So stark war ihre Lähmung, daß sie nicht einmal nach Marcelius Kleidern griff, und er blieb unversehrt auf der Landspitze zurück, obwohl es in seiner Absicht gelegen hatte, selbst mit hinunterzustürzen.

Scheu sah er sich rings um, ob die andern hinter ihm wären; aber niemand war zu erblicken. Er schaute über die Spitze hinaus; dumpf rauschte da unten die ewige Melodie, schon hatte das Meer Fredrikke verschlungen. Er gedachte, ihr zu folgen; und er zog die Weste hinunter und wollte sich hinausschleudern, doch er gab es auf und begann nach einem Abstieg zu spähen. Beim Hinunterklettern fühlte er Tritt für Tritt sorgsam mit dem Fuße vor sich her, um nicht auszugleiten. Als er auf halbem Wege war, fiel ihm ein, daß ihm ja gleichgültig sein könne, ob er fiele und zu Schaden käme; aber er beobachtete auch fernerhin Vorsicht beim Aufsetzen des Fußes.

Das Meer reichte bis dicht an die Felswand heran, und als es nur noch einige Faden bis hinunter waren, stand Marcelius still. Er entledigte sich seiner Jacke und Weste und legte sie auf die Klippe, damit diese Kleider jemand zugute kämen, danach faltete er die Hände und empfahl seine Seele dem Herrn um Jesu Christi willen. Dann sprang er hinaus.

Robert Louis Stevenson

Das Landhaus auf den Dünen

I

In meiner Jugend war ich ein großer Einsiedler. Ich machte es zu meinem Stolz, mich von den anderen fernzuhalten und mir zur Unterhaltung selbst zu genügen. Und ich darf sagen, daß ich weder Freunde noch Bekannte hatte, bis ich mit jenem Mädchen Freundschaft schloß, das meine Frau und die Mutter meiner Kinder wurde. Nur mit einem Mann stand ich in näherer Beziehung, mit R. Northmour, einem Gutsbesitzer aus Graden Easter in Schottland. Wir hatten uns an der Universität kennengelernt, und obwohl wir einander weder sehr ähnlich waren noch auf sehr vertrautem Fuße standen, war ein Zusammensein doch für jeden von uns angenehm. Für Misanthropen hielten wir uns, aber mir scheint, daß wir nur recht griesgrämige Gesellen waren. Zwischen uns herrschte eigentlich keine Kameradschaft, sondern eher eine Koexistenz der Zurückgezogenheit. Northmours Leidenschaftlichkeit machte es ihm nicht leicht, mit jemand anderem als mit mir Frieden zu halten. Da er mich stillschweigend respektierte und gehen und kommen ließ, wie es mir beliebte, konnte auch ich seine Gegenwart ertragen. Ich glaube, wir nannten uns Freunde.

Als Northmour sein Abschlußexamen gemacht hatte und ich beschloß, die Universität ohne Examen zu verlassen, lud er mich zu einem langen Besuch nach Graden Easter ein. So wurde ich mit der Gegend vertraut, in der sich später meine Abenteuer abspielen sollten. Das Herrenhaus von Graden stand in einem öden Landstrich, ungefähr drei Meilen von der Nordseeküste entfernt. Es hatte die Größe einer Kaserne und war aus weichem Stein erbaut, den die scharfe Seeluft ganz zerfressen hatte. Innen war das Haus feucht und zugig und außen halb zerfallen. Unmöglich konnten zwei junge Männer dort in Bequemlichkeit wohnen. Aber im nördlichen Teil des Besitztums stand in einer Wildnis von Küsten- und Wanderdünen ein kleines, modernes Landhaus, das genau unseren Wünschen entsprach. In dieser Einsiedelei verbrachten Northmour und ich vier stürmische Wintermonate. Wir sprachen wenig, lasen viel und waren außer bei den Mahlzeiten wenig zusammen. Ich wäre wahrscheinlich noch länger geblieben, aber an einem Märzabend entstand zwischen uns ein Streit, der meine Abreise notwendig machte. Ich erinnere mich, daß sich Northmour für etwas hitzig einsetzte und ich ihm eine bissige Antwort gab. Er sprang auf und stürzte sich auf mich. Ich übertreibe nicht, ich mußte um mein Leben kämpfen, und ich konnte ihn nur mit größter Anstrengung bändigen, denn er war fast so stark wie ich und schien vom Teufel besessen. Am nächsten Morgen sprachen wir miteinander, als wäre nichts vorgefallen, aber ich hielt es für ratsamer, abzureisen, und er versuchte nicht, mich davon abzubringen.

Erst neun Jahre später kam ich wieder in diese Gegend. Zu der Zeit zog ich mit einem zweirädrigen Pferdewagen, einem Zelt und einem Kocher durch das Land. Tagsüber wanderte ich neben dem Wagen her, und nachts kampierte ich nach Zigeunerart in einer Hügelmulde oder am Waldrand.

Meine ganze Arbeit bestand darin, abgelegene Winkel zu suchen, in denen ich mein Lager aufschlagen konnte, ohne Störungen befürchten zu müssen. Deshalb erinnerte ich mich auch eines Tages, als ich in einem anderen Teil der Küste weilte, plötzlich des Landhauses auf den Dünen. Es lag drei Meilen von der Straße ab, und die nächste Stadt, eigentlich nur ein Fischerdorf, war sechs oder sieben Meilen entfernt. Der natürliche Zugang, die Küste, war voller Wanderdünen. Im ganzen Vereinigten Königreich gab es kein besseres Versteck. Ich beschloß, eine Woche im Küstenwald von Graden Easter zu verbringen. Nach einem langen Marsch kam ich an einem wilden Septemberabend bei Sonnenuntergang dort an.

Der Landstrich bestand, wie ich schon sagte, aus Sandhügeln und Dünen, die aufgehört hatten zu wandern und mehr oder weniger dicht mit Gras bewachsen waren. Das Landhaus stand auf einer Ebene. Gleich dahinter begann der Wald. Zwischen Haus und Meer hatten sich Sandhügel geschoben. Ein herausragender Fels bildete die einzige Bastion gegen den Sand. An dieser Stelle sprang die Küste zwischen zwei flachen Buchten vor. Bei Flut wurde der Felsen zu einer kleinen, eigenartig gestalteten Insel. Bei Ebbe hatten die Wanderdünen riesige Ausmaße. Sie waren im Lande gefürchtet. Es hieß, daß sie in der Nähe der Küste einen Menschen in viereinhalb Minuten verschlängen.

Das Landhaus, das sich Northmours verstorbener Onkel hatte errichten lassen, wies noch keine Alterszeichen auf. Es war in italienischem Stil erbaut und hatte zwei Stockwerke. Ein Garten war angelegt worden, in dem aber nur ein paar kümmerliche Blumen wuchsen. Mit den dicht verschlossenen Läden erweckte das Haus den Eindruck, als sei es nie von Menschen bewohnt worden. Northmour war also nicht zu Hause. Ob er wie gewöhnlich in der Kajüte seiner Jacht herumsaß oder sich einer Laune folgend in die Welt der Gesellschaft begeben hatte, konnte ich natürlich nicht wissen. Der Ort strahlte eine Verlassenheit aus, die sogar einen Einsiedler wie mich bedrückte. Hohl heulte der Wind in den Kaminen. Halb fliehend wandte ich mich ab und trieb mein Pferd vor mir her in den Wald.

Ich entdeckte bald eine kleine Senke, in der ein klarer Quell entsprang. Dort baute ich, nachdem ich die Brombeerranken entfernt hatte, mein Zelt auf und machte Feuer, um Abendessen zu kochen. Mein Pferd band ich auf einer kleinen Lichtung fest, auf der es Gras gab. Die Senke verbarg nicht nur den Lichtschein meines Feuers, sondern schützte mich auch gegen den heftigen und kalten Wind...

Ich brauchte so wenig Schlaf, daß ich in der Nacht oft lange wach lag. Auch in dieser Nacht wachte ich um elf Uhr auf, obwohl ich um acht Uhr vor Erschöpfung eingeschlafen war. Ich war hellwach, stand auf, verließ die Senke und schlenderte zum Waldrand. Der hinter einem Dunstschleier verborgene Mond verbreitete ein ungewisses Licht. Als ich den Wald verließ und durch die Dünen ging, wurde es heller. Plötzlich traf mich mit voller Kraft der nach Meerwasser riechende und den Dünensand aufwirbelnde Wind. Ich mußte die Augen schließen.

Als ich wieder aufblickte und um mich schaute, gewahrte ich Licht im Landhaus. Das Licht stand nicht still, sondern wanderte von Fenster zu Fenster, als ginge jemand mit einer Lampe oder einer Kerze durch die verschiedenen Zimmer. Ich war überrascht. Bei meiner Ankunft am Spätnachmittag war das Haus zweifellos unbewohnt gewesen. Im ersten Augenblick dachte ich, eine Bande von Dieben sei eingebrochen und werde Northmours nicht schlecht gefüllte Schränke leeren. Aber wie sollten nach Graden Easter Diebe kommen? Außerdem waren die Fensterläden geöffnet worden, und Diebe würden sie viel eher schließen. Ich verwarf also den Gedanken und kam zu dem Schluß, daß Northmour selbst angekommen sein mußte. Er lüftete jetzt und inspizierte das Haus.

Wie gesagt, zwischen Northmour und mir bestand keine wirkliche Zuneigung. Außerdem war ich damals bei meinem zweiten Aufenthalt in Graden so verliebt in meine Einsamkeit, daß ich seine Gesellschaft auch gemieden hätte, wenn er mir lieb gewesen wäre wie ein Bruder. Ich wandte mich ab und lief davon. Und ich war richtig froh, als ich wieder an meinem Feuer saß. Ich war einer Begegnung entgangen und konnte die Nacht ungestört verbringen. Am Morgen würde ich dann weiterziehen oder auch Northmour einen kurzen Besuch abstatten, wenn ich Lust hatte.

Tags darauf jedoch erschien mir die Situation ganz anders, ich vergaß meine Scheu und verließ den Wald.

Das Aussehen des Hauses beunruhigte mich, als ich näher kam. Es schien sich seit dem vergangenen Abend überhaupt nicht verändert zu haben. Ich hatte gedacht, man müsse auch von außen erkennen, daß es nun bewohnt war. Die Läden waren jedoch zu, den Kaminen entstieg kein Rauch und das Vorhängeschloß an der Haustür war abgeschlossen. Northmour mußte also die Hintertür benützt haben. Man stelle sich mein Erstaunen vor, als ich auch diese Tür fest verriegelt fand.

Ich kam sofort auf die ursprüngliche Annahme zurück, daß Diebe in das Haus eingebrochen waren. Ich folgte, wie ich glaubte, ihrem Beispiel und stieg auf das Dach des Schuppens, in dem Northmour seine photographischen Geräte aufbewahrte, und versuchte die Läden zu öffnen. Sie waren fest, ich gab mich jedoch nicht geschlagen. Ich wandte Gewalt an, und nach kurzer Zeit flog ein Laden auf. Aber ich hatte mir eine Schürfwunde auf dem Handrücken zugezogen. Ich erinnere mich, daß ich die Hand an den Mund legte und fast eine halbe Minute die Wunde wie ein Hund leckte. Dabei blickte ich mechanisch hinter mich über die verlassenen Dünen und das Meer und sah einige Meilen nordostwärts eine große zweimastige Jacht. Dann schob ich das Fenster auf und stieg ins Haus.

Ich ging durch die Zimmer, und meine Verblüffung war unbeschreiblich. Nicht die geringste Unordnung herrschte, die Räume waren im Gegenteil ungewöhnlich sauber und hübsch. In den Kaminen war Holz aufgeschichtet worden, so daß nur angezündet zu werden brauchte. Drei Schlafräume waren mit einem Aufwand vorbereitet, der Northmours Gewohnheiten gar nicht entsprach. Die Wasserkrüge waren gefüllt und die Betten aufgeschlagen. Im Eßzimmer war der Tisch für drei Personen gedeckt, und in der Speisekammer stand reichlich kaltes Fleisch, Geflügel und Gemüse bereit. Gäste wurden erwartet, das stand außer Zweifel. Aber warum Gäste, wenn Northmour Gesellschaft haßte? Und außerdem, warum wurde das Haus heimlich in tiefster Nacht vorbereitet? Warum waren die Läden geschlossen und die Türen verriegelt?

Ich beseitigte alle meine Spuren und stieg wieder zum Fenster hinaus, betroffen und ernüchtert zugleich.

Die Jacht lag noch auf derselben Stelle, und plötzlich schoß mir der Gedanke durch den Kopf, es könnte der Red Earl sein, der den Besitzer des Landhauses und seine Gäste brachte. Aber der Bug der Jacht war dem offenen Meer zugekehrt.

II

Ich kehrte zu meiner Senke zurück, um mir ein Mahl zu bereiten, denn ich war sehr hungrig. Außerdem mußte ich nach meinem Pferd sehen, das ich am Morgen vernachlässigt hatte. Von Zeit zu Zeit ging ich zum Waldrand hinunter, aber am Landhaus veränderte sich nichts und während des ganzen Tages war auf den Dünen kein Mensch zu sehen. Der Zweimaster auf der offenen See lag stundenlang auf derselben Stelle. Als der Abend anbrach, näherte er sich langsam der Küste. Ich kam mehr und mehr zu der Überzeugung, daß sich Northmour mit seinen Freunden auf der Jacht befinden mußte. Wahrscheinlich würden sie nach Einbruch der Dunkelheit an Land gehen. So vermutete ich nicht nur wegen der geheimen Vorbereitungen, sondern auch, weil ich wußte, daß die Flut vor elf Uhr nicht hoch genug war, um Graden Floe und die anderen Sümpfe zu bedecken, welche die Küste vor Eindringlingen schützten.

Der Wind, der tagsüber nachgelassen hatte, frischte gegen Abend wieder auf und war bald stürmisch wie am Vortag. Es wurde stockdunkel. Ich hatte meinen Beobachtungsposten am Waldrand gerade eingenommen, als am Mast der Jacht ein Licht aufgezogen wurde. Das mußte ein Zeichen für Northmours Verbündete an Land sein, und ich ging in die Dünen hinaus, um festzustellen, ob das Zeichen erwidert würde.

Am Waldrand entlang lief ein schmaler Pfad, der das Landhaus mit dem Herrenhaus verband. Auf diesem Pfad sah ich Licht blinken, das kaum mehr eine Viertelmeile entfernt war und sich rasch näherte. Es mußte ein Mensch mit einer Laterne in der Hand sein. Ich verbarg mich schnell hinter einem Holunderstrauch und erwartete gespannt den Ankömmling. Es war eine Frau. Als sie wenige Meter an meinem Versteck vorbeiging, konnte ich ihre Züge erkennen. Das taubstumme alte Mädchen, das Northmour einstmals gepflegt hatte, war seine Verbündete in dieser heimlichen Affäre.

Ich folgte ihr in kurzem Abstand. Sie betrat das Landhaus, ging in das obere Stockwerk, öffnete ein Fenster, das aufs Meer ging, und stellte die Laterne auf den Sims. Sofort verlöschte das Licht auf der Jacht. Die alte Frau machte sich an die Arbeit. Obwohl die Läden geschlossen blieben, konnte ich am Lichtschein erkennen, daß sie durch die verschiedenen Zimmer ging. Und bald schossen aus einem Schornstein nach dem anderen Funkengarben.

Nun war ich sicher, daß Northmour und seine Freunde an Land gehen würden, sobald die Flut den Sumpf bedeckte. Die Nacht war wild und denkbar ungeeignet für eine Landung. Ich war besorgt, aber auch neugierig, als ich die Gefahr erwog, der sich Northmour aussetzte. Mit gemischten Gefühlen begab ich mich zur Küste und legte mich sechs Fuß neben dem zum Landhaus führenden Pfad flach in eine Mulde. Von hier aus konnte ich die Ankömmlinge erkennen und, wenn es Bekannte sein sollten, gleich nach der Landung begrüßen.

Wenige Minuten vor elf Uhr, als die Flut noch gefährlich niedrig war, tauchte am Ufer eine Bootslaterne auf. Kurz darauf kam vom Landungssteg her ein Matrose mit einer Lampe in der Hand. Er führte zwei Personen zum Landhaus, zweifellos die Gäste, für die das Haus vorbereitet worden war. Ich strengte Auge und Ohr an. Eine der Personen war ein überaus großer Mann, der einen Reisehut trug, dessen Krempe über seine Augen herabhing, und einen Umhang mit hochgeschlagenem Kragen, der anscheinend sein Gesicht verbergen sollte. Er ging leise und sehr gebeugt. An seiner Seite schritt eine hochgewachsene, schlanke junge Frau, die sich entweder an ihn klammerte oder ihn stützte. Sie war ungewöhnlich blaß. Das schwankende Licht der Laterne warf so bizarre Schatten auf ihr Gesicht, daß sie ebenso häßlich wie die Sünde sein konnte oder auch schön, wie sich später herausstellte.

Als die beiden mit mir auf gleicher Höhe waren, machte das Mädchen eine Bemerkung, die aber im Tosen des Windes unterging.

»Still!« befahl ihr Begleiter, und in seiner Stimme lag ein Ton, der mich schaudern ließ. So konnte dieses Wort nur ein Mensch ausstoßen, der in tödlicher Angst lebte. Der Mann hatte sich dem Mädchen zugekehrt. Ich erblickte kurz seinen starken roten Bart und seine Nase, die er in der Jugend einmal gebrochen haben mußte. Die hellen Augen funkelten vor Erregung und Besorgnis.

Die beiden gingen weiter. Ich sah, wie sie in das Landhaus eingelassen wurden. Der Matrose kehrte zum Ufer zurück. Jetzt trug mir der Wind den Ruf »Stoßt ab!« zu. Kurz darauf näherte sich wieder eine Laterne. Northmour selbst kam auf mich zu. Er war allein.

Er war etwas blasser als sonst, hatte die Stirn in Falten gelegt und blickte aufmerksam um sich. Trotzdem schien sein Blick triumphierend, als sei er einem großen Ziele nahe.

Ich sprang auf und machte einen Schritt auf ihn zu.

»Northmour!« rief ich leise.

In meinem ganzen Leben hatte ich keine so schreckliche

Überraschung erlebt. Northmour sprang mich wortlos an, in seiner Hand blitzte es auf. Er stach mit einem Dolch nach mir. Im selben Augenblick traf ihn aber schon mein Faustschlag. Ich weiß nicht, ob es meine Schnelligkeit oder seine Unsicherheit war, aber die Klinge streifte nur meine Schulter, während das Heft und seine Faust hart gegen meinen Mund schlugen.

Ich floh, aber nicht weit, denn ich hatte wiederholt beobachtet, daß nichts geeigneter war für eine hinterhältige Annäherung als die Dünen. Nach etwa zehn Metern ließ ich mich ins Gras fallen. Aber er verfolgte mich nicht. Er war davongelaufen. Northmour, der mutigste und unerbittlichste Mann, den ich kannte, war davongelaufen! Ich konnte es kaum fassen. Warum war Northmour mit seinen Gästen mitten in der Nacht bei so stürmischem Wind gelandet, als der Sumpf noch kaum überflutet war? Warum hatte er versucht, mich zu töten? Sollte er meine Stimme nicht erkannt haben? Und vor allem, warum hatte er den Dolch in der Hand?

Als ich so überlegte, machten sich die Verletzungen, die ich mir bei dem Zusammenstoß zugezogen hatte, schmerzlich bemerkbar. Auf Umwegen schlich ich durch die Sandhügel in den schützenden Wald zurück. Wieder ging Northmours alte Kinderfrau mit der Laterne in der Hand wenige Meter an mir vorüber. Sie war auf dem Rückweg zum Herrenhaus. Das machte mir die ganze Angelegenheit noch verdächtiger. Anscheinend wollten Northmour und seine Gäste selbst kochen und saubermachen. Sie mußten schwerwiegende Gründe haben, wenn sie solche Vorkehrungen trafen und solche Unbequemlichkeiten auf sich nahmen, um ihr Geheimnis zu wahren.

Nachdenklich ging ich zu meiner Senke zurück. Der größeren Sicherheit halber trat ich die glühende Asche der Feuerstelle aus. Dann zündete ich die Laterne an, um meine Wunde zu untersuchen. Sie war nicht gefährlich, aber sie blutete ziemlich stark. Ich erklärte Northmour und seinem Geheimnis im stillen den Krieg. Ich bin von Natur aus nicht gehässig, und ich glaube, ich verspürte mehr Neugierde als Zorn. Aber Krieg erklärte ich. Um mich dafür vorzubereiten, zog ich meinen Revolver aus der Tasche, reinigte ihn und lud ihn sorgfältig. Da fiel mir mein Pferd ein.

Es konnte sich losreißen oder durch Wiehern mein Lager im Wald verraten. Ich beschloß, es wegzubringen, und lange vor Tagesanbruch führte ich es durch die Dünen zum Fischerdorf.

III

Zwei Tage lang umschlich und beobachtete ich das Landhaus, aber ich erfuhr nur wenig über Northmour und seine Gäste.

Am Morgen des dritten Tages ging die junge Dame allein an der Küste entlang, und zu meiner Beunruhigung sah ich, daß sie den Tränen nahe war. Das Mädchen bewegte sich gemessen und doch leicht und trug sein Haupt mit unvorstellbarer Anmut. Jeder Schritt erregte meine Bewunderung. Würde und Süße gingen von ihr aus.

Der Tag war schön, windstill und sonnig, das Meer war ruhig und die Luft würzig, so daß sich die junge Dame versucht fühlte, denselben Weg noch einmal zu gehen. Jetzt begleitete sie Northmour. Die beiden hatten erst eine kurze Strecke zurückgelegt, da ergriff Northmour gewaltsam ihre Hand. Sie wehrte sich und stieß einen Schrei aus. Ich vergaß meine Lage und sprang auf. Aber ehe ich einen Schritt machen konnte, zog Northmour den Hut und verbeugte sich tief vor ihr, wie um sich zu entschuldigen. Ich ließ mich wieder in mein Versteck fallen. Die beiden wechselten einige Worte, dann verbeugte sich Northmour noch einmal und ging zum Landhaus zurück. Er kam nahe an meinem Versteck vorüber, und ich konnte sehen, daß er niedergeschlagen und beschämt war. Nicht ohne Befriedigung bemerkte ich in seinem Gesicht die Spuren meines Faustschlages.

Das Mädchen blieb eine Zeitlang stehen, wo Northmour es verlassen hatte, und blickte zu dem Inselchen und über das Meer. Dann ging es, als hätte es eine plötzliche Entscheidung getroffen, schnell und entschlossen weiter. Northmours Verhalten mußte das Mädchen erzürnt haben. Ich sah, daß es auf die Wanderdünen zuging, die an dieser Stelle hoch und sehr gefährlich waren. Zwei oder drei Schritte weiter, und ihr Leben war in Gefahr! Ich schlitterte den steilen Abhang des Sandhügels hinab, auf dem ich Posten bezogen hatte, lief ihr nach und rief, sie solle stehenbleiben.

Die junge Dame wandte sich um. Sie zeigte nicht eine Spur von Furcht und kam mir wie eine Königin entgegen. Ich war barfuß und wie ein gewöhnlicher Matrose gekleidet. Statt eines Gürtels trug ich einen verknoteten ägyptischen Schal. Wahrscheinlich hielt sie mich im ersten Augenblick für jemandem aus dem Fischerdorf.

»Was ist los?« fragte sie.

»Sie gehen geradewegs auf Graden Floe zu«, antwortete ich.

»Sie sind nicht von hier«, meinte sie. »Sie sprechen wie ein gebildeter Mann.«

»Ich glaube, ich habe ein Recht darauf, so genannt zu werden, trotz meiner Verkleidung«, erwiderte ich.

»Oh!« rief sie aus. »Ihre Schärpe verrät sie.«

»Sie sagen ›verrät‹. Darf ich Sie bitten, mich nicht zu verraten? Um Ihrer Sicherheit willen mußte ich mich zeigen, aber wenn Northmour von meiner Anwesenheit erfährt, kann das für mich schlimme Folgen haben.«

»Wissen Sie, mit wem Sie sprechen?« fragte sie.

»Nicht mit Northmours Frau?«

Sie schüttelte den Kopf. Die ganze Zeit hatte sie mit verwirrender Eindringlichkeit in meinem Gesicht geforscht. Nun brach es aus ihr hervor:

»Sie haben ein ehrliches Gesicht. Seien Sie ehrlich wie Ihr Gesicht, mein Herr, und sagen Sie mir, was Sie wollen und wovor Sie sich fürchten. Glauben Sie wirklich, daß ich Ihnen schaden könnte? Viel eher können Sie mir zum Verderben werden! Aber Sie sehen nicht unfreundlich aus. Nur – was soll das heißen, daß Sie, ein Gentleman, wie ein Spion hier herumschleichen? Sagen Sie, wer ist es, den Sie hassen?«

»Ich hasse niemanden«, antwortete ich, »und ich fürchte niemanden. Mein Name ist Cassilis, Frank Cassilis. Ich führe zu meinem Vergnügen das Leben eines Vagabunden. Ich bin einer von Northmours ältesten Freunden, und vor drei Nächten, als ich ihn hier auf den Dünen ansprach, stach er mich mit einem Messer in die Schulter.«

»Das waren also Sie!« rief das Mädchen.

»Warum er dies tat«, fuhr ich fort, ohne auf ihren Einwurf zu achten, »kann ich mir nicht denken, und ich will es auch nicht wissen. Ich habe nicht viele Freunde und bin auf Freundschaften nicht sehr erpicht. Aber ich lasse mich nicht fortjagen. Ich hatte mein Zelt im Küstenwald von Graden aufgeschlagen, ehe er kam, und ich lagere immer noch dort. Wenn Sie glauben, Gnädigste, ich würde Ihnen und den Ihrigen schaden, so haben Sie das Mittel in der Hand, mich zu beseitigen. Erzählen Sie Northmour, daß sich mein Lager in der Hemlock-Senke befindet. Dann kann er heute nacht kommen und mich erstechen, während ich schlafe.«

Nach diesen Worten zog ich meine Mütze und ging davon.

Am folgenden Tag kam sie zur selben Stunde. Sie war allein. Sobald sie die Sandhügel erreicht hatte und vom Landhaus aus nicht mehr gesehen werden konnte, rief sie leise meinen Namen. Zu meinem Erstaunen bemerkte ich, daß sie totenblaß und sehr erregt war.

Ich sprang auf und lief ihr entgegen.

»Gott sei Dank, Sie leben noch!« rief sie. Aufgeregt fuhr sie fort: »Bleiben Sie nicht länger hier! Versprechen Sie mir, daß Sie nicht mehr im Wald schlafen werden. Sie wissen nicht, wie ich leide! Ich konnte nicht schlafen, weil ich die ganze Nacht an die Gefahr denken mußte, die Ihnen droht.«

»Gefahr?« wiederholte ich. »Gefahr von wem? Von Northmour?«

»Aber nein! Glaubten Sie, ich würde ihm nach dem, was Sie mir erzählten, sagen, daß Sie hier sind?«

»Nicht von Northmour?« fragte ich erstaunt. »Von wem dann? Ich wüßte nicht, wovor ich mich fürchten sollte.«

»Sie dürfen mich nicht fragen«, antwortete sie. »Ich kann es Ihnen nicht sagen. Aber glauben Sie mir, bitte, glauben Sie mir und verlassen Sie schnell die Gegend, denn es gilt Ihr Leben!«

Eine solche Warnung ist nicht dazu angetan, einen mutigen jungen Mann zu schrecken. Mein Starrsinn wurde noch größer durch das, was sie sagte, und es war Ehrensache für mich, zu bleiben. Ihre Sorge um meine Sicherheit bestärkte mich nur in meinem Entschluß.

»Halten Sie mich nicht für neugierig, gnädiges Fräulein«, erwiderte ich, »aber wenn Graden ein so gefährlicher Ort ist, dann ist es vielleicht auch für Sie riskant, hierzubleiben.«

Sie sah mich vorwurfsvoll an.

»Sie und Ihr Vater...«, fuhr ich fort. Sie aber unterbrach mich mit einem Aufschrei:

»Mein Vater! Woher wissen Sie das?« keuchte sie.

»Ich sah Sie beide, als Sie landeten«, entgegnete ich. »Aber Sie brauchen keine Angst zu haben. Ihr Geheimnis ist bei mir gut aufgehoben. Ich spreche seit Jahren kaum mit jemandem. Mein Pferd ist mein einziger Begleiter. Aber wollen Sie mir nicht die Wahrheit sagen, mein liebes Fräulein, sind Sie in Gefahr?«

»Herr Northmour sagt, Sie seien ein Ehrenmann«, erwiderte sie. »Und wenn ich Sie so vor mir sehe, glaube ich es. Ich will Ihnen so viel verraten: Sie haben recht, wir schweben in einer schrecklichen Gefahr, und Sie sind auch bedroht, wenn Sie hierbleiben.«

»Erlauben Sie mir eine Frage: Kommt diese Gefahr von Northmour?«

»Von Herrn Northmour?« rief sie. »Oh, nein, er bleibt hier, um die Gefahr mit uns zu teilen.«

»Und mir schlagen Sie vor, daß ich davonlaufen soll?« antwortete ich. »Sie schätzen mich nicht sehr hoch ein.«

»Warum sollten Sie bleiben?« fragte sie. »Sie sind nicht unser Freund.«

Ich weiß nicht, was mich überkam, seit meiner Kindheit hatte ich keine ähnliche Schwäche mehr verspürt. Aber ihre Antwort kränkte mich so, daß sich meine Augen mit Tränen füllten, während ich sie anblickte.

»Nein, nein«, sprach sie mit veränderter Stimme, »ich meinte es nicht böse.«

»Ich war es, der Sie verletzte«, sagte ich und streckte ihr mit einem Verzeihung heischenden Blick die Hand entgegen. Ohne zu zögern, legte sie ihre Rechte in die meine. Fest umschloß ich ihre Finger und sah ihr in die Augen. Sie zog langsam ihre Hand zurück und lief so schnell sie konnte weg. Plötzlich wußte ich, daß ich sie liebte. Und mein Herz sagte mir, daß auch ich ihr nicht gleichgültig war. Sie hat es später oft lächelnd geleugnet und gesagt, daß sie mich erst am folgenden Morgen zu lieben begonnen habe.

An diesem folgenden Morgen geschah jedoch sehr wenig. Sie kam und rief mich wie am Vortag, schalt mich, weil ich noch in Graden weilte, und als sie feststellen mußte, daß ich nicht nachgiebiger geworden war, fragte sie mich, wann und wie ich gekommen sei. Ich erzählte ihr, wieso ich Zeuge ihrer Landung wurde, und warum ich zu bleiben beschloß.

Am vierten Tag unserer Bekanntschaft trafen wir uns wieder. Wir begegneten einander vertrauensvoller, aber auch mit großer Schüchternheit. Sie sprach erneut von der Gefahr, in der ich schwebte. Ich erkannte, daß sie diese Gefahr als Vorwand benützte, um zu kommen. Ich hatte mir in der Nacht überlegt, was ich ihr alles erzählen wollte, und sagte ihr nun, wie sehr ich ihr freundschaftliches Interesse zu schätzen wisse. Bisher hatte weder jemand etwas über mein Leben hören wollen, noch hatte ich je Lust verspürt, von mir zu erzählen. Bis vorgestern. Da unterbrach sie mich und sprach heftig:

»Und doch! Wenn Sie wüßten, wer ich bin, Sie würden nicht einmal mit mir sprechen!«

Ich antwortete, daß ein solcher Gedanke unsinnig sei, aber meine Einwände schienen ihre Verzweiflung nur zu steigern.

»Mein Vater muß sich verbergen!« rief sie aus.

»Mein Liebes«, sagte ich und vergaß zum erstenmal, ›gnädiges Fräulein‹ hinzuzufügen, »was kümmert's mich! Müßte er sich zwanzigmal im Verborgenen halten, ich fände Sie deshalb nicht anders!«

»Aber der Grund!« rief sie. »Es ist...«, sie zögerte eine Sekunde, »es ist eine Schande!«

IV

Unter Tränen und Schluchzen erzählte sie ihre Geschichte. Ihr Name war Clara Huddlestone. Ihr Vater, Bernard Huddlestone, war ein bedeutender Bankier gewesen. Vor vielen Jahren schon waren seine Geschäfte in Unordnung geraten, und er sah sich gezwungen, zu immer gefährlicheren und zuletzt ungesetzlichen Spekulationen Zuflucht zu nehmen, um dem Ruin zu entgehen. Alles vergebens, er sank immer tiefer und verlor schließlich mit dem Vermögen auch die Ehre. Zu dieser Zeit umwarb Northmour heftig seine Tochter, jedoch ohne Ermutigung ihrerseits. An Northmour wandte sich nun Bernard Huddlestone in seiner Not um Hilfe. Der arme Mann hatte nicht nur Ruin, Schande und ein Gerichtsurteil über sich gebracht. Was ihm nachts den Schlaf raubte, was ihn halb wahnsinnig machte, war ein hinterlistiger Mordversuch. Er wollte auf eine Insel im Südpazifik fliehen. Northmours Jacht, der Red Earl, sollte ihn hinbringen. Northmour hatte ihn und seine Tochter im geheimen an der Küste von Wales abgeholt und nach Graden gebracht. Hier sollten sie bleiben, bis die Jacht überholt und für die lange Reise gerüstet war. Clara zweifelte nicht daran, daß ihre Hand der Preis für die Überfahrt war. Northmour war zwar nie unfreundlich oder unhöflich, aber sein Verhalten und seine Reden waren manchmal mehr als kühn.

Ich hörte dem Mädchen aufmerksam zu und stellte viele Fragen. Vor allem wollte ich Genaueres über die Befürchtungen des Bankiers erfahren. Seine Angst war nicht geheuchelt und hatte ihn vollkommen entkräftet. Er wollte sich schon einige Male der Polizei stellen, hatte es aber doch nie gewagt, denn er war überzeugt, daß ihn nicht einmal die englischen Gefängnisse vor seinen Verfolgern schützen konnten. Er hatte mit Italien viele Geschäfte getätigt und auch mit Italienern, die in England ansässig waren. Clara vermutete, daß diese Italiener irgendwie mit dem Unheil im Zusammenhang standen, das ihrem Vater drohte.

Ich hielt das Ganze für eine Wahnvorstellung eines gebrochenen Menschen.

»Alles, was Ihr Vater notwendig hat«, sagte ich, »ist ein guter Arzt und eine beruhigende Medizin.«

»Aber Herr Northmour?« wandte sie ein. »Er hat keine Verluste erlitten und ist genauso von Furcht ergriffen wie wir.«

Ich mußte über ihre Arglosigkeit lachen.

»Meine Liebe«, antwortete ich, »Sie selbst haben mir erzählt, welche Belohnung er zu erwarten hat. In der Liebe ist alles erlaubt, das müssen Sie wissen. Und wenn Northmour Ihren Vater in seiner Angst bestärkt, tut er das nicht, weil er irgendeinen Italiener fürchtet, sondern einfach deshalb, weil er in eine entzückende Engländerin verliebt ist.«

Sie erinnerte mich an Northmours Angriff auf mich in

der Nacht der Landung, und dafür konnte auch ich keine Erklärung finden. Wir vereinbarten, daß ich sofort nach dem Fischerdorf Graden Wester aufbrechen und alle Zeitungen, deren ich habhaft werden konnte, durchstöbern sollte, um mich selbst zu überzeugen, ob Grund zur Besorgnis bestand. Am nächsten Morgen sollte ich Clara Bericht erstatten. Sie sprach nun nicht länger von meiner Abreise, und ich hätte es nicht über mich gebracht, sie zu verlassen, selbst wenn sie mich auf den Knien gebeten hätte.

Ich traf gegen zehn Uhr vormittags in Graden Wester ein, einer der grauesten Städte an der ganzen Küste, und begab mich sofort zu dem Geistlichen in das kleine Pfarrhaus neben dem Friedhof. Er kannte mich noch, obwohl wir uns vor mehr als neun Jahren zum letztenmal gesehen hatten. Als ich ihm erzählte, daß ich schon lange auf der Wanderschaft und über die Ereignisse gar nicht mehr im Bilde sei, lieh er mir bereitwillig einen Armvoll alter und neuer Zeitungen. Ich ging in das einzige Gasthaus am Ort, bestellte ein Frühstück und machte mich daran, den »Huddlestone Bankrott« zu studieren.

Der Fall mußte wirklich abscheulich gewesen sein. Tausende von Menschen waren in Armut gestürzt worden. Einer hatte sich sofort erschossen, als die Zahlungen eingestellt worden waren. Natürlich war auf den Kopf des Bankiers ein Preis ausgesetzt worden, und da der Fall unentschuldbar blieb und wahre Entrüstungsstürme hervorrief, wurde die ungewöhnlich hohe Summe von 750 Pfund als Belohnung für seine Festnahme geboten. Es hieß, daß er noch große Geldbeträge in seinem Besitz habe.

Keiner der Berichte enthielt jedoch irgendeine Unklarheit oder etwas über einen Italiener. Ich dachte über den ganzen Fall nach und versuchte herauszufinden, von welcher Seite Herrn Huddlestone Gefahr drohen könnte. Da betrat ein Mann das Gasthaus und verlangte mit einem deutlichen fremdländischen Akzent in der Sprache Brot und Käse.

»Siete Italiano?« fragte ich ihn.

»Si signor«, lautete die Antwort.

Als ich bemerkte, daß man so hoch im Norden selten einen seiner Landsleute antreffe, zuckte er mit den Schultern und sagte, ein Mann ginge überallhin, um Arbeit zu finden. Ich konnte mir nicht denken, welche Arbeit er in Graden Wester zu finden hoffte. Die Begegnung berührte mich so unangenehm, daß ich den Wirt beim Bezahlen fragte, ob er schon einmal Italiener im Dorf gesehen habe. Er erzählte mir, daß vor einiger Zeit ein paar Norweger dagewesen seien, die Schiffbruch erlitten hatten und von einem Rettungsboot aus Cauld-haven aufgefischt worden waren.

»Nein, keinen Norweger«, sagte ich. »Einen Italiener, wie der Mann, der gerade Brot und Käse gekauft hat.«

»Was?« rief er, »der dunkelhäutige Kerl mit den weißen Zähnen? Das war ein Italiener? Es ist der erste, den ich sah, und sicher auch der letzte.«

Noch während er sprach, blickte ich zum Fenster hinaus und sah auf der Straße drei in ein ernstes Gespräch vertiefte Männer stehen. Einer war der Italiener von vorhin, und die anderen beiden mußten, nach ihren hübschen, gelblichen Gesichtern und den weichen Filzhüten zu schließen, derselben Rasse angehören. Die Dorfkinder umstanden sie und ahmten sie nach, indem sie mit den Händen gestikulierten und Kauderwelsch schwatzten. Das Trio nahm sich auf der öden, schmutzigen Straße und gegen den düsteren, grauen Himmel seltsam fremdländisch aus. Ich muß gestehen, daß mein Unglaube in diesem Augenblick einen schweren Stoß erhielt. Ich konnte mit mir selbst argumentieren wie ich wollte, das Gesehene ließ mich nicht los. Die Furcht begann auch mich zu ergreifen.

Der Tag neigte sich bereits dem Ende zu, als ich die Zeitungen im Pfarrhaus wieder ablieferte und über die Dünen heimwärts eilte. In Gedanken versunken verfolgte ich meinen Weg. Plötzlich blieb ich wie vom Blitz gerührt stehen – eine Fußspur lief parallel zu der meinen, aber nicht an den mit Gras bewachsenen Dünen entlang, sondern ganz nahe am Ufer. Ich untersuchte die Spur und erkannte an der Größe und der Derbheit der Eindrücke sofort, daß der Mensch, der hier vor noch nicht langer Zeit gegangen sein mußte, mir und den Bewohnern des Landhauses fremd war. Nach dem Leichtsinn zu schließen, mit dem er seine Schritte in die Nähe der gefährlichen Sanddünen lenkte, kannte er das Land nicht und wußte nichts von dem bösen Ruf, den die Küste von Graden genoß.

Schritt für Schritt folgte ich der Spur, bis sie sich eine Viertelmeile weiter im Sumpfgebiet von Graden Floe verlor. Wer es auch sein mochte, dort war der Unglückliche dem Untergang geweiht. Die Nähe des Todes ließ mich schaudern, und entmutigt durch meine eigenen Überlegungen, blickte ich über den Sumpf. Ich erinnere mich, daß ich erwog, wie lange die Tragödie gedauert haben mochte und ob die Schreie im Landhaus zu hören gewesen waren. Als ich mich endlich aufraffte und gehen wollte, erhob sich ein heftiger Wind, und ich sah einen weichen, schwarzen Filzhut hoch in die Luft wirbeln und dann flach über den Sand fegen. Ich stieß einen Schrei aus. Der Wind trieb ihn dem Ufer zu, und ich lief den Sumpf entlang, um den Hut aufzufangen. Da ließ der Wind nach, und der Hut blieb wenige Meter vor mir liegen. Neugierig hob ich ihn auf. Er war nicht mehr neu und schäbiger als die Hüte der Italiener auf der Dorfstraße. Auf dem roten Band stand der Name des Hutmachers, den ich vergessen habe, und der Herstellungsort Venedig.

Der Schock war vollkommen. Ich glaubte überall Italiener zu sehen. Zum ersten und ich darf wohl sagen, auch zum letzten Mal in meinem Leben ergriff mich panische Angst, und nur widerwillig begab ich mich zu meinem einsamen, gefährdeten Lager im Wald.

Ich aß kalten Haferbrei vom Vorabend, denn ich wollte kein Feuer machen. Das Essen stärkte und beruhigte mich, ich verbannte die Schreckgespenster aus meinen Gedanken und legte mich zur Ruhe.

Wie lange ich geschlafen hatte, weiß ich nicht. Plötzlich weckte mich ein Lichtstrahl, der mir gerade ins Gesicht fiel. Mit einem Schlage war ich wach und auf den Knien. Aber das Licht verschwand ebenso unvermutet wie es aufgetaucht war. Da es in Strömen goß und der Sturm heulte, konnte ich nichts hören.

Erst nach einer halben Minute war ich wieder Herr meiner selbst. Wäre nicht der Eingang meines Zeltes, den ich sorgfältig verschlossen hatte, ehe ich mich niederlegte, offen gewesen und hätte es nicht durchdringend nach heißem Metall und Öl gerochen, würde ich geglaubt haben, ein Gespenst sei dagewesen. So aber bestand kein Zweifel, daß mir jemand mit einer Sturmlaterne ins Gesicht geleuchtet hatte. Der Mann hatte mein Gesicht sehen wollen und war wieder gegangen. Meine Furcht galt nicht länger meiner eigenen Person, denn ich war anscheinend versehentlich besucht worden. Aber ich gelangte zu der Überzeugung, daß dem Landhaus schreckliche Gefahr drohte.

In den restlichen Nachtstunden, die kein Ende zu nehmen schienen, durchstreifte ich die Umgebung des Landhauses, ohne jedoch ein lebendes Wesen zu erblicken oder etwas anderes zu hören als das Getöse von Wind, Meer und Regen. Durch die Ritzen eines Ladens im oberen Stockwerk des Hauses drang ein Lichtschimmer, der mir bis zum Anbruch der Morgendämmerung Gesellschaft leistete.

V

Als der Tag graute, begab ich mich in mein altes Versteck auf dem Sandhügel, um auf Clara zu warten. Erst gegen acht Uhr öffnete sich die Tür des Landhauses und die geliebte Gestalt kam durch den Regen auf mich zu. Ich begab mich zu unserem Treffpunkt am Ufer.

»Beinahe hätte ich nicht kommen können!« rief Clara. »Sie wollten nicht, daß ich im Regen spazieren gehe.«

»Clara, haben Sie keine Angst?« fragte ich.

»Nein«, antwortete sie mit einer Einfachheit, die mein Herz mit Zuversicht erfüllte.

Ich erzählte ihr, was geschehen war. Obwohl sie erbleichte, verlor sie keine Sekunde die Fassung.

»Sie sehen, ich bin vollkommen sicher«, bemerkte ich abschließend. »Mir tun sie nichts, denn wenn die Leute gewollt hätten, wäre ich ein toter Mann.«

Sie legte ihre Hand auf meinen Arm: »Und ich spürte nichts davon!«

Ihr Ausruf ließ mich vor Freude erbeben. Ich umschlang sie und zog sie an mich, und ehe sich einer von uns dessen bewußt wurde, lagen ihre Arme auf meinen Schultern und meine Lippen auf ihrem Mund. Bis zu diesem Augenblick war zwischen uns kein Wort von Liebe gefallen. Noch heute erinnere ich mich genau, wie sich ihre kalte, regennasse Wange auf der meinen anfühlte.

Wir mochten vielleicht einige Sekunden so beisammen gestanden sein – denn die Zeit vergeht den Liebenden schnell –, als uns ein schallendes Gelächter auffahren ließ, hinter dem sich jedoch wütender Ärger verbarg. Wir wandten uns um, doch ich nahm meinen Arm nicht von Claras Hüfte, und sie versuchte nicht, sich von mir zu lösen. Wenige Schritte vor uns stand Northmour, den Kopf gesenkt, die Arme auf dem Rücken verschränkt und die Nasenflügel weiß vor Wut.

»Ah! Cassilis!« sagte er, als ich ihm das Gesicht zukehrte.

»Derselbe«, antwortete ich, denn ich war nicht eine Spur aufgeregt.

»Und Fräulein Huddlestone«, sprach er langsam und finster. »So halten Sie Ihrem Vater und mir die Treue? So großen Wert legen Sie auf das Leben Ihres Vaters? Der junge Mann hat Sie so betört, daß Sie dem Untergang trotzen und Anstand und jegliche Vorsicht vergessen –«

»Fräulein Huddlestone ...«, unterbrach ich ihn, aber er schnitt mir grob das Wort ab.

»Halte du deinen Schnabel!« sagte er. »Ich spreche mit dieser Dame!«

»Diese Dame, wie du sie nennst, ist meine Frau«, erwiderte ich ruhig. Clara lehnte sich enger an mich, und ich wußte, sie stimmte mir zu.

»Deine was?« schrie Northmour. »Du lügst!«

»Northmour«, sagte ich, »wir wissen, daß du schlechte Laune hast, und du weißt, daß ich der letzte bin, der sich durch Worte einschüchtern läßt. Deshalb schlage ich vor, daß du leiser sprichst. Ich bin überzeugt, daß wir nicht allein sind.«

Er blickte um sich, meine Bemerkung schien ihn beeindruckt zu haben.

»Wie meinst du das?« fragte er.

Ich sprach nur ein Wort: »Italiener!«

Er schaute mich einen Augenblick lang erschrocken an und bat mich fast höflich, zu erzählen, was ich wußte. Das tat ich natürlich. Er hörte mir zu und unterbrach mich nur hin und wieder mit erstaunten Ausrufen, als ich berichtete, wie ich nach Graden gekommen und daß ich es war, den er in der Nacht der Landung ermorden wollte, und was ich vor kurzem von den Italienern gesehen und gehört hatte.

»Gut«, sagte er, als ich meinen Bericht schloß. »Jetzt ist es also soweit, darüber gibt es keinen Zweifel. Darf ich fragen, was du vorschlägst? Was sollen wir tun?«

»Ich schlage vor, daß ich bei euch bleibe und euch beistehe«, antwortete ich.

»Du bist ein tapferer Mann«, sagte er mit einem seltsamen Unterton in der Stimme.

»Ich fürchte mich nicht«, entgegnete ich.

»Und ich soll euch nun glauben«, fuhr er fort, »daß ihr verheiratet seid? Sie halten mir gegenüber diese Behauptung aufrecht, Fräulein Huddlestone?«

»Wir sind noch nicht verheiratet«, antwortete Clara, »aber wir werden uns so bald wie möglich trauen lassen.«

»Bravo!« rief Northmour. »Und das Geschäft? Verdammt, Sie sind doch nicht dumm, und ich kann offen mit Ihnen reden. Was ist mit dem Geschäft? Sie wissen so gut wie ich, von wem das Leben Ihres Vaters abhängt. Ich brauche nur die Hände in die Taschen zu stecken und wegzugehen, und sein Hals ist vor Anbruch des Abends abgeschnitten.«

»Ja, Herr Northmour«, entgegnete Clara mutig. »Aber das werden Sie nicht tun. Sie ließen sich sonst auf ein Geschäft ein, das eines Gentleman nicht würdig ist. Sie sind aber trotzdem ein Gentleman, und Sie werden niemals einen Menschen im Stich lassen, dem zu helfen Sie begonnen haben. – Ich verlasse Sie beide jetzt«, fuhr sie plötzlich fort, »Vater war schon zu lange allein. Und vergessen Sie nicht, daß Sie Freunde bleiben müssen, denn Sie sind beide meine guten Freunde.«

Sie erklärte mir später, warum sie so gehandelt hatte. Solange sie bei uns blieb, meinte sie, würden wir nicht aufhören zu streiten. Ich glaube, sie hatte recht, denn als sie fort war, herrschte sogleich Vertraulichkeit zwischen uns.

Northmour starrte ihr nach, als sie über den Sandhügel schritt.

»Sie ist die einzige Frau auf der Welt«, rief er und bekräftigte seine Worte mit einem Fluch. »Schau nur, wie sie geht!«

Ich hingegen suchte bei Northmour Aufklärung.

»Sieh, Northmour«, sagte ich, »wir sind alle in einer heiklen Lage, nicht wahr?«

»Ohne Zweifel, mein Junge«, antwortete er und blickte mir ernst in die Augen. »Hier ist die Hölle los, das ist wahr. Du kannst es mir glauben oder nicht, ich fürchte für mein Leben.«

»Sage mir eines«, fragte ich, »was haben diese Italiener vor? Was wollen sie von Herrn Huddlestone?«

»Das weißt du nicht? Der alte Halunke hatte in seiner Bank Carbonari-Gelder als Einlage. Natürlich verlor er sie bei Börsenspekulationen. In Tridentino oder Parma sollte eine Revolution sein, aber die ist abgeflaut, und jetzt ist der ganze Wespenschwarm hinter Huddlestone her. Wir können von Glück sagen, wenn wir mit heiler Haut davonkommen.«

»Die Carbonari!« rief ich. »Gott helfe ihm!«

»Amen«, sprach Northmour. »Ich sagte dir schon, daß wir in der Klemme sind, und wenn ich ehrlich bin, wir sind froh um deine Hilfe. Wenn ich Huddlestone schon nicht retten kann, so will ich wenigstens das Mädchen retten. Komm mit und bleib bei uns im Landhaus. Und hier hast du meine Hand darauf, daß ich dein Freund bin, bis der alte Mann entweder in Sicherheit oder tot ist. Aber«, fuhr er fort, »danach bist du wieder mein Rivale, und ich warne dich, nimm dich in acht!«

»Abgemacht!« erwiderte ich, und wir schüttelten uns die Hände.

»Laß uns in die Festung zurückkehren«, sagte Northmour und ging voran durch den Regen.

VI

Clara ließ uns ins Landhaus ein. Ich war überrascht, welche ausgezeichneten Sicherheits- und Verteidigungsmaßnahmen man getroffen hatte. Eine mächtige und doch leicht entfernbare Barrikade verstärkte die Tür. Die Fensterläden in dem von einer Lampe schwach erhellten Eßzimmer, in das ich geführt wurde, waren noch kunstvoller befestigt. Die Läden waren mit Längs- und Querbalken verrammelt, welche von Streben und Stangen gehalten wurden. Manche der Streben waren am Boden festgeklemmt, man-

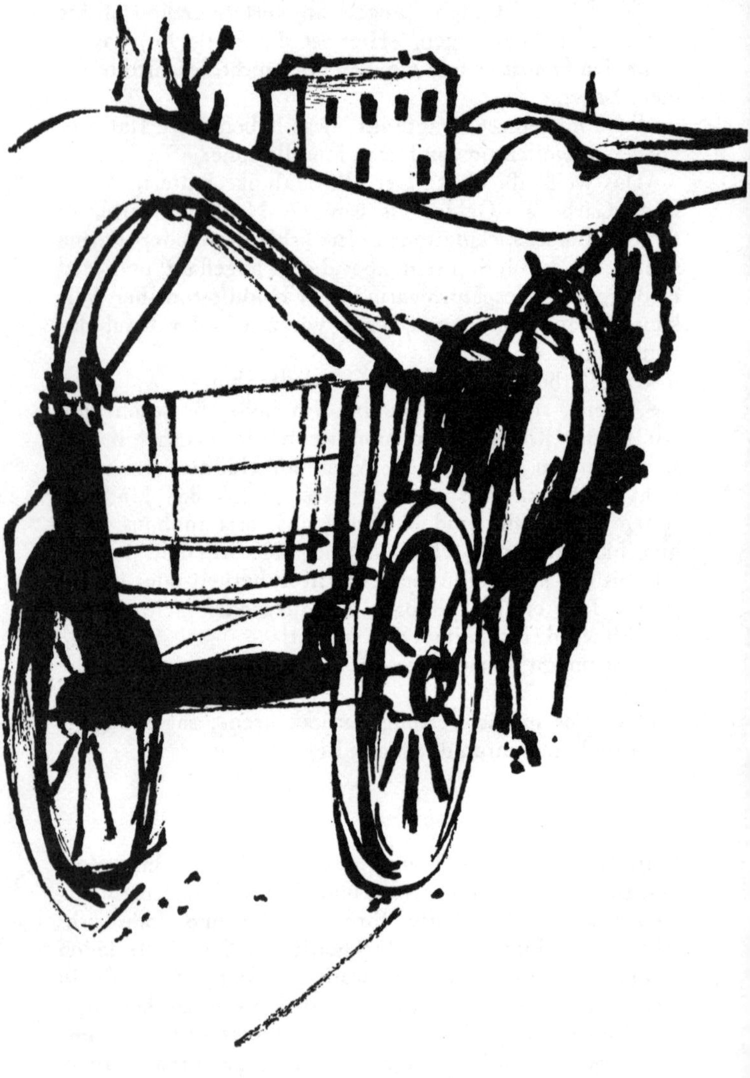

che an der Decke und andere sogar an der gegenüberliegenden Wand. Die ganze Befestigung war eine solide und wohldurchdachte Zimmermannsarbeit. Ich verbarg meine Bewunderung nicht.

»Hab' alles ich gebaut«, sagte Northmour.

»Ich wußte gar nicht, daß du solche Talente hast«, entgegnete ich.

»Bist du bewaffnet?« fragte er und zeigte auf eine stattliche Reihe von Gewehren und Pistolen, die in erstaunlicher Ordnung an der Wand standen oder auf einem Regal lagen.

»Danke«, erwiderte ich. »Seit unserem letzten Zusammenstoß trage ich eine Waffe bei mir. Aber, um die Wahrheit zu sagen, ich habe seit gestern nichts mehr gegessen.«

Northmour brachte kaltes Fleisch, über das ich mich mit großem Appetit hermachte, und eine Flasche Burgunder, der ich, so naß wie ich war, eifrig zusprach.

Als ich gegessen hatte, machten wir uns daran, das ganze untere Stockwerk zu inspizieren. Fenster für Fenster untersuchten wir die Befestigungen und nahmen hier und da eine unwesentliche Änderung vor. Ich äußerte Northmour gegenüber meine Bedenken, und er versicherte mir mit unbewegtem Gesicht, daß er sie vollkommen teile.

»Noch vor morgen früh«, meinte er, »werden wir alle niedergemetzelt und in Graden Floe begraben sein. Das steht für mich fest.«

Ich schauderte bei dem Gedanken und erinnerte Northmour daran, daß unsere Feinde mich im Wald verschont hatten.

»Bilde dir nur nichts ein«, entgegnete er. »Damals saßest du nicht im selben Boot mit dem alten Herrn. Denk an meine Worte, uns alle erwartet Graden Floe.«

Ich zitterte für Clara. In diesem Augenblick rief uns ihre liebe Stimme. Wir sollten nach oben kommen. Northmour ging voran. Er klopfte an die Tür des Zimmers, das ›Schlafzimmer des Onkels‹ genannt wurde, weil es der Erbauer des Hauses eigens für sich entworfen hatte.

»Kommen Sie herein, Herr Northmour. Treten Sie ein, lieber Herr Cassilis«, sprach eine Stimme.

Bernard Huddlestone, der bankrotte Bankier, saß im Bett. Obwohl ich ihn damals auf den Dünen bei dem flakkernden Licht der Laterne nur flüchtig gesehen hatte, erkannte ich ihn sofort wieder. Er hatte ein schmales, bleiches Gesicht, das ein langer, roter Bart umrahmte. Die gebrochene Nase und die vorstehenden Backenknochen verliehen ihm das Aussehen eines Kalmücken. Die hellen Augen glänzten fiebrig erregt. Er trug eine schwarze seidene Mütze. Vor ihm auf der Bettdecke lag eine riesige aufgeschlagene Bibel, auf die er seine goldumrandete Brille gelegt hatte. Die grünen Vorhänge ließen seine Wangen totenblaß erscheinen. Ich glaube, wenn er nicht anderswie umgekommen wäre, so hätte ihn in wenigen Wochen die Schwindsucht dahingerafft.

Er streckte mir seine lange, schmale und haarige Hand entgegen.

»Noch ein Beschützer – hm – noch ein Beschützer«, sprach er. »Immer willkommen als Freund meiner Tochter, Herr Cassilis. Wie sie sich um mich geschart haben, die Freunde meiner Tochter! Gott im Himmel segne und belohne sie dafür!«

Ich gab ihm die Hand, aber die Sympathie, die ich ihm als Claras Vater entgegenbrachte, verlor er sofort durch sein unangenehmes Äußeres und den schmeichlerischen, unwahren Ton.

»Erlauben Sie mir eine Frage, mein Herr«, sagte ich nach kurzem Zögern. »Ist es wahr, daß Sie Geld bei sich haben?«

Die Frage schien ihn zu ärgern, aber er gab doch widerwillig zu, daß er einen geringen Betrag bei sich hätte.

»Nun gut«, fuhr ich fort, »die Leute sind hinter ihrem Geld her, nicht wahr? Warum sollen wir es ihnen nicht überlassen?«

»Oh«, antwortete er und schüttelte den Kopf. »Das habe ich schon versucht, Herr Cassilis. Ich wünschte, es ginge so. Aber sie wollen Blut sehen.«

»Alles was recht ist, Huddlestone«, sprach Northmour. »Sagen Sie ruhig, daß bei der Summe, die Sie ihnen angeboten haben, mehr als zweihunderttausend Pfund fehlten. Dieser Fehlbetrag ist erwähnenswert. Die Gesellen beurteilen die Sache in ihrer klaren italienischen Art. Es scheint ihnen – und auch mir –, daß sie genauso gut beides haben können, Geld und Blut.«

»Ist das Geld im Landhaus?« fragte ich.

»Ja. Ich wollte, es wäre auf dem Meeresgrund«, antwortete Northmour. »Warum schneiden Sie solche Grimassen?« fuhr er plötzlich Herrn Huddlestone an, dem ich unbedachterweise den Rücken zugekehrt hatte. »Glauben Sie, Cassilis will Sie verkaufen?«

Huddlestone versicherte, daß ihm nichts ferner liege als das.

»Das wird auch gut sein«, erwiderte Northmour drohend. »Sie könnten sonst erreichen, daß uns die Sache zu dumm wird. – Was wolltest du sagen?« wandte er sich an mich.

»Ich wollte eine Beschäftigung für heute nachmittag vorschlagen. Wir sammeln das Geld Stück für Stück zusammen und legen es vor die Haustür. Wenn die Carbonari kommen, kriegen sie es ja doch.«

»Nein, nein«, rief Herr Huddlestone. »Es gehört ihnen nicht und darf ihnen nicht überlassen werden. Es müßte unter alle meine Gläubiger aufgeteilt werden.«

»Nicht doch, Huddlestone«, sagte Northmour. »Keineswegs.«

»Aber meine Tochter«, jammerte der Unglückliche.

»Um Ihre Tochter brauchen Sie sich nicht zu sorgen. Hier sind zwei Verehrer, Cassilis und ich, zwischen denen sie zu wählen hat. Keiner von uns ist arm. Und was Sie betrifft, Sie haben kein Recht auf nur einen Pfennig. Wenn mich nicht alles täuscht, sterben Sie sowieso.«

Northmours Worte waren zweifellos sehr grausam, aber Herr Huddlestone war ein Mensch, der wenig Sympathie erweckte. Und obwohl ich sah, wie er zusammenzuckte und zu zittern begann, billigte ich Northmours Rede und fügte hinzu:

»Northmour und ich helfen Ihnen gern, Ihr Leben zu retten, aber nicht, mit gestohlenem Gut zu entkommen.«

Er kämpfte einen Augenblick mit sich, und es schien, als wolle er seinem Ärger Luft machen. Aber schließlich siegte die Vorsicht.

»Meine lieben Jungens«, sprach er, »tut mit mir oder meinem Gelde, was ihr wollt. Ich überlasse euch alles. Geht nun, damit ich mich beruhigen kann.«

Wir verließen ihn mit einem Gefühl der Erleichterung.

Ich sah noch, wie er mit zitternden Händen seine Brille aufsetzte und sich wieder der großen Bibel zuwandte, um darin zu lesen.

VII

Die Erinnerung an diesen Nachmittag ist für alle Zeiten in mein Gedächtnis eingegraben. Wir erörterten wieder und wieder meinen Vorschlag. Ich bin sicher, daß wir ihn als unklug verworfen hätten, wenn wir ganz bei Sinnen gewesen wären. Aber wir waren ganz wirr vor Angst und griffen nach jedem Strohhalm. Wir beschlossen, den Vorschlag in die Tat umzusetzen, obwohl wir damit alle Zweifel über Herrn Huddlestones Anwesenheit im Landhaus beseitigten. Wir zählten das Geld und legten es in eine Kassette, die Northmour gehörte.

Es war fast drei Uhr, als wir das Landhaus verließen. Der Regen hatte aufgehört, und die Sonne schien angenehm warm. Einige Meter vor dem Gartenzaun stellten wir die Kassette auf einen Grasfleck. Northmour winkte mit einem weißen Taschentuch. Nichts rührte sich. Wir riefen laut auf italienisch, daß wir gekommen seien, um den Streit beizulegen. Aber es blieb still, außer dem Geschrei der Möwen und dem Tosen der Brandung war nichts zu hören. Bleierne Schwere lastete auf meiner Seele, und auch Northmour war ungewöhnlich blaß. Er blickte nervös hinter sich, als fürchte er, daß sich jemand zwischen ihn und die Haustür geschlichen haben könnte.

»Bei Gott«, flüsterte er, »das ist zuviel für mich!«

Ich antwortete leise: »Wenn nun doch niemand hier ist!«

»Schau dort hinüber!«

Ich blickte in die angezeigte Richtung und sah im nördlichen Teil des Waldes eine dünne Rauchsäule gegen den jetzt wolkenlosen Himmel aufsteigen.

»Northmour«, sprach ich leise, »diese Ungewißheit ist nicht auszuhalten. Bleib du hier und bewache das Landhaus. Ich will endlich wissen, woran wir sind, und wenn ich bis in ihr Lager gehen muß.«

Er blickte mit gerunzelter Stirn um sich und nickte dann zustimmend.

Mein Herz klopfte wie ein Schmiedehammer, als ich

rasch durch die Dünen dem Wald zuging. Ich erstieg einen Sandhügel. Da erblickte ich plötzlich keine dreißig Meter vor mir einen sich tief bückenden Mann, der in einem Abzugsgraben dem Wald zulief. Ich hatte einen der Spione aus seinem Versteck aufgeschreckt. Ich rief ihn laut auf englisch und italienisch an. Als er bemerkte, daß er beobachtet wurde, richtete er sich auf, sprang aus dem Graben und schoß wie ein Pfeil dem Waldrand zu.

Ich verfolgte ihn nicht. Was ich wissen wollte, hatte ich erfahren. Das Landhaus wurde belagert und beobachtet. Ich kehrte zu Northmour zurück, der mich bei der Kassette erwartete. Er war noch bleicher, und seine Stimme zitterte leicht, als er sagte:

»Laß uns ins Haus gehen, Frank. Ich glaube nicht, daß ich ein Feigling bin, aber das hier geht über meine Kräfte.«

Den Rest des Tages verbrachten wir in lähmender Untätigkeit. Am Abend deckte ich den Tisch, und Clara und Northmour bereiteten gemeinsam in der Küche das Mahl. Während ich zwischen Zimmer und Küche hin und her ging, hörte ich ihrem Gespräch zu. Zu meinem Erstaunen vernahm ich, daß sie sich fast ausschließlich über mich unterhielten. Northmour, der Clara ermunterte, einen von uns zum Gatten zu wählen, sprach nicht ohne Rührung von mir und sagte nichts Nachteiliges über mich, außer er tadelte gleichzeitig sich selbst. Ein Gefühl der Dankbarkeit ergriff mich, das mir Tränen in die Augen trieb. Ich dachte an unser unmittelbar bevorstehendes Ende und fand, daß wir doch drei zu edle Menschen seien, unser Leben für einen diebischen Bankier zu opfern.

Bevor wir uns zu Tisch setzten, hielt ich aus einem Fenster des oberen Stockwerkes Ausschau. Es dunkelte bereits. Auf den Dünen war kein Mensch zu sehen, und die Kassette stand noch immer am selben Fleck.

Huddlestone, in einen langen, gelben Morgenrock gekleidet, nahm am oberen Tischende Platz, Clara am unteren. Northmour und ich setzten uns an die Breitseiten. Während des Essens sprach keiner von uns von dem drohenden Unheil.

Ein leises Kratzen an der Fensterscheibe unterbrach plötzlich unsere Unterhaltung. Wir wurden alle vier kreidebleich und blieben schweigend und starr am Tisch sitzen.

Das Geräusch erklang noch einmal, und dann rief ein Mann mit mächtiger Stimme das italienische Wort »Traditore!« durch den Laden.

Herr Huddlestone warf den Kopf zurück, seine Augenlider erzitterten, und im nächsten Augenblick sank er bewußtlos vom Stuhl. Northmour und ich hatten jeder ein Gewehr ergriffen, Clara stand am Tisch, die Hand an der Kehle.

So erwarteten wir den Angriff, der jede Sekunde erfolgen mußte. Aber Minuten verstrichen, und alles blieb still.

»Schnell«, rief Northmour, »nach oben mit ihm, bevor sie kommen.«

VIII

Irgendwie war es uns gelungen, Bernard Huddlestone nach oben zu bringen und auf sein Bett zu legen. Obwohl wir nicht sehr sanft mit ihm umgingen, gab er kein Lebenszeichen von sich. Clara öffnete sein Hemd und begann ihn mit einem nassen Tuch abzureiben. Northmour und ich liefen zum Fenster. Der Mond war aufgegangen und überflutete die Dünen mit seinem Licht. So sehr wir unsere Augen auch anstrengten, wir erblickten kein lebendes Wesen.

Es blieb uns nichts anderes übrig, als zu warten. Northmour ging zum Kamin und hielt die Hände über die Flammen, wie um sich zu wärmen. Ich folgte ihm mechanisch mit den Augen. In diesem Augenblick ertönte ein leiser Schuß, die Kugel zersplitterte die Fensterscheibe und schlug wenige Zentimeter neben meinem Kopf in die Wand. Clara schrie auf. Ich sprang vom Fenster weg in eine Ecke. Da war Clara auch schon bei mir und flehte mich an, ihr zu sagen, ob ich verletzt sei. Ich dachte bei mir, daß ich gerne jeden Tag auf mich schießen lassen würde, wenn die Belohnung stets solch liebevolle Sorge wäre. Ich vergaß vollkommen unsere Lage, versuchte sie zu beruhigen und liebkoste sie zärtlich. Northmours Stimme brachte mich jäh zur Besinnung.

»Eine Windbüchse«, sagte er. »Sie wollen keinen Lärm machen.«

Ich schob Clara beiseite und blickte ihn an. Er stand vor

dem Feuer, die Arme auf dem Rücken verschränkt. An seinem finsteren Gesicht erkannte ich, daß es in ihm kochte. Ich befürchtete schon das Schlimmste, als plötzlich seine Augen triumphierend aufblitzten. Er ergriff die Lampe, die neben ihm auf dem Tisch stand, und wandte sich an uns.

»Über eines müssen wir noch Klarheit erhalten«, sprach er leicht erregt. »Wollen die Leute uns samt und sonders niedermetzeln oder nur Huddlestone? Hielten sie dich für den Bankier oder galt der Schuß wirklich dir?«

»Sie hielten mich bestimmt für Huddlestone«, antwortete ich. »Ich bin fast gleichgroß, und mein Haar ist hell.«

»Ich will es genau wissen«, entgegnete Northmour. Er ging zum Fenster, hielt die Lampe hoch über seinen Kopf und blieb, ruhig dem Tod ins Auge sehend, eine halbe Minute so stehen.

Clara wollte zu ihm eilen, um ihn von dem gefährlichen Platz wegzuziehen, aber ich war egoistisch genug, sie gewaltsam zurückzuhalten.

»Ja«, sprach Northmour und wandte sich endlich vom Fenster ab. »Sie wollen nur Huddlestone.«

»Oh, Herr Northmour...«, rief Clara nur. Sie fand keine Worte, die Tollkühnheit Northmours machte sie sprachlos.

Northmour blickte mich an und seine Augen strahlten schadenfroh. Ich erkannte sofort, daß er sein Leben aufs Spiel gesetzt hatte, um Claras Aufmerksamkeit zu erregen und mich als Helden der Stunde zu entthronen. Er schnippte mit den Fingern.

»Der Spaß beginnt erst«, meinte er. »Später werden sie es sicher nicht mehr so genau nehmen.«

Da hörten wir jemand rufen. Durch das Fenster sahen wir im Mondlicht einen Mann im Garten stehen, der einen weißen Fetzen schwenkte. So laut, daß man ihn sicher bis zum Waldrand hören konnte, rief er uns zu, wenn wir den Verräter »Oddlestone« auslieferten, würden die anderen verschont; wenn nicht, würde keiner entkommen.

»Nun, Huddlestone, was sagen Sie dazu?« fragte Northmour und wandte sich dem Bett zu.

Bis jetzt hatte der Bankier kein Lebenszeichen von sich gegeben. Ich glaubte, er sei noch bewußtlos. Aber er antwortete sofort und beschwor uns in den jammervollsten Tönen, ihn nicht zu verlassen. Es war die kriecherischste und gräßlichste Rede, die ich je gehört habe.

»Genug«, rief Northmour. Er riß das Fenster auf, beugte sich in die Nacht hinaus und überschüttete den Gesandten mit einem Schwall der häßlichsten Flüche. Dann befahl er ihm, sich zum Teufel zu scheren. Ich glaube, Northmour freute in diesem Augenblick nichts so sehr wie der Gedanke, daß wir alle noch vor Anbruch des Morgens unfehlbar sterben müßten.

Der Italiener steckte seine weiße Fahne in die Tasche und verschwand zwischen den Sandhügeln.

»Die Leute führen einen ehrlichen Krieg«, sprach Northmour. »Sie sind Gentlemen und wirkliche Soldaten. Ich wollte, wir könnten die Seiten wechseln – du und ich, Frank, und Sie, mein liebes Fräuleinchen – und dieses Wesen da auf dem Bett anderen überlassen. Pah! Schaut nicht so entsetzt! Wir sind alle auf dem Weg in die Ewigkeit und sollten ehrlich sein, solange noch Zeit dazu ist. Was mich anbelangt, wenn ich zuerst Huddlestone erwürgen und dann Clara in die Arme nehmen könnte, ich würde nicht ohne Stolz und Befriedigung sterben. Und bei Gott, jetzt will ich einen Kuß!«

Bevor ich dazwischentreten konnte, hatte er das widerstrebende Mädchen grob an sich gezogen und mehrere Male geküßt. Ich riß ihn wütend weg und stieß ihn an die Wand. Er lachte.

»Nun, Frank«, sprach er, »jetzt bist du an der Reihe.« Als er mich unbeweglich und zornig dastehen sah, brach es aus ihm hervor: »Mann! Ärgerst du dich! Glaubtest du denn, wir würden das vornehme Getue der Gesellschaft auch beim Sterben üben? Ich nahm mir einen Kuß und bin froh, daß ich ihn habe. Du kannst dir auch einen nehmen, wenn du Lust hast, und wir sind quitt.«

Ich wandte mich wütend ab.

»Wie du willst«, sagte er und setzte sich auf einen Stuhl. Er legte sein Gewehr über die Knie und unterhielt sich damit, das Schloß auf- und zuschnappen zu lassen.

Während der ganzen Zeit hätten die Angreifer in das Haus eindringen können, ohne daß wir es überhaupt bemerkt haben würden. Wir hatten die Gefahr, in der wir schwebten, ganz vergessen. Da stieß Herr Huddlestone einen Schrei aus und sprang aus dem Bett.

Ich fragte ihn, was los sei.

»Feuer!« schrie er. »Sie haben das Haus angesteckt.«

Northmour sprang auf. Wir beide liefen ins Nebenzimmer. Der Raum war taghell erleuchtet. Unsere Feinde hatten den Anbau in Brand gesteckt.

»Heiße Sache«, sagte Northmour. »Wir wollen es im rückwärtigen Zimmer versuchen.«

Dort stießen wir das Fenster auf und blickten hinaus. An der ganzen Rückwand des Hauses war Reisig aufgeschichtet und angezündet worden. Die Balken des überhängenden Daches begannen bereits zu schwelen, und dicke Rauchwolken drangen in das Haus.

»Das ist das Ende, Gott sei Dank!« stieß Northmour hervor.

Wir kehrten zu den beiden anderen zurück. Herr Huddlestone zog seine Stiefel an. Er zitterte heftig, aber sein Gesicht war entschlossen. Clara stand neben ihrem Vater und blickte ihn seltsam an.

»Wie wär's mit einem Ausfall, Jungs?« fragte Huddlestone. »Es wird heiß hier. Wenn wir bleiben, sind wir bald gebraten. Ich für mein Teil möchte mich stellen und schnell erledigt werden.«

»Es bleibt uns nichts anderes übrig«, erwiderte ich.

Clara und Herr Huddlestone wiederholten, beide jedoch mit ganz verschiedener Betonung: »Nichts.«

Als wir die Treppe hinabeilten, wurde die Hitze unerträglich. Das ganze Landhaus mußte wie eine Schachtel Zündhölzer in Flammen aufgegangen sein und konnte jeden Augenblick über uns zusammenstürzen.

Northmour und ich entsicherten die Revolver. Herr Huddlestone, der es abgelehnt hatte, eine Waffe zu nehmen, schob uns gebieterisch zur Seite und sprach:

»Clara soll die Tür öffnen, dann ist sie geschützt, wenn sie eine Salve abfeuern. Und ihr bleibt inzwischen hinter mir. Ich bin der Sündenbock.«

Atemlos und die Pistole schußbereit in der Hand stand ich dicht hinter ihm. Ich hörte ihn zitternd Stoßgebete murmeln. Clara, die totenblaß, aber gefaßt war, entfernte die Verbarrikadierung. Sie zog die Tür auf.

Herr Huddlestone, er mußte in diesem Augenblick übermenschliche Kräfte gehabt haben, versetzte Northmour und mir einen Schlag vor die Brust, der uns taumeln machte. Er hob die Arme über den Kopf wie einer, der ins Wasser springen will, und rannte aus dem Landhaus.

»Hier bin ich!« schrie er. »Huddlestone! Tötet mich und verschont die anderen!«

Sein plötzliches Erscheinen schien unsere Feinde verblüfft zu haben, denn Northmour und ich hatten Zeit, unserer Verwirrung Herr zu werden, Clara links und rechts zu fassen und Huddlestone nachzueilen. Aber wir hatten das Haus kaum verlassen, als wohl ein Dutzend Schüsse krachten. Herr Huddlestone strauchelte, stieß einen unmenschlichen Schrei aus, warf die Arme hoch und sank zu Boden.

»Traditore! Traditore!« riefen die unsichtbaren Rächer.

IX

An die nächsten Minuten erinnere ich mich kaum mehr. Ich weiß nur noch, daß Clara aufstöhnte und umgesunken wäre, hätten Northmour und ich sie nicht gehalten. Angegriffen wurden wir nicht, ich sah nicht einen unserer Feinde. Ich glaube, wir verließen Herrn Huddlestone, ohne noch einmal zu ihm hinzublicken, und jagten in panischer Angst dem Wald zu. Bald trug ich Clara allein, bald half mir Northmour, dann wieder raufte ich mich mit ihm um die liebe Last. Warum wir zu meinem Lager in der Hemlock-Senke liefen und wie wir es erreichten, ist mir entfallen. Erst von dem Augenblick an, da wir Clara vor meinem Zelt niedergleiten ließen, erinnere ich mich wieder des Geschehenen. Northmour und ich wälzten uns auf dem Boden, er schlug wütend mit dem Knauf seines Revolvers auf meinen Kopf ein. Er hatte mich bereits zweimal verwundet. Ich packte sein Handgelenk.

»Northmour«, sprach ich, »du kannst mich nachher töten, zuerst aber laß nach Clara sehen.«

Kaum hatte ich die Worte ausgesprochen, als Northmour, der über mir lag, aufsprang und zum Zelt lief. Im nächsten Augenblick preßte er Clara an sich und überschüttete die Bewußtlose mit Liebkosungen.

»Pfui!« rief ich. »Schäme dich, Northmour!«
Obwohl ich ganz benommen war, schlug ich ihn auf Kopf und Schultern.
Er ließ das Mädchen los und blickte mich an.
»Ich hatte dich unter mir und gab dich frei«, sagte er. »Und jetzt schlägst du mich! Feigling!«
»Der Feigling bist du«, entgegnete ich. »Waren deine Küsse erwünscht, als sie noch wußte, was sie wollte? Nein! Sie kann im Sterben liegen, und du vergeudest die kostbare Zeit und nützt ihre Wehrlosigkeit aus. Geh zur Seite und laß mich ihr helfen.«
Er blickte mich einen Augenblick drohend an, machte dann Platz.
Ich kniete neben ihr nieder und öffnete ihr Kleid und ihr Mieder. Da faßte mich Northmour an der Schulter.
»Rühr sie nicht an«, stieß er hervor. »Glaubst du, ich habe kein Blut in den Adern?«
»Northmour«, rief ich, »wenn du ihr nicht selbst hilfst oder es mich tun läßt, dann töte ich dich!«
»Das ist gerade recht!« schrie er. »Laß auch sie sterben, was schadet's schon? Geh von dem Mädchen weg und stell dich zum Kampf!«
»Du wirst bemerkt haben, daß ich sie nicht geküßt habe.«
»Dann tu es doch!«
Ich beugte mich über sie, strich ihr Haar zurück und küßte sie voll zärtlicher Achtung auf die kühle Stirn.
»Nun stehe ich zu Ihren Diensten, Herr Northmour«, sprach ich, aber zu meinem Erstaunen sah ich, daß er sich abgewandt hatte und mir den Rücken zukehrte.
»Hörst du?« fragte ich.
»Ja«, antwortete er. »Wenn du kämpfen willst, bin ich bereit. Willst du nicht, dann mach weiter und rette Clara. Mir ist alles egal.«
Das ließ ich mir nicht zweimal sagen. Ich neigte mich über Clara und versuchte, sie aus ihrer Ohnmacht zu erwecken. Bleich und leblos lag sie da. Angst und Verzweiflung schnürten mir die Kehle zu. Ich rieb und klopfte ihre Hände. Ich rief ihren Namen in den zärtlichsten Tönen. Ich legte ihren Kopf bald tief, bald stützte ich ihn gegen meine Knie. Alles schien vergebens. Ihre Augen blieben geschlossen.

»Northmour«, sagte ich, »hier ist mein Hut. Hole um Gottes willen Wasser von der Quelle!«

Er war mit dem Wasser sofort zur Stelle.

»Ich nahm meinen eigenen Hut. Diese Vergünstigung wirst du mir wohl gewähren?«

»Northmour«, begann ich, während ich ihr Gesicht und Brust benetzte. Er aber unterbrach mich heftig.

»Oh, sei still!« sprach er. »Das beste, was du tun kannst, ist schweigen.«

Ich war bestimmt nicht von dem Wunsch besessen, zu sprechen. Meine Gedanken waren ganz bei der Geliebten. Still tat ich mein Möglichstes, sie zu retten. Als der Hut leer war, gab ich ihn Northmour und sagte nur: »Mehr!« Er mußte mehrere Male zur Quelle laufen, ehe Clara endlich die Augen öffnete.

»Da es ihr jetzt besser geht«, sprach Northmour, »kannst du mich wohl entbehren, nicht? Ich wünsche Ihnen eine gute Nacht, Herr Cassilis.«

Mit diesen Worten verschwand er im Dickicht. Ich machte Feuer, denn es war kühl. Die Italiener, die mein Lager unberührt gelassen hatten, fürchtete ich nicht.

Der neue Tag war bereits angebrochen, als im Dickicht ein scharfes »Sst« ertönte. Ich sprang auf, aber da hörte ich schon Northmours Stimme.

»Komm her, Cassilis«, rief er leise. »Aber allein. Ich muß dir etwas zeigen.«

Ich befragte Clara mit den Augen. Sie nickte zustimmend. Ich verließ sie und kletterte aus der Senke. Northmour ging vor mir her dem Meer zu. Ich folgte ihm.

»Schau«, sagte er, als wir den Waldrand erreicht hatten.

Nahe der kleinen Insel lag eine zweimastige Jacht, und ein gut bemanntes Boot näherte sich rasch der Küste.

»Der Red Earl!« rief ich. »Zwölf Stunden zu spät!«

»Greif in deine Tasche, Frank. Bist du bewaffnet?« fragte Northmour.

Ich gehorchte, und ich glaube, ich wurde totenblaß. Mein Revolver war weg.

»Du siehst, ich habe dich in der Gewalt«, fuhr Northmour fort. »Ich nahm dir die Waffe vergangene Nacht, als du dich um Clara kümmertest. Aber heute früh... Hier hast du deine Pistole wieder. Nein, keinen Dank«, rief er und streckte abwehrend die Hände aus.

Er ging über die Dünen weiter dem Ufer zu. Ich folgte einen oder zwei Schritte hinter ihm. Vor dem niedergebrannten Landhaus hielt ich inne, um festzustellen, wo Herr Huddlestone gefallen war. Aber es war nichts mehr von ihm zu sehen. Nicht einmal eine Blutspur.

»Graden Floe«, sagte Northmour und setzte seinen Weg fort.

Der Kiel des Bootes war auf dem Ufer aufgelaufen, und ein Matrose sprang an Land.

»Wartet einen Augenblick, Jungs«, rief Northmour. Dann fuhr er leise und nur für mich vernehmbar fort: »Du sagst besser nichts von alldem zu ihr.«

»Im Gegenteil!« brach es aus mir hervor. »Sie soll alles wissen.«

»Du verstehst mich nicht«, entgegnete er mit großer Würde. »Es bedeutet ihr nichts. Sie erwartet es nicht anders von mir. Leb wohl!« fügte er mit einem Nicken hinzu.

»Gott segne dich, Northmour«, sagte ich herzlich.

»Ja, ja.«

Er ging zum Ufer. Der Matrose, der an Land gegangen war, half ihm ins Boot, stieß ab und sprang nach. Northmour nahm die Ruderpinne, und das Boot schoß in die Wellen. Die Männer hatten die Hälfte der Strecke zum Red Earl bereits zurückgelegt, und ich stand immer noch am Ufer und folgte ihnen mit den Augen. Da stieg die Sonne aus dem Meer auf.

Noch ein Wort, und meine Geschichte ist zu Ende. Northmour, der unter der Fahne Garibaldis für die Befreiung Tirols kämpfte, ist Jahre später gefallen.

Charles Ferdinand Ramuz

Der Mann

Seit seine Mutter gestorben war, saß er jeden Abend auf der Bank vor dem Hause, und da blieb er, bis die Nacht hereinsank, denn es war Sommer und das Wetter mild. Er setzte sich still, zündete seine Pfeife an, und dann regte er sich nicht mehr. Ganz langsam kam das Dämmer über ihn. Er tauchte in den Schatten hinein, verschwand im Schatten; man sah nicht einmal mehr die kleine runde Glut seiner Pfeife, denn es war eine Deckelpfeife; nichts als den allenthalben gleichen Schatten, dichter noch als unter dem Vordach.

Es war im Talgrund, alles flach, alles glatt, mit dem Strom in der Mitte und auf beiden Seiten dem Berg. Ein Berg wie eine Mauer, hoch, nur Wald und Felsen und gegen den Himmel seine Sägezähne; und zwischen zwei Zähnen der Säge kam ein weißes Spitzchen heraus. Dann leuchtete dieses Spitzchen immer lange noch, rosenrot zuerst, später rubinrot – und langsam, wie Asche über glimmenden Kohlen, deckte auch es die Nacht zu. Mählig entzündete sich oben Stern um Stern, und unten war alles rabenschwarz.

Dieses Gewand von schwarzem Tuch legt sich schwer über die Talgründe, denn sie scheinen weiter vom Himmel entfernt und weniger für seine Gaben erreichbar. Wie das Dunkel zunahm, nahm auch das Rauschen des Stromes zu und erfüllte nun allein für sich den ganzen Raum. Das drang heran und rollte vom Echo zurück, in dumpfem und unablässigem Tosen, mit Stößen dazwischen wie von einem Zusammenprall, wenn sich Steine vom Ufer losrissen, mit wirbelndem Strudel an den Felsen, und weiter unten glitt das Wasser glatt und ölig, weiß wie Milch.

Er blieb lange da, fühlte in sich eine Leere werden und wußte nicht, was es war. Sie aber wußte es wohl.

Da er ganz nahe am Strom daheim war, hörte er sie nicht kommen. Er sah sie erst, als sie neben ihm auf der Bank saß, und fuhr leise zusammen, als er sie unversehens da fand, weil er ihr Kommen nicht gehört hatte; dann nahm er die Pfeife wieder in den Mund.

Sie saß ganz nahe neben ihm. Er konnte sehen, daß sie nicht wie die Mädchen aus dem Tal angezogen war, sondern fast wie ein Fräulein aus der Stadt mit ihrer weißen Jacke, dem schwarzen Rock und den gelben Schuhen, ohne Hut, mit kunstvoll aufgesteckten Haaren (und es gab Leute, die sagten, diese Haare seien nicht ihre eigenen).

Sie sagte:

»Guten Abend. Wie geht's dir?«

Er antwortete:

»Nicht übel. Dank der Nachfrag'.«

Sie fuhr weiter:

»Man duzt sich also nicht mehr? Wohl weil ich weg war, und weil's so lang ging, duzt du mich nicht mehr?«

Und er sagte:

»Wir können's ja halten, wie Sie wollen.«

»So duz mich also wie früher«, schloß sie.

Das war der Anfang ihrer Unterhaltung, die diesen Abend nicht lange dauerte, denn er war diesen Abend nicht gut zum Schwatzen aufgelegt. Aber jedes Ding muß seinen Anfang haben, und sie sprach laut, weil der Strom so rauschte.

Sie fragte ihn weiter:

»Hat deine Mutter viel Schmerzen gehabt, als sie hat sterben müssen?«

»Sie hat kein leichtes Sterben gehabt.«

»Ich habe damals nichts gewußt, sonst wär' ich sicher gekommen, aber sie haben mir nichts gesagt. Hat sie lang leiden müssen?«

»Recht lang«, sagte er.

»So bist du nun ganz allein! Wenn du willst, ich komme gern etwa auf ein Wort hinüber.«

Er versetzte:

»Gibt's nicht genug Knaben im Dorf, mit denen du gehen kannst, ohne daß du zu mir kommst?«

»Oh«, sagte sie, »das macht gar nichts.«

Und das war an diesem ersten Abend alles. Wiewohl

er aber nichts sagte, blieb sie noch einen Augenblick da; sie atmete kräftig, weil die Abendluft den Lungen wohl tat; ihre Brust hob sich, und er fühlte dicht neben sich diese Brust sich heben, und darum kam schon diesen ersten Abend eine Unrast über ihn. Dann war sie weg, und er ging zu Bett.

Am andern Abend überlegte er sich erst, ob er sich hinaussetzen sollte wie sonst oder drinnen bleiben. Aber er überlegte nicht lange, er war zu stolz dazu. Er sagte sich: »Soll ich etwa den Mädchen nachfragen, die mir die Füße ablaufen, weil ich reich bin?... Und erst der da?« er fühlte sich stark. Sie kam nicht.

Am dritten Abend auch nicht. Am vierten – es war ein Sonntag – auch nicht. Am fünften erst kam sie wieder.

Er sagte zu ihr:

»Mach keine Umstände; wenn du kommen magst, so komm: aber meinetwegen brauchst du nicht viel Worte zu machen, ich bin nicht auf viel Worte eingerichtet. Aber auf der Bank ist noch Platz, wenn du willst, und dann kannst du sehen, ob die Stachelbeeren reif sind; sie sind etwas sauer, aber das hast du gern.«

»Ich weiß nicht«, sagte sie, »du hast mir letzthin nichts sagen wollen, was Hand und Fuß hatte, und ich mochte dir nicht lästig werden; was hat ihr eigentlich gefehlt, deiner Mutter?... Wir waren doch entfernt Basen zueinander, und es macht mir Kummer, daß ich darüber nichts weiß.«

Er antwortete:

»Der Doktor ist am Samstag gekommen und hat gesagt: ›Gebt ihr von dem weißen Pulver da zum purgieren.‹ Ich hab' ihn gefragt: ›Ist es oben, ist es unten, ist es mittendurch? Sie selber meint, es sei überall.‹ Er hat mich angeschaut und hat mir geantwortet: ›Das kann ich Ihnen das nächste Mal sagen.‹ Das nächste Mal habe ich ihn hereingeführt und hab' ihm den leeren Platz gezeigt und hab' ihm gesagt: ›Da war sie, und jetzt ist sie nicht mehr da, und Sie brauch' ich weiter nicht.‹ Und dann hab' ich ihm die Tür sperrangelweit aufgemacht.«

Sie fing an zu lachen, aber er lachte nicht. Das war der zweite Abend.

Indessen war's ihr zur Gewohnheit geworden zu kommen, und ihm war's zur Gewohnheit geworden, sie kommen zu sehen, dergestalt, daß ein Bedürfnis sich meldete, kam sie einmal nicht; doch er gestand ihr das nicht ein und gestand es sich selber nicht ein. Im Gegenteil, er sagte sich: »Sie ist mir zuwider.« Und zu ihr sagte er:

»Du hast bei Gott nicht viel zu tun, daß du die ganze Zeit so umherstreichen kannst...«

Als die Alten noch da waren (und heute sind sie schon fast alle weg), da hatten sie alle die nämlichen Gedanken, die sie den andern aufdrängten, so daß jedermann die nämlichen Gedanken zu haben schien, und jedermann ordnete sich ihnen unter. Seit sie aber nicht mehr da sind, hat jeder seine eigenen Gedanken ganz für sich, und seither ist es die ganze Zeit wie eine ewige Schlacht von Gedanken. So ändern sich die Dinge, und so ändern sich die Zeiten; früher ging niemand vom Tale weg, und jetzt geht jedermann weg; Candide allein war nie fort gewesen, und er allein hatte noch die alten Gedanken. Daher kam seine Härte und sein Mißtrauen, und er verbarg alles, was in ihm vorging; er machte sein hölzernes Gesicht, das sich in Freude und Kummer gleichblieb: er war kein Schmeichler und kein Trübsalbläser und kein Dienstfertiger, aber ein Guter; man konnte ihn wenigstens dafür halten, aber schließlich konnte man es nicht wissen, und im Grunde wußte man auch nichts von ihm, so sehr war er verschlossen.

»Sag einmal, Candide«, begann sie, »das ist aber gar nicht artig von dir, wie du mit mir umspringst. Die andern machen mir Komplimente, und du bist recht grob mit mir. Ich sehe aber klar, glücklicherweise; du magst mich im Grund sehr wohl leiden und könntest es ohne mich gar nicht aushalten.«

Er zuckte mit den Schultern; sie schien es nicht zu bemerken.

»Ist es wahr«, sagte sie, »man spricht davon, du seiest so reich.«

Diese Frage hatte er so wenig erwartet, daß er trotz allem die leise innere Erregung nicht unterdrücken konnte, so daß er ihr fast ungestüm die Schultern zukehrte und sie von unten hinauf ansah; aber schon hatte er seine gewohnte Stellung wieder eingenommen und saß wieder, wie er es gerne tat, nach vorn geneigt und die Ellbogen auf die Knie gestützt. So fühlt man sich angelehnt, gestützt, wie ein Baum an seinem Stickel, und die Gedanken bekommen ihre feste Unterlage.

In seiner Pfeife zirpte es leise, wenn er den Rauch in sich sog, denn sie war am Erlöschen, und er schaute vor sich hin in die Nacht hinaus.

»Und du«, fragte er, »bist du reich?«

Sie lachte schallend vor sich hin.

»Reich an Mäusen im Speicher und an Schnecken im Garten.« Dann sagte er:

»Und ich? Reich an Mädchenworten.«

Sie entgegnete aber mit Schärfe:

»Sie haben nicht nur leere Worte, die Mädchen, du weißt. Sie haben auch bessere Dinge... wenn du schauen möchtest...«

Und indem sie das sprach, rückte sie ihm immer näher, bis ihre Hüfte ihn berührte. Aber schon war er aufgestanden.

Er sagte:

»Gute Nacht, ich geh' zu Bett.«

Er trat mit hastigen Schritten ins Haus zurück und zog heftig hinter sich die Tür ins Schloß. Das Haus hatte kleine blaue Fensterläden, aus denen oben ein Herz ausgeschnitten war. Sie bemerkte, daß er die Lampe nicht anzündete. Das kam ihr lustig vor. Da die Fenster hoch oben waren, stieg sie auf die Bank und versuchte in die Stube hineinzuschauen; es war aber immer ganz dunkel und kein Geräusch zu hören; nicht ein leises Ächzen des Bodens; und doch kann man sich lang Mühe geben und leise treten und die Schuhe ausziehen, in diesen Holzhäusern hallt der sachteste Schritt, und das Gewicht des Körpers allein bringt die Bretter zum Kreischen. Da lachte sie in sich hinein, weil sie sich sagte: »Er hat sich gewiß gleich hinter der Türe auf den Küchenschemel gesetzt und macht jetzt den Scheintoten.«

Und sie klopfte an die Läden und rief:

»He, Vetter, wie ist's so mutterseelenallein in dem großen Bett? Du kannst dich der Länge nach und der Breite nach legen, wie du willst; an Platz fehlt's nicht... Gut' Nacht, schöner Herr Vetter... Ich weiß nicht, ob ich wiederkommen kann... also nicht auf Wiederseh'n morgen: auf Lebewohl für wer weiß wie lang... Gut' Nacht, Herr Vetter. Und streich das Kopfkissen recht glatt, sonst gibt's einen heißen Kopf.«

Dennoch war sie am nächsten Abend wieder da. Er sprach zu ihr mit harter Stimme:

»Das war also Schwindel, was du gestern abend sagtest?«

Sie konnte nicht erraten, ob er ihr geglaubt hatte oder nicht, ob er es jetzt ernst meinte oder ob er spottete – das machte ihr aber keinen Kummer:

»Und wenn nun der Grund der wäre, daß ich's ohne dich nicht mehr aushalten kann?«

Worauf er ruhig und einfach erwiderte:

»In dem Fall wäre es das genaue Gegenteil wie bei mir.«

Es war eine schöne Nacht. Die Tage waren kurz geworden; man entdeckte noch oben, ganz hoch oben an dem weißen Spitzchen einen Rest von Helligkeit, aber unten war es schon ganz dunkel. Immer tönte das Brausen des Stromes und seine dröhnende Stimme, sonst kein Geräusch. Das Dorf ist weit weg, und die Dörfler gehen früh zu Bette, besonders im Sommer, wenn sie müde sind, und der Weg ist ganz einsam. Nun schwiegen sie und saßen eins neben dem andern, ohne ein Wort zu sagen. Auf einmal hörte man jemand jodeln, ganz weit hinten im Tal. Christine hob den Kopf. Wer mochte das wohl sein, heute, wo kein Feiertag war?

»Aha«, sagte sie, »es sind die Knaben, die vom Militär heimkommen. An die dachte ich gar nicht mehr. Der Alfred ist dabei und der Baptist...«

Dann stand sie auf, legte ihre Hand als Trichter vor den Mund und antwortete. Sie jodelte gar trefflich. Von allen Mädchen verstand es keine so gut wie sie; man erkannte sie gleich an ihrem Jodeln, weil ihre Stimme laut und klar war und kein Zaudern darin lag.

Und nun ging jenes reizvolle Spiel der Bergler vor sich, die Knaben kamen näher und fuhren dabei weiter in ihrem Jodeln, ihr Ruf drang herbei, und Christinens Antwort hallte zurück; dann ruhten alle Stimmen eine Spanne Zeit, und wiederum erscholl der Lockruf, immer näher und deutlicher, und gleich darauf hörte man den Gegenruf des Mädchens.

Candide hatte indessen kein Glied gerührt. Der Weg führt gleich hinter dem Haus vorbei, zwischen beiden war nichts als der kleinen Garten. Die Fenster des Hauses gehen nach der andern Seite hin, und dort hinaus saßen die beiden, Christine und er. Die andern kamen auf dem Wege näher. Die Stimmen hörte man nicht mehr, nur ein leises Geräusch von Schritten, das näher kam und deutlicher wurde. Eine Stimme fragte auf einmal:

»Bist du allein, Christine?«

»Nein, das gerade nicht«, sagte sie.

»Wer ist bei dir?«

»Candide.«

»Ihr zwei allein?«

»Wir zwei allein.«

Man vernahm ein leises Lachen, und dann eine zweite Stimme:

»Was macht ihr miteinander, ihr zwei allein?«

»Geht dich das etwas an, du Unflat?«

Wiederum ein verstecktes Lachen und dann ein Flüstern; dann eine dritte Stimme.

»Lustig wirst du es ja nicht grad haben.«

»Das geht nur Candide etwas an«, entgegnete sie.

Sie standen hinten am Gartenhaag, man sah sie nicht, und sie konnten auch nichts sehen, weil die Bank hinter der Mauerecke stand.

»He! Christine?«

»Was willst du?«

»Wenn du mit uns kämest, Spaßes halber? Wir stellen Sack und Gewehr ein und machen zusammen einen lustigen Abend...«

Nochmals vernahm man ihr Lachen.

»Was sagst du nichts, Christine?«

»Ich habe keine Lust... Wenn aber Candide will...«

»Candide!« rief eine Stimme.

Sie erhielt aber keine Antwort.

»So komm doch allein!«

»Ich habe keine Lust, ich hab's schon gesagt...«

Sie wurden gar nicht ungeduldig oder böse, verlegten sich fast aufs Bitten.

»Hör doch, Christine, tu nicht so stolz.«

Sie stand auf. Candide saß ganz nahe bei ihr und hatte sich nicht ein bißchen geregt. Wie sie nun aber aufstand, warf er den Kopf auf und schaute sie an. Sie nahm ihr Umschlagtuch, das sie auf die Bank gelegt hatte, legte es um die Schultern und trat vor ihn hin.

»Nun denn, guten Abend, und auf morgen.«

Er streckte den Arm aus und hielt sie am Kleid fest: »Wo willst du hin?«

»Wo's mir paßt.«

»Das duld' ich nicht, verstehst du?«

»Ich muß doch nach Haus, es ist schon spät, und Mutter wartet auf mich.«

Er sagte entschieden:

»Du gehst nicht nach Haus!«

»Und die Mutter? Was soll die dazu sagen?«

»Meinetwegen was sie will.«

»Und wo soll ich denn heute abend zu Bette?«

Er konnte nicht sehen, wie zufrieden sie lächelte und wie sie ihr Gesicht verzog, während sie dergleichen tat, als wehrte sie sich. So zog er sie fest an sich heran, umfaßte mit dem Arm ihre Gestalt; er war nun auch aufgestanden, umschloß sie und preßte sie an sich.

Die andern indessen riefen noch immer:

»He! Christine, wir warten... Was machst du, Christine?«

Nichts als Schweigen. Sie platzten heraus:

»Laß ihn nicht los, Christine! Halt ihn warm!«

Dann gingen sie weg, und ganz nahe beim Dorf jodelten sie nochmals. Aber niemand antwortete diesmal darauf.

Am Morgen erzählte sie ihrer Mutter, daß sie zu einer Freundin nach Cretollettaz gegangen und die Nacht über dort geblieben sei, da es zu spät geworden war, um heimzukehren. Sie war eine kleine schwerhörige Frau, und etwas kindisch war sie auch schon; die beiden lebten ganz allein miteinander.

So kam sie nun jeden Abend zu Candide, aber nun saßen sie nicht mehr wie früher draußen auf der Bank. Er ließ die Haustüre halb offen und hielt von dort nach ihr Ausschau; sie wartete, bis es ganz dunkel war, dann kam sie und drückte die Tür auf ...

Eine Lampe zündeten sie nicht an. Man sah das kleine dunkle Haus und dachte: »Da ist kein Mensch drin«, oder: »Er geht früh zu Bett, der Candide. Er wird ein alter Brummbär und bekommt seine Eigenheiten.«

Er hatte ihr einmal einen Napoleon gegeben, als sie einen Rock haben mußte, ein anderes Mal zehn Franken für ein Paar Schuhe. Sie verlangte nichts, sie sagte nur:

»Das ist merkwürdig, wie schlecht das Zeug wird. Da ist meine Jacke wieder ganz zerrissen und mit dem Rock steht's nicht viel besser.«

Oder sie sagte:

»Was das für ein steiniger Weg ist. Ich seh's am besten an meinen Schuhsohlen.«

Man hielt ihn sonst für einen Geizhals, aber er zögerte gar nicht. Er steckte die Hand in die Tasche, zog den Beutel heraus und sagte: »Das ist für den Rock ... das ist für die Schuhe.«

Und ein drittes Mal gab er ihr sogar zehn Franken, ohne daß sie etwas gesagt hatte, nur weil sie an dem Abend traurig war.

So hatte er ihr innerhalb zweier Monate etwas mehr als hundert Franken gegeben. Als er das auf einem Blatt Papier zusammenzählte, war er über sich selber erstaunt, aber er sagte sich: »Das ist das einzige Mittel, wenn ich will, daß sie bei mir bleibt; sie geht sonst schon jeden Abend so früh weg; wenn ich ihr mehr gebe, so bleibt sie vielleicht auch länger.«

Sie wollte aber nicht länger bleiben. Sogleich, wenn es zehn Uhr schlug, machte sie sich zum Heimgehen bereit, und was er auch versuchte, sie dazubehalten, sie drückte schon auf die Türklinke; ganz leise drückte sie auf die Türklinke und schlich auf den Zehen die Treppe hinab; unten sagte sie noch mit verhaltener Stimme:

»Auf morgen.«

So war sie voll süßer Worte, und sie schien glücklich durch ihn und glücklich, wenn sie bei ihm war. Aber warum blieb sie denn nie länger? Die Nacht war doch voll warmen Behagens, wenn man zusammen dem Rauschen des Stromes lauscht und nichts anderes hört, als immer und immer das gewaltige Brausen des Wassers, das auf allen Wegen eindringt, durch die Fugen des Daches, un-

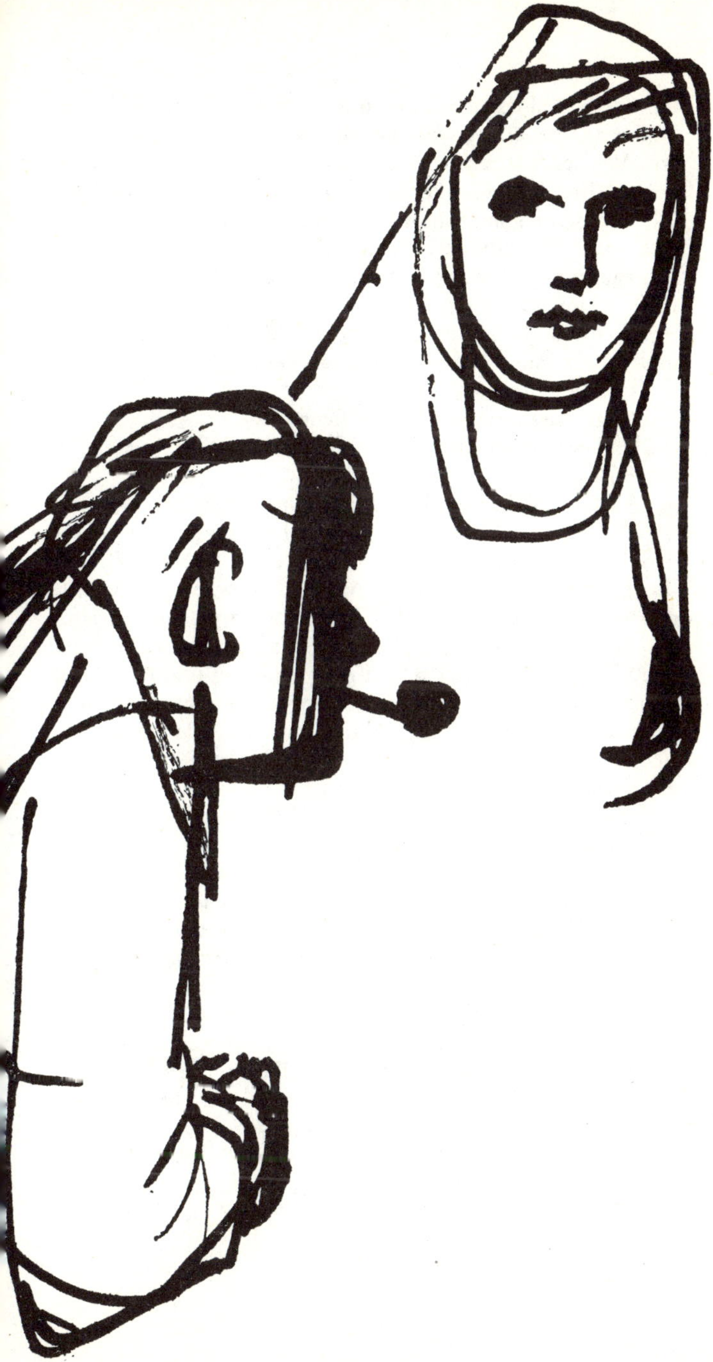

ter der geschlossenen Türe durch, durch die Spalten der Fensterläden, und es kommt einem vor, daß man in diesem Wirbel fortgewälzt wird wie ein Kiesel im Fluß.

Da hätte er ihr immer gern die Hand gehalten und sie mit der seinen umspannt, ohne ein Wort zu sagen, und nicht den Wunsch gehabt, etwas zu sagen; denn so fließen von einer Hand in die andere die Gefühle und alles, was im Herzen ist.

»Wenn doch deine Mutter gar nicht darauf achtet... und du ins Haus kannst, ohne daß sie dich hört; niemand ist freier als du.«

»Nein«, sagte sie, »es ist mir lieber so.«

»Und wenn ich dir einen Napoleon gebe, einen ganz neuen?«

»Auch wenn du mir einen Napoleon gibst.«

»Und wenn ich dir eine goldene Brosche gebe?«

Sie wahrte ihr Geheimnis bis zu dem Augenblick, der ihr gut schien: und dieser Augenblick war so gewählt, daß er sie am Abend vorher hatte entbehren müssen, und sie richtete es so ein, daß sein Verlangen nach ihr groß war. Und wie wenn er nach Brot gehungert und die Hand danach ausgestreckt hätte, zeigte sie sich ihm und wie schön sie war. Wie er aber die Hand nach ihr ausstreckte, da ließ sie sich nicht fassen, sie wich von ihm zurück und sagte ganz trocken:

»Ich habe mit dir zu reden.«

Er bekam Angst und sagte:

»Was gibt's?«

»Du brauchst nicht Angst zu haben; es ist etwas ganz Natürliches. Der Mann hat Umgang mit der Frau und dann kommt das andere von selbst; weiter ist es nichts. Ich bekomme ein Kind von dir.«

Er sagte nichts. Was in ihm vorging, das war, daß viele Gedanken, die er sich über die Zukunft gemacht hatte, zusammenbrachen, wie bei einem Erdbeben die schlecht gebauten Häuser zusammenbrechen, und er dachte vor sich hin: »Habe ich sie so gern, wie man seine Frau gern haben muß, wenn man Mann und Frau ist? Habe ich sie so gern, daß ich sie mein ganzes Leben lang gern haben kann? Wie es sein muß, wenn man Mann und Frau ist?«

Sie fuhr indes weiter:

»Aber weißt du, Kinder haben, das geht nicht, wenn man nicht Mann und Frau ist, und miteinander Umgang haben, das geht auch nicht, aber das sieht ja keiner; aber daß ich ein Kind haben werde, das sieht man nur zu bald... und das werde ich bald nicht mehr verbergen können. Candide, du mußt mich zur Frau nehmen.«

Er hätte sich's zum mindesten überlegen wollen. Er hätte zum mindesten Ordnung in seine Gedanken bringen wollen, aber sie ließ ihm keine Zeit, weil sie glaubte, daß er zauderte, und schon drängte sie sich heran:

»Sag doch ja, sofort, verstehst du!«

Und sie drückte ihn an sich. Und wie er ihren Geruch und ihre Wärme an sich spürte und die frische Berührung ihrer Arme und ihrer Wangen, und die Frische ihrer Hand auf seiner Stirne... immerhin hielt sie sich weislich noch in einiger Ferne, bot sich an, aber unter Bedingung ... und da sein Verlangen so groß war, nickte er ja.

Gegen Ende Herbst war die Hochzeit; am Morgen gingen sie in die Kirche und alles wurde ins Reine gebracht; sie war heiter, und er war traurig. Sie scherzte und lachte mit den Leuten, die zum Essen und Trinken geladen waren, wie es Herkommen ist, und er sagte nichts. Am Nachmittag machten sie einen Ausflug nach Chable; in Chable war das Abendessen, bevor sie heimgingen; sie waren ihrer fünf Paare und tanzten auch ein wenig. In der Nacht kehrten sie heim. Wiederum trat das kleine Haus vor ihnen aus dem Dunkel heraus und leuchtete still im Mondschein. Da war die Küche, und sie war leer; da war die Stube, sie war auch leer. Alle waren schon weit weg, und sie zwei waren ganz unter sich. Er war trauriger als je die Vortreppe herangestiegen und hatte die Tür aufgestoßen, und sie lachte ganz allein; sie hatte gut gegessen und getrunken, und nun strahlte sie so von satter Befriedigung, daß sie kaum an sich halten konnte.

Sie hatte die Lampe angezündet und auf den Tisch gestellt. Er hatte sich an den Tisch gesetzt und streckte die Arme vor sich aus. Sie nahm ihren Hut ab und sagte:

»Du siehst nicht grade glücklich aus.«

Seine Lippen bewegten sich, aber kein Ton kam dazwischen heraus.

Da begriff sie, daß nun der Augenblick gekommen war,

wo sie ihm ihre Macht beweisen mußte, und ihm zeigen konnte, wie weit sie über ihn gesiegt hatte. Denn nun waren sie ja soweit, sie waren Mann und Frau. Sie fühlte den Stolz in sich aufsteigen und war in ihrem Innern ganz übervoll von Stolz. Und darum bekam sie jene starke Stimme, die nicht bebte, wenn sie sprach. Der Strom rollte seine Wellen heran wie immer und brauste wie immer.

»Höre, Candide.«

Er hob den Arm und stützte das Kinn in die Hand.

»Ich will dir jetzt alles sagen. Ich habe ein Kind, das ist wahr. Aber das Kind ist nicht von dir.«

Er schlug seinen Arm so heftig nieder, daß die Faust auf dem Tisch dröhnte. Er hatte sich halb gegen sie gewendet und schaute sie an. Ein zweites Mal schlug er mit der Faust auf den Tisch; dann stand er auf und ging auf sie zu, und wie er gerade vor ihr stand:

»Sag's noch einmal«, rief er.

Sie hatte sich nicht gerührt und wiederholte nun ganz ruhig:

»Das Kind, das ich bekomme, ist nicht von dir.«

»Von wem ist es denn?«

Er erhob langsam die geschlossene Faust gegen sie; sie rührte sich immer noch nicht.

»Ich habe kein Recht, es zu sagen.«

»Was, du hast kein Recht...«

Was aber seinen Zorn zum Überborden brachte und warum er zu zittern anfing und die Kiefer aufeinander biß und bleich war, wie wenn er ohnmächtig werden wollte, das war ihr unwandelbar heiteres Gesicht, ein Gesicht, wie wenn sie sich gefreut hätte, wie wenn sie glücklich vor ihm gestanden wäre, und es schien fast, daß sie um so glücklicher war, je mehr er litt, und darum blendete ihn der Zorn, so daß er sie nicht mehr sah, und alles drehte sich um ihn. Da schwang er die Faust über sie, hart und eckig war sie wie ein großer Stein:

»Pack dich! Hinaus!« schrie er.

Aber sie blieb stehen. Sie streckte den Kopf gegen ihn, streckte den Hals gegen ihn, musterte ihn mit den Augen:

»Ich habe keine Angst vor dir«, sagte sie... »Du wirst mich nicht anrühren.«

Und weil sie die Wahrheit sagte, ließ er die Faust sinken.

»Andere hätten mich geschlagen. Und denen hätte ich nichts gesagt. Wenn ich dir's gesagt habe, so ist's, weil ich dich kannte.«

Da begriff auch er, was sie an ihm gekannt hatte und daß er vor ihr machtlos war. Sie lächelte. Sie war schön, hatte rosige Wangen und krause Haare. Und nochmals musterte sie ihn und sah, daß er zusammenknickte und schwankte, wie ein Baum, an dessen Fuß man die Säge gelegt hat... Da öffnete sie ihm ihre Arme, und er ließ sich an ihre Brust fallen.

Henri Beyle-Stendhal

Der Liebestrank

Während einer regnerischen und dunklen Sommernacht des Jahres 182* zog sich ein junger Leutnant des 96. Regiments, das in Bordeaux lag, aus einem Café zurück, in dem er gerade all sein Geld verspielt hatte. Er fluchte über seine Ungeschicklichkeit, denn er war sehr arm.

In sich gekehrt ging er eine völlig menschenleere Straße hinunter, plötzlich aber vernahm er aus einer Tür, die sich mit Getöse öffnete, mehrere laute Schreie. Ein menschliches Wesen stürzte heraus und fiel gerade vor seinen Füßen zu Boden. Es herrschte so tiefe Dunkelheit, daß man alle Vorgänge nur nach dem Lärm beurteilen konnte. Die Verfolger, wer immer sie waren, hielten an der Tür an, offenbar weil sie die Schritte des jungen Offiziers hörten.

Er lauschte einen Augenblick; die Männer sprachen leise miteinander, aber sie kamen nicht näher. Obwohl ihn die ganze Szene mit Ekel erfüllte, hielt Liéven sich für verpflichtet, dem zu Boden gestürzten Menschen wieder aufzuhelfen.

Er bemerkte, daß die betreffende Person nur mit einem Hemd bekleidet war. Trotz der tiefen Dunkelheit der Nacht (es mochte inzwischen etwa zwei Uhr sein) glaubte er lange, aufgelöste Haare zu erkennen: es war also eine Frau. Diese Entdeckung gefiel ihm durchaus nicht.

Sie schien außerstande, sich ohne Hilfe fortzubewegen. Liéven mußte sich mit Gewalt die unerläßlichen Pflichten der Menschlichkeit vor Augen halten, um sie nicht allein zu lassen. Er dachte an die Peinlichkeit, anderntags vor einem Polizeikommissar erscheinen zu müssen, dachte an die Witzeleien seiner Kameraden und an die satirischen Berichte der Provinzzeitungen.

Ich werde sie an die Tür irgendeines Hauses lehnen, sagte er sich, ich werde dort läuten und mich rasch davonmachen.

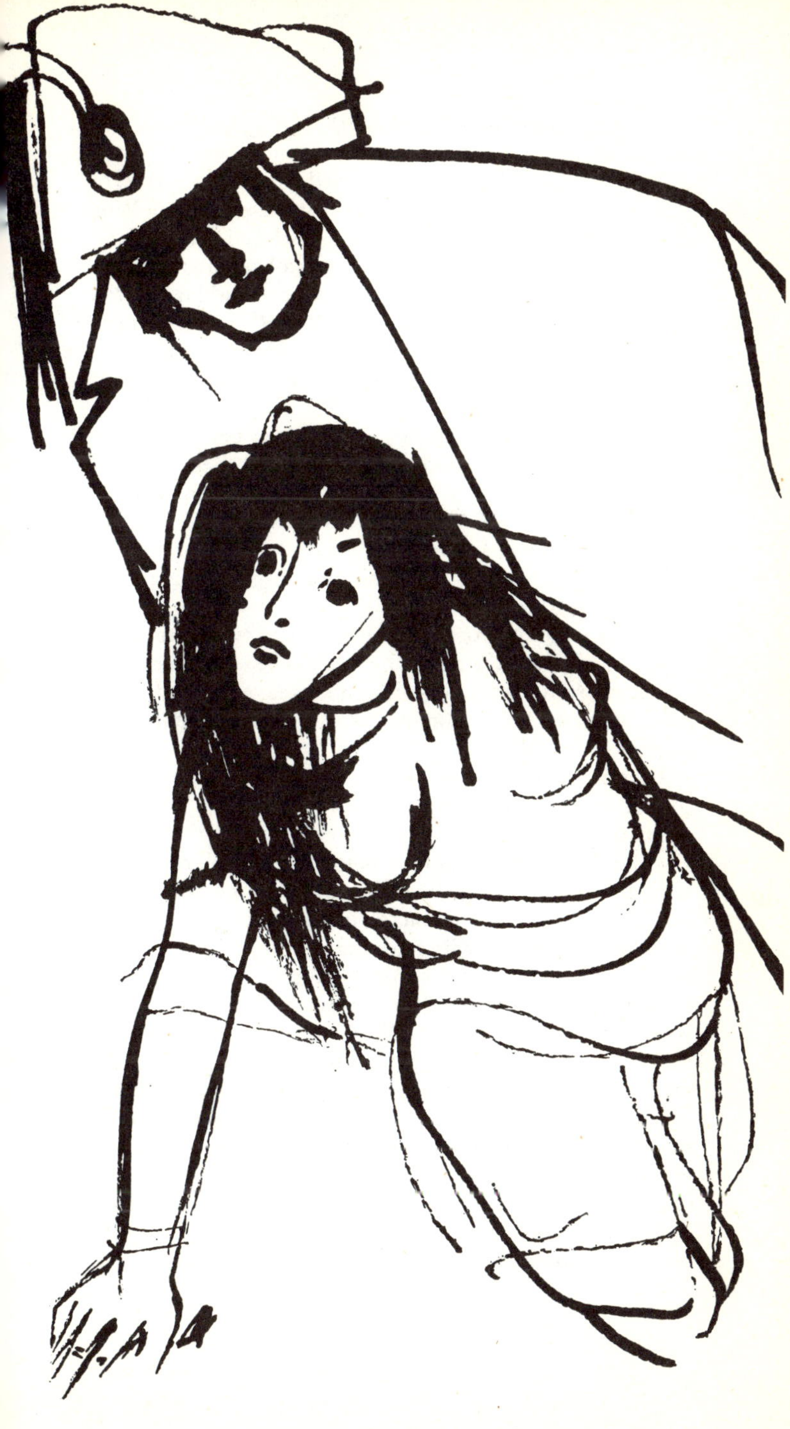

Er war gerade dabei, sein Vorhaben auszuführen, als er hörte, wie die Frau auf spanisch einen Klagelaut von sich gab. Er verstand kein Wort spanisch, vielleicht war gerade das der Grund, weshalb die zwei ganz einfachen Worte, die Leonore aussprach, die romantischsten Vorstellungen in ihm erweckten. Er vergaß den Polizeikommissar, sah nicht mehr das von Betrunkenen niedergeschlagene Mädchen vor sich; seine Phantasie verlor sich in den wunderlichsten Vorstellungen von Liebe und Abenteuern.

Liéven hatte die Frau wieder aufgerichtet und versuchte ihr Trost zuzusprechen.

Aber wenn sie nun häßlich ist, dachte er bei sich.

Dieser Zweifel brachte ihn wieder zur Besinnung und ließ ihn seine romantischen Gedanken vergessen.

Liéven wollte die Frau dazu bringen, sich auf eine Türschwelle zu setzen; sie weigerte sich.

»Gehen wir weiter«, sagte sie mit ausgesprochen fremdländischem Akzent.

»Haben Sie Angst vor Ihrem Gatten?« fragte er.

»Ach, meinen Gatten habe ich verlassen, einen höchst achtenswerten Mann, der mich anbetete, verlassen für einen Geliebten, der mich mit der furchtbarsten Roheit davonjagte.«

Dieser Satz ließ nun Liéven den Polizeikommisar und die unangenehmen Folgen eines nächtlichen Abenteuers gänzlich vergessen.

»Man hat mich bestohlen, mein Herr«, erklärte Leonore einige Augenblicke später, »aber ich stelle gerade fest, daß mir noch ein kleiner Diamantring geblieben ist, vielleicht wird irgendein Gastwirt mich bei sich aufnehmen, doch ich werde zum Gespött des ganzen Hauses, denn ich muß gestehen, daß dieses Hemd meine ganze Bekleidung ist. Ich würde mich Ihnen ja zu Füßen werfen, würde Sie anflehen, mich im Namen der Menschlichkeit in irgendein Zimmer zu geleiten und einer Frau aus dem Volke ein billiges Kleid abzukaufen. Wenn ich einmal angezogen bin«, fuhr sie, durch den jungen Offizier ermutigt, fort, »können Sie mich bis zur Tür eines kleinen Gasthofs begleiten; dann brauche ich Ihre großmütige Hilfeleistung nicht mehr in Anspruch zu nehmen und werde Sie bitten, eine Unglückliche zu verlassen.«

Alles das wurde in schlechtem Französisch vorgebracht und gefiel Liéven ganz außerordentlich.

»Madame«, antwortete er, »ich werde jede Ihrer Bitten erfüllen, die Hauptsache jedoch ist für Sie und für mich, daß wir uns von niemandem festnehmen lassen. Ich heiße Liéven und bin Leutnant beim 96. Regiment; wenn wir einer Patrouille begegnen, die nicht von meinem Regiment ist, führt man uns auf die Wache, wir müssen über Nacht dort bleiben und werden zum Gespött von ganz Bordeaux.«

Liéven reichte Leonore den Arm und er spürte, wie sie zitterte.

Dieser Abscheu vor dem Skandal ist ein gutes Vorzeichen, dachte er.

»Darf ich Ihnen meinen Umhang geben? Ich werde Sie zu mir nach Hause bringen.«

»O Himmel! Mein Herr!«

»Ich werde kein Licht anzünden, ich gebe Ihnen mein Ehrenwort, ich überlasse Ihnen mein Zimmer. Sie können unumschränkt darüber verfügen, ich werde erst morgen früh wieder erscheinen. Das muß sein, denn um sechs Uhr kommt mein Sergeant, und der Kerl ist imstande, so lange zu klopfen, bis man ihm aufmacht. Seien Sie unbesorgt, Sie haben es mit einem Ehrenmann zu tun...« Aber ob sie wohl hübsch ist, fragte sich Liéven.

Er öffnete die Tür seines Hauses. An der Treppe stolperte die Unbekannte, denn sie fand die erste Stufe nicht. Beinahe wäre sie hingefallen. Liéven flüsterte ihr etwas zu und sie antwortete gleichfalls flüsternd.

»Welche Unverschämtheit, mir Frauen ins Haus zu schleppen«, schrie eine schrille Stimme. Die Vermieterin stand mit einer kleinen Lampe in der Hand vor ihrem Zimmer.

»Seien Sie still, Madame Saucéde, sonst ziehe ich noch morgen aus. Sie bekommen zehn Francs, wenn Sie den Mund halten und niemandem etwas sagen. Die Dame ist die Frau des Obersten und ich werde mich gleich wieder zurückziehen.«

Liéven war im dritten Stock angelangt, er stand vor der Tür seines Zimmers, er zitterte. »Gehen Sie hinein, Madame«, sagte er zu der Frau im Hemd, »neben der Uhr liegen Streichhölzer, zünden Sie den Leuchter an, machen

Sie Feuer, schließen Sie die Tür von innen zu. Ich respektiere Sie wie eine Schwester und ich werde erst bei Tagesanbruch wieder auftauchen. Ein Kleid bringe ich Ihnen dann mit.«

»Jesus Maria«, entfuhr es der schönen Spanierin.

Als Liéven am anderen Morgen bei ihr anklopfte, war er sinnlos verliebt. Um die Unbekannte nicht zu früh zu wecken, hatte er geduldig vor dem Haus auf seinen Sergeanten gewartet und war mit ihm in ein Café gegangen, um dort seine Papiere zu unterschreiben. Er hatte ein Zimmer in der Nachbarschaft gemietet, und er brachte der Unbekannten Kleider, ja sogar eine Maske mit.

»Also, Madame, wenn Sie unbedingt darauf bestehen, werde ich Sie nicht wiedersehen«, sagte er durch die Tür.

Der Einfall mit der Maske machte der jungen Spanierin Spaß und zerstreute ihren Kummer ein wenig.

»Sie sind wirklich ritterlich«, erwiderte sie ohne zu öffnen. »So nehme ich mir die Freiheit und bitte Sie, die Kleider, die Sie für mich erwarben, vor die Tür zu legen. Wenn ich Sie die Treppe heruntergehen höre, werde ich das Bündel hereinholen.«

»Adieu, Madame«, rief Liéven und wandte sich zur Treppe.

Leonore war so entzückt von diesem unbedingten Gehorsam, daß sie in beinahe freundschaftlichem Tone entgegnete:

»Wenn es Ihnen möglich ist, kommen Sie doch in einer halben Stunde wieder.«

Als er zurückkam, fand Liéven sie maskiert; aber er erblickte die schönsten Arme, den schönsten Hals und die schönsten Hände. Er war bezaubert.

Er gehörte zu jenen jungen Männern guter Herkunft, die es nicht fertigbringen, zu Frauen, die sie lieben, mutig zu sein. Sein Ton war so ehrerbietig und er machte die Honneurs seines ärmlichen Zimmers mit soviel Umsicht, daß er fast vor Bewunderung erstarrte, als er sich, nachdem er einen Paravent zurechtgerückt hatte, wieder umwandte. Vor ihm stand die schönste Frau, die er jemals gesehen hatte. Die Fremde hatte sich demaskiert, ihre schwarzen Augen schienen zu sprechen. Wegen ihrer ungewöhnlichen Willenskraft mochten sie unter normalen Umständen vielleicht hart scheinen, die Verzweiflung jedoch verlieh ihnen einen fast mitleiderregenden Ausdruck; und man konnte sagen, es gab nichts, was der Schönheit Leonores irgendeinen Abbruch tat. Liéven nahm an, sie sei achtzehn oder zwanzig Jahre alt. Einen Augenblick lang herrschte Schweigen. Trotz ihres tiefen Grams konnte Leonore sich nicht enthalten, mit gewissem Behagen die Verzauberung des jungen Offiziers, der der besten Gesellschaft anzugehören schien, festzustellen.

»Sie sind mein Wohltäter«, sagte sie nach einer Weile, »und trotz Ihres, trotz meines Alters hoffe ich, daß Sie sich auch weiterhin so untadelig verhalten.«

Liéven antwortete, wie eben ein Verliebter zu antworten vermag; immerhin besaß er Selbstbeherrschung genug, um sich das Glück zu versagen, ihr seine Liebe zu gestehen. Überdies lag in dem Augenausdruck Leonores etwas so Gebieterisches, und trotz ihrer ärmlichen Kleidung machte sie einen derart distinguierten Eindruck, daß es ihm gar nicht allzu schwer fiel, vernünftig zu bleiben.

Das kommt davon, wenn man ein solcher Tor ist, dachte er bei sich. Ohne ein Wort mit ihr zu sprechen, überließ er sich ganz seiner Schüchternheit und der himmlischen Wollust, Leonore anzuschauen. Er hätte nichts Klügeres tun können, denn diese Verhaltensweise beruhigte die schöne Spanierin allmählich. Die beiden wirkten sehr spaßig, wie sie einander gegenübersaßen und sich schweigend ansahen.

»Ich brauche noch einen Hut, genauso einen wie eine Frau aus dem Volke«, sagte sie, »einen, der das Gesicht verdeckt, denn so schade es ist«, fügte sie lächelnd hinzu, »Ihre Maske kann ich auf der Straße nicht aufsetzen.«

Liéven besorgte ihr einen Hut; dann führte er sie in das Zimmer, das er für sie gemietet hatte. Sie steigerte seine Aufregung und vermehrte sein Glück, als sie sagte: »Vielleicht endet das alles für mich noch auf dem Schafott.«

»Um Ihnen einen Dienst zu erweisen«, rief Liéven voll Ungestüm, »würde ich durchs Feuer gehen. Ich habe dieses Zimmer auf den Namen Madame Liéven für meine Frau gemietet.«

»Für Ihre Frau?« schnitt ihm die Unbekannte ein wenig verärgert das Wort ab.

»Es blieb nur dieser Name übrig oder man hätte einen Paß vorzeigen müssen, und den haben wir nicht.«

Dieses ›wir‹ machte Liéven unsäglich glücklich. Er hatte den Ring verkauft; jedenfalls hatte er der Unbekannten jene hundert Francs überreicht, die seinem Wert entsprachen. Man brachte das Frühstück.

»Sie sind einer der hilfsbereitesten und edelmütigsten Menschen, die ich gesehen habe!« sagte sie nach dem Frühstück. »Sind Sie einverstanden, mich nun zu verlassen? Dies Herz wird Ihnen ewige Dankbarkeit bewahren.«

»Ich gehorche Ihnen«, murmelte Liéven und erhob sich. Er fühlte sich zu Tode verwundet. Die Unbekannte schien ganz in Gedanken versunken. Plötzlich meinte sie: »Bleiben Sie. Sie sind zwar noch sehr jung, aber ich brauche nun einmal Hilfe und wer sagt mir, ob ich noch einen anderen Mann finde, der ebenso ritterlich ist wie Sie. Übrigens, falls Sie ein Gefühl für mich hegen sollten, auf das ich keinen Anspruch mehr habe, so wird Ihnen dieses Gefühl bald vergehen; die Erzählung meiner Fehltritte wird mich vollends um Ihre Achtung bringen und Ihnen jedes Interesse für eine derart verbrecherische Frau nehmen. Denn Sie müssen wissen, ich allein bin an all meinem Unglück schuld. Ich kann mich über niemanden beklagen, am wenigsten über Don Gutier Ferrandez, meinen Gatten. Er ist einer von diesen unglücklichen Spaniern, die vor zwei Jahren in Frankreich Zuflucht gesucht haben. Er sowohl wie ich stammen aus Cartagena, aber er war sehr reich und ich sehr arm. Am Vorabend unserer Hochzeit nahm er mich beiseite und sagte zu mir: ›Ich bin dreißig Jahre älter als Sie, meine teure Leonore, doch ich besitze dreißig Millionen und ich liebe Sie bis zum Wahnsinn, ich liebe Sie so, wie ich noch nie in meinem Leben geliebt habe. Überlegen Sie es sich noch einmal, ehe Sie die Wahl treffen; wenn mein Alter Sie von dieser Heirat abhält, so will ich Ihren Eltern gegenüber die Schuld an der Trennung auf mich nehmen.‹ Das ist vier Jahre her, ich war damals fünfzehn Jahre alt. Ich empfand vor allem einen heftigen Widerwillen gegen die gräßliche Armut, in welche die Revolution der Cortez meine Familie gestoßen hatte. Ich fühlte keine Liebe und doch willigte ich ein – aber sehen Sie, ich habe Ihre Ratschläge dringend nötig, denn ich kenne weder die Sitten noch die Sprache Ihres Landes richtig. Ohne die außergewöhnliche Mühe, die Sie sich mit mir

gaben, könnte ich die tödliche Schmach keinen Augenblick länger ertragen... Heute nacht, als Sie sahen, wie ich aus diesem erbärmlichen Haus vertrieben wurde, mußten Sie annehmen, ich stamme aus der Hefe des Volkes, aber ach, ich bin noch viel weniger, ich bin«, fügte sie in Tränen ausbrechend hinzu, »eine der schuldigsten, aber auch eine der unglücklichsten Frauen auf Erden. Vielleicht werden Sie mich eines Tages vor den Schranken Ihrer Gerichte sehen und man wird mich zu irgendeiner demütigenden Strafe verurteilen. – Wir waren kaum verheiratet und schon zeigte Don Gutier sich eifersüchtig, ach, mein Gott, damals hatte er keinen Grund, aber zweifellos ahnte er meinen schlechten Charakter. Ich war töricht genug und fühlte mich durch den Verdacht meines Mannes tief gekränkt. Meine Eigenliebe war verletzt, ach, ich Unselige...«
»Welche Verbrechen Sie sich auch vorzuwerfen hätten«, unterbrach sie Liéven, »ich halte zu Ihnen auf Gedeih und Verderb, aber wenn wir polizeiliche Nachstellungen zu befürchten haben, so sagen Sie es mir gleich, damit ich ohne weitere Zeit zu verlieren unsere Flucht vorbereite.«
»Fliehen?« fragte sie, »wie könnte ich in Frankreich reisen? Mein spanischer Akzent, meine Jugend werden mich sofort dem ersten Polizisten, der nach meinem Paß fragt, ausliefern. Die Gendarmen von Bordeaux fahnden zweifellos schon jetzt nach mir, mein Mann hat ihnen scheffelweise Gold versprochen, wenn sie mich finden. Gehen Sie, lassen Sie mich besser allein, mein Herr! Ich will noch offener mit Ihnen reden: Ich bete einen Mann an – und was für einen Mann! Er ist nicht mein Ehemann. Er ist ein Ungeheuer, Sie würden ihn verachten. Und dennoch, dieser Mann brauchte mir nur ein einziges reuevolles Wort zukommen zu lassen und ich flöge – nicht in seine Arme, sondern fiele zu seinen Füßen nieder. Ich erlaube mir jetzt eine recht unpassende Bemerkung, aber in all dem Schmutz, in den ich versunken bin, will ich wenigstens meinen Wohltäter nicht hintergehen; betrachten Sie mich als eine unglückliche Frau, die Sie bewundert, die von aufrichtiger Dankbarkeit erfüllt ist, die aber niemals fähig sein wird, Sie zu lieben.«
Liéven wurde unsagbar traurig.

»Madame«, sagte er schließlich mit schwacher Stimme, »halten Sie diese plötzliche Traurigkeit, die mein Herz überflutet, nicht für die Absicht, Sie zu verlassen. Ich denke darüber nach, auf welche Weise wir den Nachstellungen der Polizei am besten entgehen. Das Ungefährlichste wäre, wenn Sie zunächst in Bordeaux versteckt blieben. Für später schlage ich Ihnen vor, sich einzuschiffen, anstelle einer anderen jungen Frau, für die ich einen Schiffsplatz nehmen werde. Sie ist ungefähr in Ihrem Alter und sieht recht hübsch aus.« Als Liéven seine Rede beendet hatte, war sein Blick wie erstorben.

»Don Gutier«, begann Leonore von neuem, »wurde von der Partei, die Spanien tyrannisiert, verdächtigt. Wir pflegten weite Fahrten ins offene Meer zu machen. Eines Tages trafen wir auf hoher See eine kleine französische Brigg. ›Schiffen wir uns ein‹, meinte mein Gemahl, ›es ist besser, wir lassen unseren Besitz in Cartagena im Stich.‹ Also fuhren wir davon. Mein Mann ist noch immer sehr reich, er erwarb ein prächtiges Haus in Bordeaux, dort hat er seine Handelsgeschäfte wieder aufgenommen; aber wir leben in vollkommener Abgeschlossenheit. Er will durchaus nicht, daß ich die französische Gesellschaft zu sehen bekomme. Weil er behauptet, er dürfe aus politischen Rücksichten nicht mit den Liberalen umgehen, habe ich seit einem Jahr keine zwei Besuche gemacht. Ich wäre fast vor Langeweile umgekommen. Mein Mann ist ein ausgezeichneter Charakter, einer der edelmütigsten Männer, aber er traut keiner Menschenseele und er sieht alles schwarz in schwarz. Unheilvollerweise willfahrte er vor einigen Monaten meiner Bitte und mietete eine Loge im Theater. Er traf die unmöglichste Wahl: um mich den Blicken der jungen Leute zu entziehen, nahm er eine Loge, die beinahe auf der Bühne liegt. Damals traf gerade eine Truppe neapolitanischer Kunstreiter in Bordeaux ein... Ach, wie werden Sie mich verachten.«

»Madame«, antwortete Liéven, »ich höre Ihnen äußerst aufmerksam zu, aber ich brüte ständig dabei über mein Unglück nach; Sie haben also Ihr Herz für immer einem glücklicheren Manne geschenkt.«

»Sicher haben Sie von dem berühmten Mayral reden hören«, sagte Leonore mit niedergeschlagenem Blick.

»Der spanische Kunstreiter?« fragte Liéven erstaunt. »Natürlich, er hat ja ganz Bordeaux auf die Beine gebracht. Ein erstaunlich geschickter und hübscher Bursche!«

»Ach, ich hielt ihn für einen besonderen Menschen. Er ritt die Hohe Schule und betrachtete mich dabei unaufhörlich. Eines Tages kam er an meiner Loge vorbei, mein Mann war gerade fortgegangen, und er sagte in Katalanisch zu mir: ›Ich bin Kapitän in der Armee des Marquesito und ich bete Sie an!‹ Von einem Kunstreiter geliebt zu werden, welch eine Schande! Und noch schändlicher ist es, daran zu denken, ohne den geringsten Abscheu zu empfinden! Die folgenden Tage brachte ich es über mich, keinen Fuß ins Theater zu setzen. Was soll ich sagen – ich fühlte mich todunglücklich. Eines Tages sagte meine Kammerfrau zu mir: ›Herr Ferrandez ist ausgegangen. Ich flehe Sie an, Madame, lesen Sie diesen Brief.‹ Sie machte sich davon und schloß die Tür hinter sich ab. Es war ein sehr rührender Brief von Mayral; er erzählte mir seine Lebensgeschichte, er sagte, er sei ein armer Offizier, sei durch eine schreckliche Notlage gezwungen worden, dieses Handwerk zu ergreifen, das er aber um meinetwillen sofort wieder aufgeben würde, sein wirklicher Name sei Don Rodrigo Pimentel – ich ging wieder ins Theater. Mayrals Unglücksfälle schienen mir immer glaubhafter, mit Entzücken empfing ich seine Briefe, ach, schließlich ging ich so weit, ihm zu antworten. Ich habe ihn leidenschaftlich geliebt, mit einer Leidenschaft«, fügte Donna Leonore in Tränen ausbrechend hinzu, »die nichts, nicht einmal die traurigsten Entdeckungen zum Erlöschen bringen konnten. Bald kam ich seinen Bitten nach, denn ich ersehnte die Gelegenheit eines Gespräches ebenso sehr wie er. Seit dieser Zeit hatte ich allerdings einen Verdacht: mir schien, Mayral sei vielleicht alles andere als ein Pimentel und ein Offizier vom Corps des Marquesito. Es fehlte ihm der nötige Stolz; mehr als einmal gab er zu erkennen, wie sehr er fürchtete, ich wolle mich nur über ihn lustig machen und ihn verspotten wegen seiner Tätigkeit als Kunstreiter in einer Truppe neapolitanischer Gaukler ...

Vor ungefähr zwei Monaten bekam mein Mann, als wir gerade ins Theater gehen wollten, die Nachricht, eines seiner Schiffe sei bei Royan aufgelaufen. Er, der nie viel sprach, der am Tag kaum zehn Worte mit mir redete, rief: ›Ich muß morgen unbedingt hinfahren.‹ Abends im Theater gab ich Mayral ein verabredetes Zeichen. Als er sah, daß mein Mann die Loge betrat, ging er fort, um sich den Brief abzuholen, den ich bei unserer Portiersfrau, die er zuvor bestochen, zurückgelassen hatte. Bald darauf sah ich ihn auf dem Gipfel der Freude. In meiner Schwäche hatte ich ihm nämlich mitgeteilt, daß ich ihn die übernächste Nacht in einem zum Garten gelegenen Raum im Erdgeschoß empfangen würde.

Gegen Mittag, als die Post aus Paris vorüber war, schiffte sich mein Mann ein. Das Wetter war prächtig, wir hatten die heißesten Tage des Jahres, am Abend erklärte ich, im Zimmer meines Gemahls schlafen zu wollen. Es lag im Erdgeschoß dem Garten zu. Dort, so sagte ich, hoffe ich die ungewöhnliche Hitze besser ertragen zu können.

Um ein Uhr in der Frühe, genau zu dem Zeitpunkt, da ich Mayral erwartete und eben mit größter Vorsicht das Fenster geöffnet hatte, hörte ich, daß jemand an der Tür rüttelte. Es war mein Gemahl. Auf dem halben Wege nach Royan war er seinem Schiff begegnet, es fuhr friedlich die Gironde hinauf in Richtung Bordeaux.

Don Gutier trat ein, er bemerkte nichts von meiner furchtbaren Verwirrung, er lobte mich und meinte, es sei ein guter Einfall von mir gewesen, in diesem kühlen Zimmer zu schlafen, und er legte sich neben mich.

Stellen Sie sich meine Bedrängnis vor! Zum Unglück leuchtete der schönste Vollmond. Eine knappe Stunde später sah ich deutlich, wie Mayral sich dem Fenster näherte. Ich hatte vergessen, die Fenstertür des Nebenzimmers zu schließen, sie stand weit auf und ebenso die Tür, die von dort ins Schlafzimmer führte. Vergebens versuchte ich Mayral durch mein Mienenspiel – denn mehr wagte ich mir an der Seite eines eifersüchtigen Ehemannes nicht zu erlauben – begreiflich zu machen, daß ein Unheil geschehen sei. Ich hörte ihn durchs Nebenzimmer kommen und alsbald stand er vor dem Bett, genau neben mir. Sie können sich mein Entsetzen vorstellen. Es war hell wie am Tage, zum Glück hatte Mayral bis jetzt kein einziges Wort gesprochen.

Ich machte ihn auf meinen Mann aufmerksam, der neben mir schlief. Mit einem Mal sah ich, wie er den Dolch zückte, zu Tode erschreckt richtete ich mich ein wenig auf, er näherte sich meinem Ohr und flüsterte mir zu: ›Das ist Ihr Geliebter! Ich verstehe, ich komme ungelegen. Sie hätten es wohl sehr spaßig gefunden, sich über einen armen Kunstreiter und Akrobaten lustig zu machen, aber der feine Herr dort wird nun ein böses Viertelstündchen verbringen!‹ ›Es ist mein Ehemann‹, wiederholte ich mehrfach leise und mit aller Kraft, die ich besaß, hielt ich seine Hand zurück. ›Ihr Ehemann, den ich selbst heute mittag das Dampfschiff besteigen sah? Ein neapolitanischer Gaukler ist nicht so blöd, das zu glauben! Stehen Sie auf und kommen Sie mit mir in das Zimmer nebenan! Ich verlange es! Andernfalls wecke ich diesen feinen Herrn, vielleicht wird er dann seinen Namen nennen. Ich bin stärker, beweglicher und besser bewaffnet. Ich bin zwar nur ein armer Teufel, aber ich werde ihm schon zeigen, daß man nicht gut dabei fährt, wenn man mich verspottet. Zum Satan, ich will jetzt Ihr Geliebter sein und dann spielt er die lächerliche Figur.‹

In diesem Augenblick erwachte mein Mann. ›Wer spricht hier von einem Geliebten?‹ rief er ganz verwirrt. Mayral, der dicht neben mir kauerte, hielt mich umarmt und flüsterte mir ins Ohr; als er diese unerwartete Bewegung wahrnahm, ließ er sich zu Boden fallen. Ich streckte den Arm aus, so als hätte der Anruf meines Gatten mich geweckt. Ich sagte ihm einiges, das Mayral deutlich zu erkennen gab, daß es sich tatsächlich um meinen Ehemann handelte. Don Gutier glaubte schließlich, er habe geträumt, und schlief wieder ein. Der blanke Dolch Mayrals funkelte noch immer im Mondlicht, das gerade jetzt in vollen Strahlen auf das Bett fiel. Ich versprach Mayral alles, was er wolle. Er forderte, ich solle mit ihm ins Nebenzimmer kommen.

›Es ist also Ihr Ehemann, sei es drum, aber ich spiele trotzdem eine alberne Rolle‹, murmelte er fortwährend voller Wut.

Endlich, nach Verlauf einer Stunde, ging er fort.

Werden Sie es mir glauben, wenn ich Ihnen sage, daß dieses törichte Benehmen Mayrals mir zwar beinahe über seinen Charakter die Augen öffnete und doch meine Liebe um nichts vermindern konnte?

Mein Mann ging nie in Gesellschaft, er verbrachte sein Leben ausschließlich mit mir. Nichts also war schwieriger als ein zweites Rendezvous, und ich hatte Mayral geschworen, es ihm zu gewähren. Er schrieb mir Briefe voller Vorwürfe. Im Theater tat er, als sähe er mich nicht.

Endlich kannte meine fatale Liebe keine Grenzen mehr. ›Kommen Sie zur Zeit der Börse irgendwann, wenn Sie sehen, daß mein Mann sich dort aufhält‹, schrieb ich ihm, ›ich werde Sie verstecken, und wenn der Zufall mir im Laufe des Tages einen freien Augenblick schenkt, werde ich Sie aufsuchen. Sollte ein günstiger Zufall bewirken, daß mein Mann noch einmal zur Börse geht, so werde ich wieder zu Ihnen kommen; wenn nicht, so hätten Sie wenigstens einen Beweis für meine Ergebenheit und für die Ungerechtigkeit Ihres Argwohns. Bedenken Sie, welchen Fährnissen ich mich aussetze!‹

So suchte ich seiner ständigen Befürchtung zu begegnen, ich hätte in der Gesellschaft einen anderen Geliebten, mit dem ich mich über den armen neapolitanischen Akrobaten lustig mache. Einer seiner Kameraden hatte ihm ich weiß nicht welch absurdes Märchen über derartige Möglichkeiten in den Kopf gesetzt.

Acht Tage später ging mein Mann zur Börse. Am helllichten Tage drang Mayral bei mir ein. Er kletterte über die Gartenmauer. Stellen Sie sich vor, in welche Situation er mich brachte! Wir waren noch nicht drei Minuten zusammen gewesen, als mein Mann zurückkam. Mayral kroch in mein Ankleidezimmer. Aber Don Gutier war nur nach Hause gekommen, um wichtige Papiere zu holen. Leider hatte er auch noch ein Paket Geldscheine bei sich; er war zu faul, um zum Kassenschrank zu gehen, begab sich daher in mein Ankleidezimmer, legte sein Geld in meinen Schrank, den er verschloß, und aus übergroßer Vorsicht nahm er, mißtrauisch wie er ist, auch noch den Schlüssel des Zimmers mit. Ich war äußerst bekümmert, Mayral schäumte vor Wut, ich konnte gerade nur durch die Tür mit ihm reden.

Mein Mann tauchte bald wieder auf, nach dem Essen zwang er mich gewissermaßen, mit ihm spazierenzugehen, überdies wollte er ins Theater und so konnte ich erst sehr spät wieder zurückkommen. Sämtliche Türen des Hauses wurden jeden Abend sorgfältig geschlossen. Mein Mann nahm alle Schlüssel an sich, es bedurfte eines ungewöhnlichen Zufalls, um den ersten Schlaf Don Gutiers auszunützen. Ich konnte Mayral aus dem Raum, in dem er schon so lange voller Ungeduld schmachtete, herauslassen; ich öffnete ihm die Tür zu einem kleinen Speicher unter dem Dach. Ihn in den Garten hinunterzulassen war unmöglich, denn dort hatte man Wollballen ausgebreitet, die ständig von zwei bis drei Arbeitern überwacht wurden. Mayral verbrachte den ganzen folgenden Tag auf dem Speicher. Ermessen Sie, was ich während dieser Zeit ausstand! Jeden Augenblick meinte ich, er käme herunter und würde sich mit dem Dolch in der Hand einen Weg bahnen und meinen Mann einfach ermorden. Bei dem geringsten Geräusch im Hause zitterte ich.

Um mein Unglück vollzumachen, begab sich mein Mann nicht zur Börse. Ich mußte heilfroh sein, als es mir endlich gelang, alle Arbeiter mit Aufträgen fortzuschicken und Mayral, mit dem ich nicht eine Minute hatte sprechen können, durch den Garten zu retten. Im Vorübergehen zerbrach er mit dem Griff seines Dolchs den großen Spiegel im Salon. Er schnaubte vor Zorn.

Nun, mein Freund, kommt etwas, um dessentwillen Sie mich ebenso verachten werden wie ich mich selbst verachte: von diesem Augenblick an – das weiß ich jetzt – liebte mich Mayral nicht mehr. Er glaubte, ich hätte mich über ihn lustig gemacht.

Mein Mann war noch immer in mich verliebt. Im Laufe des Tages hatte er mich wiederholt in die Arme geschlossen und geküßt. Mayral fühlte sich mehr in seinem Stolz als in seiner Liebe gekränkt und bildete sich ein, ich habe ihn nur verborgen, um ihn zum Zeugen dieser Liebkosungen zu machen. Er antwortete auf keinen meiner Briefe und würdigte mich selbst im Theater keines Blickes.

Sie werden dieser pausenlosen Scheußlichkeiten schon recht überdrüssig sein, aber das Widerwärtigste und Feigste kommt erst.

Vor acht Tagen kündigten die neapolitanischen Akrobaten ihre Abreise an, es war am letzten Montag, am St. Augustinstag. Bis zum Wahnsinn verliebt in einen Mann, der es die drei Wochen, seit das abenteuerliche Versteckspiel in meinem Hause stattgefunden, unter seiner Würde gehalten hatte, meine Briefe zu beantworten oder mich anzusehen, verließ ich das Haus des besten Ehegatten, ja ich bestahl ihn auch noch, ich, die ich nichts in die Ehe mitgebracht hatte, nichts als ein treuloses Herz. Ich nahm die Diamanten mit, die er mir gegeben hatte, und stahl aus der Kasse drei oder vier Rollen zu fünfhundert Francs, weil ich dachte, Mayral könne die Diamanten in Bordeaux nicht verkaufen, ohne in Verdacht zu geraten...«

An diesem Punkt der Erzählung errötete Donna Leonore heftig. Liéven war bleich und verzweifelt. Jedes Wort Leonores durchbohrte sein Herz, dennoch verdoppelte es infolge einer seltsamen seelischen Störung immer nur die Liebe, die in ihm brannte. Außer sich ergriff er Donna Leonores Hand, sie zog sie nicht zurück.

Wie erbärmlich von mir, dachte Liéven, diese Hand zu streicheln, während sie mir ganz offen von ihrer Liebe zu einem anderen erzählt. Sie überläßt mir ihre Hand nur aus Zerstreutheit oder Verachtung; es fehlt mir entschieden an Takt und Zurückhaltung.

»Letzten Montag«, fuhr Leonore fort, »vor vier Tagen also, gegen zwei Uhr früh, entfloh ich; ich war so feige gewesen, daß ich meinen Mann und den Portier mit Laudanum eingeschläfert hatte. Ich klopfte an der Tür des Hauses, aus dem ich heute nacht, als Sie vorübergingen, gerade entkam. Es ist Mayrals Wohnung gewesen.

›Bist du nun von meiner Liebe überzeugt?‹ fragte ich und umarmte ihn, überströmend vor Gefühl. Ich war trunken vor Glück. Er aber schien mir von Anfang an mehr erstaunt als verliebt. Am nächsten Morgen, als ich ihm meine Diamanten und mein Gold zeigte, entschloß er sich, seine Gruppe zu verlassen und mit mir nach Spanien zu entfliehen. Aber großer Gott, seine völlige Unkenntnis der Sitten meines Landes ließen mich bezweifeln, daß er überhaupt ein Spanier sei. Ich sagte mir, wahrscheinlich bin ich im Begriff, mein Schicksal für alle Zeit an das eines einfachen Kunstreiters zu knüpfen. Aber was macht das schon aus, wenn er mich liebt! So oder so, ich fühle, daß er mein ganzes Leben beherrscht. Ich werde seine Magd, sein treues Weib sein, er wird seinen Beruf beibehalten. Ich bin jung, und wenn es nötig ist, werde ich eben auch noch reiten lernen. Wenn wir dann später ins Elend geraten, nun gut, so werde ich in zwanzig Jahren an seiner Seite in Elend und Armut sterben, man wird mich nicht einmal zu bedauern brauchen, denn ich hatte ja glücklich gelebt! – Welcher Wahnsinn«, unterbrach sich Leonore, »welche Perversität!«

»Immerhin«, meinte Liéven, »muß man zugeben, bei Ihrem alten Ehemann, der Sie nirgends hingehen ließ, wären Sie am Ende vor Langeweile umgekommen. Das rechtfertigt meiner Ansicht nach vieles. Sie sind erst neunzehn Jahre alt und er ist neunundvierzig. Unzählige Frauen genießen hohes Ansehen in der französischen Gesellschaft, obwohl sie oft noch viel ärgere Fehler begangen haben und obwohl sie nicht das geringste von Ihren Gewissensbissen verspüren.«

Einige derartige Bemerkungen schienen Leonore von einer ungeheuren Last zu befreien.

»Mein Freund«, erzählte sie weiter, »drei Tage blieb ich bei Mayral. Abends verließ er mich und ging in sein Theater. Gestern abend sagte er zu mir, da es sein könnte, daß die Polizei eine Haussuchung unternähme, wäre es sicherer, die Diamanten und das Gold bei einem zuverlässigen Freund zu deponieren.

Um ein Uhr morgens, nachdem ich lange über die gewohnte Zeit hinaus auf ihn gewartet hatte und schon halb tot vor Angst war, denn ich dachte, er wäre vielleicht vom Pferd gestürzt, kam er endlich heim. Er gab mir einen Kuß und war alsbald wieder aus dem Zimmer verschwunden. Glücklicherweise hatte ich das Licht brennen lassen, obwohl er es mir wiederholt verboten und selbst immer wieder die Nachttischlampe ausgelöscht hatte. Geraume Zeit später – ich war bereits eingeschlafen – stieg ein Mann zu mir ins Bett. Ich merkte sofort, daß es nicht Mayral war.

Ich ergriff einen Dolch, der Feigling geriet in Angst, warf sich mir zu Füßen und flehte um Mitleid. Ich stürzte mich auf ihn und wollte ihn töten.

›Sie werden einen Kopf kürzer gemacht, wenn Sie mir etwas tun!‹

Diese gemeine Redewendung erfüllte mich mit Abscheu. Mit welchem Pack habe ich mich eingelassen, dachte ich.

Ich besaß die Geistesgegenwart, dem Kerl zu sagen, ich hätte Protektionen in Bordeaux und wenn er mir nicht auf der Stelle die volle Wahrheit gestände, würde er vor den Staatsanwalt kommen. ›Na schön‹, antwortete er, ›ich jedenfalls habe Ihnen nichts gestohlen, weder Ihr Gold noch Ihre Diamanten. Mayral hat das Weite gesucht, er ist schon aus Bordeaux entkommen und geht mit dem ganzen Ramsch nach Paris. Er hat sich heimlich mit der Frau unseres Direktors auf und davon gemacht. Dem Direktor hat er fünfundzwanzig Ihrer schönen Louisdor in die Hand gedrückt und der hat ihm dafür seine Frau abgetreten. Mir hat er zwei Louisdor gegeben, hier sind sie, ich gebe sie Ihnen wieder, wenn Sie nicht so großzügig sind, sie mir zu lassen. Das Geld hat er mir gegeben, damit ich Sie so lange wie möglich aufhalte, er hofft, einen Vorsprung von zwanzig bis dreißig Stunden zu gewinnen.‹

›Ist er eigentlich ein Spanier?‹ fragte ich.

›Er und Spanier! Er stammt von San Domingo, von dort mußte er fliehen, weil er seinen Herrn bestohlen oder ermordet hat.‹

›Und weshalb bist du heute nacht hierher gekommen?‹ bedrängte ich ihn. ›Antworte mir, oder mein Onkel schickt dich auf die Galeeren.‹

›Als ich zögerte hierherzukommen, um Sie zu bewachen, erklärte mir Mayral, Sie seien eine gutgewachsene schöne Frau. Nichts ist leichter, behauptete er, als meinen Platz bei ihr einzunehmen. Ein Heidenspaß! Früher hat sie mich zum besten halten wollen, jetzt werde ich mich über sie lustig machen! Unter dieser Bedingung willigte ich ein. Aber da ich mich scheute, ein Wagnis einzugehen, ließ er die Postkutsche vor der Tür halten, stieg aus und umarmte Sie in meiner Gegenwart, denn mich hatte er, ohne daß Sie es merkten, schon hinter dem Bett versteckt.‹«

Leonores Stimme erstarb nun im Schluchzen.

»Der junge Gaukler«, begann sie von neuem, »saß neben mir. Er war ganz verschüchtert und erzählte mir ebenso realistische wie trostlose Details von Mayral. Ich war verzweifelt. Vielleicht hat er mir einen Liebestrank eingeflößt, dachte ich bei mir, denn ich kann ihn nicht hassen. Angesichts all dieser Schändlichkeiten kann ich ihn nicht hassen, ja, mein Freund, ich fühle, daß ich ihn anbete.«

Donna Leonore unterbrach sich und schwieg gedankenvoll.

Seltsame Verblendung, dachte Liéven, eine so junge, so geistreiche Frau glaubt an Hexerei!

Leonore nahm den Faden wieder auf. »Als der junge Mann sah, wie ich vor mich hingrübelte, verlor er langsam die Furcht. Unversehens verließ er mich und nach einer Stunde kam er mit einem seiner Kameraden zurück. Ich sah mich gezwungen, mich zur Wehr zu setzen, es gab einen harten Kampf; vielleicht trachteten sie mir nach dem Leben, während sie vorgaben, etwas ganz anderes zu wollen. Sie nahmen mir ein paar kleine Schmuckstücke und meine Börse weg, endlich gelang es mir, bis vor die Haustür zu kommen; aber ohne Sie, mein Freund, hätten mich die Kerle vermutlich bis auf die Straße verfolgt.«

Je mehr Liéven von Leonores Raserei für Mayral erfuhr, desto heftiger betete er sie an. Sie weinte herzzerreißend, er küßte ihr inbrünstig die Hand. Als er ihr in verschleierten Andeutungen seine Liebe zu verstehen gab, erwiderte sie ihm einige Tage später:

»Können Sie sich vorstellen, mein einzig wirklicher Freund, daß ich mir tatsächlich einbilde, Mayral würde mich lieben, wenn ich ihm nur beweisen könnte, daß ich niemals die Absicht hatte, ihn zum besten zu halten oder mich über ihn lustig zu machen?«

»Ich habe nur wenig Geld«, antwortete Liéven, »ich bin aus Langeweile zum Spieler geworden, aber vielleicht wird der Bankier hier, an den mich mein Vater empfohlen hat, mir fünfzehn oder zwanzig Louisdor borgen, wenn ich ihn inständig darum bitte. Ich will alles für Sie tun, ich schrecke vor keiner Erniedrigung zurück, mit diesem Geld könnten Sie dann nach Paris fahren.«

Leonore fiel ihm um den Hals.

»Großer Gott! Ach, könnte ich Sie doch lieben. Wie, Sie verzeihen mir alle meine abscheulichen Torheiten?«

»So vollkommen, daß ich Sie mit der größten Seligkeit heiraten würde und als der glücklichste aller Männer mein ganzes Leben mit Ihnen verbrächte.«

»Aber ich weiß, wenn ich Mayral begegnete, ich wäre wahnsinnig und verbrecherisch genug, Sie, meinen Wohltäter, im Stich zu lassen und ihm zu Füßen zu fallen.«

Liéven errötete vor Zorn.

»Um mich zu heilen, gibt es nur ein Mittel, und das ist mein Tod«, stöhnte er und bedeckte sie mit Küssen.

»Ach, töte dich nicht, mein Freund«, flüsterte sie ihm zu.

Man hat ihn nie wieder gesehen. Leonore ist in ein Ursulinenkloster eingetreten.

Nikolai Lesskow

Lady Macbeth aus Mzensk

I

Zuweilen findet man bei uns zu Lande Charaktere, an die man, wie viele Jahre auch immer vergangen sein mögen, niemals ohne Erschauern zu denken vermag. In die Reihe dieser Charaktere gehört auch Katerina Lwowna Ismailowa, die nach dem schrecklichen Drama, das sich vor Jahren zutrug und in welchem sie die Hauptrolle spielte, gar bald weithin die Lady Macbeth von Mzensk genannt wurde.

War auch Katerina Lwowna keine Schönheit, so war doch ihr Äußeres das einer hübschen Frau. Sie zählte damals vierundzwanzig Jahre, sie war nicht groß, aber schlank, ihr Hals wie aus Marmor gemeißelt, die Schultern rund und die Brust fest, sie hatte ein grades, feines Näschen, schwarze lebhafte Augen, eine hohe weiße Stirn und schwarze, fast blauschwarze Haare. Sie wurde mit dem Ismailow aus dem Kurskischen verheiratet, aber nicht etwa, weil sie ihn liebte oder irgend Neigung zu ihm zeigte, sondern weil Ismailow um sie freite und sie als ein armes Mädchen nicht eben unter einer großen Schar von Freiern zu wählen hatte. Die Familie der Ismailows war nicht die geringste in unserem Städtchen: sie handelten mit Weizenmehl und hatten eine Mühle auf dem Lande gepachtet; außerhalb der Stadt besaßen sie einen einträglichen Garten und in der Stadt das ansehnliche Haus. Sie waren wohlhabende Kaufleute. Zudem war die Familie ganz und gar nicht groß: da war der Schwiegervater, Boris Timofejewitsch Ismailow, der schon nahe an die Achtzig und längst Witwer war, da war sein Sohn, Sinowij Borissowitsch, Katerinas Mann, der über fünfzig alt war, da war endlich Katerina Lwowna, und das war alles. Denn obwohl Katerina schon seit fünf Jahren mit Sinowij Borissowitsch verehelicht war, hatten sie noch keine Kinder. Von der ersten Frau, mit der er zwanzig Jahre zusammengelebt hatte, bevor er Witwer wurde und Katerina Lwowna heiratete, hatte Sinowij Borissowitsch ebenfalls keine Kinder. Sein Wunsch und seine Hoffnung waren es gewesen, Gott würde ihm zum mindesten in der zweiten Ehe einen Nachfolger schenken, der das Kapital und die Kaufmannsfirma einmal erben könne; aber hierin hatte er auch mit Katerina Lwowna kein Glück.

Die Kinderlosigkeit war ein rechter Kummer für Sinowij Borissowitsch, doch nicht nur für ihn allein, auch für den alten Boris Timofejewitsch und sogar für Katerina selber war es ein rechtes Kreuz, und zwar zwiefach, denn die unermeßliche Langeweile in dem abgeschlossenen Kaufmannshause mit den hohen Zäunen, hinter denen nachts die Kettenhunde frei herumliefen, ließ nicht selten eine Schwermut, die fast an Stumpfheit grenzte, über die junge Kaufmannsfrau kommen, und sie wäre froh gewesen, weiß Gott wie froh, sich mit einem Kindchen abgeben zu können; zum andern aber war sie der ewigen Vorwürfe längst müde: »Warum hast du und weshalb hast du ihn nur geheiratet und weshalb ihm sein Schicksal verstellt, du Unfruchtbare«, als hätte sie in der Tat ein Verbrechen begangen, ein Verbrechen vor ihrem Mann und vor ihrem Schwiegervater und vor dem ganzen ehrlichen Kaufmannsgeschlecht.

Und ob auch alles reichlich, ja im Überfluß vorhanden war, hatte Katerina Lwowna im Hause ihres Schwiegervaters das allertraurigste Leben. Sie fuhr nur selten aus, Besuche zu machen, und wenn sie gelegentlich mit ihrem Gatten in der Kaufmannschaft zu Gaste war, wahrhaftig, das war kein Vergnügen. Die Leute waren alle so streng: man beobachtete scharf, wie sie sich setzte und wie sie ging und wie sie aufstand; Katerina Lwowna aber besaß einen hitzigen Charakter und war, da sie ihre Mädchenzeit in ärmlichen Verhältnissen zugebracht hatte, mehr an Einfachheit und Ungebundenheit gewöhnt: mit den Eimern zum Fluß springen und dort selbst im bloßen Hemd ein Bad nehmen; oder einen vorübergehenden Burschen mit Sonnenblumenkernen überschütten, ja – hier jedoch war alles anders. Früh erhoben sich Schwiegervater und Mann; um sechs Uhr morgens tranken sie schon den

Tee und machten sich darauf an ihre Geschäfte, und ihr blieb nichts anderes übrig, als von Zimmer zu Zimmer zu schlendern. Sehr rein war es überall, sehr still und leer, die Lämpchen schimmerten vor den Heiligenbildern und nirgends im Hause ein lebendiger Ton, nirgends eine menschliche Stimme.

So wanderte Katerina Lwowna durch die leeren Zimmer und bekam vor lauter Langeweile das Gähnen und stieg schließlich die Treppe zu ihrem ehelichen Schlafgemach hinauf, das in einem hohen, nicht weitläufigen Zwischengeschoß lag. Dort pflegte sie dann zu sitzen und zuzuschauen, wie vor den Speichern der Hanf gewogen und das feine Weizenmehl aufgeschüttet wurden – und dann kam ihr wieder das Gähnen, und das war ihr ganz recht, denn nun nickte sie auf ein-, zwei Stündchen ein; doch wenn sie dann wieder erwachte, dann war wieder die Langeweile da, die russische, die Langeweile des Kaufmannshauses, eine Langeweile, die es einem, sagt man, sogar lustig erscheinen läßt, wenn man sich selber erdrosselt. Zu lesen liebte Katerina Lwowna nicht, und zudem war im ganzen Hause kein Buch, außer etwa dem Kiewer Heiligenleben.

Verheiratet mit einem unfreundlichen Manne, führte Katerina Lwowna im reichen Hause des Schwiegervaters mehr als fünf Jahre hindurch ein langweiliges Leben; aber wie es hergebracht war: niemand schenkte dieser Langeweile auch nur die geringste Aufmerksamkeit.

II

Im sechsten Frühjahr von Katerina Lwownas Ehe brach bei den Ismailows der Mühldamm. Damals gab es wie mit Absicht Arbeit über Arbeit für die Mühle, der Durchbruch jedoch war gewaltig: das Wasser füllte bereits den unteren Behälter des leeren Mahlgangs, und es gelang nicht, es kurzerhand zurückzudämmen. Sinowij Borissowitsch rief das ganze Volk aus dem Umkreis auf die Mühle und wich nicht von der Stelle; die Stadtgeschäfte erledigte derweilen der Alte, und Katerina Lwowna irrte tagelang einsam und verlassen durchs Haus. Anfangs schien es ihr ohne ihren Mann noch langweiliger zu sein, aber schon bald darauf gefiel es ihr besser; sie hatte ein wenig mehr Freiheit. Ihr Herz war ihm niemals besonders zugetan gewesen, und in seiner Abwesenheit gab es wenigstens einen Befehlshaber weniger.

So saß Katerina Lwowna einmal auf ihrem Fensterplatz und gähnte eins und gähnte zwei und dachte an nichts Bestimmtes und schämte sich endlich, so zu gähnen. Draußen aber war ein wunderbares Wetter: warm war es, hell und lustig, und durch den grünen Gartenzaun sah sie die munteren Vögel auf den Bäumen von Ast zu Ast hüpfen.

»Was habe ich nur, daß ich so gähne?« dachte Katerina Lwowna, »ich will aufstehn, auf den Hof gehn oder vielleicht in den Garten.«

Und Katerina Lwowna warf einen alten Umhang um und ging hinaus.

Hell war's auf dem Hof und die Luft war so gut, und von der Galerie, die rings um die Speicher führte, schallte ein so lustiges Lachen.

»Worüber freut ihr euch so?« fragte Katerina Lwowna die Angestellten des Schwiegervaters.

»Ja, Mütterchen, da haben wir also ein Schwein, ein lebendiges Schwein gewogen«, entgegnete ihr ein alter Kommis.

»Ein Schwein?«

»Nun, das Schwein Axinja, das den Knaben Wassilij geboren und uns nicht zur Taufe geladen hat«, mischte sich dreist und lustig ein junger Bursche ins Gespräch; sein Gesicht war verwegen und hübsch und von pechschwarzen Locken umrahmt, und dazu ein Bärtchen, das eben erst durchbrach.

Aus dem tiefen Behälter, der an die Waagebalken gehängt war, guckte in diesem Augenblick das dicke Gesicht der puterroten Axinja.

»Ihr Teufel, ihr glattgeschorenen!« schimpfte die Köchin und versuchte, den eisernen Waagebalken zu fassen, um aus dem ins Schwingen geratenen Behälter herauszuklettern.

»Acht Pud vor dem Mittag; frißt sie sich dann aber erst an ihrem Heu satt, so werden wir nicht Gewichte genug haben!« erläuterte der hübsche Bursche und warf, den Behälter umstülpend, die Köchin auf einen Haufen von Maltersäcken, die in der Ecke aufgeschichtet lagen.

Lustig schimpfend richtete das Weib sich wieder auf.

»Nun, und wieviel mag ich wiegen?« lachte Katerina Lwowna, faßte die Stricke und stellte sich auf die Unterlage.

»Drei Pud sieben Pfund«, entgegnete immer der gleiche hübsche Bursche Ssergej und warf die Gewichte auf die Waagschale, »ein Wunder!«

»Worüber wunderst du dich?«

»Daß Sie drei Pud schwer sind, Katerina Lwowna. Sie müßte man, so mein ich, den ganzen Tag auf den Händen tragen und würd's nicht müde und könnt's nur als ein Vergnügen empfinden.«

»Bin ich denn etwa kein Mensch, was? Du würdest hübsch müde werden«, entgegnete Katerina Lwowna und errötete, denn sie war an solche Reden nicht gewöhnt und hatte doch so sehr das Verlangen, zu plaudern und lustige und schalkhafte Worte zu schwatzen.

»Gott bewahre! Ins glückselige Arabien würde ich Sie tragen«, erwiderte Ssergej auf ihre Bemerkung.

»Was du da redest, ist alles nicht richtig, mein Lieber«, warf ein Bäuerchen ein, das gerade seine Ladung aufschüttete, »woher kommt denn unser Gewicht? Ist es etwa unser Körper, der schwer ist? Unser Körper, mein lieber Mann, hat für das Gewicht keine Bedeutung; es ist unsere Kraft, unsere Kraft ist es, die was wiegt, nicht der Körper!«

»Ja, und als Mädchen war ich sehr stark«, sagte Katerina Lwowna, der es keine Ruhe ließ, »es gab sogar Männer, die mich nicht unterkriegen konnten.«

»Also dann, bitte, das Händchen her, wenn das wahr ist«, meinte der schmucke Bursche.

Katerina Lwowna wurde zwar verlegen, doch streckte sie ihm die Hand hin.

»Oh, du drückst mir die Ringe ins Fleisch: Laß, es tut weh!« rief Katerina Lwowna, als Ssergej ihre Hand in der seinen preßte, und stieß ihn mit der freien Hand vor die Brust. Der Bursche ließ die Hand der Hausfrau fahren und flog von ihrem Stoß zwei Schritte zur Seite.

»Da sag mir einer noch was über die Frauen!« wunderte sich das Bäuerchen.

»Nun, und dürfte ich Sie zum Ringen fassen?« meinte Ssergej, seine Locken zurückschüttelnd.

»Faß nur«, entgegnete Katerina Lwowna belustigt und hob ihre Ellbogen.

Ssergej umschlang die junge Hausfrau und preßte ihre pralle Brust an sein rotes Hemd. Katerina Lwowna konnte kaum die Schultern bewegen, da hob Ssergej sie bereits vom Boden auf, hielt sie eine Weile in seinen Armen, preßte sie und ließ sie dann ruhig auf das umgestülpte Gefäß nieder.

Katerina Lwowna hatte nicht einmal Zeit gefunden, die gerühmte Kraft in Anwendung zu bringen. Über und über rot ordnete sie, immer noch auf dem Waagebehälter sitzend, ihren von den Schultern geglittenen Umhang – und verließ still den Speicher, Ssergej aber räusperte sich mächtig und schrie:

»Na, ihr Tölpel des himmlischen Herrschers! Aufschütten, nicht Maulaffen feilhalten, laßt die Schaufeln nicht stillstehen, Zoll für Zoll macht es voll.«

Es war, als dächte er nicht im geringsten an das, was soeben vorgegangen war.

»Ein Mädchenjäger, der verdammte Ssergej!« plapperte Axinja, die hinter Katerina Lwowna herwatschelte: »Der Halunke, allen stiehlt er sich ins Herz – sein Wuchs, das Gesicht, und wie hübsch das alles ist. Welche Frau da auch sein mag – gleich hat er, der Schuft, sie beim Wikkel und schmeichelt, und schon ist es bis zur Sünde nicht mehr weit. Und wie flatterhaft er ist, der Schuft, zu unbeständig ist er, viel zu unbeständig!«

»Und du, Axinja . . . hast du . . .«, sagte die vor ihr gehende junge Hausfrau, »dein Knabe, es geht ihm doch gut?«

»Gewiß, Mütterchen, gewiß – was sollte dem fehlen! Wen man nicht brauchen kann, der bleibt ja immer am Leben.«

»Und woher hast du ihn eigentlich?«

»Ja, so! Vom Heuboden her – man lebt doch unter den Leuten – vom Heuboden hab ich ihn.«

»Und ist er schon lange bei uns, der Bursche?«

»Wer? Ssergej, wie?«

»Ja.«

»Einen Monat wird's her sein. Er diente vorher bei den Kontschonows und wurde vom Hausherrn fortgejagt.«

Axinja fuhr mit leiserer Stimme fort: »Man erzählt, er

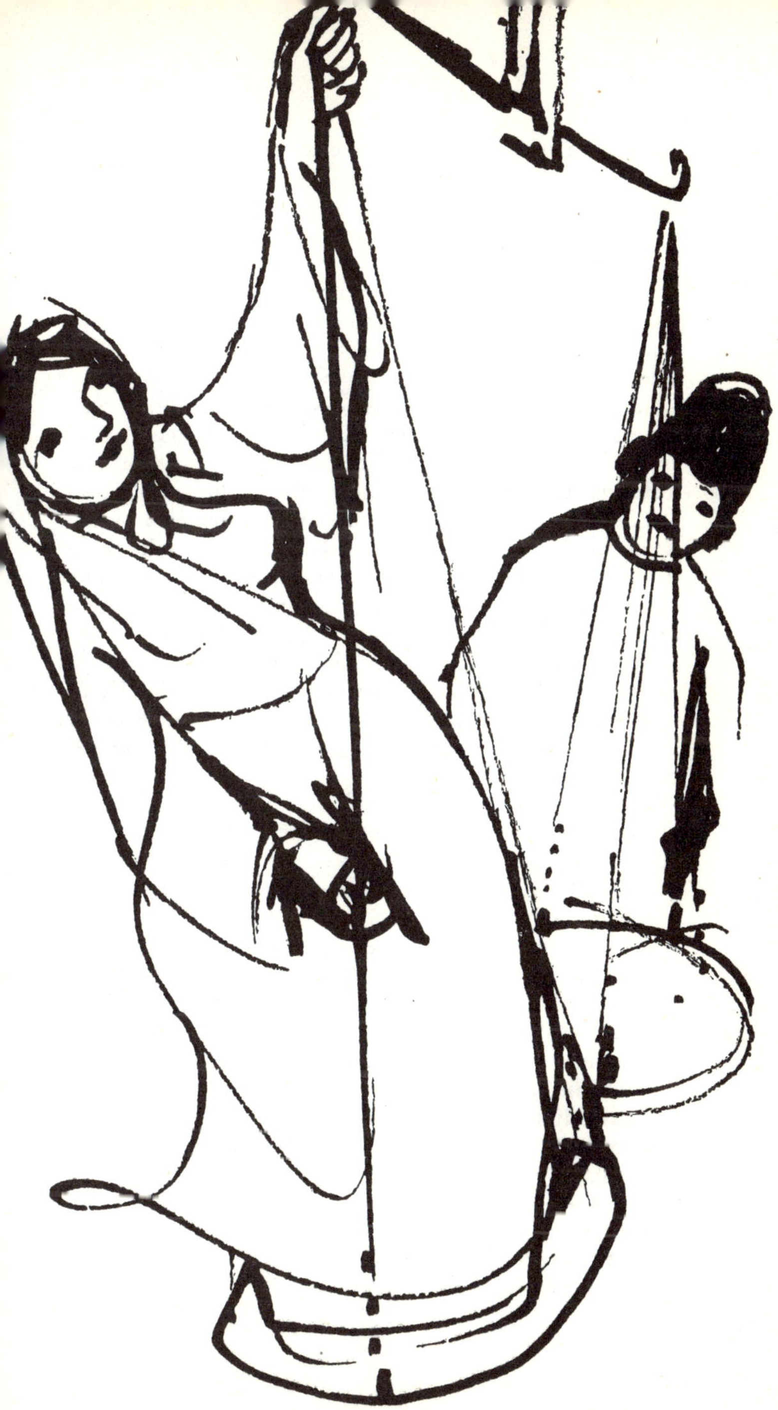

hätte mit der Hausfrau selber eine Liebschaft gehabt...
Dreimal vermaledeite Seele, der ist mir ein Dreister!«

III

Warme, milchfarbene Dämmerung stand über der Stadt. Sinowij Borissowitsch war immer noch nicht von seinem Dammbruch zurück. Und auch der Schwiegervater, Boris Timofejewitsch, war nicht zu Hause. Er war zu einem alten Freunde gefahren, dessen Namenstag gefeiert wurde, und hatte sogar angeordnet, daß man mit dem Abendessen nicht auf ihn warten solle. Vor lauter Nichtstun speiste Katerina Lwowna früh, öffnete, als sie hinaufgegangen war, das Fenster, lehnte sich an den Pfosten und begann Sonnenblumenkerne zu schälen. Die Leute verzehrten ihr Abendbrot in der Küche und verstreuten sich dann über den Hof, um ihre Schlafstellen aufzusuchen: dieser schlief in der Scheune, jener im Speicher, und manche auf dem hohen duftenden Heuboden. Ssergej verließ später als alle die Küche. Er ging über den Hof, ließ die Hunde von der Kette und pfiff vor sich hin; als er an Katerina Lwownas Fenster vorüberkam, blickte er hinauf und verneigte sich vor ihr.

»Guten Abend«, sagte ihm Katerina Lwowna leise von oben, und plötzlich wurde es auf dem Hofe still, wie in einer Einöde.

»Gnädige!« rief es zwei Minuten darauf vor Katerina Lwownas verschlossener Tür.

»Wer ist da?« fragte Katerina Lwowna erschreckt.

»Bitte erschrecken Sie nicht, ich bin es, Ssergej«, entgegnete der Kommis.

»Und was willst du, Ssergej?«

»Ich muß etwas mit Ihnen besprechen, Katerina Lwowna: ich will Sie um eine Kleinigkeit bitten. Erlauben Sie mir auf eine Minute hineinzukommen.«

Katerina Lwowna drehte den Schlüssel und ließ Ssergej eintreten.

»Was willst du?« fragte sie und wich zum Fenster zurück.

»Ich kam zu Ihnen, Katerina Lwowna, zu fragen, ob Sie nicht irgendein Büchelchen für mich haben. Die Langeweile hat mich schon ganz überwältigt.«

»Bei mir wirst du kein einziges Buch finden, Ssergej, ich lese nicht«, antwortete Katerina Lwowna.

»Es ist so langweilig«, beklagte sich Ssergej.

»Warum langweilst du dich?«

»Wie soll ich mich nicht langweilen: ich bin ein junger Mensch, und wir leben hier, als wär's in irgendeinem Kloster, und vor sich in der Zukunft sieht man nur, daß man bis zum Sargdeckel in so einer Verlassenheit verderben muß. Da kommt manchmal die Verzweiflung über einen.«

»Warum heiratest du nicht?«

»Leicht gesagt, Gnädige, heiraten! Wen sollte ich hier heiraten? Ich bin ein unbedeutender Mensch; eine Kaufmannstochter wird mich nicht nehmen; was aber unsere Ärmeren betrifft, Sie wissen ja selber, Katerina Lwowna, bei denen ist nichts als Unbildung. Können die wohl etwas von der Liebe verstehen, wie es sich gehört? Und nun schauen Sie doch mal, was auch die Reichen für Ansichten haben. Sie selber, zum Beispiel, könnten jedem anderen Menschen, der etwas auf sich hält, der größte Trost sein, hier aber werden Sie wie ein Kanarienvogel im Käfig gehalten.«

»Ja, ich langweile mich«, glitt es von Katerina Lwownas Lippen.

»Wie sollten Sie sich bei dem Leben nicht langweilen, Katerina Lwowna! Und selbst, wenn Sie jemanden zur Freude wollten, ich meine so daneben, wie die anderen es tun, es wäre Ihnen sogar verwehrt, den auch nur zu sehen.«

»Was du für dummes Zeug schwätzest. Nein, wenn ich ein Kindlein bekommen hätte, mit dem würde es sicherlich lustiger sein.«

»Je, nun, Gnädige, da gestatten Sie mir schon zu sagen, auch Kinder können nur kommen, wo was da ist, und nicht auf diese Weise. Als ob unsereiner, der schon lange Zeit den Herren dient und das Leben der Frauen in der Kaufmannschaft mitangesehen hat, das nicht gut verstehen könnte! Da singt man ein Liedchen: ›Ohne einen liebsten Freund traurig stets das Herzchen weint‹, und diese Traurigkeit, Katerina Lwowna, ich darf wohl sagen, sie peinigt mein eigenes Herz so sehr, daß ich es mir mit einem stählernen Messer aus der Brust herausschneiden und hier zu Ihren Füßchen hinwerfen könnte. Und leichter wäre mir dann, hundertmal leichter...«

Ssergejs Stimme bebte.

»Was erzählst du mir da von deinem Herzen? Was soll mir das? Geh deines Weges...«

»Nein, erlauben Sie, Gnädige«, sagte Ssergej, und sein Körper schwankte, er machte dabei einen Schritt auf Katerina Lwowna zu: »Ich weiß sehr wohl und sehe es und fühle und begreife es sogar sehr gut, daß Sie es auf der Welt nicht leichter haben als ich; jetzt aber«, fügte er im gleichen Atem hinzu, »jetzt aber ist das alles in diesem Augenblick in Ihre Hände gegeben und in Ihrer Macht.«

»Was meinst du? Was soll das? Wozu bist du zu mir gekommen? Ich werde durchs Fenster springen!« rief Katerina Lwowna, denn schon fühlte sie sich in der Gewalt eines unbeschreiblichen Schreckens und klammerte sich mit der Hand an das Fensterkreuz.

»Oh, du mein unvergleichliches Leben! Warum aus dem Fenster springen?« flüsterte Ssergej dreist und riß die junge Hausfrau vom Fenster los und umarmte sie fest.

»Ach! ach! so laß mich doch«, jammerte Katerina Lwowna leise, aber schon wurde sie unter den heißen Küssen Ssergejs immer schwächer, und schon schmiegte sie sich selber unwillkürlich an seine überwältigende Erscheinung.

Ssergej nahm die junge Frau wie ein Kind auf seine Arme und trug sie in die dunkle Ecke.

Still wurde es im Zimmer, eine Stille trat ein, die nur von dem gemessenen Ticken der über dem Kopfende von Katerina Lwownas Bett hängenden Taschenuhr ihres Mannes unterbrochen wurde; doch störte dieses Geräusch niemand.

»Geh jetzt«, sagte Katerina Lwowna nach einer halben Stunde und sah Ssergej nicht an, während sie vor einem kleinen Spiegel ihre Haare zurechtmachte.

»Warum wohl sollte ich jetzt von hier gehn?« entgegnete Ssergej mit glücklicher Stimme.

»Der Schwiegervater wird die Türen absperren.«

»Ach, Seelchen, mein Seelchen! Was hast du nur für Leute kennengelernt, die zur Frau nur den Weg durch die eine Türe finden? Zu dir oder von dir – überall gibt es für mich Türen«, entgegnete der Bursche und wies auf die Säulen, die die Galerie stützten.

IV

Sinowij Borissowitsch kehrte auch während der nächsten Wochen nicht nach Hause zurück, und jede Nacht in dieser Woche war seine Frau bis zum frühen Morgen mit Ssergej zusammen.

Und viel Wein aus den Kellern des Schwiegervaters wurde in diesen Nächten im Schlafgemach Sinowij Borissowitschs getrunken und manche Süßigkeit gegessen, viel wurde der Mund der jungen Hausfrau geküßt und auf weichen Kissen mit ihren schwarzen Locken gespielt. Aber nicht immer geht der Weg eben, es gibt auch Furchen manch einmal.

Boris Timofejewitsch konnte nicht schlafen; es wanderte der Greis in seinem bunten Kattunhemd still durch das Haus und trat an das eine Fenster und trat an das andere. Und auf einmal sieht er: an der Säule gerade unterhalb des Fensters der Schwiegertochter läßt sich leise – leise in seinem roten Hemd der Bursche Ssergej hinunter. Das sind mir Neuigkeiten! Mit einem Satz sprang Boris Timofejewitsch aus dem Hause und packte den Burschen an den Beinen. Und wollte der auch anfangs ausholen, um dem Hausherrn mit aller Gewalt ans Ohr zu fahren, allein er tat's nicht, denn er bedachte, das müßte Lärm geben.

»Sag mir«, sprach Timofejewitsch, »wo du gewesen, du Dieb?«

»Wo ich gewesen«, entgegnete jener, »dort, Herr, dort, Boris Timofejewitsch, bin ich nicht mehr«, sagte Ssergej.

»Du warst zur Nacht bei meiner Schwiegertochter?«

»Wo ich zur Nacht gewesen, Hausherr, das weiß ich wohl; aber nun höre mal, Boris Timofejewitsch, du hör jetzt auf meine Worte, Väterchen: bring zum wenigsten keine Schande über dein Kaufmannshaus. Sag mir, was du von mir willst! Welche Genugtuung verlangst du?«

»Du Schuft, fünfhundert Prügel dir überzuziehen, ist mein Wille«, antwortete Boris Timofejewitsch.

»Meine Schuld – dein Wille«, damit erklärte sich der junge Bursche einverstanden. »Sag, wohin ich dir folgen soll, und still dann dein Verlangen und trink mein Blut.«

Und Boris Timofejewitsch führte Ssergej in die Vorratskammer zwischen den Steinmauern und peitschte ihn mit der schweren Peitsche, solange seine Kraft vorhielt. Kein Stöhnen kam von Ssergej, doch hatte er die Hälfte seines Hemdärmels derweilen mit den Zähnen zerfetzt.

Boris Timofejewitsch ließ Ssergej dortselbst in der Vorratskammer, damit sein blutig geschlagener Rücken wieder ausheilt, er steckte ihm einen Trinkkrug mit Wasser zu, verschloß alsdann die Tür und legte ein großes Schloß vor – und hierauf schickte er nach seinem Sohne.

Aber hundert Werst auf Landwegen legt man in Rußland nicht schnell zurück, nicht einmal jetzt, und Katerina Lwowna war jede Stunde zuviel, die sie ohne Ssergej zubringen sollte. Plötzlich kam die ganze Weite ihrer aufgewachten Natur über sie, und sie wurde so entschlossen, daß gar nichts mehr sie zurückzuhalten vermochte. Bald schon hatte sie es heraus, wo Ssergej steckte, und sprach mit ihm durch die Eisentüre und flog, die Schlüssel zu suchen.

»Väterchen, laß den Ssergej frei«, so kam sie zu ihrem Schwiegervater.

Der Alte wurde ganz grün. Diese dreiste Frechheit hatte er keineswegs von seiner schuldbeladenen, aber bisher doch immer folgsamen Schwiegertochter erwartet.

»Was soll das heißen, du...«, und er begann Katerina Lwowna mit schimpflichen Namen zu belegen.

»Laß ihn frei«, fuhr sie fort, »bei meinem Gewissen, es ist noch zu nichts Schlechtem zwischen uns beiden gekommen.«

»Schlechtes!« entgegnete der, »noch nichts Schlechtes!« und knirschte dabei nur so mit den Zähnen: »Und womit habt ihr euch in den Nächten beschäftigt? Die Kissen des Gatten geklopft, was?«

Aber sie ließ nicht nach: »Laß ihn frei und laß ihn frei.«

»Wenn du mir so kommst«, sagte Boris Timofejewitsch, »dann höre mal: dein Mann wird kommen, und dann werden wir dich, du ehrenhaftes Weib, mit unseren Händen im Pferdestall auspeitschen; ihn aber, den Schuft, ihn laß ich schon morgen ins Loch werfen.«

Zu diesem Entschluß war Boris Timofejewitsch gekommen, doch zur Ausführung des Entschlusses kam er nicht.

V

Zur Nacht aß Boris Timofejewitsch Pilze mit einem Grützlein, und bald darauf bekam er das Sodbrennen; und plötzlich packte es ihn in der Herzgrube, und darauf mußte er erbrechen und gegen Morgen starb er, und zwar starb er genauso, wie in seinen Speichern die Ratten starben, für die Katerina Lwowna immer eigenhändig eine besondere Speise richtete, und zwar eine Speise mit einem ihr zur Obhut übergebenen weißen, gefährlichen Pülverchen. Und gleich darauf ließ Katerina Lwowna ihren Ssergej aus der steinernen Vorratskammer des Alten und legte ihn ohne Scheu vor den Augen der Menschen auf das Bett ihres Mannes, damit er sich dort von den Peitschenschlägen des Schwiegervaters erholen könne; den Schwiegervater selber aber, Boris Timofejewitsch, beerdigte man ohne den geringsten Argwohn nach den Regeln des Christentums. Niemand wunderte sich, keinem kam auch nur der leiseste Verdacht: Boris Timofejewitsch war eben gestorben, und zwar gestorben, nachdem er zuvor Pilze gegessen, genauso wie viele sterben, wenn sie giftige Pilze gegessen haben. Mit der Beerdigung Boris Timofejewitschs hatte man es eilig, man wartete nicht einmal die Ankunft seines Sohnes ab, denn das Wetter war damals sehr heiß, und zudem hatte der Bote, der ausgeschickt worden war, ihn zu holen, Sinowij Borissowitsch nicht mehr auf der Mühle angetroffen. Ihm war nämlich unterdessen ein billiger Wald zum Kauf angeboten worden, hundert Werst von dort, und so war er denn hingefahren, sich den anzusehen und hatte niemandem genau gesagt, wohin er fuhr.

Nachdem Katerina Lwowna diese Sachen zu Ende geführt hatte, war sie nicht mehr zu halten. Sie hatte schon vorher nicht zu den leicht Durchschaubaren gehört, doch jetzt war es einfach unverständlich, was sie wohl im Sinne haben mochte; ordentlich geschwollen stolzierte sie durchs Haus und gab Befehle und ließ Ssergej auch nicht auf eine Minute aus den Augen. Im Hause gab es hierüber ein großes Staunen, allein Katerina Lwowna wußte mit ihrer freigebigen Hand einen jeden für sich zu gewinnen, und so war mit einem Male das ganze Staunen aus.

»Unsere Hausfrau«, hieß es, »hat's mit dem Ssergej, das ist alles. Und schließlich ist es ihre Sache, und sie wird's verantworten müssen.«

Unteressen jedoch wurde Ssergej wieder ganz gesund und kam zu Kräften und machte sich aufs neue, der wakkersten einer, ein munterer Falke, an Katerina Lwowna heran, und aufs neue begann das verliebte Leben der beiden. Aber nicht nur für sie rollte die Zeit dahin: es eilte heim nach langer Trennung der beleidigte Gatte, Sinowij Borissowitsch.

VI

Draußen brütete nach dem Mittagessen eine höllische Hitze, und eine geschäftige Fliege wurde immer unerträglicher. Katerina Lwowna verschloß die Läden des Schlafzimmerfensters, sie verhängte es von innen mit einem wollenen Tuch und legte sich darauf zu Ssergej auf das hohe Kaufmannsbett, um auszuruhen. Und es schlief Katerina Lwowna und schlief doch wieder nicht, ein Alb drückte sie, über und über naß wurde sie und atmete so heiß und so schwer. Und es fühlte Katerina Lwowna, daß es schon hohe Zeit sei aufzuwachen, Zeit, in den Garten zu gehen, Tee zu trinken, und doch konnte sie sich nicht erheben. Die Köchin kam und klopfte an die Tür. »Der Samowar«, rief sie, »steht unter dem Apfelbaum und wird kalt.« Katerina Lwowna richtete sich gewaltsam auf, und da schmiegte sich ein Kater zwischen sie und Ssergej, und der war so hübsch, so grau und groß, und so fett war er, so rund ... und einen Schnurrbart hatte er, wie der Abgabenverwalter. Katerina Lwowna begann den Kater zu liebkosen, sie vergrub sich geradezu in sein flaumiges Fell, er aber ruckte mit dem runden Kopf hin und her, und endlich stieß er mit seiner stumpfen Schnauze an ihre elastische Brust und schnurrte dazu ein Lied, so leise, als wollte er von der Liebe erzählen. »Wie ist dieser Riesenkater hereingekommen!« dachte Katerina Lwowna. »Auf dem Fensterbrett steht Rahm, den wird er bestimmt ausschlecken, der Schuft. Man müßte ihn hinausjagen«, beschloß sie und wollte den Kater packen, aber er glitt wie Nebel durch ihre Finger. »Und woher wohl dieser Kater gekommen sein mag?« dachte sie in ihrem albgequälten Schlaf. »In unserem Schlafzimmer hat es noch nie einen Kater gegeben, und plötzlich ist einer da, und zwar was für einer!« Und wieder versuchte sie, den Kater zu packen, und wieder gelang es ihr nicht. »Ja, was soll denn das bedeuten? Am Ende ist das gar kein Kater?« dachte Katerina Lwowna. Der Schrecken fuhr ihr durch die Glieder, und mit einem Male waren Schlaf und Müdigkeit fort. Katerina Lwowna schaute sich im Gemach um: kein Kater war da, da war nur der hübsche Ssergej und preßte mit seiner gewaltigen Hand ihre Brust an sein glühendes Gesicht.

Katerina Lwowna erhob sich, setzte sich auf den Bettrand und küßte ihren Ssergej und liebkoste ihn, rückte das verschobene Kissen zurecht und begab sich darauf in den Garten, Tee zu trinken.

Die Sonne aber stand schon ganz tief, und auf die heißerhitzte Erde senkte sich ein wundervoller, ein zauberischer Abend herab.

»Ich habe mich verschlafen«, sagte Katerina Lwowna zu Axinja und setzte sich auf den Teppich unter dem blühenden Apfelbaum. »Und was das wohl bedeuten könnte, Axinjuschka?« fragte sie die Köchin und putzte das Geschirr mit dem Teetuch.

»Was denn, Mütterchen?«

»Daß halb im Traum und halb in Wirklichkeit ein Kater zu mir gekrochen kam.«

»Nein, so was!«

»Ja, wahrhaftig, ein Kater kroch zu mir.«

Und Katerina Lwowna erzählte sodann, wie der Kater zu ihr gekrochen kam.

»Warum du ihn nur gestreichelt hast?«

»Du bist gut! Ich weiß doch selber nicht, warum ich ihn streichelte.«

»Wirklich wunderbar!« rief die Köchin.

»Ich bin selber ganz erstaunt.«

»Das bedeutet bestimmt etwas in der Art, als werde sich jemand an dich heranmachen, oder es wird dergleichen was dabei herauskommen.«

»Und was?«

»Was? ja meine Liebe, es wird dir niemand erklären können, was, aber etwas in der Art wird es sein.«

»Zuerst sah ich im Schlaf immer den Mond und nachher kam der Kater«, setzte Katerina Lwowna fort.

»Der Mond, das ist ein Kindchen.«

Katerina Lwowna errötete.

»Geruhst du nicht, dir Ssergej schicken zu lassen?« forschte Axinja, die sich immer mehr als Vertraute aufspielte.

»Ja, freilich«, entgegnete Katerina Lwowna, »du hast recht, schick ihn her, ich will ihm Tee geben.«

»Nun also, ich sagte doch – ihn herschicken«, entschied Axinja und watschelte wie eine Ente zur Gartentür.

Katerina Lwowna erzählte auch Ssergej vom Kater.

»Leere Träume«, meinte Ssergej.

»Aber warum, Ssergej, habe ich niemals vorher diese Träume gehabt?«

»Vorher, vorher war alles anders! Vorher, wenn ich da nur mit einem Auge auf dich blickte, wollte ich schier verschmachten – und jetzt! Dein ganzer weißer Leib ist in meiner Hand.«

Ssergej umschlang Katerina Lwowna und wirbelte sie durch die Luft und warf sie zum Spaß auf den dicken Teppich.

»O, mir dreht sich der Kopf«, sagte Katerina Lwowna. »Ssergej! Komm, setz dich neben mich«, rief sie dann und schmiegte sich und streckte sich in wollüstiger Bewegung.

Der junge Mann bückte sich, als er unter die tief herabhängenden und ganz von weißen Blüten überströmten Zweige des Apfelbaums trat, und nahm auf dem Teppich zu Füßen von Katerina Lwowna Platz.

»Du schmachtetest also nach mir, Ssergej?«

»Freilich schmachtete ich.«

»Wie schmachtetest du? Das mußt du mir erzählen.«

»Wie soll man das erzählen? Kann man denn beschreiben, wie man schmachtet? Sehnsucht hatte ich.«

»Und wieso fühlte ich dann nicht, Ssergej, daß du dich nach mir verzehrtest? Das fühlt man doch, sagen die Leute.«

Ssergej schwieg.

»Und warum sangst du Lieder, wenn du dich um mich grämtest, du? Ich habe ja gehört, wie du auf der Galerie sangest!« fuhr Katerina fort und streichelte ihn.

»Warum hätte ich keine Lieder singen sollen? Die Mücke

singt auch ihr Leben lang, und doch tut sie's nicht aus Vergnügen«, entgegnete Ssergej trocken.

Es entstand eine Pause. Katerina Lwowna war vollauf entzückt von den Geständnissen Ssergejs.

Sie wollte weitersprechen, doch Ssergej runzelte die Augenbrauen und schwieg.

»Schau nur, Ssergej, ein Paradies, welch ein Paradies!« rief Katerina Lwowna und betrachtete durch die dichten, auf sie herabhängenden blühenden Zweige des Apfelbaumes den reinen dunkelblauen Himmel, an dem ein voller und hübscher Mond stand.

Der Mondschein, der seinen Weg durch die Blätter und Blüten des Apfelbaumes nahm, glitt mit absonderlichen kleinen hellen Flecken über das Gesicht und die ganze Gestalt der rücklings liegenden Katerina Lwowna; die Luft war sehr still; ein zarter und warmer Windhauch bewegte die schlaftrunkenen Blätter zuweilen und atmete den süßen Duft der blühenden Gräser und Bäume ein und aus. Etwas Sehnsüchtiges lag darin, etwas sanft Einschläferndes, das ein Verlangen nach Zärtlichkeit und viele dunkle Wünsche wachrief.

Katerina Lwowna erhielt keine Antwort und verstummte und schaute immer noch durch die blaßroten Apfelblüten den Himmel an. Ssergej schwieg ebenfalls, aber was ihn beschäftigte, war nicht der Himmel. Mit beiden Armen hielt er seine Knie umschlungen und blickte gedankenvoll auf seine Stiefel.

Goldene Nacht! Soviel Ruhe ringsum, soviel Glanz, dieser Duft, und welche segensreiche, lebenspendende Wärme! Weit hinter der Schlucht, die an die Rückseite des Hauses stieß, stimmte jemand ein klingendes Lied an; am Zaun im dichten Faulbaum schlug laut die Nachtigall; eine schlaftrunkene Wachtel zwitscherte in ihrem Nest, das an einer hohen Stange befestigt war, und sehnsüchtig seufzte hinter der Mauer des Stalls das fette Pferd; auf der Weide aber, die hinter dem Gartenzaun lag, jagte sich stumm ein Rudel spielender Hunde und verschwand in dem unförmigen schwarzen Schatten der halbzerfallenen alten Salzspeicher.

Katerina Lwowna stützte sich auf ihre Ellbogen und betrachtete das hochaufgeschossene Gartengras; das Gras funkelte nur so im Mondschein, der von den Blüten und Blättern tropfte. Ganz vergoldet war es von diesen launenhaften und hellen Flecken, die darüber hinflimmerten und hinglitten, als wären es lebhafte glühende Falter oder als wäre ein Mondnetz über das Gras geworfen und bewege sich hin und her.

»Ach, Ssergej, wie wunderbar schön!« rief Katerina Lwowna und blickte sich um.

Aber gleichgültig schaute Ssergej.

»Was ist dir, Ssergej, du bist so unfreundlich? Oder ist dir am Ende meine Liebe bereits zuwider?«

»Wozu Unsinn schwatzen!« erwiderte Ssergej trocken und bückte sich faul, um Katerina zu küssen.

»Ein Treuloser bist du, Ssergej«, eiferte Katerina Lwowna, »ein Unbeständiger.«

»Damit kannst du mich nicht meinen«, entgegnete Ssergej ruhig.

»Warum küßt du mich dann so?«

Ssergej erwiderte nichts.

»So tun es nur die Ehemänner mit ihren Frauen«, fuhr Katerina Lwowna fort und spielte mit seinen Locken, »daß sie einander nur den Staub von den Lippen putzen. Küsse mich so, daß von diesem Apfelbaum über uns die jungen Blüten auf die Erde fallen.«

»So, ja, so«, flüsterte Katerina Lwowna und umschlang ihren Liebsten und küßte ihn mit leidenschaftlicher Hinneigung.

»Hör mal, Ssergej, was ich dir sagen möchte«, begann Katerina Lwowna nach einer kleinen Weile, »warum sprechen eigentlich alle einstimmig von dir, du seiest ein Treuloser?«

»Wem kann es schon Vergnügen machen, über mich zu schwatzen?«

»So sprechen die Leute.«

»Es könnte sein, daß ich gegen solche treulos war, die nichts anderes wert waren.«

»Und warum, du Narr, hast du dich mit solchen, die nichts wert waren, eingelassen? Mit solchen, die nichts wert sind, soll man auch keine Liebe haben.«

»Erzähl du mir was! Als ob das eine Sache wäre, die von der Überlegung abhängt! Nichts als Verführung. Hat man mit so einer friedlich und ohne jede andere Absicht das Gesetz überschritten, schon hängt sie einem am Halse. Da sprich mir noch von Liebe!«

»Hör mal, Ssergej! Wie all die anderen waren, das weiß ich nicht und will es auch nicht wissen, doch genauso, wie du weißt, daß du mich herumbekommen hast, genauso weißt du auch, daß es weniger mein eigener Wille war, als deine Schlauheit; wenn du aber mich betrügen solltest, Ssergej, wenn du mich einer andern zuliebe, sei sie auch, wie immer sie sei, jemals vergessen solltest – dann merke dir, mein lieber Freund, und verzeih es mir: lebendig kommst du mir dann nicht davon.«

Ssergej fuhr in die Höhe.

»Katerina Lwowna, du mein Augenlicht!« sagte er, »so schau doch nur selber, wie unsere Sache steht; du hast freilich bemerkt, daß ich heute nachdenklich bin, aber du willst nicht verstehen, daß ich nicht anders als nachdenklich sein kann. Es könnte sein, daß mein ganzes Herz von geronnenem Blute bedeckt ist!«

»Sprich, Ssergej, sprich deinen Kummer aus.«

»Da ist nicht viel zu erzählen! Das Nächste, was nun kommt, wird sein, daß mit Gottes Beistand dein Gatte herkommen wird, dann wird es heißen, Ssergej Filippowitsch, wird es heißen, zieh ab, marsch auf den Hinterhof zu den Musikanten, und schau dort vom Speicher zu, wie in Katerina Lwownas Zimmer das Lämpchen brennt und wie sie die Federbetten klopft und wie sie sich mit ihrem gesetzlichen Ehegemahl, mit Sinowij Borissowitsch, zur Ruhe begibt.«

»Dazu wird es nicht kommen!« sang Katerina Lwowna lustig und fuhr mit der Hand durch die Luft.

»Wieso wird es dazu nicht kommen? Ich glaube zu sehr, daß es nicht anders gehen wird. Und ich, Katerina Lwowna, ich habe auch ein Herz und kann auch meine Qualen haben.«

»So hör doch endlich damit auf.«

Dieser Ausbruch von Ssergejs Eifersucht war Katerina Lwowna sehr nach dem Sinn, und sie brach in ein Gelächter aus und machte sich wieder daran, ihn zu küssen.

»Und schließlich«, fuhr Ssergej fort und befreite leise seinen Kopf aus der Umklammerung der bis zu den Schultern entblößten Arme Katerina Lwownas, »schließlich muß ich wiederholen, daß mein ganz und gar erbärmliches Vermögen die Ursache ist, daß ich so denke und hundertmal so denken muß. Wenn ich Ihnen gleichgestellt wäre, irgendein großer Herr oder ein Kaufmann wäre, ja dann, Katerina Lwowna, wollte ich auch nicht daran denken, mich je in meinem Leben von Ihnen zu trennen. So aber, sagen Sie doch selber, wer bin ich denn eigentlich hier? Nachdem ich erfahren, wie es ist, wenn man Sie an Ihren weißen Händchen nimmt und in das Schlafzimmer führt, soll ich das alles nun stumm mit ansehen und dadurch vor mir selber vielleicht auf ewige Zeit zu einem verächtlichen Menschen werden? Katerina Lwowna! Ich bin ja nicht wie all die andern, denen alles gleichviel ist, wenn sie nur das Vergnügen erlangen, das eine Frau gibt. Ich fühle ja, wie die Liebe tut und wie sie an meinem Herzen frißt, als wäre sie eine schwarze Schlange...«

»Warum erzählst du mir immer solche Sachen?« unterbrach ihn Katerina Lwowna.

Ssergej tat ihr leid.

»Katerina Lwowna! Wie sollte ich nicht davon sprechen? Wie denn anders, als davon sprechen? Wenn er vielleicht alles schon weiß und erzählt bekommen hat, und wenn vielleicht schon sehr bald, möglicherweise schon morgen keine Spur von Ssergej hier im Hause mehr zu finden sein wird?«

»Nein, nein, Ssergej, nicht einmal davon sprechen darfst du! Das gibt's nicht, daß ich ohne dich bliebe«, beruhigte ihn Katerina Lwowna immer mit den gleichen Liebkosungen, »wenn er wirklich darauf erpicht sein sollte – entweder ich oder er, dich aber werde ich nicht lassen.«

»Es ist völlig unmöglich, Katerina Lwowna, daß das geschehen könnte«, entgegnete Ssergej und schüttelte traurig und wehmütig den Kopf. »Dieser Liebe wegen bin ich meines Lebens nicht mehr froh. Hätt' ich doch eine geliebt, die nicht über mir steht, hätt' ich mich doch damit begnügt. Und wie lang soll wohl unsere Liebe dauern? Kann es Ihnen denn rühmlich erscheinen, eine Geliebte zu sein? Ja, wenn ich vor dem heiligen, vor dem ewigen Altare Ihr Mann würde, dann, ja dann könnte ich, wenn ich mich auch stets geringer als Sie erachten würde, wenigstens öffentlich und vor allen Leuten zum Ausdruck bringen, wieviel mir daran gelegen ist, mir das Wohlwollen meiner Gemahlin zu erringen...«

Diese Worte Ssergejs berauschten Katerina Lwowna ebenso wie seine Eifersucht und sein Wunsch, sie zu heiraten – ein Wunsch, der jeder Frau, ungeachtet einer noch so kurzen Verbindung mit dem Manne, immer angenehm ist. Katerina Lwowna war jetzt bereit, Ssergej durch Feuer und Wasser zu folgen, ins Gefängnis und ans Kreuz. Er hatte sie dermaßen verliebt gemacht, daß es für ihre Anhänglichkeit keine Grenze mehr gab. Ihr Glück machte sie halb toll; ihr Blut schäumte, und schon hörte sie nichts mehr. Hastig verschloß sie Ssergejs Mund mit ihrer Hand und sagte, indem sie seinen Kopf an ihre Brust drückte:

»Ich weiß schon, wie ich aus dir einen Kaufmann mache und wie ich mit dir ein Leben führen werde nach der Ordnung. Du aber bekümmere mich nicht mehr, solange diese Sache noch nicht über uns steht.«

Und wieder Küsse und wieder Liebkosungen.

Der alte Handlungsgehilfe, der im Speicher schlief, hörte trotz seines festen Schlafes durch die Stille der Nacht bald ein Raunen, von leisem Lachen unterbrochen, an sein Ohr dringen, als berieten spielende Kinder, wie sie wohl immer übermütiger das sieche Alter verspotten könnten, bald wieder war ihm, als höre er so ein helles lustiges Gelächter, als kitzelten zudringliche Nixen wen. Und all das war nur Katerina Lwowna, die, im Mondlicht plätschernd und auf dem weichen Teppich hin- und herrollend, mit dem jungen Angestellten ihres Mannes spielte und scherzte, und der volle Apfelbaum überschüttete sie mit seinen jungen weißen Blüten – aber dies alles ließ einige Zeit darauf nach. Und unterdessen ging die kurze Sommernacht dahin, der Mond verkroch sich hinter dem spitzgiebligen Dach der hohen Speicher und blickte immer trüber und trüber auf die Erde hinab; vom Küchendach her ertönte ein durchdringendes Katzenduett, dann hörte man ein Spukken und ein wütendes Fauchen, und gleich darauf rollten geräuschvoll abstürzend, zwei oder drei Kater auf ein neben dem Dach aufgeschichtetes Bretterbündel herab.

»Gehen wir schlafen«, sagte Katerina Lwowna langsam und erhob sich wie zerschlagen von dem Teppich, auf

dem sie in Hemd und Unterrock lag, und schritt, so wie
sie war, über den stillen, fast ausgestorbenen Hof des Kaufmannshauses, und Ssergej trug den Teppich hinter ihr
drein und die Jacke, die sie während des Spielens abge-
streift hatte.

VII

Kaum, daß Katerina Lwowna sich völlig ausgezogen auf
das weiche Pfühl gelegt und die Kerze ausgeblasen hatte,
überkam sie schon ein tiefer Schlaf. Und so tief schlief
Katerina Lwowna ein nach all dem Spiel und Scherz, daß
auch ihr Fuß schlief und ihr Arm schlief; und doch hörte
sie noch durch ihren tiefen Schlaf, daß leise die Türe geöffnet wurde und daß auf ihr Bett mit schwerem Sprung
der Kater von mittags fiel.

»Was soll denn das nun wieder, das mit dem Kater?«
fuhr es der schlaftrunkenen Katerina Lwowna durch den
Kopf, »absichtlich habe ich diesmal die Türe mit eigener
Hand fest abgeschlossen, das Fenster ist zu – und doch
ist er wieder da. Ich will ihn hinauswerfen«, und Katerina
Lwowna versuchte aufzustehen, doch ihre Arme und Beine
versagten ihr den Dienst; der Kater jedoch, er strich über
sie hin und schnurrte so eigentümlich, als wären es Worte
der Menschen, die er spräche. Katerina Lwowna überlief es.

»Nein«, dachte sie, »so geht das nicht weiter, morgen
muß unbedingt Wasser aus der Dreikönigskirche auf das
Bett, denn das ist mir ein sehr sonderbarer Kater, der sich
da an mich herangemacht hat.« Der Kater aber schnurrte
dicht über ihrem Ohr und stieß sie mit der Schnauze und
sagte: »Was denn«, sagte er, »was bin ich für ein Kater!
Und wieso denn! Du hast ganz recht, Katerina Lwowna,
wenn du meinst, daß ich gar kein Kater bin, denn ich bin
ja der ehrbare Kaufmann Boris Timofejewitsch. Und nur
das eine ist bei mir nicht ganz in Ordnung, nämlich, daß
innen alle meine Eingeweide geborsten sind von der Bewirtung meines Schwiegertöchterchens. Darum«, schnurrte
er weiter, »bin ich auch, sieh mal an, so klein geworden
und erscheine denen als Kater, die sich wenig Gedanken
darüber machen, wer ich in Wirklichkeit bin. Und wie steht
es denn, wie geht es denn, wie lebst du nun bei uns, Kate-

rina Lwowna? Und erfüllst du auch getreulich deine Pflicht? Ich bin geradezu vom Friedhof gekommen, um nachzuschauen, wie ihr, du und Ssergej Filippowitsch, das Bett deines Gatten wärmt. Schnurr – schnurr, weißt du, ich sehe nämlich gar nicht mehr. Du brauchst mich nicht zu fürchten, denn, sieh mal, von deiner Bewirtung sind mir sogar die Augen herausgequollen. Schau mir nur in die Augen, Liebchen, keine Angst!«

Und Katerina Lwowna schaute und schrie laut auf. Zwischen ihr und Ssergej lag wieder der Kater. Der Kopf aber des Katers war der von Boris Timofejewitsch, und zwar genauso groß, wie der Kopf des Verstorbenen, anstelle der Augen jedoch waren zwei feurige Räder da, die sich nach verschiedenen Richtungen drehten. Und wie sie sich drehten!

Ssergej erwachte, er beruhigte Katerina Lwowna und schlief wieder ein; ihr war aber inzwischen der Schlaf vergangen – und das war gut so.

Mit weit offenen Augen lag sie da und vernahm mit einem Male, daß jemand über den Zaun in den Hof stieg. Die Hunde warfen sich auf ihn, doch gleich darauf waren sie ruhig – ja es war so, als umschmeichelten sie den Ankömmling. Und noch eine Minute – und da schnappte unten das eiserne Schloß, und die untere Eingangstüre ging auf. – »Kommt mir das nur so vor, oder ist wirklich mein Sinowij Borissowitsch zurückgekehrt? Denn das war jemand, der die Tür aufsperrte«, dies schoß Katerina Lwowna durch den Kopf, und hastig stieß sie Ssergej wach.

»Lausch mal, Ssergej«, sagte sie und richtete sich auf den Ellbogen auf und spitzte die Ohren.

Und wahrhaftig, auf der Treppe hörte man jemand leise, vorsichtig Schritt für Schritt machen und zur verschlossenen Schlafzimmertür heraufsteigen.

Im Hemd sprang Katerina Lwowna schnell vom Bett und öffnete das Fenster. Im gleichen Augenblick sprang Ssergej barfuß auf die Galerie und umklammerte schon mit seinen Beinen jene Säule, an der er bereits einige Male aus dem Schlafgemach der Hausfrau entkommen war.

»Nein doch, nicht nötig, nicht nötig! Kauere dich dort hin... nicht zu weit von hier«, flüsterte Katerina Lwowna, reichte Ssergej seine Schuhe und seine Kleidung durchs

Fenster und glitt selber in einem Nu wieder unter die Bettdecke und lag still.

Ssergej tat, was Katerina Lwowna verlangte: er glitt nicht an der Säule hinab, sondern versteckte sich unter einer Bastmatte auf der Galerie.

Unterdessen hörte Katerina Lwowna, wie ihr Mann an die Türe heranschlich und den Atem anhaltend horchte. Sie konnte sogar hören, wie sein eifersüchtiges Herz schneller pochte; doch nicht Mitleid überkam Katerina Lwowna dabei, sondern ein boshaftes Gelächter. »Ja, such ihn nur, den gestrigen Tag«, mußte sie denken und lächelte dabei und atmete wie ein unschuldiger Säugling.

So vergingen zehn Minuten; endlich wurde es Sinowij Borissowitsch zuviel, noch länger an der Tür zu stehen und zuzuhören, wie seine Frau schlief; er klopfte.

»Wer ist da?« antwortete Katerina Lwowna nach einer Weile mit verschlafener Stimme.

»Ich«, entgegnete Sinowij Borissowitsch.

»Bist du es, Sinowij Borissowitsch?«

»Ich, ich! Hörst du denn nicht?«

Und wieder sprang Katerina Lwowna nur mit dem Hemd bekleidet auf und ließ den Mann ins Schlafgemach und schlüpfte wieder ins warme Bett.

»Vor Sonnenaufgang ist es jetzt immer frisch«, meinte sie, sich fest in ihre Decke hüllend.

Sinowij Borissowitsch trat ein, schaute sich bebend um, zündete eine Kerze an und schaute sich noch einmal um.

»Und wie geht es, wie steht es?« fragte er seine Gattin.

»Nichts Besonderes«, entgegnete Katerina Lwowna und schickte sich an, eine Kattunbluse anzuziehen.

»Den Samowar aufstellen?« fragte sie.

»Wozu, weck Axinja, mag die es tun.«

Katerina Lwowna glitt ohne Strümpfe in ihre Morgenschuhe und eilte hinaus. Sie blieb über eine halbe Stunde fort. In dieser Zeit blies sie selber die Kohlen im Samowar an und flatterte leise zu Ssergej auf die Galerie hinaus.

»Bleib dort«, flüsterte sie.

»Wie lange denn noch?« fragte Ssergej ebenfalls flüsternd.

»O, wie dumm du bist! Bleib, solange ich dir nichts anderes sage.«

Und Katerina Lwowna drückte ihn selber auf seinen alten Platz zurück.

Ssergej konnte auf der Galerie alles hören, was im Schlafgemach geschah, und so hörte er denn auch, wie die Tür ging und Katerina Lwowna wieder ins Zimmer trat. Alles konnte er hören. Wort für Wort.

»Was treibst du solange?« fragte Sinowij Borissowitsch seine Frau.

»Den Samowar stellte ich auf«, entgegnete sie ruhig.

Eine Pause entstand. Ssergej konnte hören, wie Sinowij Borissowitsch seinen Rock an den Kleiderständer hängte. Und gleich darauf wusch er sich und spuckte und sprudelte das Wasser nach allen Richtungen; dann bat er um ein Handtuch; gleich darauf fingen sie wieder an zu sprechen.

»Nun, und wie habt ihr den Vater beerdigt?« erkundigte sich der Mann.

»Wie man das eben tut«, erwiderte die Frau, »er ist gestorben, und man hat ihn beerdigt.«

»Und wie sonderbar das gekommen ist!«

»Ja, Gott weiß«, entgegnete Katerina Lwowna und klapperte mit dem Teegeschirr.

Niedergeschlagen ging Sinowij Borissowitsch durchs Zimmer.

»Nun, und Sie, wie haben Sie die Zeit verbracht?« begann Sinowij Borissowitsch aufs neue seine Frau auszufragen.

»Unsere Vergnügen sind, meine ich, jedermann bekannt. Auf Bälle gehen wir nicht und Theater besuchen wir keine.«

»Es scheint jedoch, Sie haben keine große Freude, daß Ihr Mann wiedergekommen ist?« fuhr Sinowij Borissowitsch scheel blickend fort.

»Wir sind doch keine Kinder mehr, um so ohne Sinn und Verstand einander zu begrüßen. Wie soll ich denn meine Freude zeigen? Ich arbeite und laufe doch nur zu Ihrem Vergnügen.«

Und wieder eilte Katerina Lwowna hinaus, diesmal, um den Samowar zu holen, und wieder schlüpfte sie zu Ssergej und zupfte ihn und sagte: »Nicht einschlafen, Ssergej!«

Und wußte auch Ssergej ganz und gar nicht, wohin das führen sollte, so hielt er sich immerhin bereit.

Katerina Lwowna kehrte zurück und traf Sinowij Borissowitsch an, wie er seine silberne Uhr mit der Glasperlenkette über das Kopfende seines Bettes hängte.

»Wie kommt es, Katerina Lwowna, daß Sie, obwohl Sie allein waren, das Bett für zwei gemacht haben?« wandte er sich plötzlich mit einer sonderbaren Stimme an seine Frau.

»Ich wartete immer auf Sie«, entgegnete Katerina Lwowna, ihn ruhig anblickend.

»Und dafür danke ich Ihnen ergebenst... Wieso aber kommt dieser Gegenstand da auf Ihr Federbett?«

Und mit diesen Worten hob Sinowij Borissowitsch Ssergejs kleinen wollenen Gürtel von der Decke und hielt ihn seiner Frau vor Augen.

Aber Katerina Lwowna hatte im Nu die Antwort.

»Das fand ich im Garten«, sagte sie, »und habe mir den Unterrock damit aufgebunden.«

»Freilich!« sprach Sinowij Borissowitsch mit besonderer Betonung, »von Ihren Unterröcken haben wir auch manches zu Ohren bekommen.«

»Und was denn haben Sie zu Ohren bekommen?«

»Nun, von Ihren mancherlei guten Taten.«

»Ich habe nichts an dergleichen Taten aufzuweisen.«

»Das wird sich herausstellen, das wird sich alles herausstellen«, entgegnete Sinowij Borissowitsch und schob sein leeres Glas seiner Frau hin.

Katerina Lwowna schwieg.

»Alle Ihre Taten, Katerina Lwowna, werden wir ans Tageslicht bringen«, fuhr Sinowij Borissowitsch nach einer guten Weile fort und runzelte die Brauen.

»Ihre Katerina Lwowna ist nicht so ängstlich, wie Sie annehmen, sie hat keine große Angst davor«, entgegnete diese.

»Was? Was?« fuhr Sinowij Borissowitsch sie mit erhöhter Stimme an.

»Nichts – schon ausgerutscht«, entgegnete seine Frau.

»Sieh dich mal vor, du! Du scheinst mir sehr geschwätzig geworden zu sein!«

»Und warum sollte ich etwa nicht geschwätzig sein?« gab Katerina Lwowna zurück.

»Hättest du lieber mehr auf dich selber achtgegeben.«

»Ich brauche nicht auf mich achtzugeben. Weiß Gott, wessen lange Zunge Ihnen etwas aufgebunden haben mag, ich aber soll alle Beschimpfungen ruhig hinnehmen?! Das sind mir Neuigkeiten!«

»Nichts da von langen Zungen, ich habe zuverlässige Nachrichten über Ihre Liebschaften.«

»Über welche Liebschaften von mir?« rief Katerina Lwowna, unwillkürlich in die Höhe fahrend.

»Ich weiß schon über welche.«

»Nun, und wenn Sie es wissen, dann sagen Sie es doch klarer!«

Sinowij Borissowitsch verstummte und schob seiner Frau aufs neue das leere Glas hinüber.

»Da sieht man's ja, Sie wissen es nicht einmal zu sagen!« rief Katerina Lwowna mit Verachtung und warf zornig den Teelöffel in das Glas ihres Mannes. »Nun so sprechen Sie doch, mit wem hat man mich verleumdet? Wer ist denn in Ihren Augen mein Liebhaber?«

»Sie werden es schon erfahren, es hat keine solche Eile.«

»Hat man Ihnen vielleicht von Ssergej etwas vorgequasselt?«

»Wird man erfahren, Katerina Lwowna, wird man schon erfahren. Unsere Macht über Sie hat uns noch niemand abgenommen und kann niemand von uns nehmen... Sie werden selber schon zu sprechen anfangen...«

»Eh! unausstehlich ist das«, rief Katerina Lwowna zähneknirschend und wurde dann blaß wie ein Linnen und sprang plötzlich zur Türe hinaus.

»Also, da ist er«, sagte sie einige Augenblicke darauf und zog Ssergej an seinem Ärmel ins Zimmer. »Fragen Sie ihn und mich aus nach alledem, was Sie zu wissen behaupten. Und es könnte schon sein, daß du vielleicht mehr erfahren wirst, als du wissen möchtest.«

Sinowij Borissowitsch verlor fast die Fassung. Bald schaute er Ssergej an und bald seine Frau, die mit gekreuzten Armen sich ruhig auf den Bettrand gesetzt hatte – er begriff absolut nicht, wohin das führen sollte.

»Was soll das heißen, du Schlange?« stieß er endlich mit Mühe hervor, ohne sich von seinem Sessel zu erheben.

»Frag ihn doch nach alledem, was du so gut zu wissen

behauptest«, entgegnete Katerina Lwowna dreist. »Du hattest im Sinne, mich mit der Strafe zu schrecken«, fuhr sie fort und zwinkerte vielsagend mit den Augen. »Dazu wird es jedoch nie kommen; das aber, was ich mir, lange bevor du mir mit diesen deinen Verheißungen kamst, für dich ausgedacht habe, das werde ich bestimmt ausführen.«

»Was soll das wieder? Hinaus!« schrie Sinowij Borissowitsch Ssergej zu.

»Warum nicht gar!« spottete Katerina Lwowna.

Geschwind schloß sie die Türe ab, steckte den Schlüssel in die Tasche und nahm aufs neue in ihrer ungezwungenen Stellung auf dem Bett Platz.

»Und jetzt, Ssergej, komm her, komm nur, mein Täubchen«, so winkte sie den jungen Angestellten zu sich.

Ssergej schüttelte seine Locken zurück und setzte sich dreist neben die junge Hausfrau.

»Herr! Mein Gott! Ja, was ist denn das? Ja, was tut ihr denn da, ihr Heillosen?« schrie purpurrot vor Zorn Sinowij Borissowitsch und erhob sich von seinem Sessel.

»Was? Oder gefällt dir das nicht? Schau nur, schau, mein hübscher Falke, wie schön das ist!«

Katerina Lwowna lachte und küßte trotz der Gegenwart ihres Mannes Ssergej leidenschaftlich.

Allein im gleichen Augenblick brannte auf ihrer Backe eine betäubende Ohrfeige und gleich darauf eilte Sinowij Borissowitsch zum offenen Fenster.

VIII

»Ah, das also! ... nun, mein Bester, vielen Dank, darauf wartete ich nur!« rief Katerina Lwowna. »Also dann nicht, wie ich es wollte. Und nicht wie du willst...«

Und mit einer Armbewegung stieß sie Ssergej von sich fort, sprang nach ihrem Mann, packte, noch bevor Sinowij Borissowitsch das Fenster zu erreichen vermocht hatte, mit ihren schmalen Fingern von hinten seinen Hals und warf ihn wie ein nasses Hanfbündel zu Boden.

Sinowij Borissowitsch, der schwer hinfiel und mit dem Hinterkopf hart auf den Boden schlug, war wie von Sinnen. Diesen schnellen Ablauf hatte er ganz und gar nicht erwartet. Diese erste Gewalttat, die seine Frau gegen ihn anwendete, bewies ihm, daß sie zum Äußersten entschlossen war, um ihn nur endlich loszuwerden, und daß seine augenblickliche Lage außerordentlich gefahrdrohend war. Dies alles schoß Sinowij Borissowitsch, während er hinstürzte, durch den Kopf, und darum schrie er nicht etwa, denn er fühlte, daß seine Stimme nur die Sache beschleunigen dürfte. Schweigend blickte er um sich und heftete seine Augen mit dem Ausdruck des Zornes, des Vorwurfs und der Qual auf seine Frau, deren schmale Finger ihm sofort die Gurgel zupreßten.

Sinowij Borissowitsch setzte sich nicht zur Wehr, seine Arme lagen, wenn auch mit geballten Fäusten, lang hingestreckt und zuckten nur zuweilen krampfhaft. Der eine war sogar ganz frei, den anderen drückte Katerina Lwowna mit ihrem Knie auf den Fußboden.

»Halt ihn!« flüsterte sie gleichmütig Ssergej zu und wendete sich darauf ihrem Manne zu.

Ssergej setzte sich auf seinen Herrn und preßte nun mit seinen Knien dessen Arme nieder. Er wollte ihn unterhalb der Hände Katerina Lwownas an der Gurgel packen, doch er schrie im gleichen Augenblick wie wahnsinnig auf. Beim Anblick dessen, der ihn so gekränkt hatte, riß blutige Rache die letzten Kräfte in Sinowij Borissowitsch hoch: ein gewaltsamer, fürchterlicher Ruck, und er befreite seine von Ssergejs Knien an den Boden gedrückten Arme und fuhr mit ihnen in die schwarzen Locken Ssergejs, mit seinen Zähnen verbiß er sich in seinem Hals. Aber nicht lange: denn gleich darauf stöhnte Sinowij Borissowitsch schwer auf und ließ den Kopf zurückfallen.

Bleich und fast atemlos stand Katerina Lwowna über ihrem Mann und ihrem Liebhaber da; in ihrer rechten Hand war ein schwerer gußeiserner Leuchter, sie hielt ihn an seinem oberen Ende, den schweren Teil nach unten. Über Sinowij Borissowitschs Schläfe aber und Wange floß ein dünner Faden roten Blutes.

»Einen Priester...«, stöhnte Sinowij Borissowitsch dumpf und drückte voll Abscheu seinen Kopf so weit als möglich von dem auf ihm hockenden Ssergej ab. »Beichten«, flüsterte er noch undeutlich, erbebte und schielte dorthin, wo sich sein warmes Blut in seinen Haaren verfing.

»Es wird auch so gehen«, murmelte Katerina Lwowna.
»Man muß ein Ende mit ihm machen«, warf sie zu Ssergej hin, »pack ihn fest an der Gurgel.«
Sinowij Borissowitsch ächzte nur.
Katerina Lwowna bog sich vor und preßte mit ihren Händen die Hände Ssergejs noch fester an die Gurgel ihres Mannes und legte ihr Ohr an seine Brust. Fünf stille Minuten, dann erhob sie sich und sagte: »Schon gut, es genügt.«
Ssergej erhob sich ebenfalls und holte tief Atem. Sinowij Borissowitsch lag mit eingedrückter Gurgel und zerspaltener Schläfe am Boden. Linkerhand war ein nicht gerade großer Blutfleck unter seinem Kopf, doch es floß kein Blut mehr aus der geronnenen und von Haaren verklebten kleinen Wunde.
Ssergej trug den Körper Sinowij Borissowitschs in das Kellergewölbe, das unterhalb jenes Speichers mit den Steinwänden lag, in den der verstorbene Boris Timofejewitsch damals ihn gesperrt hatte, und kehrte darauf zurück. Gleichzeitig wusch Katerina Lwowna, welche die Ärmel ihrer Bluse zurückgeschlagen und ihren Rock hochgeschürzt hatte, auf das emsigste den Blutfleck, den Sinowij Borissowitsch auf dem Fußboden des Schlafgemachs zurückgelassen, mit einer Bürste und Seife fort. Das Wasser im Samowar war noch warm, das Wasser für den vergifteten Tee, mit dem Sinowij Borissowitsch seine Hausherrnseele zu erfrischen gedacht hatte – und so wurde denn der Fleck fortgewaschen, ohne daß auch nur eine Spur zurückblieb.
Mit diesem fertig, ergriff Katerina Lwowna eine große kupferne Spülschale und einen eingeseiften Scheuerlappen.
»Leucht mal«, rief sie Ssergej zu und ging zur Tür. »Halt das Licht tiefer«, sagte sie und betrachtete sorgfältig alle die Bretter des Fußbodens, über die Ssergej den Leichnam Sinowij Borissowitschs bis zum Keller geschleift hatte.
Nur an zwei Stellen fand man zwei winzige Flecken. keiner größer als eine Kirsche. Katerina Lwowna fuhr mit dem Scheuerlappen darüber und sie verschwanden.
»Da hast du's, warum schleichst du wie ein Dieb zu deiner Frau, warum spionierst du sie aus«, sagte Katerina

Lwowna endlich, richtete sich auf und schaute dabei in der Richtung zum Speicher.

»Schluß jetzt«, sagte Ssergej, der Klang seiner eigenen Stimme machte ihn schaudern.

Als sie ins Schlafzimmer zurückkehrten, brach im Osten gerade ein feiner purpurner Streifen der Morgenröte durch und schaute, ganz leicht die blütenbedeckten Apfelbäume vergoldend, durch die grünen Stäbe des Gartengitters in Katerina Lwownas Zimmer.

Gähnend und sich bekreuzigend, über der Schulter einen alten Halbpelz, kroch aus dem Speicher auf den Hof der alte Kommis und ging in die Küche.

Vorsichtig schloß Katerina Lwowna an der Schnur ziehend die Fensterläden und sah Ssergej aufmerksam an, als wollte sie in seine Seele schauen.

»So, und nun bist du der Kaufmann«, sagte sie und legte ihre weißen Arme dabei auf Ssergejs Schulter.

Ssergej gab keine Antwort.

Ssergejs Lippen bebten, und es war, als schüttelte ihn ein Fieber. Und Katerina Lwownas Lippen waren kalt.

Zwei Tage darauf hatte Ssergej große Schwielen an den Händen, und zwar von der schweren Schaufel und dem angestrengten Graben; dafür jedoch lag Sinowij Borissowitsch in seinem Kellergewölbe so gut untergebracht, daß es ohne die Hilfe seiner Frau oder ihres Liebhabers keinem je gelungen wäre, ihn aufzufinden bis zum Tage der Auferstehung.

IX

Ssergej trug ein rotes Tuch um den Hals und klagte, es habe sich ihm was auf die Kehle gelegt. Inzwischen aber, und zwar noch bevor die Spuren verschwunden waren, die Sinowij Borissowitschs Zähne an Ssergejs Gurgel zurückgelassen, begann man immer mehr, über das Ausbleiben von Katerina Lwownas Gatten zu sprechen. Und noch häufiger als die anderen brachte Ssergej selber das Gespräch auf ihn. So zum Beispiel, wenn er mit den anderen Burschen abends auf der Bank an der Pforte saß, pflegte er zu fragen: »Was das wohl sein mag, Kinder, daß unser Herr noch immer nicht da ist?«

Und die braven Burschen wunderten sich.

Von der Mühle kam Nachricht, der Herr hätte Pferde bestellt und sei nach Hause gefahren. Der Kutscher, der ihn gefahren, sagte, Sinowij Borissowitsch sei sehr mißvergnügt gewesen und hätte ihn zum Schluß auf wunderliche Art fortgeschickt: Drei Werst von der Stadt, gerade unterhalb des Klosters, sei er vom Wagen gestiegen, habe seinen Reisesack genommen und sei verschwunden. Und wer diese Erzählung hörte, wunderte sich noch mehr.

Sinowij Borissowitsch war verschwunden, das war alles. Nachforschungen wurden angestellt, doch es kam nichts dabei heraus: der Kaufmann blieb untergetaucht wie im Wasser. Aus den Aussagen des verhafteten Fuhrmanns ging nur hervor, daß der Kaufmann am Fluß unterhalb des Klosters ausgestiegen und seines Weges gegangen sei. Es kam keine Klarheit in die Sache, Katerina Lwowna jedoch lebte inzwischen mit ihrem Ssergej in aller Öffentlichkeit, zumal sie sich ja als Witwe fühlen konnte. Aufs Geratewohl wurde freilich erzählt, hier wäre Sinowij Borissowitsch gesehen worden und dort; trotzdem jedoch kehrte Sinowij Borissowitsch nicht heim, und Katerina Lwowna wußte besser als alle, daß es ihm nicht mehr möglich war, heimzukehren.

So verging ein Monat, und auch ein zweiter und dritter, und schließlich wußte Katerina Lwowna, daß sie schwanger war.

»Unser wird das Kapital, Ssergej, ich habe einen Erben«, sagte sie zu Ssergej und ging dann mit ihrem Ansuchen zu den Stadtvätern, so und so sei die Sache, und sie fühle sich schwanger; und die Geschäfte gerieten ins Stocken; man möge ihr nunmehr bewilligen, das Geschäft zu führen.

Ein Handelsgeschäft darf nicht untergehen. Katerina Lwowna war die gesetzliche Frau ihres Mannes, Schulden waren keine bekannt, man mußte es ihr mithin schon gestatten, und so gestattete man es.

Also lebte denn Katerina Lwowna und herrschte, und ihr zuliebe wurde Ssergej nunmehr Ssergej Filippowitsch genannt. Plötzlich aber, da gab es eine neue Bescherung. Aus Liwny nämlich wurde dem Stadthaupt geschrieben, daß nicht nur Boris Timofejewitschs Kapital in dem Geschäft stecke, sondern daß daran zum größeren Teil das Geld seines minderjährigen Neffen Fjodor Sacharowitsch Ljamin beteiligt sei, und daß man diese Sache untersuchen müsse und nicht ganz und gar der Katerina Lwowna überlassen dürfe. Die Nachricht kam, und es sprach das Stadthaupt mit Katerina Lwowna, und kaum war eine Woche vergangen – hopp! da kam aus Liwny eine alte Frau mit einem kleinen Knaben.

»Ich«, sagte sie, »ich bin die Base des verstorbenen Boris Timofejewitsch, und das da ist mein Neffe Fjodor Ljamin.«

Und Katerina Lwowna mußte sie aufnehmen.

Ssergej, der vom Hof her sowohl die Ankunft wie auch den Empfang beobachtet hatte, den Katerina Lwowna den Ankömmlingen bereitete, wurde weiß wie ein Tuch.

»Was hast du?« fragte ihn die Hausfrau, seine Totenblässe bemerkend, als er hinter den Ankömmlingen her in den Vorraum trat, um jene zu mustern.

»Nichts«, entgegnete er und begab sich aus dem Vorraum in den Flur, »ich denke nur, wie höchst merkwürdig dieses Liwny ist«, fügte er mit einem Seufzer hinzu und schloß die Flurtüre hinter sich.

»Nun, und jetzt, was jetzt?« fragte Ssergej Filippowitsch Katerina Lwowna, als sie nachts beim Samowar saßen. »Jetzt, Katerina Lwowna, stellt es sich heraus, daß unsere Sache nichts war.«

»Wieso denn nichts, Ssergej?«

»Weil jetzt alles geteilt werden wird. Wie kann man eine so faule Sache verwalten?«

»Ja, ist es dir denn wirklich zu wenig, Ssergej?«

»Ich spreche jetzt nicht von mir; mir sind nur Zweifel gekommen, ob wir jemals im Leben Glück haben werden.«

»Warum denn, weshalb denn, Ssergej, sollten wir niemals Glück haben?«

»Ja, eben, weil ich Sie so sehr liebe, Katerina Lwowna, und weil es mein Wunsch ist, Sie als wirkliche Dame zu sehen und nicht so, wie es bisher war«, entgegnete Ssergej Filippowitsch. »Und jetzt wird gerade das Gegenteil wahr, daß wir bei dem gegen früher verringerten Kapital uns sehr werden einschränken müssen.«

»Und du glaubst, Ssergej, daß mir das so wichtig ist?«

»Es ist ja wahr, Katerina Lwowna, und es mag schon sein, daß Ihnen das nicht wichtig ist. Für mich aber, und zwar, weil ich Sie liebe und weil ich die gemeinen und neidischen Blicke der Leute kenne, ist es ein schrecklicher Schmerz. Sie können darüber freilich anders denken, meine Meinung ist aber nun einmal, daß ich unter diesen Umständen niemals recht glücklich sein werde.«

Und so blies denn Ssergej Katerina Lwowna seine Not in die Ohren, daß nämlich er, Ssergej, durch eben diesen Fjodor Ljamin der allerunglückseligste Mensch geworden sei, da er jetzt nicht mehr die Möglichkeit habe, sie, Katerina Lwowna, vor der gesamten Kaufmannsgilde herauszustreichen und hervorzuheben. Und noch ein jedesmal gipfelten Ssergejs Ausführungen darin, daß Katerina Lwowna neun Monate nach dem Verschwinden ihres Mannes ein Kind zur Welt bringen werde, und daß mithin das ganze Kapital ihr allein zufallen müßte, und daß dann ihr Glück ohne Maß und Grenzen sein könnte – wenn nicht dieser Fjodor wäre.

Und dann hörte Ssergej mit einem Male auf, vom Erben zu sprechen. Kaum jedoch waren Ssergejs Reden verstummt, da setzte sich sogleich im Kopf und im Herzen Katerina Lwownas der Gedanke an Fjodor Ljamin fest. Nachdenklich wurde sie und sogar unfreundlich gegen Ssergej. Ob sie nun schlief oder im Haushalt tätig war oder zu Gott betete, in ihrem Sinn war immer nur das eine: »Wieso denn? Und weshalb in der Tat muß ich durch diesen mein Kapital einbüßen? Habe ich nicht genug gelitten und nicht genug Sünden auf meine Seele geladen?« Dies waren Katerina Lwownas Gedanken: »Er aber kommt mir nichts dir nichts her und nimmt es mir einfach weg ... Und wenn es noch ein Erwachsener wäre, so aber – ein Kind, ein Knabe ...«

Früh gab es diesmal Frost. Von Sinowij Borissowitsch kam begreiflicherweise keinerlei Nachricht mehr. Katerina Lwowna wurde immer voller und war sehr nachdenklich geworden; auf ihre Kosten trommelten die Trommeln in der Stadt, und man staunte weidlich, wieso und warum die junge Ismailowa immer unfruchtbar gewesen, immer mager und kränklich, und nun mit einem Male begann sie, sich vorn zu runden. Der knabenhafte Miterbe aber,

Fjodor Ljamin, spazierte in seinem leichten Eichhörnchenpelz auf dem Hof und hatte seine Lust daran, wo es gefroren war, das Eis zu zerknacken.

»He, Fjodor Ignatjewitsch! He, Kaufmannssohn!« rief ihm zuweilen die Köchin Axinja zu, wenn sie auf dem Hof an ihm vorübereilte, »schämst du dich denn nicht, du Kaufmannssohn, in Pfützen zu wühlen?«

Der Miterbe jedoch, der solche Verwirrung über Katerina Lwowna und ihren Geliebten gebracht hatte, schlug mit den Beinen aus wie ein sorgloses Böcklein und schlief noch sorgloser neben dem alten Weiblein, das ihn pflegte, und dachte nicht und wußte nicht, daß er jemanden über den Weg gelaufen sei oder einem gar sein Glück geschmälert haben könnte.

Endlich jedoch bekam Fjodor vom vielen Herumstreichen die Windpocken, und es kam dazu noch eine schmerzhafte Erkältung der Brust, und so mußte der Knabe ins Bett. Anfangs gab man ihm allerhand Tränklein aus Gräsern und Wurzeln, schließlich jedoch schickte man nach dem Arzt.

Der Arzt kam und verschrieb Arzneien, die dem Knaben jede Stunde verabreicht werden mußten, und bald gab die gute Alte sie ihm, bald wurde Katerina Lwowna gebeten, es zu tun.

»Tu's nur«, pflegte sie zu sagen, »Katerinchen, denn du, mein Mütterchen, trägst nun selber deine Last und siehst Gottes Fügung entgegen; darum tu's nur.«

Und Katerina Lwowna schlug der Alten die Bitte nicht ab. Ob nun diese spät abends ins immerwährende Gebet lief, um ›für den auf dem Krankheitslager liegenden Jüngling Fjodor‹ zu beten, oder in die Frühmesse, um Gesundheit zu erflehen, beim Kranken saß Katerina Lwowna, tränkte ihn und gab ihm, wenn die Stunde gekommen war, die Arznei.

Und so ging denn die Alte zum Abendgottesdienst und Nachtgebet vor ›Mariä Opfer‹ und bat Katerinchen, nach Fjodor zu sehen. Dem Knaben ging es dazumal bereits besser.

Katerina Lwowna ging zu Fjodor, der aufgerichtet im Bett saß und, von seinem Eichhörnchenpelzchen bedeckt, im Heiligenleben las.

»Was liest du da, Fjodor?« fragte Katerina Lwowna und nahm in einem Sessel Platz.

»Ein Heiligenleben les' ich, Tantchen.«

»Gefällt's dir?«

»Sehr gefällt es mir, Tantchen.«

Katerina Lwowna stützte sich auf ihren Arm und betrachtete Fjodor, der leise die Lippen bewegte, und plötzlich war es, als rissen sich Dämonen von ihrer Kette los, und mit einem Male waren nur noch Gedanken in ihr, wieviel Kummer ihr dieser Knabe zugefügt habe und wie gut alles wäre, wenn es ihn nicht gäbe.

»Nun, und wenn...«, schoß es Katerina Lwowna durch den Kopf. »Er ist ja doch krank; er bekommt Arzneien... wenn man krank ist, kann manches passieren... Man wird sagen, daß der Arzt nicht die rechte Arznei getroffen habe.«

»Ist es nicht Zeit, Fjodor, die Arznei zu nehmen?«

»Ja, ja bitte, Tantchen«, entgegnete der Knabe und nahm den Löffel und fuhr dann fort: »Es gefällt mir sehr, Tantchen, was von den Heiligen geschrieben ist.«

»Lies nur weiter«, meinte Katerina Lwowna und musterte das Zimmer mit kaltem Blick und heftete ihn endlich auf die mit Eisblumen bedeckten Fenster.

»Die Fensterläden müssen geschlossen werden«, sagte sie und ging ins Wohnzimmer und von dort in den Saal und von dort nach oben in ihr Zimmer und setzte sich dort hin.

Fünf Minuten vergingen, schweigend kam Ssergej zu ihr nach oben, er trug einen modischen Halbpelz, der von dichthaarigem Waschbärfell eingefaßt war.

»Sind alle Läden zu?« fragte Katerina Lwowna.

»Ja«, entgegnete Ssergej hastig und putzte mit der Lichtschere den Docht der Kerze und stellte sich darauf an den Ofen.

Ein neues Schweigen entstand.

»Heute ist wohl das Nachtgebet nicht so bald zu Ende?« fragte Katerina Lwowna.

»Morgen ist ein großer Feiertag, es wird wahrscheinlich lange dauern«, erwiderte Ssergej.

Wieder entstand eine Pause.

»Ich muß zu Fjodor, er ist ganz allein«, sagte Katerina Lwowna und erhob sich.

»Ganz allein?« fragte Ssergej und sah sie düster an.

»Ganz allein«, antwortete sie flüsternd. »Was denkst du?«

Und von Auge zu Auge sprang es wie ein blitzartiges Verstehen, keines aber sprach zum andern auch nur ein Wort mehr.

Katerina Lwowna ging nach unten und schritt durch die leeren Zimmer. Still war es überall; ruhig brannten die Lämpchen; ihr eigener Schatten glitt über die Wände hin; die durch die geschlossenen Fensterläden geschützten Scheiben begannen sich zu erwärmen, und das Glas wurde feucht. Fjodor saß noch immer aufgerichtet und las. Als er Katerina Lwowna erblickte, sagte er nur:

»Tantchen, bitte, nehmen Sie dies Buch und geben Sie mir, bitte, vom Schrank jenes mit den Heiligenbildern.«

Katerina Lwowna erfüllte die Bitte des Neffen und gab ihm das Buch.

»Fjodor, willst du nicht lieber schlafen?«

»Nein, Tantchen, ich will auf das Großmütterchen warten.«

»Warum denn auf sie warten?«

»Sie versprach, mir vom Nachtgottesdienst ein geweihtes Brot mitzubringen.«

Katerina Lwowna erbleichte plötzlich, unter ihrem Herzen bewegte sich zum ersten Male ihr eigenes Kind, kalt fuhr es ihr durch die Brust. So stand sie ein wenig inmitten des Zimmers und ging dann, die erkalteten Hände reibend, hinaus.

»Jetzt!« flüsterte sie, als sie leise ihr Schlafgemach betrat und Ssergej immer noch in der gleichen Stellung am Ofen stehen sah.

»Was?« fragte Ssergej kaum hörbar und räusperte sich.

»Er ist allein.«

Ssergej runzelte die Augenbrauen, er atmete schwer.

»Komm«, sagte Katerina Lwowna und kehrte hastig in der Tür um. Ssergej zog eilig seine Stiefel aus und fragte nur:

»Was brauch' ich?«

»Nichts«, entgegnete Katerina Lwowna, es war nicht mehr als ein Hauch, und zog ihn still an der Hand nach sich.

X

Der kranke Knabe fuhr zusammen und ließ sogar das Buch sinken, als Katerina Lwowna zum dritten Male zu ihm kam.

»Was hast du, Fjodor?«

»Ach Tantchen, wie ich erschrocken bin«, entgegnete er und lächelte ängstlich und schmiegte sich in seine Bettdecke.

»Wovor bist du denn erschrocken?«

»Wer war das, der mit Ihnen kam, Tantchen?«

»Wo denn? Mit mir, liebes Kind, ist niemand gekommen.«

»Wirklich niemand?«

Der Knabe rutschte in seinem Bett zum Fußende und schaute blinzelnd zur Tür hin, durch die die Tante gekommen war; allmählich wurde er ruhiger.

»Es kam mir wahrscheinlich nur so vor«, meinte er.

Katerina Lwowna setzte sich nicht, sie stützte sich mit den Ellbogen auf die Kopflehne des Bettes.

Fjodor blickte die Tante an und fragte, warum sie so schrecklich blaß sei.

Als Antwort auf diese Bemerkung hüstelte Katerina Lwowna einige Male und schaute gespannt auf die Tür, die zum Wohnzimmer führte.

Leise knackte dort ein Brett im Fußboden.

»Das Leben meines Engels, des heiligen Theodor Stratilatos, lese ich jetzt, Tantchen. Hat der ein gottgefälliges Leben geführt!«

Aber noch immer schwieg Katerina Lwowna.

»Tantchen, wollen Sie sich nicht setzen, und ich lese Ihnen wieder was vor?« fragte schmeichelnd der Neffe.

»Wart, ich bin gleich wieder da, ein Lämpchen im Saal brennt nicht richtig«, gab Katerina Lwowna zur Antwort und ging schnellen Schrittes hinaus.

Im Wohnzimmer erklang ein sehr leises Flüstern; und doch drang es in der großen Stille rings bis an das feine Ohr des Kindes.

»Tantchen! Was soll denn das? Mit wem flüstern Sie dort?« schrie der Knabe mit Tränen in der Stimme. »Kommen Sie doch her, Tantchen, ich fürchte mich so«, rief er nach einem Augenblick noch weinerlicher, und ihm war, Katerina Lwowna spräche im Wohnzimmer »jetzt!« – ein Wort, das der Knabe auf sich bezog.

»Wovor fürchtest du dich?« fragte Katerina Lwowna, wobei ihre Stimme sonderbar heiser klang. Gleichzeitig betrat sie das Zimmer mit kühnem, entschlossenem Schritt und stellte sich so vors Bett, daß ihr Körper die Wohnzimmertür vor den Augen des Kranken verdeckte.

»Leg dich doch hin«, sagte sie gleich darauf.

»Ich mag nicht, Tantchen.«

»Nein, Fjodor, gehorch mir jetzt, leg dich ... es ist Zeit ... leg dich«, wiederholte Katerina Lwowna.

»Aber warum denn, Tantchen, wenn ich doch gar nicht mag.«

»Nein, leg dich«, fuhr Katerina Lwowna fort, und wieder hatte sich ihre Stimme verändert und war unsicher geworden, sie faßte den Knaben dabei unter seine Achseln und drückte ihn auf das Kopfkissen.

In diesem Augenblick schrie Fjodor wild auf: Er hatte Ssergej erblickt, der blaß und barfuß das Gemach betrat.

Katerina Lwowna verschloß mit ihrer Handfläche den vor Entsetzen weit aufgerissenen Mund des erschreckten Kindes und rief:

»Mach schneller; halt ihn, damit er nicht zappelt!«

Ssergej packte Fjodor an Armen und Beinen, und mit einer einzigen Bewegung erstickte Katerina Lwowna das Kinderantlitz des kleinen Dulders mit den großen weichen Kissen und preßte ihre kräftige und elastische Brust darauf.

Vier Minuten lang herrschte im Zimmer ein Grabesschweigen.

»Fertig«, flüsterte Katerina Lwowna und erhob sich, um sich wieder in Ordnung zu bringen; da erdröhnten die Wände des Hauses, das so viele Verbrechen barg, von betäubenden Schlägen, die Fenster klirrten, der Boden schwankte, die Ketten, an denen die Lämpchen hingen, bebten, und über die Wände glitten phantastische Schatten.

Ssergej erzitterte und floh, was er laufen konnte; Katerina Lwowna eilte ihm nach, und hinter ihnen her schallte ein tosender Lärm. Es war, als rüttelten unterirdische Kräfte das Haus bis in seine Grundmauern.

Katerina Lwowna fürchtete nur das eine: daß der vor Angst gehetzte Ssergej vielleicht auf den Hof laufen könnte und in seinem hellen Entsetzen alles ausplaudern würde; er raste jedoch geradewegs zum Dach hinauf.

Die Treppe hinaufstürmend krachte Ssergej in der Dunkelheit mit der Stirn an die halb angelehnte Tür und flog stöhnend wieder herab, da ein abergläubisches Grauen ihn völlig toll gemacht hatte.

»Sinowij Borissowitsch, Sinowij Borissowitsch!« murmelte er, Hals über Kopf die Treppe hinabfliegend und Katerina Lwowna, die über ihn gestolpert war, nach sich ziehend.

»Wo denn?« fragte sie.

»Dort über uns flog er mit einem Eisenband vorüber. Da ist er wieder! Ach, ach!« schrie Ssergej: »Er donnert, wie er donnert...«

Jetzt wurde mit einem Male klar, daß viele Fäuste von der Straße her an alle Fenster schlugen, doch auch, daß jemand die Türe aufzubrechen suchte.

»Narr! so steh doch auf, du Narr!« schrie Katerina Lwowna und huschte mit diesen Worten zu Fjodor und bettete sein totes Haupt in der allernatürlichsten Stellung eines Schlafenden auf dem Kissen und öffnete darauf mit fester Hand die Türe, durch die eine Schar von Menschen zu brechen im Begriff war.

Das Schauspiel war furchtbar. Katerina Lwowna stand ein wenig höher als die Menge, die die Freitreppe belagerte, und sah, wie unzählige fremde Menschen über den hohen Zaun kletterten und von dort in den Hof sprangen; auf der Straße war ein wirres Getöse von menschlichen Stimmen.

Und noch war es Katerina Lwowna nicht bewußt geworden, was hier geschah, als das Volk, das die Freitreppe besetzt hielt, sie bereits über den Haufen gerannt und in ein Zimmer gesperrt hatte.

XI

Der ganze Lärm war folgendermaßen entstanden: Die Kirchen waren zum Nachtgottesdienst vor einem hohen Feiertag immer gesteckt voll, denn war auch die Stadt, in der Katerina Lwowna lebte, nur eine Kreisstadt, so war sie doch eine ansehnliche und werktätige Stadt, und erst recht voll war immer die Kirche, in der am kommenden Tag der Festgottesdienst vor sich gehen sollte: Nicht einmal auf dem Vorplatz innerhalb der Kirchenmauern hätte ein Apfel zu Boden fallen können. Meistens wurde der Gesang von einem Chor ausgeführt, der aus jungen Burschen der Kaufmannsgilde zusammengestellt war und von einem Dirigenten aus den Kreisen der Liebhaber der Volkskunst geleitet wurde.

Fromm ist unser Volk, und eifrig besucht es Gottes Kirchen, und zudem empfindet dieses Volk in gewissem Sinne künstlerisch: Die Pracht der Kirche und ein klarer, harmonischer Gesang sind sein allerhöchstes und ebenso allerreinstes Entzücken. Wo ein Sängerchor mitwirkt, dahin strömt gewöhnlich die Hälfte der Stadt, zumal die gewerbetreibende Jugend: die Kommis', die Burschen und Laufburschen, die Handwerker aus den Fabriken und den anderen Industriewerken, doch auch die Besitzer mit ihren Ehehälften – all das drängt sich in die eine Kirche; und wenn schon nicht in der Kirche, so will doch jeder zum mindesten auf dem Vorhof stehen oder unter einem Kirchenfenster, und sei es auch bei siedendster Hitze oder bei knisterndstem Frost, wenigstens hören will er, wie die Orgel dröhnt und wie der schmetternde Tenor die kapriziösesten Variationen herausbringt.

Diesmal war der Altar zu Ehren ›Mariä Opfer‹ in der Pfarrkirche, zu der das Ismailowsche Haus gehörte, errichtet, und so befand sich denn auch am Vorabend dieses Feiertages, und zwar um die gleiche Zeit, in der die Ereignisse um den kleinen Fjodor abrollten, die Jugend der ganzen Stadt in dieser Kirche. Und sie plauderte beim Nachhausegehen geräuschvoll von den Vorzügen des allgemein bekannten Tenors und von den zufälligen Mißgriffen des ebenso allgemein bekannten Basses.

Diese musikalischen Fragen wurden jedoch beileibe nicht von allen erörtert, es gab auch Menschen in dieser Menge, die sich für andere Fragen interessierten.

»Hört einmal, Kinder, man spricht Neues und sehr Sonderbares über die junge Ismailowa«, warf, als sie sich dem Hause des Ismailows näherten, ein junger Maschinist hin, den einer der Kaufleute für seine Dampfmühle aus Petersburg hatte kommen lassen. »Man erzählt sogar«, fuhr er fort, »daß keine Minute vergeht, in der sie nicht mit ihrem Kommis Ssergej etwas hat.«

»Längst allen bekannt«, erwiderte ein Mann, dessen Schafspelz mit blauem Nanking überzogen war. »Und in der Kirche ist sie auch nicht gewesen.«

»Was da Kirche? Das schlechte Frauenzimmer ist so liederlich geworden, daß sie weder Gott mehr scheut, noch ihr Gewissen, noch das Auge der Menschen.«

»Da, schaut, im Hause ist Licht«, bemerkte der Maschinist und wies auf eine helle Ritze in einem der Fensterläden.

»Guck mal durch die Spalte, was sich dort tut!« kicherten sofort einige Stimmen.

Der Maschinist stemmte sich auf zwei Schultern hoch, doch kaum hatte er sein Auge an die Öffnung gebracht, als er auch sogleich entsetzt zu schreien begann:

»Bruder, Täubchen! Jemand wird dort erwürgt, erwürgt wird jemand.«

Und verzweifelt hämmerte der Maschinist an die Fensterläden. Weitere zehn Mann folgten seinem Beispiel, schwangen sich an den Läden empor und setzten ihre Fäuste in Bewegung.

Die Menge schwoll mit jedem Augenblick an, und so kam es zu der uns bereits bekannten Erstürmung des Ismailowschen Hauses.

»Selber hab' ich's gesehen, mit meinen eigenen Augen hab' ich's mitangesehen«, bezeugte der Maschinist vor der Leiche des toten Fjodor. »Das Kind lag aufs Bett gepreßt, und sie würgten es zu zweit.«

Ssergej wurde noch am gleichen Tage abgeführt. Katerina Lwowna jedoch brachte man nach oben in ihr Zimmer und stellte zwei Posten davor.

Unerträglich kalt war es im Ismailowschen Hause. Die Öfen wurden nicht geheizt, und die Türen standen weit offen. Eine gedrängte Schar von Neugierigen löste die andere ab. Alle beeilten sich, den bereits im Sarge liegenden Fjodor anzuschauen und ebenso den anderen großen Sarg, den ein breites Tuch fest umschloß. Auf Fjodors Stirn lag ein weißer Atlaskranz, der die rote Narbe verhüllen sollte, die von der Eröffnung des Schädels nachgeblieben war. Der gerichtsärztliche Leichenbefund hatte ergeben, daß Fjodor erstickt worden war. Und bei den ersten Worten des Priesters vom schrecklichen Gericht und von der Strafe der Unbußfertigen brach Ssergej, den man zum Sarg Fjodors geführt hatte, in Schluchzen aus und gestand freimütig nicht nur seine Schuld an der Ermordung Fjodors, sondern bat auch, man möge den ohne ein christliches Begräbnis verscharrten Sinowij Borissowitsch wieder ausgraben. Da der Leichnam von Katerina Lwownas Gemahl in trockenem Sande gelegen hatte, war er noch nicht ganz zerfallen: Man grub ihn aus und bettete ihn in einen großen Sarg. Und dann bezeichnete Ssergej zum allgemeinen Entsetzen die junge Hausfrau als seine Mithelferin bei beiden Verbrechen. Katerian Lwowna jedoch hatte auf alle Fragen nur die eine Antwort: »Davon weiß und ahne ich nichts.« Ssergej wurde mit ihr konfrontiert und veranlaßt, sie dieser Untaten zu überführen. Mit einigem Erstaunen, wenn auch ohne Zorn, hörte Katerina Lwowna seine Geständnisse an und äußerte dann ziemlich gleichgültig:

»Wenn es ihm Vergnügen macht, das auszusagen, dann will ich nicht mehr leugnen: Ich habe getötet.«

»Und weswegen?« fragte man sie.

»Seinetwegen«, entgegnete sie und wies auf Ssergej, der dabei den Kopf sinken ließ.

Die Verbrecher wurden festgesetzt, und das ungeheuerliche Ereignis, das allgemeine Aufmerksamkeit und Entrüstung erregte, fand eine schnelle Sühne. Schon Ende Februar verkündete das Kriminalgericht der Kaufmannswitwe dritter Gilde Katerina Lwowna und Ssergej das Urteil. Es war beschlossen worden, sie auf dem Marktplatz der Stadt zu züchtigen und sie darauf nach Sibirien zu verschicken, wo sie Zwangsarbeit verrichten sollten. Anfang März, an einem kalten und klaren Morgen, zog der Henker die festgesetzte Zahl blauroter Striemen über Katerina Lwownas entblößten weißen Rücken und teilte dann auch Ssergejs Schultern die für ihn bestimmte Portion aus und stempelte darauf sein hübsches Gesicht mit den drei Brandmalen der Zwangsarbeit.

Ssergej erregte das allgemeine Mitleid – in viel höherem Grade als Katerina Lwowna. Beschmutzt und blutig stürzte er, als er vom schwarzen Schafott hinunterstieg, zu Boden, Katerina Lwowna jedoch ging sehr ruhig und gab nur acht, daß das rauhe Hemd und die grobe Gefangenenkleidung nicht zu sehr ihren zerfleischten Rücken scheuerten.

Doch als man ihr im Krankenhause des Gefängnisses ihr Kindchen zeigen wollte, sagte sie nur: »Hol es doch der und jener!« und kehrte sich zur Wand und preßte ohne Schmerzenslaut, ja ohne die geringste Klage ihre Brust an das harte Lager.

XII

Der Gefangenentransport, zu dem Ssergej und Katerina Lwowna gehörten, trat seinen Marsch zu einer Zeit an, die freilich dem Kalender nach Frühling hieß, in der die Sonne jedoch, einem Sprichwort des Volkes zufolge, zwar »hell erhellt, aber nicht warm wärmt«.

Katerina Lwownas Kindchen wurde der Obhut jener alten Frau übergeben, der Base des verstorbenen Boris Timofejewitsch, denn da es als der gesetzliche Sohn des ermordeten Mannes der Verbrecherin anerkannt wurde, war das Kind nunmehr der einzige Erbe des gesamten Ismailowschen Vermögens. Katerina Lwowna freute sich darüber und gab das Kind mit großem Gleichmut her. Ihre Liebe zum Vater des Kindes ging nämlich, wie das häufig bei der Liebe allzu leidenschaftlicher Frauen so ist, nicht einmal zu einem geringen Teil auf das Kleine über.

Übrigens gab es für sie weder Licht noch Dunkel, weder Gut noch Böse und ebenso weder Langeweile noch Freude; sie begriff nichts mehr und liebte nichts und nicht einmal sich selber. Voller Ungeduld wartete sie auf den Abmarsch des Transportes, denn bei dieser Gelegenheit hoffte sie, ihren Ssergej wiederzusehen, an das Kind aber, an ihr Kind zu denken, vergaß sie völlig.

Katerina Lwownas Hoffnungen betrogen sie nicht: schwer an Ketten geschmiedet, schritt der gebrandmarkte Ssergej mit ihr in der gleichen Schar durch die Pforten des Gefängnisses.

Ein jeder Mensch gewöhnt sich, so gut er's eben vermag, auch an die widerwärtigste Lage und behält in jeder Situation, so gut es eben geht, die Fähigkeit, seinen kümmerlichen Freuden nachzujagen; Katerina Lwowna jedoch brauchte sich gar nicht an etwas zu gewöhnen; sie sah ja ihren Ssergej, und mit ihm vereinigt war ihr auch der Weg zur Zwangsarbeit von Glück überblüht.

Nicht viel an Wert trug Katerina Lwowna in dem großen Leinenbeutel mit sich, und das wenige bare Geld, das sie besessen hatte, das war, längst bevor sie Nischnij-Nowgorod erreichten, in die Hände der Etappen-Unteroffiziere übergegangen, damit diese ihr gestatteten, auf den Wegen neben ihrem Ssergej zu gehen, und ihr die Möglichkeit gaben, in dunkler Nacht in irgendeinem Winkel eines schmalen Etappen-Korridors ein Stündchen bei ihm zu sein, in seinen Armen.

Freilich war Katerina Lwownas gestempelter Freund sehr unfreundlich zu ihr geworden. Ein jedes Wort mußte sie aus ihm herauspressen, und selbst die heimlichen Zusammenkünfte mit ihm, für die sie, hungrig und durstig, nur zu gerne aus ihrem schmächtigen Beutelchen die für sie selber so notwendige Silbermünze nahm, selbst diese waren ihm wenig wert, und nicht selten pflegte er zu sprechen:

»Anstatt auf und ab zu laufen und mit mir die Winkel in den Korridoren abzuwetzen, hättest du eigentlich die Gelder mir geben können, die du dem Unteroffizier gabst.«

»Ich gab ihm ja nur fünfundzwanzig Kopeken, Ssergej«, versuchte Katerina Lwowna sich zu rechtfertigen.

»Ist das etwa kein Geld? Hast du so viele Fünfundzwanziger auf dem Wege aufgelesen? Denn viele hast du schon verschleudert.«

»Dafür jedoch, Ssergej, waren wir beisammen.«

»Auch ein großes Vergnügen, nach all diesen Foltern beisammen zu sein! Mein Leben verdamm' ich, und du kommst mir da mit Zusammenkünften.«

»Mir, Ssergej, ist alles gleich, wenn ich dich nur sehen kann.«

»Ach, Dummheit«, entgegnete Ssergej.

Und biß sich Katerina Lwowna auch manchmal bei solchen Antworten die Lippen blutig, und traten auch zuweilen, wenn sie im Dunkel der Nacht zusammen waren, in ihre sonst tränenlosen Augen Tränen des Zornes und der Wut, immerhin, sie ertrug es und schwieg und tat, was sie konnte, sich selber zu betrügen.

Auf diese neue Art zueinander gesellt, kamen sie nach Nischnij-Nowgorod. Hier vereinigte sich ihr Transport mit einem zweiten Transport, der von Moskau her nach Sibirien marschierte.

Und in der Frauenabteilung dieses zweiten und größeren Transportes stachen unter der Menge anderen Volkes zwei sehr bemerkenswerte Persönlichkeiten hervor. Die eine, die Soldatenfrau Fiona aus Jaroslawl, war ein wundervolles, ein schönes Weib von hohem Wuchs, ihr langes Haar war dicht und schwarz; braun jedoch waren ihre schmelzenden Augen, von dichten Wimpern wie von einem geheimnisvollen Schleier umhüllt; und die andere, das war eine siebzehnjährige, schmalgesichtige Blondine mit zarter rosiger Haut, einem winzigen Mündchen, Grübchen in den frischen Wangen und goldblonden Locken, die lustig unterhalb des grobleinenen Gefangenen-Kopftuches über die Stirne quollen. Und dieses Mädchen wurde von ihrem Transport Ssonetka genannt.

Die schöne Fiona war von weicher und träger Gemütsart. In ihrem Transport kannten alle Männer sie gut, und keiner war besonders erfreut, wenn er einen Erfolg bei ihr erzielt hatte, und keiner besonders betrübt, wenn er wahrnehmen mußte, daß sie die gleiche Gunst auch einem anderen Bewerber zuteil werden ließ.

»Tantchen Fiona ist ein gutes Weibchen, sie kann keinen kränken«, so scherzten die Gefangenen einstimmig.

Ssonetka aber war von ganz anderer Art.

Von ihr sagte man: »Sie ist wie ein Aal: Immer durch die Finger, greifen kann man sie nicht.«

Ssonetka hatte Geschmack und hielt auf Auswahl und vielleicht sogar auf eine sehr strenge Auswahl, es war ihr nicht recht, daß man ihr die Leidenschaft einfach gargekocht darbrachte, sie verlangte sie mit pikanten Zutaten präpariert, mit Leiden und mit Opfern; Fiona dagegen war eine russische Einfalt, die sogar zu träge war, zu jemand »Geh fort« zu sagen, und die immer nur das eine wußte, nämlich, daß sie ein Weib war. Frauen dieser Art werden von Räuberbanden, von Gefangenentransporten und von den Petersburger sozialistischen Gruppen sehr hoch geschätzt.

Das Auftauchen dieser beiden Weiber in den nunmehr vereinigten Transport, denen auch Ssergej und Katerina Lwowna angehörten, sollte für Katerina von tragischer Bedeutung sein.

XIII

Schon in den ersten Tagen des gemeinsamen Marsches der vereinigten Transporte von Nischnij-Nowgorod nach Kasan bewarb sich Ssergej ganz eindeutig um die Gunst der Soldatenfrau Fiona und brauchte nicht über Mißerfolg zu klagen. Fiona, die schmachtende Schönheit, ließ unsern Ssergej nicht verschmachten, wie sie ja überhaupt in ihrer Güte niemanden schmachten ließ. Die dritte oder vierte Etappe war es, da hatte Katerina Lwowna sich durch Bestechung schon in der frühen Dämmerung eine Zusammenkunft mit Ssergej zu erwirken gewußt. Sie lag da, ohne zu schlafen, und wartete gespannt, wann wohl der wachthabende Unteroffizier kommen würde, um ihr leise einen Rippenstoß zu versetzen und ihr zuzuraunen: »Beeil dich!« Einmal schon hatte sich die Türe geöffnet und eine der Frauen war hindurchgeschlüpft, und noch einmal öffnete sich die Tür, und hastig glitt von ihrer Pritsche eine andere Gefangene, um ebenfalls, hinter dem Wächter herlaufend, zu verschwinden; endlich wurde das Tuch gezupft, unter dem Katerina Lwowna lag. Eilig erhob sich die junge Frau von ihrer Schlafbank, die von den vielen Gefangenen, welche darauf geruht hatten, schon ganz speckig geworden war, warf das Tuch um ihre Schultern und gab dem Wächter zum Zeichen, daß sie fertig sei, einen Rippenstoß.

Als Katerina Lwowna den Korridor entlang eilte, der nur an einer Stelle von einer trübe brennenden Kerze schwach erleuchtet war, stieß sie auf zwei oder drei Paare, die von ferne nicht zu bemerken gewesen waren. Und als Katerina Lwowna an dem Raum für die männlichen Sträflinge vorüberkam, klang durch das in die Tür geschnittene Guckloch ein verhaltenes Gelächter.

»Hör, wie sie wiehern«, knurrte Katerina Lwownas

Führer, packte sie dann an der Schulter, stieß sie in einen Winkel und entfernte sich.

Mit der Hand tastend, erkannte Katerina Lwowna einen Kittel und einen Bart, ihre andere Hand jedoch berührte ein warmes Frauengesicht.

»Wer ist da?« fragte Ssergej gedämpft.

»Und was suchst du hier? Und mit wem bist du hier überhaupt?«

Im Dunkeln riß Katerina Lwowna ihrer Nebenbuhlerin das Tuch vom Kopfe. Diese wich zur Seite aus, rannte fort und flog, über jemanden im Gange stolpernd, lang hin.

Aus dem Männerraum schallte lautes Gelächter.

»Schurke!« flüsterte Katerina Lwowna, und mit den Enden des Tuches, das sie seiner neuen Freundin vom Kopf gerissen, schlug sie Ssergej ins Gesicht.

Ssergej erhob bereits seine Hand gegen sie, aber geschickt glitt Katerina Lwowna über den Gang und war schon an ihrer Tür. Das Gelächter aus dem Männerraum schallte ihr so laut nach, daß der Posten, der apathisch vor dem Licht stand und sich auf die Stiefelspitzen spuckte, den Kopf erhob und brüllte: »Kusch.«

Schweigend legte sich Katerina Lwowna nieder und lag so bis zum Morgen. Zwar wollte sie sich sagen: »Ich lieb' ihn ja nicht mehr«, und doch fühlte sie, daß sie ihn noch stärker, noch viel mehr als zuvor liebte. Und vor ihren Augen war nur dies eine, immer nur dies eine: wie seine Hand unter dem Kopf jener anderen bebte, wie seine Hand die warmen Schultern jener anderen umfing.

Die arme Frau weinte und ersehnte unwillkürlich die gleichen Hände, daß sie unter ihrem Kopf liegen und ihre krampfhaft zuckenden Schultern umfangen möchten.

»Immerhin könntest du mir mein Kopftuch wiedergeben«, so wurde sie am nächsten Morgen von der Soldatenfrau Fiona geweckt.

»Ah, dann warst du es . . .?«

»Gib es mir wieder, bitte!«

»Und du, warum stellst du dich zwischen uns?«

»Wodurch stelle ich mich denn zwischen euch? Wahrhaftig, als ob das Liebe wäre oder so was der Art, daß du dich darüber so ärgerst.«

Katerina Lwowna dachte ein wenig nach, zog dann unter ihrem Kopfkissen das Kopftuch hervor, das sie nachts heruntergerissen hatte, warf es der Fiona zu und drehte sich zur Wand.

Und nun war ihr etwas leichter zumute.

»Pfui«, fuhr es ihr durch den Kopf. »Ist es denn denkbar, daß ich wegen dieses bemalten Waschkübels eifersüchtig bin? Mag sie verrecken! Ich sollte mich schämen, mich mit ihr auch nur zu vergleichen.«

»Und du, Katerina Lwowna, paß mal auf«, sagte ihr tags darauf Ssergej, während sie marschierten. »Merke dir, bitte, dies: erstens, daß ich kein Sinowij Borissowitsch für dich bin, und zweitens, daß du keine großmächtige Kaufmannsfrau mehr bist: nicht immer gleich so aufbrausen, wenn du so gut sein willst. Wir lassen uns nicht mehr ins Bockshorn jagen.«

Doch Katerina Lwowna entgegnete kein Wort, und so verging eine Woche. Zwar schritt sie immer noch neben Ssergej, aber sie wechselten keine Silbe miteinander, keinen Blick mehr. Da sie sich beleidigt fühlte, hielt sie ihre Rolle durch und wollte keineswegs den ersten Schritt zur Versöhnung tun in diesem ihrem ersten Streit mit Ssergej.

Allein während dieser Zeitspanne, da Katerina Lwowna mit Ssergej böse war, begann Ssergej mit der hellen Ssonetka anzubandeln. Bald warf er ihr einen Gruß zu: »Unsere spezielle Hochachtung!«, bald lächelte er sie an, bald endlich versuchte er, ihr begegnend, sie zu umfassen und an sich zu ziehen. Dies alles sah Katerina Lwowna, und mehr als zuvor entbrannte ihr Herz.

»Sollte ich mich nicht doch mit ihm versöhnen?« überlegte sie nachdenklich und stolperte und sah nicht mehr, wohin sie trat.

Aber als erste mit der Versöhnung zu kommen – mehr als zuvor verbot der Stolz ihr das. Inzwischen jedoch war Ssergej immer dringlicher hinter Ssonetka her, und schon merkten es alle, daß die unbezwingbare Ssonetka, die sich immer wie ein Aal wand und nie mit Händen greifen ließ, plötzlich mehr und mehr zahm wurde.

»Du jammertest damals wegen mir«, meinte einmal Fiona zu Katerina Lwowna, »und was tat ich dir schon? Das mit mir war kurz und ging vorüber, an deiner Stelle würde ich auf Ssonetka achtgeben.«

»Verwünschter Stolz, unbedingt will ich mich heute noch mit ihm aussöhnen«, beschloß Katerina Lwowna und dachte eigentlich nur noch darüber nach, wie sie diese Versöhnung geschickt herbeiführen könnte.

Aus dieser beschwerlichen Lage half ihr Ssergej selber heraus.

»Lwowna!« rief er, als sie rasteten, »komm doch heute nacht auf eine Minute zu mir heraus: Ich muß was mit dir besprechen.«

Katerina Lwowna schwieg.

»Oder wie, bist du vielleicht noch immer böse und magst nicht kommen?«

Und wieder entgegnete Katerina Lwowna nichts.

Doch sowohl Ssergej, wie auch alle andern, die Katerina Lwowna beobachteten, bemerkten wohl, daß sie sich, während man dem Etappenquartiere näher kam, an den ältesten Unteroffizier heranmachte und ihm siebzehn Kopeken zusteckte, die sie als Almosen nach und nach gesammelt hatte.

»Sobald ich wieder was erhalte, mache ich die Summe voll«, bettelte Katerina Lwowna.

Der Unteroffizier steckte das Geld in den Ärmelaufschlag und entgegnete nur:

»Schon gut.«

Als diese Unterhandlungen zu Ende geführt waren, räusperte sich Ssergej und zwinkerte Ssonetka zu.

»Ach, Katerina Lwowna, du!« sagte er dann und umarmte sie, als sie die Stufen zum Etappenquartier hinanstiegen. »Kinder, mit dieser Frau verglichen – in der ganzen Welt gibt es keine zweite mehr.«

Katerina Lwowna errötete und erstickte fast vor Glück.

Und kaum, daß nachts die Türe sich leise öffnete, war sie im Nu draußen: Sie bebte und tastete im dunklen Korridor mit ihren Händen nach Ssergej.

»Meine Katja!« rief Ssergej und umarmte sie.

»Du Böser, mein Böser!« entgegnete ihm Katerina Lwowna durch Tränen und verschmolz mit seinen Lippen.

Der Posten ging den Gang auf und ab, manchmal blieb er stehen, spuckte auf seine Stiefel und schritt dann wieder auf und ab, hinter ihren Türen schnarchten die Sträflinge, eine Maus nagte an einer Feder, unter dem Herde überboten die Heimchen einander im Zirpen. Katerina Lwowna war immer noch selig.

Aber der Rausch ließ nach, und hörbar wurde die unvermeidliche Prosa.

»Verteufelt weh tun mir die Beine – vom Fußgelenk bis hinauf zum Knie, alle Knochen«, klagte Ssergej, als er in einem Winkel des Korridors neben Katerina Lwowna auf dem Fußboden saß.

»Und was könnte man dagegen tun, Ssergej?« fragte sie, sich unter seinen Kittel kauernd.

»Ob ich mich wohl in Kasan ins Lazarett melden soll?«

»Oh, was sagst du da, Ssergej?«

»Was soll ich denn tun, wenn es so verteufelt weh tut?«

»Du willst zurückbleiben, während man mich vorwärtstreibt?«

»Was soll ich tun? Es reibt, sag' ich dir, so sehr reibt es, daß sich am Ende noch die ganze Kette in den Knochen hereinfressen wird. – Freilich, wenn ich wollene Strümpfe hätte zum Darüberziehen«, fügte er nach einer Weile hinzu.

»Strümpfe? Ich habe noch ein Paar neue Strümpfe, Ssergej.«

»Es ist ja doch umsonst!« meinte Ssergej.

Jedoch Katerina Lwowna sagte kein Wort mehr, sie schlüpfte in ihre Zelle, sie wühlte in der Dunkelheit ihr Bündel um und um und sprang gleich darauf zu Ssergej hinaus und brachte ihm ein paar warme, blaue Wollstrümpfe mit farbigen Zwickeln.

»Ja, so könnte es vielleicht noch gehen«, meinte Ssergej, als er von Katerina Lwowna Abschied nahm und ihr letztes Paar Strümpfe empfangen hatte.

Glückselig legte sich Katerina Lwowna auf ihre Schlafbank und schlief sofort fest ein.

Sie hörte nicht, daß bald, nachdem sie zurückgekehrt war, Ssonetka sich auf den Korridor hinausschlich und von dort erst kurz vor dem Morgengrauen wiederkam.

Dies geschah, als man nur noch zwei Tagemärsche bis Kasan hatte.

XIV

Ein kalter, unfreundlicher Morgen mit jähen Windstößen, mit Regenschauern und Schneeflocken empfing unwirtlich den Transport, als der die Pforten des muffigen Etappengebäudes verließ. Katerina Lwowna ging munter hinaus, doch kaum hatten sie sich in Reih und Glied gestellt, da erbebte sie von Kopf bis zu Fuß und wurde grüngrau im Gesicht. Dunkel wurde es ihr vor den Augen, alle Gelenke taten ihr weh, und es war, als wollten sie sich lokkern. Denn Ssonetka stand vor Katerina Lwowna und trug die ihr so wohlbekannten blauen Wollstrümpfe mit den bunten Zwickeln.

Fast leblos machte sich Katerina Lwowna auf den Weg, ihre Augen aber hefteten sich mit einem furchtbaren Blick auf Ssergej und wichen nicht mehr von ihm.

Als der erste Rastplatz erreicht war, näherte sie sich ruhig Ssergej und flüsterte nur dies eine: »Schuft!« und dann spuckte sie ihm unerwartet mitten ins Gesicht.

Ssergej wollte sich auf sie stürzen, doch man hielt ihn zurück.

»Wart du nur!« rief er und trocknete sich ab.

»Bravo, gut geht sie mit dir um!« verspotteten die Sträflinge Ssergej, und besonders hell klang das Gelächter von Ssonetka.

Diese Sache war ganz und gar nach Ssonetkas Geschmack.

»Das werde ich dir nicht schenken«, drohte Ssergej zu Katerina Lwowna hin.

Ganz erschöpft vom Unwetter und dem mühseligen Wege schlief Katerina Lwowna mit ihrer zerrissenen Seele unruhig auf der Pritsche in dem folgenden Etappengebäude, und dennoch überhörte sie, daß zwei Männer in die Frauenabteilung kamen.

Bei ihrem Eintritt erhob sich Ssonetka von ihrer Pritsche, wies mit ihrer Hand stumm auf Katerina Lwowna, legte sich gleich darauf wieder hin und hüllte sich fest in ihre Decke. Und im gleichen Augenblick flog Katerina Lwowna der Kittel über den Kopf, und auf ihrem Rücken, den nur noch das grobe Hemd schützte, tanzte, von kräftiger Männerfaust geschwungen, das dicke Ende eines zweimal zusammengelegten Strickes.

Zwar schrie Katerina Lwowna auf, aber das Tuch, das ihren Kopf umhüllte, erstickte jeden Laut. Sie wollte aufspringen, doch ohne Erfolg, ein kräftiger Sträfling saß auf ihren Schultern und hielt ihre Arme.

»Fünfzig«, sagte schließlich eine Stimme, und nicht schwer war es, da Ssergejs Stimme zu erkennen; gleich darauf eilten die nächtlichen Besucher schnell wieder hinaus.

Katerina Lwowna befreite ihren Kopf und sprang auf, aber es war niemand mehr da, und nur ein boshaftes, halbersticktes Kichern wurde irgendwo in der Nähe hörbar. Und Katerina Lwowna erkannte, daß es Ssonetka war.

Die Kränkung war übermäßig, und übermäßig war auch der Zorn, der in diesem Augenblick in Katerina Lwownas Seele kochte. Fast besinnungslos stürzte sie vor und bewußtlos fiel sie Fiona, die sie auffing, in die Arme.

Und an dieser vollen Brust, die noch unlängst Katerina Lwownas ungetreuem Liebsten die süßesten Gefühle der Wollust bereitet hatte, weinte sie jetzt ihr unerträgliches Leid aus, und wie das Kind sich an die Mutter schmiegt, so schmiegte sie sich an ihre törichte und weiche Nebenbuhlerin. Denn jetzt waren sie beide einander gleich, beide waren im Wert gleich befunden und beide verlassen worden.

Beide gleich!... Fiona, die sich dem ersten besten Zufall hingab, und Katerina Lwowna mit ihrem leidenschaftlichen Liebesdrama!

Nun vermochte nichts mehr Katerina Lwowna zu kränken. Nachdem sie sich ausgeweint, erstarrte sie, und mit steinerner Ruhe schickte sie sich an, zum Appell zu erscheinen.

Die Trommel schlug: tam-tarara-tam, die gefesselten und die nichtgefesselten Sträflinge strömten nach draußen, Ssergej genauso wie Fiona und wie Ssonetka und Katerina Lwowna, wie auch der Sektierer, der mit dem Juden zusammengeschmiedet war, und der Pole an der gleichen Kette mit einem Tartaren.

Alle drängten sich und ordneten sich, so gut es gelingen wollte, und dann ging's los.

Freudloses Bild: diese Handvoll Menschen, losgerissen von der übrigen Welt und ohne jeden Schimmer von Hoffnung auf eine bessere Zukunft, stampft durch den kalten und schwarzen Dreck der schlechten Straßen; alles ringsum widerwärtig und grauenhaft, der unendliche Schmutz, der graue Himmel, die entblätterten und nassen Weiden und in ihren starrenden Zweigen eine rechthaberische Krähe. Und der Wind, der klagt und wütet, heult und brüllt.

Aus diesen höllischen, die Seele zerreißenden Tönen, die den Schrecken des Bildes erst ganz vertiefen, schallen die uralten Ratschläge von Hiobs Frau: »Verfluche den Tag deiner Geburt, gehe hin und stirb.«

Wer aber auf diese Worte nicht hört, wen auch in dieser betrübten Lage der Gedanke an den Tod nicht lockt, sondern schreckt, der muß etwas ausfindig machen, das diese heulenden Stimmen zu übertönen vermöchte, der muß etwas noch Abscheulicheres ersinnen. Der einfache Mann begreift das gut: Er läßt dann Freiheit seiner ganzen tierischen Natur, er wird zum Narren und verspottet sich selber und alle Menschen und jedes Gefühl. Und er, der niemals zuvor je zart war – dann wird er doppelt gemein.

»Nun, Kaufmannsfrau? Nun, Euer Gnaden, sind wir bei guter Gesundheit?« Frech warf Ssergej diese Frage Katerina Lwowna hin, kaum daß sie das Dörfchen, in dem der Gefangenentransport übernachtet hatte, hinter der nassen Anhöhe aus den Augen verloren.

Und gleich nachdem er dies gesprochen, wandte er sich zu Ssonetka, warf seinen Umhang um sie und sang mit einer hohen Falsett-Stimme:

> »Hinterm Fenster blond ein Köpfchen
> seh' ich durch den Schummer,
> Ja, ich weiß, du schläfst nicht, Schelmin,
> schläfst noch nicht, mein Kummer –
> Und mein Mantel soll dich hüllen,
> daß uns niemand sähe ...«

Bei diesen Worten umarmte Ssergej Ssonetka und küßte sie laut vor den Augen des ganzen Transportes ...

All das sah Katerina Lwowna und sah es doch nicht. Sie schritt des Weges, als wäre sie gar kein lebendiger Mensch mehr. Man stieß sie, man zeigte ihr, wie unanständig Ssergej und Ssonetka sich benahmen. Sie wurde der Gegenstand vieler Spottreden.

»Laßt sie doch!« Fiona trat für sie ein, als jemand aus dem Transport sich anschickte, die stolpernde Katerina Lwowna zu verhöhnen. »Seht ihr denn nicht, ihr Teufel, daß die Frau ganz und gar krank ist?«

»Hat wohl nasse Füßchen bekommen«, witzelte ein junger Sträfling.

»Versteht sich, denk doch, der Kaufmannsstand, die zarte Jugend«, warf Ssergej ein.

»Freilich, wenn man nur etwas wärmere Strümpfchen hätte, dann ginge es wohl noch«, fuhr er fort.

Und nun war es, als erwachte Katerina Lwowna. »Widerlicher Wurm!« rief sie, zu schwach, dies zu unterdrücken. »Ja, spott nur, du Schuft, spott nur!«

»Nein, nein, Kaufmannsfrau, das sagte ich nicht zum Spott, sondern, weil die Ssonetka da ganz vortreffliche Strümpfe zu verkaufen hat, und da dachte ich eben, ob nicht am Ende, dachte ich, unsere Kaufmannsfrau sie kauft.«

Viele lachten. Katerina Lwownas Gang war wie der eines aufgezogenen Automaten.

Das Wetter wurde immer toller. Die grauen Wolken, die den Himmel bedeckten, schütteten dicke nasse Schneeflocken nieder, die sofort zerschmolzen, kaum daß sie die Erde berührten, und hierdurch den unentrinnbaren Dreck nur noch verschlimmerten. Endlich zeigte sich in der Ferne ein dunkler bleifarbiger Streifen, dessen Ende nicht abzusehen war. Dieser Streifen war die Wolga. Es wehte ein kräftiger Wind, und über die Wolga rollten die langsam an- und abschwellenden, breitschlundigen, dunklen Wogen.

Langsam näherte sich der Transport der durchnäßten und durchfrorenen Sträflinge der Überfahrtstelle und machte dort halt und wartete auf die Fähre.

Nach und nach kam dann auch die über und über nasse und dunkle Fähre heran; die Mannschaften schickten sich an, die Sträflinge auf ihr unterzubringen.

»Auf dieser Fähre, hörte ich, soll man Branntwein bekommen können«, bemerkte einer der Sträflinge, als die Fähre, mitten in einer Wolke von nassem Schnee vom Ufer abstieß und sich auf den Wellenkämmen des aufgerührten Stromes schaukelte.

»Ja, tatsächlich, es wäre nicht übel, jetzt sollte einer eine Kleinigkeit schmeißen«, pflichtete ihm Ssergej bei und fing, um Ssonetka einen Spaß zu machen, wieder an, Katerina Lwowna weiter aufzustacheln: »Kaufmannsfrau, wie wär's, magst du mich nicht aus alter Freundschaft mit einem Gläschen Schnaps traktieren? Sei nicht geizig. Erinnere dich doch, mein Liebchen, an unsere Liebe von einst und wie wir beide, meine Lust, uns die Zeit vertrieben, die langen Herbstnächte hindurch miteinander waren, und deine lieben Anverwandten ohne Priester und ohne Küster ins ewige Jenseits beförderten.«

Katerina Lwowna schauderte vor Kälte. Und es war nicht nur die Kälte, die unter ihre nasse Kleidung drang und sie bis auf die Knochen durchnäßte; in Katerina Lwownas Innern ging gleichzeitig auch noch etwas anderes vor. Ihr Kopf brannte wie Feuer; die Pupillen ihrer Augen waren erweitert, ein irrender, aber stechender Glanz war in ihnen, und unbeweglich hafteten sie an den wandernden Wellen.

»Ja, ein Schnäpschen, das würde auch ich jetzt gerne trinken, es ist entsetzlich kalt«, girrte Ssonetka.

»Kaufmannsfrau, wie wär's, traktier uns!« stichelte Ssergej immer weiter.

»Hast du denn kein Gewissen!« Fiona machte ihm Vorhaltungen und schüttelte vorwurfsvoll den Kopf.

»Das gereicht dir ganz und gar nicht zur Ehre«, unterstützte der Sträfling Gordjuschka die Soldatenfrau.

»Wenn du dich schon nicht vor ihr schämst, so solltest du dich wenigstens vor den andern schämen.«

»Ih, du Allerwelts-Tabaksdose!« schrie Ssergej Fiona an. »Hat sich was, schämen! Wovor soll ich mich denn groß schämen, und vielleicht habe ich sie überhaupt niemals geliebt, und jetzt... Ssonetkas abgetragener Schuh ist mir lieber als die Fresse dieser geschundenen Katze: Was kannst du also dagegen sagen? Mag sie meinetwegen das Schiefmaul Gordjuschka lieben, oder aber...«. er drehte sich um und blickte den zu Pferde sitzenden Wachtmeister in seinem Filzmantel und seiner Militärmütze mit der Kokarde an und fügte hinzu: »... oder aber noch besser, sie schlängelt sich an den Etappenherrn heran: unter seinem Filzmantel ist man zum mindesten vor dem Regen geschützt.«

»Man könnte sie die Offiziersfrau nennen«, girrte Ssonetka.

»Freilich!... Und die Strümpfe, das wäre dann eine Kleinigkeit für sie«, pflichtete Ssergej ihr bei.

Katerina Lwowna sprach kein Wort zu ihrer Verteidigung. Immer angespannter sah sie auf die Wogen, und stumm bewegten sich ihre Lippen. Sie vernahm mehr als die abscheulichen Redensarten Ssergejs: Ein sonderbares Stöhnen und Getöse drang aus den brechenden und klatschenden Wogenschwällen an ihr Ohr. Und plötzlich erschien vor ihr aus einer brechenden Woge Boris Timofejewitschs blauer Kopf, und aus einer zweiten schaute taumelnd ihr Gemahl und hielt in seinen Armen den kleinen Fjodor. Katerina Lwowna rang qualvoll damit, sich an ein Gebet zu erinnern, und bewegte wohl die Lippen, aber es flüsterten ihre Lippen: »Wie wir beide uns die Zeit vertrieben, die langen Herbstnächte hindurch miteinander waren und durch grausen Tod viel Menschen aus der lichten Welt beförderten.«

Katerina Lwowna zuckte zusammen. Ihr irrender Blick wurde immer fester und immer wilder. Ihre Arme streckten sich einmal und noch einmal irgendwohin in den Raum und fielen doch immer wieder herab. Und noch eine Minute – und mit einem Male kam sie ganz ins Schwanken und bückte sich, ohne dabei ihre Augen von der dunklen Flut abzuwenden, und packte Ssonetka an den Beinen und stürzte sich mit ihr in einem großen Schwunge über den Bord der Fähre.

Alle rings erstarrten vor Schreck. Eine Welle trug Katerina Lwowna nach oben, und wieder sank sie unter, eine andere Welle hob Ssonetka empor.

»Den Bootshaken auswerfen! Den Bootshaken!« schrie man auf der Fähre.

Der schwere Bootshaken wirbelte an seiner langen Leine durch die Luft und fiel ins Wasser, doch schon war Ssonetka aufs neue verschwunden. Zwei Augenblicke darauf warf sie, von der Strömung inzwischen schon weit fortgetrieben, die Arme wieder in die Luft, doch gleichzeitig tauchte aus einer anderen Welle Katerina Lwowna fast bis zum Gürtel aus dem Wasser empor und warf sich auf Ssonetka, wie ein kräftiger Hecht sich auf einen weichschuppigen kleinen Fisch stürzt, und beide wurden nicht mehr gesehen.

August Strindberg

Ein Puppenheim

Sie waren sechs Jahre verheiratet, doch sie glichen immer noch einem Brautpaar. Er war Kapitänleutnant bei der Marine, mußte in jedem Sommer einige Monate auf Übungsfahrten und hatte bereits zweimal eine Langfahrt gemacht. Diese kleinen Übungsfahrten hatten ihrer Ehe sehr gut getan. Und wenn sich während der Winterruhe möglicherweise Anzeichen von Dumpfheit in ihrer Ehe gezeigt hatten, frischten diese Sommerfahrten das Verhältnis wieder auf. Die erste Sommerfahrt war für ihn schwer zu ertragen gewesen! Er schrieb förmliche Liebesbriefe an seine Frau, und sobald er einen Segler draußen auf dem Meer traf, ließ er Post an sie signalisieren. Und wenn er endlich die schwedischen Schären ausgemacht hatte, konnte er seine Frau nicht schnell genug wiedersehen. Das wußte sie ganz genau. Bei Landsort empfing er bereits ein Telegramm, daß sie ihn in Dalarö erwarte. Und wenn der Anker vor Jutholmen geworfen wurde und er ein kleines blaues Taschentuch in der Veranda der Gastwirtschaft winken sah, wußte er, daß sie ihn erwartete. Doch er hatte an Bord noch viel zu erledigen, und erst gegen Abend konnte er an Land gehen. Wenn er dann aber mit der Gig ankam, der Ruderer den Stoß an der Brücke aufgefangen hatte und er sie auf der Landungsbrücke ebenso jung, ebenso schön und ebenso frisch wie früher stehen sah, war ihm, als erlebe er seine erste Ehezeit noch einmal. Und wenn sie in den Gasthof kamen, bewunderte er das kleine Souper, das sie in den beiden kleinen von ihr bestellten Zimmern servieren ließ. Wie viel sie sich zu erzählen hatten! Sie sprachen von seiner Fahrt, von den Kleinen, von der Zukunft! Dann funkelte der Wein im Glas, und die Küsse wurden laut, und sie hörten den Zapfenstreich von See her. Doch der kümmerte ihn nicht, weil er erst um ein Uhr zu gehen brauchte. Wie! Er müsse schon gehen?

– Ja, er müsse an Bord schlafen, aber es genüge, wenn er bis zum Wecken zurück sei.
– Wann denn das Wecken sei?
– Um fünf Uhr!
– Pfui, so früh!
– Aber wo sie heute nacht denn schlafen wolle!
– Das bekomme er nicht zu wissen!

Doch er erriet es, und daraufhin wollte er sehen, wo sie schlafe. Aber sie stellte sich einfach vor die Tür! Er küßte sie, nahm sie auf den Arm wie ein Kind und öffnete die Tür.

»Was für ein großes Bett! Das ist ja wie eine große Barkasse! Wo hast du das nur her?«

Du lieber Gott, wie sie errötete. Aber sie habe doch aus seinem Brief entnommen, daß sie in der Gastwirtschaft »wohnen« sollten.

»Natürlich wollen wir hier wohnen, obwohl ich morgen früh zum Wecken wieder an Bord sein muß, zu diesem verfl – – Morgengebet, das mir ja ganz einerlei ist.«

»Pfui, was für Reden du nur führst!«

»Nun werden wir erst mal Kaffee trinken und ein kleines Feuer anmachen, denn die Bettwäsche scheint hier so klamm zu sein! Du bist wirklich ein vernünftiger kleiner Schelm, weil du so ein großes Bett besorgt hast! Wie hast du das denn beschafft!«

»Das habe *ich* ja gar nicht beschafft.«

»Das will ich schon glauben! Aber was soll ich denn glauben?«

»Ach, du bist auch zu dumm!«

»So, ich bin dumm?« Und dann nahm er sie in den Arm.

»Nun mußt du dich aber beherrschen!«

»Beherrschen?! Das ist leicht zu sagen!«

»Gleich kommt das Mädchen mit dem Holz!«

Als es zwei Uhr schlug und die Morgenröte im Osten über Schären und Wasser entflammte, saß sie am offenen Fenster. Es war genau, als wäre sie seine Geliebte und er ihr Geliebter. War es denn nicht so? Und jetzt mußte er sie verlassen! Aber er würde um zehn Uhr zum Frühstück wiederkommen, und sie würden zusammen segeln. Dann machte er Kaffee auf seinem Spirituskocher, und sie tranken ihn beim Sonnenaufgang und dem Geschrei der Möwen. Draußen auf See lag das Kanonenboot, und er sah die Haubitzen auf dem Vorschiff ab und zu aufblitzen. Es war schwer, sich wieder zu trennen, doch es war gut, zu wissen, daß man sich bald wieder sehen würde. Dann küßte er sie zum letztenmal, legte den Säbel an und ging. Und als er auf die Landungsbrücke kam und »Boot ahoi« rief, versteckte sie sich hinter den Gardinen, als schäme sie sich. Er aber warf ihr mit beiden Händen Kußhände zu, bis die Matrosen mit der Gig erschienen. Und nun ein letztes »Schlafe gut und träume von mir«. Als er sich mitten auf dem Wasser noch einmal umdrehte und das Fernglas vor die Augen nahm, sah er eine kleine weiße Gestalt mit schwarzem Haar in der Schlafkammer stehen. Die Sonne schien auf ihr Hemd und ihre freien Schultern, und sie sah aus wie eine Seejungfrau! Dann erklang das Wecken. Die langen Töne des Signalhornes rollten zwischen den grünen Inseln über das blanke Wasser und kehrten auf andern Wegen durch die Tannenwälder zurück. Man sah alle Mann an Deck stehen, das Vaterunser beten und hörte, wie sie ›Jesus geh' voran‹ sangen. Der kleine Glockenturm auf Dalarö antwortete mit zaghaftem Läuten, denn es war Sonntagmorgen. Nun kamen in der Morgenbrise Kutter mit flatternden Fahnen, Schüsse knallten, helle Sommerkleider leuchteten auf der Zollbrücke, das Dampfschiff mit der roten Wasserlinie kam von Utön herein, die Fischer holten ihre Netze ein, und die Sonne schien glitzernd auf das leicht bewegte blaue Wasser und das lichte Grün des Landes.

Um zehn Uhr legte die Gig ab und fuhr mit sechs Paar Riemen auf Land zu. Dann hatten sie einander wieder. Als sie im großen Saal frühstückten, flüsterten sich die andern Gäste zu: Ist das seine Frau? Er sprach ja halblaut wie ein Liebhaber, und sie schlug die Augen nieder und lächelte oder schlug ihm mit der Serviette auf die Finger!

Das Boot lag noch an der Brücke, und sie sollte das Ruder übernehmen. Er bediente die Fock. Er konnte die Augen nicht abwenden von ihrer lichten, sommergekleideten Gestalt mit der hohen Brust, dem kleinen entschlossenen Gesichtsausdruck und dem starken Blick, der den Wind beobachtete, während die Hand im Wildlederhandschuh die Großschote hielt.

Er wollte sich nur unterhalten und war beim Wenden oft unaufmerksam. Dann bekam er einen Anpfiff, als wäre er ein Schiffsjunge, und das machte ihm schrecklich viel Spaß.

»Warum hast du die Kleine eigentlich nicht mitgenommen?« sagte er, um sich im Scherz mit ihr streiten zu können.

»Wo hätte sie denn schlafen sollen?«

»In der großen Barkasse natürlich!« Dann lachte sie, und er fand es zu nett, sie auf diese Art und Weise lachen zu sehen.

»Was hat die Wirtin denn heute morgen gesagt?« fuhr er fort.

»Was sollte sie denn sagen?«

»Hat sie heute nacht gut geschlafen?«

»Warum sollte sie denn nicht gut geschlafen haben?«

»Das weiß ich nicht, aber vielleicht haben Ratten an ihrem Fußboden genagt. Vielleicht hat auch ein alter Fensterladen geknarrt; man kann ja nicht wissen, was den süßen Schlaf einer alten Jungfer stören kann.«

»Wenn du nicht den Mund hältst, dann binde ich die Schote hier fest und segle dich direkt auf die See hinaus!«

Sie legten an einem Holm an und verzehrten das in einem kleinen Korb mitgenommene Essen; dann schossen sie mit einem Revolver nach einem ausgemachten Ziel. Später legten sie Angeln aus und taten, als angelten sie, doch die Fische bissen nicht an, und dann segelten sie wieder weiter. Sie segelten in einen Fjord hinein, wo die Eidergänse zogen, und in einen Sund, wo die Hechte im Schilf sprangen; sie kehrten schließlich um, und er wurde nie müde, sie anzusehen, mit ihr zu plaudern und sie zu küssen, wenn sie es zuließ.

Auf diese Weise trafen sie sich sechs Sommer lang auf Dalarö. Sie waren stets gleich jung, stets gleich übermütig, und sie waren glücklich. Im Winter wohnten sie auf Skeppsholm in ihren kleinen Kajüten. Er takelte für seine Jungen Boote auf oder erzählte ihnen Märchen und Abenteuer von China und den Südseeinseln, und seine Frau saß dabei, hörte zu und mußte über seine verrückten Geschichten lachen. Es war ein entzückender, kleiner Raum, der keine Ähnlichkeit mit einem andern Zimmer hatte. Dort hingen japanische Sonnenschirme und Rüstungen, ostindische Miniaturpagoden, australische Bogen und Lanzen, Negertrommeln und getrocknete fliegende Fische, Zuckerrohr und Opiumpfeifen. Und Papa, der allmählich eine kleine Glatze bekommen hatte, mochte gar nicht mehr zur See fahren. Zuweilen spielte er Brettspiele mit dem Kriegsgerichtsrat, und mitunter spielten sie Karten und tranken einen leichten Grog. Früher spielte seine Frau mit ihnen, doch seitdem vier Kinder da waren, hatte sie keine Zeit mehr dazu; doch sie blieb gern eine Weile bei ihnen sitzen und blickte in die Karten. Und wenn sie an Papas Stuhl trat, legte er seinen Arm um ihre Mitte und fragte sie, wie er jetzt ausspielen solle.

Die Korvette sollte wieder ausfahren und jetzt sechs Monate fortbleiben. Der Kapitänleutnant fand es scheußlich, denn die Kinder waren nun groß, und der Mutter wurde es schwer, den umfangreichen Haushalt zu versorgen. Der Kapitänleutnant war auch nicht mehr so jung und so lebhaft wie früher, aber – es mußte sein, und er fuhr also fort. Bereits bei Kronborg sandte er seinen ersten Brief ab, der folgenden Inhalt hatte:

Meine kleine geliebte Toppnant!

Wir haben schwachen SSO-O, + 10° Celsius, sechs Glas Freiwache. Ich kann Dir gar nicht beschreiben, wie scheußlich es ist, von Dir fort zu sein. Als wir den Wurfanker vor Castellholmen gehievt hatten (sechs Uhr dreißig nachmittags bei starkem NO-N.), war mir, als habe man mir einen Rall in den Brustkorb gesetzt. Es fühlte sich an, als habe man mir eine Kette durch beide Ohrklüsen gezogen. Man sagt ja, daß die Seeleute ein Unglück im voraus ahnen. Das hab' ich bisher noch nicht erfahren. Aber bis ich Deinen ersten Brief erhalten habe, werde ich nicht ruhig sein. An Bord ist nichts passiert, aus dem einfachen Grunde, weil an Bord nichts passieren darf.

Wie geht es Euch zu Hause? Hat Bob schon seine neuen Stiefel bekommen, und wie passen sie ihm? Wie Du weißt, bin ich ein schlechter Briefschreiber, und darum schließe ich!

Mit einem großen Kuß mitten auf dieses X!

          Dein alter Pall.

P.S. Du müßtest Dir etwas Gesellschaft suchen (natürlich ein weibliches Wesen!). Und vergiß ja nicht, die Wirtin auf Dalarö zu bitten, uns die große Barkasse neu zu verkleiden, bis ich nach Hause komme! (Der Wind nimmt zu; wir bekommen heute nacht sicher Nordwind!)

Vor Portsmouth erhielt der Kapitänleutnant folgenden Brief von seiner Frau:

Lieber alter Pall!
    Es ist unbehaglich nach Deiner Abreise, das kannst Du mir glauben! Ich habe eine schwere Zeit hinter mir, denn Alice hat jetzt ihren Zahn bekommen. Der Doktor sagt, es sei ungewöhnlich früh, und das scheint zu bedeuten (ja, das darfst Du nicht wissen).
    Bobs Stiefel passen ihm ausgezeichnet, und er ist sehr stolz auf sie. – Du erwähntest in Deinem Brief, daß ich mir eine weibliche Bekanntschaft suchen müsse. Das habe ich bereits getan, oder richtiger gesagt, sie hat mich gesucht. Sie heißt Ottilia Sandegren und hat das Lehrerinnenexamen gemacht. Sie ist sehr ernst; Pall braucht also keine Angst zu haben, daß sie seine Toppnant auf Abwege führt. Außerdem ist sie religiös. Ja, ja, es könnte uns beiden auch ganz gut tun, ein bißchen strenger in unserer Religion zu sein. Mit einem Wort gesagt, sie ist ein ausgezeichnetes Frauenzimmer. Und nun schließe ich für heute, da Ottilia bald kommt, um mich abzuholen. Gerade eben kommt sie und bittet mich, Dich unbekannterweise zu grüßen.
                        Deine dich liebende Gurli!

Der Kapitänleutnant war nicht zufrieden mit diesem Brief. Er war zu kurz und auch nicht so fröhlich wie meistens – Lehrerinnenexamen, religiös, ernst und Ottilia! Zweimal Ottilia! Und als Unterschrift – ›Gurli‹! Warum nicht ›Gullan‹ wie früher! Hm!
    Acht Tage später vor Bordeaux erhielt er einen weiteren Brief, zusammen mit einem Buch im Kreuzband.
    »Lieber Vilhelm!« – Hm, Vilhelm! Nicht mehr Pall! – »Das Leben ist ein Kampf von...« Zum Teufel, was meint sie damit? Was haben wir mit dem Leben zu tun!

»Anfang bis zum Ende! Ruhig wie ein Bach in Kidron« Kidron! Mein Gott, das ist ja die Bibel! – »ist unser Leben dahingeflossen. Wir sind wie Schlafwandler über Abgründe gewandelt, ohne sie zu sehen!« – Lehrerinnenseminar – Seminar, Seminar! – »Aber nun kommt das Ethische« – das Ethische! Ablativus! Hm, hm! – »und macht sich in seinen höheren Potenzen geltend!« – Potenzen?! – »Wenn ich jetzt aus unserm langen Schlaf aufwache und mich selbst frage, ist unsere Ehe eine richtige Ehe gewesen? dann muß ich voller Reue und Scham bekennen, daß dies nicht der Fall ist. Die Liebe ist himmlischen Ursprungs (Matthäus 11. 22 u. ff.)« – Der Kapitänleutnant mußte sich von seinem Platz erheben und ein Glas Wasser mit Rum holen, bevor er fortfahren konnte. »Wie irdisch, wie konkret ist unsere Ehe dagegen gewesen! Haben unsere Seelen in dieser Harmonie gelebt, von der Plato spricht (Phaidon, Buch 6, Kapitel 2, § 9)? Nein, müssen wir antworten. Was bin ich für Dich gewesen? Deine Haushälterin – und, o Schmach! – Deine Geliebte! Haben unsere Seelen sich verstanden? Nein, müssen wir antworten!« – Zum Teufel mit Ottilia und allen verfluchten Seminaren! Ist sie meine Haushälterin gewesen? Ist sie meine Frau und die Mutter meiner Kinder gewesen? – »Lies dieses Buch, das ich Dir jetzt schicke! Es wird dir Antwort auf alle Fragen geben. Es spricht das aus, was sich jahrhundertelang auf dem Boden aller Herzen des Frauengeschlechtes verborgen hat. Lies es und sage mir dann, ob unsere Ehe eine richtige Ehe gewesen ist! Darum bittet auf ihren Knien Deine Dich liebende Gurli.«

Dies war also seine böse Ahnung! Der Kapitänleutnant war ganz außer sich und konnte nicht verstehen, was mit seiner Frau vorgegangen war! Dies war ja noch schlimmer als Sektiererei!

Er riß das Kreuzband auf und las den Titel eines broschierten Bandes: ›Ein Puppenheim‹ von Henrik Ibsen! Ja! Was mehr! Sein Heim war wie ein feines, kleines Puppenheim gewesen, und seine kleine Frau war seine kleine Puppe und er ihre große Puppe gewesen. Sie hatten spielend den harten, gepflasterten Wanderweg des Lebens zurückgelegt und waren glücklich gewesen. Was fehlte ihnen denn noch? Was war denn für ein Unrecht begangen worden?

Er mußte es selbst feststellen, insbesondere, da es in diesem Buch ja geschrieben stand.

Innerhalb von drei Stunden hatte er es ausgelesen! Doch sein Verstand stand still. Was ging dies alles ihn und seine Frau an?! Hatten sie etwa Wechsel gefälscht? Nein! Hatten sie einander denn nicht geliebt? O doch! – Er schloß sich in seiner Kajüte ein und las das Buch noch einmal. Er strich mit einem Blau- und Rotstift Stellen an, und gegen Morgen setzte er sich nieder, um an seine Frau zu schreiben. Er schrieb folgendes:

Ein wohlgemeinter kleiner Ablativus über das Schauspiel ›Ein Puppenheim‹, zusammengeschmiert vom alten Pall an Bord der ›Vanadis‹ im Atlantischen Ozean vor Bordeaux (B. 45°, L. 16°).

§ 1. Sie heiratete ihn, weil er sie liebte, und zum Teufel, damit tat sie recht, und wenn sie auf den gewartet hätte, den sie liebte, so hätte der Fall eintreten können, daß dieser Mann sie nicht liebte, und dann würde sie den Teufel in einer Rüstkausche gehabt haben, denn daß beide sich gleich stark lieben, trifft in sehr seltenen Fällen zu.

§ 2. Sie fälschte einen Wechsel. Das war dumm von ihr, doch sie soll nicht behaupten, daß es nur des Mannes wegen geschah, denn sie hat ihn ja nie geliebt; wenn sie gesagt hätte, daß sie es um ihrer beiden und um des Kindes willen tat, hätte sie die Wahrheit geredet. Ist das klar?

§ 3. Daß er nach dem Ball zärtlich zu ihr war, beweist nur, daß er sie liebte, und das kann man ihm doch nicht als Fehler anrechnen; doch daß es im Theater gezeigt wird, das ist ein Fehler. *Il y a des choses qui se font, mais qui ne se disent point,* sagt, soviel ich weiß, ein Franzose. Übrigens sollte der Dichter, jedenfalls, wenn er gerecht ist, auch den entgegengesetzten Fall erwähnen: *la petite chienne veut, mais le grand chien ne veut pas,* sagt Ollendorff (siehe die Barkasse auf Dalarö!).

§ 4. Daß sie, als sie feststellt, daß ihr Mann ein Ochse ist – denn das ist er, da er ihr verzeiht, weil ihre Tat nicht entdeckt wurde –, die Kinder verlassen will, weil sie sich nicht für würdig hält, sie zu erziehen, ist eine etwas durchsichtige Koketterie. – Wenn sie eine so dumme Kuh (man lernt in einem Seminar doch nicht, daß es zulässig ist, Wechsel zu fälschen) und er ein Ochse war, müßten die beiden zusammen wohl ein gutes Gespann abgeben. Am wenigsten dürfte sie die Erziehung ihrer Kinder einem solchen Menschen überlassen, den sie verachtete.

§ 5. Nora hat also um so mehr Grund, bei ihren Kindern zu bleiben, als sie erkannt hat, was für ein Schaf ihr Mann ist.

§ 6. Der Mann konnte nichts dafür, daß er ihren wirklichen Wert vorher nicht erkannt hat, da sie ihren wirklichen Wert ja erst nach ihrer Auseinandersetzung erhielt.

§ 7. Nora war vorher noch sehr töricht, und das leugnet sie selbst auch nicht ab.

§ 8. Alle Garantien dafür, daß sie nach diesen Auseinandersetzungen besser zusammenleben würden, sind ja vorhanden: Er hat bereut und will sich bessern; sie hat die gleichen Vorsätze. *Bon!* Hier hast du meine Hand, und nun fangen wir wieder von vorne an! Gleich und gleich gesellt sich gern. Wie gehauen, so gestochen! Du warst eine dumme Kuh, und ich habe mich wie ein Ochse benommen! Du, meine kleine Nora, warst schlecht erzogen, und ich altes Aas habe es nicht besser gelernt. Wir sind also beide zu bedauern! Wirf verrottete Eier auf unsere Erzieher, doch schlag nicht nur mir den Schädel ein. Ich bin, obwohl Mann, genauso unschuldig wie du! Vielleicht noch etwas unschuldiger, denn ich habe aus Liebe geheiratet. Du aus wirtschaftlichen Gründen! Laß uns darum Freunde sein und zusammen unseren Kindern von der kostbaren Lehre mit auf den Weg geben, die uns das Leben geschenkt hat.

Ist das klar? All right! Dies hat Kapitänleutnant Pall mit seinen steifen Fingern und seinem etwas trägen Verstand geschrieben!

Und nun meine kleine, geliebte Puppe, nun hab ich Dein Buch gelesen und meine Meinung gesagt. Doch was geht uns das Buch an? Haben wir nicht einander geliebt? Lieben wir uns jetzt denn nicht mehr? Haben wir uns denn nicht gegenseitig erzogen und unsere Ecken und Kanten abgeschliffen, denn Du weißt doch sicher noch, daß am Anfang einige Astknorren und Unebenheiten da waren! Was sind dies eigentlich für Grillen! Zur H...e mit allen

Ottilien und Seminaren. Dies war ein verfängliches Buch, das Du mir da schicktest. Es war wie ein schlecht markiertes Fahrwasser, in dem man immer in Gefahr war aufzulaufen. Ich nahm aber mein Besteck und markierte es auf der Karte, so daß ich wieder in ruhiges Wasser gelangte. Aber das tue ich nicht noch einmal. In Zukunft überlasse ich dem Teufel, solche Nüsse zu knacken, die – wenn es einem glücklich gelungen ist, sie zu öffnen – innen schwarz sind. Und nun wünsche ich Dir Frieden und Glück und hoffe, daß Du Deinen guten Verstand wiederbekommst. Wie geht es meinen Kleinen? Du hast in Deinem letzten Brief vergessen, von ihnen zu schreiben. Du vergaßest sie wohl in Deiner Fürsorge für die verdammten Gören dieser Nora (die es nur in diesem Schauspielbuch gibt). Weint mein Sohn? Spielt meine Linde? Singt meine Nachtigall? Und tanzt meine kleine Puppe? Das muß sie stets tun, denn dann freut sich der alte Pall. Gott segne Dich und laß keine bösen Gedanken zwischen uns aufkommen. Ich bin so traurig, daß ich es Dir nicht ausdrücken kann, und dabei soll ich Kritiken über Theaterstücke schreiben! Gott behüte Dich und die Kleinen und küsse sie mitten auf den Mund von Deinem alten, treuen Pall.

Als der Kapitänleutnant den Brief fertiggeschrieben hatte, ging er in die Offiziersmesse und bestellte sich einen Grog – er hatte den Doktor mitgenommen. »Puh«, sagte er, »merkst du, wie es hier nach alten schwarzen Hosen stinkt! Puh, Surabaja, hol mich der Teufel! Die müssen im Kattblock des Vortops gehißt und mit einem dicht gerefften Nordwest zu Nord ausgelüftet werden!« Der Doktor verstand überhaupt nichts. »Zum Teufel mit dir, Ottilia! Sie müßte eine ordentliche Portion mit der Handspake haben. Schick die alte Hexe in den Tank und laß die zweite Backschaft bei geschlossenen Luken auf sie los! Ich weiß schon, was solcher alten Jungfer fehlt!« – »Aber was ist denn mit dir los, alter Pall?« fragte der Arzt. – »Plato! Plato! Pfui Teufel mit dem Plato. Ja wenn man sechs Monate auf See zubringt, dann kann man wohl von Plato reden! Dann wird man Ethiker! Ethiker! Hörst du! Ich wette eine Krampe gegen einen Doppelhaken, daß Ottilia, wenn sie ihr warmes Essen bekäme, nicht mehr über Plato reden würde.« –

»Was meinst du damit, was ist eigentlich los?« – »Ach! Gar nichts, hör doch mal zu! Du bist doch Arzt! Wie ist es eigentlich mit den Frauenzimmern, du mußt es doch wissen! Na, nun red doch! Ist es denn nicht gefährlich, so lange unverheiratet herumzulaufen?! Werden sie nicht ein bißchen durchgedreht? Nun rede doch endlich!« – Der Arzt sprach sich über diese Frage aus und schloß mit dem Bedauern, daß nicht alle weiblichen Wesen befruchtet werden könnten. In der Natur ja, wo die Männchen meistens in Polygamie lebten – was wohl stets der Fall sei, wenn es genügend Futter für die Jungen gebe (außer bei den Raubtieren), da gebe es keine solchen Abnormitäten wie unverheiratete Weibchen. In der Kultur dagegen, wo es ein Glückstreffer sei, wenn man einen Lebensunterhalt finde, der ausreiche, gebe es im allgemeinen mehr Frauen als Männer. Deswegen müsse man nett gegen unverheiratete Mädchen sein, da ihnen ein trauriges Los beschieden sei! – »Ja, man sollte nett zu ihnen sein! Dies ist leicht zu sagen, aber wenn sie selbst nun nicht nett sind?« Und dann sprudelte alles aus ihm heraus, und zuletzt bekannte er sogar, daß er eine Theaterkritik geschrieben habe. »Ach, es wird so viel Unsinn geschrieben«, sagte der Arzt und legte den Deckel auf die Grogkanne. »Letzten Endes entscheidet die Wissenschaft in allen wichtigen Dingen.«

Als der Kapitänleutnant nach sechs Monaten der Abwesenheit und nach einem unangenehmen Briefwechsel mit seiner Frau, die ihm seiner Theaterkritik wegen einen scharfen Verweis erteilt hatte, endlich in Dalarö an Land ging, wurde er von seiner Frau, allen Kindern, zwei Dienstmädchen und Ottilia empfangen. Seine Frau war zärtlich, doch nicht herzlich. Sie bot ihm ihre Stirn zu einem Kuß. Ottilia war lang wie eine Bohnenstange und hatte ihr Haar kurz geschnitten, das im Nacken wie ein Schiffsschwabber aussah. Das Abendbrot war langweilig, und es gab nur Tee. Die Barkasse war mit Kindern vollgestopft, und dem Kapitänleutnant wurde ein Mansardenzimmer angewiesen. Oh, welch ein Unterschied gegen früher! Der alte Pall sah alt aus, und außerdem war er verdutzt darüber. Er fand, es sei die reinste Hölle, verheiratet zu sein und doch keine Frau zu haben.

Am nächsten Morgen wollte er mit seiner Frau segeln.

Doch Ottilia konnte die See nicht vertragen. Sie sei so krank auf der Herreise im Baggensfjord gewesen, und außerdem sei es Sonntag. »Sonntag? Da haben wir's.« Dann könnten sie statt dessen spazierengehen! Es liege so vieles zwischen ihnen, über das sie reden müßten! Ja, ja, das sei schon richtig, doch Ottilia dürfe nicht mitkommen.

Sie gingen Arm in Arm, doch es wurden nicht viele Worte zwischen ihnen gewechselt, und was gesprochen wurde, waren nur Worte, um ihre Gedanken dahinter zu verbergen, doch keine Gedanken, die in Worten ihren Ausdruck fanden. Sie kamen an dem kleinen Cholerafriedhof vorüber und schlugen den Weg zum Schweizertal ein. Eine schwache Brise säuselte in den Tannen, und durch die dunklen Zweige leuchtete blau der Fjord. Sie setzte sich auf einen Stein, und er hockte zu ihren Füßen. Nun knallt es bald, dachte er, und dann knallte es!

»Hast du schon über unsere Ehe nachgedacht?« begann sie.

»Nein«, sagte er, als habe er sich seine Antwort schon zurechtgelegt, »ich habe sie nur gefühlt! Ich glaube nämlich, daß die Liebe Gefühlssache ist; man segelt, macht Land aus und fährt in den Hafen ein, wenn man sich jedoch nach Kompaß und Karte richtet, fährt man auf Grund.«

»Ja, doch unsere Ehe ist nichts anderes als ein Puppenheim gewesen!«

»Lüge, alles Lüge, mit Erlaubnis zu sagen. Du hast niemals einen Wechsel gefälscht, du hast nie deine Strümpfe einem syphiliskranken Doktor gezeigt, von dem du Geld leihen wolltest gegen Sicherheit – *in natura;* du bist niemals so romantisch stupid gewesen, zu erwarten, dein Mann solle sich selbst eines Verbrechens bezichtigen, das seine Frau aus Dummheit beging und das gar nicht zu einem Verbrechen wurde, weil es keinen Ankläger gab; du hast mich nie belogen! Ich habe dich ebenso anständig behandelt, wie Helmer seine Frau behandelte, als er sie zur Vertrauten seiner Seele machte, als er mit ihr die Bankgeschäfte besprach und duldete, daß sie sich in die Stellenbesetzung der Bank einmischte *and so on!* Wir sind also nach allen Begriffen, nach altmodischen und modernen, Mann und Frau gewesen!«

»Ja, aber ich bin deine Haushälterin gewesen!«

»Lüge! Mit Erlaubnis zu sagen, Lüge! Du hast nicht in der Küche gegessen, du hast keinen Lohn entgegengenommen, du hast niemals über das Haushaltsgeld Rechenschaft ablegen müssen und niemals Vorwürfe bekommen, weil dieses oder jenes vielleicht nicht in Ordnung war. Und außerdem möchte ich dich fragen, ob meine Arbeit: zu holen und zu brassen, Taue zu fieren und zu kommandieren, Heringe abzuzählen, Schnäpse abzumessen, Erbsen abzuwägen, Mehl zu kontrollieren usw. – in deinen Augen ehrenvoller ist, als Dienstmädchen zu beaufsichtigen, auf den Markt zu gehen und einzukaufen, Kinder zu gebären und sie zu erziehen!«

»Nein, aber du hast mich dafür bezahlt; du dagegen bist dein eigener Herr, du bist ein Mann, und du hast zu befehlen!«

»Mein gutes Kind! Möchtest du etwa, daß ich dir Lohn bezahle? Möchtest du tatsächlich meine richtige Haushälterin werden? Daß ich ein Mann bin, ist nur Zufall, das soll sich angeblich erst im sechsten Monat entscheiden. Das ist traurig, da es jetzt ein Verbrechen ist, ein Mann zu sein, doch es ist kein Fehler. Der Teufel hole den, der die zwei Hälften der Menschheit gegeneinanderhetzt! Oder haben nicht wir *beide* zu sagen? Unternehme ich irgend etwas Wichtiges, ohne dich zu Rate zu ziehen? Nun antworte doch! Aber du, du erziehst deine Kinder nach deinem Kopf. Erinnerst du dich noch daran, daß ich das Wiegen des Kindes abschaffen wollte, weil es meiner Meinung nach sehr bedenklich war, sie durch Rausch einzuschläfern. Damals ging es nach deinem Kopf! Ein anderes Mal nach meinem; das nächste Mal wiederum bekamst du recht! Ein Mittelding gab es nicht, denn zwischen Wiegen und nicht Wiegen gibt es eben nichts! Aber alles ging gut bis jetzt. Du hast mich Ottilias wegen verlassen!«

»Ottilia! Immerzu Ottilia! Hast du sie mir nicht selbst anbefohlen?«

»Nicht gerade Ottilia! Aber jetzt ist sie es, die bestimmt.«

»Du willst mich von allem trennen, was ich gern habe!«

»Ist Ottilia denn alles? Das scheint mir beinahe so!«

»Aber ich kann sie unmöglich jetzt entlassen, da ich sie engagiert habe, die Mädchen in Pädagogik und Latein zu unterrichten.«

»Latein! Ablativus! Du lieber Gott, sollen sie auch verrückt werden?«

»Ja, sie sollen ebensoviel wissen, wie ein Mann weiß, wenn sie sich verheiraten, damit sie eine richtige Ehe führen können!«

»Aber liebes Herz, nicht ein jedes Mädchen kann einen Mann mit lateinischen Kenntnissen heiraten. Ich kann doch auch nur ein einziges lateinisches Wort und das ist: *ablativus*! Und wir sind doch trotzdem glücklich. Außerdem wird Latein jetzt auch für die Männer abgeschafft, da es überflüssig sein soll. Und wollt ihr nun dieselbe Verdammnis durchmachen? Könnt ihr denn nicht aus dem Beispiel lernen! Ist es nicht genug, daß man das männliche Geschlecht verdorben hat. Soll man nun auch noch das Frauengeschlecht verderben! Ottilia, Ottilia, warum hast du mir das angetan!«

»Wir wollen nicht mehr darüber sprechen! Aber unsere Liebe, Vilhelm, ist nicht so gewesen, wie sie sein sollte. Sie ist sinnlich gewesen!«

»Aber liebes Herz, wie sollten wir Kinder bekommen haben, wenn unsere Liebe nicht sinnlich gewesen wäre – *auch* sinnlich! Aber sie ist doch nicht *nur* sinnlich gewesen!«

»Kann etwas gleichzeitig schwarz und weiß sein?! Das möchte ich dich jetzt fragen. Antworte mir darauf!«

»Ja, das ist möglich; dein Sonnenschirm z. B. ist außen schwarz und innen weiß!«

»Sophist!«

»Nun hör mich mal an, meine geliebte Frau, nun sprich einmal mit deiner eigenen Zunge und mit deinem eigenen Herzen und nicht mit Ottilias Büchern. Nun brauche doch deinen Verstand und werde wieder du selbst, du, meine geliebte, kleine Frau! Sei doch wieder die meine, mein Eigentum!«

»*Deine, dein Eigentum,* das du mit dem bezahlst, was *du* durch *deine* Arbeit verdienst!«

»Nun merke dir ein Wort. *Ich* bin *dein* Mann, dein *Eigentum,* nach dem keine andere Frau trachten darf, falls sie ihre Augen im Kopf behalten will, und den du als *Geschenk erhalten* hast. Nein, als Ersatz dafür, daß er *dich* als Gabe erhielt! Ist das keine Gleichberechtigung, keine: *partie égal?*«

»Aber haben wir unser Leben nicht verspielt? Wir haben keine höheren Interessen gehabt, Vilhelm!«

»Ja, wir haben doch die höchsten Interessen gehabt, Gurli; wir haben nicht immer gespielt, denn wir haben auch ernste Stunden zusammen erlebt! Wir haben die höchsten Interessen gehabt, die man haben kann: Wir haben dem kommenden Geschlecht Leben gegeben; wir haben recht tapfer gestritten und gekämpft und nicht zuletzt du für die Kleinen, die ja heranwachsen sollten. Bist du denn nicht ihretwegen viermal dem Tode nahe gewesen? Hast du dir nicht manche Nacht den Schlaf versagen müssen, um sie zu wiegen, am Tage Vergnügen aufgegeben, um sie zu versorgen? Wir hätten ja auch sechs Zimmer und Küche in der Drottninggata und viel Bedienung haben können, statt in Laangaraden wohnen zu müssen, wenn wir die Kinder nicht gehabt hätten. Hätten wir nicht Gullan in Seide und Perlen kleiden, hätte nicht der alte Pall seine ausgebeulten Hosen ablegen können, wenn wir uns die Kleinen versagt hätten. Sind wir denn solche Puppen? Sind wir denn so selbstsüchtig, wie die alten Jungfern behaupten, die oft Männer verschmäht haben, weil sie ihnen nicht gefielen! Untersuche erst einmal die Gründe, warum so viele Mädchen unverheiratet herumlaufen. Alle protzen damit, daß sie Anträge gehabt haben, wollen aber trotzdem als Märtyrer betrachtet werden! Höhere Interessen! Latein lernen! Sich für wohltätige Zwecke halbnackt zu zeigen, die Kinder allein zu Hause liegen lassen! Das ist ihr Ideal. Ich glaube, daß ich höhere Interessen als Ottilia habe, wenn ich mir kräftige, frohe Kinder wünsche, die einmal das im Leben ausrichten werden, was wir nicht erreichen konnten! Aber das schafft man nicht mit Latein! Lebe wohl, Gurli! Ich muß jetzt auf Wache! Kommst du mit?«

Sie blieb sitzen und gab keine Antwort. Er ließ sie allein. Er ging mit schweren, unendlich schweren Schritten davon. Der blaue Fjord wurde dunkel, und die Sonne schien nicht mehr für ihn. Pall, Pall, wohin wird dies führen, seufzte er vor sich hin, als er über das Gitter des Kirchhofes kletterte. Ich wünschte, ich läge unter einer Planke, dort unten zwischen den Baumwurzeln; doch ich würde dort bestimmt keine Ruhe finden, wenn ich allein läge! Gurli! Gurli!

»Nun sieht es schlimm bei uns aus, Schwiegermutter«, sagte der Kapitänleutnant eines Herbsttages, als er die alte Frau in der Sturegata besuchte.

»Was ist denn nun los, lieber Ville?«

»Sie waren gestern zu Hause bei uns. Vorgestern waren sie bei der Prinzessin. Währenddessen wurde die kleine Alice krank. Das war natürlich Pech, doch ich wagte nicht, Gurli holen zu lassen, weil sie doch nur geglaubt hätte, daß es Anstellerei von mir wäre. Ach! Wenn das Vertrauen einmal einen Knacks bekommen hat... dann... Ich war neulich bei dem Kriegsgerichtsrat und fragte ihn, ob man nach dem schwedischen Gesetz das Recht besitze, die Freundin seiner Frau auszuräuchern! Nein, sagte der, das Recht besäße ich nicht. Und habe man es, würde man es nicht wagen, denn dann sei doch alles aus. Verflucht noch mal, es wäre viel besser, wenn diese Frau ein Geliebter wäre – den könnte man ja am Nacken packen und an die Luft setzen! Was soll ich nur tun?«

»Ja, ja, das ist ein schwieriger Fall, lieber Ville. Aber wir müssen uns irgend etwas ausdenken. Du als großer, kräftiger Mann kannst doch unmöglich auf diese Weise als Junggeselle herumlaufen!«

»Nein, das ist es ja gerade, was ich dir sagen will!«

»Ich habe sie mir neulich sehr energisch vorgenommen und ihr gesagt, daß sie, wenn sie sich nicht fügen würde, damit rechnen müsse, daß ihr Mann statt dessen zu Mädchen ginge!«

»Und was antwortete sie?«

»Sie sagte, das sei seine eigene Angelegenheit, denn ein jeder verfüge ja über seinen eigenen Körper.«

»Sie habe also das gleiche Recht! Das wollte sie wohl damit sagen? Das sind ja schöne Theorien. Ich bekomme noch graue Haare, Schwiegermutter!«

»Es gibt ein gutes, altes Mittel: Mach sie eifersüchtig! Das ist zwar eine Radikalkur, denn dann bricht die Liebe wieder hervor, das heißt, wenn sie noch vorhanden ist!«

»Sie ist noch vorhanden!«

»Sicher! Das glaube ich dir gern! Denn die Liebe stirbt nicht plötzlich, sie stirbt nicht Knall und Fall; sie kann wohl im Laufe der Jahre abgenagt werden – wenn das überhaupt möglich ist! Mach doch der Ottilia den Hof, dann werden wir ja sehen, wie die Sache steht!«

»Ottilia den Hof machen! Ausgerechnet der!«
»Versuch es doch! Beherrschst du denn nicht irgend etwas, was auch sie interessiert!«
»Laß mich mal nachdenken! Ja, nun weiß ich es! Sie beschäftigen sich augenblicklich mit der Statistik, mit gefallenen Frauen und ansteckenden Krankheiten. Pfui! Wenn man dieses Thema auf die Mathematik hinüberleiten könnte, dann würde ich es schaffen, denn die beherrsche ich.«
»Na ja, dann ist ja alles in bester Ordnung. Beginne mit der Mathematik. Hilf ihr dann, wenn sie nach Hause geht, beim Anziehen, lege ihr den Schal um und knöpfe ihre Gummistiefel zu. Begleite sie des Abends nach Hause. Biete ihr das ›du‹ an und küsse sie so, daß Gurli es sieht. Und wenn es nötig ist, dann mußt du eben zudringlich werden! Du kannst mir glauben, daß sie deswegen nicht böse wird! Und dann viel Mathematik, so viel Mathematik, daß Gurli dabeisitzen, es sich anhören und schweigen muß. Komm nach acht Tagen wieder und erstatte mir Bericht!«
Der Kapitänleutnant begab sich nach Haus, las die letzten Broschüren über Unsittlichkeit durch und ging dann ans Werk.
Nach acht Tagen saß er strahlend und vergnügt bei seiner Schwiegermutter und trank ein Glas guten Sherry. Er war richtig glücklich.
»Erzähle, erzähle«, sagte die alte Frau und schob ihre Brille auf die Stirn hinauf.
»Hör zu: Am ersten Tage kam ich nicht voran, denn sie traute mir nicht recht. Sie glaubte, ich halte sie zum Narren. Aber dann redete ich von dem unerhörten Einfluß, den die Probabilitätsberechnung auf die Sittlichkeitsstatistik in Amerika gehabt habe. Ich sagte, sie habe geradezu Epoche gemacht. So, meinte sie, das wisse sie ja noch gar nicht, und das ärgerte sie. Ich brachte ein Beispiel an und bewies ihr anhand von Ziffern und Buchstaben, daß man mit einer gewissen Wahrscheinlichkeit ausrechnen könne, wie viele Frauen fallen würden. Das erstaunte sie. Nun merkte ich, daß sie neugierig war und sich bis zu unserer nächsten Zusammenkunft einen neuen Trumpf beschaffen wollte. Gurli war froh darüber, als sie sah, daß wir uns

besser vertrugen, und sie begünstigte unser Zusammensein. Sie nötigte uns sogar in mein Zimmer und schloß die Tür; dort blieben wir den ganzen Nachmittag und rechneten die Statistiken aus. Diese alte Schachtel war ordentlich glücklich, weil sie merkte, daß sie mir näherkam. Und innerhalb von drei Stunden waren wir Freunde. Beim Abendbrot fand meine Frau, Ottilia und ich seien schon so alte Bekannte, daß wir gut Brüderschaft miteinander trinken könnten. Ich holte eine Flasche von meinem guten alten Sherry, um diese große Begebenheit zu feiern. Dann küßte ich sie mitten auf den Mund. Gott verzeih mir meine Sünden! Gurli schien etwas erstaunt darüber zu sein, doch sie wurde nicht böse, sondern war nur eitel Glück. Der Sherry war stark und Ottilia schwach. Ich half ihr beim Anziehen des Mantels und begleitete sie heim. Auf Skeppsholmsbron drückte ich zärtlich ihren Arm und erklärte ihr die ganze Himmelskarte. Sie war begeistert! Sie habe schon immer Sterne geliebt, aber noch nie Gelegenheit gehabt, ihre Namen kennenzulernen. Die armen Frauen lernen überhaupt nichts! Sie wurde ordentlich schwärmerisch, und wir trennten uns als die allerbesten Freunde, die sich so lange verkannt hatten. Am Tage drauf noch mehr Mathematik, und zwar bis zum Abendbrot. Gurli kam einige Male herein und nickte uns zu. Aber beim Abendbrot unterhielten wir uns nur über Mathematik und Sterne, und Gurli saß schweigend dabei und hörte zu. Dann begleitete ich Ottilia wieder heim. Auf dem Kai traf ich Kapitän Björn, wir machten einen Abstecher ins Grand-Hotel und tranken ein Glas Punsch, ich kam gegen ein Uhr heim.

Gurli war noch auf. ›Wo bist du so lange gewesen, Vilhelm?‹ sagte sie.

Da ritt mich der Teufel, und ich antwortete: ›Wir unterhielten uns so lange auf Holmbron, so daß ich die Zeit ganz vergaß.‹ Da hakte es ein.

›Ich finde, es gehört sich nicht, des Nachts mit einem jungen Frauenzimmer so lange auf der Straße zu sein!‹ sagte sie.

Ich tat, als würde ich verlegen, und stotterte, daß man, wenn man sich so viel zu erzählen habe, nicht immer wisse, was sich gehört.

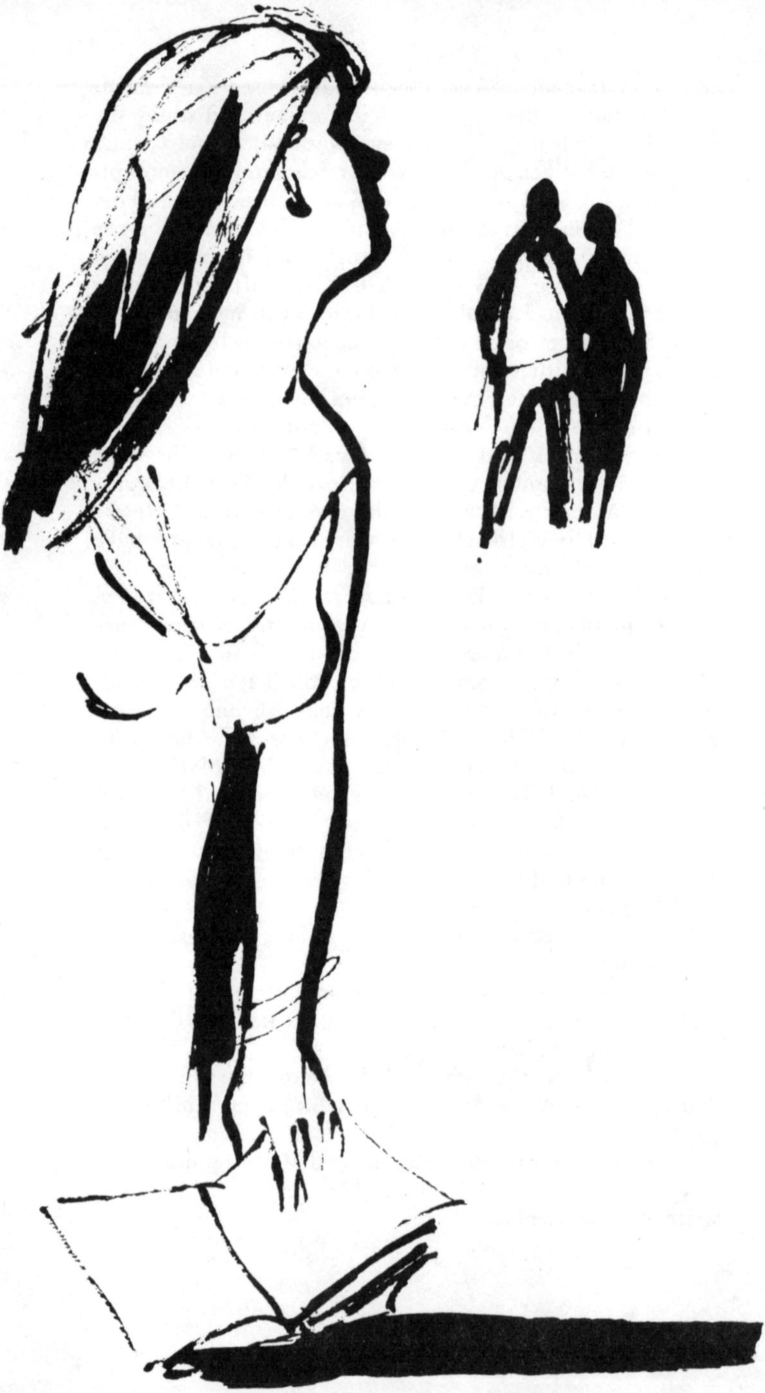

›Worüber habt ihr euch denn unterhalten?‹ sagte Gurli und schob die Unterlippe vor.

Ich konnte mich nicht darauf besinnen.

»Du bist ganz gut vorangekommen, mein lieber Junge«, sagte die Schwiegermutter. »Erzähle weiter, weiter!«

»Am dritten Tage«, fuhr der Kapitänleutnant fort, »kam Gurli mit ihrer Arbeit zu uns und blieb in meinem Zimmer, bis wir mit unserer Mathematik fertig waren. Das Abendbrot verlief nicht ganz so fröhlich wie sonst, aber desto astronomischer. Ich half der alten Schachtel wieder beim Anziehen ihrer Überschuhe. Das machte einen tiefen Eindruck auf Gurli, die Ottilia beim Abschied nur die Wange zum Kuß bot. Ich drückte auf Holmbron wieder zärtlich ihren Arm und sprach über die Sympathie der Seelen und sagte dabei, daß die Sterne sozusagen die Heimat der Seelen seien. Dann trank ich im Grand-Hotel Punsch und kehrte gegen zwei Uhr nach Hause zurück. Gurli wartete wieder auf mich. Ich sah es, ging aber direkt in mein eigenes Zimmer, da ich ja sozusagen Junggeselle war. Gurli war zu stolz dazu, mir nachzukommen und Fragen zu stellen. Am nächsten Tage wieder Astronomie; Gurli erklärte, daß sie Lust habe mitzumachen, doch Ottilia erwiderte, daß wir schon zu weit vorgeschritten seien, daß sie Gurli aber später die ersten elementaren Kenntnisse beibringen werde. Gurli war wütend und ging hinaus. Sehr viel Sherry zum Abendbrot. Als Ottilia gesegnete Mahlzeit wünschte, legte ich meinen Arm um sie und küßte sie. Gurli erbleichte. Beim Zuknöpfen der Überschuhe umfaßte ich mit der Hand, hm...«

»Genier dich nicht vor mir, Vilhelm«, sagte die Schwiegermutter, »ich bin eine alte Frau, mir kannst du es ruhig erzählen...«

»...ich faßte sie um die Wade, die war übrigens gar nicht so übel! Hm! Wirklich gar nicht so übel! Ganz schön! Aber als ich mir meinen Mantel anziehen wollte, hast du nicht gesehen, stand Lina bereit, um Ottilia heimzubegleiten. Gurli entschuldigte mich, ich hätte mich am gestrigen Abend erkältet; sie fürchte, die Nachtluft könne mir schaden. Ottilia sah verlegen aus und gab Gurli, als sie ging, keinen Kuß. Am Tage darauf sollte ich Ottilia in der Schule um zwölf Uhr einige astronomische Instrumente zeigen. Sie erschien auch, war aber traurig. Sie erzählte, sie sei gerade bei Gurli gewesen, die sie unfreundlich behandelt habe. Sie könne den Grund dafür nicht verstehen. Als ich gegen Mittag heimkehrte, war Gurli völlig verändert. Sie war kalt und stumm wie ein Fisch. Sie litt. Ich sah es, aber die Kur mußte durchgeführt werden: Der Schnitt mußte erfolgen.

›Was hast du zu Ottilia gesagt, da sie so traurig war?‹ begann ich wieder.

Was sie gesagt habe? Sie habe gesagt, daß sie ein ganz kokettes Weibsstück sei, ja, das habe sie ihr gesagt!

›Wie konntest du das nur sagen!‹ fragte ich, ›du bist doch wohl nicht eifersüchtig!‹

›Ich soll auf diese Person eifersüchtig sein!‹ entfuhr es ihr.

›Ja, das wundert mich auch, denn ein so intelligentes und verständiges Frauenzimmer wie Ottilia legt es doch sicher nicht darauf an, einer anderen den Mann abspenstig zu machen!‹

›Nein (nun kam es), aber der Mann einer andern kann sich schlecht gegen ein anderes Frauenzimmer benehmen! Huh! Huhuhuh!‹ Das schlug dem Faß den Boden aus. Ich verteidigte Ottilia, bis Gurli sie als eine alte Schachtel bezeichnete, und auch dann fuhr ich fort, sie zu verteidigen. An jenem Nachmittag kam Ottilia nicht. Sie schrieb statt dessen einen kühlen Entschuldigungsbrief und drückte aus, daß sie das Gefühl habe, überflüssig zu sein. Ich protestierte dagegen und wollte sie holen. Aber da wurde Gurli wild. Sie sähe wohl, daß ich in diese Ottilia verliebt sei und daß sie, Gurli, mir nichts bedeute; sie wisse selbst, daß sie einfältig sei, daß sie nichts könne, zu nichts tauge und, huhuhu, niemals im Leben Mathematik begreifen werde. Ich ließ einen Schlitten holen, und dann fuhren wir nach Lidingö. Dort tranken wir Glühwein, wir aßen ein fürstliches Mahl – und es war genau wieder wie auf der Hochzeit, und dann fuhren wir heim!«

»Und dann?« fragte die Schwiegermutter und blickte über die Brillengläser hinweg.

»Und dann! Hm! Gott verzeih mir meine Sünden! Ich verführte sie. Hol mich der Teufel! Ich habe sie in meinem eigenen Junggesellenbett verführt. So geht es eben auf einer Hochzeit zu! – Und was sagst du nun, Großmutter?«

»Das hast du richtig gemacht! Ganz richtig! Und dann?«

»Und dann! Ja dann, dann war alles all right, und nun unterhalten wir uns über Kindererziehung und über die Emanzipation der Frauen, über alte Vorurteile und Altjüngferlichkeiten, über die Romantik und den Teufel und seinen Ablativus, aber wenn man zu zweit redet, dann versteht man einander am besten, nicht wahr, Alte?«

»Und nun, mein lieber Junge, nun werd ich wieder zu euch kommen und euch besuchen.«

»Ja, tu das! Dann wirst du sehen, wie die Puppen tanzen, wie die Lerchen und Spechte singen und zwitschern, und du wirst eitel Freude im Hause sehen, denn nun wartet niemand mehr auf Wunder, die es nur in Märchenbüchern gibt! Dann wirst du ein richtiges Puppenheim erleben!«

Edgar Allan Poe

Das ovale Porträt

Das Schloß, in das mein Diener gewaltsam eingedrungen war, damit ich in meinem jammervollen Zustand nicht im Freien nächtigen müsse, war eines jener Gebäude, in denen Düsterkeit und Pracht sich paaren und die nicht nur in Mrs. Radcliffes Phantasie, sondern auch in Wirklichkeit seit unvordenklich langen Jahren in die Apenninen hinabstarren. Allem Anschein nach war es erst vor kurzem und nur vorübergehend verlassen worden. Wir richteten uns in dem kleinsten und einfachsten aller Zimmer ein, das in einem abseits gelegenen Turm des Schlosses lag. Es war mit reichem, wenn auch altem und verfallenem Zierat ausgestattet. Die Wände waren mit Draperien verkleidet und reich behangen mit Trophäen, Schilden und einer großen Anzahl moderner Gemälde, die in kunstvoll verschnörkelten, vergoldeten Rahmen prangten. Sie schmückten nicht nur die Hauptwände des Gemaches, sondern hingen auch in den zahlreichen Nischen, wie sie die phantastische Bauart des Schlosses mit sich brachte. Diese Gemälde nötigten mir in meinem beginnenden Fieberdelirium das höchste Interesse ab. Da es indessen Nacht geworden war, befahl ich Pedro, die schweren Fensterläden zu schließen, die Kerzen eines großen Kandelabers anzuzünden, der am Kopfende meines Bettes stand, und die reichen, mit Fransen gezierten Vorhänge aus schwarzem Samt, die das Bett verdeckten, weit auseinanderzuschlagen. Ich ordnete das alles so an, damit ich mich, wenn auch nicht dem Schlafe, so doch der Betrachtung jener Bilder hingeben könnte; außerdem wollte ich noch ein wenig in einem kleinen Buche blättern, das ich auf den Kissen gefunden hatte und das die Kritik und die Beschreibung der Gemälde enthielt.

Lang, endlos lang las ich und betrachtete die Bilder voll Andacht und Ehrfurcht. Rasch und angenehm verflogen die Stunden, und die stille Mitternacht zog heran. Es störte mich etwas an der Stellung des Leuchters, und da ich meinen schlafenden Diener nicht wecken wollte, streckte ich selbst die Hand aus und stellte ihn mit großer Mühe so, daß sein Licht nun voll auf mein Buch fiel.

Diese kleine Verschiebung des Kandelabers brachte eine ungeahnte Wirkung hervor. Die Strahlen der zahllosen Kerzen fielen nun in eine Nische des Zimmers, die bislang der Schatten eines der Bettpfosten in tiefstes Dunkel gehüllt hatte. So erblickte ich nun in grellster Beleuchtung ein Bild, das bis jetzt von mir unbemerkt geblieben war. Es war das Porträt eines jungen, eben zum Weibe erblühten Mädchens.

Ich ließ meine Blicke rasch über das Gemälde wandern und schloß dann meine Augen. Warum ich das tat, war mir im Augenblick selbst nicht klar, und während ich nun mit gesenkten Lidern dalag, begann ich darüber nachzugrübeln, weshalb ich die Augen geschlossen hatte. Es war wohl eine instinktive Bewegung gewesen, durch die ich Zeit zum Nachdenken gewinnen wollte, um mich vielleicht zu überzeugen, daß mein Blick mich nicht getäuscht hatte; um meiner Phantasie Ruhe und Sammlung für eine eingehendere und gründlichere Betrachtung zu gewähren. Schon nach wenigen Sekunden starrte ich von neuem mit festem Blick auf das Gemälde hin.

Daß ich jetzt richtig sah, konnte und wollte ich nicht länger bezweifeln; denn mit dem ersten Kerzenschein, der auf die Leinwand fiel, schien die traumhafte Versunkenheit, die mich umfangen hatte, geschwunden zu sein, und ich war nun wieder vollkommen wach.

Das Bild stellte, wie ich schon erwähnt habe, ein junges Mädchen dar, und zwar nur Kopf und Schultern, und war in jener Art gemalt, die man unter dem technischen Ausdruck Vignettenstil versteht, so etwa, wie Sully seine Porträts zu malen liebte. Die Arme, die Brust und selbst die Spitzen des schimmernden Haares gingen unmerklich in den unbestimmten, tiefen Schatten über, der den Hintergrund des Gemäldes bildete. Der Rahmen war oval, reich vergoldet und mit Arabesken in maurischem Stil verziert. Vom rein künstlerischen Standpunkt betrachtet, gab es so leicht nichts, das diesem Gemälde an Schönheit gleichkam. Doch weder die meisterhafte Ausführung des Kunstwerkes

noch die engelsgleiche Schönheit der dargestellten Person
konnten der Grund meiner so plötzlichen, heftigen Erregung sein. Und völlig ausgeschlossen war es, daß meine
aus dem Halbschlummer aufgerüttelte Phantasie den Kopf
des Gemäldes für den eines lebendigen Menschen hätte
gehalten haben können. Ein Blick auf die eigentümliche
Auffassung des Bildes, auf die Besonderheiten des Vignettenstils und des Rahmens ließ mich erkennen, daß eine
solche Täuschung, selbst für eine einzige Sekunde, völlig
unmöglich war. Fast eine Stunde lang saß ich halb aufgerichtet da und dachte, den Blick unverwandt auf das Porträt
geheftet, über alles das angestrengt nach. Und endlich, als
ich das Geheimnis des Bildes ergründet hatte, lehnte ich
mich befriedigt in meine Kissen zurück. Der ganze Zauber,
den das Bild auf mich ausübte, lag nämlich in der unerhörten Lebendigkeit des Ausdrucks; es wirkte tatsächlich
so lebensecht, daß ich im ersten Augenblick erstaunt und
nachher überrascht, überwältigt, ja, beinahe erschrocken
war. Mit einem Gefühl tiefer, ehrfürchtiger Scheu schob ich
den Leuchter an seinen früheren Platz, so daß der Gegenstand meiner unfaßbaren Erregung meinen Blicken wieder
entzogen wurde. Hastig nahm ich nun das Buch zur Hand,
das von den Gemälden und deren Geschichte handelte,
suchte die Nummer des ovalen Porträts heraus und las folgende seltsamen, phantastischen Worte darüber:

»Sie war ein Mädchen von auserlesenster Schönheit und
hatte ein ebenso bezauberndes wie munteres Wesen. Verflucht aber war die Stunde, da sie den Maler sah, zu lieben
begann und sein Weib wurde. Er war leidenschaftlich, strebsam und ernst und hatte in seiner Kunst bereits eine Braut;
sie aber war von wunderbarer Schönheit und ebenso bezaubernd wie fröhlich, sie war eitel Lachen und Sonnenschein und munter wie ein junges Reh. Sie liebte alles,
schloß alles in ihr kleines Herz und haßte nur eines: ihre
Rivalin, die Kunst. Ihre einzige Furcht galt der Palette, den
Pinseln und anderen Malgeräten, die ihr den Anblick des
Geliebten entzogen. Welchen Schrecken empfand daher das
arme Geschöpf, als ihr Gatte den Wunsch äußerte, sie selbst
malen zu wollen. Doch sie war demütig und gehorsam und
saß wochenlang geduldig in dem düsteren, hohen Turm-

TI

zimmer, in dem das Licht nur von oben her auf die fahle Leinwand fiel. Er aber, der Maler, arbeitete mit nimmermüdem Eifer an diesem Bild, das von Stunde zu Stunde, von Tag zu Tag mehr Form und Gestalt annahm. Er war leidenschaftlich, zügellos und launenhaft und versank oft in stundenlange Träumereien und wollte nicht sehen, daß das fahle Licht, das so gespenstisch in den verlassenen Turm schien, die Gesundheit seines jungen Weibes untergrub und ihre Seele aufsog. Alle Welt sah, wie sie allmählich dahinsiechte, nur er sah es nicht.

Sie aber lächelte; lächelte immerzu und klagte nie, denn sie sah, daß der Maler, dessen Ruhm im ganzen Lande verbreitet war, mit fieberhaftem Eifer an der Arbeit war und rastlos Tage und Nächte opferte, um die zu malen, die ihn mit so grenzenloser Liebe liebte und die doch mit jedem Tag müder wurde und dahinschwand. Und wirklich rühmten alle, die das Porträt sahen, in scheuem Flüsterton die fabelhafte Ähnlichkeit und sprachen davon wie von einem unfaßbaren Wunder, wie von einem unumstößlichen Beweis für die Kunst des Meisters und seine namenlose Liebe zu ihr, die er so lebensgetreu, so unübertrefflich wiedergab. Doch als die Arbeit ihrer Vollendung entgegenging, erhielt niemand mehr Zutritt zu dem Turm; der Maler arbeitete nun wie toll an seinem Werk und hob den Blick nur noch selten von der Leinwand, um die Züge seiner Frau zu studieren. Und er wollte nicht sehen, daß das zarte Rot, das er auf die Leinwand pinselte, das Rot der Wangen seiner jungen Frau war, die ihm gegenübersaß. Und als viele Wochen ins Land gegangen waren und nichts mehr zu tun blieb, als hier noch einen Strich an den Lippen zu ziehen und da noch dem Auge ein Licht aufzusetzen, da flackerte die Seele dieses Engels noch einmal auf wie das zuckende Licht einer Lampe. Und der Pinselstrich wurde getan und das Licht aufgesetzt, und einen Augenblick lang stand der Meister versunken in den Anblick seines Kunstwerkes da. Doch als er so schaute, da bebte er plötzlich am ganzen Leib, und Leichenblässe überzog seine Wangen, und er schrie, von jähem Entsetzen gepackt: ›Das ist ja wahrhaftiges Leben!‹ Und als er sich zu seiner Geliebten wandte, da war sie tot.«

Juan Valera

Der grüne Vogel

I

Vorzeiten, lange, lange vor unserm Erdendasein, lebte ein mächtiger König, der von seinen Untertanen innig geliebt wurde. Ihm gehörte ein sehr fruchtbares, ausgedehntes und dichtbevölkertes Reich im fernen Orient. Er besaß ungeheure Schätze und gab glanzvolle Feste. Die anmutigsten Damen, die geistreichsten und allerkühnsten Ritter, die damals lebten, fanden sich an seinem Hofe ein. Sein Heer war stark und kriegstüchtig, und seine Flotte fuhr siegesgewiß über die Meere. Die waldigen Anlagen und Gärten, in denen er lustzuwandeln und zu jagen pflegte, waren Wunder an Weiträumigkeit, üppigem Baumbestand und an einer Fülle kleiner Raubtiere und Vögel, die dort gehegt wurden.

Was indessen soll man erst von seinen Palästen und deren über alle Maßen prunkvolle Ausstattung erzählen? Da gab es kostbarste Möbel, goldene und silberne Throne und Tafelgeschirr aus Porzellan, das damals noch nicht so häufig benutzt wurde wie heute. Zwerge und Riesen, Possenreißer und sogar Mißgeburten dienten zur Belustigung und Unterhaltung Seiner Majestät. Ferner konnte man Köche und hochberühmte Kuchenbäcker sehen, die sich um sein leibliches Wohl kümmerten. Philosophen, Dichter und Rechtskundige von nicht geringerem Rang und Ruf verschafften seinem Geiste Nahrung, indem sie in seinen geheimen Ratsitzungen zusammentraten und dabei spitzfindige Rechtsfragen entschieden; auch schärften und übten sie den Verstand durch mancherlei Rätsel und priesen in großartigen Heldenliedern den Ruhm des Herrscherhauses.

Mit Recht nannten des Königs Untertanen ihn »den Glücklichen«. Alles gedieh unter seiner Regierung. Sein

Leben bildete eine Kette glücklicher Geschehnisse, deren Glanz nur vom düsteren Schatten des Leids über den allzu frühen Tod der Frau Königin getrübt war, eines vollendet schönen Wesens, das Seine Majestät von ganzem Herzen geliebt hatte. Man stelle sich nur vor, wie bitter er sie beweinte, zumal da er selber, wenn auch unschuldigerweise, durch seine allzu stürmischen Liebkosungen ihren Tod verursacht hatte.

Die Chroniken jenes Landes berichten, der König sei schon sieben Jahre verheiratet gewesen, ohne daß ihm ein Erbe beschert worden wäre, so sehr er ihn sich auch ersehnte. Da brach mit dem Nachbarland ein Krieg aus, und der König machte sich mit seinen Truppen nach dorthin auf. Zuvor verabschiedete er sich zärtlich von der Frau Königin. Sie umarmte ihn und flüsterte ihm ins Ohr: »Sag es niemandem, sonst lacht man mich aus, wenn sich meine Erwartungen nicht erfüllen sollten. Aber mich dünkt, ich bin guter Hoffnung.«

Als der König das hörte, überkam ihn grenzenlose Freude, und da dem Freudigen alles zum Guten ausschlägt, trug er den Sieg über seine Feinde davon, tötete mit eigener Hand drei, vier Könige, die ihm irgendwann einmal Böses angetan hatten, vernichtete Städte, machte Gefangene und kehrte beute- und ruhmbeladen in die schöne Hauptstadt seines Reiches zurück.

Inzwischen waren einige Monate verflossen. So kam es denn, daß, während der König, vom Volke jubelnd begrüßt, mit großem Pomp und unter Glockengeläute in die Stadt einzog, die Königin gerade in den Wehen lag. Ungeachtet des Lärms und der allgemeinen Aufregung kam sie, die Erstgebärende, leicht und glücklich nieder.

Wie hocherfreut war Seine Majestät, als ihm beim Eintreten in die Privatgemächer der erste Geburtshelfer des Reiches eine wunderschöne Prinzessin entgegenhielt, die soeben das Licht der Welt erblickt hatte! Der König küßte sein Töchterchen und eilte dann, ganz erfüllt von Liebe und jauchzender Genugtuung, in das Schlafgemach der Frau Königin, die rosig, frisch und lieblich wie ein Maienröslein im Bette ruhte.

»Mein liebstes Weib«, rief der König aus und schloß sie in seine Arme. Aber er war so bärenstark, sein zärtlicher Ausbruch so ungestüm, daß er, ohne es im mindesten zu wollen, die Königin in seinen Armen zu Tode drückte. Da stieß er Schreie der Verzweiflung aus, hieß sich selber einen Unmenschen und legte beredtes Zeugnis seines Schmerzes ab. Allein dadurch wurde die Königin, die noch im Tode in göttlicher Schönheit dalag, nicht wieder zum Leben erweckt. Auf ihren Lippen schwebte ein Lächeln unsagbaren Entzückens. Und doch war der Odem mit einem Seufzer der Liebe aus ihnen entwichen; ihr Herz durfte stolz darauf sein, solch übermäßige, zu jener unheilvollen Umarmung führende Zuneigung eingeflößt zu haben. Welche wahrhaft liebende Frau würde diese Königin nicht um ihr Schicksal beneiden!

Der König bewies seine große Liebe zur Königin nicht nur zu deren Lebzeiten, sondern auch nach ihrem Tode. Er gelobte, auf ewig Witwer und keusch zu bleiben, und er hielt dieses Gelübde auch. Den Dichtern befahl er, einen Trauergesang zu dichten, der noch heute als ein Meisterwerk in der Literatur jenes Landes gilt. Auf drei Jahre wurde Hoftrauer angesetzt. Für die Königin aber wurde ein Grabmal errichtet, von dem das nachmalige Mausoleum von Halikarnass nur ein armseliges Abbild darstellte.

Indessen besagt schon das Sprichwort, daß kein Leid ein Jahrhundert lang währt. Nach ein paar Jahren schüttelte der König seinen Kummer ab und hielt sich wieder für so glücklich, ja, für glücklicher denn zuvor. Im Traum war ihm die Königin erschienen und hatte ihm versichert, sie schaue Gottes Antlitz. Die kleine Prinzessin wuchs unterdessen heran und entwickelte sich prächtig.

Fünfzehn Lenze zählte sie jetzt. Sie wurde bewundert und bestaunt von allen, die sie sahen und hörten – so schön, verständig und sittsam war sie. Der König erklärte sie zur Thronerbin und trug sich mit dem Gedanken, sie alsbald zu verheiraten.

Da schwangen sich über fünfhundert Boten auf Zebras und verließen mit Einladungen an ebenso viele Fürstenhöfe gleichzeitig die Hauptstadt. Alle Prinzen sollten kommen und sich um die Hand der Prinzessin bewerben; der ihr am besten gefiele, solle ihr Auserwählter sein.

Der Ruhm ihrer wunderbaren Schönheit war bereits

überallhin gedrungen. Sobald daher die Boten an den verschiedenen Höfen angelangt waren, entschloß sich jeder wenn auch noch so kleine und unbedeutende Prinz, in die Residenz des »Glücklichen Königs« zu ziehen, um dort durch Lanzenstechen, Turniere und sinnreiche Reden das Gefallen der Prinzessin zu erringen. Und also erbat ein jeder von seinem königlichen Vater Waffen, Pferde und Segen; überdies jedoch Geld, damit er sich an der Spitze eines glänzenden Gefolges auf den Weg machen könne.

Das hätte man mitansehen sollen, wie alle diese hohen Fürstlichkeiten am Hof der Prinzessin anlangten, was für abendliche Feste in den Königspalästen veranstaltet wurden, und wie viele bewundernswert schwierige Rätsel sich die Prinzen gegenseitig vorlegten, um ihren Scharfsinn unter Beweis zu stellen! Und die Verse, die sie schrieben, die Serenaden, die sie sangen! Außerdem fanden Bogen- und Faustkämpfe statt, und mancherlei Wettrennen mit Wagen und Pferden, bei denen ein jeder den Sieg über den anderen davonzutragen und somit das Herz der begehrten Braut zu erobern wünschte.

Doch entgegen ihrer sonstigen bescheidenen und verständigen Art und vielleicht ohne es zu wollen, war die Prinzessin widerspenstig und äußerst mißvergnügt; sie ließ die Prinzen durch ihre verächtliche Miene fühlen, daß sie sich so gut wie nichts aus ihnen mache. Die geistreichelnden Streitgespräche kamen ihr töricht vor und die Rätselraterei albern. Das unterwürfige Tun fand sie anmaßend, und die Huldigungen schienen ihr von nichts als eitler Gier nach ihren Reichtümern auszusagen. Kaum geruhte sie, den Ritterspielen beizuwohnen, die Serenaden anzuhören, noch für die Liebesgedichte dankbar zu lächeln. Die auserlesenen Geschenke, die ihr die Prinzen aus ihren Heimatländern mitgebracht hatten, wurden in einer abgelegenen Kammer des Königspalastes aufgetürmt.

Allen ihren Bewerbern bezeigte die Prinzessin eisige Gleichgültigkeit. Nur einem nicht, dem Sohn des Tartarenkhans, denn dieser hatte sich ihren ausgesprochenen Haß zugezogen. Jener Prinz litt an erschreckender Häßlichkeit. Er hatte Schlitzaugen, vorspringende Backenknochen, ein betontes Kinn und krauses, verfilztes Haar. Von

Wuchs war er klein und untersetzt, obgleich er von Kraft strotzte; sein Charakter erwies sich als unstet, höhnisch und hochfahrend. Niemand, auch der Harmloseste nicht, entging seinen Spötteleien. Mit besonderer Vorliebe bediente er sich des Außenministers des »glücklichen Königs« als Zielscheibe. Dessen gravitätische Miene, sein Dünkel und seine jämmerlichen Kenntnisse des Sanskrit, der damaligen Diplomatensprache, forderten boshafte Witze geradezu heraus.

So also standen die Dinge am Hofe, wo von Tag zu Tag glänzendere Feste veranstaltet wurden.

Die Prinzen nun aber begannen zu verzweifeln, da ihnen keine Belohnung winkte. Und der »glückliche König« geriet in Zorn, weil seine Tochter keine Entscheidung treffen wollte. Sie blieb unerbittlich und schenkte keinem Beachtung, außer dem Tartarenprinzen, an dem sie durch ihre Stichelreden und ihren offen zur Schau getragenen Abscheu den berühmten Minister ihres Vaters mit Zins und Zinseszins rächte.

II

Nun aber geschah es, daß die Prinzessin an einem herrlichen Frühlingsmorgen an ihrem Frisiertisch saß und die Lieblingsdienerin ihr das lange, fein gesponnene Goldhaar kämmte. Die Türen eines zum Garten führenden Balkons standen offen, damit ein frisches Lüftchen und mit ihm der Blumenduft Einlaß fanden.

Die Prinzessin schien niedergeschlagen und in Gedanken versunken zu sein; kein einziges Wort richtete sie an ihre Dienerin.

Diese hielt gerade das Seidenband in den Händen, das sie um die goldene Haarkrone ihrer Herrin schlingen wollte, als unversehens über den Balkon ein wunderschöner Vogel hereinflog. Seine Federn schimmerten smaragden, und er flatterte so anmutig umher, daß Herrin wie Dienerin gleichermaßen hingerissen waren. Da stürzte sich der Vogel hastig auf die letztere, entriß ihr das Haarband und flog mit ihm auf und davon.

Das alles war das Werk eines Augenblicks, so daß der Prinzessin kaum Zeit verblieb, den Vogel näher zu betrachten. Allein seine kühne Schönheit hatte tiefen Eindruck auf sie gemacht.

Wenige Tage nach diesem Geschehnis führte die Prinzessin, die ihre Schwermutsgedanken vertreiben wollte, mit ihren Dienerinnen einen Tanz vor den Prinzen auf. Alle hatten sich in den Gärten eingefunden und sahen voller Entzücken zu. Plötzlich merkte die Prinzessin, wie sich ihr Strumpfband lockerte, und um es wieder festzumachen, stahl sie sich vom Tanze fort und huschte unauffällig in ein nahes Gebüsch. Schon hatte Ihre Hoheit gerade das wohlgeformte Bein enthüllt und den weißen Seidenstrumpf hochgerollt, den sie nun mit dem in der Hand gehaltenen Band umschlingen wollte, als sie Flügelrauschen vernahm und den grünen Vogel auf sich zufliegen sah. Er entwand ihr mit seinem Elfenbeinschnabel das Strumpfband und verschwand alsogleich. Die Prinzessin stieß einen Schrei aus und sank ohnmächtig zu Boden.

Die Freier und ihr Vater eilten herbei. Sie kam wieder zu sich, und ihre ersten Worte waren:

»Man soll mir den grünen Vogel suchen... lebendig soll man ihn mir bringen... daß man ihn ja nicht tötet... ich will den grünen Vogel nur lebend besitzen!«

Doch alles Suchen der Prinzen blieb vergeblich. Trotz des Geheißes der Prinzessin, den grünen Vogel keinesfalls zu töten, ließen sie Falken unterschiedlicher Art, ja, sogar gezähmte und zur Jagd abgerichtete Adler los. Vergebliche Liebesmüh! Der grüne Vogel ließ sich nicht fangen, weder lebend noch tot.

Der Prinzessin Wunsch, ihn zu besitzen, wurde somit nicht erfüllt. Das schuf ihr Qualen, und ihre Laune verschlechterte sich zusehends. Nachts fand sie keinen Schlaf, und der beste Gedanke, der ihr dabei kam, war, die Prinzen seien samt und sonders keinen Pfifferling wert.

Bei Tagesanbruch erhob sie sich, und in einem leichten Morgengewand, ohne Mieder und Reifrock, schöner und reizvoller denn je in ihrem Négligé, wenngleich sehr blaß und mit bläulichen Ringen unter den Augen, begab sie sich mit ihrer Lieblingsdienerin zu einer dichten Baumgruppe hinter dem Palast, wo ihrer Mutter Grabmal stand. Dort beklagte sie laut ihr Geschick und brach in Tränen aus:

»Was nützen mir all meine Reichtümer, wenn ich sie nur verachte, was alle Prinzen der Welt, wenn ich sie nicht lieben kann? Was kümmert mich mein Königreich, da ich dich nicht bei mir habe, liebste Mutter! Und warum gehören mir Kleinodien und Geschmeide, wo ich doch nicht im Besitz des schönen grünen Vogels bin?«

Wie zum Trost band sie die um ihr Morgenkleid geschlungene Kordel auf und zog aus dem Busen ein reichverziertes Medaillon, in dem sie eine Haarlocke ihrer Mutter verwahrte, und begann, sie zu küssen. Doch als sie sie küßte, kam geschwinder noch als die anderen Male der grüne Vogel geflogen. Mit seinem Elfenbeinschnabel pickte er nach den Lippen der Prinzessin und ergriff das Medaillon, das so viele Jahre hindurch an ihrem Herzen, dem verschwiegenen und begehrten, geruht hatte. Flugs verlor sich danach der Räuber in den hohen Wolken.

Diesmal wurde die Prinzessin nicht ohnmächtig. Ihre Wangen bedeckten sich vielmehr mit purpurner Röte, und sie sagte zu ihrer Dienerin:

»Schau nur her auf meine Lippen! Der dreiste Vogel muß sie mir verletzt haben, so sehr brennen sie mich.«

Das Mädchen besah sich die Lippen, konnte jedoch daran nichts von einem Schnabelbiß entdecken. Doch sicherlich hatte der Vogel irgendein Gift auf ihnen hinterlassen. Der Tückische ließ sich fürderhin nicht mehr blicken, allein die Prinzessin begann hinzusiechen, und zu guter Letzt erkrankte sie ernsthaft. Ein seltsames Fieber verzehrte sie innerlich. Sie sprach fast nichts mehr; nur hin und wieder sagte sie:

»Man darf ihn nicht töten ... lebendig bringe man ihn mir ... ich will ihn besitzen ...«

Die Ärzte stimmten darin überein, daß die einzige Medizin, die sie heilen könne, der lebend gebrachte grüne Vogel sei. Aber wo ihn finden? Vergebens suchten ihn die geschicktesten Jäger, vergebens auch bot man dem, der ihn bringen würde, eine hohe Belohnung.

Der »glückliche König« berief die Weisen zu sich und befahl ihnen unter Androhung seiner Ungnade, sie sollten ermitteln, wo der grüne Vogel lebe, und wer er, dessen Bild sein Kind so quäle, überhaupt sei.

Vierzig Tage und vierzig Nächte blieben die Weisen

versammelt. Nur wenn sie ein wenig Nahrung zu sich nahmen oder wenn sie schliefen, hörten sie mit ihren Überlegungen und Beratungen auf. Sie hielten hochgelehrte und wohlgesetzte Reden; doch über den grünen Vogel kamen sie zu keinem Ergebnis.

»Herr«, sagten sie schließlich alle zum König, wobei sie sich demütig zu seinen Füßen warfen und mit ihren Denkerstirnen den Staub des Bodens berührten, »wir sind tumbe Toren; laß uns aufknüpfen, denn unser Wissen ist Lüge. Wir wissen nicht, wer der grüne Vogel ist. Höchstens wagen wir, der Vermutung Ausdruck zu verleihen, der grüne Vogel könne der Phönix aus Arabien sein.«

»Erhebet euch«, erwiderte der König mit großmütiger Geste. »Ich vergebe euch, und ich danke euch für den Hinweis auf den Phönix. Unverzüglich sollen sich sieben von euch mit reichen Geschenken zur Königin von Saba auf den Weg machen. Alles, was man zum Erjagen lebender Vögel benötigt, werde ich ihnen mitgeben. Der Phönix hat sicher sein Nest im Lande der Königin von Saba, und von dort müßt ihr ihn mir auch herbringen, wenn ihr nicht wollt, daß mein königlicher Zorn euch strafe. Ihm würdet ihr nicht entgehen, auch wenn ihr euch im tiefsten Winkel der Erde verstecktet.«

Tatsächlich begaben sich da sieben der sprachkundigsten Weisen nach Arabien, unter ihnen der Außenminister, was den Tartarenprinzen abermals zum Spott reizte.

Der Prinz hatte seinerseits Briefe an seinen Vater, den berüchtigsten Zauberer jener Zeit, gesandt, und ihn des grünen Vogels wegen zu Rate gezogen.

Unterdessen war der Gesundheitszustand der Prinzessin denkbar schlecht. Sie vergoß ungezählte Tränen, so daß sie täglich über fünfzig Taschentücher durchnäßte. Die Wäscherinnen im Palast hatten deswegen tüchtig zu tun. Damals besaßen nämlich nicht einmal die vermögenden Vornehmen soviel Wäsche, wie es heute üblich ist, und so taten die Mädchen bald nichts anderes mehr, als am Fluß zu waschen.

III

Eine dieser Wäscherinnen – ein Backfisch zum Anbeißen, würde man heute von ihr sagen – ging an einem Spätnachmittag vom Fluß, wo sie die tränenbenetzten Taschentücher der Prinzessin gewaschen, nach Hause.

Auf halbem Weg, doch noch weit entfernt von den Toren der Stadt, fühlte sie sich ein bißchen ermattet und ließ sich daher unter einen Baum nieder. Sie zog eine Apfelsine aus der Kleidertasche und wollte sich grade dranmachen, sie zu schälen und zu essen, als sie ihren Händen entfiel und mit staunenswerter Leichtigkeit den Abhang hinabkollerte. Das junge Mädchen lief hinter der Apfelsine her, aber je mehr es hastete, desto geschwinder rollte die Frucht fort, ohne je innezuhalten, und ohne daß das Mädchen, das sie nicht aus den Augen ließ, sie an der großen Straße hätte einholen können. Das arme Ding war bald des Laufens müde, befürchtete überdies, wenngleich es von der Welt nicht viel verstand, daß es bei dieser davonspringenden Apfelsine nicht ganz geheuer zugehe, und blieb ein paarmal kurz stehen, wobei es überlegte, ob es nicht lieber aufhören solle zu laufen. Aber dann stand auch die Apfelsine sofort still, als werde sie nicht mehr weiterrollen und ermuntere ihre Besitzerin, nach ihr zu greifen. Es gelang dem Mädchen nun zwar, sie mit der Hand zu berühren, doch dann entglitt ihr die Frucht abermals und rollte weiter.

Eifrig nahm die kleine Wäscherin die Verfolgung wieder auf. So merkte sie erst spät, daß sie sich in einem tiefen, tiefen Wald befand, und daß stockfinstere Nacht über sie hereinbrach. Da überkam sie Angst, und sie fing verzweifelt zu schluchzen an. Die Dunkelheit griff immer rascher um sich; schon konnte das Mädchen weder die Apfelsine mehr sehen noch feststellen, wo es sei, um den Heimweg zu finden.

Also irrte sie auf gut Glück umher, verzagt und halb tot vor Hunger und Erschöpfung. Da blinzelten ihr mit einemmal funkelnde Lichtlein aus nächster Nähe in die Augen. Zunächst meinte sie, es seien die der Stadt; sie dankte im Herzen Gott und lenkte ihre Schritte ihnen entgegen. Doch wie groß war ihre Verwunderung, als sie nach einer kleinen Weile, und ohne daß das Waldesdickicht allzu weit hinter ihr zurückgeblieben wäre, vor den Toren eines überaus prächtigen Palastes stand. Und wie leuchtete er! Als sei er aus lauterstem Gold erbaut. Fürwahr, man hätte im Vergleich zu diesem Palast das herrliche Schloß des »glücklichen Königs« eine ärmliche Hütte heißen können!

Kein Wächter, kein Türhüter, auch keine Bediensteten wehrten dem Eintritt. Das Mädchen, das nicht auf den Kopf gefallen war und außerdem vor Neugier platzte, verlangte sehnlichst danach, sich an einem gedeckten Tisch niedersetzen zu dürfen. So trat es denn über die Schwelle des Palastes, stieg eine breite, prächtige Treppe aus poliertem Jaspis empor und ging leichtfüßig durch eine Flucht von Gemächern, die so reich und vornehm ausgestattet waren, wie es sich überhaupt vorstellen läßt. Niemand kam ihr zu Gesicht. Dennoch waren die Säle verschwenderisch durch tausend goldene Lampen erleuchtet, deren süßduftendes Öl einen himmlischen Wohlgeruch verströmte. Die Ziergegenstände in diesen Gemächern waren ganz danach beschaffen, nicht nur ein kleines Wäschermädel, das schwerlich je solcher Pracht ansichtig geworden war, in Erstaunen zu versetzen, sondern sogar die Königin Victoria in höchsteigener Person. Sie hätte gewiß das englische Kunstgewerbe für minderwertig erklärt und den Erfindern und Herstellern aller jener Kostbarkeiten Ehrenurkunden und Orden verliehen.

Die Wäscherin bewunderte das alles ausgiebig und näherte sich dabei allmählich einem Ort, von wo aus ihr ein feiner Duft von würzig-köstlichen Speisen entgegenschlug: Sie war in die Küche gelangt. Aber weder Koch noch Beiköche, weder Küchenjungen noch Spülmädchen befanden sich darin. Alles lag verlassen da, so verlassen wie der übrige Palast. Nichtsdestoweniger flackerte und knisterte es im Herd, in den Backöfen und Bratöfen; auch standen eine Menge Kasserolen und sonstige Gefäße auf den Feuerstellen. Da lüftete unsere Abenteurerin den Deckel des einen Topfes und sah auf seinem Boden Aale. In einem andern Schmortopf entdeckte sie einen entknochten Wildschweinkopf, der mit Fasanenbrust und Trüffeln gefüllt war. Kurzum, sie sah nur erlesenste Gerichte, wie man sie an den Tafeln von Königen, Kaisern und Päpsten darzubieten pflegt. Ja, sie sah sogar einige Speisen, neben denen sich die kaiserlichen, päpstlichen und königlichen genauso gewöhnlich ausgenommen hätten wie eine Bohnensuppe oder eine kalte Brotsuppe mit hineingeschnittenen Gurken.

Von all dem Gesehenen und von den guten Gerüchen wurde das junge Ding derartig angeregt, daß es sich mit einem Vorschneidemesser bewaffnete und sich entschlossen über den Wildschweinkopf hermachte. Doch kaum hatte es damit angefangen, als ihm auch schon von einem dem Anschein nach gewaltigen, aber unsichtbar bleibenden Geist tüchtig auf die Finger geklopft wurde. Dann hörte es eine Stimme, so nahe, daß es die Bewegung der Luft und den warmen, lebendigen Hauch der Worte verspürte:

»Sachte! Das ist für meinen Herrn, den Prinzen!«

Nun wandte sich die kleine Wäscherin ein paar Lachsforellen zu, im guten Glauben, diese seien eine weniger prinzliche Speise, die man ihr wohl gönnen werde. Aber die unsichtbare Hand züchtigte abermals ihre Keckheit, und die geheimnisvolle Stimme wiederholte:

»Sachte! Das ist für meinen Herrn, den Prinzen!«

Schließlich versuchte sie ihr Glück bei einem dritten, vierten und fünften Gericht. Doch stets begab sich das gleiche, und so mußte sie sich zu ihrem größten Leidwesen damit abfinden, zu fasten. Erbittert verließ sie die Küche.

Von neuem begann sie, durch die von rätselhafter Einsamkeit durchhauchten Säle zu geistern, in denen sich tiefstes Schweigen eingenistet zu haben schien. Zu guter Letzt kam sie in ein überaus anmutig ausgestattetes Schlafgemach. Zwei, drei Lichter in matt schimmernden Alabastergefäßen verbreiteten einen gedämpften, sinnlichen Schein, der zu Ruhe und Schlummer einlud. Es stand auch ein Bett da, ein so bequemes und weiches, daß unser todmüdes Wäschermädel der Versuchung, sich hinzulegen und auszuruhen, nicht widerstehen konnte. Diesen Einfall wollte es verwirklichen; es hatte sich gerade niedergesetzt, als es in dem Körperteil, der das Bett berührte, einen schmerzhaften Stich verspürte, als habe jemand mit einer dicken Nadel hineingestochen. Und wiederum sprach die nahe Stimme:

»Sachte! Das ist für meinen Herrn, den Prinzen!«
Sicherlich bedarf es nicht vieler Worte, um zu berichten, daß die kleine Wäscherin erschrak und ob dem allem recht bekümmert war. Nachdem sie schon auf das Essen hatte verzichten müssen, schickte sie sich auch darein, daß sie nicht ausruhen dürfe. Um jedoch Hunger und Schlaf zu vertreiben, fing sie an, nachzuzählen, wie viele Gegenstände es in dem Schlafgemach gebe. Ihre Wißbegier trieb sie sogar dazu, Vorhänge und Wandteppiche hochzuheben.

Hinter einem davon entdeckte unsere Heldin ein zierliches, mit Perlmutter eingelegtes Geheimtürchen aus Sandelholz. Sie drückte behutsam dagegen, und siehe da, die Tür gab nach, und das Mädchen befand sich vor einer Wendeltreppe aus weißem Marmor. Unverzüglich stieg es hinab in einen gewächshausähnlichen Saal, in dem wohlriechende, seltene Pflanzen und Blumen wuchsen. In der Mitte stand eine riesengroße Schale, die aus einem einzigen reinen, durchsichtigen Topas geformt zu sein schien. Aus ihrer Mitte schoß steil ein Wasserstrahl empor, der war so gewaltig wie der Springstrahl an der *Puerta del Sol*, nur mit dem Unterschied, daß dessen Wasser ganz gewöhnlich ist, während dieses hier köstlich duftete und in bunten Regenbogenfarben schillerte; dieses eigenartige Licht bot einen ungeheuer reizvollen Anblick, wie der Leser sich unschwer vorstellen kann. Melodischer als anderswo plätscherten die Tropfen in die Schale: Man hätte meinen können, dieser Springbrunnen singe eins der holdesten Liebeslieder Mozarts oder Bellinis.

Wie gebannt blickte die kleine Wäscherin auf diese Herrlichkeiten und lauschte dieser Weise. Da aber riß sie ein gewaltiges Getöse aus ihrer Versunkenheit, und sie sah ein kristallenes Fenster aufspringen. Flugs versteckte sie sich hinter einer Pflanzengruppe, damit sie von Menschen oder anderen Wesen, die sich vielleicht näherten, nicht gesehen werde, sie selber sie indessen sehen könne.

Es kamen drei ungewöhnlich schöne Vögel; darunter einer von leuchtend grüner Smaragdfarbe. Zu ihrer nicht geringen Freude glaubte sie, in ihm den Vogel zu erkennen, der nach aller Leute Ansicht die Ursache des ständigen Kummers der »glücklichen Prinzessin« war. Die beiden andern Vögel waren nicht im entferntesten so schön, und dennoch entbehrte auch ihr Äußeres nicht des Besonderen. Alle drei kamen auf leisen Schwingen geflogen, stießen auf die topasene Schale hernieder und tauchten darin unter.

Nach einem Weilchen sah die Wäscherin der durchscheinenden Wassertiefe drei Jünglinge entsteigen, die waren so wunderschön, so wohlgestaltet und hellhäutig, daß sie von meisterlicher Hand aus rosig getöntem Marmor ge meißelten Zierbildwerken glichen. Zu Ehren der Wahrheit sei gesagt, daß das junge Mädchen bislang noch nie einen nackten Mann gesehen hatte; sie kannte nur ihren schlechtgekleideten Vater und ihre nicht minder schäbig angezogenen Brüder und Freunde und konnte also schwerlich ermessen, bis zu welcher Vollkommenheit sich männliche Schönheit zu erheben vermag. Die Kleine vermeinte nicht anders, als habe sie drei unsterbliche Genien vor sich, oder vielmehr drei Engel des Himmels. Ohne zu erröten, betrachtete sie sie daher mit recht wohlgefälligen Blicken wie heilige Wesen sonder Fehl. Als sie aus dem Wasser gestiegen waren, warfen sie sich sogleich vornehme Gewänder über.

Der Schönste trug auf dem Haupt ein Smaragddiadem. Ihm wurde von den beiden andern als ihrem Herrn und Gebieter gehuldigt. War er unbekleidet der kleinen Wäscherin wie ein Engel oder wie ein Genius vorgekommen, so blendete er sie jetzt, nun er bekleidet war, durch seinen majestätischen Glanz, und sie hielt ihn für den Kaiser der Welt, für den anbetungswürdigsten Prinzen auf dieser Erde.

Nun begaben sich die drei jungen Herren in den Speisesaal, wo sie sich an einer üppig gedeckten Tafel auf drei Sitzen niederließen. Unsichtbar gespielte Musik hieß sie leise willkommen und umschmeichelte sie während des Mahles. Unsichtbare Diener brachten die verschiedenen Gerichte; sie trugen sie mit behender Gewandtheit auf. Dies ganze Schauspiel nahm die kleine Wäscherin in sich auf; ohne gesehen oder gehört worden zu sein, war sie den jungen Herren in den Speisesaal gefolgt und hatte sich dort hinter einem Vorhang verborgen.

Von da aus konnte sie der Unterhaltung einiges entnehmen; sie erfuhr, der schönste der Jünglinge sei der

Erbprinz des großen Kaiserreichs China. Von den beiden andern war der eine sein Sekretär, der zweite sein bevorzugter Schildknappe. Alle drei waren verzaubert worden. Tagsüber waren sie in Vögel verwandelt, und erst in der Nacht, nach vorausgegangenem Bad in jener Schale, erlangten sie ihre eigentliche Gestalt wieder.

Der fürwitzigen kleinen Wäscherin fiel auch auf, daß der mit Smaragden geschmückte Prinz kaum etwas aß, obwohl seine Vertrauten ihn wiederholt darum baten. Er war statt dessen in eine verzückte Melancholie versunken, die ihn von Zeit zu Zeit aus tiefster Brust aufseufzen ließ.

IV

Die Chroniken, aus denen wir hier schöpfen, verlautbaren, daß der smaragdgeschmückte Prinz nach Beendigung des reichlichen, wenngleich wenig heiteren Mahles wie aus einem Traum erwachte und mit vernehmlicher Stimme sagte:

»Sekretär, bring mir das Kästchen meiner Erquickungen!«

Der Sekretär stand auf und kehrte alsbald mit dem kostbarsten Schmuckkästchen zurück, das je ein sterbliches Auge erblickt hat. Alexanders Schatulle, in der er die »Ilias« verwahrte, war, verglichen mit diesem Kästchen, lediglich eine billige, banale Nougatkonfektdose.

Der Prinz nahm das Kästchen an sich, machte es auf und betrachtete lange mit zärtlich sinnendem Blick seinen Inhalt. Danach zog er mit einem Griff ein Haarband heraus, küßte es leidenschaftlich, vergoß Tränen der Rührung und brach in folgende Worte aus:

»Ach, kleines Band der Herrin mein!
Wer wohl darf jetzo bei ihr sein?«

Dann legte er das Haarband wieder in das Kästchen zurück und nahm ein gesticktes, schmuckes Strumpfband in die Hand. Auch diesem drückte er einen Kuß auf, liebkoste es und rief aus:

»Ach, Strumpfband du der Herrin mein!
Wer wohl darf jetzo bei ihr sein?«

Zuletzt holte er ein wunderfeines Medaillon hervor. Tausendmal mehr als Haarband und Strumpfband küßte und streichelte er es, wobei er in herzzerreißend traurigem Ton, der sogar Steine erweicht hätte, sagte:

»Ach, Medaillon der Herrin mein!
Wer wohl darf jetzo bei ihr sein?«

Kurz danach zogen sich der Prinz und seine zwei Vertrauten in die Schlafgemächer zurück, wohin ihnen die Wäscherin nicht nachzugehen wagte. Als sie sich endlich im Speisesaal allein gelassen sah, ging sie auf die Tafel zu, wo die schmackhaften Hauptgerichte, das Zuckerzeug und Backwerk, die Früchte und die edlen, perlenden Weine noch fast unberührt dastanden. Aber die Erinnerung an die geheimnisvolle Stimme und an die unsichtbare Hand zwang sie, sich zu bescheiden; sie begnügte sich damit, die Speisetafel anzustaunen und deren Düfte einzuschnuppern.

Um indessen dieses unvollkommene Vergnügen besser auszukosten, trat sie immer näher an die Leckerbissen heran. Auf einmal befand sie sich zwischen dem Tisch und dem Stuhl des Prinzen, und da fühlte sie auf ihren Schultern nicht nur eine, sondern zwei unsichtbare Hände, und die drückten sie nieder. Die geheimnisvolle Stimme sagte:
»Setz dich und iß.«

Wahrhaftig, nun saß die Wäscherin auf dem Stuhl des Prinzen. Und da die Stimme es genehmigt hatte, fiel sie mit gesundem Appetit, den der ungekannte, leckere Schmaus ins Riesenhafte steigerte, über das Essen her. Schließlich sank sie, den letzten Bissen noch im Munde, in abgrundtiefen Schlaf.

Es tagte schon seit geraumer Weile, als sie wieder erwachte. Sie schlug die Augen auf und fand sich mitten auf dem Feld unter jenem Baum liegen, wo sie die Apfelsine hatte essen wollen. Dort lag auch die Wäsche, die sie vom Fluß weggetragen hatte; und dort lag auch die lauflustige Apfelsine!

»Wenn das alles nun nichts als ein Traum gewesen wäre?« fragte sich die kleine Wäscherin. »Am liebsten möchte ich zum Palast des Prinzen von China zurückgehen, um mich zu vergewissern, daß all die Pracht wirklich und nicht geträumt war.«

Indem sie das sagte, warf sie die Apfelsine zu Boden; sie wollte sehen, ob sie ihr nochmals den Weg weisen werde. Die Apfelsine rollte zwar ein Stückchen weg, kam aber jedesmal zum Innehalten, entweder schon im nächstbesten Loch oder an einer Bodenunebenheit oder einfach, weil die Schwungkraft ihre Wirkung eingebüßt hatte. Mit einem Wort: die Apfelsine tat, was unter ähnlichen Umständen alle Apfelsinen der Welt getan hätten. Ihr Benehmen war keineswegs merkwürdig oder gar übernatürlich.

Wütend schnitt die kleine Wäscherin die Apfelsine auseinander und stellte fest, daß sie innen genauso aussah wie jede andere auch. Sie verzehrte die Frucht, die genau wie früher genossene Apfelsinen schmeckte.

Jetzt gab es für sie kaum noch Zweifel, daß sie geträumt habe.

»Keinen einzigen sichtbaren Gegenstand habe ich bei mir«, sagte sie sich, »und der hätte mich doch von der Wirklichkeit des Geschauten überzeugen können. Dennoch will ich zur Prinzessin gehen und ihr alles erzählen; es könnte für sie wichtig sein.«

V

Ob die hier berichteten ungewöhnlichen Geschehnisse sich nun im Traum ereignet hatten oder in der Wirklichkeit: genug, unterdessen schlief die »glückliche Prinzessin«, müde vom vielen Weinen, ruhig und sanft. Wenngleich es schon acht Uhr morgens war, eine Tagesstunde also, zu der damals jedermann aufgestanden war und gefrühstückt hatte, blieb das Prinzeßchen dennoch im Bett liegen und rührte sich nicht.

Allein die Lieblingsdienerin hielt die ihr soeben überbrachte Nachricht für so bedeutsam, daß sie es auf sich nahm, die Prinzessin zu wecken. Sie betrat das Schlafgemach, öffnete das Fenster und rief fröhlich:

»Herrin mein, wacht auf und freut Euch. Es bringt Euch jemand Nachricht vom grünen Vogel.«

Die Prinzessin erwachte, rieb sich die Augen, richtete sich im Bett auf und fragte:

»Sind die sieben Weisen zurückgekehrt, die in das Land der Königin von Saba gezogen waren?«

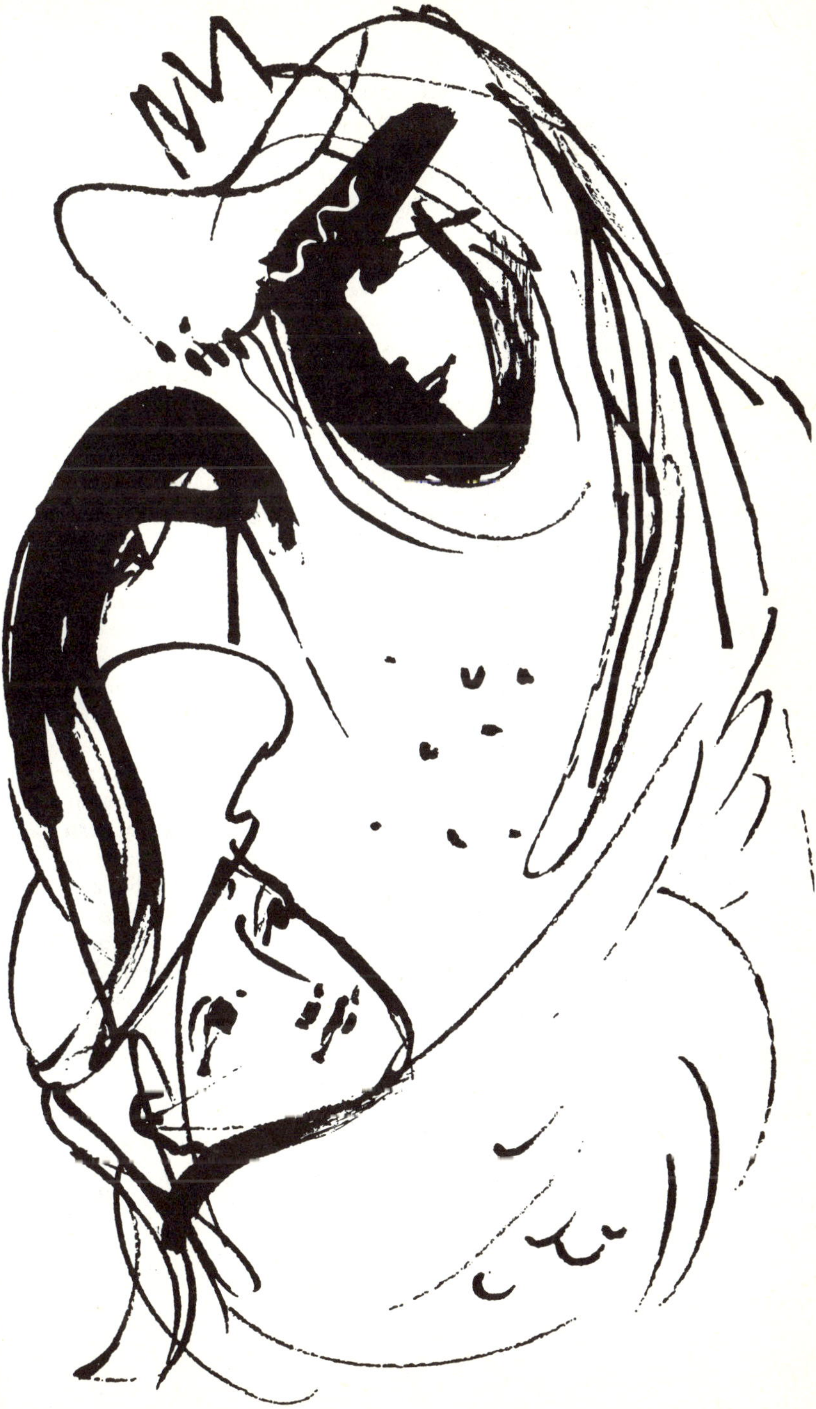

»Mitnichten«, erwiderte die Dienerin. »Vielmehr weiß Euch eine der Wäscherinnen, die Eurer Hoheit tränenfeuchte Taschentücher waschen, die Neuigkeit zu bringen.«
»Laß sie augenblicklich herein!«
Die kleine Wäscherin hatte bereits hinter der Tür auf diese Erlaubnis gewartet und trat nun ein. Ohne Scheu hub sie in allen Einzelheiten zu erzählen an, was ihr zugestoßen war.
Als die Prinzessin vom Erscheinen des grünen Vogels hörte, schwoll ihr Herz in jubelnder Freude. Als sie aber gar vernahm, wie er, in einen schönen Prinzen verwandelt, dem Wasser entstiegen sei, errötete sie über und über, ein engelsgleiches, zärtliches Lächeln umspielte ihre Lippen, und ihre Augenlider schlossen sich mild, als wolle sie sich auf sich selber besinnen und den Prinzen mit den Augen der Seele erschauen. Doch als sie zum guten Ende erfuhr, daß der Prinz sie hoch schätze und verehre und wohl gar vergöttere; daß er mit liebevoller Sorgfalt die drei geraubten Pfänder in dem kostbaren Kästchen aufbewahre, da konnte sie sich trotz ihrer Wohlerzogenheit nicht länger beherrschen. Sie umarmte und küßte Wäscherin wie Dienerin und ließ sich zu allerlei unschuldigen, zartempfundenen und deswegen entschuldbaren Ausrufen hinreißen.
»Erst jetzt«, rief sie aus, »kann ich mich recht eigentlich die ›glückliche Prinzessin‹ nennen. Nicht Laune war es, daß ich den grünen Vogel besitzen wollte, sondern Liebe. Es war und ist Liebe, die heimlich auf ungewohntem Pfad in mein Herz gedrungen ist. Ich habe den Prinzen nicht gesehen, und dennoch glaube ich, daß er schön ist. Ich habe ihn nicht gesprochen, und dennoch wähne ich, daß er klug ist. Ich weiß nichts von seinem Leben, außer daß er verzaubert ist, und daß er mich bezaubert hat. Und dennoch bin ich mir gewiß, daß er tapfer, hochherzig und treu ist.«
»Herrin«, sagte das kleine Wäschermädchen, »wenn das, was ich geschaut, kein leerer Wahn war, so kann ich Eurer Hoheit nur versichern, daß der Prinz einem goldenem Schatz gleichkommt. Sein Gesicht ist so gütig und sanft, daß man es fortwährend betrachten möchte. Übrigens ist der Sekretär auch kein übler Herr. Zu wem ich

aber die größte Zuneigung gefaßt habe – ich weiß nicht, warum –, das ist der Schildknappe.«

»Den sollst du zum Mann haben«, erwiderte die Prinzessin. »Und meine Dienerin soll den Sekretär heiraten, wenn sie mag. Beide sollt ihr dann als Mandarinenfrauen meine Hofdamen werden. Dein Traum war gar kein Traum; er war schöne Wirklichkeit, das sagt mir mein Herz. Wichtig scheint jetzt, daß die drei Vogeljünglinge entzaubert werden!«

»O ja, aber wie bringen wir das fertig?« fragte die Lieblingsdienerin.

»Ich selber will zu jenem Palast gehen«, versetzte die Prinzessin, »dort werde ich schon weitersehen. Du aber, kleine Wäscherin, wirst mich führen.«

Das Mädchen jedoch brachte jetzt erst seine Erzählung zu Ende und deutete dadurch an, daß es nicht als Führerin dienen könne.

Die Prinzessin hörte ihr sehr aufmerksam zu, überlegte eine Weile und befahl dann ihrer Dienerin:

»Geh in meine Bibliothek und hol mir das Werk über die ›Zeitgenössischen Könige‹ sowie den ›Astronomischen Kalender‹.«

Sobald das Gewünschte gebracht worden war, blätterte die Prinzessin in dem Band über die »Könige« und las mit lauter Stimme die folgenden Zeilen vor:

»Am Tage, da der Kaiser von China starb, verschwand sein einziger Sohn und Thronerbe vom Hof und aus dem ganzen Kaiserreich. Seine Untertanen glaubten, er sei gestorben, und mußten sich dem Khan der Tartarei unterwerfen.«

»Was schließt Ihr aus diesen Sätzen, Herrin?« fragte die Dienerin.

»Nun, was soll ich daraus schließen«, antwortete die »glückliche Prinzessin«, »wenn nicht, daß der Khan der Tartarei meinen Prinzen verzaubert hat, um sich widerrechtlich seine Krone anzueignen? Jetzt leuchtet mir auch ein, warum ich den Tartarenprinzen zu sehr verabscheue.«

»Es genügt noch nicht, Herrin, daß Euch das klar ist; Ihr müßt auf Abhilfe sinnen«, riet die Wäscherin.

»Darüber will ich ja gerade sprechen«, fuhr die Prinzessin fort. »Man muß unverzüglich durch bewaffnete

Männer, die unser Vertrauen genießen, alle Wege und Kreuzungen, wo die vom Tartarenprinzen an seinen königlichen Vater abgesandten Boten vorbeikommen könnten, besetzen lassen. Er hat bekanntlich seinen Vater des grünen Vogels wegen um Rat gefragt. Briefe, die die Sendboten etwa bei sich tragen, müssen ihnen abgenommen und mir ausgehändigt werden. Und – leisten sie Widerstand, so soll man sie niedermachen. Geben sie jedoch nach, so soll man sie ins Gefängnis werfen und sie von der Außenwelt abschließen, damit keiner erfährt, was geschehen ist. Nicht einmal mein Vater, der König, darf davon hören. Wir drei ganz allein wollen heimlich, still und leise alles durchführen. Hier habt ihr genügend Geld, um das Schweigen, die Treue und den Wagemut der Männer zu erkaufen, die meinen Plan auszuführen haben.«

Tatsächlich zog die Prinzessin, die inzwischen aufgestanden, aber noch in Morgenrock und Pantöffelchen war, aus einem kleinen Schrein zwei schwere, goldgefüllte Beutel und reichte sie ihren Vertrauten.

Beide sorgten auf der Stelle dafür, daß das Geplante in die Tat umgesetzt wurde. Mittlerweile befaßte sich die »glückliche Prinzessin« eingehend mit dem Studium des »Astronomischen Kalenders«.

VI

Fünf Tage waren seit den berichteten Geschehnissen vergangen. Während dieser ganzen Zeit hatte die Prinzessin kein einziges Tränchen vergossen, was ihren königlichen Vater nicht wenig wunderte und freute. Mehr noch, sie erging sich in lustigen Scherzen und bescherte damit den auf Freiersfüßen einherwandelnden Prinzen den Hoffnungsschimmer, daß sie sich am Ende doch noch für einen von ihnen entscheiden werde, weswegen sich die Bewerber bereits glücklich priesen.

Keiner freilich erriet den wahren Grund des unvermittelten Umschwungs, der so unverhofft eingetretenen Besänftigung im Wesen der Prinzessin.

Nur der Tartarenprinz, der von teuflischer Spitzfindigkeit war, argwöhnte vage, die Prinzessin müsse irgendwie Nachricht vom grünen Vogel erhalten haben. Ohnehin plagte diesen Prinzen ein banges Vorgefühl wie vom Nahen großen Unheils, das sich über ihm zu entladen drohte. Mittels der von seinem Vater erlernten Zauberkunst hatte er entdeckt, daß er in dem grünen Vogel seinen Feind zu erblicken habe. Da ihm Weg und aufzuwendende Zeit hinlänglich bekannt waren, hatte er sich ausgerechnet, daß die Sendboten an einem bestimmten Tag wieder im Palast ankommen müßten. Er gierte danach zu erfahren, was sein Vater auf die ihm gestellten Fragen geantwortet habe, und so stieg er ums Morgengrauen zu Pferde und ritt, gefolgt von vierzig seiner Krieger, sämtlich schwer bewaffnet, den Abgesandten entgegen.

Nun war zwar der Tartarenprinz ohne Aufhebens davongeritten, allein dennoch nicht heimlich genug, als daß die »glückliche Prinzessin«, die überall ihre Spione sitzen hatte, und die, wie ein volkstümlicher Ausdruck lautet, »mit Luchsaugen« umherspähte, nicht in der nämlichen Minute von seinem Fortreiten erfahren hätte. Sie berief die kleine Wäscherin und die Dienerin zu sich und sagte voller Angst und Sorge zu ihnen:

»Ich befinde mich in einer schrecklichen Lage. Dreimal habe ich vergeblich unter dem Baum eine Apfelsine zu Boden geworfen, unter dem die kleine Wäscherin es getan hat. Sie hat mich nicht zum Schloß meines Liebsten führen wollen. Weder habe ich ihn gesehen, noch konnte ich herausfinden, wie er zu entzaubern wäre. Eines nur habe ich dem ›Astronomischen Kalender‹ entnommen: die Nacht, in der ihn die kleine Wäscherin erblickte, war die der Tagundnachtgleiche im Frühling. Sollte es nicht möglich sein, ihn vor ebendieser Nacht des nächsten Frühlings wiederzusehen? Doch bis dahin, ach, wird der Tartarenprinz ihn mir getötet haben! Schon nach Empfang des väterlichen Schreibens, das rascher zu erhalten er mit vierzig seiner Männer ausgezogen ist, wird er ihn zu ermorden versuchen!«

»Grämt Euch nicht, schöne Prinzessin«, sagte die Lieblingsdienerin, »drei Abteilungen von je hundert Männern lauern an verschiedenen Stellen den Sendboten auf, um ihnen sofort den Brief abzunehmen und ihn Euch zu überbringen. Die dreihundert sind Feuer und Flamme, sie führen Waffen aus allerschärfstem Stahl und werden sich vom Tartarenprinzen ungeachtet seiner Zauberkünste nicht besiegen lassen.«

»Trotzdem bin ich der Ansicht«, gab die Wäscherin zu bedenken, »daß es besser wäre, eine größere Zahl von Kriegern gegen den Tartarenprinzen auszusenden. Falls er tatsächlich nur vierzig Mann aus seinem Gefolge bei sich hat, so machen doch jeden von ihnen die verhexten Panzerhemden und Pfeile, in deren Besitz sie angeblich sind, weit stärker als zehn Männer.«

Der kluge Rat der Wäscherin wurde unverzüglich befolgt. Insgeheim ließ die Prinzessin den mutigsten und verständigsten der Generale ihres Vaters zu sich entbieten. Ihm erzählte sie den Hergang der Angelegenheit, vertraute ihm ihren Kummer an und erbat seine Hilfe. Der General sicherte sie ihr zu, sammelte in Windeseile ein ansehnliches Reitergeschwader und verließ mit ihm die Hauptstadt. Er war fest entschlossen, bei diesem Unternehmen lieber den Tod zu erleiden, als zu versagen und der Prinzessin den Brief des Tartarenkhans nicht herbeizuschaffen, wenn nicht gar den Sohn des Khans selber, ob nun lebendig oder tot.

Nachdem der General aus der Stadt geritten war, schien es der Prinzessin an der Zeit, dem »glücklichen König« von dem Geschehenen zu berichten. Der König geriet außer sich. Er sagte kurzweg, die ganze Geschichte vom grünen Vogel sei ein lächerliches Hirngespinst seiner Tochter und der Wäscherin. Bitter klagte er, seine Tochter verspänne sich in Träume, hetze eine Schar Mörder auf einen edelgeborenen Prinzen und verstoße somit gegen die Gastfreundschaft, gegen die Menschenrechte, gegen jegliche moralische Pflicht.

»Ach, Tochter!« rief er aus, »meinen guten Namen hast du mit blutiger Schande befleckt, wenn dem Vormarsch des Generals nicht sofort Einhalt geboten wird.«

Jetzt überkamen auch die Prinzessin Ängste. Sie bereute, was sie getan. Trotz ihrer heftig entbrannten Liebe zu dem Prinzen von China wäre es ihr lieber gewesen, er bliebe ewig verwunschen, als daß um dieser Liebe willen auch nur ein einziger Blutstropfen vergossen würde.

Also erging an den General der Befehl, er habe sich unter keinen Umständen auf ein Gefecht einzulassen.

Umsonst! Der General war so schnell vorgerückt, daß er nicht mehr zu erreichen gewesen war. Damals gab es ja noch keine Telegrafen, und so traf der Befehl zu spät ein. Als die Boten beim General anlangten, sahen sie sämtliche königstreuen Soldaten auf sich zufliehen. Da flohen auch sie. Die vierzig Mann der Tartareneskorte waren nämlich Zaubergeister, die als grauenhafte, feuerspeiende Ungetüme auf ihrer Verfolgungsjagd heranbrausten.

Nur der General, dessen Mut, Geistesgegenwart und Gewandtheit ans Übermenschliche grenzten, hielt inmitten der begreiflicherweise ausgebrochenen Panik unerschütterlich stand. Er stürzte sich auf den Prinzen, den einzigen nicht verwandelten Feind, mit dem er es aufnehmen konnte, und begann mit ihm den tapfersten, ungeheuerlichsten Zweikampf auszufechten. Nun aber war der Tartarenprinz unverwundbar, weil er verhexte Waffen trug. Da der General die Unmöglichkeit, den Prinzen zu besiegen, erkannte, wollte er zu einer List greifen, wich ein gutes Stück vor seinem Gegner zurück, band sich hurtig seine lange, starke Generalsschärpe von der Hüfte los und knotete unbemerkt ein glattes Lasso aus ihr. Dann raste er mit unerhörter Geschwindigkeit wieder auf den Prinzen zu, gab seinem Pferd die Sporen und warf dem Feind die Schlinge um den Hals, so daß er ihn zu Fall brachte und im Galopp hinter sich herschleifte.

Auf diese Weise wurde der Tartarenprinz vom General zu Tode gewürgt. Kaum war er indessen tot, als auch sämtliche Ungeheuer verschwanden. Die Soldaten des »glücklichen Königs« erholten sich von ihrem Schrecken und sammelten sich um ihren Anführer. Mit ihnen zusammen lauerte der General auf die Sendboten mit dem Brief des Tartarenkhans, die denn auch nicht lange auf sich warten ließen.

Noch am gleichen Tag, bei Einbruch der Dunkelheit, langte der General wieder im Palast des »glücklichen Königs« an, den Brief des Khans der Tartaren in Händen. Ehrerbietig verneigte er sich vor der Prinzessin und überreichte ihn ihr.

Sie erbrach das Siegel und machte sich ans Lesen, aber ach! sie verstand kein einziges Wort, genauso wenig, wie der »glückliche König« eins verstand. Nun beriefen sie

alle Sprachenkundigen zu sich; doch auch diese waren nicht
fähig, jene Schrift zu entziffern. Und die herbeizitierten
Mitglieder der zwölf königlichen Akademien erwiesen
sich ebenfalls nicht als lesekundig.

Jetzt kamen die sieben Weisen als tiefschürfende Kenner in der Sprachwissenschaft an die Reihe; sie waren gerade ins Land heimgekehrt, und zwar ohne den Phönix, weswegen sie zum Tode verurteilt worden waren. Der König wollte jedoch Gnade vor Recht ergehen lassen, sofern sie den Brief lesen könnten. Allein dazu waren sie nicht imstande, noch wußten sie überhaupt zu sagen, in welcher Sprache er abgefaßt sei.

Da hielt sich der »glückliche König« für den unglücklichsten aller Könige. Er jammerte, er sei an einem unnötigen Verbrechen mitschuldig geworden. Auch fürchtete er sich vor der Rache des allmächtigen Khans der Tartarei. Bis spät in die Nacht hinein konnte er kein Auge zutun.

Seine Reue wurde jedoch zur Verzweiflung, als er am nächsten Morgen in aller Frühe beim Erwachen erfuhr, die Prinzessin sei verschwunden und habe folgende Zeilen hinterlassen:

»Vater, such mich nicht, noch begehre nachzuforschen, wo ich bin, sonst wirst du mich nur noch tot auffinden. Es möge dir genügen zu wissen, daß ich noch lebe und bei guter Gesundheit bin. Doch keinesfalls wirst du mich wiedersehen, bevor ich nicht den geheimnisvollen Brief des Khans entziffert und meinen geliebten Prinzen entzaubert habe. Lebewohl!«

VII

Die »glückliche Prinzessin« war unterdessen mit ihren beiden Freundinnen zu Fuß zu einem heiligen Einsiedler gepilgert, der in der Einsamkeit und Kargheit des unweit der Hauptstadt gelegenen Hochgebirges lebte.

Gern hätten sich die Prinzessin und ihre Begleiterinnen zu Pferde nach der Einsiedelei aufgemacht, doch das wäre ein unmögliches Unterfangen gewesen. Waren doch die Pfade für Ziegen geeigneter als für Kamele, Elefanten, Pferde, Maultiere und Esel, auf welchen Vierfüßlern man, mit Verlaub zu sagen, sich damals in jenem Königreich fortbewegte. Die Prinzessin ging also zu Fuß, nicht zuletzt auch aus frommer Demut, und sie duldete kein anderes Geleit als das ihrer beiden Vertrauten.

Der Einsiedler, den sie aufsuchen wollten, war ein großer Büßer; er stand im Ruf eines Heiligen. Im Volk hieß es, er sei unsterblich, was wohlberechtigte Gründe zu haben schien. Denn wann dieser Klausner sich eigentlich in jenem verborgenen Winkel eingenistet habe, darauf konnte sich niemand mehr besinnen. Selten nur zeigte er sich menschlichen Blicken.

Der Ruhm seiner Tugenden und seines hohen Wissens hatte die Prinzessin und ihre Freundinnen wie ein Magnet angezogen. Suchend irrten sie sieben Tage auf den steinigen und abgelegenen Wegen umher. Tagsüber durchforschten sie das Dorngestrüpp der Schluchten. Nachts suchten sie Zuflucht in Felshöhlungen. Niemand weit und breit, der sie geführt hätte! Nicht einmal Ziegenhirten gerieten in diese Gegend, weil sie ihnen zu unwirtlich war, und weil sie sich vor des Einsiedlers Fluch fürchteten, mit dem er jeden belud, der sich in seine zeitliche Behausung wagte oder ihn bei seinen Gebeten störte. Es versteht sich von selbst, daß dieser stets fluchwillige Eremit ein Heide war. Trotz seiner ihm angeborenen Herzensgüte zwang ihn seine düstere, furchtbare Religion, Verwünschungen und Bannflüche auszustoßen. Allein die drei Freundinnen ahnten, als habe es ihnen ein Höherer eingegeben, daß nur der Einsiedler den Brief entziffern könne. Deshalb beschlossen sie, seinem Fluch zu trotzen und suchten ihn, wie die Chronik berichtet, sieben Tage hindurch.

In der Nacht des siebenten Tages wollten sich die drei Pilgerinnen wieder einmal in eine Höhle flüchten, um dort zu ruhen, als sie in deren Hintergrund den betenden Einsiedler gewahrten. Eine Lampe warf trübseligen Flackerschein auf diese einsame Stätte der Geheimnisse.

Die drei zitterten davor, verflucht zu werden. Fast gereute es sie, soweit vorgedrungen zu sein. Aber der Einsiedler, dessen Bart weißer war als der Schnee, dessen Haut verrunzelter war als eine gedörrte Weinbeere, und dessen Körper sich wie ein entfleischtes Skelett ausnahm, warf aus zwei tiefliegenden, wie Feuer glühenden Augen einen

Blick auf die drei Gestalten und sagte dann mit fester und zugleich froher und sanfter Stimme:

»Dem Himmel sei Dank, daß ihr endlich da seid! Schier hundert Jahre lang warte ich schon auf euch. Ich habe den Tod herbeigesehnt und durfte doch nicht sterben, ehe ich nicht um euretwillen eine Aufgabe erfüllt hatte, die mir vom König der Geister auferlegt worden war. Als einziger Weise auf der Welt spreche und verstehe ich noch die hochentwickelte Sprache, die einstens vor der allgemeinen Verwirrung der Zungen in Babel gesprochen worden ist. Jedes Wort dieser Sprache birgt eine wirksame Zauberformel. Wer sie spricht, der zwingt gewaltsam die Höllenmächte, ihm zu Diensten zu sein. Den Worten dieser Sprache wohnt noch die Kraft inne, alle die natürlichen Dinge einenden und beherrschenden Bindungen und Gesetze zu verknüpfen und wieder aufzulösen. Die heutige Kabbala ist nur eine vergröberte Nachahmung dieser einst wortreichen, jetzt verschollenen Sprache. Ihre dürftigsten und unvollkommensten Dialekte gelten heutigentags als wohllautende und reiche Sprachen. Eitel Lüge und Scharlatanerie ist unsere Bildung im Vergleich zu jener, die in der Sprache selber eingeschlossen war. Jede Benennung enthielt bereits in ihren Einzelbuchstaben den Wesenskern der benannten Sache, und zugleich seine heimlichsten Eigenschaften. Rief man die Dinge bei ihren wahren Namen, so gehorchten sie dem, der sie rief. So unermeßlich war die Macht des Menschengeschlechts, das jene Sprache beherrschte, daß es zum Himmel aufzusteigen trachtete. Und zweifellos wäre ihm das auch gelungen, hätten die Himmelsmächte nicht verfügt, daß jene Ursprache gänzlich der Vergessenheit anheimfallen müsse.

Nur drei wohlerprobte Weise, von denen zwei schon verblichen, bewahrten, als ein besonderes Privileg der Teufel, des Nimrod und seiner Nachfahren, jene Sprache im Gedächtnis. Der zweite ist vor einer Woche auf dein Geheiß hin, o ›glückliche Prinzessin‹, gestorben. Nur ein einziger Mensch auf Erden kann den Brief des Tartarenkhans entziffern: und der bin ich! Um dir diesen Dienst zu erweisen, hat der König der Geister mich jahrhundertelang am Leben erhalten.«

»Hier hast du den Brief, großer, ehrwürdiger Weiser«,

bestätigte die Prinzessin und legte das geheimnisvolle Schriftstück in die Hände des Eremiten.

»Ich werde ihn schnell entziffert haben!« antwortete der Greis. Er setzte sich seine Brille auf, trat näher an die Lampe heran und begann zu lesen. Länger als zwei Stunden las er mit lauter Stimme, was in jenem Brief geschrieben stand. Bei jedem Wort, das er aussprach, setzte das Weltall sich in Bewegung, die Sterne schienen in tödlicher Blässe hinzuschwinden, am Himmel erbebte der Mond wie sein Spiegelbild auf den Wogen des Ozeans, und die Prinzessin und ihre Freundinnen mußten die Augen schließen und sich die Ohren zuhalten, damit sie nicht die Geister erblickten, die erschienen, und damit sie nicht die hallenden, schrecklichen, schmerzdurchbebten Stimmen hörten, die aus dem Inneren der aufgewühlten Natur erschollen.

Nach Vollendung der Vorlesung nahm der Eremit die Brille wieder ab und sagte ruhig:

»Es ist nicht angebracht, nicht geziemend noch möglich, o ›glückliche Prinzessin‹, daß du alles erfährst, was dieser abscheuliche Brief in sich birgt. Es ist nicht angebracht und nicht geziemend, weil darin schauerliche und dämonische Geheimnisse enthalten sind. Es ist auch nicht möglich, weil in keiner der heutigen Sprachen jene unaussprechlichen, unbeschreiblichen Geheimnisse ausgedrückt werden könnten. Das Menschengeschlecht wird durch seine unvollkommene, beschränkte Vernunft vielleicht dahingelangen, einiges Beiläufige aller dieser Dinge zu begreifen, wenn Tausende von Jahren vergangen sein werden; denn immer werdet ihr in Unwissenheit über das Wesentliche verbleiben, um das ich weiß, um das der Khan der Tartarei weiß und um das die Weisen der Urzeit gewußt haben; sie bedienten sich bei ihrer anstrengenden geistigen Arbeit jener vollkommenen Sprache, die um eurer Sünden willen unübersetzbar ist.«

»Dann sind wir also so klug wie zuvor«, sagte die Wäscherin, »wenn wir nach allem, was wir haben überstehen müssen, um Euch aufzufinden als den einzigen, der imstande ist, diesen verworrenen Brief zu übersetzen, nun hören müssen, daß Ihr ihn nicht übersetzen wollt.«

»Ich will es nicht und darf es nicht«, erwiderte der

gebrechliche, hundertjährige Eremit. »Aber ich will Euch kundtun, was in dem Brief Euch unmittelbar angeht, und es Euch in kurzen Worten sagen, ohne mich bei Einzelheiten aufzuhalten, weil die Augenblicke meines Lebens gezählt sind, und der Tod mir naht. Der Prinz von China war um seiner Tugenden, seiner Begabung und seiner Schönheit willen der Liebling des Königs der Geister, und dieser hatte ihn bereits tausendmal vor den Machenschaften des Khans der Tartarei errettet, der ihm nach dem Leben trachtete. Als der Khan erkannte, daß es ihm unmöglich sei, den Prinzen zu ermorden, beschloß er, ihn zu verzaubern und ihn dadurch seinen Untertanen fernzuhalten, um an seiner Statt das ›Reich des Himmels‹ zu beherrschen. Selbstverständlich war dem Khan daran gelegen, daß der Zauber unzerstörbar und ewig sei; doch das konnte er nicht erreichen, trotz seiner wunderbaren Kenntnisse in der Kunst der Zauberei. Der Geisterkönig stemmte sich seinen Absichten entgegen, und obwohl er außerstande war, die Verzauberung gänzlich aufzuheben, konnte er doch einen großen Teil der Bosheit unschädlich machen. Der in einen Vogel verwandelte Prinz wurde vom Geisterkönig mit der Fähigkeit begabt, nachts seine wahre Gestalt wiederzuerlangen. Es war dem Prinzen ein Palast zugewiesen worden, in dem er lebte und mit aller Rücksichtnahme und allen Ehren bedient wurde und alles Wohlleben genoß, wie es seinem erhabenen Rang zukam. Als Äußerstes fand sich der Khan sogar zu dem Zugeständnis bereit, der Prinz könne entzaubert werden, wenn die Bedingungen erfüllt würden, die der Khan, der eine schlechte Meinung von den Frauen hegte und das Menschengeschlecht im allgemeinen für bösartig und lasterhaft hielt, als schlechthin unerfüllbar erachtete. Nun aber ist die erste Bedingung bereits erfüllt, denn ein zwanzigjähriges, zurückhaltendes, tapferes und leidenschaftliches Mädchen aus dem niederen Volk hat die drei verzauberten Jünglinge, die schönsten, die es auf Erden gibt, nackt aus dem Bade steigen sehen, und die Reinheit und Keuschheit der Seele jenes Mädchens war so groß, daß auch nicht der leiseste sinnliche Gedanke in ihr erstand und sie verstörte. Diese Probe mußte zur Zeit der Frühlings-Tagundnachtgleiche stattfinden, wenn die ganze Natur in Liebeserregung fiebert. Das Mädchen sollte zwar die Schönheit lebhaft empfinden und bewundern, doch auf eine geistige und hochheilige Weise. Die zweite Bedingung ist ebenfalls erfüllt; sie besagte, daß der Prinz, obwohl er sich nur dreimal für einen kurzen Augenblick in der Gestalt eines grünen Vogels zeigen durfte, einer Prinzessin seines Ranges eine ebenso heftige und keusche wie unbezwingliche Liebe einflößen müsse. Die dritte Bedingung, deren Erfüllung sich jetzt eben anbahnt, sieht vor, daß jene Prinzessin in den Besitz des Briefes gelange und daß ich ihn ihr auslege. Die vierte und letzte Bedingung, bei deren Erfüllung ihr drei Mädchen mitwirken müßt, die ihr mir zuhört, ist die folgende: Mir bleiben nur noch zwei Lebensminuten; aber ehe ich sterbe, will ich euch in den Palast des Prinzen zu der Topasschale bringen. Die Vögel werden wiederum hineintauchen und sich in wunderschöne Jünglinge verwandeln. Ihr drei werdet sie erblicken; aber es gilt, beim Hinschauen die Keuschheit eurer Gedanken und die Unberührtheit eurer Seelen zu bewahren; dagegen sollt ihr jede je einem der drei euch in heiliger, unschuldiger Liebe zuneigen. Die Prinzessin liebt ja schon den Prinzen von China, und die Wäscherin den Schildknappen, und sie hat bereits die Unschuld ihrer Liebe bekundet: also ist nur noch erforderlich, daß die Lieblingsdienerin der Prinzessin sich auf die gleiche Weise in den Sekretär verliebt. Wenn die drei verzauberten Jünglinge zu Tische gehen, so folgt ihnen ungesehen und verweilt dort, bis der Prinz sich das Kästchen reichen läßt, an dem er sich ergötzt, das Band küßt und sagt:

›Ach, kleines Band der Herrin mein!
Wer wohl darf jetzo bei ihr sein?‹

Die Prinzessin muß dann vortreten, und ihr beiden andern gemeinsam mit der Prinzessin, ihr müßt euch zeigen, und jede muß dem von ihr Geliebten einen innigen Kuß auf die linke Wange drücken. Dadurch wird der Zauber zunichte, der Khan der Tartarei wird plötzlich sterben, und der Prinz von China wird nicht nur in den Besitz des ›Reich des Himmels‹ gelangen, sondern es werden ihm alle Khanate, Königreiche und Provinzen zufallen, die der höllische Zauberer sich wider alles Recht angeeignet hatte.«

Kaum war der Eremit mit dieser Rede zu Ende gekommen, als sein Gesicht sich auf höchst seltsame Weise verkrampfte; er machte den Mund halb auf, streckte seine Beine aus und sank tot um.

Die Prinzessin und ihre Freundinnen wurden jäh entrückt und fanden sich hinter einer dichten Mauer grüner Blattpflanzen bei der Topasschale wieder.

Alles vollzog sich, wie der Eremit es gesagt hatte.

Die drei Mädchen waren verliebt, die drei Mädchen waren durch und durch keusch und unschuldig. Nicht einmal in dem gefährlichsten Augenblick, da sie den zärtlichen und zugleich heißen Kuß zu geben hatten, verspürten sie anderes als eine tiefe, mystische und zugleich völlig reine innere Wallung.

So wurden die drei Jünglinge unverzüglich entzaubert. China und die Tartarei wurden unter dem Zepter des Prinzen glücklich. Die Prinzessin und ihre Freundinnen wurden noch glücklicher, die sie so schöne Männer geheiratet hatten. Der »glückliche König« dankte ab und lebte fortan am Hof seines Schwiegersohnes, der in Peking residierte. Dem General, der den Tartarenprinzen zur Strecke gebracht hatte, wurden sämtliche Orden Chinas verliehen sowie der Titel eines Ersten Mandarins und eine in die Hunderttausende gehende Pension für sich und seine Erben.

Es heißt, wie abschließend gesagt werden soll, daß die »glückliche Prinzessin« und der Kaiser von China miteinander lange, glückliche Jahre verlebten und ein halbes Dutzend gleich ihnen schöner Kinder in die Welt setzten. Die Wäscherin und die Dienerin mit ihren Ehemännern genossen die immer gleichbleibende Gunst Ihrer Majestäten und gehörten dem höchsten Adel des ganzen Reichs an.

Nachwort des Herausgebers

Liebe – diese einzigartige, ganz persönliche Erfahrung und dennoch allgewaltige Schwingung des Lebensgeistes selbst: sie ist das Thema, das in der Dichtung seit eh und je mit unerschöpfbar fortzeugender Mächtigkeit erklingt. Auch die Erzählungen, die dieser Band vereint, zeugen von ihr – wie die Wogen von dem Meer, das seine undurchdrungene, rätselhafte Tiefe in ihnen rein und groß, wild und glanzvoll-mächtig zum Erscheinen bringt.

Die Liebe, dieses unersättliche Ergreifen des Lebens und die unbegrenzte Offenheit zu ihm, gibt sich in diesen Novellen und Geschichten jedoch nicht als makelloser Traum vom Schönen kund. Sie berichten nicht vom Wellenspiel lyrisch-romantischer Erregungen des Gefühls, deren Aufschwung freudig oder fromm vernommen wird. Noch fügen sie das Ineinander und Gegeneinander der aufschäumenden Wogen zu einer in epischer Gelassenheit ausschreitenden Handlung. Denn für eine solche Epik bleibt die Liebe als alldurchdringendes Glück und Leid doch die unentrinnbar eine und gleiche Macht, die jede Bewegung wieder in einen Ruhepunkt ausschwingen läßt. Vielmehr pocht und hämmert der heftige Puls dramatischen Geschehens durch diese Erzählungen, in denen die hereinbrechende Springflut dunkler, unbeherrschbarer Gewalten jede Selbstbestimmung übermannt. Das Ergreifenwollen des Lebens und das Ergriffenwerden von ihm spannen sich deshalb zum schmerzlichen Konflikt, in dem jede Bezauberung der Liebe auch deren Bitternis tragisch schicksalhaft erleiden läßt.

Liebe – diese zugleich beseligende und gnadenlos vernichtende Leidenschaft: sie gibt in solcher Spannung alle Höhen und Tiefen des Lebens, Himmel und Hölle zu durchmessen. Sie trägt das Ich, in Anruf und Erhörung des sehnenden Herzens, kühn mit sich empor; von ihr ganz erfüllt, wird es ganz es selbst und zugleich, über sich hinausschwingend, ganz ewig, vom Göttlich-Schönen zaubervoll besessen. Aber ihre fiebernden Wogen werden, noch beglänzt von einem jubelnd sich bestätigenden Gelingen, bereits verdunkelt von den Farben des Untergangs. Das Ich, das sich an allen Lockungen des schönen Lebens berauscht, wird von ihnen übermächtigt, wird in Wahn und Taumel in eine sternenlose Nacht gestoßen. Zu beidem also, zu Schönheit und Untergang, zu Seligkeit und Verdammnis, spannt die Liebe ihren Bogen. Der bittersüße Pfeil, den sie schnellt, ist darum zugleich ein Erfüller des hohen Lebens und ein Bote des Todes. Denn noch im Erleiden seiner Schmerzen macht er die Faszination des Schönen, Glück und Überschwang des erfüllten Augenblicks bewußt. Aber er setzt, unerbittlich seine Bahn verfolgend, das Herz auch dem Zwang eines unentrinnbaren Schicksals aus. Nichts beläßt er im immer nur Möglichen. Wohin er schwirrt und trifft, ist das Tun und Leiden der Liebe, ihre trunken schweifende Sehnsucht für immerdar verstummt. Solches Geschick, das die Liebe, gerade im Wagnis ihrer äußersten Erprobung, mit dem Tod verkettet, gibt den hier gesammelten Erzählungen ihre ungewöhnlich intensiven Farben, gibt ihnen eine unablässig in Spannung haltende Dynamik. Sie schürzt die Handlung, wie vielfältig deren Motive auch verwoben werden, zum unvermeidlichen Konflikt. Dergestalt bewahrt die Eigenart dieser Prosa die Bewegtheit des Herzens, das, in seinen Begierden, Träumen, Verzichten von allen Schauern der Liebe überwältigt, dennoch das Steigernde wie das Vernichtende ihrer Macht fasziniert erlebt.

Je reicher aber das von der Liebe ergriffene Ich selbst ist, je mehr es preiszugeben und zu verschwenden hat, desto reiner offenbart sich in seinem Jubel, seiner Klage, seiner abgründigen Trauer auch eine ins Unendliche geweitete innere Welt. Alle Elemente des Lebens, Trieb, Seele, Geist, alle Regungen und Erregungen auf dem unbewachten Grund des Vor- und Unbewußten gehen in die trunkene Süße, sengende Begier und zehrende Qual solchen Ergriffenseins ein. Die Novellen dieses Bandes lassen deshalb im Rausch und Fieber der Leidenschaft, im Gewaltsam-Wilden, Dämonischen nicht nur den Schmerz der Selbstpreisgabe vernehmen. Sie machen auch ansichtig, daß jede Flamme das Dunkel golden umspielt und durchwärmt, daß jedes Feuer nicht nur versengt, sondern auch läutert, entbindet und löst.

Einfach-uraltes Wissen um das Böse und Gute, das Irdische und Ewige hat sich darum in diesen Erzählungen bewahrt. Sie haben es, aufgenommen aus dem Strom des bewegten Lebens, nach innen verwandelt: einverwandelt in das Wort, in Klang und Bild der Sprache. Alles Eigene und Besondere also, aus dem sie hervorgegangen sind: die Stimme ihrer Zeit, der Charakter ihres Landes, die Seele ihres Volkes – das fügen sie, indem sie es in den Raum des Dichterischen entheben, wiederum der Dauer und Gesetzlichkeit eines zeitlosen Lebens ein. So gewinnt jede Begegnung des Liebenden mit dem Geliebten über das Persönliche hinaus die tausendfältige Weite einer Welterfahrung, in welcher der bewegte, vorübergleitende und entrinnende Augenblick den Zugang zur Tiefe in und hinter den Dingen eröffnet. Wie einmalig und unwiederholbar darum das Schicksal des Liebenden unter seinem Sternbild auch ist: vor dem Blick des Dichters umschließt und verschlingt es sich dennoch mit jedem andern zu einer ewigen Kette des irdischen Wandels.

Werk und Dichter

MUSAIOS, ein griechischer Dichter aus der spätrömischen Kaiserzeit (wahrscheinlich dem 6. Jahrhundert), überliefert uns in »Hero und Leander« die schönste antike Novelle süßbitterer Liebe. Sie regte Marlowe, Schiller und Grillparzer zu freier Gestaltung des gleichen Themas an. Das Versepos wurde von Ernst Sander in Prosa übertragen.

KONRAD VON WÜRZBURG (um 1220–1230 dort geboren, 1287 in Basel gestorben) ist ein Meister der Nachblüte ritterlich-höfischer Dichtung. Die neuhochdeutsche Prosafassung der »Mär vom Herzen« stammt von Irma Schauber.

KIN KU KI KWAN, die bekannteste Novellensammlung aus China, enthält (von ehemals 200) noch 40 »Wundersame Geschichten aus alter und neuer Zeit«. Diese Erzählkunst entwickelte sich in Jahrhunderten zu der hohen Meisterschaft, die sie während der Ming-Dynastie (1350–1650) erreicht hat. Der Originaltitel der Erzählung lautet: »Zensor Tschen macht auf seltsame Art die goldenen Haarpfeile und Agraffen sich zu Helfern.« Die Übersetzung von Franz Kuhn stammt aus den altchinesischen Liebesgeschichten »Die dreizehnstöckige Pagode«, erschienen im Dom-Verlag, Essen. Den Nachdruck hat der Verlag Die Arche, Zürich, genehmigt.

MASUCCIO SALERNITANO (um 1420–1476), aus vornehmer Familie in Salerno, gehört der Zeit der klassischen Dichtung Italiens an. Sein Hauptwerk »Il Novellino« bildet den Gipfel der italienischen Novellenkunst des 15. Jahrhunderts. Innerhalb des von Boccaccios »Decamerone« (Zehntagebuch) übernommenen Rahmens, der die Schilderung der Erlebnisse von Adligen und Geistlichen auf fünf Tage verteilt, stellt »Mariotto und Ganozza« die 33. Geschichte dar. Ernst Sander hat sie für diesen Band übersetzt.

MARGARETE VON NAVARRA (1492-1549), eine der bedeutendsten und liebenswürdigsten Gestalten der französischen Frührenaissance, macht ihren Königshof zu einem Mittelpunkt humanistischer und reformatorischer Bestrebungen. »Das Heptameron« (Siebentagewerk) vereint 72 Geschichten, an die sich (im Unterschied zum Decamerone) jeweils eine Diskussion über das Wesen der Liebe anschließt. »Die Herzogin von Burgund«, die zehnte Geschichte des siebenten Tages, wurde der von Walter Widmer übertragenen vollständigen Ausgabe des Winkler-Verlages, München, entnommen.

GIOVANNI BATTISTA GIRALDI-CINTIO (1504-1573). ein Erzähler aus Ferrara, schildert das gesellschaftliche Leben in den aufblühenden Städten Italiens. »Das Ecatommiti« enthält 133 (statt der in Anlehnung an Boccaccio geplanten 100) Novellen. Die siebte des dritten Tages, »Der Mohr und Disdemona«, erhält in Shakespeares Drama »Othello« eine neue, zeitlose Gestalt. Ernst Sander hat sie für unsere Sammlung übersetzt.

IBARA SAIKAKU (1642-1693), der »Kranich des Westens« aus Osaka, schreibt im Stil und aus dem Geist der Genroku-Epoche, einer Zeit, in der (wie in Europa) das Selbstbewußtsein und der Kulturwille eines großstädtischen Bürgertums erwachen. »Die Geschichte vom Krauthändlermädchen, das Liebesgräser bindet« ist die vierte der »Fünf Geschichten von liebenden Frauen«. Dieses klassische Werk japanischer Epik ist, von Walter Donat übertragen, im Verlag Carl Hanser, München, erschienen.

GERMAINE DE STAËL (1766-1817) verbindet in ihren Romanen die sensible, weltaufgeschlossene Geistigkeit ihrer Geburtsstadt Paris mit den Idealen Rousseaus und der Romantik. Die Erzählung »Mirza« bestätigt ihr Verständnis für fremde Volkstümer. Der vorliegende Text stammt aus den von Sigrid von Massenbach übertragenen, im Verlag

Wolfgang Rothe, Heidelberg, herausgegebenen französischen Liebesgeschichten »Alles oder nichts«.

HEINRICH VON KLEIST (1777–1811) gestaltet als Dramatiker und Erzähler den von ihm (während der Erschütterung Preußens durch Napoleon) in tragischer Einsamkeit erfahrenen Konflikt mit einer Welt, die der Vorstellung, die der Mensch von ihr hat, nicht mehr entspricht. Die Novelle »Die Verlobung in St. Domingo« ist 1808 erschienen.

HENRI BEYLE-STENDHAL (1783–1842) aus Grenoble, verkörpert die Generation, die auf Napoleon folgt. Er, einer der großen Erzähler Frankreichs, gehört zwei Welten an: der Romantik durch sein hochgespanntes Gefühl, dem beginnenden Realismus durch seinen hellwachen Verstand. Auch »Der Liebestrank« schildert, wie man den Kopf behält, während man das Herz verliert. Die vorliegende Fassung von Sigrid von Massenbach wurde dem bereits erwähnten Band »Alles oder nichts« (Verlag Wolfgang Rothe, Heidelberg) entnommen.

WASHINGTON IRVING (1783–1859) steht am eigentlichen Anfang der nordamerikanischen Literatur. Ein strenger Beobachtungssinn, den er, ein Sohn New Yorks, auf weiten Reisen entwickelt, erspürt die Untergründe eines (freilich noch romantikgebundenen) Gefühls. Die Erzählung »Die Frau« wurde von Helga Künzel-Schneeberger übersetzt.

EDGAR ALLAN POE (1809–1849) aus Boston, gewinnt als einer der frühen, gleichwohl genialsten Erzähler Amerikas einen nachhaltigen Einfluß auf die moderne Dichtung (auch Europas). Seine Kunst, scharfsinnige Schlüsse zu ziehen, macht das Unheimliche seiner Gespenster- und Detektivgeschichten glaubwürdig. »Das ovale Porträt« wurde den von H. Kauders übersetzten »Erzählungen« im Winkler-Verlag, München, entnommen.

MICHAIL LJERMONTOW (1814–1841), von den Russen als einer ihrer klassischen Dichter verehrt, starb schon als

Jüngling: eine frühreife, aber unselige, klüftige Natur. Ernst und Schwermut lagen stets auf seiner Stirn. »Bjela«, eine Geschichte, die tief in die Seele des Ostens blicken läßt, stammt aus der von Johannes von Guenther übertragenen, im Verlag Wolfgang Rothe, Heidelberg, herausgegebenen Sammlung »Der bunte Sarafan«.

JUAN VALERA (1824-1905) ist eine der geistig bedeutendsten, literarisch vielseitigsten Erscheinungen des spanischen Realismus. Die von Irma Schauber übersetzte Erzählung »Der grüne Vogel« gibt altem Märchengut aus der andalusischen Heimat des Dichters die Nähe und Intimität zeitgenössischen Lebens.

NIKOLAI LESSKOW (1831-1895), im Gouvernement Orjol geboren, erweist sich in seinen realistischen Romanen und Novellen als vielleicht der russischste unter den großen Epikern des 19. Jahrhunderts, sprachlich und dichterisch der reichste. Die Meisternovelle »Lady Macbeth aus Mzensk« ist von Johannes von Guenther übertragen und im Verlag Heinrich Ellermann, München, in der Reihe »Kleine Russische Bibliothek« erschienen.

AUGUST STRINDBERG (1849-1912) verschafft, von Stockholm her, der schwedischen Literatur ein weltweites Echo. Die Romane und Dramen spiegeln den dämonischen Widerstreit zwischen seinem höchst angespannten, fast überreizten Selbstgefühl und seinem ihn bis zur Selbstverneinung zermarternden Gewissen. Die Erzählung »Ein Puppenheim« wurde der von Tabitha von Bonin übersetzten »Kleinen Prosa«, dem V. Band der im Verlag Albert Langen-Georg Müller, München, erschienenen »Werke« entnommen.

ROBERT LOUIS STEVENSON (1850-1894) setzt sowohl in seinen »Südseegeschichten«, den dramatisch bewegten Bildern eines exotischen Lebens, als in den gleich hinreißenden Schilderungen aus dem Inselland die ruhmreiche Tradition des englischen Abenteuerromanes fort. Erinnerungen an die schottische Heimat (Edinburgh) erwachen in der

Erzählung »Das Landhaus auf den Dünen«. Helga Künzel-Schneeberger hat sie übertragen.

JOSEPH CONRAD (1857–1924) verschreibt Herz und Seele dem Ozean – obwohl er tief aus dem Binnenland, aus Polen stammt. Seine Abenteuer-, Anarchisten- und Revolutionsgeschichten spielen auf fast allen Meeren, in fast allen Kontinenten südlicher Breiten. So schafft er in der Sprache seiner englischen Wahlheimat ein dem Russischen verwandtes Menschheitsepos. Die Erzählung »Gaspar Ruiz«, von Ernst W. Süskind übersetzt, ist den »Geschichten vom Hörensagen« entnommen. Der Verlag S. Fischer, Frankfurt am Main, legt sie in einer erweiterten Ausgabe vor.

KNUT HAMSUN (1859–1952), die bahnbrechende epische Begabung Norwegens (aus dem Gudbrandstal), läßt seine Weltumsegler und Lebensbummler im großen Heimweh der Heimatlosen die Trauer über ein sich ernüchterndes, auskältendes Dasein erfahren. Das treibt sie in eine die Zivilisation zynisch verachtende Einsamkeit. Mit Genehmigung des Verlages Albert Langen–Georg Müller, München, wurde »Auf der Blaamandsinsel« in der von Hermann Kiy und J. Sandmeier besorgten Fassung der Ausgabe »Sämtliche Romane und Erzählungen« des Verlages Paul List, München, übernommen.

CHARLES FERDINAND RAMUZ (1878–1947), ein Schweizer Erzähler aus dem welschen Landesteil des Genfer Sees, entwickelt sich zwischen den beiden Weltkriegen zu einem in seiner Heimat unerreichten Meister einer eigenwillig wuchtigen Prosakunst. Die von Albert Baur übertragene Geschichte »Der Mann« stammt aus dem Band »Die Sühne im Feuer«, der im Verlag Rascher & Cie, Zürich, erschienen ist.

Der Hinweis auf Werk und Dichter schließt mit dem Dank an die erwähnten Verlage, die freundlicherweise die Erlaubnis zum Nachdruck erteilten. Auch den Übersetzern sei für das, was sie eigens für diese Sammlung an Mühe aufgewendet haben, aufrichtig gedankt.

Die chronologische Folge, in der die Dichter und ihr Werk aufgeführt worden sind, entspricht nicht der Anordnung der Erzählungen. Sie wurden nach dem Maße ihrer thematischen Verwandtschaft zusammengestellt. Einige der in diesem Band gesammelten Liebesgeschichten wurden an wenigen Stellen gekürzt. Nicht aufgenommen wurden Werke von lebenden Autoren.

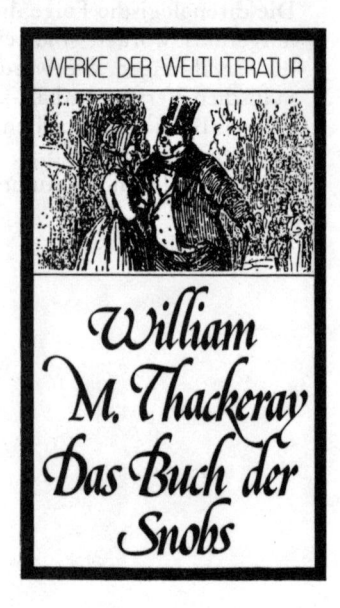

William Makepeace Thackeray
Der Jahrmarkt
der Eitelkeit

William Makepeace Thackeray
Das Buch
der Snobs

William M. Thackeray (1811–1863), neben Charles Dickens der bedeutendste Erzähler der viktorianischen Ära, übte schonungslos-ironische Kritik an den höheren Gesellschaftsschichten.

Format 12,5 x 20,5 cm
420 Seiten, Original-Illustrationen
der Punch-Ausgabe
ISBN 3-88851-024-4

Format 12,5 x 20,5 cm
260 Seiten
ISBN 3-88851-027-9